THERESA RÉVAY

An den Ufern des Bosporus

GOLDMANN
Lesen erleben

Buch

November 1918, Istanbul. Nach Ende des 1. Weltkriegs ist die Stadt von den Siegermächten besetzt. Leyla Hanım, die überaus kluge und gebildete Frau des zehn Jahre älteren Selim Bey, Sekretär Sultan Mehmets VI., lebt mit ihren beiden Kindern im prachtvollen, von der Schwiegermutter beherrschten Harem, ganz gemäß den alten osmanischen Gebräuchen. Doch als der französische Besatzer und Offizier Louis Gardelle in der Villa einquartiert wird, zerbricht Leylas bis dahin so geordnetes Leben. Denn die Türken wollen die Zerschlagung ihres Landes durch die Siegermächte unbedingt verhindern, und es formiert sich Widerstand. Auch Leyla und ihr Bruder Orhan, der in Berlin die moderne, westliche Welt kennen und schätzen gelernt hat, engagieren sich im Kampf.

Dann begegnet Leyla dem schwer verletzten Hans Kästner, einem Archäologen und Revolutionär. Während sie ihn gesund pflegt, erkennen beide, dass sie füreinander bestimmt sind – wissen aber auch um die Unmöglichkeit dieser Liebe. Als die politische Lage immer instabiler wird, flieht Leyla nach Anatolien.

Dort trifft sie Hans wieder, und endlich scheint ihrem Glück nichts mehr im Wege zu stehen. Aber ein Telegramm ihres Mannes mit einer alarmierenden Botschaft ruft sie einige Wochen später zurück. Die familiären und politischen Ereignisse überschlagen sich. Wird ihre Liebe zu Hans diese schwere Zeit überstehen?

Weitere Informationen zu Theresa Révay sowie zu lieferbaren Titeln der Autorin finden Sie am Ende des Buches.

Theresa Révay

An den Ufern des Bosporus

Roman

Aus dem Französischen
von Monika Köpfer und Barbara Röhl

GOLDMANN

Die französische Originalausgabe erschien unter dem Titel
»L' Autre rive du Bosphore« bei Éditions Belfond, Paris.

MIX
Papier aus verantwortungsvollen Quellen
FSC® C014496

Verlagsgruppe Random House FSC® N001967
Das FSC®-zertifizierte Papier *Pamo House* für dieses Buch
liefert Arctic Paper Mochenwangen GmbH.

2. Auflage
Taschenbuchausgabe Juli 2015
Wilhelm Goldmann Verlag, München,
in der Verlagsgruppe Random House GmbH

Umschlaggestaltung: UNO Werbeagentur, München
Umschlagmotiv: huber-images.de / Borchi Massimo;
Trevillion Images / Susan Fox
Th · Herstellung: Str.
Satz: Buch-Werkstatt GmbH, Bad Aibling
Druck und Bindung: GGP Media GmbH, Pößneck
Made in Germany
ISBN 978-3-442-48231-3
www.goldmann-verlag.de

Für meinen Bruder Paul

Für Pierre-Em
In memoriam.

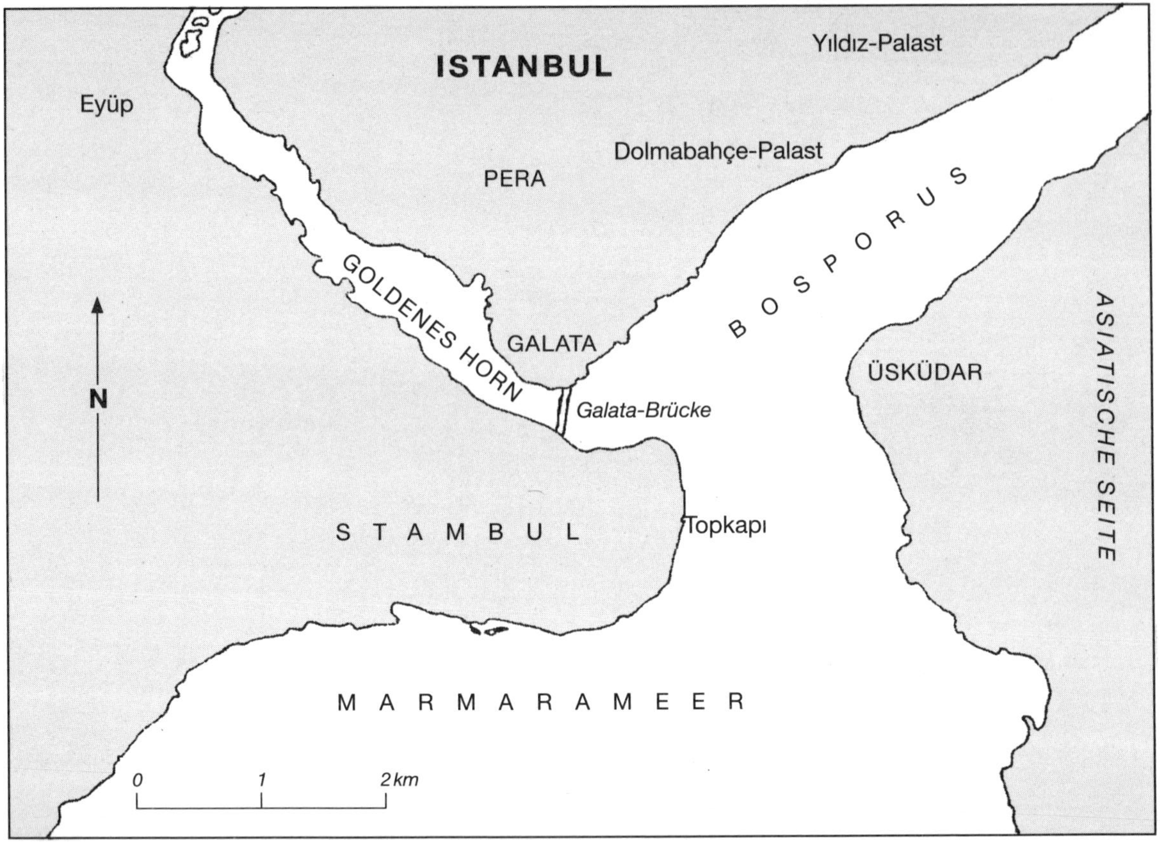
ISTANBUL
Yıldız-Palast
Eyüp
Dolmabahçe-Palast
PERA
GALATA
GOLDENES HORN
B O S P O R U S
Galata-Brücke
ÜSKÜDAR
ASIATISCHE SEITE
N
S T A M B U L
Topkapı
M A R M A R A M E E R
0
1
2 km

Erster Teil

Stambul, November 1918

Sie hatten das ganze Anwesen durchkämmt, nicht nur die Dutzende von Räumen und den Gebäudeflügel, der den Männern vorbehalten war, sondern auch Ahmets Lieblingsverstecke im Garten. Doch es war nichts zu machen, ihr Sohn blieb verschwunden. Leyla legte die Hände an die Brust, als müsste sie verhindern, dass ihr Herz heraussprang.

Das feine hölzerne Gitterwerk der Fensterläden dämpfte das blasse Licht des nebligen, feuchten Morgens. Die Stadt jenseits der Umfriedungsmauer, die ihren Wohnsitz umgab, war in dem milchigen Nebel nur zu erahnen. Er verschluckte die Spitzen der Minarette und ließ die Menschen als verschwommene Gestalten durch das Labyrinth des alten Istanbul irren. Allerdings konnte man sich dort auch am hellen Tag und bei strahlendem Sonnenschein verlaufen.

Ahmet, mein Kleiner, wo steckst du nur? Leylas Kehle war trocken, und in ihren Schläfen pochte es. Ihre Angst war nicht unbegründet. Sie war der fieberhaften Hektik dieser Stadt geschuldet, in der es immer wieder zu verheerenden Bränden und Erdbeben kam. Eine einzigartige Stadt, die jedoch unter einer aufrührerischen Natur und der Habgier der Menschen litt und seit Jahrhunderten Gegenstand von Begehrlichkeiten war. Und dieser Gedanke bereitete ihr ganz besondere Angst. Ein Schauder überlief sie, und ihre alte Dienerin legte ihr ein Tuch um die Schultern. Vor ihr standen zwei Frauen mit bleichen Gesichtern, Bedienstete, die in ihren Pflichten versagt hatten.

»Es tut uns furchtbar leid, Leyla *Hanım*[1]«, murmelte Ahmets ehemalige Kinderfrau mit tränenerstickter Stimme. Mittlerweile betreute sie dessen zwei Jahre jüngere Schwester Perihan.

Leyla hob eine Hand, um ihre Jammertiraden zu unterbrechen. Sie musste nachdenken. Keinen Moment bezweifelte sie, dass ihr Sohn weggelaufen war, um sich die alliierten Kriegsschiffe anzusehen, die kurz zuvor auf dem Bosporus vor Anker gegangen waren. Ganz Istanbul war in heller Empörung angesichts der Invasion dieser ungläubigen Engländer, Franzosen, Italiener und sogar Griechen – Letzteres war die allergrößte Demütigung. Aber das Osmanische Reich hatte den Krieg verloren. Der Waffenstillstand mit den Engländern war am 30. Oktober unterzeichnet worden. Damit war nach langen Jahren der Große Krieg zu Ende gegangen, doch die Türken kämpften im Grunde schon viel länger. Seit ihrer Kindheit hatte Leyla immer wieder Flüchtlinge gesehen, die in den Innenhöfen der Moscheen Unterschlupf gesucht hatten – Familien, die aus den Randgebieten des zerfallenden Reichs verjagt worden waren. Ihr kam es vor, als wolle das Leiden ihres Volkes kein Ende nehmen.

»Ich muss ihn suchen gehen«, erklärte sie und stand auf.

»Sie, Leyla Hanım?«, rief ihre treue Dienerin aus.

»Er ist erst sieben, und ich bin schließlich seine Mutter.«

Während sie in Richtung Wasserbecken ging, rollten die Frauen eilig die Seidendecken und Matratzen zusammen, die jeden Abend zum Schlafen auf dem Teppich ausgelegt wurden. Eine Dienerin besprühte Leyla mit frischem Wasser, rieb ihr dann kräftig den Körper ab und flocht ihr anschließend das Haar. Leyla war fast verrückt vor Sorge, obwohl sie sich zu fassen versuchte. Ahmet war impulsiv, das genaue Gegenteil seines Vaters, aber intelligent und selbstständig. Er würde auf der Straße nicht mit Fremden sprechen und auch mit keinem Un-

---

1 Die bei der ersten Nennung kursiv gesetzten Begriffe werden in dem hinten angehängten Glossar erklärt.

bekannten mitgehen. Sobald er seine Neugier befriedigt hatte, würde er nach Hause kommen. Aber würde er auch zurückfinden? Die Stadt war ein Labyrinth. Auch Leyla, die hier geboren wurde, kannte sich nicht gut aus und wagte sich nur selten in das Straßengewirr, und niemals allein. Frauen wie sie, die zu Hause unterrichtet und dann jung verheiratet worden waren, herrschten über eine Welt hinter Mauern. Die Außenwelt hatte in ihren Augen ein doppeltes Gesicht – anziehend und furchteinflößend zugleich. Bei dem Gedanken an ihren kleinen Jungen, der durch diese feindliche Welt irrte, deren Regeln sie nicht kannte, überkam sie ein Gefühl der Ohnmacht. Ringsherum spürte sie den Puls der Hauptstadt, durch die der Bosporus mit seinen gefährlichen Strömungen floss. Einer hektischen, kosmopolitischen Stadt mit ihren unterschiedlichen Bevölkerungsgruppen, zahlreichen Sprachen und ihren europäisch geprägten Vierteln auf der anderen Seite des Goldenen Horns, wo sogar die Zeitrechnung eine andere war. Einer Stadt voller Brüche, die kurz vor einer Invasion durch Tausende ausländischer Soldaten stand. Leyla presste die Lippen zusammen. Auf keinen Fall durfte sie sich ihre Verunsicherung anmerken lassen.

Sobald Leyla angezogen war, hüllten die Frauen sie in schwarze Seidenschleier. Ihr Rock reichte bis an die Fußknöchel, das Cape verhüllte ihr Haar und fiel bis zur Taille hinab. Zum ersten Mal hatte sie das Gefühl, dass ihr *Tschartschaf* sie wie eine Rüstung schützte.

»Wer soll Sie begleiten, Leyla Hanım?«, fragte Feride. Es betrübte sie zutiefst, dass sie wegen ihres hohen Alters nicht mehr gut zu Fuß war.

»Das ist mir gleich. Wenn es sein muss, gehe ich allein.«

»Allein?«, stieß die Alte erstickt hervor. Ihre Finger zitterten, als sie ihrer Herrin half, den dunklen Schleier, der ihr Gesicht verbarg, mit Nadeln festzustecken.

»Die Hauptsache ist, wir finden Ahmet wieder, oder?«

Leyla stürzte aus ihrem Zimmer, gefolgt von ihren Dienerinnen, die Ratschläge und Gebete murmelten. Sie mussten das Unglück bannen und die bösen Geister vertreiben, die ins Haus eingedrungen waren, um den jungen Herrn zu entführen. Es war früh, im Haus schlief noch alles. Ein Segen, sagte sich Leyla und dachte an ihre Schwiegermutter. Sie schickte ein glühendes Gebet zu Gott – Sein Name sei gelobt –, dass ihr Sohn gefunden wurde, bevor Gülbahar Hanım Wind von dem Missgeschick bekam.

Im Kinderzimmer schlief die kleine Perihan auf dem Rücken, die Fäustchen rechts und links vom Gesicht. Leyla bückte sich, um ihr zärtlich über die Wange zu streichen. Ihr Blick fiel auf die Stelle am Boden, wo Ahmets zerwühlte Decken lagen; das Kopfkissen war so gefaltet, dass es aussah, als läge er noch in seinem Bett: Der Kleine hatte seine wachsame Umgebung hinters Licht geführt. Und es war ihm leichtgefallen, durch das Portal des *Konaks* zu entwischen, das stets offen stand, um Bettler aufzunehmen, die sich im Garten ausruhen wollten.

»Hör auf zu heulen!«, befahl Leyla dem jungen Mädchen, dessen Aufgabe es war, auf Ahmet aufzupassen. »Mein Sohn hat dir einen bösen Streich gespielt. Sobald ich ihn gefunden habe, wird er sich bei dir entschuldigen müssen.«

Sie drehte sich auf dem Absatz um, überquerte die Galerie, die auf einen der Innenhöfe des Hauses hinausging, und rannte die Eichenholztreppe hinunter. Im Vestibül stieß sie fast mit der hochgewachsenen Gestalt von Ali Aga zusammen, dem äthiopischen Eunuchen ihrer Schwiegermutter. In seinem engen schwarzen Gehrock ragte er vor ihr auf. Unter seinem Fes sah er sie mit durchdringendem Blick an. Sein Knöchel war verbunden, und er stützte sich auf einen Stock.

»Wo wollen Sie denn so hin, Hanım Efendi? Ich habe den Kutscher gebeten, den Kleinen suchen zu gehen. Und wir geben dem Herrn Bescheid.«

»Du weißt genau, dass er in aller Frühe in den Palast gerufen worden ist. Er wird keine Zeit haben, sich darum zu kümmern. Ahmet kann ja nicht weit sein.«

Leyla zog den Schleier tiefer ins Gesicht, denn ihre dunklen Augen verrieten ihre Beklommenheit, auch wenn sie in entschlossenem Ton gesprochen hatte. Die Straßen waren nicht sicher. Seit Monaten schon strömten von überall Flüchtlinge herbei, sei es aus Ostanatolien, Thrakien, Russland oder Griechenland. Manche Stadtviertel wurden von organisierten Banden beherrscht, die einen blühenden Schwarzmarkt betrieben. Junge Dienerinnen liefen herbei – ihre bestickten Pantoffeln glitten lautlos über den Marmorboden. Mit ihren schwarzen Gewändern hoben sich Ali Aga und Leyla wie dunkle Schatten von ihren violetten oder blauen, mit Silberfäden bestickten Samtblusen ab.

Der Eunuch schwieg mit verärgerter Miene. Er verfluchte sowohl seinen verstauchten Knöchel als auch die Ereignisse, die seiner Kontrolle entglitten. Ali Aga war noch ganz der alten Schule des Serails verhaftet, dessen strenge Benimmregeln und Konventionen die Frauen vor äußeren Einflüssen beschützen sollten. Als der Sultan die tscherkessische Sklavin mit einem Pascha verheiratet hatte, war er seiner Herrin Gülbahar Hanım gefolgt und ihr seit über vierzig Jahren treu ergeben. Gemeinsam regierten die zwei den Haushalt mit eiserner Hand, doch beide konnten nicht verhindern, dass die von ihnen verabscheuten westlichen Moden ihre Autorität untergruben.

Leyla nutzte sein Zögern aus, um in den Garten zu flüchten. Nebelfetzen verhängten die Platanen und die moosbewachsenen Steine des alten byzantinischen Brunnens. Als sie das Portal durchquerte, drückte ein Windstoß den Tschartschaf gegen ihren Körper. Das Haus lag auf einem Hügel, hoch über dem Gewirr aus verwinkelten Gassen, verschachtelten Terrassen, Kuppeln und von der Zeit geschwärzten Holzhäusern, zwischen denen Zypressen und Minarette aufragten. Nicht weit von hier hatte im vergangenen Frühjahr ein Großbrand Hunderte von Häusern zerstört und bis hin zum Marmarameer eine Trümmerwüste hinterlassen. Da sie es nicht gewohnt war, sich allein in die Stadt zu wagen, wuchsen Leylas Sorge und Angst noch. Sie musste aufpassen, nicht auf den Pflastersteinen auszugleiten, die rund wie Kiesel waren und vor Feuchtigkeit glänzten. Sie war überzeugt davon, dass Ahmet zu einem vertrauten Ort gelaufen war. Aber zu welchem?

In dem steilen Gässchen mit den Kaufläden wurden die Geschäfte auf offener Straße getätigt. Die Kunden klagten über den Mangel an Zucker und das abscheuliche Brot, das eine Mischung aus gehäckseltem Stroh und schlechtem Mehl war. Bulgur gab es schon lange nicht mehr. Wann würde es endlich wieder eine anständige Lebensmittelversorgung geben?, fragten sich die verschleierten Frauen, die auf einem kleinen Platz lebhaft diskutierten. Leyla erkundigte sich bei ihnen, ob sie Ahmet, den Sohn des Selim Bey, gesehen hätten. Die Frauen zeigten sich erstaunt darüber, dass das Kind aus dem Haus hatte weglaufen können. Wusste sie denn nicht, was gemunkelt wurde? Dass die Afrikaner, die zu den französischen Truppen gehörten, Kinder am Spieß brieten, um sie anschließend zu essen? Seit einigen Tagen versetzten die abenteuerlichsten Gerüchte das Viertel in Unruhe. Als bekannt wurde, die Christen hätten Glocken mitgebracht, um die Hagia Sophia wieder in eine Kirche umzuwandeln, war um das Bauwerk herum, das seit Jahrhunderten als Moschee diente, Panik ausgebrochen.

Mit so viel Tadel überschüttet trat Leyla den Rückzug an und tröstete sich damit, dass sie hinter ihren dunklen Schleiern nicht zu erkennen war. Doch sie irrte sich. Mit ihren scharfen Augen erkannten die Klatschweiber die Stellung einer Unbekannten an der Qualität ihrer Schuhe oder an der Art, wie die schwarzen, breiten Satinbänder geschlungen waren. Außerdem waren diese Frauen schon etliche Male im Haus des Selim Bey gewesen, wo sie der schönen Leyla Hanım begegnet waren. Die muslimische Gesellschaft beruhte auf dem Prinzip der Gleichheit aller Menschen. Die Männer betrachteten sich alle als Söhne Gottes und Diener des Sultans. Ein Pascha und ein Bettler traten einander ohne Herablassung oder Unterwürfigkeit gegenüber, und die einfachsten Frauen konnten unter den reich geschmückten Decken eines glanzvollen Konaks an religiösen Festen, einer Hochzeit oder Beschneidungsfeier teilnehmen. Dennoch führte eine ausgeprägte Ehrerbietigkeit dazu, dass jeder, ob arm oder reich, seinen Platz wahrte.

An einer Kreuzung zögerte Leyla kurz und wurde fast von einem Büffelkarren umgefahren. Wasserträger und fliegende Händler machten mit Schellengebimmel auf sich aufmerksam, um sich einen Weg durch die Menge zu bahnen. Die Lastenträger in ihren mit Stickereien geschmückten Gewändern, die schwere Kisten auf den Schultern trugen, stießen indes gutturale Schreie aus, damit die Passanten ihnen auswichen. Von dem geschäftigen Treiben drehte sich Leyla der Kopf. Im Gegensatz zu ihr wusste hier jeder genau, wo er hinwollte. Wenn Leyla sonst ihr Haus verließ, fuhr sie zusammen mit ihren Freundinnen oder ihrer Familie in der Pferdekutsche und brauchte keine Entscheidungen zu treffen. Doch an diesem Tag versuchte sie allein, den Hamam wiederzufinden, in dem ihre Schwiegermutter regelmäßig den Tag verbrachte und wohin sie Ahmet früher häufig mitgenommen hatte. Ihr Sohn erinnerte sich nämlich lebhaft an diese Ausflüge mit seiner Großmutter. Doch als sie beim Hamam ankam, hatte auch dort niemand das Kind gesehen.

Da fielen ihr die Spaziergänge ein, die er mit seinem Vater unternahm. Bei schönem Wetter ging Selim gern am Marmarameer und den byzantinischen Stadtmauern entlang. Häufig besuchte er dann ein Kaffeehaus, um eine Wasserpfeife zu rauchen. Und während sein Vater über die Ereignisse der Welt diskutierte, wartete Ahmet geduldig und stolz, weil er sich dann fast schon wie ein erwachsener Mann fühlte. Außerdem gab es neben dem Kaffeehaus eine Süßwarenhandlung, auch wenn Leyla Selim schon oft gebeten hatte, Ahmet nicht mit Zuckerwerk vollzustopfen. Als sie den Wächter des Hamams fragte, ob er Ahmet gesehen habe, schickte dieser sie zu einem Ort, der nicht weit entfernt lag und an dem sie ihren Sohn vielleicht finden würde.

Der Wind hatte den Morgennebel vertrieben und enthüllte den blauen Himmel. Entschlossenen Schritts setzte Leyla ihre Suche fort. Sie wandte sich zweimal nach rechts, ehe ihr Weg sie den Hügel hinunterführte. Durch ihren Schleier konnte sie nur notdürftig sehen. In den schlecht gepflasterten, von Schlaglöchern und Spurrinnen übersäten Gassen knickte sie immer wieder um. Sie bekam nur mit Mühe Luft und hatte das Gefühl zu ersticken. Es dauerte nicht lange, bis sie erkannte, dass sie sich verlaufen hatte. Erneut zögerte sie und ging auf dem Weg, den sie gekommen war, zurück. Die wurmstichigen Häuser mit den breiten Vordächern drängten sich eng zusammen. Hinter den vergitterten Balkonen konnte man Frauengestalten erahnen, die die herumirrende Fußgängerin mit den Augen verfolgten. Aus dem Nichts heraus tauchte ein Bettler auf und streckte ihr gebieterisch eine schmutzige Hand entgegen. Mit wild klopfendem Herzen gab Leyla ihm ein Geldstück.

Die Mutlosigkeit legte sich ihr wie eine Last auf die Schultern. Ausdauer war nicht ihre Stärke. Ihr fehlte es nicht an Mut oder Kaltblütigkeit, doch sie neigte ein wenig zum Leichtsinn. Was für eine Närrin sie doch war! Niemals hätte sie sich in dieses Abenteuer stürzen dürfen. Als könnte sie Ahmet ganz allein wiederfinden! Sie hätte besser daran getan, Ali Agas Rat zu befolgen und zu Hause zu warten. Sie hatte vage geglaubt, ihr Mutterinstinkt werde ihr den Weg zeigen und ihre Schritte auf wundersame Weise zu ihrem Kind lenken. Aber sich in diesem Labyrinth zurechtzufinden war hoffnungslos, es war nichts weiter als eine Anhäufung ekelhafter Müllhaufen. Und dieser Hund dort mit dem gelblichen Fell, der sich auf der Türschwelle zusammengerollt hatte, beobachtete sie knurrend.

Sie rutschte auf einer Treppe mit unebenen Stufen aus und schürfte sich die Hand an einer Steinmauer auf, als sie versuchte, sich abzufangen. Dann, mit einem Mal, wie so oft in dieser launischen Stadt, eröffnete sich plötzlich und unerwartet zwischen den Häusern eine Schneise, durch die man über die ganze Breite des Bosporus bis zum asiatischen Ufer sehen konnte. Wie vor den Kopf geschlagen sah Leyla, dass das Meer unter einer kompakten Masse aus Kriegsschiffen mit langen, grauen Rümpfen verschwand, deren Kanonen sich auf die Häuser richteten. Reglos und unerbittlich versperrten sie den Dampfern und Kaiks, die zwischen den beiden Ufern des Bosporus verkehrten, den Weg. Verärgert warf sie den Schleier zurück. Nein, sie hatte nicht geträumt: Ungefähr fünfzig Panzerkreuzer lagen mit wehenden Fahnen vor der Stadt.

Am Fuß der Treppe hatte sich eine kleine Menschenmenge versammelt. Unter Einsatz ihrer Ellbogen drängte sie sich in die erste Reihe vor. Die Passanten standen in betroffenem Schweigen da. Über ihren Köpfen krächzten die Möwen. Zu ihrer Rechten betrachtete ein alter Mann in einem fadenscheinigen, hochgeschlossenen Gehrock mit bestürzter Miene die Szenerie.

»Die Stadt hat erst zweimal in ihrer Geschichte kapituliert«, erklärte er mit dumpfer Stimme. »Einmal im Jahre 1204, als die Kreuzritter mithilfe der Venezianer Byzanz mit Feuer und Schwert überzogen, und 1453, als Mehmed der Eroberer Konstantinopel zu unser aller Ruhm eroberte. Und jetzt seht euch das an! Schande und Unglück werden erneut über uns und unsere Kinder kommen …«

Instinktiv rückten die Menschen Schulter an Schulter zusammen, um sich gegenseitig Mut zu machen. Schmerz und Mutlosigkeit malten sich auf den Gesichtern.

»Scheint, als würde die griechische Fahne über Pera flattern«, murmelte eine verschleierte Frau.

»Wenn man sie gewähren lässt, werden diese verdammten *Rums* auf unseren Leichen tanzen!«, empörte sich ein junger Bursche in verächtlichem Ton.

Leyla war es gewöhnt, Schiffe und Segelboote auf dem Bosporus zu sehen, diesem Meeresarm, den man durchqueren musste, um das Schwarze Meer zu erreichen. Im Sommer konnte sie von der Terrasse ihres *Yalı* aus beobachten, wie sie gelassen und majestätisch vorbeizogen. Oft hatte sie den Eindruck, sie bräuchte nur die Hand auszustrecken, um sie zärtlich zu berühren. Doch jetzt erfüllten diese waffenstarrenden Kriegsschiffe, die dazu bestimmt waren, einen Sturm aus Feuer und Blut zu entfachen, sie mit Entsetzen.

»Sie hassen uns«, sagte die verschleierte Frau niedergeschlagen. »Sie werden uns alle möglichen Gräuel antun. Und wir haben niemanden, der uns beschützt.«

»Aber Seine Majestät ist doch da!«, wandte ein Mann mit grünem Turban ein, der ihn als Koranlehrer der benachbarten Moschee auswies.

»Was soll er denn ausrichten? Ihm sind die Hände gebunden«, entgegnete der junge Mann. »Der nützt uns nichts, so viel ist sicher.«

»Entschuldigen Sie, haben Sie vielleicht einen kleinen Jungen gesehen, der ganz allein unterwegs ist?«, fragte Leyla in die Runde. »Mein Sohn ist seit heute Morgen verschwunden. Bestimmt wollte er sich auch die Flotte ansehen. Er ist so groß« – sie deutete seine Größe mit einer Handbewegung an – »und hat dunkles Haar und helle Augen.«

Der Alte drehte sich zu ihr um. Er besaß die blauen Augen jener Türken, die sich seit Generationen mit kaukasischen Volksstämmen vermischt hatten. Anscheinend hatte er Mitleid mit der besorgten jungen Mutter.

»Kommt er oft hierher?«

»Keine Ahnung … Ich weiß nur, dass er seinen Vater häufig in ein Kaffeehaus begleitet. Es könnte das dort sein, neben dem Süßwarenladen. Aber ich bin mir nicht sicher …«

Plötzlich fühlte sie sich verletzlich und spürte, dass sie kurz davor stand, in Tränen auszubrechen.

»Aber Sie bluten ja!«, rief der Mann aus, als er ihre aufgeschürfte Hand sah.

Er forderte sie auf, sich auf einen der Schemel vor dem Kaffeehaus zu setzen, die an der Mauer standen, und ließ dann vom

Wirt Wasser und Seife bringen. Mit großer Behutsamkeit machte er sich daran, ihre Hand zu versorgen.

»Ich glaube, ich habe eine Idee, was Ihren Sohn angeht«, sagte er, nachdem er sich vergewissert hatte, dass die Wunde gesäubert war.

Leyla folgte ihm bereitwillig und war selbst erstaunt darüber, wie freimütig sie mit einem Unbekannten sprach. Sie hatte ihren Schleier wieder vors Gesicht geschlagen, um niemanden in Verlegenheit zu bringen, obwohl die Revolution der Jungtürken und die nachfolgenden Kriege seit etwa einem Dutzend Jahren die strengen Verhaltensregeln gelockert hatten.

Sie überquerten einen verfallenen Friedhof. Am Fuß der Zypressen lagen uralte, von verwitterten Turbanen gekrönte Marmorgräber, denen der Zahn der Zeit stark zugesetzt hatte. Die Pflanzenwelt hatte sich ihr Recht zurückgeholt. Friedhofsbesuche gehörten in Istanbul bei Arm und Reich zum täglichen Leben. Man kam mit der Familie oder Freunden dorthin, um den Verstorbenen Gesellschaft zu leisten, zu picknicken oder spazieren zu gehen, und die Kinder fühlten sich wie zu Hause. Am Ende des Friedhofs wies der Unbekannte auf eine hundertjährige Platane am Rand einer Balustrade, die auf den Bosporus hinausragte. Der Mann fragte zwei Kinder, die auf einem Ast saßen, ob sie einen kleinen Jungen gesehen hätten, auf den Ahmets Beschreibung passte. Kleine, schmutzige Koboldgesichter wandten sich ihm zu. Aber leider hatten sie niemanden bemerkt. Der Alte warf ihnen eine Münze zu, die einer der Jungen auffing. Das Lächeln der beiden ließ weiße Zähne aufblitzen.

»Als ich klein war, kam ich auch hierher, um die Schiffe zu zählen«, erklärte der Mann, um sich dafür zu entschuldigen, dass er sie auf eine falsche Spur geführt hatte. »Machen Sie sich keine Sorgen; Ihr kleiner Ahmet lernt etwas über das Leben, und man darf keine Angst vor dem Leben haben.«

Ein letztes Mal wandte er sich der Szenerie auf dem Bosporus zu, die von der bedrohlichen Anwesenheit der Siegermächte kündete.

»Seien Sie gewiss, dass auch das vorübergehen wird«, versicherte er ihr.

Leyla, die sich nicht weniger sorgte als zuvor, schalt sich, weil sie auf eine vage Hoffnung hin diesen fruchtlosen Weg eingeschlagen hatte. Jetzt konnte sie nur noch nach Hause zurückkehren und Selim verständigen, der außer sich vor Wut sein würde. Sie erschauderte. Ihr normalerweise gelassener Mann gehörte zu den Menschen, deren seltene, kalte Wutausbrüche man fürchten musste.

Im Ehrenhof des Yıldız-Palasts, wo Automobile und Gespanne dicht an dicht standen, schrien verärgerte Stimmen widersprüchliche Befehle und trugen noch zur Verwirrung bei. Das üblicherweise gleichmütige Personal des Sultans war in heller Aufregung. Der junge Sekretär des Sultans hatte schlechte Laune. Die nervöse, argwöhnische Stimmung, die unter den Höflingen herrschte, ging ihm auf die Nerven. Erst vier Monate zuvor war Kronprinz Vahideddin seinem Bruder als Mehmet VI. auf den Thron gefolgt, aber die Aussichten waren nicht eben rosig. Das Ende einer Ära – ich bin wieder einmal zur falschen Zeit am falschen Ort –, dachte Selim ein wenig verbittert. Hinter seiner ungezwungenen Fassade verbarg sich ein Ehrgeiz, der in den letzten Jahren gewachsen war und seinem Leben jenen Reiz schenkte, der ihm lange gefehlt hatte. Der Prinz, dem er seit drei Jahren diente, hatte endlich den Thron bestiegen, doch nun rann ihnen alles durch die Finger …

Ein Berater des Sultans hatte ihn im Morgengrauen rufen lassen, um ihm die Lage zu erörtern, die sich noch katastrophaler darstellte als befürchtet. Die beiden Männer hatten sich in einem Salon mit goldenen und weißen Holztäfelungen unterhalten, der mit verblichenen Stoffen und Porzellanfiguren geschmückt war, in denen sich der Staub festsetzte. Die herbstliche Feuchtigkeit hing schon in den Mauern. Es mangelte bereits jetzt an Kohle, und der Winter drohte hart zu werden. Livrierte Diener servierten ihnen Kaffee und Zigaretten. Selim saß mit dem Rücken zum

Fenster. Besser, er sah nicht in Richtung Bosporus, wo die englischen Panzerkreuzer, deren Waffen sich auf den Sultanspalast richteten, die Aussicht verdarben. Andernfalls hätte sich seine bereits miserable Laune noch weiter verschlechtert. Die bittere Bilanz hätte nicht demütigender sein können: Eine bedingungslose Kapitulation zwang das Osmanische Reich in die Knie, das seit der furchtbaren Niederlage von Sarıkamısh zu Beginn des Krieges zusehends ausgeblutet war und Gebiete und Menschen verloren hatte. Während das einfache Volk kaum mehr etwas zu essen hatte, hegten die Mächtigen allem Anschein nach nur den einen Gedanken, ihre Haut zu retten. Seine Majestät hatte vor, seinen Thron zu behalten; keine Selbstverständlichkeit, nachdem in dieser Woche sowohl der deutsche als auch österreichische Kaiser abgedankt hatten, was durchaus einen unheilvollen Dominoeffekt hätte nach sich ziehen können.

Selim hatte einen ganzen Schwall schlechter Nachrichten entgegennehmen müssen. Die Siegermächte teilten Istanbul untereinander auf. Die Italiener besetzten Üsküdar auf der asiatischen Seite, die Engländer die europäisch geprägten Viertel Pera und Galata, die Franzosen das gegenüberliegende alte Viertel Stambul. Die Griechen würden sich in Phanar niederlassen, wo eine ausgelassene Stimmung herrschte, seit ihr Panzerkreuzer *Georgios Averof* vor dem Dolmabahçe-Palast ankerte. Aber das Schlimmste stand ihnen noch bevor: Um die alliierten Militärs und Beamten in dieser Stadt unterzubringen, die bereits von Flüchtlingen überquoll und in Teilen durch Brände zerstört war, würden einige der prächtigen Stadtwohnsitze beschlagnahmt werden. Als man ihm verkündete, dass sein Konak einem französischen Offizier zur Verfügung gestellt werden würde, wurde Selim blass. Sofort dachte er an seine Mutter. Er bezweifelte, dass sich diese ohne Weiteres den Anweisungen der Besatzer beugen würde.

Wieder auf der Straße, winkte Selim eine Droschke heran. Man hatte ihm ein vertrauliches Schreiben an General Mustafa

Kemal übergeben, der soeben aus Aleppo zurückgekehrt war. Seufzend ließ er sich auf die mit rotem Samt bezogene Sitzbank fallen, nahm seinen Fes ab und fuhr sich mit der Hand durchs Haar. Der Tag hatte schlecht begonnen und setzte sich genauso fort.

Als das Gespann über die Schlaglöcher ruckelte, kam er sich wie in einer Nussschale vor, die von den Fluten davongetragen wurde. Rechts und links zogen die Wohnsitze der Wesire vorüber. Sie waren im letzten Jahrhundert auf diesem bewaldeten Hügel in der Nähe des neuen Sultanspalasts errichtet worden, nachdem der Sultan den Topkapı-Palast zugunsten einer moderneren, komfortableren Wohnstätte aufgegeben hatte. Die vergitterten Fenster und Türen waren geschlossen, aber man konnte erahnen, dass dahinter eine ebenso angespannte Atmosphäre herrschte wie im Palast.

Mit seinen fünfunddreißig Jahren erschien es Selim unangebracht, dass er sich um seine Zukunft und die seines Landes sorgen musste. Ein Osmane sorgte sich nicht um die Zukunft. Er wusste, dass sie in der festen, aber barmherzigen Hand Gottes lag, der ihn durch die Fährnisse eines vergänglichen Lebens führen würde. Zu Unrecht blickte das Abendland auf eine Haltung herab, die es fälschlich als Unterwerfung unter den göttlichen Willen deutete, während sie doch in Wahrheit eine heilsame Gelassenheit gegenüber den irdischen Banalitäten darstellte. Dennoch geschah es, dass Selim nachts aufwachte und von dem Gefühl überwältigt wurde, dass alles sinnlos war. Dann begab er sich in den Garten hinunter, um mit nackten Füßen umherzugehen, als suchte er Sicherheit im Kontakt mit der Erde.

Er hatte in einem Regiment gedient, sich aber nicht sonderlich hervorgetan. Weder vom Temperament noch vom Beruf her ein Offizier, hatte er sich nicht ohne Bedauern eingestehen müssen, dass er keinen großen körperlichen Mut besaß. Hätte sein Vater noch gelebt, wäre er empört gewesen. Der Pascha hatte es am Ende seines Lebens zum Generalgouverneur der Provinz

Aydın gebracht. Aufgrund seiner Staatsämter war er mit Geld und Ruhm überhäuft worden. Doch da die erbliche Übertragung in seiner Kultur nicht üblich war, war Selim nichts davon geblieben – bis vielleicht auf einen Minderwertigkeitskomplex, der in Momenten wie diesem, wenn er sich ratlos fühlte, wieder auflebte.

Auf der Großen Perastraße geriet die Kutsche in ein Verkehrschaos, in dem sich nichts mehr bewegte. Nur die Straßenbahn kam unter ungeduldigem Bimmeln noch voran. Da Selim zu spät zu kommen fürchtete, ließ er die Droschke mitten auf der Straße zwischen Automobilen und Militärlastern stehen und ging zu Fuß weiter. Normalerweise schätzte er die Geschäftigkeit des europäischen Viertels, die ihn an seine Studienjahre in Paris erinnerte, doch an diesem Tag ging es ihm auf die Nerven. Unter den Fußgängern – den Männern mit ihren Filzhüten und den Frauen in ihren engen Kostümen, die ihre Knöchel enthüllten – befanden sich kaum orientalisch gekleidete Menschen. Selten war ein roter Fes zu sehen. Selbst die Straßenhändler mit ihren mit Glücksbringern geschmückten Karren waren aus dem Straßenbild verschwunden. Hin und wieder drückte sich noch ein Deutscher an einer Mauer entlang. Man hatte ihnen einen Monat Zeit gegeben, die Stadt zu verlassen. An den Fenstern der aus Steinquadern errichteten Häuser hingen englische und französische Fahnen. Die Schaufenster der Läden waren mit blauweißen Tüchern geschmückt. Ein Ladenbesitzer hatte in Ermangelung einer Fahne ein Kleid in den griechischen Nationalfarben in seine Auslage gehängt.

In diesem Viertel befanden sich Botschaften, elegante Restaurants und auch ausländische Banken. Letztere regelten die Geldgeschäfte eines Reichs, das unfähig war, seine eigenen Finanzen in die Hand zu nehmen. »Blutsauger«, hatte einst sein Vater gewettert, wenn er von den westlichen Beamten sprach, die die Staatsschulden des Osmanischen Reichs verwalteten. Er hatte dieses Viertel gemieden wie die Pest. Als Jugendlicher hatte Selim ihm verheimlicht, dass er auf Einladung levantinischer Freunde unter den holzgetäfelten Decken des Cercle d'Orient Karten spielte oder sich nicht weit entfernt in den Amüsierlokalen von Galata unters gemeine Volk mischte.

Jetzt verblüffte ihn der Gegensatz zwischen dieser Geschäftigkeit und der bedrückenden Stille des alten Viertels Stambul, wo sich, wenn der Abend kam, die muslimischen Familien in ihren eigenen vier Wänden einigelten. Dann wurden die dunklen Gassen zu einem gefährlichen Pflaster, und der letzte Gebetsruf des Muezzins klang betrübt. Von der Höhe seines vom alten Galata-Turm beherrschten Hügels sah das europäische Pera mit seinem frechen Lichterglanz verächtlich auf seine Rivalin hinunter; gleichgültig gegenüber ihren zartgliedrigen Minaretten und majestätischen Kuppeln, seinen Holzhäusern, die ein einziger Funke in Flammen setzen konnte, ihren geheimen Gärten, ihren Springbrunnen und Gässchen, ihren duftenden Basaren und den Schatten ihrer Friedhöfe.

Der Gegensatz zwischen den unterschiedlichen Bewohnern Istanbuls rührte nicht erst seit gestern. Die Ressentiments reichten Jahrhunderte zurück. Diese rätselhafte Stadt am Rande des europäischen Kontinents hatte fast tausend Jahre lang die Hoffnungen eines christlichen Reichs verkörpert, doch sie war in Geist und Herz orientalisch, und die Nähe Asiens übte eine unwiderstehliche Faszination auf sie aus. Ihre gespaltene Identität stellte ihr innerstes Wesen dar. Die Vernunft hatte hier noch nie einen Platz gehabt. Stets hatten Übermaß und Leidenschaft den Sieg über sie davongetragen.

Selim trat aus einer Gasse und blieb vor dem schönen, aus weißem Stein errichteten Bauwerk des Hotels Pera Palace stehen, wo er weniger freundlich als sonst empfangen wurde. Ein Soldat in khakifarbener Uniform vertrat ihm mit hochmütiger Miene den Weg. Es erstaunte Selim nicht, dass das englische Oberkommando sich sogleich dieses symbolträchtigen Hotels bemächtigt hatte, das das Goldene Horn überblickte, um dort sein provisorisches Hauptquartier einzurichten. Die Briten liebten den Komfort. Er unterdrückte eine ungeduldige Geste und erklärte, er sei Sekretär Seiner Majestät, des Sultans, und werde erwartet.

Mustafa Kemal saß in einem Salon mit unaufdringlicher Eleganz, der mit im orientalischen Stil gehaltenen Gemälden, seidengefütterten Wandbehängen und persischen Teppichen geschmückt war. Der Held von Gallipoli, der einzige Befehlshaber der osmanischen Armee, der noch nie eine Niederlage eingesteckt hatte, sprach mit einem westlichen Journalisten in einem karierten Jackett. Das mit dem Siegel des Sultans verschlossene Schreiben in der Hand, blieb Selim im Türrahmen stehen. Ob er will, dass ich vor ihm strammstehe?, fragte er sich gereizt, als sich die Minuten zu Ewigkeiten dehnten. Er hatte schrecklichen Durst und fragte sich, ob es wohl unangebracht war, ein paar Minuten in die Bar zu flüchten.

»Selim Bey, ich freue mich, Sie wiederzusehen. Hoffentlich sind Sie mir nicht böse, weil ich Sie habe warten lassen.«

Mustafa Kemal besaß einen durchdringenden Blick und hatte eine leicht spöttische Miene. Obwohl Selim einen Kopf größer war als er, ging von dem Ehrenadjutanten des Sultans eine starke Präsenz und Vitalität aus.

»Ich möchte Sie nicht stören, Exzellenz. Ich soll Ihnen nur dieses Schreiben Seiner Majestät übergeben. Er erwartet Sie wie abgemacht morgen nach dem Gebet.«

Der Militär ließ den Umschlag in die Tasche gleiten und lud Selim dann ein, sich zu setzen. Dieser wagte es nicht, die Einladung auszuschlagen. Mustafa Kemal war zwar Stammgast in diesem Hotel, aber Selim fragte sich, wie er es fertigbrachte, in Gegenwart all dieser feindlichen Offiziere hier zu wohnen und sich trotzdem sichtlich entspannt zu fühlen. Aber gab es überhaupt eine Situation, in der dieser Mazedonier aus Saloniki, der Sohn eines bescheidenen osmanischen Beamten, der später Holzhändler geworden war, sich nicht zu Hause gefühlt hätte? Ein eingebildeter Karrierist, dachte Selim ärgerlich, der gemischte Erinnerungen an ihre erste Begegnung hatte. Es war im vergangenen Winter gewesen, anlässlich der Reise des Kronprinzen nach Berlin. Schon damals hatte sich der schroffe Charakter des Offiziers gezeigt. Von den Türken hieß es, die Disziplin sei ihnen angeboren, aber dies traf gewiss nicht auf diesen Mann zu, wie Selim fand. Ohne zu zögern hatte Mustafa Kemal sowohl Prinz Vahideddin als auch den preußischen Marschällen die Meinung gesagt. Sie hätten nicht den Hauch einer Chance, den Krieg zu gewinnen, und ihre Versprechungen seien nur Augenwischerei. Selim war verblüfft über den Wagemut dieses Mannes gewesen, der kaum älter war als er. Und mindestens ebenso erstaunt war man beim Militär darüber, dass ein so junger Kommandeur die aussichtslosesten Schlachten hatte gewinnen können.

Gut unterrichtete Kreise sprachen von einer beinahe mystischen Verbindung zwischen Mustafa Kemal und seinen Soldaten. Er besaß einen außergewöhnlichen Mut. Seine Ausdauer war umso bemerkenswerter, als er immer wieder unter gesundheitlichen Problemen – einer Nierenkrankheit – litt. Sein nach hinten gekämmtes blondes Haar umrahmte ein kantiges Gesicht mit gleichmäßigen Zügen, hohen Wangenknochen, einer geraden Nase und einem eigensinnigen Kiefer. Aber vor allem seine eisblauen Augen und sein raubtierhafter Blick beeindruckten. Er bot Selim eine Zigarre an, während ein Kellner ihnen Oliven und *Rakı* brachte. Kemal war auch bekannt dafür, dass er die Freuden des Lebens nicht verachtete.

»Sie hatten also recht, General. Die Deutschen haben den Krieg nicht gewonnen.«

»Das hatte ich ihnen schon 1914 gesagt.« Seine Miene verdüsterte sich, als zögen vor seinem inneren Auge all die osmanischen Niederlagen vorüber. »Wir haben den Waffenstillstand unterzeichnet, weil die Armee nicht zum Weiterkämpfen in der Lage war. Wir drohten alles zu verlieren. Aber das Herz des türkischen Vaterlands ist immer noch in unseren Händen. Das ist die Hauptsache.«

»Und das verdanken wir Ihnen, Exzellenz«, erklärte Selim in liebenswürdigem Ton. »Bewundernswert, wie Sie auf den Anhöhen hinter Aleppo die Frontstellung gegen die Araber und die Engländer gehalten haben.«

»Ich wäre keinen Zoll weiter zurückgewichen! Es ging nicht mehr darum, die unwiderruflich verlorenen arabischen Gebiete zu verteidigen, sondern die natürlichen Grenzen unserer Nation.«

Er besaß die volltönende Stimme eines Redners. Die gebieterische Art, in der er das Wort »Nation« französisch aussprach, entging Selim nicht. Genau das war ein Streitpunkt zwischen Menschen wie Mustafa Kemal und gewissen Vertrauten des Sultans – für sie war es eine ebenso neuartige wie abstrakte Vorstellung. In der türkischen Sprache existierte nicht einmal ein Wort dafür.

»Während wir auf einen Friedensvertrag warten, bleibt uns jetzt nur noch, uns mit den Engländern zu verständigen«, fuhr Selim in aufgesetzt munterem Tonfall fort. »Glücklicherweise kann man ihnen vertrauen. Das haben sie uns in den vergangenen Jahrhunderten in schwierigen Situationen immer wieder bewiesen.«

»Ach wirklich?«, gab Mustafa Kemal ironisch zurück. »Sie haben allerdings die lästige Angewohnheit, unsere Kriegsschiffe zu stehlen, und Admiral Calthorpe hat sein Versprechen bereits gebrochen, denn nun sind sie hier, im Inneren unserer Mauern. Täuschen Sie sich nicht, Verehrtester, England hat andere Ziele als wir. Es muss den Weg nach Indien schützen, seinen Zugriff auf den Ölmarkt sichern und das Kalifat am Gängelband führen. Ansonsten kann es Ägypten und die muslimische Bevölkerung seiner Kolonien nicht beherrschen.« Er leerte sein Glas in einem Zug. »Dieser in wenigen Stunden zusammengeschusterte Waffenstillstand öffnet allen möglichen Invasionen Tür und Tor. Von mir aus kann man den Ausländern einige unbedeutende Gebiete abtreten, aber anders als Seine Majestät und seine unfähigen Berater meinen, kommt nie etwas Gutes dabei heraus, wenn man dem Gegner über Gebühr entgegenkommt.« Seine Lippen waren zu einer strengen Linie zusammengepresst.

Selim fand seine nonchalante Art, von ihrem Herrn zu sprechen, ungehörig, wusste jedoch, dass zwischen ihnen große Unstimmigkeiten herrschten. Im Juli hatte Mustafa Kemal verlangt, zum Generalstabschef und dann zum Kriegsminister ernannt zu werden. Mehmet VI., der dem eigensinnigen Kemal misstraute, hatte ihn abschlägig beschieden, und es gelang dem General nicht, seine Frustration darüber zu verbergen.

»Der *Padischah* scheint sich den Alliierten an den Hals werfen zu wollen«, fuhr Mustafa Kemal fort. »Das ist ein Fehler. Ich werde alles tun, was in meiner Macht steht, um ihn zur Vernunft zu bringen.«

»Aber was erwarten Sie?«, erwiderte Selim aufbrausend. »Seine Majestät ist sich der Gefahr für das Reich bewusst. Er will das Beste für seine Untertanen, und zwar für alle, auch die in den entlegensten Regionen. Bei Ihnen scheint das nicht der Fall zu sein«, erklärte er.

Kemals harte Augen musterten ihn spöttisch. »Aber das Reich ist bereits dahin, Verehrtester. Tot und begraben. Sollte Ihnen das entgangen sein?«

Selim lief es kalt über den Rücken. Er war von ausgeglichenem Temperament. Zwei Stützpfeiler schenkten ihm im Leben Zuversicht: sein Glaube an den einen Gott und der an den »stets siegreichen« Sultan-Kalifen. Die Vorstellung, jemand könne den einen oder den anderen in Frage stellen, erschien ihm vollkommen abscheulich.

Mustafa Kemal lehnte sich in seinem Sessel zurück und schlug die Beine übereinander. Angesichts seiner Gespräche mit den Unterhändlern war er in Zivil gekleidet – in einen europäischen Anzug mit steifem Kragen und schwungvoll gebundener Krawatte;

Selim dagegen trug einen bis zum Hals zugeknöpften Gehrock nach Istanbuler Art, gerade geschnittene Hosen und einen mit einer goldenen Quaste geschmückten Fes. Der junge Sekretär kam sich mit einem Mal ebenso lächerlich wie unbeholfen vor.

»Wir müssen zu unseren Wurzeln zurückkehren«, fuhr der Militär fort. »Ich liebe mein Land, Selim Bey, daran dürfen Sie nicht eine Sekunde zweifeln. Ich liebe sein Volk, und ich liebe seinen Boden. Wenn wir wollen, dass die Türkei weiterlebt, muss sie sich wieder auf ihre natürlichen Grenzen und auf ihr tiefstes Wesen konzentrieren. Das ist eine Frage des Überlebens«, skandierte er inbrünstig. »Und ich lasse sie nicht sterben.«

Früher hätte man ihn in eine entlegene Provinz ins Exil geschickt oder ihn enthauptet, sagte sich Selim unbehaglich. Wie weit würde sein übersteigerter Ehrgeiz noch gehen? Er, der an die Unterwürfigkeit der Hofschranzen gewöhnt war, an blumige Worte, die die Gedanken verbargen, mit einem Wort an die Kunst der Lüge, fühlte sich durch diese Offenheit überrumpelt. Mustafa Kemals Entschlossenheit war beeindruckend. Der Mann hatte etwas Unerbittliches. Jetzt verstand Selim den Argwohn des Padischahs besser, seine insgeheime Furcht davor, der General könnte sich an die Spitze der rebellischen Armee setzen. Es wäre schließlich nicht das erste Mal gewesen. War die Armee nicht immer die Speerspitze des Fortschritts und der Revolutionen gewesen? Ihre Offiziere lasen Voltaire im Original und ließen sich von der französischen Aufklärung inspirieren. Was sollte den General daran hindern, sie sich zum Vorbild zu nehmen?

Mustafa Kemal legte seine Zigarre ab, um Selim zu bedeuten, dass ihr Gespräch beendet war. Er musterte ihn mit einem kalten Lächeln und stand dann auf.

»Dieser Waffenstillstand ist für mich kein Ende«, erklärte er und streckte ihm die Hand entgegen, »sondern ein Anfang.«

Selim fragte sich, ob das ein Versprechen oder eine Drohung war.

Kaum war der Tau im Garten verdunstet, begann es nach Erde und Pflanzen zu duften. Die Katze lag faul auf dem Brunnenrand. Als Leyla auf die Eingangstür des Haremlik zutrat, stürzten die jungen Dienerinnen herbei. Feride, die ihnen langsamer folgte, rückte sich den Schleier auf dem Haar zurecht. An ihren fragenden Mienen las Leyla ab, dass ihr Sohn noch nicht wieder aufgetaucht war.

»Man verlangt nach Ihnen, Leyla Hanım«, murmelte Feride und nahm ihr den Tschartschaf ab.

Das erstaunte Leyla nicht. Undenkbar, dass ihrer Schwiegermutter der kleinste Vorfall im Haus entging. Während ihre Dienerin ihr den Staub vom Kleid klopfte, fielen ihr in dem kleinen, Gästen vorbehaltenen Salon mehrere Bündel aus bunter Seide auf, in die der Besitz mehrerer weiblicher Besucherinnen eingeschlagen war. Ein türkischer Haushalt zeigte sich niemals knauserig gegenüber durchreisenden Freundinnen oder Verwandten, die ohne Vorankündigung eintrafen und sich auf unbestimmte Zeit einrichteten.

Ich sehe gewiss wie eine Närrin aus, sagte sie sich und strich sich eine widerspenstige Haarsträhne glatt. Am liebsten hätte sie vor ohnmächtiger Sorge aufgeschrien, aber sie fasste sich und bat Feride, ihr ihre Tochter bringen zu lassen. Aus dem Empfangssalon drang ein angeregtes Stimmengewirr zu ihr. Widerwillig und voll böser Vorahnungen trat sie ein.

»Da bist du ja endlich!«, rief Gülbahar Hanım aus, die im Schneidersitz auf dem Diwan im Alkoven saß. Sie war von ihren Freundinnen umgeben, die jetzt ihre Zeitungen und Stickarbeiten weglegten.

Ihre Schwiegermutter erhob sich mit einer geschmeidigen Bewegung und kam auf sie zu. Der Saum ihres mit Blumen bestickten und von einem goldenen Gürtel gehaltenen roten Samtkleids strich über den Boden. Ein durchsichtiger Musselinschleier bedeckte ihr Haar, und ihre langen Ohrringe glitzerten bei jedem Schritt, den sie tat. Leyla verneigte sich respektvoll, küsste ihr die Hand und führte sie an die Stirn.

»Ich bin vor Sorge fast umgekommen!«, fuhr Gülbahar Hanım fort. »Ich verbiete dir, mich noch einmal so zu erschrecken. Wie kannst du ganz allein ausgehen, ohne etwas zu sagen? Hast du den Kleinen wenigstens gefunden?«

Schweigend schlug Leyla die Augen nieder.

»Möge der Barmherzige uns helfen! Man muss die Stadt durchkämmen. Ali Aga soll sofort meinen Sohn benachrichtigen! Was hat sich Ahmet nur dabei gedacht?«

»Als hätten wir nicht schon Unglück genug, und dann bereiten einem die Kinder noch ständig Albträume«, klagte eine der Freundinnen. »Vielleicht hatte er ja Angst?«

»Nie und nimmer!«, erwiderte Gülbahar Hanım. »Mein Enkel fürchtet sich vor nichts. Ein paar jämmerliche Kriegsschiffe bringen ihn nicht um den Schlaf.«

Die Damen, die nach dem Grad ihrer Freundschaft aufgereiht im Schneidersitz auf den Kissen saßen, fuhren fort, sich über Ahmets Verschwinden zu unterhalten, und warfen Leyla mitleidige Blicke zu. Diese schwieg aus Respekt vor ihrer Schwiegermutter, die eine starke Persönlichkeit war.

Nachdem Leyla mit sechzehn ihre Eltern verlassen hatte, um einen jungen Mann zu heiraten, den sie nicht kannte, hatte diese schillernde Frau ihr zunächst Angst eingejagt. Die Tscherkessin thronte in ihrem Salon, der für seine wundervollen Buchara-Teppiche in ihren Rosa- und Purpurtönen und seine Sammlung chinesischer Seladon-Vasen berühmt war. Gülbahar Hanım gab sich große Mühe, die Bräuche und die Pracht des Serails ihrer Kindheit zu bewahren, und lehnte die modernen Sitten ab, die inzwischen bei gut situierten Familien eingekehrt waren. Trotz der finanziellen Schieflage des Landes war ihr Privatvermögen dank der Großzügigkeit von Sultan Abdul-Hamid immer noch bedeutend. Dieser hatte sie, als er sie Selims Vater zur Frau gab, mit einer beträchtlichen Mitgift ausgestattet. Letzterer hatte die Sklavin dann der muslimischen Etikette entsprechend freigelassen, bevor er sie heiratete. Zu Anfang war es Leyla schwergefallen, sich an diese traditionelle Lebensweise anzupassen, an diese unanfechtbare Autorität der Schwiegermutter, denn sie entstammte einer aufgeklärten Familie. Doch Selim hatte seiner Frau begreiflich gemacht, dass sie sich zu fügen hatte. Erst, nachdem Ahmet zur Welt gekommen war – eine schwere Geburt –, hatte sie auch eine zärtlichere Seite an ihrer Schwiegermutter kennengelernt.

Die Gitterläden teilten den hellen Sonnenschein in eine Myriade winziger leuchtender Rechtecke. Doch unter der Decke mit ihren zarten Blumengemälden herrschte eine gedrückte Stimmung. Da die Frauen nicht an der Suche teilnehmen konnten, fühlten sie sich nutzlos. Sie sprachen von den Entbehrungen, die sie seit den Kriegsjahren ertragen mussten, und klagten über die Ratten auf den Straßen, den Mangel an Stoffen, um Kleider daraus zu nähen, die Wassersperrungen zu Unzeiten und den Mangel an Brennholz angesichts des nahenden Winters. Die Frauen trugen entweder *Entaris* aus reich besticktem Samt und mit einem Spitzenkragen oder Boleros über Hosen, deren Gürtel silberne Schnallen besaßen. Sie verschmähten die moderne Mode, die von den Frauenzeitschriften gepriesen wurde. Gern hätten sie mit Süßigkeiten ihre Nerven beruhigt, aber Zucker war zu einem seltenen Genussmittel geworden. Nicht einmal guter Kaffee war mehr aufzutreiben. So mussten sie sich mit einem abscheulichen Gebräu auf Grundlage von Gerste und Kichererbsen zufriedengeben. Um sich zu trösten, rauchten sie ihre dünnen Zigaretten aus reinem Tabak und prangerten die Händler, die exorbitante Preise verlangten, und die Profiteure des Schwarzmarkts an. Gülbahar Hanım nickte zustimmend und ließ die Perlen ihres Rosenkranzes zwischen den Fingern hindurchgleiten, sodass sie klickend an ihre Ringe stießen.

»Mach dir keine Sorgen, Leyla, mein liebes Kind«, sagte sie unvermittelt und lächelte – wie immer ebenso unerwartet wie umwerfend. »Ich bin mir sicher, dass ihm nichts zugestoßen ist. Das fühle ich hier«, setzte sie in dramatischem Tonfall hinzu und drückte die Hand aufs Herz.

Wieder einmal hatte ihre Schwiegermutter Leyla überrumpelt. Diese hatte mit Vorwürfen gerechnet, doch Gülbahar Hanım versuchte sie zu beruhigen. Das war umso erstaunlicher, als sie ganz vernarrt war in ihren Enkel, mehr noch als in die kleine Perihan.

Eine der Türen, die in den Salon führten, wurde polternd aufgerissen, und ein kleines Energiebündel mit zerzausten schwarzen Locken stürmte herein, bedeckte Leylas Hände mit Küssen und warf sich ihr in die Arme.

»Meine kleine geliebte Mama, du warst heute Morgen nicht da, als ich aufgewacht bin«, sagte Perihan und zog einen Schmollmund.

Leyla schmiegte das Gesicht an den Hals ihrer Tochter. Ihre Haut duftete nach Milch, Zimt und Unschuld, den köstlichsten Gerüchen der Kindheit. Dieses hitzige Körperchen würde sie vor allem Unglück beschützen, schwor sie insgeheim. Am liebsten hätte sie die Kleine nie wieder losgelassen.

»Hast du Ahmet gefunden?«, fragte Perihan.

Leyla sah forschend in ihre großen dunklen Augen, die ein Ebenbild der ihren waren. Perihan konnte zum Verdruss ihres Bruders kein Geheimnis bewahren.

»Nein, mein Schatz. Hast du eine Ahnung, wo er sich versteckt?«

Das Kind wollte sich aus den Armen seiner Mutter befreien. Leyla ließ sie laufen, aber Gülbahar Hanım hielt ihre Enkelin am Arm fest.

»Antworte deiner Mutter, mein Augapfel«, befahl sie ihr.

»Er hat nur gesagt, dass Onkel Orhan bald nach Hause kommt und er ihn überraschen will.«

»Orhan?«, fragte Leyla erstaunt.

Ihr neunzehnjähriger Bruder studierte in Berlin Archäologie. Er hatte sich freiwillig zur Armee gemeldet, war aber zu Leylas großer Erleichterung wegen seiner schwachen Lungen abgelehnt worden. Die beiden standen einander sehr nahe. Als ihre

Eltern bei einem Schiffbruch vor den Prinzeninseln ums Leben gekommen waren, hatte Leyla ihn unter ihre Fittiche genommen. Orhan sollte in der Tat bald nach Hause zurückkehren, hatte jedoch kein genaues Datum genannt. Bei dem Gedanken, dass Ahmet auf dem Sirkeci-Bahnhof unter den heimkehrenden Truppen herumlief, wurde ihr bange.

»Ich muss zum Bahnhof!«, erklärte sie.

»Du bleibst hier!«, befahl Gülbahar. »Es reicht, dass du bereits einmal wie eine Wahnsinnige durch die Stadt gelaufen bist … Man soll Nedim, den Kutscher, schicken. Er kennt sich mit Bahnhöfen aus.« Sie klatschte in die Hände, und eine Dienerin eilte davon.

Perihan nutzte die Gelegenheit, um die Freundinnen ihrer Großmutter zu begrüßen. Sie küsste ihnen die Hände und nahm ihre Komplimente entgegen, die allesamt von einer Beschwörungsformel gegen den bösen Blick begleitet wurden. Die Kleine, die ein Seidenkleid mit einem Samtkragen trug, ließ sich von den Damen, die nach Rosenöl dufteten, mit Küssen übersäen und schmiegte sich an ihre wogenden Busen. Wenn sie nur nicht eitel wird, sagte sich Leyla besorgt. Sie wusste, dass diese grenzenlose Freiheit, die ihre Tochter genoss, bald ein Ende finden würde. In einigen Monaten würde Perihan zusammen mit gleichaltrigen Jungen und Mädchen die Schule in der Moschee besuchen. Dort würde sie auf Türkisch lesen und schreiben lernen, sich ein paar Grundbegriffe der Geografie aneignen und den Koran auf Arabisch studieren. Anschließend würde sie zu Hause von ausländischen Gouvernanten weiter unterrichtet werden. Unterdessen wollte Leyla ihrer kleinen Tochter nahebringen, dass das Leben auch aus Pflichten bestand. »Dazu hat sie noch genug Zeit«, pflegte Gülbahar Hanım zu sagen, wenn sie hörte, wie sie die Kleine tadelte. »All diese fremdländischen Bücher, die du so gern liest, setzen dir merkwürdige Ideen in den Kopf …«

Unvermittelt begann eine der Besucherinnen zu weinen. Unter mitfühlendem Gemurmel drückte man ihr Taschentücher in die Hand. Schluchzend erzählte sie den Grund ihres Kummers: Sie würde niemals Enkelkinder haben, denn ihr Sohn war während der ersten Kriegsmonate gefallen, in der Schlacht von Sarıkamısh. Dort war ein schlecht ausgerüstetes türkisches Heer in einem überaus harten Winter von den Russen dezimiert worden. Dann war eine Schlacht auf die andere gefolgt. Die Schlacht von Gallipoli war besonders verlustreich gewesen. Die Soldaten mussten in von der Sonne ausgedörrten Schützengräben ohne Trinkwasser ausharren, wo sie von der Ruhr dezimiert und von alliierten Kriegsschiffen bombardiert wurden. Schlimme Prüfungen, die die Mütter an den Rand der Verzweiflung gebracht hatten. Aber wenigstens waren ihre Söhne für einen ruhmreichen Sieg den Heldentod gestorben.

Perihan begann ebenfalls zu heulen. Leyla nahm sie in den Arm. Wie konnte man überleben, wenn einem ein Teil seiner selbst genommen wurde? Erneut durchfuhr sie der Gedanke, dass Ahmet verschwunden war.

Ihre Schwiegermutter befahl, das Mittagessen aufzutragen. Eine alte Cousine, die im vergangenen Frühjahr zu Besuch gekommen war und wenig Neigung zeigte, wieder abzureisen, beeilte sich, der Köchin ihre Anweisungen zu übermitteln. Als Selim seine Mutter gebeten hatte, ihren Lebensstil einzuschränken, da er seit mehreren Monaten seine staatlichen Bezüge nicht mehr erhielt, hatte Gülbahar Hanım ihn gemustert und eine Augenbraue hochgezogen. Sie kümmerte sich nicht um Rechnungen und wäre nie auf die Idee gekommen, ihre Ausgaben zu drosseln. »Wenn das so ist, dann verkaufe ich eben einen Smaragd«, hatte sie erwidert. »Ich kann doch nicht darauf verzichten, mehrere Gerichte zubereiten zu lassen, wenn ich nicht weiß, worauf ich später Appetit haben werde.« Leyla hatte die niedergeschlagene Miene ihres Mannes gesehen und bei sich gedacht, dass diese Extravaganz zwar keinen Respekt einflößte, aber eine gewisse Rücksichtnahme verdiente. In diesen verworrenen Zeiten waren der Optimismus ihrer Schwiegermutter und ihr blindes Vertrauen auf die Vorsehung eine Wohltat.

Ali Aga verkündete, der Kutscher sei zum Bahnhof gefahren und der Herr sei aus dem Palast zurück und erwarte seine Mutter und seine Gattin. Augenblicklich strebte Gülbahar Hanım mit großen Schritten und hocherhobenem Kopf auf eine Tür zu, die zu einem Gemeinschaftssalon führte. Leyla musste sich beeilen, um sie einzuholen.

Selim stand vor den Fenstern, die zum Garten hin lagen. In der Ferne glitzerte der Bosporus in der Sonne, und die bewaldeten Hügel auf dem asiatischen Ufer loderten in herbstlichen Farben. Er verneigte sich vor seiner Mutter, küsste ihr die Hand und führte sie zur Begrüßung an seine Stirn.

»Ich habe eine schlechte Nachricht für euch«, erklärte er mit ernster Stimme.

»Allmächtiger Gott, Ahmet ist ein Unglück zugestoßen!«, rief Gülbahar Hanım aus. Sie riss die Augen auf und fiel dann in einer anmutigen Bewegung zu Füßen ihres Sohns in Ohnmacht.

»Was hat sie denn bloß?«, fragte Selim bestürzt.

»Ahmet ist seit heute Morgen verschwunden«, erklärte Leyla und half ihm, seine Mutter auf einen der Stühle zu ziehen, die an der Wand standen. »Wahrscheinlich wollte er die Kriegsschiffe ansehen, aber wir können ihn einfach nicht finden.«

Während Leyla ihrer Schwiegermutter die Wangen klopfte, entfernte sich Selim ein paar Schritte.

»Was für ein abscheulicher Tag«, brummte er und bemerkte beruhigt, dass Gülbahar rasch wieder zu sich kam.

»Was wolltest du denn nun vorhin sagen?«, fragte Leyla.

Selims Schultern sackten nach vorn wie bei einem Kind, das man bei etwas erwischt hat.

»Unser Haus ist von einem französischen Offizier requiriert worden, einem gewissen Kapitän Louis Gardelle. Wir haben achtundvierzig Stunden Zeit, um es zu räumen.«

Gülbahar Hanıms Schrei drang bis zu ihren Freundinnen, die geduldig auf das Mittagessen warteten.

Nachdem seine Mutter sich in ihre Gemächer zurückgezogen hatte, setzte Selim seine düstere Miene – verschlossenes Gesicht, starrer Blick – auf. Leyla schwieg. In fast zehn Jahren Ehe hatte sie gelernt, ihm bei schwierigen Gesprächen die Initiative zu überlassen, um sich auf seine Laune einzustimmen und Konflikte zu vermeiden. Doch sie war so aufgewühlt, dass es sie Mühe kostete, sich gefügig zu geben. »Mein Sohn ist kein Idiot, er wird den Heimweg schon finden«, sagte Selim ärgerlich. »Ich hätte in seinem Alter genauso gehandelt.« Diese Gleichgültigkeit verletzte sie. Leyla nahm es ihm übel, dass er sich nicht auf die Suche nach Ahmet machte, als hätte das Verlassen des Hauses eine symbolische Bedeutung. Sie zweifelte nicht daran, dass Selim ihr Kind liebte, aber er gehörte nicht zu den Menschen, die überstürzt handelten. Er war bedachtsam und überlegt und hielt nichts von Überraschungen; umso größer daher sein Unbehagen seit der Ankunft der Besatzungstruppen in der Stadt. Doch Passivität grenzte für Leyla an Aufgabe. Sie betete inständig, dass man Ahmet am Bahnhof fand.

»Wir werden in den Yalı ziehen müssen«, erklärte Selim unvermittelt.

»Er bietet doch gar keinen Platz für alle, und es ist viel zu feucht, um den Winter dort zu verbringen«, entgegnete sie.

Das aus Holz errichtete Patrizierhaus am asiatischen Ufer gehörte ihr. Seine Wände bargen die glücklichsten Erinnerungen ihres Lebens. Leyla und Orhan hatten es geerbt, nachdem ihre Eltern grausam aus dem Leben gerissen worden waren. Aber sie war die Hausherrin. Dorthin zog sie im Frühling, sobald die Judasbäume blühten, und blieb bis Oktober, wenn sich vom Schwarzen Meer mit heftigen Regenfällen und kalten Winden der Herbst ankündigte.

»Jedenfalls wird sich ein Teil der Dienerschaft um die Franzosen kümmern müssen«, fuhr Selim fort. »Ali Aga wird hierbleiben, um über das Haus zu wachen. Wir müssen alles zurücklassen«, setzte er hinzu und betrachtete die goldgeprägte Kalligrafie einer Koransure, die an der Wand hing.

Sie befanden sich im großen Salon, in dem die Zierleisten mit Blattgold geschmückt waren. Er lag zwischen den beiden Flügeln des Hauses, und hier empfing man ausländische Gäste. Eine Tür führte ins *Selamlık* und eine andere ins Haus der Frauen, zu dem als einziger Mann nur Selim Zutritt hatte. Im Gegensatz zu vielen anderen Familien hielt er noch immer auf die althergebrachte Teilung des Hauses. Außerdem bot es ihm die Möglichkeit, auf höfliche Art seine zur Herrschsucht neigende Mutter fernzuhalten.

Selim runzelte die Stirn. »Das ist eine Invasion!«, hatte Gülbahar Hanım ausgerufen und dann beteuert, sie werde erst fortgehen, nachdem sie ihre Seele in die Hände Allahs, des Barmherzigen, gelegt habe. Vollkommen undenkbar, ihr Haus Ungläubigen zu überlassen. Selim wusste, dass sie in der Lage war, einen Skandal zu entfachen. Wie würden die Behörden der Besatzer reagieren? Konnte man eine Frau überhaupt wegen Renitenz einsperren? Bei dem bloßen Gedanken brach ihm der kalte Schweiß aus. Von einer solchen Ehrverletzung würde sich die Familie nie erholen.

»Gibt es denn wirklich keine andere Möglichkeit?«, fragte Leyla mit sanfter Stimme. »Bist du diesem Offizier schon begegnet? Vielleicht ist er ja ein Mensch, mit dem man vernünftig reden kann.«

»Mit Besatzern kann man nie vernünftig sprechen«, erwiderte er barsch.

»Du schätzt die Franzosen doch und weißt, wie sie denken. Außerdem bist du ein Sekretär des Padischahs«, beharrte sie. »Könnte man diesen Kommandanten Gardelle nicht bitten, sich anderswo niederzulassen? Du kannst sehr überzeugend sein, wenn du willst.«

Leyla, von intuitivem und geduldigem Naturell, ergründete die Emotionen, die auf dem Gesicht ihres Mannes spielten. Meist gelang es ihr mit ihrem hinter Bescheidenheit getarnten scharfen Verstand, Selims Entscheidungen zu beeinflussen.

»Ich besitze doch keine magischen Kräfte! Ich habe keinerlei Möglichkeit, auf die Verwaltung der Besatzungsmächte einzuwirken. Soweit ich weiß, ist die Stadt in Sektoren aufgeteilt, und dieses Viertel wurde den Franzosen zugeschlagen. Ich hoffe nur, dass wir das nicht bitter bereuen müssen.«

»Und der Yalı?«

»Das asiatische Ufer steht unter italienischer Kontrolle. Aber da mache ich mir keine Sorgen. Die Italiener sind selbst empört über die Behandlung, die sie seit Kriegsende erfahren. Ihre britischen Verbündeten hatten ihnen Gebiete zugesagt, die sie nicht erhalten werden. Daher sind sie nicht besonders energisch, was uns nur recht sein kann.«

Leyla sah der Übersiedlung widerstrebend entgegen. In Gedanken begann sie den Umzug vorzubereiten. Sie würden ihre Matratzen und ihr Bettzeug mitnehmen. Den Schmuck natürlich und ihre Winterkleidung. Perihans liebste Porzellanpuppe. Ein paar Küchenutensilien. Essensvorräte für die erste Zeit. Aber nicht die materiellen Umstände bereiteten ihr am meisten Kopfzerbrechen, sondern die Gemütszustände der Mitglieder des Haushalts. Und meine Bücher?, dachte sie plötzlich. Sie würde ihre Bibliothek zurücklassen müssen, die ihr einziger Zufluchtsort war. Doch solange ihre Kinder gesund und wohlbehalten wären, wäre sie überall zufrieden.

Bedingt durch die zwar lange zurückliegenden, aber noch immer in ihren Genen verwurzelten nomadischen Ursprünge fürchteten sich die Türken nicht davor, ihr Leben neu zu erfinden. Der anatolische Bauer war nicht tief in seiner Scholle verwurzelt, und der osmanische Beamte, der daran gewöhnt war, das ganze Reich zu bereisen, hing nicht an vergänglichen Mauern. In den alten Stadtvierteln Istanbuls kam es selten vor, dass Häuser über Generationen überdauerten. Diese Erfahrung hatte Leyla selbst schon gemacht.

An jenem unglückseligen Abend hatten die Alarmrufe des Nachtwächters Leylas Familie abrupt aus dem Schlaf gerissen. Ihre Eltern hatten ein paar Habseligkeiten zusammengerafft, und ihre Mutter hatte den kleinen Orhan auf den Arm genommen. Draußen raubte ihnen überwältigender Brandgeruch den Atem. Funken tanzten unter dem schwarzen Himmel, und die Zypressen weiter oben an der Straße standen in Flammen. In einem Chaos aus Geschrei, Pferdegewieher und überladenen Karren flohen die Bewohner. Ihr Vater, der ein Bündel auf der Schulter trug, fasste ihre Hand so fest, dass es schmerzte, und dann rannten sie den Hügel hinunter. Die Häufigkeit solcher Feuersbrünste ließ die Istanbuler verzweifeln. Bei jedem Brand wurden Tausende Häuser zerstört. Das Gassengewirr und die Holzbauweise begünstigten diese Tragödien. Die Opfer flüchteten sich für einige Zeit in die Moscheen, zu Verwandten oder Freunden. Nachdem die erste Verunsicherung und der Schmerz über den Verlust vertrauter Gegenstände abgeklungen waren, blieb ihnen nichts anderes übrig, als ihr Los mit stoischem Mut hinzunehmen. Ihre Familie hatte innerhalb weniger Stunden alles verloren. Sechs Monate später kaufte ihr Vater den Yalı.

»Meine Mutter wird das nicht verkraften«, sagte Selim und lief im Salon auf und ab.

»Ach was! Deine Mutter ist viel stärker, als du glaubst!«

Das islamische Gesetz erlegte einem Sohn die Pflicht auf, sich um seine Mutter zu kümmern. Leyla beugte sich dem gern, doch zugleich bedauerte sie, dass ihre Schwiegermutter keine alte Dame war, die sich damit zufriedengab, Süßigkeiten zu naschen und ihre Enkelkinder zu verhätscheln. Angesichts von Gülbahar Hanıms Vitalität, die über einen kleinen Kosmos herrschte, ohne ihr Haus zu verlassen, hatte sie oft das Gefühl, hundert Jahre alt zu sein. Ihre Schwiegermutter nahm bei Tisch den Ehrenplatz ein, empfing Besucher, gab ihre Zustimmung, wenn diese oder jene Arbeiten zu erledigen waren, oder auch nicht … Bis heute hatte sich niemand vorzustellen gewagt, an diese Tradition zu rühren.

»Wird er denn allein hier leben, oder bringt er seine Familie mit?«, erkundigte sich Leyla beiläufig und strich mit einer Hand über ihre Tunika aus gelber Seide.

»Woher soll ich das denn wissen? Schließlich habe ich keinen besonderen Draht zur französischen Kommandantur.«

»Ich meine gehört zu haben, dass die Offiziere mit Frau und Kindern in die Stadt ziehen.«

Obwohl die muslimischen Frauen auf ihr Haus beschränkt waren, erfuhren sie in der Regel als Erste, was sich in der Stadt zutrug. Sie statteten einander Besuche ab, trafen sich im Hamam und lauschten ihren alten Kinderfrauen, den Hausiererinnen und Wahrsagerinnen. Diese einfachen Frauen waren immer willkommen. Es kam sogar vor, dass sie zu Helfershelferinnen bei ebenso romantischen wie verbotenen Liebesgeschichten wurden. Die Damen des Hauses, die über diese reichen Informationsquellen verfügten, beeinflussten unauffällig ihre Männer oder Söhne. Diese geheimnisvolle Macht der Orientalinnen hatte sich in Jahrhunderten voller Verschwörungen entwickelt und dauerte noch immer fort.

»Wenn dieser französische Offizier Kinder hat, versteht er vielleicht, wie schwierig es für uns ist, unser Haus mitten im Winter zu räumen«, fuhr Leyla unbeirrt fort. Und bald würde Orhan zurückkehren, mit seiner Lungenschwäche. Nein, dachte sie, das wäre nicht auszumalen.

Selim zündete sich eine Zigarette an, und sie war froh, als sie seine unentschlossene Miene sah. Wie so häufig, wenn sie mit ihm zusammen war, spürte Leyla ein schmerzliches Gefühl von Einsamkeit. Er war nicht einmal auf die Idee gekommen, sie zu trösten, als er von Ahmets Verschwinden erfahren hatte. Nur selten öffnete er ihr sein Herz oder teilte seine Gedanken mit ihr. »Für die Männer sind wir nur Instrumente ihrer Lust«, pflegte ihre Cousine Zeynep mit verächtlichem Unterton zu sagen. Wie hätte sie ihr widersprechen können? Leyla bedauerte oft, dass ihr Mann und sie über die Regelung der Alltagsdinge und ihre körperliche Beziehung hinaus nichts gemeinsam hatten.

»Das Haus ist groß«, meinte sie. »Zwei getrennte Gebäudeflügel mit ungefähr dreißig Zimmern. Vielleicht wären der Major und seine Frau ja einverstanden damit, den *Selamlık* zu beziehen, und Orhan, Onkel Mehmet und du könntet auf unserer Seite wohnen.«

Bei ihnen lebten diverse Verwandte. Ihre Zahl schwankte je nach den Wechselfällen des Lebens. Immer wieder trafen irgendwelche Leute, seien es Cousinen oder ein alter Onkel aus Anatolien, der an Gicht litt, ohne Vorwarnung ein. In Zeiten des Friedens und Wohlstands trugen diese Verwandtschaftsbesuche zu der harmonischen, fröhlichen Atmosphäre des Konaks bei. Doch die angekündigten Beschlagnahmungen drohten das Ende der herzlichen Gastfreundschaft der Türken einzuleiten, die bereits durch die Kriegsjahre schwer gelitten hatte.

»Kommt überhaupt nicht in Frage, dass ich mich dazu herablasse, um irgendeinen Gefallen zu betteln!«

»Die Gesundheit deiner Kinder steht auf dem Spiel. Es geht nicht um einen Gefallen, sondern um deine Pflicht als guter Familienvater … Und deine Mutter wird dir gewiss dankbar sein.«

Selim drehte sich um. Der stolze, feste Charakter seiner Frau hatte ihn schon immer angezogen. Sie saß oft stundenlang da und las oder stickte, aber im Gegensatz zu den Frauen seiner Familie, die sich träge auf den Diwanen räkelten, wirkte ihre zarte Gestalt immer angespannt, als sei sie bereit zu fliehen. Ihr Schwanenhals und ihre zarten Gelenke strahlten eine natürliche Vornehmheit aus. Er wurde es niemals müde, die gerade Nase, die vollen Wangen und ihre üppigen Lippen zu betrachten, ihre Stimme oder ihr Lachen zu hören. Häufig überfiel seine Leidenschaft ihn ganz unvermittelt. Sie besaß nicht die gemessenen Bewegungen der Orientalinnen. Ihre Lebhaftigkeit berührte ihn seit ihrem Hochzeitstag. Damals hatte er zum ersten Mal dieses junge Mädchen mit den braunen Locken erblickt, die mit Silberfäden durchwirkt waren. Das Selbstbewusstsein, mit dem sie ihn ansah, und der intelligente Blick, den sie auf ihn richtete, hatten ihn von Anfang an verblüfft.

Während die Frauen des Viertels kamen, um die Braut in ihrem bestickten Gewand und ihrem Schmuck zu bewundern, bemerkte Selim, wie ein großer, verbeulter alter Koffer voller Bücher gebracht wurde. Seine Schwestern gaben sich mit französischen Romanen zufrieden, die sie melancholisch machten. Leyla, die einer der französischen Aufklärung verhafteten Familie entstammte, las indes Werke über Philosophie und Geschichte, und zwar sowohl auf Deutsch als auch auf Französisch. Als sie Mutter wurde, verlegte sie sich sogar darauf, amerikanische Bücher über Kindererziehung zu studieren, was Selim vollkommen unpassend fand.

Bei Ahmets schwerer Geburt – ein französischer Arzt hatte qualvolle Stunden lang alles versucht, um Mutter und Kind zu retten – erschütterte Selim der Gedanke zutiefst, er könnte sie verlieren. Die Intensität dieses Gefühls jagte ihm Angst ein. In seiner Seelenqual irrte er durch den Garten, denn er ertrug es nicht, in dem Haus zu verweilen, wo seine Frau so litt. Damals entdeckte er, dass er verletzlich war, und fragte sich, wie er die Trümmer seines Lebens wieder zusammensetzen sollte, falls er seine blutjunge Ehefrau verlieren sollte. Doch dieses Gefühl, das er als Charakterschwäche betrachtete, hatte er ihr noch nie eingestanden.

Leyla sah ihn aus ihren geschminkten Augen unverwandt an. Wie immer bezog Selim aus dieser ganz speziellen, gelassenen Ruhe eine Entschlossenheit, die ihm ansonsten häufig fehlte.

»Du hast recht«, erklärte er schließlich und lächelte ihr zu. »Deine Idee erscheint mir ausgezeichnet. Ich will sehen, was ich ausrichten kann.«

Er trat auf sie zu und nahm ihre Hände, um ihr beim Aufstehen zu helfen. Sie reichte ihm bis zur Schulter. Er spürte den

Drang, sie an sich zu ziehen, unterdrückte ihn jedoch. Er sog ihren Duft ein und dachte, wie sehr er sie begehrte, immer und in alle Ewigkeit.

»Und Ahmet?«, fragte sie besorgt.

»Mach dir keine Sorgen. Wir Männer müssen manchmal vom Rockzipfel der Frauen flüchten«, erwiderte er scherzend.

Sie konnte eine gereizte Geste nicht unterdrücken. »Ahmet ist kein Mann, Selim, sondern ein Kind.«

Louis Gardelle bemühte sich, seine fast kindliche Aufregung vor seinem Chauffeur und seinem Dolmetscher zu verbergen. Aber das Gefühl war stärker als er, und er drückte die Nase an das Autofenster, um die Kuppeln und Minarette zu bewundern, die sich vor dem blauen Himmel abzeichneten. Konstantinopel, endlich!

Sie überquerten die Galata-Brücke und hielten auf den alten Stadtteil Stambul zu. Die morschen Holzbohlen erbebten unter den Rädern und drohten jeden Moment zu brechen. Der Mauteintreiber in seiner weißen Jacke, der vor dem Wachhäuschen stand, hatte gezögert, ihm seinen Obolus abzuverlangen, und dann den Wagen passieren lassen, an dem ein Wimpel in den französischen Farben flatterte.

Louis freute sich, nach seiner erlebnisreichen Ankunft einige Stunden zur freien Verfügung zu haben. Die Truppen waren noch dabei, sich einzurichten, doch schon jetzt zeigten sich die Briten wenig entgegenkommend. Der Ton zwischen den viel zu zahlreichen Militärkommandanten wurde schärfer. Die Franzosen hatten immer noch nicht verdaut, dass Vizeadmiral Amet sie von den Verhandlungen über den Waffenstillstand ausgeschlossen hatte. Die Engländer hatten einen Meldegänger geschickt, der sich angeblich verirrt hatte, und behaupteten gleichwohl, sie seien die Einzigen, die bevollmächtigt waren, mit den Vertretern der osmanischen Regierung zu verhandeln. Jedenfalls zweifelte Louis an ihrem guten Willen. Er wusste, dass die Probleme weniger die Türken bereiteten, die sich dem harten Gesetz der Niederlage beugten, als vielmehr die starrsinnigen Alliierten, die deutlich unterschiedliche Ziele verfolgten. Jetzt musste man die Griechen im Auge behalten, die in dieser Region, die sie als ihren angestammten Besitz betrachteten, Unruhe stifteten. Aber vor allem musste man verhindern, dass sich die Briten die Hauptstadt aneigneten. Das Ganze versprach heikel zu werden.

Er verscheuchte diese düsteren Gedanken und amüsierte sich über das Schauspiel, das sich ihm bot. Der Dolmetscher hatte ihn auf den Eingang zum Gewürzbasar aufmerksam gemacht, der im Schatten einer imposanten Moschee lag. Straßenhändler balancierten auf ihren Köpfen Tabletts mit bunten Perlen, pyramidenförmig aufgeschichteten Fes-Hüten oder Parfüms. Vor einem Kaffeehaus saßen auf Schemeln zwei alte Männer mit Turban und betrachteten mit ausdruckslosen Mienen das Automobil. Die Kinder dagegen verbargen ihre Neugierde nicht. Sie rannten um den Wagen herum, der im Schritttempo unter einem Baldachin aus verschlungenen wilden Reben, deren Laub den Passanten im Sommer Schatten spenden sollte, durch eine schlecht gepflasterte Gasse rollte.

Das rege Treiben erinnerte Louis an seine Erlebnisse in Nordafrika. Doch die Exotik Konstantinopels war von ganz anderer Art. In den Überschwang des Orients mischte sich eine Entschlossenheit, die so scharf war wie die Klinge eines Dolchs. Sogar der eindringliche Ruf des Muezzins wirkte klarer. Man erzählte sich, dass der hiesige Gebetsruf der harmonischste aller muslimischen Länder sei. Seine ersten Gespräche mit den Staatsbeamten hatten ihn bereits gelehrt, niemals zu vergessen, dass die Türken ursprünglich aus den Steppen Zentralasiens stammten, diesen rauen, unerbittlichen Hochebenen; diesem Mahlstrom, aus dem so viele Völker mit schrägen Augen und hohen Wangenknochen hervorgegangen waren. Von ihren Vorfahren hatten sie die Zähigkeit der nomadischen Krieger und die unendliche Geduld der Asiaten geerbt. Eine respekteinflößende Mischung. Die Engländer irrten sich, wenn sie sie in ihrer gewohnten Arroganz unterschätzten und sie für träge hielten, weil die muslimische Religion predigte, der Mensch müsse sich Gott unterwerfen.

»Hier sieht man nicht so häufig Automobile, Commandant«, erklärte der griechische Dragoman leicht herablassend, indem er auf die Besonderheiten der unterschiedlichen Stadtviertel anspielte.

»Was soll's! Ausnahmsweise habe ich es einmal nicht eilig«, sagte Louis, um den Dolmetscher zu beruhigen.

Zeit war ein Luxus, den er jetzt ausgiebig genoss. Nachdem der Krieg endlich zu Ende war, sehnte auch er sich danach, ein wenig durchzuatmen, auch wenn für einen Soldaten niemals wirklich Frieden herrschte. In irgendeiner fernen Weltgegend schwelte immer eine Auseinandersetzung, in die einen die eigene Regierung schickte, um ihre Existenz zu rechtfertigen.

Hinter einem Karren kam der Wagen zum Stehen. Der Chauffeur hupte, sehr zum Ärger von Passanten im Kaftan und einigen Straßenkötern, die wütend zu kläffen begannen. Es war heiß. Louis fuhr mit einem Finger unter seinem Hemdkragen entlang. Plötzlich spürte er die Enge des Wageninneren, dessen Wände auf ihn zuzurücken schienen. Ihm fiel eine Pustel im Nacken des Fahrers auf, was das unangenehme Gefühl noch verstärkte. Angewidert sah er auf seine rechte Hand hinunter. Seine Finger zitterten. Er hatte gelernt, diese verstörenden Momente zu fürchten, die ihn ohne Vorwarnung überfielen. Dann suchten ihn die Explosionen heim, die Flammen, die unabwendbare Schieflage eines Decks unter seinen Füßen, die Schreie der entsetzten Seeleute, die sich in das schwarze Wasser warfen, in das Meer, das mitten in der Nacht zu kochen schien, während ein deutsches U-Boot sie unsichtbar umkreiste. Kalter Schweiß lief ihm den Rücken hinunter.

Der Wagen beschleunigte wieder, um dann den Hügel hinaufzufahren. Louis kurbelte das Fenster herunter, denn er brauchte Luft. Eine berauschende Geruchsmischung aus Staub, Gewürzen und Pferdeäpfeln stieg ihm zu Kopf. Sie passierten einen ruhigen Platz, auf dem sich eine kleine Moschee mit einem Brunnen und einer Platane erhob. Gitterfenster, verschleierte Frauen und die hohen Mauern, die schattige Gärten beschützten, verliehen dem Viertel eine fremdartige Atmosphäre. Der Dragoman wies ihn in einem Französisch mit singenden Untertönen auf die Aussichtspunkte und Sehenswürdigkeiten hin. Seit seiner Ankunft beeindruckte Louis die Musikalität all der Sprachen, die die Symphonie dieser Stadt bildeten; Türkisch, Griechisch, Armenisch, Italienisch ... Der Charme der kosmopolitischen Städte der Levante.

Der Wagen bremste abrupt, sodass er nach vorn geschleudert wurde. Man hörte aufgeregtes Geschrei, und um sie herum bildete sich ein Menschenauflauf.

»Kleiner Idiot!«, schrie der französische Fahrer und sprang aus dem Automobil.

»Der Trottel hat sich vor unseren Wagen geworfen«, erklärte der Übersetzer gereizt.

Louis stieg ebenfalls aus. Vor der Stoßstange lag ein kleiner Junge am Boden. Der wütende Chauffeur wetterte, er habe ihn kaum gestreift, man könne bei dieser Geschwindigkeit ohnehin niemanden verletzen.

»Das ist ja ein Kind«, sagte Louis erbost und kniete sich auf das Kopfsteinpflaster. »Auch wenn er nicht verletzt ist, so hat er den Schreck seines Lebens bekommen. Fragen Sie ihn, ob er irgendwo Schmerzen hat«, befahl er dem Dragoman, der sich herauszuhalten versuchte.

»Mir fehlt nichts, Monsieur«, antwortete der kleine Junge auf Französisch, obwohl er sehr blass geworden war.

Er hatte ein feingezeichnetes Gesicht, braunes Haar, das ihm in die Stirn fiel, und helle Augen, in denen jetzt Tränen standen. Sein Mund zitterte, doch er biss sich auf die Lippen, um nicht zu weinen. Sein Jackenärmel war zerrissen und seine Hose fleckig. Er wirkte so verletzlich, dass es Louis ganz beklommen zumute wurde. Da habe ich mich ja prächtig eingeführt, dachte er und sah in die aufgebrachten Mienen der Menschen, die sich über die beiden beugten.

»Und dir ist auch nicht schwindlig?«, fragte er und überzeugte sich davon, dass der Kleine nicht verletzt war.

»Es ist alles gut. Lassen Sie mich ...«

Erst jetzt wurde Louis richtig klar, dass er mit dem Jungen sprechen konnte, und ihm fiel ein, dass das Französische die bevorzugte Fremdsprache der wohlhabenden osmanischen Familien war.

»Wo wohnst du? Ich möchte dich gern zu deinen Eltern fahren und ihnen erklären, was passiert ist.«

»Ich kann allein nach Hause gehen, Monsieur, ich wohne gleich da vorn.« Der Kleine wies auf das Dach eines weitläufigen Anwesens, das von einer hohen Steinmauer umgeben war.

In dem offenen Eingangsportal tauchte ein hochgewachsener Farbiger in Gehrock und Fes und mit einem bandagierten Knöchel auf. Offensichtlich kannte er das kleine Unfallopfer. Er stieß einen Schrei aus, trieb die Passanten kurzerhand mit seinem Stock auseinander und stürzte sich auf das Kind. Der zerknirschte kleine Junge versuchte den Mann zu beruhigen, der völlig außer sich schien.

Louis nahm den Kleinen auf den Arm.

»Ich bringe dich nach Hause«, sagte er.

Der Farbige und der Dragoman folgten ihm auf dem Fuße. Der kleine Zug schob sich durch die Menschenmenge auf das Haus zu. Als Louis den Garten erreichte, wo der Kies unter seinen Füßen knirschte, trat ein elegant gekleideter Mann auf die Vortreppe und erbleichte, als er sie kommen sah. Mühelos erriet Louis, dass es sich um den Vater des Kleinen handelte. Eilig beruhigte er ihn. Sein Chauffeur hatte den Jungen im Schritttempo umgefahren, doch schien er nicht verletzt zu sein.

Verwirrt trat der Mann zurück, um ihn einzulassen. Hinter dem hochmütigen Farbigen stieg Louis die Treppe zu einem lichtdurchfluteten Salon hinauf, wo er den Jungen behutsam auf einen Diwan legte. Der Vater wechselte einige Worte auf Türkisch mit seinem Sohn, tastete ihn ab und richtete sich dann beruhigt auf.

»Ich danke Ihnen. Ahmets Schreck ist größer als sein Schmerz.«

»Es tut mir außerordentlich leid, Monsieur. Ein bedauerlicher Unfall. Sie müssen mir vergeben.«

»Ich bitte Sie. Mein Sohn verdient Tadel, nicht wahr, Ahmet?«, fragte er stirnrunzelnd. »Darf ich Ihnen eine Erfrischung anbieten, um Ihnen für Ihre Fürsorge zu danken?«

»Ich weiß nicht«, meinte Louis zögernd. »Ich möchte mich nicht aufdrängen …«

»Ich bestehe darauf«, erklärte der Mann und gab seinem Dienstboten einen Wink.

Seine Bewegungen waren von einer besonderen Eleganz, wenngleich er in seinem eng anliegenden Gehrock eine männliche Schönheit voller Stolz und Selbstbeherrschung ausstrahlte.

Das Licht strömte durch die Fenster. In der Ferne lag zwischen den Kriegsschiffen, die den Eingang zum Bosporus blockierten, auch Louis' Schiff. Er wandte den Blick ab. Kristallene Kronleuchter, deren Kerzen halb heruntergebrannt waren, hingen an der Decke, und prächtige Teppiche lagen auf dem Boden. Er bewunderte eine große Kalligrafie mit goldenen Buchstaben auf blauem Grund, die zweifellos eine Anrufung Allahs darstellte. Mit Fliesen verzierte Nischen schmückten eine Wand, davor waren Sessel mit geflochtener Lehne aufgereiht. Die restliche Einrichtung bestand lediglich aus zwei niedrigen Tischen mit Einlegearbeiten aus Perlmutt und einer kupfernen Kohlepfanne. Diese schlichte Raffinesse schenkte Louis ein eigentümliches Gefühl von Frieden.

Er wandte sich seinem Gastgeber zu, der ihm unter dem dichten Schnurrbart hinweg wohlwollend zulächelte.

»Ahmet!«, hörte er jemanden an der Tür ausrufen.

Eine Frau stürzte sich auf das Kind und schloss es in die Arme.

Louis bemerkte, dass noch weitere Frauen anwesend waren. Offenbar wagten sie es nicht, sich zu ihnen zu gesellen, sondern hielten sich im Hintergrund, wie es die Schicklichkeit gebot. Zum ersten Mal stand er dieser verbotenen Welt gegenüber, von der seine Kameraden so sehr träumten.

Die Mutter richtete sich auf. Sie hielt ihren kleinen Sohn an der Hand. Ein transparenter Gazeschleier konnte ihre harmonischen Züge nur notdürftig verbergen und hob ihre mit Kajal umrandeten Augen hervor. Markante Augenbrauen betonten ihre dunklen Augen. Zornig starrte sie ihn an. Louis hielt den Atem an. Osmanische Frauen kannte er nur aus Romanen wie jenen eines Pierre Loti oder von Gemälden mit orientalischen Motiven, die in Mode waren. Die Künstler statteten die Damen mit dem Reiz des Verbotenen aus und beschworen Fantasievorstellungen von Harems und einer bereitwilligen Sinnlichkeit herauf; sie schrieben den Frauen magische Künste zu, die dem Abendland unbekannt waren, sowie Düfte von Moschus und Amber und unaussprechliche Begierden. Und jetzt stand diese stolze Unbekannte vor ihm, den grazilen Körper in ein Cape gehüllt, das sie sich über eine Tunika aus gelber Seide geworfen hatte, als müsse sie sich schützen. Er begriff, dass sie sich hastig zurechtgemacht hatte, um nach ihrem Kind zu sehen, obwohl ein Ausländer anwesend war, ein Eindringling, der beinahe ihren Sohn getötet hätte. Mit einer eleganten Handbewegung rückte sie den Schleier zurecht, der ihr Haar verbarg. Mit Edelsteinen besetzte Ringe schmückten ihre Finger, deren Nägel mit Henna gefärbt waren. Ein wenig ungeschickt verneigte er sich, um ihr seinen Respekt zu erweisen. Wortlos ging sie an ihm vorbei und ließ ihn völlig verdattert angesichts dieser rätselhaften Vision und diesem glühenden, unnachgiebigen Blick stehen.

Die Tür fiel zu. In der Stille, die jetzt eintrat, waren die fernen Geräusche der Stadt kaum zu hören.

»Meine Frau«, erklärte der Türke in amüsiertem Ton.

»Ich bin wirklich untröstlich … Ich hätte Sie nicht stören dürfen … Ich weiß, dass …«

Louis fand keine Worte. Man erzählte sich, dass ein Muslim nie von seinen weiblichen Familienmitgliedern sprach. Was sollte er also sagen?

»Meine Frau war seit heute Morgen außer sich vor Sorge«, erklärte sein Gastgeber. »Mein Sohn war verschwunden. Ich dagegen war der Meinung, er werde zum Mittagessen zurückkommen. Dass der Hunger ihn nach Hause treiben würde. Aber ich muss gestehen, mit so einem Missgeschick hätte ich nicht gerechnet.«

»Ich kann Ihre Frau verstehen. Ich habe selbst eine Tochter. Die Kinder jagen uns oft einen furchtbaren Schrecken ein, nicht wahr? Leider habe ich Marie seit zwei Jahren nicht mehr gesehen. Inzwischen ist sie vierzehn, und ich kann mir vorstellen, dass meine Sorgen bald ganz anderer Natur sein werden.«

Er fragte sich, wie sich Marie wohl in Konstantinopel einleben würde. In ihrem letzten Brief klang ihre Aufregung und Vorfreude angesichts ihres baldigen Wiedersehens in dieser fremden Stadt an. Leider galt das nicht für seine Frau. Rose hielt es für ein gefährliches Unterfangen, Toulon zu verlassen und in die osmanische Hauptstadt zu ziehen. Auch von der Exotik ihres Ziels hielt sie nicht viel. Louis hatte hartnäckig bleiben müssen. Nachdem der Krieg zu Ende war, hatte sie gehofft, endlich wieder ein richtiges Familienleben führen zu können. Schließlich hatte sie sich bereiterklärt, in einigen Monaten zu ihm zu stoßen, wenn er Zeit genug gehabt hätte, um sich einzurichten und den beiden einen würdigen Empfang zu bereiten. Doch Louis, der jetzt ahnte, wie dieses neue Leben in Wirklichkeit aussehen würde, beschlichen Zweifel.

Er fühlte sich völlig hilflos. Er war an kein Alltagsleben mehr gewöhnt, das nicht von den Erfordernissen des Krieges gegliedert war. Allein die Anwesenheit seines Gastgebers zwang ihn, sich an vergessene Anstandsregeln zu erinnern. War er überhaupt noch in der Lage, ein Gespräch zu führen, zu scherzen oder Zukunftspläne zu schmieden? Auf einem Schiff war man in Kriegszeiten so abgeschnitten, dass es an ein Kloster erinnerte, wenn auch ohne die spirituelle Dimension. Louis wusste bereits, dass seine weiteren Missionen ihn an die Küsten Anatoliens und bis zum Schwarzen Meer führen würden. Wäre Rose dann in der Lage, sich allein in Konstantinopel zurechtzufinden? Wie sollte sie dieses Land verstehen, in dem der westliche Lebensstil einem wie der flüchtige Schaum auf Meereswellen vorkam, wenn man sich in einem muslimischen Haus wie diesem befand? Mit einem Mal erschien ihm alles unüberwindlich.

Der Farbige betrat mit ernster Miene den Salon und flüsterte seinem Herrn etwas ins Ohr. Sein Gastgeber erstarrte und warf Louis dann einen durchdringenden Blick zu.

»Oh, ich fürchte, dass ich mich Ihnen noch nicht vorgestellt habe«, erklärte der Franzose. »Fregattenkapitän Louis Gardelle. Man hat mich in einem Haus in diesem Viertel einquartiert. Mir graut allerdings ein wenig vor dem Empfang, der mir zuteilwerden wird.« Er lächelte gezwungen. »Es muss unangenehm sein, aus seinem Heim vertrieben zu werden, um einen Fremden aufzunehmen, doch die Unterkünfte sind so knapp, dass den Behörden nichts anderes übrigbleibt. Wir werden uns wohl alle daran gewöhnen müssen, oder? Und mit ein wenig gutem Willen auf beiden Seiten …«

Louis bemerkte, dass er schwadronierte, um seine Verlegenheit zu überspielen, denn das Schweigen war drückend geworden. Der Diener bot ihm einen Kaffee an, den er dankbar entgegennahm.

»Meine Frau und meine Tochter werden bald nachkommen«, erklärte er, als müsste er sich verteidigen.

Der Kaffee schmeckte ein wenig streng, anscheinend war er gewürzt. Louis fühlte sich mit einem Mal erschöpft, als holte ihn die ganze Anspannung der letzten Monate ein. Er setzte sich auf den Diwan, dessen seidige Kissen ihn mit unerwarteter Weichheit umfingen. Einen Moment lang schloss er die Augen.

Ali Aga musterte den Franzosen mit unfreundlicher Miene. Zweifellos hielt ihn dieser Ungläubige für einen dieser vor Stolz aufgeblasenen, unseligen Haushofmeister in den großen Häusern des europäischen Viertels. Dabei war er der Hüter der Frauen des Haushalts, ein aufmerksamer, treuer Wächter. Aber jetzt machte er sich Sorgen. Er hatte sich mit dem Dragoman unterhalten, der im Vestibül wartete, und war dann sofort zu seinem Herrn geeilt, um ihm die Neuigkeit mitzuteilen.

Selim betrachtete den Offizier interessiert. Er war schlank und hatte schwarzes Haar, das an den Schläfen von Grau durchzogen war. Sie mussten ungefähr im gleichen Alter sein, aber der Franzose wirkte älter. Als seine Hand gezittert hatte, während er den filigran aus Gold und Silber gearbeiteten *Zarf* hielt, hatte er sich abgewandt, als schämte er sich. Die Nerven, dachte Selim. Nur wenige Soldaten hatten keine seelischen Schäden von den Kämpfen davongetragen. Selim war erstaunt, einen Anflug von Mitgefühl für diesen Mann zu empfinden, der so bedrückt, ja fast geschlagen, vor ihm saß, obwohl er zu den Siegern über ein zerschmettertes Land gehörte.

Der Mann, dessen Wagen Ahmet beinahe angefahren hätte, würde sie also aus ihrem eigenen Haus vertreiben. Natürlich war der Franzose nicht persönlich verantwortlich dafür, aber er stand auf der Seite der Sieger. Er konnte an der Spitze seiner Männer durch die Stadt marschieren, Befehle erteilen, den Respekt der Einwohner einfordern. Der Besiegten, dachte Selim mit einem Hauch von Bitterkeit. Für die Osmanen war das nichts Neues. Mehr als drei Jahrhunderte lang hatten die christlichen Ausländer dank der sogenannten »Kapitulationen« – Handelsverträgen, die ihnen im Osmanischen Reich beträchtliche juristische und finanzielle Vorteile garantierten – eine überaus angenehme Stellung genossen. Aber jetzt handelte es sich um eine regelrechte Besatzung, und niemand wusste, was sich daraus entwickeln würde.

Mit einer Kopfbewegung bedeutete Selim Ali Aga, sie allein

zu lassen. Er bot dem Franzosen eine Zigarette an und setzte sich dann ebenfalls.

»Sie sagten, Ihre Frau und Ihre Tochter würden bald zu Ihnen stoßen?«

»Ja, sobald ich mich eingerichtet habe. Meiner Frau wird das Leben hier völlig fremd sein«, fügte er verunsichert hinzu.

»Ich bezweifle nicht, dass die Frauen der alliierten Offiziere sie in ihren Kreis aufnehmen werden«, erwiderte Selim beruhigend. »Die Gemeinde von Pera ist ebenfalls sehr offen.«

»Gewiss! Aber das Haus, das uns zugewiesen wurde, befindet sich hier in Stambul. Ich befürchte, dass sie sich isoliert fühlen könnte. Und ich werde nicht die ganze Zeit da sein, um sie zu unterstützen.«

Selim nahm einen tiefen Zug von seiner Zigarette und behielt den Rauch einen Moment lang in den Lungen. »Wir sind keine Ungeheuer«, murmelte er.

»Oh, das wollte ich auch gewiss nicht andeuten!«, rief Louis aus.

»Das Haus dürfte ihr zusagen, finden Sie nicht?«, fuhr Selim mit monotoner Stimme fort. »Unser Konak ist einer der komfortabelsten der Stadt. Ich lasse Ihnen Ali Aga und noch einige Dienerinnen hier. Sie sprechen zwar kein Französisch, sind aber einfache, ergebene Seelen. Ihre Frau wird den Garten sicher zu schätzen wissen«, fügte er hinzu und sah aus dem Fenster. »Meine Frau kümmert sich persönlich um unsere Blumen und Obstbäume. Übrigens sind die Granatäpfel gerade reif, bitte bedienen Sie sich nach Herzenslust.«

Louis sah ihn verdutzt an. Sein Gastgeber rauchte unbeeindruckt und mit einem leisen Lächeln auf den Lippen.

»Verzeihen Sie, ich verstehe nicht ganz …«

»Unser Haus steht Ihnen zur Verfügung, Kommandant. Man hat uns achtundvierzig Stunden Zeit gegeben, es zu räumen. Sie treffen uns unvorbereitet an, und das tut mir leid. Wir sind eine recht große Familie, müssen Sie wissen. Meine Mutter, mein

Onkel, einige ältere Cousinen, die bei uns Zuflucht gesucht haben …«

Louis spürte, wie seine Wangen rot anliefen. Das war absurd. Er hatte damit gerechnet, ein leeres Haus vorzufinden, dessen Besitzer er gar nicht erst begegnen würde. Ein Haus ohne persönlichen Bezug, das sich für einen provisorischen Aufenthalt eignete, der nur so lange andauern würde, bis der Friedensvertrag unterzeichnet war und die alliierten Truppen wieder nach Hause zurückkehrten. Wie konnte er diesen Mann mit seiner ganzen Familie aus seinem Haus werfen?

»Das kommt überhaupt nicht in Frage«, erklärte er. »Ich werde verlangen, dass man mir ein anderes Quartier zuweist.«

Diese Gelegenheit ließ sich Selim nicht entgehen. Er spürte, dass dieser Franzose jemand war, mit dem er sich verständigen konnte. Die Hand Gottes – gelobt sei Sein Name – hatte wieder einmal alles zum Guten gewendet.

»Das Haus ist groß, müssen Sie wissen. Es ist genug Platz für alle da. Warum ziehen Sie nicht in den Selamlık, zu dem dieser Salon und die Zimmer mit der schönsten Aussicht gehören? Meine Familie und ich könnten auf der anderen Seite des Hauses wohnen. So wäre Ihre Frau nicht allein, wenn Sie fort sind, aber Ihre Privatsphäre bliebe gewahrt. Ich bin mir sicher, dass sich Leyla gut mit ihr verstehen würde. Meine Frau spricht Ihre Sprache perfekt.«

Louis zögerte. Der Vorschlag war verlockend. Die Atmosphäre des Hauses hatte ihm vom ersten Augenblick an gefallen. Und die Aussicht war überwältigend. Rose würde nichts daran aussetzen können. Eine solche Pracht hatte sie noch nie gesehen. Allerdings hielt er es für unwahrscheinlich, dass sich seine Frau mit der jungen Türkin mit dem glühenden Blick verstehen würde.

»Ahmet kennen Sie ja schon«, setzte Selim mit fester, aber sanfter Stimme hinzu. »Und meine kleine Perihan wäre entzückt, eine große Schwester zum Spielen zu haben …«

Sein Gastgeber beobachtete ihn mit ernster Miene, und Louis fühlte sich verunsichert. Dieser Orientale, der so ganz anders war als er, kam ihm plötzlich seltsam vertraut vor, als verstünde er ihn, ohne dass er sich zu erklären brauchte. Und plötzlich hatte er das einzigartige Gefühl, die Entscheidung sei schon längst gefallen, vielleicht sogar seit Ewigkeiten vorherbestimmt. Dass sein Leben nur ein langer, mit mehr oder weniger schmerzhaften Tücken gepflasterter Weg gewesen war, der ihn unweigerlich hierher hatte führen müssen, in dieses Haus mit den grünen Fensterläden über dem Bosporus. Und dass seine Zukunft ihm schon nicht mehr gehörte.

Ich bitte dich, Mama, immerhin können wir in unserem Haus wohnen bleiben. Dass ich das bewirken konnte, könntest du wenigstens anerkennen.«

»Aber das ist ja wohl das Mindeste!«

Selim Bey stieß einen tiefempfundenen Seufzer aus. Seine Mutter konnte so kompromisslos sein! Sie lebte im Schutz dieser Mauern und ignorierte die Eidechsen und ausgeblichenen Anstriche, diese Patina, die nicht nur der Zeit geschuldet war, sondern vom Zerfall eines Landes zeugte, das vor dem Bankrott stand. Behütet von Ali Aga, der ihr mit unerreichter Virtuosität auch den geringsten Wunsch erfüllte, verweigerte sie sich allem, was die Harmonie ihres Daseins beeinträchtigen könnte. Eines Daseins, das wie ein Relikt aus einem anderen Jahrhundert erschien, als sich die Frauen in den Haremliks mit oft rührender Naivität dem schlichten Glück des Lebens hingegeben hatten.

»Du kannst dir ja nicht vorstellen, was für eine Unordnung das alles mit sich bringt«, fuhr Gülbahar Hanım in verärgertem Tonfall fort und spielte mit den Perlen ihrer langen Halskette. »Der arme Ali Aga weiß gar nicht mehr, wo ihm der Kopf steht. Er musste den ganzen Haushalt neu ordnen. Und Onkel Mehmet beklagt sich, dass er auf unserer Seite schlecht schläft. Der arme Mann, in seinem Alter … Er überlegt, ob er nicht nach Anatolien zurückkehren soll.«

»Meinen Segen hat er«, brummte Selim.

»Die Vorstellung, dass dieser Ungläubige hier lebt, in meinem Haus …«

Sie musterte ihren Sohn argwöhnisch und unter halb geschlossenen Lidern. Das war eine bittere Pille, die ihr Sohn ihr zu schlucken geben wollte. Ungläubige unter ihrem Dach. Tag und Nacht. Die sich häuslich einrichten und ihren Sklaven Befehle erteilen würden.

»Er hat Betten liefern lassen«, flüsterte sie für den Fall, dass der französische Offizier sie hören konnte. »Er will Schlafzimmer einrichten lassen und verlangt, dass an den Türen Schlösser angebracht werden. Aber das Schlimmste ist, dass seine Frau eine Badewanne braucht … Diese Leute suhlen sich in ihrem eigenen Sud und tun so, als würden sie sich waschen. Abscheulich! Du wirst sehen, dass diese Frau Krankheiten ins Haus schleppen wird.«

Selim unterdrückte ein Lächeln. Manchmal kam ihm seine Mutter wie ein Kind vor. Sowohl ihr Hass als auch ihre Begeisterung kannten keine Nuancen. Daher erstaunte es ihn keineswegs, dass sie mit dem armen Louis Gardelle so ins Gericht ging. Sein Wagen hatte ihren Enkel angefahren, und dann hätte er sie beinahe aus ihrem Haus geworfen. Vor ihren Augen würde er niemals Gnade finden. Bezeichnenderweise war sein Blumenstrauß in ein Zimmer verbannt worden, in das sich im Winter wegen der Feuchtigkeit niemand wagte.

»Ich habe gehört, dass du ihn zum Essen ausgeführt hast«, sagte sie. »Findest du es eine gute Idee, dich bei diesen erbärmlichen Menschen anzubiedern? Manchmal verstehe ich dich einfach nicht, mein Sohn.«

»Er ist herumgeirrt wie eine verlorene Seele«, erwiderte er. »Und mir war danach, ihm ein wenig Zerstreuung zu bieten.«

Selim besaß die spontane Großzügigkeit der Türken. Er verriet seiner Mutter nicht, dass die grauen Augen des Franzosen, die so glanz- und ausdruckslos wirkten wie ein See im Winter, ihn angerührt hatten; und auch nicht, wie erstaunt er gewesen war, als er im Laufe dieses Abends, an dem der Wein großzügig geflossen war, erkannte, welch warmherzigen Charakter dieser Fremde besaß. Und erst recht verriet er ihr nicht, dass er die Gesellschaft von Louis Gardelle zu schätzen begann.

»Der Krieg ist vorbei«, fuhr er fort. »Wir sind dazu verurteilt, miteinander auszukommen. Der Padischah befürwortet ein Bündnis mit den Alliierten.«

»Das ist äußerst bedauerlich! Ich bin mir nicht sicher, ob Seine Majestät derzeit gut beraten wird.«

Gülbahar Hanım setzte nicht viel Vertrauen in die Persönlichkeit des Herrschers. Die ständige Angst vor Verschwörungen, das Misstrauen gegenüber den eigenen Familienmitgliedern, die einen womöglich absetzen, einsperren oder ermorden lassen könnten, hatten bei einigen osmanischen Thronerben zu mehr oder weniger offensichtlichen psychischen Störungen geführt. Dieser Verfolgungswahn schien sich quasi zu vererben. Abdülhamid II. hatte, nachdem er seinen Bruder abgesetzt hatte, weil er angeblich wahnsinnig war, das gleiche Los ereilt, und von Mehmet VI. erzählte man sich, er empfange seine Gäste mit einem Revolver in der Tasche. Die Zeiten verlangten nach Männern mit Überzeugungen und nicht nach ängstlichen Geistern. Doch dem Padischah kam es nur darauf an, seinen Thron zu halten, koste es, was es wolle. In Krisenzeiten musste man sich die Berater, auf die man sich stützte, gut aussuchen, dachte sie skeptisch. Selim glaubte, sich ein zutreffendes Bild vom Charakter seines Herrn und Meisters zu machen, aber sie hatte ihn von einer intimeren Seite kennengelernt.

Sie war mit neun Jahren in den Harem des Sultans im Dolmabahçe-Palast gekommen. Zerzaust und mit vor Angst und Aufregung weit aufgerissenen Augen hatte die Sklavenhändlerin sie dort abgeliefert. Die *Kalfas*, die mit der Ausbildung der Neulinge beauftragt waren, hatten sich der kleinen Wilden aus den Bergen angenommen und sie gelehrt, dass sich vollkommene Weiblichkeit in der Vornehmheit von Geist und Körper spiegelt. Man hatte ihr den Namen Gülbahar gegeben, und sie war eine fleißige

Schülerin gewesen, die sich der strengen Disziplin und der Hierarchie beugte. Sie war zu einer der vollendetsten *Saraylı* des Harems geworden, der eine ausgezeichnete Partie in Aussicht stand, da der Sultan sie nicht als Konkubine auserwählt hatte. Aus dieser Zeit hatte sie sich ein schärferes politisches Verständnis bewahrt, als sie sich anmerken ließ.

Sie trat an das silberne Kohlebecken, um sich die Hände zu wärmen. Die Goldfäden, mit denen ihre mit Pelz abgesetzte Weste bestickt war, schimmerten im Halbdunkel. Am Abend dieses tristen Tages trommelte ein Platzregen gegen die Gitterläden. Sie trank einen Schluck Tee und knabberte eine Süßigkeit aus Honig und Mandeln, die ihre Köchin zubereitet hatte, nachdem es ihr gelungen war, beim Lebensmittelhändler die nötigen Zutaten aufzutreiben.

Eine junge Dienerin huschte in den Salon, um die Kerzen anzuzünden. Ihre silbernen Armbänder klimperten, als sie sich auf die Zehenspitzen stellte, um die Kerzenleuchter zu erreichen. Gülbahar Hanıms blasse Haut schimmerte im Licht wie Perlmutt, doch die Krähenfüße und Falten, die ihren Mund umgaben, wenn sie müde war, ließen sie verletzlich wirken. Seit jeher empfand Selim für seine Mutter eine Liebe, in die sich stets Sorge mischte. Schon sehr früh hatte er das Gefühl gehabt, dieses schillernde Wesen beschützen zu müssen. Ihr Überschwang passte so gar nicht zu dem Ernst, den man von einer Hausherrin und Mutter erwartet hätte. Aber darin war sie ganz wie die meisten Frauen aus dem Serail: Obwohl sie gebildet und intelligent waren, blieben sie doch instinktiv und natürlich, ohne Prüderie oder falsche Scham.

»Ich hoffe nur, du bist nicht gekommen, um mich zu bitten, diesen Franzosen zu empfangen, mein Junge«, sagte sie in einem plötzlich beflissenen Ton. »Ich finde mich ja schon damit ab, dass er meine Leute mit absurden Arbeiten beschäftigt, aber wenn ich auch noch Höflichkeiten mit ihm austauschen soll …«

»Ich hätte nicht gewagt, eine solche Gunst von dir zu erbitten«, erwiderte Selim ein wenig spöttisch, »obwohl andere Damen, die genauso kultiviert sind wie du, sich weniger ungesellig zeigen.«

»Eine Cousine von Behice Hanım hat den Mann erschossen, der ihr Haus beschlagnahmen wollte, und ist dann nach Anatolien geflohen«, entgegnete sie. »Wie du siehst, bin ich vernünftig.«

»Wenn das so ist, dann bist du doch sicher bereit, seine Gattin zu empfangen, wenn sie mit ihrer Tochter nachkommt.«

Gülbahar schwieg. Wie durch Zauber tauchte ihre weiße Katze mit den unterschiedlich gefärbten Augen auf. Lautlos sprang sie auf den Schoß ihrer Herrin, die sie zerstreut streichelte. Sie hatte ein ungutes Vorgefühl, so als zöge eine unheilbringende Wolke auf sie und ihre Familie zu, die nicht Regen, sondern Tränen mit sich brachte. Da konnte sie noch so viele Zauber gegen den bösen Blick einsetzen – seit einiger Zeit schienen die Mächte des Bösen einfach stärker zu sein als ihre armseligen Talismane. Gülbahar war weder naiv noch blind. Das Osmanische Reich war schon seit Jahrzehnten im Verfall begriffen; von den Europäern geknebelt und zerstückelt, war es bis über die Ohren verschuldet. Die Trugbilder des Westens rückten unaufhaltsam vor und vergifteten die zerbröckelnde osmanische Welt. Ihr Sohn und ihre Schwiegertochter glaubten, sie lebe nicht in der Realität. Beide verstanden nicht, dass man sich dafür entscheiden konnte, stilvoll unterzugehen, ohne seine Ideale aufzugeben.

Ihre wenigen ausländischen Freundinnen – eine amerikanische Diplomatentochter und zwei griechische Schwestern aus Phanar – lachten, wenn sie über ihren »Durst nach Freiheit« spottete. Ein großes Wort für Kleingeister, gab Gülbahar dann zurück. Hatten sie denn nicht begriffen, dass es Beschränkungen von Natur aus gab, dass sie häufig eher moralischer denn physischer Natur waren und dass das unabhängige Leben, das die modernen Frauen propagierten, ebenso viele Einschränkungen mit sich brachte?

Daran, wie sie den Mund verzog, konnte Selim ablesen, dass seine Mutter darauf wartete, dass er sie anflehte, seine Bitte zu erfüllen, aber an diesem Abend war ihm nicht danach, ihr zu schmeicheln. Man hatte ihm zu verstehen gegeben, dass er vielleicht mit einer offiziellen Delegation zu den Verhandlungen über den Friedensvertrag nach Paris geschickt würde. Das war eine große Ehre, die seine diplomatische Karriere unerwartet vorantrieb. Und die Gelegenheit, sich seinem gebeutelten Land endlich nützlich zu machen. Aber er fühlte sich unwohl beim Gedanken, den Haushalt allein zu lassen, ohne sichergestellt zu haben, dass seine Mutter in dieser heiklen Lage keinen Fauxpas beging.

»Ich werde ihr zu gegebener Zeit eine Einladung zukommen lassen«, erklärte sie endlich in herablassendem Tonfall.

Selim hob den Kopf. Diese unerwartete Kapitulation verblüffte ihn. »Du bist bereit, Madame Gardelle zu empfangen? Wirklich?«

»Auf die Gefahr hin, dass es eine äußerst unangenehme Erfahrung sein wird. Aber ich werde dieser Ausländerin zeigen, dass wir Frauen vom Bosporus uns auch unter widrigen Umständen würdevoll und großmütig zu verhalten wissen. Und außerdem sehe ich ja, dass du besorgt bist, mein Engel«, fügte sie zärtlich hinzu und strich ihm über die Wange. »Ich konnte es noch nie ertragen, auch nur einen Schatten von Traurigkeit in deinem Blick zu sehen.«

Ein kalter Wind aus den russischen Steppen fegte über die Hügel. Zwischen den Ruinen niedergebrannter Häuser hatten sich Flüchtlinge aus Brettern, Kisten und geflickten Armeezelten provisorische Unterkünfte errichtet. Ringsumher, auch an Stellen, an denen man es nicht vermutet hätte, stiegen Rauchwolken auf, die auf menschliche Behausungen hindeuteten. Es hatte aufgehört zu regnen, aber Louis Gardelle fröstelte trotz seines dicken Mantels und schlug den Kragen hoch. Nachdem er von Konstantinopel immer als Stadt aus Sonne und Licht geträumt hatte, musste er nun feststellen, dass sie düster, ja beinahe feindselig war. Er fühlte sich durchgefroren bis aufs Mark.

Ihm war danach gewesen, sich die Beine zu vertreten, um seine Gedanken zu ordnen, also hatte er beschlossen, zu Fuß nach Hause zu gehen. Er hatte die Galata-Brücke überquert und dann den langen Aufstieg zum Konak angetreten. Er fühlte sich müde und verdrossen. Die Lage wurde immer undurchschaubarer. In den vergangenen Tagen hatte sich ihm die verfahrene Lage im osmanischen Orient in ihrer ganzen Komplexität offenbart. Zahlreiche türkische Offiziere hatten sich dem Befehl zur Demobilisierung nicht unterworfen. Anatolische Garnisonen weigerten sich, ihre Waffen niederzulegen, und schufen so den Nährboden für eine Widerstandsbewegung. Die Befehlshaber der sechsten Armee im Irak und der zweiten Armee in Kilikien gaben sich immer noch nicht geschlagen. Und sie waren nicht die Einzigen. Rund um die heiligen Städte Mekka und Medina wurde trotz des Waffenstillstands immer noch gekämpft. In der osmanischen Hauptstadt tummelten sich die Spione der diversen Nationen munter in den verschlungenen Gassen ohne Namen und Hausnummern, deren Geheimnisse niemand vollständig kannte, nicht einmal die Stambuler. Ein verfallenes Gebäude in Pera beherbergte unter seinem Dach das Befreiungskomitee eines kaukasischen Volkes, einen Zirkel aufständischer türkischer Offiziere, ein stets gut besuchtes Bordell, bolschewikenfeindliche russische Flüchtlinge und einen Händler, der in seinem Laden stolz ein Porträt des griechischen Premierministers Venizelos aufgehängt hatte … Davon wird einem ja ganz schwindlig, dachte Louis, als er endlich den Eingang seines neuen Domizils erreichte.

Das Haus wirkte immer wie Balsam auf seine Seele. Unter dem Vordach hieß die Kalligrafie einer Koran-Inschrift in goldenen Lettern die Gäste willkommen. Er nahm sich vor, Selim nach ihrer Bedeutung zu fragen. Es gab noch so vieles über dieses verwirrende Volk zu lernen. Müde fuhr er sich mit der Hand über den Nacken. Gottlob hatte man seinen Urlaub bewilligt, denn er musste wieder zu sich kommen, bevor er in einigen Wochen Rose und Marie wiedersah.

Der kleine Ahmet trat aus dem Haus, blickte sich verstohlen um, ohne Louis zu bemerken, und lief eilig in den hinteren Teil des Gartens. Neugierig folgte Louis ihm. Seit dem Vorfall hatte er den kleinen Jungen nur noch aus der Ferne gesehen, wenn er zur Schule ging. Gern hätte er mit ihm gesprochen, doch seine Mutter schien eine unüberwindliche Mauer zwischen ihrer Familie und diesem Ausländer aufgerichtet zu haben, den sie zu Recht als Besatzer betrachtete. Selim hatte ihm versichert, seine Frau sei einfach nur unsicher, werde aber Rose gewiss viel gastlicher aufnehmen. Louis zweifelte daran. Bei seiner ersten Begegnung war ihm diese Frau alles andere als schüchtern erschienen.

Der Garten wirkte verwildert. In den hiesigen Gärten pflanzte man mit Vorliebe Bäume, die einerseits unverzichtbar waren, um in den regenlosen Sommern angenehmen Schatten zu spenden, aber auch der von den Türken so geschätzten Diskretion dienten. Zwischen den ungeordnet angepflanzten Büschen und Obstbäumen wuchsen Magnolien, Geißblatt, Akazien und die prachtvollen orientalischen Platanen mit ihren knorrigen Stämmen; und in geschützten Winkeln Olivenbäume und Oleander. Auch einen Küchengarten gab es, in dem Kürbisse und Kohl gezogen wurden. Vorsichtig ging Louis weiter und fragte sich, wo sich der Kleine wohl versteckte. Er hörte ein dumpfes Geräusch, das sich wiederholte, und bog nach rechts ab.

Ahmet hatte ein kleines Steinhäufchen neben sich aufgeschichtet und schoss mit einer Steinschleuder auf ein Stück Pappe, das an einem Feigenbaum lehnte. Louis kniff die Augen zusammen und erkannte ein ungeschickt gezeichnetes Kriegsschiff. Das Kind war noch nicht besonders geübt darin. Bisher hatte der Kleine das Ziel noch nicht getroffen und ärgerte sich sichtlich. Als unter Louis' Schuhsohlen Zweige knackten, fuhr Ahmet herum. Seine Wangen liefen feuerrot an.

»Lass mich dir zeigen, wie du es machen musst«, erklärte Louis ihm. »Gib mir die Schleuder.«

Sprachlos hielt Ahmet ihm die Schleuder und die Steine, die er in der Hand gehalten hatte, hin. Mit aus seiner Kindheit vertrauten Gesten legte Louis an, traf das Ziel, gab die Schleuder lächelnd an ihren Besitzer zurück und erteilte ihm noch ein paar Ratschläge. Dann zog er ein Päckchen Zigaretten hervor, klopfte seine Taschen vergeblich nach einem Feuerzeug ab und stand dann, die unangezündete Zigarette zwischen den Lippen, etwas hilflos da.

»Sie sind nicht böse auf mich?«, fragte Ahmet erstaunt.

»Weswegen denn?«

»Deswegen«, sagte der Kleine und wies auf die Pappfetzen am Boden.

»Nein. Ich hätte in deinem Alter das Gleiche getan. Aber amüsiere dich lieber nur in deinem Garten damit, Steine auf die Flotte zu schleudern. Ich möchte nicht, dass du Probleme bekommst.«

Ahmet riss die Augen auf. »Was könnte mir denn passieren?«

»Man würde dich verhaften und ins Gefängnis werfen«, antwortete Louis mit gespieltem Ernst.

»Dann wäre ich ja ein Held!«

Louis seufzte. Männer, ob groß oder klein, pflegten doch alle die gleiche Besessenheit: ein Held zu sein. Aber in wessen Augen? Denen einer Mutter, einer geliebten Frau oder des dankbaren Vaterlands? Er lächelte bitter. Er glaubte nicht mehr daran. Andererseits glaubte er, wenn er ehrlich war, überhaupt nicht mehr an viel, nicht einmal an Gott, was ihm umso bewusster wurde, als er sich in dieser vom Glauben durchdrungenen Stadt befand. Ich werde alt und verbittert, dachte er, und der Gedanke betrübte ihn.

Eine Balustrade aus weißem Holz zwischen den Bäumen zog seine Aufmerksamkeit auf sich.

»Was ist das da?«

»Da sitzen meine Mutter und meine Großmutter am liebsten, wenn schönes Wetter ist. Kommen Sie, ich zeige es Ihnen!«

Ahmet nahm ihn an der Hand und zog ihn auf einen mit Kies bestreuten Pfad, der von Brombeerbüschen gesäumt war. Sie traten auf einen Felsvorsprung, auf dem ein bezaubernder kleiner Pavillon stand, dessen Wände mit blaugrünen Kacheln geschmückt waren. Bänke luden ein, auf ihnen Platz zu nehmen. Zweifellos legte man an schönen Tagen Sitzkissen und Teppiche darauf. Ahmets Schritte hallten auf den durch die Feuchtigkeit verwitterten Holzbrettern wider.

In nahezu brüderlichem Schweigen genossen sie die Aussicht, deren Louis nie überdrüssig wurde. Die Hügel Asiens lagen wie Wolken am Horizont. Davor erstreckte sich das Meer mit seinen weißen Wellenkämmen. Die Holzhäuser kletterten terrassenförmig zwischen den mächtigen Kuppeln der Moscheen empor, neben denen Minarette und Zypressen zum Himmel aufstrebten. Die Mosaiken der Fassaden erstrahlten in den intensiven Blautönen von Byzanz, aber auch in Blassviolett, Korallenrot, leuchtendem Rot oder Grün. Dieses köstliche und aufwühlende Durcheinander Konstantinopels, in dem sich der Blick verlor und einem etwas Undefinierbares die Kehle zuschnürte – Nostalgie, Angst und eine ebenso scharfe wie flüchtige Freude.

Ahmet zog ein kleines Papierbündel aus der Tasche, das er vorsichtig aufschlug. Darin lagen vier Streichhölzer, die er Louis anbot. Gerührt nahm dieser sie und versprach ihm, seinen Schatz bei der nächsten Gelegenheit wieder aufzustocken.

»Falls es mir gelingt, dich wiederzusehen«, fügte er scherzhaft hinzu. »Es ist gar nicht so einfach, dir zufällig über den Weg zu laufen.«

»Das ist wegen meiner Mutter.«

»Das hatte ich mir schon gedacht. Sie ist mir wahrscheinlich böse, weil ich dich mit meinem Automobil erschreckt habe.«

Der Kleine setzte sich auf die Balustrade und ließ die Beine baumeln.

»Normalerweise ist sie nicht so, aber in letzter Zeit hat sich alles verändert. Meine Großmutter ist unzufrieden und macht ihr das Leben schwer, aber meine Mutter muss ihr gehorchen. Alles ist so kompliziert geworden, verstehen Sie. Wir frieren, können nicht mehr essen, was wir wollen … Und weil man jetzt die Milch lange kochen muss, bevor man sie trinken kann, schmeckt sie nicht mehr so gut wie früher«, erklärte er verdrossen. »In der Schule haben wir nicht genügend Lehrer. Es sind einige nicht aus dem Krieg zurückgekommen. Meine Mutter macht sich Sorgen, aber das ist ja normal«, sagte er achselzuckend.

Louis zog den Rauch tief in die Lungen, bis ihm schwindelig wurde. Er hatte seit dem Frühstück nichts mehr gegessen.

»Sag ihr, dass sie keine Angst zu haben braucht. Euch wird nichts passieren. Ich werde mein Bestes tun, um euch zu unterstützen.«

»Und außerdem lässt mein Vater nicht zu, dass uns jemand etwas antut«, erwiderte Ahmet.

»Aber natürlich … Dein Vater ist ein intelligenter und sehr einnehmender Mann. Du hast Glück.«

»Und wie ist Ihrer?«

»Mein Vater?«

Louis versuchte angestrengt, sich an das Gesicht seines Vaters zu erinnern, doch die Züge blieben verschwommen. Ihm war nur die herrische Art dieses Infanteriehauptmanns im Gedächtnis geblieben, der mit Lob gegeizt, aber an Tadel nie gespart hatte. Sie waren sieben Kinder gewesen, und er hatte sich inmitten seiner Geschwister verloren gefühlt wie ein vergessener Sprössling, beinahe überflüssig. Umso mehr wünschte er sich als Jugendlicher, dass sein Vater stolz auf ihn war. Nach seinem Abschluss der polytechnischen Hochschule trat er als Anwärter erster Klasse in die Marine ein. Doch sein Vater runzelte nur die Stirn. »Du bist nicht für die Marine geschaffen und wirst niemals richtig dazugehören«, erklärte er. Und die Zukunft hatte ihm recht gegeben. An Bord, in der Offiziersmesse, fühlte sich Louis oft abgelehnt, was umso schmerzhafter war, da es niemals ausgesprochen wurde. Ein Blick oder ein Schweigen reichten ihm, um sich ausgeschlossen zu fühlen. In letzter Zeit hatte er den Eindruck, dass man ihn vor allem wegen seines diplomatischen Talents für gewisse Missionen einsetzte; mittlerweile fragte er sich, ob er nicht vielleicht doch die falsche Laufbahn eingeschlagen hatte.

Er bemerkte, dass Ahmet ihn neugierig ansah.

»Mein Vater war bei der Armee.«

»Ein Pascha, genau wie mein Großvater!«, sagte Ahmet begeistert.

Die Osmanen liebten ihre Armee, die seit Jahrhunderten das Rückgrat ihres Reichs darstellte. Im Grunde haben sie sich nie vom Niedergang der Janitscharen erholt, dachte Louis.

»Bestimmt war er nicht so bedeutend wie dein Großvater, Ahmet, aber er war ein guter Soldat. Er ist schon lange tot.«

»Hatten Sie ihn lieb?«

Hatte er sich diese Frage je gestellt? In seiner Familie sprach man nicht von Liebe. Erziehung und Schamgefühl verboten es.

Eine weibliche Stimme rief mit vorwurfsvollem Ton nach Ahmet.

»Zeit für die Hausaufgaben«, sagte der Kleine ärgerlich.

Als sie auf dem Weg erschien, spürte Louis den absurden Impuls, seine Zigarette auszutreten. Er reckte die Schultern und stellte fest, dass sein Puls schneller schlug. Selims Frau war von Kopf bis Fuß in ein langes türkises Tuch gehüllt, und eine weiße Gazewolke verschleierte ihre Gesichtszüge. Die lebhaften Farben hoben sich von dem trüben Himmel und dem winterlich gedämpften Grün des Gartens ab. Einst gingen die Osmaninnen in diesen *Feradsches* genannten Mänteln spazieren, die alle Schattierungen von Blau, Bronzefarben, Smaragdgrün oder Granatrot aufwiesen. Mittlerweile bevorzugten sie jedoch sittsame schwarze Schleier. Aber Selim hatte ihm erklärt, die Frauen seiner Familie respektierten gern die althergebrachten Traditionen. Als er jetzt die in leuchtende Farben gekleidete Hausherrin betrachtete, konnte Louis ihnen nur zustimmen.

Als Leyla Louis Gardelle neben Ahmet erblickte, blieb sie abrupt stehen. Seit sie diesen Mann in der Nähe wusste, fühlte sie sich in ihrem eigenen Heim fremd. Ihre Schwiegermutter beklagte sich ebenfalls darüber, mit ihrem Hofstaat auf einige Zimmer im Haremlik beschränkt zu sein, da die anderen Selim, Onkel Mehmet sowie ihren Gästen vorbehalten waren. Der ganze Haushalt musste neu organisiert werden, denn der französische Offizier dachte nicht daran, anders als auf die westliche Art zu leben oder Besuch zu empfangen. Die Köchin störte sich an dem ungewöhnlichen Geschirr. Leyla hatte den jungen Dienerinnen zeigen müssen, wie man einen Tisch mit Besteck und Tellern für jede einzelne Person deckte und dass man die Stühle militärisch in Reih und Glied aufstellen musste. Sie hatte ihnen sogar beim Bettenbeziehen helfen müssen, was sie entwürdigend gefunden hatte, aber die Dienerinnen weigerten sich, auf den französischen Hausdiener zu hören, waren sie es doch seit jeher gewohnt, sich vor keinem Mann zu zeigen, der kein Verwandter ihrer Herrin war. Allmählich reichte es.

»Wann trifft denn Ihre Gattin ein?«, erkundigte sie sich in fast akzentfreiem Französisch.

»Hoffentlich im Februar«, antwortete Louis, entzückt darüber, dass die Hausherrin das Wort an ihn richtete. »Ich bin untröstlich, Madame. Ich weiß, wie lästig meine Anwesenheit für Ihre Familie ist, und möchte Ihnen danken, dass Sie mich aufgenommen haben.«

Er sprach so schnell, dass sich seine Worte nahezu überschlugen, aus Angst, sie könnte flüchten. Sie sah ihn weiterhin aus ihren dunklen Augen an und neigte leicht den Kopf, als Zeichen, dass sie seine Entschuldigung annahm. Sie endlich einmal allein anzutreffen war eine unerwartete Gelegenheit, und Louis, der vor Neugier fast verging, unterlag dem Reiz des Verbotenen. Aber was sollte er zu ihr sagen? Selim hatte ihm erzählt, seine Frau spreche mehrere Fremdsprachen, darunter Arabisch, um den Koran zu lesen, und Persisch aus Liebe zur Poesie. Da sie aus einer aufgeklärten Familie stamme, kenne sie die westliche Welt, aber sie sei auch eine fromme Frau, die an ihren Traditionen hing.

»Haben Sie sich in unserer Stadt eingelebt?«, fragte sie.

»Ihr Mann war so freundlich, mich herumzuführen. Ich bedaure nur, dass ich mich als Angehöriger des Militärs hier befinde. Häufig habe ich den Eindruck, dass man mich hasst.«

»Wirklich?«, fragte sie erstaunt. »Mir hat man erzählt, sowohl die Franzosen als auch Italiener würden recht gut aufgenommen, weil sie sich wie Kavaliere benehmen.«

»Nun ja, mit einem Briten hätte Sie es womöglich schlimmer treffen können«, bemerkte er lächelnd.

»Diese Leute verstehen unsere Mentalität überhaupt nicht. Sie betrachten uns als rückständige Barbaren. Außerdem haben sie ihr Empire aufgebaut, indem sie die einheimische Bevölkerung verachteten, was unsere Sultane nie getan haben.«

Mit ihrer zierlichen Gestalt, der melodischen Stimme und ihrem feurigen Blick strahlte Leyla Hanım eine Sinnlichkeit aus, die keinen Mann gleichgültig ließ. Und zweifellos trug die geheimnisvolle Aura, die diese von der Welt abgeschiedenen Frauen umgab, ebenfalls zu ihrem Reiz bei. Flüchtig schob sich Roses Bild vor Louis' inneres Auge. Ihre spitze Nase, die schmalen Lippen, die kastanienbraunen Locken … Diese Frau würde kurzen Prozess mit ihr machen, dachte er und fragte sich besorgt, ob er ihr nicht lieber schreiben sollte, sie möge mit ihrer Tochter in Frankreich bleiben, fern von den unerwarteten Fallstricken, die Konstantinopel bereithielt.

»Sie können es bestimmt kaum erwarten, dass Ihre Frau zu Ihnen kommt.«

»Ich muss Ihnen gestehen, dass ihre bevorstehende Ankunft mir eher Sorgen bereitet, Madame. Rose hat … Wie soll ich es ausdrücken?« Er zögerte. Ihm fehlten die Worte, um den Charakter seiner Frau zu beschreiben.

»Festgefahrene Vorstellungen?«, schlug Leyla mit einem beinahe amüsierten Unterton vor.

»Auf gewisse Weise«, erwiderte Louis belustigt. »Sie hält nichts von Veränderungen oder unvorhergesehenen Umständen.«

»Darin ähnelt sie meinem Mann.«

»Leider ist sie von weniger heiterer Lebensart. Rose macht mir häufig einen melancholischen Eindruck. Ich frage mich oft, ob das meine Schuld ist.«

Es war ihm peinlich, sich so offenbart zu haben, aber seine mangelnde Zurückhaltung war seiner Erschöpfung geschuldet, und die in Seide gehüllte Gestalt verlockte ihn zu Geständnissen.

»Ich habe sie seit zwei Jahren nicht gesehen und kann es kaum erwarten, dass wir wieder vereint sind«, sagte er, als müsste er sich selbst überzeugen. »Der Platz einer Frau ist an der Seite eines Mannes, selbst wenn er Seemann ist, finden Sie nicht? Was wären wir ohne unsere Frauen?«

Seine grauen Augen hatten einen eindringlicheren Ausdruck

angenommen. Leyla war bestürzt. Verbarg sich hinter dem Kompliment etwa ein Verführungsversuch? Mit einem Mal wurde ihr bewusst, dass dieses Gespräch zwischen einer Muslimin und einem Ungläubigen gegen sämtliche Prinzipien verstieß. Von der Männerwelt wusste sie nur durch ihren Mann, ihre Bücher, durch ihre Gouvernanten und einige Freunde ihres Vaters, die sie als kleines Mädchen gekannt hatte. Gern hätte sie eine schlagfertige Antwort gegeben, um Louis Gardelle zu zeigen, dass sie genauso gewitzt war wie die Französinnen. Aber was verstand sie schon von der Rolle, die seine Ehefrau für ihn spielte? Wie sollte sie sich ein Bild von seiner Ehe machen? Sie besaß nur ihre eigene Erfahrung, ein von der Tradition festumrissenes Leben, das dem ihrer Mutter, ihrer Cousinen und aller Osmaninnen glich, die buchstäblich an der Seite ihres Gatten lebten, nämlich neben ihm her. Zwar verband die Frau mit diesem Mann, den man für sie ausgewählt hatte, meist eine Art freundliches Einvernehmen, ohne dass jedoch einer von ihnen jemals wirklich das Wesen und die Seele des Partners ergründete.

Aus der Ferne erklang die Sirene eines der Kriegsschiffe, die auf dem Bosporus kreuzten. Leylas Miene verhärtete sich. Wie konnte man von zarten Gefühlen sprechen, während sich einem dieses traurige Spektakel bot?

»Wissen Sie, was die Frauen in den Häusern, die man dort unten sieht, tun?«, fragte sie und zeigte in eine bestimmte Richtung.

Louis schüttelte den Kopf.

»Sie sticken Istanbuls neuen Wahlspruch ›Auch das geht vorüber‹ auf ihre Leintücher. Die Alliierten wollen unserem Land außerordentlich harte Bedingungen auferlegen. Damit werden wir uns niemals abfinden, verstehen Sie. Wir sind geduldig, aber entschlossen. Unsere Männer übrigens auch.«

Während er ihr zuhörte, überkam Louis erneut ein Gefühl von Überdruss. Er lehnte sich an eine Säule des Pavillons. Am liebsten hätte er den Krieg, die Besatzung, all die Tragödien vergessen … Er wollte alles vergessen.

Leyla beobachtete ihn mit argwöhnischer Miene. Der Mann war blass geworden, aber ihre Bemerkung, die aus dem Stolz der Besiegten entsprang, konnte nicht der Grund für seinen inneren Aufruhr sein. Louis Gardelle besaß unbestreitbar einen angenehmen Charakter und war erstaunlich sensibel. Sie erschrak, als sie plötzlich einen Anflug von Sympathie für ihn empfand. Ihre Schwiegermutter hatte recht. Die Welt war aus den Fugen geraten. Überall wurden Grenzen überschritten. In der Stadt standen jetzt türkische Frauen und Familienmütter morgens auf, um arbeiten zu gehen. Sie trugen zwar einen Schal um den Kopf, verhüllten aber ihre Gesichter nicht. Die Kriege hatten sie zu Krankenschwestern, Lehrerinnen oder Textilarbeiterinnen gemacht. Auch in den Büros der aufgeblasenen Verwaltung waren sie immer zahlreicher vertreten. Und zu allem Überfluss stand hier vor ihr, unter dem Pavillon, der einst den auf ihr Haus beschränkten Frauen vorbehalten war, ein Fremder, der ihr beunruhigende Fragen stellte. Leyla spürte beginnende Kopfschmerzen und hob eine Hand an die Schläfe. Wir werden alles neu lernen müssen, sagte sie sich. Neue Verhaltensregeln und die Beherrschung unserer Gefühle. Wir müssen diese neue Welt beherzt anpacken, wenngleich wir nicht einmal wissen, wohin uns unser Weg führt. Die Aufgabe erschien ihr gewaltig, schwindelerregend.

Der Gebetsruf erschallte, melancholisch und gleichzeitig gebieterisch, und schreckte einen Schwarm Turteltauben auf, die am grauen Himmel zu kreisen begannen. Leyla zuckte zusammen und erinnerte sich an ihre Pflichten. Ihr Blick fiel auf Ahmet, der näher gekommen war, als hätte er ihr Unbehagen erraten. Sie legte ihm den Arm um die Schultern. Und vielleicht lag es an dem französischen Offizier, der ebenso desorientiert wirkte wie sie selbst, wenn auch aus völlig anderen Gründen, jedenfalls kam Leyla Hanım mit einem Mal der Gedanke, dass ihrer aller Leben nie wieder wie früher sein würde.

Später, mitten in der Nacht, kam Feride, um Leyla zu wecken. Selim Bey war aus dem Yıldız-Palast zurückgekehrt und ließ seine Frau rufen. Die Dienerin löste ihr eingeflochtenes Haar und rieb ihr Brüste, Bauch und Schenkel mit parfümiertem Öl ein. Dann ging Leyla zu ihrem Mann, der in einen roten Samtkaftan gekleidet in seinem Zimmer auf sie wartete.

Langsam, ohne ein Wort, zog Selim sie aus, bis sie nackt vor ihm stand. Leyla wusste, dass er sie gern betrachtete. Sie durfte sich nicht bewegen, während er mit den Fingern durch ihr Haar strich, über ihre Brüste, ihren Bauch, ihre glatte Haut, und jeden Zentimeter ihres Körpers zum Leben erweckte. Obwohl sie ihn gern auch liebkost hätte, musste sie sich zurückhalten. Das Blut pochte in ihren Schläfen. Das Kohlebecken wärmte das Zimmer nur unzureichend, und sie fröstelte. Unter seinem durchdringenden Blick fühlte sie sich fiebrig und verletzlich, wie bei den ersten Malen, als er sie geliebt hatte, aber auch stolz, so begehrt zu werden. Sie bot sich ihm ohne Vorbehalte dar, denn Selim war ein großzügiger Liebhaber.

Doch in dieser Nacht wirkte er distanziert. Egoistisch suchte er nur seine eigene Lust zu befriedigen. Seine Zärtlichkeiten waren zerstreut, seine Lippen kalt. Sogar der Duft seiner Haut schien anders zu sein. Als sie sich ihm mit zärtlichen Berührungen in Erinnerung bringen wollte, reagierte er ungehalten. Mit einer Hand umfasste er ihre Handgelenke und hielt ihre

Arme über ihrem Kopf fest – offenbar nur darauf aus, zu nehmen und nichts zurückzugeben. Verletzt zog sich Leyla in sich selbst zurück. Er schien es nicht einmal zu bemerken, und das nahm sie ihm übel. Aber woher rührte ihre plötzliche Verstimmung? Immer war es Selim, der darüber entschied, wann sie zusammenkamen. In ihrem Intimleben ging es nur nach ihm, nie nach ihr. Und sie erfüllte ihre Pflicht und verweigerte sich ihm nie.

Während die Kerzen in den mit Seide verhüllten Laternen flüchtige Schatten warfen und sich die Züge ihres Mannes vor Lust verzerrten, fühlte sich Leyla furchtbar einsam. Sie war enttäuscht, obwohl sie nicht recht wusste, ob Selim ihr die Lust verweigert hatte oder sie ihr selbst abhandengekommen war. Vor ihrem geistigen Auge sah sie mit einem Mal den erloschenen Blick des Franzosen.

Als frisch verheiratete Frau war sie neugierig gewesen und entschlossen, diesen unausweichlichen Teil ihres Lebens nicht zu einer Last werden zu lassen. Die ohne übertriebene Prüderie erzogenen Osmaninnen waren nicht naiv, und Sexualität war kein Tabu für sie. Leyla hatte das Glück gehabt, mit einem Mann verheiratet zu werden, der sie körperlich anzog, und in der ersten Zeit hatte sich ihre Sinnlichkeit vollkommen entfaltet. Ihre Lieblingscousine Zeynep hatte eine ganz andere Erfahrung gemacht, doch sie hatte Leyla ihren Abscheu vor dem Beischlaf erst eingestanden, nachdem diese verheiratet war und offenbar ihre Erfüllung gefunden hatte.

Leyla, die nicht einschlafen konnte, hörte den eisenbeschlagenen Stock des Nachtwächters auf das Pflaster schlagen. Wie immer, wenn er vorbeiging, drehten sich die in ihren Träumen gefangenen Kinder beruhigt auf ihren Matratzen um, und die Erwachsenen glitten tiefer in den Schlaf, denn sie fühlten sich beschützt von diesem Wächter, der seit alter Zeit durch das Viertel patrouillierte. Doch in dieser Nacht bezog Leyla keinen Trost aus dem regelmäßigen Klopfen des Stocks, obwohl es verkündete, dass weder Feuer noch Naturkatastrophen sie bedrohten. Selims Arm, der um ihre Taille lag, wog schwer. Eine ungeahnt heftige Woge von Traurigkeit trieb ihr die Tränen in die Augen; ein bittersüßer Kummer, wie sie ihn noch nie zuvor empfunden hatte und der nicht nur von dieser flüchtigen und letztlich unwichtigen sinnlichen Enttäuschung herrührte, sondern ihr ganzes Leben betraf.

Selim erwachte früh, aufgestört von den Geräuschen eines Hauses, das sich für den Tag bereitmachte. In den Haremliks von Istanbul schlief man nie sehr lange, und seit er im Gebäudeflügel der Frauen lebte, litt er unter der ungewohnten Geräuschkulisse. Leyla war verschwunden, was ihn verdross. Er hatte ihr etwas Wichtiges mitzuteilen, und morgens war sie immer recht gut gelaunt. Sein Tag begann schon mit schlechter Laune.

Eine Dienerin brachte ihm sein Frühstück – Brot, Konfitüren, weichgekochte Eier und der ungesalzene Weichkäse, dessen Rezept seine Mutter aus dem Serail mitgebracht hatte. Während die Dienerin die Zutaten sorgfältig auf dem Tablett anordnete, bemerkte er, dass Ali Aga ein paar Schritte hinter ihr stand und die Hände auf dem Rücken verschränkt hielt.

»Was gibt es?«, fragte er erstaunt.

»Orhan trifft heute ein, Bey Efendi.«

Verärgert lehnte sich Selim in die Kissen des Diwans zurück.

»Ah, verstehe … Dann ist der gefürchtete Augenblick also gekommen.«

Bevor sein junger Schwager aufgebrochen war, um sein Archäologiestudium in Berlin fortzusetzen, hatten dessen unbeugsame politische Vorstellungen zu Spannungen zwischen ihnen beiden geführt. Selim sah in Orhan einen Heißsporn, während der andere ihn für konformistisch hielt und der Meinung war, er hänge an den Rockzipfeln eines veralteten Sultansregimes.

»Man hätte mich wenigstens vorwarnen können!«

»Leyla Hanım hat das Telegramm eben erst erhalten.«

Gereizt suchte Selim nach seinen Zigaretten. Der Eunuch trat herbei, um ihm Feuer zu geben.

»Warum kommt er zurück?«

»Das weiß ich nicht, Bey Efendi.«

»Berlin müsste ihm doch gefallen. Sicherlich freut es ihn, dass dort die Republik ausgerufen worden ist. Dieser Junge ist im Grunde seines Herzens immer schon Sozialdemokrat gewesen.«

Ali Aga schwieg. Es stand ihm nicht zu, Bemerkungen über die feindseligen Äußerungen seines Herrn zu machen, und er würde auch nicht zugeben, dass er freundschaftliche Gefühle gegenüber Orhan hegte. Vor einigen Jahren, nach dem plötzlichen Tod seiner Eltern, hatte der Junge Trost gebraucht. Als er festgestellt hatte, dass Ali leidenschaftlich gern angelte, hatte er es sich in den Kopf gesetzt, ihn zu begleiten. Und während sie an den Ufern von Küçüksu, die Hosenbeine bis zu den Knien hochgekrempelt, mit nackten Füßen im Meer standen, wuchs ein enges Verhältnis zwischen den beiden.

»Dieses Haus wird langsam zum Taubenschlag«, murrte Selim. Orhan und seine Kumpane, die rasch auftauchen würden, sobald sie von seiner Rückkehr erfuhren, hatten ihm gerade noch gefehlt. »Aber er soll sich ruhig verhalten, hast du mich verstanden? Wenn nicht, kann er in den Yalı ziehen.«

»Das kommt gar nicht in Frage«, erklärte Leyla, die in diesem Moment ins Zimmer trat. »Orhans Platz ist hier, bei uns.«

Selim warf seiner Frau einen irritierten Blick zu. An diesem Morgen war sie auf westliche Art gekleidet. Sie trug eine Seidenbluse und einen grauen Wollrock, der knapp über ihren Schnürstiefelchen endete. Ein mit Perlen besetztes Netz hielt ihren Haarknoten. Wahrscheinlich ging sie zu einer Versammlung ihrer Frauenvereinigung. Es handelte sich zwar um eine wohltätige Organisation, aber Selim wusste genau, dass die Damen dort auch über gewisse Themen diskutierten, die ihnen am Herzen lagen: die Gleichberechtigung der Frauen, Polygamie und arrangierte Ehen, Scheidung, den Einfluss des Westens auf die

Moral … Die Radikalsten unter ihnen verlangten gleiche Ausbildung der Frauen und den Zugang zu allen Berufen. Sie versammelten sich unter Bannern, auf die *Nieder mit den alten Vorstellungen!* gestickt war. Die Presse berichtete ausführlich über sie. Halide Edip, Literaturprofessorin an der Universität und eine Feministin, deren Schriften Leyla zu seinem Leidwesen mit lebhaftem Interesse las, organisierte sogar Diskussionen, bei denen sowohl Männer als auch Frauen anwesend waren.

»Du siehst aus wie eine dieser abscheulichen Engländerinnen, die das Wahlrecht fordern«, sagte er, indem er sie von Kopf bis Fuß musterte.

»Die Frauen lassen sich nicht mehr im Haus einsperren, um Zärtlichkeit und Glück auszuteilen«, entgegnete sie spöttisch. »Aber beruhige dich, eine Suffragette bin ich bestimmt nicht. Das einzig Wichtige für mich ist, bei meinen Kindern zu sein.«

»Und nicht bei deinem Gatten?«

»Wenn er aufmerksam ist.«

Herausfordernd hielt sie seinem Blick stand. Selim verstand die vorwurfsvolle Anspielung sofort. Er fand seine Frau entzückend und aufreizend, wenn sie es wagte, ihren eigenen Standpunkt zu vertreten.

»Es tut mir leid, dass dich die Ankunft meines Bruders so verärgert«, fuhr sie in gemessenerem Tonfall fort. »Aber Orhan ist in Berlin bestimmt ruhiger und erwachsener geworden.«

»Das bezweifle ich.« Selim bedeutete der Dienerin mit einer Handbewegung, ihm Kaffee zu bringen. »Dieser Junge ist von Natur aus rebellisch.«

Leyla verdrehte die Augen. Die Feindseligkeit zwischen ihrem Mann und ihrem Bruder bedrückte sie schon lange. Sie war auch einer der Gründe gewesen, aus denen der junge Mann die Stadt verlassen hatte. Leyla hoffte auf einen Neuanfang zwischen den beiden.

»Wie auch immer, Orhan und ich werden uns nicht lange über den Weg laufen.«

»Wie meinst du das?«, fragte sie erstaunt.

»Ich reise nach Paris. Ein französischer Freund hat mich eingeladen. Das ist für mich eine ausgezeichnete Gelegenheit, die Stimmung auf der Konferenz zu sondieren, bevor unsere Delegation eintrifft, die mit den Vertragsverhandlungen betraut ist.«

Verdutzt sah sie ihn an. »Wie lange wirst du fort sein?«

»Keine Ahnung. Ich nehme an, das hängt davon ab, wie die Verhandlungen vorankommen.«

Böse Vorahnungen stiegen in ihr auf. Als Selim in den Krieg gezogen war, hatte sie die gleiche Unruhe empfunden. Das Leben im Haus spielte sich in zwei getrennten Sphären ab, aber das Reich der Frauen mit seinen festen Regeln und Pflichten war nur ein Spiegel der Welt der Männer mit ihren jeweiligen Funktionen in der Welt da draußen. Es waren zwei Seiten derselben Medaille, Licht und Schatten. Aus diesem Gleichgewicht bezog die osmanische Welt ihre Kraft und Harmonie.

»Wir müssen Ahmets Beschneidung vorbereiten«, sagte sie ärgerlich. »Wie soll er in dieser wichtigen Zeit ohne dich auskommen? Das ist unvorstellbar.«

Das stimmte. Ahmet würde Selims Unterstützung bei diesem Ritual brauchen, das für einen kleinen Jungen freudig und furchteinflößend zugleich war. Eine prachtvolle Zeremonie musste abgehalten werden. Sie hatte bereits die blau abgesetzten Überwürfe aus weißem Atlas in Auftrag gegeben, auf denen er auf seinem kleinen Bett wie ein Prinz thronen würde, und selbst eine Maus und eine Schildkröte aus Stoff gefertigt – Symbole für Flinkheit und ein langes Leben –, mit denen die Steppdecke geschmückt werden würde. Sein Rock aus bestickter blauer Seide, der passende Kopfschmuck und die Festpantoffeln warteten bereits in einer Truhe auf den großen Tag. Fünf weitere kleine Jungen aus dem Stadtviertel würden diesen denkwürdigen Tag gemeinsam mit ihm erleben. Sie hatte ein Kinderfest mit Ballons und Süßigkeiten geplant. Dieser für ihren Sohn und die Familienehre entscheidende Anlass war ohne

Selim nicht vorstellbar. Gülbahar Hanım würde ihm diese Fahnenflucht nie verzeihen.

»Wenn nötig, können wir das Datum ja vorverlegen«, erklärte Selim, dem nicht klar war, welche Mühe seine Frau mit der Organisation hatte.

Mit einem Mal wurde Leyla blass. »Du kannst mich doch nicht mit dem Franzosen allein lassen!«

Er wandte den Blick ab. »Die Situation ist nicht ideal, das ist mir klar, aber ich kann mir eine solche Gelegenheit nicht entgehen lassen. Der Padischah erweist mir die Ehre, mich nach Frankreich zu entsenden. Diesem Befehl nicht Folge zu leisten, wäre ein unverzeihlicher Affront.«

»Das kannst du uns nicht antun, Selim!« Ihr Herz klopfte heftig, und sie fühlte sich gedemütigt, weil sie sich so ohnmächtig vorkam. »Wie kannst du zu einem solchen Zeitpunkt deine Familie im Stich lassen, um irgendeiner Grille des Sultans zu folgen?«

Leyla begriff nicht, woher diese panische Angst rührte, aber sie hatte schon immer auf ihre Intuition vertraut, und angesichts von Selims Reise beschlich sie eine ungute Vorahnung.

»Sei nicht albern!«, entgegnete er gereizt. »Ich soll bei der Weichenstellung der Zukunft dieses Landes dabei sein, und dieser Aufgabe muss ich mich gewachsen zeigen.«

Selim hatte immer im Schatten seines Vaters gestanden, einem der geachtetsten Paschas des Osmanischen Reichs. Leyla wusste, dass ihr Mann an sich und seinen Fähigkeiten zweifelte, und hatte schon viel Zeit damit verbracht, ihm zu schmeicheln und sein Selbstbewusstsein aufzubauen. Hierzulande wurden Privilegien nicht vererbt, man kannte keinen Erbadel wie im Abendland. Die Sultane hatten es stets vorgezogen, die Bedrohung auszuschalten, die von allzu mächtigen Familien ausgehen konnte. Einzig die Verdienste zählten. Sogar ein Sklave konnte zu höchsten Staatsämtern aufsteigen, wenn er sich die nötigen Kenntnisse und Fähigkeiten aneignete. Selim würde sich diese Gelegenheit, sich bei seinem Herrscher auszuzeichnen, nicht entgehen lassen, und wenn sie ihn auf Knien anflehen würde. Verzichteten Männer jemals um einer Frau willen?, fragte sie sich verärgert. Echte Macht übten die Frauen nur aus, wenn sie schwanger waren, denn der Prophet – Friede sei mit ihm – hatte die Mutterschaft über alles gestellt.

Leyla ließ sich matt auf den Diwan sinken.

»Mach dir keine Sorgen … Warum regst du dich so auf? In meiner Abwesenheit wird Onkel Mehmet die Rolle des Familienoberhaupts übernehmen«, erklärte Selim.

»Der macht doch nichts anderes, als zu schlafen und zu essen«, murrte sie.

»Pah, meine Mutter und du, ihr seid doch in der Lage, über diese kleine Welt zu herrschen! Kommandant Gardelle ist ein vernünftiger Mensch und wird dich mit Sicherheit unterstützen, wenn es nötig ist. Wir können uns glücklich schätzen, dass er unter unserem Dach lebt. Und wenn du dich gut mit seiner Frau verstehst, kannst du sicherlich einige Privilegien herausschlagen.«

Nachdem sich Selim der unangenehmen Aufgabe, seine Abreise anzukündigen, entledigt hatte, konnte er jetzt seine Pläne für Frankreich erläutern. Tief im Inneren war es ihm gar nicht so unangenehm, die drückende Atmosphäre von Istanbul und die Hofintrigen für einige Zeit hinter sich zu lassen. Ein Problem waren immer noch jene Offiziere, die sich nicht ergeben hatten und für Unruhe sorgten. Es hieß, es würden immer mehr Waffen und Munition der demobilisierten Soldaten aus den Depots der Stadt verschwinden. Louis Gardelle hatte ihm sogar anvertraut, man vermute, die Verwicklungen reichten bis in höchste Staatsebenen. Da wirkte eine Entsendung nach Paris äußerst verlockend.

Leyla hörte nur mit halbem Ohr zu. Also würde sie auf sich allein gestellt sein. Ihre Schwiegermutter wollte nichts mehr von der alltäglichen Realität wissen, seit man ihnen Haushaltskürzungen verordnet hatte. Stur bestand sie darauf, so zu tun, als wäre alles wie früher. Onkel Mehmet war ein wehleidiger alter

Mann und eine Last für sie, und Orhan, den sie über alles liebte, neigte eher dazu, ihr zusätzliche Sorgen zu bereiten.

»Dann werden wohl wir beide das Schiff steuern müssen, Ali Aga«, murmelte sie an den Eunuchen gerichtet, nachdem sich Selim ins Nebenzimmer zurückgezogen hatte, um sich anzukleiden.

Der alte Herr lächelte ihr zu. Wenngleich er ihr Verhalten nicht immer billigte, schätzte er die junge Frau für ihre Schönheit und ihre Wohltätigkeit gegenüber den Armen.

»Alles wird gut werden, inschallah«, sagte er.

Leyla wünschte, sie wäre sich ebenso sicher.

Er hatte sich die Militärparade aus Neugierde angesehen, und auch, um sich zu wappnen. Sein Groll, der ihn wie Gift, wie Säure, zerfraß, flößte ihm eine Art düsterer Befriedigung ein. Orhan, Sohn des Rüstem Bey, war ein kompromissloser junger Mann, der nichts von Zugeständnissen hielt. Er hatte sich entschieden, in seine Heimatstadt zurückzukehren, weil er es nicht ertrug, dass sich jemand an seinem Land, seinen Wurzeln vergriff. Und er war nicht der Einzige. Zahlreiche türkische Studenten hatten den gleichen Wunsch nach Rückkehr verspürt, weil sie das Gefühl hatten, Ausgestoßene zu sein und von den britischen Politikern mit einer Arroganz behandelt zu werden, die schon an Beleidigung grenzte.

Um an diesem grauen, feuchten Februartag im westlich geprägten Stadtteil Pera besser mit der Menge zu verschmelzen, hatte Orhan seinen Fes zu Hause gelassen. Er hatte seine alte Wollmütze aus Berlin und seinen geflickten Mantel angezogen. Geldstücke und sein Feuerzeug waren durch ein Loch in der Tasche in das Mantelfutter gerutscht, sodass er lächerliche Verrenkungen anstellen musste, um sie herauszufischen. Schon seit Tagen hatte er sich vorgenommen, Feride zu bitten, den Riss zu nähen.

Als er seinen Nachbarn um Feuer bat, versuchte der ihn ins Gespräch zu ziehen. Doch Orhan blieb schweigsam. Je weniger man sprach, desto besser. Die von den Sultanen geförderte krankhafte Angst vor Spionen hatte ihre Untertanen gelehrt, sich vor Geschwätzigkeit zu hüten, um nicht im Kerker zu landen, eine Erfahrung, die man besser nicht machen sollte. Die Anwesenheit der Alliierten und ihrer Spitzel hatte diese alten Reflexe wieder aufleben lassen.

Er flüchtete sich an die Mauer eines Kinos, an dem die blau-weiße griechische Fahne wehte. Alle Häuser waren damit beflaggt. Angesichts seines glühenden Blicks und seiner hohlen Wangen hätte man vermuten können, der Student sei krank und gezwungen, sich so zu ernähren wie die Ärmsten von Stambul. In diesem harten Winter wurden Passanten mitten auf der Straße ohnmächtig, denn aus einer jämmerlichen Handvoll Linsen oder Kichererbsen ließ sich keine kräftigende Suppe bereiten. Aber seine Augen glühten nicht vor Fieber, sondern vor Zorn. Die Zuschauer drängten sich an den Häuserwänden, hinter einem Ehrenspalier aus englischen, französischen und italienischen Soldaten, die auf den Vorbeimarsch der Truppen der französischen Orientarmee unter General Franchet d'Espèrey warteten.

Die fröhliche Menge schwenkte Lorbeerzweige, und die kalte Brise, die Gesichter und Füße frieren ließ, schien den Menschen nichts anhaben zu können. Mit halbem Ohr lauschte Orhan den auf Griechisch und Französisch geführten Gesprächen. Von den in der Hauptstadt des Reichs beheimateten Sprachen verstand er nur das Ladino nicht. Dieses besondere Spanisch wurde noch von den osmanischen Juden gesprochen, seit ihre Vorfahren im 15. Jahrhundert aus Spanien vertrieben und vom Sultan aufgenommen worden waren. Das europäische Viertel mit seinen eleganten, aus Quadersteinen errichteten Häusern und den auf italienische Art gearbeiteten filigranen Balustraden feierte seine Befreier. Die Griechen waren überzeugt, dass sie bald die Oberhoheit über die Stadt bekommen würden, und die Levantiner – Abkömmlinge europäischer, christlicher Familien, die oftmals wohlhabend und einflussreich waren – hatten nichts dagegen. Diese Bevölkerungsgruppen warteten darauf, dass die Siegermächte dem Osmanischen Reich bei der Pariser Friedenskonferenz den Todesstoß versetzen würden. Für Orhan schienen sich alle Klagen und Leiden der Minderheiten vereint zu haben, um sich in dieser verletzenden Freude Luft zu machen.

Unter Applaus und Hurrarufen näherte sich die Spitze des Zugs. Zwei französische Soldaten in ihren graublauen Uniformen marschierten rechts und links neben einem berittenen Offizier. Hinter ihm rückten unter dem Klirren von Steigbügeln weitere Reiter vor.

»Mein Gott, Franchet d'Espèrey reitet einen Schimmel!«, schrie ein Mann in der Menge.

»Endlich werden wir für 1453 gerächt!«, meinte sein Nachbar strahlend.

Orhan ballte die Fäuste. In der Tat hatte Memed der Eroberer Konstantinopel auf einem weißen Schlachtross eingenommen; eine Tat, auf die die Türken besonders stolz waren. Umso unerträglicher dieser Affront! Mit welchem Recht konnte dieser französische General das kollektive Gedächtnis eines ganzen Volkes angreifen? Es stand den Christen nicht zu, die Vergangenheit ihrer Gegner zu parodieren, auch wenn diese heute die Besiegten waren.

Gedemütigt wandte er sich ab, stieß seine Nachbarn beiseite und entfernte sich eilig von der Großen Perastraße. In den Gassen, die steil zum Bosporus hinunterführten, versperrten ihm Bettler den Weg. Vor den Pfandhäusern hatten sich Schlangen gebildet. Aus den billigen, schmutzigen Lokalen roch es nach ranzigem Fett, und die Amüsierlokale mit ihren schreienden Reklamen waren stets gefüllt. Unter ihren niedrigen Deckenbalken drängten sich betrunkene Seeleute, vor allem Briten, die es sich mit Alkohol und Mädchen gutgehen ließen. Galata war seit jeher ein Vergnügungsviertel. Neu waren die Russen, die vor den Bolschewiken geflüchtet waren und ihren slawischen Einfluss an diesen Ort brachten, wo sie zügellos feierten, um ihr Elend für ein paar Stunden zu vergessen.

Man flieht nicht vor der Revolution, man muss sie machen!,

dachte Orhan verächtlich. In Berlin hatte er tiefbewegt die revolutionären Novembertage miterlebt, als nach dem unerwarteten Kieler Matrosenaufstand Hunderttausende Arbeiter durch die Straßen marschiert waren und rote Fahnen geschwenkt hatten. Ganze Nächte lang hatte er mit seinem Kameraden über Freiheit, Gleichheit und den Sturz der Tyrannen diskutiert … Er hatte gehört, wie der Sozialdemokrat Scheidemann von einem Fenster des Reichstags aus die Republik ausgerufen hatte. »Nieder mit dem Kaiser, nieder mit dem Krieg! Es lebe die Republik!« Es hatte ihn tief berührt, als die Menge um ihn herum vor Freude außer sich geraten war.

Doch für Orhan waren die wahren Tyrannen die westlichen Politiker, die in Paris tagten und auf der Weltkarte künstliche Grenzen zogen wie bei einem makabren Brettspiel. Der Padischah sollte sich schämen, sich von diesen Widerlingen so demütigen zu lassen! Und sein Schwager ebenfalls! Selim hatte noch nie etwas begriffen. Er huldigte einer zum Tode verurteilten Monarchie. Die Türken hatten viel zu lange zugelassen, dass Minderheiten den Handel und die Finanzwelt beherrschten. Griechen, Armenier, Juden, ganz zu schweigen von den Ausländern, hatten sich auf ihre Kosten bereichert, weil sich gebildete Osmanen nur dazu herabließen, Stellungen in der Armee, der Verwaltung oder der Diplomatie zu bekleiden, während in den Provinzen eine analphabetische bäuerliche Masse wie Lasttiere schuftete. Es wurde höchste Zeit, dass man diese veralteten Sitten hinwegfegte und das Land entschlossen in die moderne Welt führte, andernfalls war es schlicht und einfach zum Untergang verurteilt.

Er ging zur Anlegestelle hinunter, um ein Dampfschiff zu nehmen und zum Goldenen Horn zurückzufahren. Es fehlte an Kohle, sodass man nie wusste, wann das nächste Schiff ging. Er hatte Glück und rannte, um eines zu erwischen, das kurz vor dem Ablegen war.

Die Ellbogen auf die Reling gestützt stand er da, als er plötzlich laute Frauenstimmen hörte. Sehen konnte er von der Auseinandersetzung nichts, da die Frauen auf dem Schiff ihren eigenen, abgetrennten Bereich hatten, aber ein aufgebrachter Angestellter erklärte ihm, Christinnen mit Fahrkarten für die zweite Klasse hätten sich geweigert, an Deck zu bleiben, und seien gewaltsam in die erste Klasse eingedrungen, wo sie die Türken zu vertreiben versuchten, indem sie behaupteten, unter dem Schutz der alliierten Polizei zu stehen. »Sie werden sogar handgreiflich, können Sie sich das vorstellen?«, sagte der brave Mann betrübt.

Seit dem Waffenstillstand herrschte zwischen den Bevölkerungsgruppen eine Spannung, die fast mit Händen zu greifen war. Man erzählte sich, Ungläubige rissen auf der Straße den Männern den Fes vom Kopf und zerfetzten die Schleier der Musliminnen. Wahrscheinlich handelte es sich um siegestrunkene Bewohner von Pera, dachte Orhan. Doch der Ruf der Besatzer war auch nicht besser. Das Verhalten der aus dem Senegal stammenden französischen Soldaten gegenüber der türkischen Bevölkerung war ungehörig; manche Frauen fühlten sich so bedrängt, dass sie sich weigerten, ihre Häuser zu verlassen.

Das Dampfschiff fuhr ab; eine zerbrechliche Nussschale, die versuchte, zwischen den stählernen Ungeheuern zu navigieren, die zu Ehren des französischen Generals den großen Flaggenschmuck angelegt hatten. Das Deck streifte beinahe die Kanonen der Kriegsschiffe. Als sie dieses Labyrinth endlich hinter sich ließen und ins Goldene Horn einliefen, sog Orhan tief die feuchte, salzhaltige Luft ein. Dann zog er den Mantel fester um sich. Er durfte sich auf keinen Fall erkälten.

Als sie fast eine Stunde später in Eyüp anlegten, hatte es zu schneien begonnen. Ein weißer Schleier breitete sich über die Fischerboote, die Segelschiffe und die Taue, die zusammengerollt am Kai dieses weit oben am Goldenen Horn gelegenen traditionellen muslimischen Viertels lagerten. Hier verehrte man das Grab eines Bannerträgers des Propheten. Hier war die alte sakrale Atmosphäre noch gewahrt, denn die Alliierten wagten sich kaum hierher.

Der milchweiße Nebel dämpfte alle Geräusche. Nur die grünen Schilder mit den goldenen Inschriften, die die Brunnen krönten, stachen aus dem Dunst hervor. Als Orhan um die Ecke einer Gasse bog, roch er den süßlichen Duft eines Lagerfeuers, in dem Zypressenholz verbrannt wurde. In der Nähe einer Hütte hatten sich schattenhafte Gestalten versammelt. Während und nach den Balkankriegen im Vorfeld des Großen Kriegs waren hier unzählige Flüchtlinge durchgezogen, die sich hinter ihren ärmlichen, von halb verhungerten Wasserbüffeln gezogenen Karren herschleppten. Sie hatten in den Moscheen kampiert, in leerstehenden Häusern oder Ställen. Familien hatten den ganzen Winter über in den Fischerbooten geschlafen, mit denen sie aus den Küstendörfern am Marmarameer geflohen waren. Orhan hatte gerade seine Eltern verloren und begleitete Leyla, deren Wohltätigkeitsorganisation diesen Unglücklichen zu Hilfe kam. Nie würde er die resignierten Blicke dieser Frauen und Kinder vergessen.

Mühelos fand er in dem Gassenlabyrinth den Weg zu dem Kaffeehaus, in dem seine Freunde auf ihn warteten. Obwohl der kleine Platz verlassen war, sah er verstohlen in alle Richtungen, um sich zu vergewissern, dass ihm niemand gefolgt war, und stieß dann die Tür auf. Wie es der Anstand gebot, begrüßte er respektvoll jeden Gast, der noch ein langes Gewand und einen Turban trug.

Seine Kameraden, ihren *Kalpak* aus Persianerfell modisch schräg auf dem Kopf, saßen auf einem mit Kattunstoff bedeckten Diwan und sahen ihm mit strahlenden Augen entgegen. Orhan war gerührt, als er nach dem bedrückenden Spektakel, das er eben angesehen hatte, ihre vertrauten Gesichter erblickte.

Eine Weile schwiegen die jungen Leute und genossen zufrieden die einfache Freude, sich wiederzusehen. Sie hatten keine Eile. Einer von ihnen sog aus einer Wasserpfeife duftenden

Rauch ein und schloss die Augen, um ihn auszukosten. Orhan trank einen Schluck Wasser und nippte dann von seinem Kaffee.

»Und, war es so schrecklich, wie du es dir vorgestellt hattest?«, fragte Celal schließlich.

»Schlimmer.«

»Wie denn das?«

»Franchet d'Espèrey hat einen Schimmel geritten.«

»Bis jetzt konnte ich die Franzosen eigentlich gut leiden«, sagte Celal mit zornigem Ausdruck.

»Die Westler sind doch alle gleich«, brummte Orhan. »Sie haben sich seit jeher hinter unserem Rücken zusammengetan, um uns die Luft abzudrehen.«

»Wie man hört, wohnt bei euch ein französischer Offizier«, warf ein Dritter ein.

Auch das Haus seiner Eltern war beschlagnahmt worden, nachdem man ihnen zwei Tage Zeit gelassen hatte, um es zu räumen.

»Ja, Fregattenkapitän Louis Gardelle.« Orhan durchwühlte seine Taschen auf der Suche nach seinem Bernstein-Mundstück, das er zum Rauchen brauchte. »Ein trauriger Kerl, aber gar nicht so übel.«

»Woher willst du das wissen?«, sagte der andere und verfolgte interessiert, wie Orhan mit der Hand tief in das Futter seines Mantels fuhr.

»Er ist immer mit den Gedanken anderswo. Ich bin ihm mehrere Tage gefolgt. Er mischt sich gern unters gemeine Volk. Geht immer in dasselbe Restaurant, wo er allein an einem Tisch sitzt und eine dieser russischen Kellnerinnen nicht aus den Augen lässt.«

»Ist sie schön?«, fragte Celal, denn die jungen Männer ließen diese aufgeschlossenen Russinnen nicht gleichgültig.

»Wunderschön! Meiner Meinung nach sehen sich die beiden nicht nur tief in die Augen. Sie würde euch gefallen. Sogar dir, Kazim, obwohl du so anspruchsvoll bist«, scherzte Orhan.

Der junge Mann in dem fadenscheinigen Gehrock lächelte.

»Ich bin gar nicht anspruchsvoll, mein lieber Freund, aber ich verstehe nicht, was ihr an diesen blonden Bohnenstangen so anziehend findet.«

»Wenigstens kann man diese Frauen ansehen! Und sogar anfassen …«, rief Celal aus. »Die Vorstellung, das Gesicht meiner Frau erst an meinem Hochzeitstag sehen zu dürfen, macht mir Angst. Ich habe nicht das geringste Vertrauen in den Geschmack meiner Mutter oder den der Heiratsvermittlerin. Diese giftige Alte hat mich noch nie leiden können.«

»Wichtig ist doch, dass sie eine liebende Ehefrau und eine hingebungsvolle Mutter für unsere Kinder ist«, dozierte Kazim schulmeisterlich.

»Schämt ihr euch nicht, von Frauen zu reden, wo wir doch viel ernstere Themen zu besprechen haben?«, warf der Vierte mit heiserer Stimme ein und wurde dann von einem Hustenanfall unterbrochen. Er hatte einen Leberfleck auf der Wange, der, wie er fand, die Form von Anatolien aufwies. Zwar war er der Einzige, der das so sah, aber seine Freunde widersprachen ihm nicht, um ihn nicht zu verletzen.

»Wenn du krank bist, Gürkan, solltest du besser aufs Rauchen verzichten.« Orhan wies auf die Wasserpfeife.

»Was mich krank macht, sind eher diese Ausländer, die uns immerzu beleidigen. Einer von ihnen hat mir erklärt, wir verstünden nichts von der Geschäftswelt. Es fehle uns an Härte, wir hätten keinen Sinn für Verantwortung und seien unfähig, Entscheidungen zu treffen … Kurz gesagt, unsere naturgegebene Trägheit verurteilt uns zum Dahinvegetieren. Unerträglich! Mich beruhigt nur das hier.« Gürkan zog einen Revolver aus der Tasche.

Einen Moment lang herrschte Fassungslosigkeit. Seine drei Kameraden betrachteten die schmalläufige Waffe mit entgeisterter Miene.

»Was ist das?«, murmelte Kazim.

»Was meinst du wohl? Eine deutsche Luger«, erklärte Gürkan stolz.

»Du weißt, dass es uns verboten ist, Waffen zu tragen«, wandte Celal ein. »Du gehst ein großes Risiko ein. Dafür kann man sogar erschossen werden.«

Gürkan zuckte nur die Achseln.

»Woher hast du die Pistole?«

»Daher, wo es noch mehr davon gibt. Jede Menge. Und außerdem Maschinengewehre, Karabiner, Granaten …«

Ein wenig nervös sah sich Orhan in dem Lokal um, aber die anderen Gäste plauderten angeregt oder spielten Tavla. In einer Nische saß zurückgelehnt ein Mann mit eingeschäumten Wangen und ließ sich rasieren. Orhan versuchte sich zu entspannen. Wenn es in der Stadt einen Ort gab, an dem sie nicht in Gefahr waren, dann hier.

»Wir haben sie gesehen, pack sie jetzt weg!«, sagte er zu seinem Freund.

Gürkan schlug die Pistole wieder in ein Taschentuch ein. Leise erzählte er, am Vorabend sei ein Waffenlager der regulären türkischen Armee, das unter der Kontrolle der Alliierten stand, angegriffen worden. Die gestohlenen Waffen seien in ein Fischerboot geladen worden, das sie zum asiatischen Ufer transportiert habe. Von dort aus hätten sie den Weg nach Anatolien angetreten. Das Wort »Anatolien« sprach er ehrfurchtsvoll aus.

Die Mienen seiner Freunde erhellten sich. Auf dieses Gebiet im Herzen der unermesslichen, von den Winden aus Kleinasien und dem glühenden Atem der Wüste gepeitschten Weiten, wo man zwischen Felsplateaus, trockenen Steppen und den Ruinen vergessener Reiche noch die Waffen ihrer turkmenischen, seldschukischen und osmanischen Vorfahren klirren hörte, setzten diese jungen Fantasten ihre Hoffnungen wie auf eine göttliche Offenbarung. Dort gab es noch Regimenter, die sich ihrer Auflösung widersetzten, und mutige, aufständische Militärführer.

»Das Netzwerk der Patrioten ist dabei, sich zu formieren«, fuhr Gürkan fast tonlos fort. »Wir kennen uns nicht mit Namen, sondern nur mit Ziffern, damit wir im Fall einer Verhaftung niemanden verraten können. Dabei sind viele von uns miteinander verwandt oder befreundet. Mich hat zum Beispiel mein Onkel angeworben.«

Während Orhan ihm zuhörte, fühlte er sich von einer Begeisterung ergriffen, die ihn zugleich erschreckte und mit Freude erfüllte.

»Wir müssen uns bewaffnen«, fuhr Gürkan mit eindringlichem Blick fort. »Die Engländer wollen unseren Untergang. Ihr Premierminister hat uns als ›menschliches Krebsgeschwür‹ bezeichnet, könnt ihr euch das vorstellen? Lieber sterben, als eine solche Demütigung hinnehmen! In Paris bereiten diese jämmerlichen Politiker unseren Untergang vor, das steht fest. Sie werden alles tun, um uns auszulöschen. Aber das lassen wir uns nicht gefallen, oder?«

Er musterte seine Kameraden, als wolle er sich ihrer Zustimmung versichern. Nur Celal wirkte zurückhaltend.

»Immer mehr schließen sich unserer Sache an. Wir haben Unterstützer unter den Studenten, den Militärs, den Handwerkern, den Zünften und sogar unter den Geistlichen und bei den Frauenvereinigungen.«

»Frauen und *Ulamas,* das klingt ja vielversprechend«, brummte Celal.

»Mach dich nicht über die Frauen lustig«, wandte Kazim ein. »Sie haben bei der Revolution von 1908 eine große Rolle gespielt.«

»Und du, du bist wohl zu feige, oder?«, fragte Gürkan herausfordernd.

Orhan streckte den Arm aus, um Celal zurückzuhalten, der sich auf ihn zu stürzen drohte. So begannen also Revolutionen, dachte er, während die beiden Freunde einander beschimpften. Ein verzehrendes Gefühl von Ungerechtigkeit als Humus für Verschwörerzirkel, denen sich Hitzköpfe wie Gürkan anschlossen, aber auch andere wie Celal, die zwar Angst hatten, sich aber dennoch engagierten. Letztere waren die echten Helden, denn sie ahnten schon, dass dieses Abenteuer nicht nur aufregend sein würde, sondern auch grausam und schmerzhaft.

Hätte der junge Mann die Folgen seines Einsatzes ermessen können, dann hätte er an diesem Abend in dem kleinen Kaffeehaus in Eyüp im Schatten des großen Friedhofs, wo die Wasserpfeifen brodelten, vielleicht gezögert. Aber Orhan war neunzehn Jahre alt, sich seiner Sache sicher und vertraute grenzenlos auf sein Schicksal.

»Ich möchte gern deinen Onkel treffen«, sagte er mit entschlossener Miene zu Gürkan, während er gleichzeitig das Gefühl hatte, sich in einen Abgrund zu werfen.

Sein Freund lächelte und trank seinen Tee aus, der kalt geworden war. Dann richtete er sich auf und gab dem Mann, der soeben aus dem Sessel des Barbiers aufgestanden war, ein Handzeichen.

Unter dem Glasdach im Säulensaal der französischen Botschaft herrschte ein Geräuschgewirr aus Stimmen, dem Klirren von Sporen und dem Klingen von Gläsern. Louis Gardelle hielt sich abseits, in der Nähe einer Tür, die in den Wintergarten führte, und versuchte erst gar nicht, an den Unterhaltungen teilzunehmen. Das Leben der Besatzer wurde von unzähligen Empfängen bestimmt. Sie luden sich gegenseitig ein, wussten aber auch die Tanztees der Hausherrinnen von Pera zu schätzen, die neugierig wie die Elstern auf die geringste Indiskretion lauerten. Der Krieg war lang gewesen. Niemand wollte auf diese rauschenden Feste verzichten. Ganz Europa hüpfte im Viervierteltakt des Jazz, der aus Amerika kam und sich bis in die Amüsierlokale von Pera ausgebreitet hatte.

Der Offizier erkannte Abgeordnete und mehrere Journalisten unter den Anwesenden. Obwohl seit dem Waffenstillstand für die Gegner der abgesetzten Regierung des Komitees für Einheit und Fortschritt wieder Redefreiheit galt, hielten die neue Regierung und die Alliierten weiter an ihrer Zensur fest. Mehr und mehr bewegte die Türken die bohrende Frage, ob man Nationalist sein sollte oder nicht. Eine Spaltung begann sich aufzutun, die die Engländer kein bisschen zu beunruhigen schien, das französische Oberkommando aber umso mehr.

Ein Blondschopf zog seine Aufmerksamkeit auf sich. Kurzes Haar schimmerte im elektrischen Licht. Louis hielt den Atem an. Wie magnetisch angezogen von der Frau im roten Kleid tat er einige Schritte und wunderte sich über sich selbst, wie enttäuscht er war, als er seine Verwechslung erkannte. Natürlich! Was sollte Nina auch unter den Gobelins der französischen Botschaft zu suchen haben? Er kannte Nina erst seit einigen Wochen, lebte aber schon jetzt nur noch in der Erwartung ihres nächsten Wiedersehens. Aus Stolz und vielleicht auch aus Furcht hätte es sich Louis niemals eingestanden, aber er war vollständig besessen von einer Frau, über die er nichts wusste, von der er nur den kalten Blick und den bezaubernden Körper kannte. Einer Frau, die ihn in den Wahnsinn trieb.

»Die Lage verbessert sich nicht. Gestern Abend sind erneut Waffen gestohlen worden. So langsam frage ich mich, wo diese Leute Helfershelfer haben.«

Louis, aus seinen Gedanken gerissen, musste sich Mühe geben, sich zu sammeln. James Strathmore, ein blasser Mann mit rotem Haar, arbeitete für den britischen Militärgeheimdienst. Er durchschaute ihn nicht und konnte ihn nicht leiden. Die Engländer sind von Natur aus Betrüger, und ihre imperialistische Politik ist abstoßend, dachte er gereizt.

»Was für eine Art von Helfershelfer meinen Sie, Kommandant?«

»Zweifelhafte Elemente innerhalb Ihrer Truppen«, entgegnete der andere unumwunden. »Die Franzosen sind für die Bewachung der Waffenlager zuständig. Ich begreife nicht, wie man diese Verantwortung auf die leichte Schulter nehmen kann.«

»Keiner unserer Männer würde sich zu solchen unehrenhaften Handlungen herablassen! Ich werde darauf verzichten, Ihre empörende Beschuldigung weiterzutragen, um nicht zusätzlich zu den Verstimmungen zwischen unseren Ländern beizutragen.«

Louis kochte vor Wut. Seit zwei Monaten entschied der britische General Milne über die Stationierung der alliierten Militärkontingente in der Türkei, war aber gleichzeitig weiterhin Franchet d'Espèrey unterstellt. Diese groteske Organisation führte zu ständigen Konflikten zwischen beiden Ländern. Hatte nicht ein

Minister so treffend formuliert, Frankreich dürfe nicht zulassen, dass aus dem östlichen Mittelmeer ein englischer See werde?

Der andere machte eine beschwichtigende Handbewegung.

»Lieber Freund, ich wollte Sie nicht angreifen, aber Sie müssen zugeben, dass die Türken uns unverhohlen provozieren. Sie erteilen uns eine Absage nach der anderen. Zuerst haben sie sich geweigert, uns die deutschen und österreichischen Soldaten auszuhändigen, die sich auf das asiatische Ufer geflüchtet haben, und jetzt sträuben sie sich, uns zwanzig Männer auszuliefern, die überführt sind, britische Gefangene misshandelt zu haben.«

Louis nahm ein Glas Champagner vom Tablett eines vorübergehenden Kellners. »Sie scheinen die Feinheiten des türkischen Charakters nicht erfasst zu haben.«

»Sie aber schon?«, erwiderte der Engländer ironisch.

»Finden Sie nicht, dass es eher eine ehrenhafte Geste ist, seine Kampfgefährten nicht auszuliefern? Und einen Landsmann zu übergeben, würde gegen ihre nationale Souveränität verstoßen, die der Waffenstillstand ausdrücklich anerkennt. Warum sollen sie freundlich zu Ihnen sein, obwohl Sie sie ständig beleidigen?«

»Ich verstehe nicht, worauf Sie hinauswollen«, sagte Strathmore empört.

»Ihre sämtlichen Übersetzer sind Griechen. Deren Vorurteile gegenüber den Türken müssen Sie zwangsläufig beeinflussen. Das verletzt den Mann auf der Straße. Und dann erstaunt es Sie, dass Sie verhasst sind!«

»Sie kommen mir heute Abend ziemlich aufgeregt vor, Gardelle. Man könnte meinen, Sie hätten sich auf ihre Seite geschlagen. Muss ich Sie daran erinnern, dass sie unsere Feinde sind und wir sie besiegt haben? Ihre Nachsicht erstaunt mich. Mehreren Berichten zufolge lässt die Art, wie die Osmanen ihre christlichen Minderheiten behandeln, außerordentlich zu wünschen übrig … Ein Waffenstillstand ist kein Frieden, das wissen Sie ebenso gut wie ich. Ich für meinen Teil habe Kut oder die Dardanellen nicht in angenehmer Erinnerung.«

Daran zweifelte Louis nicht. Der Dardanellen-Feldzug hatte seiner Regierung eine blutige Niederlage beschert. Ein Massaker. Und die Belagerung des mesopotamischen Kut al Amara, bei der sich die britische Garnison vollständig ergeben musste, galt inzwischen als eine der schlimmsten militärischen Demütigungen der Briten. Daher war es nicht verwunderlich, wenn die Engländer den Türken vorwarfen, die ungefähr zehntausend indischen und britischen Kriegsgefangenen unmenschlich behandelt zu haben.

Strathmore sah Louis mit verkniffener Miene an und wartete auf eine Reaktion von ihm. Sein scharf geschnittenes Gesicht wirkte noch schmaler als sonst. Aber der Franzose blieb gleichmütig, erschien ihm fast ein wenig wie in Trance. Vor seinem geistigen Auge sah Louis Leyla Hanıms intelligenten, aber argwöhnischen Blick, und dann Selim Bey, der an einem Tisch im Restaurant Tokatlıan saß und mit ihm über Dichtung, Weinbau in Burgund, Kalligrafie, Springbrunnen und Gärten sprach – wie er das, was das Leben ausmachte, heraufbeschwor und nicht den Tod. Nicht zu vergessen Ahmet, der mit seiner Steinschleuder versuchte, ein auf Pappe gemaltes Kriegsschiff zu versenken …

Es war nicht nur der Gedanke an seine Gastgeber, der Louis gleichgültig gegenüber dem nachtragenden Engländer machte, sondern auch das Wesen dieser Stadt selbst, dessen Nostalgie seine eigene spiegelte. Es war die ruhige Würde der Istanbuler Muslime, die einen streifte, ebenso wie die schwarzen Schleier ihrer Frauen, wenn sie sich in den ihnen vorbehaltenen Teil der Straßenbahn begaben. Es war der stete Reigen der kleinen Schiffe zwischen den Ufern des Goldenen Horns, die verräterischen Strömungen des Bosporus, die ein Seemann zähmen musste. Die gespenstischen Gestalten, die in den Ruinen umgingen, der Duft von Gewürzen und die außerordentliche Höflichkeit der Türken. Das Kreischen der Möwen, die byzantinischen Mosaiken in der Kuppel einer aufgegebenen Kirche, der durch seine Regelmäßigkeit beruhigend wirkende Gebetsruf und das Klappern der hölzernen Spielsteine auf den Tavla-Brettern. Es war die Hand der jungen Frau, die den scharlachroten Vorhang des mit Perlmutt und Gold ausgeschmückten Raums zurückzog, wo er sich mit der Elfenbeinpfeife auf einem Diwan ausstreckte und den Rauch des Opiums einsog. Und es war dieser Zustand, in den die Droge ihn versetzte, wenn er mit aufgerissenen Augen die Einlegearbeiten an der Decke betrachtete, während all seine Ängste und Vorbehalte sich nach und nach verflüchtigten und nur noch reine, kristallklare, inbrünstige Gedanken aufsteigen ließen. Der Zauber, seinen Geist zu betrachten und dort so viele Wunder zu entdecken.

Schweißperlen rannen ihm über die Stirn. Seine Hand begann zu zittern. Er setzte sein Glas ab.

»Wenn Sie mich bitte entschuldigen, Strathmore«, sagte er abrupt und drehte sich auf dem Absatz um.

Er konnte keinen einzigen Augenblick länger in diesem grell erleuchteten Salon und unter diesen Menschen mit den aggressiven Mienen verweilen.

Draußen war es auf einen Schlag stockdunkel geworden, und Louis fühlte sich erneut seinen chaotischen Sehnsüchten und Wünschen ausgeliefert. Er ließ das vergitterte Tor der französischen Botschaft hinter sich und strebte die schmale Gasse entlang, durch die zornige Frauenstimmen hallten. Ein Fenster knallte zu, und er zuckte zusammen. Pera war bei Tag wie bei Nacht unverfroren und laut. Ohne jeden Komplex und mit seiner unvergleichlichen Vitalität ähnelte das Viertel einer zu dick geschminkten Frau, die trotz ihres Alters noch den Reiz einer mit allen Wassern gewaschenen Mätresse bewahrt.

Louis stieß Passanten an, ohne sich zu entschuldigen. Man beschimpfte ihn auf Russisch. Eine Prostituierte, die an der Wand lehnte, verzog den geschminkten Mund zu einem spöttischen Lächeln. Die Frauen boten sich hier ab vier Uhr nachmittags an. Sogar das schlechte Wetter vertrieb sie nicht. Die Prostitution war zur Geißel des Viertels geworden. In den eleganten Salons des levantinischen Bürgertums warf man den Besatzern vor, dass es ihnen nicht gelang, für Ordnung zu sorgen.

Er erreichte die Große Perastraße und ließ sich von den schwindelerregenden Neonreklamen überwältigen. Sein Hemd war schweißnass, und er kam sich jämmerlich vor, weil er nicht in der Lage gewesen war, dem britischen Offizier die Stirn zu bieten. Den Blick auf das Straßenpflaster gerichtet ließ er sich mit der Menge in Richtung Taksim-Park treiben.

Wohl fühlte er sich nur auf der anderen Seite des Goldenen Horns. Dort herrschte Stille wie in einem verschlafenen Dorf, was ihn beruhigte. Dort lag auch der Hamam, in dessen bernsteinfarbenen, höhlenartigen Räumen er Zuflucht vor seinem bedrückenden Alltag suchte und dessen erstickende Hitze seinen Körper und seinen Geist von ungeahnten Unreinheiten reinwusch. Aber dennoch kehrte er immer wieder zu Pera zurück, in diese anonyme Gasse, auf die er zuging, und zu Nina. Eines Tages war er zufällig dort stehen geblieben, nachdem ihn ein Unwetter überrascht hatte, und hatte Schutz zwischen den Goldschmiedewerkstätten, dem Laden einer Modistin und einem Stundenhotel mit Dutzenden bunten Laternen gesucht. Das Hotel war gleichzeitig eine Bäckerei und ein Café, wo sich Zeitungen stapelten, sowie ein Restaurant, wo kräftiger Borschtsch serviert wurde, ohne natürlich den Alkohol zu vergessen. Hier war der Gast König. Jede Währung war willkommen, und alles stand zum Verkauf.

Während er noch einen Platz für seine durchweichte Schirmmütze suchte, kam sie, um seine Bestellung aufzunehmen. Er sah auf und erblickte einen großzügigen Busen, der in ein Korsett geschnürt war, und darüber ein Gesicht mit hervortretenden Wangenknochen, umgeben von blonden Locken, auf denen eine alberne Spitzenhaube thronte. Sie musterte ihn kühl, nahm seine Kopfbedeckung und legte sie auf ein Regal. Dabei spannte sich das schwarze Kleid über ihren Hüften. Sofort spürte er ein überwältigendes Begehren nach ihr: nicht nur wegen ihrer aufreizenden Figur, sondern weil die junge Unbekannte ernst und distanziert war, weil ihr Mund ihr Gesicht beherrschte und weil sie offensichtlich für ein paar türkische Pfund, einige Francs oder eine Handvoll Dollar zu haben war …

Danach kam er noch mehrere Male zurück, ohne dass er gewagt hätte, sie anzusprechen. Dabei zierte sie sich gar nicht. Sie war nicht so zurückhaltend wie er. Der Wirt war ein Koloss, der sich abends in einen Smoking kleidete, um den raffinierten Vorspeisen und dem Kaviar, die seine Gäste bestellten, Ehre zu erweisen. Solange man nicht die Zeche prellte, sah er über alles hinweg.

Im ersten Stock lagen die Zimmer. Sie ging vor ihm die Treppe hinauf, und beim Anblick ihres Rückens und ihrer Hüften erinnerte er sich daran, wie er zum ersten Mal eine Frau dafür bezahlt hatte, mit ihm zu schlafen. Achtzehn war er da gewesen. Er bewahrte eine zugleich traurige und beschämte Erinnerung an freudlose Lust und eine beleibte Hure, die ihm die Schulter getätschelt hatte, wie man einem braven Gaul den Hals klopft. Er sah noch ihre weißen Pobacken vor sich, als sie sich über eine Schüssel kauerte, um sich vor dem nächsten Kunden das Geschlecht zu waschen.

Nina war eine Hure, aber auch eine Aristokratin. Das konnte man an ihrem tadellosen, nahezu akzentfreien Französisch ablesen, und an ihrer Haltung. Die ersten russischen Flüchtlinge stammten alle aus renommierten Familien. Während ihre Ehemänner oder Brüder weiter bei der Weißen Armee kämpften, belagerten sie die westlichen Botschaften in der Hoffnung, so schnell wie möglich ihre Reise nach Paris oder Berlin fortsetzen zu können. Konstantinopel sollte nur eine Etappe auf einer Flucht sein, die einem Kreuzweg glich.

Louis war es gelungen, ihr ein paar knappe Schilderungen über ihre Flucht aus St. Petersburg abzuringen: die Überfahrt aus einem von der Revolution zerrissenen Land auf die Krim, das unerträgliche Warten auf einem mit Flüchtlingen überladenen Schiff an der Reede der osmanischen Hauptstadt, wo sie kein Geld hatte, um Lebensmittel oder Trinkwasser zu kaufen, das die griechischen und türkischen Verkäufer gegen Gold aufwogen. Und schließlich das Ende der Quarantäne und die stinkenden Desinfektionssäle. Sie bekam Läuse. Aus Angst vor Typhus befahl man ihr, sich den Kopf kahl zu rasieren. »Meine Haare reichten mir bis zur Taille«, sagte sie, und zum ersten Mal hörte er Trauer aus ihren Worten. Doch als er versuchte, mehr von ihr zu erfahren, weigerte sie sich stur, seine Fragen zu beantworten. Louis wollte Nina jedoch ganz besitzen; ihren Körper, aber auch ihre Gefühle, ihre Gedanken, ihre Seele.

Als er jetzt die Tür zum Restaurant aufstieß, schwappte ihm eine Geruchswolke aus schwerem Parfüm und stark gewürztem Essen entgegen. Er sah sich im Raum um. Der Wirt, der ihn erkannte, drehte sich in Richtung Küche um und rief nach Nina. Ein paar Sekunden später tauchte sie mit einem Tablett voller Teller auf. Sie nickte ihm kurz und ohne ein Lächeln zu und trat an einen Tisch, um ihre Gäste zu bedienen, mit denen sie auf Russisch zu scherzen begann. Plötzlich überkam Louis eine große Ungeduld. Am liebsten hätte er das Lokal durchquert und sie genommen, gleich vor diesem Publikum aus Elendsgestalten, um sie endlich zu dem Eingeständnis zu zwingen, dass sie ihm weit stärker verpflichtet war als ihnen.

Er trat an den Schrank, in dem die Schlüssel des Etablissements hingen. Es war nur noch ein Zimmer frei. Ohne den Wirt zu fragen, nahm er den Schlüssel und stieg die Treppe hinauf. Im Zimmer war die Glühbirne in der Deckenlampe durchgebrannt. Er öffnete die Fensterläden. Eine Leuchtreklame warf einen blauen Schein herein, sodass man sich wie auf einem Jahrmarkt vorkam. Er streckte sich angezogen auf dem Bett aus und zündete sich eine Zigarette an. Nina würde nicht lange auf sich warten lassen. An ihm verdiente sie mehr als an ihrer Tätigkeit als Serviererin, und es bereitete ihm ein perverses Vergnügen, sie abhängig von sich zu wissen. Nie zuvor hatte er so etwas empfunden. Aber wenn sie unter ihm lag, fragte er sich, ob es vielleicht damit zu tun hatte, dass eine Frau von ihrer gesellschaftlichen Stellung ihn nicht eines Blickes gewürdigt hätte, wenn sie nicht ihren Körper hätte verkaufen müssen, um zu überleben.

Er musste eingenickt sein. Als er die Augen aufschlug, zog Nina den Vorhang zu. Sie hatte einen Kerzenleuchter mit brennenden Kerzen mitgebracht, den sie aufs Wandbord stellte. Mit müden Bewegungen nahm sie ihre Haube und die mit Spitzen besetzte Schürze ab, ehe sie ihr Kleid aufknöpfte, es auszog und sorgfältig zusammenlegte. Dann bückte sie sich, um die Schuhriemen zu lösen. Ihr Hemd aus durchscheinendem Baumwollstoff ließ ihren Brustansatz und ihre zarten, durch schwarze Baumwollstrümpfe betonten Beine erkennen. Louis richtete sich auf und packte ihr Handgelenk. Verblüfft hob sie den Kopf.

»Du könntest mir immerhin guten Abend sagen, oder?«

Sie sah ihn mit eisigem Blick an. »Guten Abend, *Commandant*«, sagte sie dann in spöttischem Ton.

Als sie sich aus seiner Umklammerung befreien wollte, drückte er ihr Handgelenk noch fester, und sie verzog das Gesicht. Er zwang sie, sich auf die Bettkante zu setzen.

»Ich habe gestern auf dich gewartet. Warum bist du nicht gekommen?«

»Ich wurde aufgehalten.«

»Von einem anderen Kunden?«, fragte er ironisch.

»Das Lokal war überfüllt. Man hat mich gebeten, zusätzlich die Abendschicht zu übernehmen.«

»Du lügst.«

Ihr verächtlicher Blick brachte ihn in Rage.

»Ich bin hier vorbeigegangen«, fuhr er fort. »Das Lokal war geschlossen. Ich hatte gedacht, ich mache dir eine Freude.«

Louis hatte sie zum Abendessen in ein Restaurant eingeladen, wo sie zur Abwechslung einmal bedient worden wäre. Er hatte gehofft, dass ihre Beziehung dadurch ein wenig persönlicher werden würde; dass er eine Art von Dankbarkeit in ihr erwecken könnte, vielleicht sogar eine Art Bewunderung für seine Feinfühligkeit.

Abrupt zog er sie auf sich und spürte das Gewicht ihres Körpers, ihre Brüste, die sich an seinen Oberkörper pressten. Ihre Gesichter waren einander so nahe, dass er jede Pore ihrer Haut erkennen konnte, ihre bebenden Nasenflügel und ihre halbgeöffneten Lippen, auf denen sein Blick verweilte.

»Ich bezahle gut dafür, dich für mich allein zu haben, Nina. Dafür verlange ich aber einwandfreie Ware.«

Louis wollte sie zu einer Reaktion bewegen, dieser eisern beherrschten Frau eine Gefühlsregung abringen, das Eingeständnis einer Schwäche, irgendetwas, was es ihm erlaubte, diese irrationale Leidenschaft in eine ganz gewöhnliche außereheliche Affäre zu verwandeln. Diese Russin zu einer gewöhnlichen Mätresse zu machen, bei der er Herr und nicht Sklave sein würde.

»Ich hatte keine Lust, einen Abend lang mit Ihnen am Tisch zu sitzen, *Commandant*«, erklärte sie in gemessenem Ton. »Ich habe nichts mit Ihnen zu teilen. Ich habe Ihnen nichts zu sagen. Weder Sie noch Ihr Leben interessieren mich. Bis auf Ihr Geld. Ich brauche Ihr Geld. Das ist alles.«

»Aber ich, ich habe etwas mit dir zu teilen, ich kann dir Lust bereiten«, erwiderte er, und sein Atem strich über ihre Wange. »Mir spielst du nichts vor, das weiß ich.«

Am liebsten hätte er sie erdrückt. Er spürte, dass er ihr ein wenig Angst einflößte. Ein leises Lächeln erhellte Ninas Züge, ohne ihre Augen zu erreichen.

»Die mechanische Reaktion der Körper«, erwiderte sie spöttisch. »Warum sollte man sich dieses Vergnügen versagen? Das wäre doch absurd, oder?«

Louis, den so viel Gleichgültigkeit verstörte, fragte sich, ob ein Mann sich damit zufriedengeben konnte. Er war wirklich nicht für käufliche Beziehungen geschaffen. Obwohl er Angst hatte, es sich einzugestehen, erwartete er von Nina insgeheim mehr. Er ärgerte sich, weil er sich so lächerlich aufführte. Natürlich verachtete sie einen armen Teufel, der um Zuneigung bettelte. Liebe schenkte man nicht als Almosen.

Sie zog ihr Hemd aus. Für eine so junge Frau besaß sie schwere Brüste. An manchen Stellen war ihre weiße Haut von Dehnungsstreifen durchzogen. Er fragte sich, ob sie schon ein Kind geboren hatte. Einen Ehering trug sie nicht, aber bei den Pfandleihern von Galata waren ebenso viele erhältlich wie Pelzmäntel.

Als sie nackt neben ihm lag, stand Louis auf. Wortlos wühlte er in seinen Taschen und zog ein paar Geldscheine hervor, die er neben den Kerzenleuchter auf das Wandbord warf. Er ging, ohne die Zimmertür hinter sich zu schließen.

Stambul, April 1919

»Für wen hält sie sich eigentlich?«, fragte Rose Gardelle ihren Mann. »Ich war mit einem von Maries Lehrern verabredet, aber man hat mir zu verstehen gegeben, es müsse jetzt oder nie sein. Niemand hat mir je solch ein Ultimatum gestellt. Das ist doch unglaublich, findest du nicht auch?«

Louis war an diesem Tag früher als sonst in den Konak zurückgekehrt. Aber seit der Ankunft seiner Frau fand er dort nicht mehr den heiteren Frieden wie zu Beginn seines Aufenthalts. Rose war der geringste Vorwand recht, um sich zu beklagen. Sie war weit anspruchsvoller, als er sie in Erinnerung hatte. Vielleicht liegt es aber auch daran, überlegte er, während er sich auf die Bettkante setzte, dass ich nicht mehr so geduldig bin wie früher.

»Deine Uniform ist ja ganz staubig! Setz dich doch bitte auf den Stuhl, den man mir nach mehrmaligem Bitten endlich gebracht hat«, sagte sie vorwurfsvoll. »Aber glaub ja nicht, dass es einfach gewesen wäre. Die Bediensteten verstehen kein einziges Wort einer zivilisierten Sprache und schauen mich nur schief an, wenn ich mit ihnen rede. Vor allem dieser große Schwarze. Jedes Mal, wenn ich ihm begegne, läuft mir ein Schauder über den Rücken.«

Louis stieß einen Seufzer aus. »Die Dienerinnen sind Türkinnen, Rose. Sie geben sich Mühe, dich zu verstehen und deine Wünsche zu erfüllen. Du musst bedenken, dass unsere Anwesenheit den ganzen Haushalt durcheinandergebracht hat. Ali Aga hat es auch nicht leicht.«

»Wenn ich nur daran denke, dass er ein Eunuch ist! Dieser Barbar! Der Gedanke, Marie könnte aus irgendeinem Grund mit ihm zu tun bekommen, gefällt mir gar nicht. Gott sei Dank ist sie noch zu klein, um solche Dinge zu begreifen.«

»Also ich bitte dich, es handelt sich ja nicht um eine ansteckende Krankheit«, erwiderte Louis gereizt. »Die Eunuchen nehmen in einem Haremlik eine wichtige Stellung ein, sie sind bedeutende Persönlichkeiten und genießen hohes Ansehen. Weder sie noch die sogenannten Sklaven entsprechen dem exotischen Bild, das westliche Autoren in ihren Schundromanen von ihnen und der osmanischen Welt zeichnen.«

Rose überprüfte den Sitz ihres Chignons. Im Spiegel konnte sie auch das verärgerte Gesicht ihres Mannes sehen. Seine Einstellung wunderte sie nicht im Geringsten. Der Orient verdrehte den Männern den Kopf. Alles war hier anders. Die Frauen, die lockeren Sitten, die Exotik, das Klima, das Gefühl, ungestraft tun und lassen zu können, was man wollte, während man die Familie weit entfernt wusste … Was hinderte einen da daran, allen möglichen Schwächen nachzugeben? Nicht umsonst hielten sich die Europäer im Ausland in der Regel an ihre geschützten Enklaven: Die Engländer zum Beispiel wichen in Indien keinen Millimeter von ihren Gewohnheiten ab und dachten nicht daran, mit der einheimischen Bevölkerung zu verkehren. Doch den Franzosen sagte man leider Gottes nach, in dieser Hinsicht wesentlich toleranter zu sein.

Rose legte ihre Granatohrringe an und kniff sich dann in die Wangen, um ihnen ein wenig Farbe zu verleihen. Sie war enttäuscht von ihrem Mann, obwohl sie es sich nicht eingestehen mochte.

»Seit wann bist du denn Experte für osmanische Sitten?«, fragte sie spöttisch. »Du hast stets für alles eine Entschuldigung parat. Ich für meinen Teil halte es für völlig unangemessen, mir von einer ehemaligen Sklavin Vorschriften machen zu lassen. Aber du hast natürlich recht: Ich muss nachsichtiger sein. Wo soll die arme Frau auch gelernt haben, was sich gehört? Gott allein weiß, welches Elend sie in ihrem Leben schon erfahren musste.«

»Ich dachte immer, man soll einen Menschen nicht verurteilen, solange man ihn nicht kennt.«

»Ich verurteile sie doch gar nicht, Louis, ich stelle nur fest. Und die Sklaverei widerspricht nun einmal meinen tiefsten Überzeugungen. Niemand übersteht sie unbeschadet.«

»Die Osmanen verstehen etwas anderes darunter; bei ihnen ist sie keine Schande«, entgegnete er. »Die christlichen Kinder, die sie in den eroberten Ländern raubten, um sie später ins Janitscharenkorps einzugliedern, durften darauf hoffen, eines Tages Wesire zu werden. Und die Tscherkessinnen oder Georgierinnen, die als Haremsfrauen dienen mussten, sahen in ihrer Gefangenschaft nicht selten ein Sprungbrett zu einem höheren gesellschaftlichen Rang. Oftmals gaben die Eltern sie freiwillig in den Harem, um ihnen eine gute Erziehung zu ermöglichen. Und wenn sie wollten, wurden sie nach einigen Jahren in die Freiheit entlassen und durften, mit einer üppigen Mitgift ausgestattet, heiraten. Hierzulande hat man die Sklaven nie als minderwertig behandelt. Die Gesellschaft achtet sie sogar höher als die freien Bediensteten.«

»Was für eine Verniedlichung! Ich bezweifle, dass eine Frau besonders viel davon hält, bei der Wahl ihres Bräutigams kein Wörtchen mitreden zu dürfen.«

»Glaubst du denn, ein französischer Bauer fragt seine Tochter nach ihrer Meinung, wenn er ihr einen Mann aussucht?«

Verärgert drehte Rose ihrem Mann den Rücken zu, damit er ihr die obersten Knöpfe ihres Kleids schloss. Louis tat es. Seine Finger verweilten kurz an Roses Nacken, wo sich ein paar kastanienbraune Härchen aus dem strengen Knoten gelöst hatten. Rose schob seine Hand weg. Nach den Jahren der Trennung fiel es ihr schwer, sich wieder an diese intime Nähe zu gewöhnen. Louis hatte sich verändert. Seine Züge waren reifer geworden, aber sein Blick erschien ihr stumpf. Sein Körper war von Narben gezeichnet, doch er sprach nicht gern über seine Verwundungen. Bisweilen kam es ihr vor, als hielte sie im Bett einen Fremden in den Armen. Einen Fremden, der für ihren Geschmack ein wenig zu forsch war.

»Was ihre Schwiegertochter betrifft, so weiß ich nicht, was ich von ihr halten soll«, fuhr sie fort, als wäre nichts gewesen. »Diese Leyla Hanım lächelt nie, wenn sie mit einem redet.«

Was ich gut verstehen kann, dachte Louis, während er das spitze Gesicht seiner Frau betrachtete. Zum Glück schien wenigstens Marie entzückt zu sein, endlich den Orient kennenzulernen. Louis war bei ihrer Ankunft hingerissen von dem bezaubernden jungen Mädchen gewesen, das zwar schon bei jeder Kleinigkeit wie ein Backfisch errötete, aber noch immer kindlich genug war, um sich ihrem Vater stürmisch in die Arme zu werfen.

»Gut, ich bin dann so weit«, sagte Rose.

Sie trug ein graues Wollkleid mit einem Schalkragen. Der halblange Rock wurde durch Samtbesätze betont. Das Ensemble strahlte eine strenge Eleganz aus. Rose war schon immer eine begabte Schneiderin gewesen und nähte sich ihre Garderobe selbst. Als Vorlage dienten ihr die Schnittmuster, die sie in den einschlägigen Modezeitschriften fand. Schade nur, dass sie in diesem Kleid wie eine Lehrerin aussieht, dachte Louis.

Sie zögerte und biss sich nachdenklich auf die Unterlippe. »Und du kannst uns wirklich nicht begleiten?«

»Du brauchst dich nicht zu beunruhigen, Liebling«, sagte er. »Leyla Hanım ist ja auch dabei. Sie wird schon dafür sorgen, dass man euch einen angenehmen Empfang bereitet. Sie ist eine intelligente und aufmerksame Frau.«

»Woher weißt du das? Ich dachte, die Musliminnen dürften ausschließlich mit ihrem eigenen Mann sprechen, und schon gar nicht mit einem Christen.« Sie musterte ihn argwöhnisch.

Louis konnte ein Schmunzeln nicht unterdrücken. »Seit dem Zwischenfall mit ihrem Jungen haben wir eine besondere Verbindung. Außerdem wirst du noch feststellen, dass manche Türkinnen fortschrittlicher sind als andere. Ihre Schwiegermutter ist zwar noch dem traditionellen Verhaltenskodex verhaftet, aber einige Vertreterinnen der Oberschicht sind mittlerweile offen gegenüber der westlichen Welt. Das fällt mir immer wieder bei offiziellen Anlässen auf, und wenn sie ins Ausland reisen, kleiden sie sich genau wie du. Du irrst, wenn du meinst, du hättest es mit rückständigen Frauen zu tun. Sie sind gebildet und bewundern die französische Kultur. Und genau wie du mögen sie sogar die Romane von Pierre Loti! Also habt ihr schon einmal ein gemeinsames Gesprächsthema, nicht wahr?«

»Wenn ich den Schreibstil eines Autors schätze, heißt das noch lange nicht, dass ich seine Vorstellungen teile. Loti ist eine ziemlich zwielichtige Persönlichkeit. Es heißt, er sei keinem Abenteuer abgeneigt.«

Die Erinnerung an Ninas nackten Körper, den Schweiß auf ihrer Haut und ihren Bauch durchfuhr ihn so unvermittelt, dass ihm schwindelig wurde. Seit Roses Ankunft vor drei Wochen hatte er sich nicht mehr bei seiner Mätresse blicken lassen. Das war für ihn eine Frage der Ehre. Ihre letzte Auseinandersetzung hatte ihn über alle Maßen gedemütigt. Desgleichen machte er einen großen Bogen um das Lokal in der kleinen Gasse hinter der Süleymaniye-Moschee, das er immer zum Opiumrauchen aufgesucht hatte.

Vor einigen Wochen hatten er und seine Familie bei einem Abendessen ihr Wiedersehen gefeiert. Die gepflegten Tischmanieren und das höfliche Geplauder seiner Frau und seiner Tochter waren wie Balsam für seine Seele gewesen, und ein eigentümliches Gefühl von Frieden war über ihn gekommen. Die Vorstellung, wieder in die von ihm erwartete Rolle zu schlüpfen, wirkte tröstlich auf ihn. Er gelobte sich, dass die Unordnung der letzten Wochen ein kurzes Intermezzo in seinem Leben bleiben würde, an das er sich im Alter nachsichtig lächelnd erinnern würde. Doch schon jetzt flüsterte ihm eine hinterlistige Stimme zu, dass dieser Frieden auch Friedhofsruhe bedeuten konnte.

»Du siehst bezaubernd aus«, sagte er in ernstem Ton, während sich Rose zum Gehen wandte, als müsste er sich selbst davon überzeugen.

Sie warf ihm einen misstrauischen Blick zu. Seine Frau hatte Komplimente noch nie gut annehmen können. Das entsprach einfach nicht ihrem Naturell, und diese mangelnde Gabe machte sich leider auch im Bett bemerkbar.

Zur gleichen Zeit sah Leyla im anderen Flügel des Hauses dem Besuch der Französin mit einem mulmigen Gefühl entgegen. Die Unerschütterlichkeit, die ihre Schwiegermutter zur Schau stellte, ließ nichts Gutes erahnen. Gülbahar Hanım hatte alle Register gezogen. Der kleinste Anklang an die Moderne, selbst Zigaretten, war aus dem Salon verschwunden. Dabei rauchte sie selbst gern, während der Großteil der Frauen im Serail darauf verzichtete. Leyla vermutete, dass es ihr eine boshafte Freude bereitet hatte, diese Kulisse aufzubauen, als befände man sich nicht ohnehin schon auf vermintem Terrain.

Die Französin war mit ihrer Tochter, drei Überseekoffern und einem weiteren Koffer voller Ansprüche an Land gegangen, die sie alsbald geltend machte. Schon in den ersten Tagen hatten zahlreiche Missverständnisse eine Dienerin in Tränen ausbrechen lassen und die Köchin an den Rand eines Nervenzusammenbruchs gebracht. Selbst Ali Aga hatte seinen Zorn nicht zu verbergen vermocht. Daraufhin hatte Louis Gardelle Leyla gebeten, sie möge seiner Frau gestatten, der Hausherrin ihre Reverenz zu erweisen. Anscheinend hoffte er, dass sich dann eine gewisse Harmonie zwischen den beiden Frauen einstellen würde, die sich Küche und Dienstboten teilen mussten.

Wenn wenigstens Selim da wäre, um zwischen den beiden Parteien zu schlichten!, dachte Leyla. Aber seinen begeisterten Briefen nach zu urteilen hatte ihr Mann Geschmack am Pariser Leben gefunden. Inzwischen beabsichtigte er sogar, seinen Aufenthalt bis ins Frühjahr auszudehnen. Sie fragte sich, ob seine diplomatische Mission das wirklich erforderte oder es vielmehr sein persönlicher Wunsch war. Obwohl er nicht zur Theatralik neigte wie seine Mutter, konnte Selim bisweilen genauso egoistisch sein wie Gülbahar.

Aufgeregt saß die kleine Perihan im Schneidersitz neben ihrer Großmutter. Ahmet stand mit sorgfältig gekämmtem Haar daneben und erwartete die Gäste geduldig und mit ernster Miene. Er träumte davon, endlich das junge Mädchen kennenzulernen, dessen Blondschopf er von weitem hatte schimmern sehen, als es mit seiner Mutter im Garten spazieren ging. Leyla sah ihn zärtlich an. Ihr Sohn war sehr sensibel. Perihan indessen hatte vor nichts und niemandem Angst. An ihr war wahrlich ein Junge verloren gegangen.

»Seien Sie bitte nachsichtig mit ihr, Hanım Efendi!«, sagte sie in flehendem Ton. Dem Rang ihrer Schwiegermutter entsprechend gebrauchte sie diese respektvolle Anrede.

Gülbahar deutete ein kühles Lächeln an. »Aber ich habe doch gar nichts gegen diese unglückselige Ungläubige, die glaubt, uns unter meinem Dach Befehle erteilen zu können, wo sie und ihresgleichen bald nichts weiter als Staub unter unseren Füßen sein werden.«

Ihre engsten Freundinnen nickten zustimmend.

Leyla senkte den Blick, um ihre Irritation zu verbergen. »Wir können es uns nicht leisten, diese Menschen vor den Kopf zu stoßen. Damit verschlimmern wir die Situation nur. Die Versorgungslage verschlechtert sich von Tag zu Tag, und die Atmosphäre in der Stadt ist vergiftet. Wenigstens ist Kommandant Gardelle ein umgänglicher Mensch, der uns nichts Böses will.«

»Also wirklich!«, erwiderte Gülbahar entrüstet. »Unser Haushalt besteht zurzeit nur aus Frauen, die vollkommen auf sich gestellt sind. Wer sollte es wagen, uns ins Visier zu nehmen?«

»Die Alliierten wittern überall Verschwörungen«, entgegnete Leyla, die ihren Ärger nicht länger unterdrücken konnte. »Und sie behandeln Frauen keineswegs wie hilflose Wesen.

Sie ziehen sie ebenso für ihre Taten zur Verantwortung wie Männer.«

Gülbahar bedachte ihre Schwiegertochter mit einem finsteren Blick. »Wir haben nicht auf den Westen gewartet, damit er uns unseren Wert aufzeigt. Nach dem Tod von Süleyman dem Prächtigen haben die Mütter der Sultane eine Zeit lang eine bedeutende politische Rolle gespielt. Wir brauchen uns vor einer Katherina von Medici oder Elisabeth von England nicht zu verstecken. Im Übrigen haben wir Musliminnen es nicht nötig, uns unsere Stellung durch irgendwelche Gesetze oder Dekrete bestätigen zu lassen. Unsere Rolle hat uns Allah zugewiesen, gelobt sei Sein Name!«

Leyla konnte sich ihre Schwiegermutter bestens als eine der *Valide Sultan* vorstellen, diese Frauen, die den Schlüssel zur Macht im Serail gehabt hatten.

»Unsere Rolle, sagen Sie, Hanım Efendi? Der Großteil der türkischen Frauen spielt leider überhaupt keine Rolle! Sie sind Gefangene ihrer Ehe, von der sie sich niemals lossagen könnten, weil sie nicht in der Lage sind, für sich selbst zu sorgen. Man begnügt sich damit, ihnen sogenannte Tugenden wie Sanftmut und Gehorsam einzubläuen. Doch was sie wirklich bräuchten, ist eine fundierte Schulbildung, die ihnen erlauben würde, ihren familiären Kosmos zu verlassen.«

Die Freundinnen ihrer Schwiegermutter warfen einander entrüstete Blicke zu.

»Die Welt hat sich verändert«, fuhr Leyla leidenschaftlich fort. »Verantwortungsvolle Eltern sollten ihren Kindern die Mittel an die Hand geben, die sie brauchen, um sich dem Fortschritt zu stellen.«

»Schöner Fortschritt ist das, wie man zurzeit bestaunen kann!«, erwiderte Gülbahar spöttisch.

»Denken Sie nur an die Massaker, die die muslimische Bevölkerung während der Balkankriege erleiden musste, an den Großen Krieg und das Chaos, in das die russische Revolution gemündet ist … Umso wichtiger ist es, dass die Frauen heutzutage unabhängig von ihren Männern sind, weil sie durch einen Schicksalsschlag oftmals von heute auf morgen auf sich selbst gestellt sein könnten. Die Weltabgewandtheit der Frauen gehört der Vergangenheit an. Ob wir wollen oder nicht, es nützt nichts, sich in nostalgischen Erinnerungen zu ergehen.«

Leyla wunderte sich selbst über ihre Unverfrorenheit. Seit einigen Monaten spürte sie eine wachsende Ungeduld in sich, deren Ursachen sie nicht kannte und die ihr manchmal die Kehle zuschnürte.

»Aha, du liest also immer noch die Bücher von Halide Edip und Fatma Aliye«, sagte Gülbahar. In ihrem Ton schwang Verachtung gegenüber den beiden berühmten Frauenrechtlerinnen mit. »Weil du zu viel nachdenkst, vergisst du das eigentliche Wesen der Menschen. Allein die Familie schweißt ein Volk zusammen! Und deren Pfeiler sind die Mütter, deren Platz im Haus ist. Ihr Intellektuellen wollt diese armen Frauen auf die Straßen und in die Fabriken jagen, wo sie allen möglichen Lastern zum Opfer fallen, wie man am Beispiel dieser armen Russinnen sehen kann. Ist es das, was du willst?«

Leyla hielt ihrem Blick trotzig stand. Ihre Schwiegermutter warf ihr vor, dass sie zu viel las. Aber das moderne Denken hatte sich nur dank der literarischen Produktion verbreiten können, die wiederum den ersten Reformen des Tanzimats im vergangenen Jahrhundert geschuldet war. Ihre eigene Familie, zu der Journalisten und Akademiker zählten, hatte ebenfalls dazu beigetragen. Niemals würde sie auf dieses offene Fenster zur Welt verzichten! Leyla hatte das Gefühl, dass sich die Welt immer schneller drehte und sie selbst ohnmächtig zusah, eingeschlossen in diesem Haus wie ein Kind, das Hausarrest hat. Wenn ihr nach Diskutieren zumute war, ging sie zu Orhan, aber ihr Bruder streifte die meiste Zeit durch die Stadt, ohne dass sie wusste, wo er hinging und was er tat.

Ihr Wortwechsel wurde unterbrochen, als Rose Gardelle mit

ihrer Tochter Marie erschien. Die Frauen erhoben sich und vollführten zur Begrüßung der Gäste ein *Temenna:* Sie verneigten sich in einer anmutigen Geste, indem sie mit einer Hand zuerst den Boden berührten, dann das Herz, die Lippen und schließlich die Stirn.

Rose Gardelle verharrte wie versteinert auf der Schwelle. Sie war wie geblendet von dem prachtvollen Interieur – den Teppichen, den Porzellanvasen und den Perlmutttruhen, den Kristalllüstern, den purpurnen und mit Silberfäden durchwirkten Sitzkissen und den langen bestickten und von funkelnden Gürteln gehaltenen Kleidern der Frauen mit ihren verschleierten Haaren. Weihrauchduft hing in der Luft. Junge Dienerinnen mit perlenbestickten Turbanen und in Pluderhosen, Boleros und Spitzenjabots hielten sich diskret im Hintergrund bereit. Zwei von ihnen standen neben einem silbernen Becken mit glühenden Kohlen und hielten je ein mit einer bestickten Serviette ausgelegtes Tablett in den Händen, auf dem exquisite Kaffeetässchen mit Zarfs standen, diesen mit Edelsteinen geschmückten Tassenhaltern aus ziseliertem Silber.

Das ist also ein Harem, dachte Rose. Ein sinnliches Treibhaus, wo sich die Gattinnen und Konkubinen desselben Mannes die Zeit miteinander vertrieben, während sie darauf warteten, zu ihrem Meister gerufen zu werden, um ihm zu Diensten zu sein. Und diese schwarzen Dienerinnen da, waren das ehemalige Sklavinnen? Waren sie tatsächlich freigelassen worden, wie Louis behauptete? Blieben sie aus freien Stücken bei ihrer Herrin, oder weil sie keinen anderen Ort hatten, an dem sie Zuflucht finden würden? Hin- und hergerissen zwischen Faszination und Entsetzen wusste sie nicht mehr, was sie denken sollte. Doch dann fiel ihr ein, dass Louis ihr erzählt hatte, Selim Bey habe nur eine Ehefrau, so wie die große Mehrzahl der Türken, die schon seit Langem keine Polygamie mehr praktizierten, da dies nicht mehr dem Zeitgeist entsprach. Mehrere Frauen nach den Geboten des Korans zu unterhalten – was unter anderem hieß, dass unter den

Frauen absolute Gleichheit herrschen musste, sowohl in materieller als auch in emotionaler Hinsicht –, war einfach zu kostspielig geworden.

Rose konnte den Blick nicht von der Frau in der vornehmen Pose abwenden, die als Einzige im Schneidersitz auf einem leicht erhöhten Diwan sitzen geblieben war. Noch nie war sie einer so strahlenden Persönlichkeit begegnet. Sie hatte blasse, wie Opal schimmernde Haut, eigentümlich geschwungene Augenbrauen, eine schmale Nase und volle Lippen und trug ein türkisfarbenes, mit Schmetterlingen besticktes Seidenbrokatgewand und mit Saphiren besetzte Ohrringe. Gelassen, aber nicht gerade freundlich, sah sie Rose aus ihren blauen, mit Kajal umrandeten Augen an. Also, an eine Sklavin erinnert sie nicht, dachte Rose unbehaglich, eher an eine Königin.

Marie warf ihrer Mutter einen besorgten Blick zu und vollführte dann rasch einen Knicks.

»Die Geschenke, Mama«, murmelte sie.

Rose hatte das Gefühl, aus einer Trance zu erwachen.

»Madame, meine Tochter und ich danken Ihnen für Ihre Einladung. Erlauben Sie mir bitte, Ihnen diese Präsente zu überreichen.«

Louis hatte ihr klargemacht, dass das Schenken im Orient von Lebensart zeugte. Allerdings musste man darauf achten, dass man die Armen nicht mit zu bescheidenen Gaben kränkte und die Reichen nicht mit allzu auffälligen Präsenten vor den Kopf stieß.

»Man hat mir gesagt, dass Sie gern den Bosporus malen«, fuhr Rose fort, indem sie sorgfältig jede Silbe betonte, denn sie bezweifelte, dass diese Türkin tatsächlich fließend Französisch sprach. »Daher möchte ich Ihnen diese Aquarellfarben schenken, die ich aus Frankreich mitgebracht habe.«

Leyla wartete gespannt auf die Reaktion ihrer Schwiegermutter. Sie vermutete, dass sich Rose nur ungern von diesem Farbkasten trennte, und ihre Geste berührte sie. Als Nächstes trat

Marie errötend vor, um Ahmet und Perihan ihre Geschenke zu überreichen. Das kleine Mädchen dankte ihr artig und zog sie zu einem Kissen, auf dem ihre Porzellanpuppe thronte.

Gülbahar Hanım begrüßte die Ausländerin mit zeremonieller Höflichkeit. Sie machte sich einen Spaß daraus, ihr mit übertrieben blumigen Worten zu danken, um ihr tadelloses Französisch unter Beweis zu stellen.

»Bitte, setzen Sie sich, Madame«, sagte sie abschließend, indem sie auf den Platz neben sich deutete, den Ehrenplatz, denn er lag am weitesten von der Tür entfernt.

Leyla atmete erleichtert auf. Die erste Hürde war genommen. Die Dienerinnen traten vor und boten Blätterteigpasteten mit Käse und Sesam sowie Süßigkeiten aus Honig und Mandeln an. Dann fand unter Gülbahar Hanıms Aufsicht das nach allen Regeln der Kunst zelebrierte Ritual der Kaffeezubereitung statt. Währenddessen plauderte man über unverfängliche Themen. Liebenswürdig lächelnd gaben die Türkinnen in ihrem singenden Französisch Anekdoten zum Besten.

Rose Gardelle saß mit geschlossenen Knien, die Füße züchtig übereinandergeschlagen, auf einem Stuhl. Mit ihrem blassen, ungeschminkten Gesicht und dem schlichten grauen Kleid wirkte sie wie ein aus dem Nest gefallener Jungvogel. Gülbahar Hanım schien fast ein wenig bestürzt zu sein: Wie sollte sie sich mit einem derart unbedeutenden Wesen auf Augenhöhe messen? Leyla, die ein Lachen unterdrücken musste, wandte sich ab und täuschte ein Husten vor.

»Ich hoffe, mein bescheidenes Heim genügt Ihren Ansprüchen, Madame«, sagte ihre Schwiegermutter unvermittelt. »Es liegt mir daran, dass Ihr Aufenthalt bei uns, sollte er auch noch so kurz sein, Sie mit Freude erfüllt. Ich habe meinen Bediensteten Anweisung erteilt, Ihren Wünschen wann immer möglich zu entsprechen. Bitte sehen Sie ihnen ihre zahlreichen Unzulänglichkeiten nach.«

Ihre Worte waren eine einzige Lüge, gespickt mit unterschwelligen Spitzen, und Leyla wunderte sich über den kaum verhohlenen herausfordernden Ton ihrer Schwiegermutter. Die Tradition hätte eigentlich verlangt, dass Gülbahar Hanım etwas mehr Zurückhaltung und Takt an den Tag legte, galt dies doch als Zeichen der Liebenswürdigkeit.

»Ihr Zuhause ist wunderschön, Madame«, erwiderte Rose höflich. »Es ist nur so, dass unsere Lebensgewohnheiten sehr unterschiedlich sind.«

»Ach ja, inwiefern?« Gülbahar setzte eine untröstliche Miene auf. »Der Westen macht sich ein völlig aus der Luft gegriffenes Bild von den türkischen Frauen. Man stellt uns als Gefangene dar, die von wilden Negern bewacht werden, die uns, wenn nötig, gefesselt in einen Sack stecken und in den Bosporus werfen. Glauben Sie mir jedoch, meine Liebe, unser Alltag ist weitaus prosaischer … Aber was wollten Sie sagen?«

Rose räusperte sich. »Ich musste ein paar Veränderungen vornehmen und wollte Sie bitten …«

Leyla unterbrach sie. »Wird Ihre Tochter Notre-Dame-de-Sion besuchen?«, fragte sie. Sie war fest entschlossen, dafür zu sorgen, dass das Gespräch nicht auf rutschiges Terrain geriet. »Diese Schule hat einen hervorragenden Ruf. Überhaupt genießen die französischen Schulen seit Langem großes Ansehen im Osmanischen Reich. Unsere Elite ist französisch gebildet. Mein Mann hat das Gymnasium von Galatasaray besucht, und Ahmet wird in zwei Jahren ebenfalls dorthin wechseln.«

Rose war durch diesen abrupten Themenwechsel sichtlich verunsichert, bemühte sich jedoch, der jungen Hausherrin angemessen zu antworten.

»Ja, ich habe tatsächlich diese Schule für Marie ausgewählt, denn meine Schwester Odile gehört diesem Orden an. Leider lebt sie nicht mehr in Konstantinopel, sondern in Smyrna. Sie ist schon vor dem Krieg dorthin gezogen.«

»Dann verbindet Sie ja bereits etwas mit unserem Land«, sagte Leyla erfreut. »Bestimmt haben Sie bald Gelegenheit, Ihre

Schwester dort zu besuchen. Der Frühling ist in Smyrna sehr angenehm.«

»Eine Stadt voller Griechen und Levantiner«, murrte Gülbahar auf Türkisch.

Leyla zog die Augenbrauen hoch.

»Der Krieg hat den armen Nonnen sehr zugesetzt«, fuhr Rose leicht pikiert fort. »1914 hat man ihnen vierundzwanzig Stunden Zeit gelassen, um die Türkei zu verlassen, nachdem das Pensionat auf Geheiß der Regierung geschlossen worden war. Nur einer Handvoll Nonnen hat man erlaubt, zu bleiben und über das Gebäude zu wachen, aber einige wurden von der Polizei verhaftet …«

»Wobei mir scheint, dass die französische Republik in dieser Hinsicht vor ein paar Jahren ähnlich verfahren ist«, warf Gülbahar mit Genugtuung ein. »Und mindestens ebenso brutal, wie man sich erzählt.«

»Wie meinen Sie das?«, fragte Rose sichtlich überrumpelt.

»Hat Frankreich nicht sogar die eigenen Ordensleute ausgewiesen? Die Gewalt machte nicht einmal vor ihren heiligen Stätten halt«, fuhr Gülbahar fort, indem sie Abscheu heuchelte. »Danach haben viele von ihnen Asyl in unserem Land gefunden. Und das war nicht das erste Mal in der Geschichte. Wir haben auch die Hugenotten aufgenommen, die Ihr König damals verjagte … Unsere verehrten Sultane pflegen seit jeher die Tradition der Gastfreundschaft gegenüber den Verfolgten, die nicht unseren Glauben teilen.«

Leyla brach der kalte Schweiß aus. Das war genau die Art von Gespräch, die sie unbedingt hatte vermeiden wollen. Von den Bediensteten wusste sie, dass Rose Gardelle sehr gläubig war, und die christlichen Minderheiten im Osmanischen Reich hatten in der Vergangenheit tatsächlich viel Leid ertragen müssen. Es fehlte noch, dass sich die beiden Frauen bei der Frage, welches Land die größeren Blutbäder angerichtet hatte, in die Haare gerieten.

Sie klatschte in die Hände. »Perihan, mein kleiner Engel, du wolltest doch für unsere Gäste ein Gedicht vortragen, nicht wahr?«

Das Mädchen ließ sich nicht zweimal bitten, sondern stellte sich augenblicklich stolz vor Mme. Gardelle hin. Mit erhobenem Kinn und kindlicher Begeisterung begann sie, eine Fabel von La Fontaine zu rezitieren. Als sie an einer Stelle nicht weiterwusste, soufflierte ihr Rose die fehlenden Worte.

Als sie fertig war, verbeugte sie sich artig, und alle anwesenden Frauen klatschten Beifall. Gülbahar Hanım lobte ihre Enkelin überschwänglich, und die Kleine schmiegte sich in ihre Arme. Der Sturm schien vorübergezogen zu sein. Leyla schickte ein kurzes, stummes Dankgebet zum Allerhöchsten. Sie wusste noch nicht, dass die Atempause nur von kurzer Dauer sein sollte.

Im Zwielicht der Abenddämmerung war Orhan mit seinem dunklen Mantel und dem schwarzen Filzhut nahezu unsichtbar. Seit einer Stunde harrte er in einem schattigen Winkel am Fuß einer Dachtraufe unbeweglich aus. Einzig die Glut seiner Zigarette leuchtete.

Sie lagen zu mehreren auf der Lauer, aber Orhan kannte nur Gürkan, der ein Stück entfernt auf dem Schemel eines Stiefelputzers an der belebten Straße saß und den Passanten wenig begeistert seine Dienste anbot. Immer mehr Stambuler sympathisierten mit der nationalistischen Bewegung. Alle leisteten auf ihre Weise ihren Beitrag, von den Frauenvereinigungen bis zur Kutscherzunft, von den Derwischorden bis zu den Banden von Straßendieben. »Es kann auch böse ausgehen heute Abend«, hatte sein Freund ihn gewarnt, damit er sich auf alles gefasst machte. Aber Orhan hatte dennoch keine Sekunde gezögert und sich sofort bereiterklärt, sich an diesem Einsatz zu beteiligen.

Er war auf gewisse Weise stolz, ein Rädchen im Getriebe des Widerstands zu sein, auch wenn es noch so klein war. Celal hingegen hatte Vorbehalte geäußert. Er erinnerte daran, dass sich einige der Anführer während des Krieges nicht gerade mit Ruhm bedeckt hätten. Doch Orhan entgegnete ihm, dass die Lage zu ernst sei, um wählerisch zu sein. »Der Zweck heiligt die Mittel«, verkündete er pathetisch. Worauf Celal meinte, dass dieser Weg voller Risiken sei und man nicht wisse, wohin er führe.

Der Ansprechpartner für Orhan und seine Kameraden war

Gürkans Onkel. Die jungen Männer waren beeindruckt von Rahmi Bey, denn er stand General Mustafa Kemal so nahe, dass dieser ihn sogar in seinem Haus empfing. Nächtelang diskutierten die beiden Freunde mit einer Reihe von verschwörerischen Offizieren über die Zukunft der Nation.

Die Lage wurde zusehends angespannter. Noch bevor die Verhandlungen aufgenommen worden waren, hatten die in Paris versammelten Staatsmänner die Zerstückelung des Osmanischen Reichs beschlossen. Aber wie sollte man die neuen Grenzen festlegen? Die Griechen übten großen Druck aus. Begeistert von der »Megali Idea«, ihrer »Großen Idee«, träumten sie davon, endlich alle Griechen unter dem Dach einer Nation zu vereinen. Auch andere Länder rechneten sich aus, etwas von den Trümmern des Osmanischen Reichs abzubekommen. Zum Glück waren die Russen mit ihrer Revolution beschäftigt, und die Italiener, die ebenfalls gern ein Stück vom Kuchen gehabt hätten, hatten nichts mitzureden.

Was Istanbul betraf, so sprachen sich einige europäische Stimmen dafür aus, die Hauptstadt unter ein internationales Mandat zu stellen, da Konstantinopel, wie sie behaupteten, weder türkisch noch muslimisch sei. Die Türken hätten sie mit Gewalt erobert und seien dort bis zum heutigen Tag Fremde geblieben; die meisten ansässigen Türken seien Verwaltungsbeamte mit vorübergehendem Wohnsitz. Der britische Premierminister schlug sogar vor, der Sultan solle eine neue Hauptstadt in Kleinasien wählen. In Orhans Augen der Gipfel der Unverschämtheit. Lieber würde er sterben, als diese Stadt zu verlassen, die nicht nur die Gräber der osmanischen Herrscher beherbergte, sondern auch die seiner Vorfahren.

Ein melodisches Pfeifen ertönte. Er nahm einen letzten Zug von seiner Zigarette und trat sie mit dem Stiefelabsatz aus. Er hatte Herzklopfen. Ein schlanker Mann kam, eine Aktentasche unterm Arm, in seine Richtung. Dank der Beschreibung, die man ihm gegeben hatte, erkannte Orhan ihn auf Anhieb. Der

Engländer hatte soeben sein Hotel verlassen und war auf dem Weg zum Sitz des britischen Nachrichtendiensts. Mit einer kaum merklichen Kopfbewegung warnte Orhan Gürkan, der gerade einem Kunden die Schuhe polierte. Orhan löste sich von der Hausmauer, beschleunigte seine Schritte und sah zu Boden, als wäre er in Gedanken versunken, ehe er den Briten mit voller Wucht anrempelte, sodass dieser beinahe rückwärts zu Boden gestürzt wäre. Orhan murmelte eine Entschuldigung. Im selben Moment sprang Gürkan mit einem Satz auf, war mit wenigen Schritten bei ihnen und versuchte, sich die Verwirrung des Fremden zunutze zu machen und sich seiner Aktentasche zu bemächtigen. Der Mann brüllte aus Leibeskräften und dachte nicht daran, die Tasche loszulassen. Sofort bildete sich ein Menschenauflauf. Schreie und das markerschütternde Gellen einer Polizeitrillerpfeife ertönten. Ohne eine Sekunde zu zögern, ergriffen die beiden jungen Verschwörer panisch die Flucht.

Ein paar Stunden später wurde Leyla aus dem Tiefschlaf gerissen. Es war mitten in der Nacht, und sie brauchte eine Weile, um zu sich zu kommen. Feride beugte ihr faltiges Gesicht über sie. Die alte Dienerin wirkte sehr besorgt.

»Was ist denn los?«, fragte Leyla voller Angst. »Ist eines der Kinder krank?«

»Nein, es geht um Orhan. Er steckt in Schwierigkeiten …«

In diesem Moment trat ihr Bruder ins Zimmer; er war aschfahl im Gesicht.

»Tut mir leid, Leyla, aber mir bleibt nichts anderes übrig. Bitte, du musst uns helfen.«

»Ich verstehe nicht, was ist denn …«

»Ich habe einen verwundeten Kameraden mitgebracht. Er muss verarztet werden. Bitte hilf uns! Ich weiß nicht, was ich sonst tun soll.«

»Was ist denn passiert?«, fragte sie, während sie in ihren Morgenrock schlüpfte.

»Es hat einen Schusswechsel gegeben.«

Die beiden rannten die Treppe hinab. Im Vestibül wartete Ali Aga, ebenfalls im Morgenrock und nicht minder besorgt, auf sie. Leyla hatte ihn noch nie ohne seinen Fes gesehen. Barhäuptig wirkte er irgendwie verletzlich. Leyla bemerkte noch zwei Männer, von denen sich der eine schwer auf den anderen stützte. In dem einen erkannte Leyla Orhans besten Freund, den jungen Gürkan, der wie ein Mann von der Straße gekleidet war. Nur mit Mühe gelang es ihm, den blonden Mann mit der kräftigen Statur zu stützen, der sich kaum mehr aufrecht halten konnte. Das Blut des Verletzten tropfte auf die Marmorplatten. Einen flüchtigen Moment lang war Leyla wie versteinert, ehe sie das Heft in die Hand nahm.

»Bringt ihn in Orhans Zimmer!«

»Aber wie sollen wir ihn die Treppe hinaufschaffen?«, fragte ihr Bruder.

»Hier unten in einem der offenen Räume, wo jedermann ihn sehen kann, darf er jedenfalls nicht bleiben! Außerdem müssen wir Dr. Campion benachrichtigen.«

»Auf keinen Fall! Die Polizei sucht nach uns.«

Orhan und sein Freund nahmen ihren Kameraden in die Mitte und machten sich daran, mit ihm die Treppe zu erklimmen. Der Verletzte stöhnte.

»Dr. Campion hat mir einmal das Leben gerettet«, erwiderte Leyla. »Ihm können wir vertrauen. Er wird niemandem etwas verraten. Euer Freund muss sofort ärztlich versorgt werden, sonst stirbt er womöglich.«

Mehr schlecht als recht schleppte sich das Trio in Orhans Zimmer im zweiten Stock hinauf. Leyla und Feride beeilten sich, die Matratze auszurollen, damit die beiden Freunde den Verletzten darauf betten konnten. Leyla knöpfte sein Jackett auf. Ein großer Blutfleck durchtränkte sein weißes Hemd.

»Ich brauche Kompressen, Feride. Beeil dich!«

Unter den bestürzten Blicken der beiden Männer riss Leyla

das Hemd entzwei, um die Wunde freizulegen. Als Erstes musste die Blutung gestillt werden. Jetzt war sie froh um ihre Erfahrung bei der Erstversorgung von Verletzten, die sie zuerst während der Balkankriege gewonnen hatte, als zahlreiche Flüchtlinge Zuflucht in den Nebenräumen von Moscheen gesucht hatten, und später dann in den Lazaretten während des Großen Kriegs. Der junge Mann lag ausgestreckt auf dem Rücken; das Atmen bereitete ihm Schwierigkeiten.

»Gib mir ein Kissen«, befahl sie Orhan, der ihrem Befehl sofort nachkam.

Sie hob den Kopf des Fremden und schob das Kissen darunter. Als Feride mit den Kompressen und dem Verbandszeug zurückkam, schob Leyla die Wundränder zusammen und drückte vorsichtig mehrere Kompressen darauf. Sofort verfärbten sie sich rot. Sie begann zu zittern. Wenn der Arzt nicht bald käme, würde ihr der junge Mann unter den Händen verbluten. Seine Nasenflügel waren gebläht, und sein Atem ging rasselnd. Bei jedem Pulsschlag quoll Blut zwischen ihren Fingern hervor. Leyla kämpfte mit ihrem Würgereiz und drückte die Kompressen fester auf die Wunde.

»Das wird schon«, murmelte sie. »Haben Sie keine Angst … Nein, Orhan! Gib ihm auf keinen Fall zu trinken. Vielleicht sind seine Eingeweide verletzt. Aber du kannst ihm das Gesicht mit einem feuchten Tuch abtupfen.«

»Soll ich dich vielleicht ablösen?«, fragte er mit erstickter Stimme.

»Nein, es geht schon.«

»Barmherziger Gott, was für ein Unglück … Wenn er hier stirbt …«

»Er wird nicht sterben!«, sagte sie in heftigem Ton.

Im selben Moment öffnete der Fremde die Augen. Sein von Fieber und Schmerzen lodernder Blick richtete sich auf Leyla. Er bewegte sich, wollte sich aufrichten, aber Orhan hinderte ihn daran.

»Alles wird gut«, sagte Leyla. »Bleiben Sie ganz ruhig, wir

kümmern uns um Sie ... Welche Sprache spricht er?«, fragte sie ihren Bruder.

»Er ist Deutscher, spricht aber fließend Türkisch.«

»Wie heißt er?«

»Hans Kästner«, murmelte Orhan und tupfte ihm die Stirn ab.

Während Leyla neben ihm kniete und sich über ihn beugte, hielt sie unverwandt seine Wunde zu. Ihr Morgenmantel klaffte ein wenig auseinander, sodass man darunter ihr dekolletiertes Nachthemd sehen konnte. Die Spitzen einzelner Haarsträhnen, die sich aus ihrem Zopf gelöst hatten und ihr Gesicht einrahmten, streiften die Wangen des Verletzten. Aus Angst, die Blutung noch zu verstärken, wagte sie sich nicht zu bewegen. Eine ungewohnte Intimität herrschte zwischen ihnen, als hielte Leyla buchstäblich das Leben dieses Mannes in Händen. Ohne Kopfbedeckung und nur notdürftig bekleidet folgte Leyla einzig ihrem Instinkt, fest entschlossen, den Fremden nicht seinem Schicksal zu überlassen. Während sie ihm aufmunternd zulächelte, um ihm Mut zu machen, stellte sie sich seine schrecklichen Schmerzen vor. Er sah sie einen Moment lang verstört an, ehe er abermals das Bewusstsein verlor.

»Was ist mit ihm?«, fragte Orhan panisch.

»Es ist besser für ihn«, sagte Leyla im Flüsterton, »wenigstens hält er jetzt still.«

Später hätte sie nicht sagen können, wie lange sie mit verkrampften Schultern neben ihm kniete, die Hände auf seiner verletzten Flanke, und es nicht wagte, ihre Position zu verändern. Ohne sie sehen oder hören zu können, spürte sie die Anwesenheit von Feride und Orhan, die im Hintergrund unruhig auf und ab gingen. Sie machte sich Sorgen um ihren Bruder, der offensichtlich in eine gefährliche Sache verwickelt war, aber, so sagte sie sich, darum würde sie sich später kümmern. Im Moment war sie ganz bei diesem Mann und durchlitt mit ihm jede Sekunde seines Leidens. Sie erlaubte sich keine Schwäche und ließ ihn nicht aus den Augen. Der Atem des Deutschen ging unregelmäßig, sein Körper glühte. Sie musste weiter ausharren, durfte auf keinen Fall loslassen.

Ein eigentümlicher Frieden umgab Leyla, ein farbloser Raum mit gedämpften Geräuschen und verschwommenen Umrissen, und der Puls des Verletzten schlug wie ein Metronom den Takt dazu. Mit leiser Stimme sprach sie ihm, aber auch sich selbst, Mut zu und ließ ihn ihre Entschlossenheit spüren. Gemeinsam fochten sie diesen Kampf aus; er die meiste Zeit bewusstlos, dazwischen aber immer wieder mit kurzen lichten Momenten, und sie voll glühender Wachsamkeit.

Nach einer gefühlten Ewigkeit hörte sie im Hintergrund die beruhigende Stimme von Dr. Campion. Ihre Glieder waren so steif, dass Feride ihr helfen musste, sich aufzurichten. Doch als der Arzt verkündete, er müsse so rasch wie möglich eine Kugel entfernen, war Leyla erneut die Einzige, die ihm assistieren konnte. Orhan, der fürchtete, dass ihm schwarz vor Augen würde, war aus dem Zimmer geflüchtet, gefolgt von Gürkan, der auch nicht tapferer war.

Angesichts des metallischen Blutgeruchs und der klaffenden Fleischwunde, in der der Arzt nach der Kugel fahndete, überkam Leyla ein leichter Schwindel. Man hatte sie aus dem Tiefschlaf gerissen, um sie in einen Albtraum zu stürzen. Einen Augenblick drohte sie ohnmächtig zu werden. Sie hatte den Anblick von Blut noch nie ertragen. Als kleines Kind versetzte die kleinste Abschürfung sie in Panik. Und jetzt war überall Blut, auf ihren Händen, an ihrer Kleidung … Einfach nicht daran denken, sprach sie sich Mut zu. Endlich brachte Dr. Campion mit der Pinzette die Kugel zum Vorschein und ließ sie in das Silbergefäß rollen, das Feride ihm hinhielt.

»Bald haben Sie es geschafft, Hanım Efendi«, murmelte der Arzt. »Jetzt muss ich die Wunde nur noch zunähen.«

Die Morgendämmerung war noch nicht mehr als ein leises, geheimnisvolles Versprechen. Es war die Stunde, zu der Azrael, der

Todesengel, die Seelen der Sterbenden zu holen pflegte, eine Zeit, zu der vernünftige Menschen tief und fest schliefen.

Leyla war sich umziehen gegangen. Sie hatte ein Kleid übergestreift und sich die Haare mit einem dazu passenden Schal aus nachtblauer Seide verhüllt, der ihr Gesicht frei ließ. Sie fühlte sich fiebrig, unfähig, einen klaren Gedanken zu fassen. Sie schwankte zwischen dem Wunsch, ihren jüngeren Bruder windelweich zu schlagen, weil er ihnen einen solchen Schreck eingejagt hatte, und dem, ihn erleichtert in die Arme zu schließen, weil sein Leben nicht ebenfalls auf Messers Schneide stand.

Als sie den Salon betrat, erhoben sich die beiden jungen Männer.

»Bist du verrückt geworden, Orhan?«, rief sie wütend aus.

»Sprich nicht so laut!«

»Du meinst wohl, ihr seid vorhin besonders leise gewesen, mit dem ganzen Kommen und Gehen? Es ist ohnehin ein Wunder, dass meine Schwiegermutter noch nicht aufgetaucht ist und Erklärungen verlangt hat.«

Die alte Feride brachte ein Tablett mit Teegläsern. Leyla dankte ihr und wies sie an, sich jetzt wieder schlafen zu legen. Dr. Campion war gegangen. Er konnte für den Patienten nichts weiter tun. Nun musste man abwarten. Die kommenden Tage würden entscheidend sein. Man konnte nur hoffen, dass sich die Wunde nicht infizierte.

»Was ist das für ein Spiel, das ihr da treibt?«

»Es ist kein Spiel, Leyla. Es geht um die Zukunft unseres Landes.«

Orhan wartete, bis sich seine Schwester gesetzt hatte, ehe er ihr die Geschehnisse des Vorabends berichtete. Während Gürkan, der sichtlich mitgenommen aussah, schwieg, schilderte Orhan seiner Schwester, wie sie versucht hatten, den britischen Spion zu überwältigen, in dessen Besitz sich eine verräterische Liste mit den Namen einiger Patrioten befand, und wie alles schiefgegangen war.

»Gürkan und ich haben gepatzt. Aber als wir es sicher zu unserem geheimen Treffpunkt schafften, haben wir erfahren, dass es einen Plan B gab, der im Fall unseres Scheiterns zum Einsatz kommen sollte.« Orhan nahm einen Schluck Tee, ehe er fortfuhr. »Und das war dann Hans' Einsatz. Ihm ist es zwar gelungen, die Liste an sich zu bringen, er wurde aber auf der Flucht angeschossen.«

Während Leyla ihrem Bruder zuhörte, blickte sie zwischen den beiden Freunden hin und her. Sie konnte nicht glauben, dass Orhan einer Widerstandszelle angehörte. Erst jetzt wurde ihr klar, was es bedeutete, einen sowohl von der Polizei des Sultans als auch den Behörden der Besatzer gesuchten Flüchtigen unter ihrem Dach zu beherbergen, der noch dazu in Lebensgefahr schwebte.

»Aber warum hast du ihn hierhergebracht?«, fragte sie entrüstet. »Ihr habt doch bestimmt eure Schlupflöcher für solche Fälle und Ärzte, die auf eurer Seite stehen.«

»Wir hatten keine Zeit«, erklärte Orhan. »Wir haben ja gesehen, wie schwer seine Verletzung ist. Der Konak lag am nächsten, außerdem ist er sicher. Niemand würde wagen, das Haus eines Sekretärs des Padischahs zu durchsuchen.«

Leyla war vor Wut zunächst sprachlos. »Was bildest du dir eigentlich ein?«, sagte sie schließlich mit schneidender Stimme. »Wie konntest du nur ein solches Risiko eingehen? In diesem Haus wohnen Frauen und Kinder. Außerdem ein französischer Kommandant und dessen Frau! Hast du das vergessen?«

Es hielt sie nicht mehr auf ihrem Platz, und sie begann, im Zimmer auf und ab zu gehen.

»Bist du wirklich so verantwortungslos, Orhan? Was, wenn jemand beobachtet hat, wie ihr in den Garten geschlüpft seid?«

»Es tut mir leid, Leyla … Ich wusste nicht, an wen ich mich sonst wenden sollte. Sei mir nicht böse, ich flehe dich an.«

Als sie seine Verzweiflung sah, spürte sie, wie ihr Ärger verflog. So war es schon immer gewesen. Schon vor dem Tod ihrer

Eltern, seit jener schrecklichen Nacht, in der die Familie wegen des verheerenden Brands Hals über Kopf hatte fliehen müssen, hatte sie eine große Zärtlichkeit für ihren kleinen Bruder empfunden. Nachdem sie alles verloren hatten, hielt sie zum ersten Mal den Säugling in ihren Armen, um ihrer erschöpften Mutter ein wenig Ruhe zu gönnen. Von da an sah sie ihm jeden Streich nach, den er als Kind anstellte, und später dann seine Jugendsünden. Sie schrieb sogar Entschuldigungsbriefe an das Gymnasium, wenn es um irgendwelche Verfehlungen ging, und mehr als einmal legte sie gegenüber ihrem Mann ein gutes Wort für ihren Bruder ein. Sie würde Orhan immer gegen alles und jeden verteidigen.

Leyla stieß einen schweren Seufzer aus und setzte sich wieder. Als Zeichen seiner Dankbarkeit ergriff Orhan ihre Hand und führte sie an seine Lippen. Die beiden Freunde sahen sie voller Hoffnung an. Konnte sie ihnen ernsthaft böse sein? War es nicht verständlich, wenn sie mit ihren neunzehn Jahren für den Fortbestand ihres Vaterlandes kämpften? Wie sollten sie dem durchdringenden Ruf der türkischen Patrioten widerstehen, die sich dem Untergang widersetzten?

Mit einem Mal wurde sich Leyla bewusst, dass sie sich im Grunde ihres Herzens ebenfalls schon entschieden hatte. Ihre Ungeduld und ihr Groll der letzten Monate entsprangen demselben Schmerz, den sie auch auf den Gesichtern der beiden jungen Männer las. Hatte es vielleicht dieser merkwürdigen Prüfung bedurft, damit ihr die Augen geöffnet wurden? Sie blickte sich um, und ihr war, als sähe sie das Zimmer zum ersten Mal. Im Kerzenschein schien ihr kleines geschütztes Reich – die raffinierten Stoffe und Seidenbezüge, die funkelnden Kerzenleuchter und erloschenen Kronleuchter –, dieser ganze Prunk aus einer vergangenen Zeit, den der Krieg ebenfalls in Mitleidenschaft gezogen hatte, vor ihren Augen zu zersplittern. Die Lektüre ihrer Bücher und Zeitschriften, die Versammlungen der Frauenvereinigungen und ihr Engagement bei wohltätigen Einrichtungen schienen plötzlich nicht mehr auszureichen, um diesen Durst zu stillen, der seit jenem Tag, an dem sie auf der Suche nach ihrem Sohn durch die Straßen des besetzten Stambul geirrt war, immer stärker wurde.

Verstohlen beobachtete sie Gürkan, der sein Teeglas mit beiden Händen umklammert hielt. Orhan nagte an seinem Daumennagel, als wäre er noch ein Kind. Sie waren noch so jung … Und obwohl Leyla nur wenige Jahre älter war als die beiden Freunde, schienen sie sich auf sie zu verlassen, vielleicht weil sie schon Mutter war. Sie würde sie nicht im Stich lassen. Die Türken waren geduldig und schicksalsergeben zugleich, bis man ihre Seele verletzte, das Wesen ihres Seins, doch dann erwachte in ihnen eine leidenschaftliche Kraft, die in den Urzeiten dieses Volkes und in seiner kollektiven Erinnerung wurzelte.

»Dass ihr mitmacht, verstehe ich ja«, sagte sie schließlich sanft. »Aber warum er?«

Ein strahlendes Lächeln, das seine müden Züge belebte, breitete sich auf Orhans Gesicht aus. Seine Schwester wies ihn also nicht zurück! Die Zeit der Lügen und der Heimlichtuerei war endlich vorbei. Und plötzlich durchströmte ihn die Hoffnung, dass sich alles doch noch zum Guten wenden würde.

»Hans Kästner hat zwar einen deutschen Pass, aber im Herzen ist er Türke. Sagt dir sein Name denn nichts?«

Leyla dachte nach. Seit mehr als dreißig Jahren spielten einige Deutsche eine wichtige Rolle im Osmanischen Reich. Eisenbahningenieure, Offiziere, die die Aufgabe hatten, die Armee zu reformieren, Geschäftsleute … Schon im letzten Jahrhundert hatten sowohl der Kaiser als auch die höchsten osmanischen Instanzen eine Allianz zwischen den beiden Ländern angestrebt, die die Türkei schließlich in den Krieg und an den Abgrund geführt hatte.

Sie schüttelte den Kopf.

»Hattuša«, murmelte Orhan, und seine Augen bekamen einen eigentümlichen Glanz. »Er ist einer der Archäologen, die

die Hauptstadt des Hethiter-Reichs entdeckt haben. Erinnerst du dich? Ich hatte dir damals davon erzählt.«

Natürlich. Wie hätte sie das vergessen können? 1906 war das gewesen. Orhan war sieben, im gleichen Alter wie ihr Sohn heute; ein Alter, in dem Jungen zum ersten Mal leidenschaftliche Interessen entwickeln, mit denen sie ihre Umgebung bisweilen in die Verzweiflung treiben. Sie hatten dann keine Augen mehr für etwas anderes. Und in Orhans Fall waren es die Ausgrabungen in Anatolien gewesen, wo man die Ruinen des vergessenen Hethiter-Reichs sowie Dutzende von Keilschrifttafeln, die kein Mensch entziffern konnte, ans Licht gebracht hatte. Das Geheimnisvolle, gepaart mit dem Abenteuerlichen – was für eine unwiderstehliche Mischung für einen Jungen mit blühender Fantasie. Eine uralte, unbekannte Kultur, die es zu entdecken galt. Und jene deutschen Forscher hatten Orhan dazu inspiriert, ebenfalls Archäologie zu studieren.

»Aber ich verstehe immer noch nicht, wie ihn das mitten in der Nacht halb tot unter mein Dach geführt haben soll.«

»Hast du nicht gesagt, er wird nicht sterben?«, fragte Orhan entrüstet.

Sie breitete in einer ohnmächtigen Geste die Arme aus. »Inschallah! Das liegt jetzt in der Hand des Allmächtigen.«

»Er ist ein zäher Bursche, er wird es bestimmt schaffen«, sagte Gürkan überzeugt.

»Ich wünsche es ihm, denn falls nicht, haben wir dank eures Leichtsinns eine Leiche unter dem Dach«, entgegnete sie. »Außerdem hast du meine Frage immer noch nicht beantwortet. Was hat er mit der nationalistischen Erhebung zu tun?«

»Er ist ein Freund meines Onkels Rahmi«, erwiderte Gürkan. »Sie haben während des Kriegs als Offiziere zusammen gekämpft. Hans wurde auf eine geheime Mission zu arabischen Stämmen nach Mesopotamien geschickt. Und nach dem Waffenstillstand hatte er keine Lust mehr, nach Deutschland zurückzukehren. Als er erfuhr, dass mein Onkel einer der Offiziere ist, die sich weigerten, die Waffen zurückzugeben, hat er ihn gefragt, ob er sich ihnen anschließen kann.«

»Und Rahmi Bey war einverstanden?«, fragte Leyla verwundert. »Ich dachte, die Deutschen seien nicht mehr beliebt hierzulande. Vor allem nicht bei Mustafa Kemal.«

Orhan zuckte die Achseln. »Hans Kästner ist ein brillanter Kopf und liebt unser Land von ganzem Herzen. So jemanden kann man einfach nicht zurückweisen, wenn er einem seine Hilfe anbietet. Er kennt Anatolien und die arabische Wüste wie seine Westentasche.«

»Auf mich macht er eher den Eindruck eines Söldners«, erwiderte sie misstrauisch.

Es gab so viele Unwägbarkeiten. Würde der Fremde seine Verletzung überstehen? Das war die größte Unsicherheit. Und von nun an würde kein Tag vergehen, ohne dass sie sich Sorgen um Orhan und seine Kameraden machte. Was würde aus ihnen werden? Nun, da der Krieg hinter ihnen lag, hätte doch zumindest die Zukunft ein wenig verheißungsvoller aussehen sollen. Doch stattdessen entpuppte sie sich als düster und bedrohlich. Sie nahm einen tiefen Atemzug, um ihre plötzliche Verzagtheit zu vertreiben.

»Wir müssen Selim aus dieser Sache heraushalten«, sagte sie. »Ich weiß nicht, wie er reagieren würde. Aber meine Schwiegermutter werde ich einweihen müssen. Vor ihr kann man nichts verheimlichen, und sie wäre außer sich vor Wut, wenn sie den ungebetenen Gast unter ihrem Dach selbst entdecken würde.«

»Und du glaubst, sie wird das Geheimnis für sich behalten?«, fragte Orhan.

»Das weiß ich nicht. Ihr über alles geliebter Sohn steht noch immer zum Sultan und dessen anglophiler Regierung, aber das brauche ich dir ja nicht zu erzählen«, sagte Leyla mit ironischem Unterton. »Andererseits liebt sie die Herausforderung. Vielleicht findet sie die Idee ja verlockend, unter ihrem Dach einen Feind von Louis Gardelle zu beherbergen, den sie verabscheut.«

Sie bot den beiden Freunden an, es sich bis zum Morgen in einem der Salons bequem zu machen, aber Gürkan zog es vor, den Konak unverzüglich zu verlassen. Es war besser, sich den Nebel und die Dunkelheit zunutze zu machen, um möglichst unauffällig vor Tagesanbruch nach Eyüp zurückzukehren. Er ging zu Leyla und verbeugte sich vor ihr.

»Ich danke Ihnen von ganzem Herzen, Leyla Hanım. Sie sind eine außergewöhnliche Frau. Sie haben Hans das Leben gerettet!«

»Lass uns den Tag nicht vor dem Abend loben, Gürkan. Das bringt Unglück.«

Eine plötzliche Müdigkeit befiel Leyla. Die beiden jungen Männer hingegen schienen nach dem nächtlichen Schock ihren Enthusiasmus wiedergefunden zu haben. Sie beneidete sie um diese Unbekümmertheit, die sie daran hinderte, über den Moment hinauszublicken. Könnte sie doch auch ein wenig wie die beiden sein! Nur wer den Glauben der Weisen und Narren besaß, konnte hoffen, einen unerreichbar scheinenden Sieg davonzutragen.

Kurz darauf schob Leyla leise die Tür des Zimmers auf, in dem der Verletzte lag. Sie nahm sich vor, einen Riegel anbringen zu lassen, da keiner der Räume im Haus über ein Schloss verfügte. Auf Zehenspitzen näherte sie sich dem Lager des Kranken. Nach der Operation hatte sie mithilfe von Feride die Matratze frisch bezogen und ihn darauf gebettet. Der aromatische Duft der Kräuter, die in einem Räuchergefäß brannten, hatte den Geruch von Blut und Krankheit vertrieben. Die Decke bis zu den Achseln hochgezogen, den Kopf auf einem mit weißem Leinen bezogenen Kissen, lag der Kranke bleich, aber mit vom Fieber geröteten Wangen da.

Leyla betrachtete sein Gesicht – die ebenmäßigen Züge, die gerade Nase, die vollen Lippen –, dessen fast strenge Harmonie von der klaren, entschlossenen Linie seines Kiefers betont wurde. Die winzigen Falten um seine Augen- und Mundwinkel herum und auf seiner Stirn unterstrichen seine Persönlichkeit. Die Sommersprossen auf seinen breiten Schultern verliehen ihm einen Hauch von Sanftheit. Seine dichten blonden Haare waren schweißverklebt. Sie legte ihm ihre kühle Hand auf die Stirn, so wie sie es bei ihren Kindern tat, wenn sie krank waren. Seine Stirn glühte nicht mehr so stark wie zuvor. Seine Haut fühlte sich zart an.

Sie tauchte ein Leinentuch in eine Schale mit Wasser und strich ihm damit behutsam über Gesicht, Hals, Arme und die von Narben gezeichneten Finger; sie bedauerte, sich nicht besser mit dem Deuten von Handlinien auszukennen. Darin und in Sachen Kaffeesatzlesen verließ sie sich auf Feride und die Hellseherinnen, die ihre Schwiegermutter regelmäßig empfing. Der Mann blieb die ganze Zeit reglos, nur sein Brustkorb hob und senkte sich im gleichmäßigen Rhythmus seines Atems. Der Arzt hatte die Anweisung erteilt, ihm zu trinken zu geben. Sie nahm sich vor, die Köchin eine Brühe kochen zu lassen. Aber dazu bräuchten sie mehr Fleisch, was angesichts der äußerst knappen Versorgungslage in der Stadt schwierig war. Zum Glück lieferte ihr weitläufiger Nutzgarten wenigstens ausreichend Gemüse.

Eine plötzliche Angst durchfuhr sie. Es würde unmöglich sein, seine Anwesenheit im Haus lange zu verheimlichen. Wenn es schiefgeht, machen wir uns alle der Komplizenschaft schuldig, überlegte sie. Sie hatte gehört, dass die Alliierten nicht davor zurückschreckten, auch Frauen zu verhören. Damit lastete eine große Verantwortung auf ihren Schultern. Wie hatte ihr Bruder nur ein derartiges Risiko eingehen können? Wie egoistisch von ihm, dachte sie entrüstet.

Der Mann wandte ihr das Gesicht zu. Seine geschlossenen Augenlider begannen zu flattern, seine Lippen waren ausgetrocknet. Aber natürlich hatte Orhan alles versuchen müssen, um sein Leben zu retten!, schalt sie sich. Das Leben eines Menschen war etwas Kostbares. Sie hegte einen tiefen Respekt vor dem menschlichen Leben, den ihre Erziehung und ihr Glaube tief in ihr verankert hatten. Sie hätte genauso gehandelt wie ihr Bruder.

Als sie seine Hand nahm, durchzuckte ihn ein Krampf, und seine Finger schlossen sich fest um ihre. Leyla ließ ihn gewähren und murmelte tröstende Worte auf Türkisch und Deutsch. Er bewegte sich noch immer unruhig. Was er wohl träumte? Bestimmt hatte er Albträume. Ihr Bruder und Gürkan hatten voller Bewunderung von ihm gesprochen. Sie fragte sich, ob sie bei der Beschreibung seiner Abenteuer nicht vielleicht ein wenig übertrieben hatten. Jungen mussten sich eben Helden erschaffen, um zum Mann zu werden.

In manchen Kulturen band es einen für immer aneinander, wenn man jemandem das Leben gerettet hatte. Wenn Hans Kästner die nächsten Stunden überlebte, was dann? Sie musste sich eingestehen, dass sie gehandelt hatte, ohne die Schicklichkeitsregeln zu befolgen. Weil sie die Versorgung des Kranken nicht Feride hatte überlassen wollen, hatte sie ihr geholfen. Doch vor allem hatte sie die Zerbrechlichkeit dieses kräftigen Körpers mit den vollkommenen Proportionen gerührt.

Von einem plötzlichen Anflug von Zärtlichkeit ergriffen legte sie die andere Hand an die Wange des Verletzten. Und sofort beruhigte er sich. Da sie es nicht wagte, ihn allein zu lassen, harrte Leyla, ihre Hand noch immer in der des Fremden, bis zum Morgengrauen und dem ersten Gebetsruf an seiner Seite aus.

Gott sei Dank hast du dich nicht verschleiert!«, rief Zeynep Hanım aus, als Leyla ein paar Tage später ihren Tschartschaf in ihrem Vestibül aufhängte.

Mit dem kritischen Blick einer eleganten Frau unterzog ihre Cousine Zeynep sie einer Musterung – den randlosen, mit schwarzen Federn geschmückten Filzhut und ihr blassgraues Kleid aus Crêpe de Chine, dessen gerade geschnittener Rock ihre hochhackigen Schuhe sehen ließ –, eine der kleinen Eitelkeiten der wohlhabenderen Stambulerinnen.

»Du siehst umwerfend aus, mein Täubchen … Da du so sehr unter der Fuchtel deiner Schwiegermutter stehst, dachte ich schon, ich bekäme dich nie mehr nach der neuesten Mode gekleidet oder in der Welt der Lebenden zu sehen«, scherzte Zeynep. Sie war eine der bekanntesten und angesehensten Vertreterinnen der Frauenrechtsbewegung.

»Sie zwingt mich zu nichts«, erwiderte Leyla lächelnd. »Ich mag unsere Traditionen und pflege sie aus eigenen Stücken.«

»Ach was, dummes Zeug!« Ihre Cousine fasste sie unter und führte sie in Richtung Salon. »Sie kann einem eine Heidenangst einjagen. Unter ihrem strengen Blick fühle ich mich wie ein fünfjähriges Mädchen. Apropos, wie geht es deinen Kindern?«

Während sie von den jüngsten Streichen der Kleinen berichtete, betrat sie an der Seite ihrer Cousine den Salon. Plötzlich sah sich Leyla nicht nur von zahlreichen Frauen umringt – die meisten von ihnen verschleierte Türkinnen und Europäerinnen –, sondern auch von einer Handvoll Männern. Zeynep pflegte schon seit Langem ein westlich geprägtes Gesellschaftsleben, und ihr zweiter Mann, ein Zeitungsverleger, sah darin nichts Verwerfliches.

»Du hast auch Frauen aus Pera eingeladen?«, fragte Leyla im Flüsterton.

»Ja, aber nur die weniger Bornierten«, erwiderte ihre Cousine mit gesenkter Stimme. »Denn darin teile ich Gülbahar Hanıms Ansicht: Die meisten sind furchtbar geschwätzig und indiskret, aber sie sind reich, und ich brauche nun einmal Geld für die Veröffentlichung meiner Bücher.«

»›In ihnen vereint sich das Blut von sechs Nationen, aber keine Seele‹«, sagte Leyla, indem sie Gülbahars Ton nachahmte.

Zeynep lachte. »Deine Schwiegermutter und ihre böse Zunge!« Mit gesenkter Stimme fügte sie hinzu, dass sie dennoch die Abendgesellschaften der Alliierten besuche. Dies sei eine gute Gelegenheit, um sich über die Aktivitäten der ausländischen Offiziere auf dem Laufenden zu halten und die Informationen an jene weiterzugeben, die sie benötigten. Der Gedanke, dass ihre Cousine eine Informantin der Nationalisten war, verblüffte Leyla. Sie war versucht, ihr von Hans Kästner und dessen Verwundung während eines Einsatzes zu erzählen, beschloss aber, lieber zu schweigen und damit dem Vorbild ihrer Schwiegermutter zu folgen, die verkündet hatte, dass sie mit niemandem darüber reden würde, nicht einmal mit Selim. Was sich im Haremlik abspiele, gehe ihn nichts an. Im Frauenbereich herrschte sie und nicht ihr Sohn.

Plötzlich wandten sich einige der Umstehenden der Tür zu. Einige Frauen verbeugten sich tief und berührten mit einer Hand den Boden. Zeynep eilte hinzu, um Fehime Sultan, die Tochter von Sultan Murad V., zu begrüßen. Sie war für ihren exzentrischen Kleidungsstil bekannt. Die liberal eingestellte Prinzessin schätzte ihren Onkel, den Padischah, nicht besonders. Als Zeynep Leyla anvertraut hatte, dass die Prinzessin, ebenso wie deren Cousine Naime Sultan, ihre Haltung teile, hatte sie sich bestärkt gefühlt. Also gingen sogar im Schoß der Herrscherfamilie die Meinungen über die Zukunft des Landes auseinander.

Leyla konnte es kaum erwarten, das neue Haus ihrer Cousine zu besichtigen. Zeynep träumte eigentlich davon, in eine der modernen Wohnungen zu ziehen, in die einige der großen Stadthäuser kürzlich umgebaut worden waren. Aber sie waren, wie die meisten muslimischen Familien, einfach zu zahlreich dazu. Doch auch wenn zurzeit der europäische Einrichtungsstil in Mode war – an den Wänden Gemälde und französische Sessel –, hatte sie sich gegen ein allzu überladenes Mobiliar, das meist von geringer Qualität war, entschieden.

In einem kleinen Salon saßen einige weibliche Gäste in langen Röcken im Schneidersitz auf Kissen und diskutierten rauchend und lebhaft gestikulierend. Hinter den Gittertüren eines Schranks vermutete Leyla die bestickten Hüllen, die Nachtwäsche für zufällig eintreffende Übernachtungsgäste enthielten. Es handelte sich um den Raum, der in türkischen Häusern traditionell weiblichen Besuchern vorbehalten war.

»Darauf konnte ich unmöglich verzichten«, murmelte Zeynep ihr ins Ohr. »Wie du siehst, behagt mir die europäische Art nur bis zu einem gewissen Punkt.«

Ein paar von Zeyneps Freundinnen hatte Leyla bereits bei einer Versammlung der Suffragetten kennengelernt, zu der ihre Cousine sie während des Kriegs mitgenommen hatte, ohne dass Selim davon wusste. Damals trugen alle Anwesenden einen Tschartschaf aus silbergrauer Seide, der Farbe der Morgendämmerung. Leyla war indessen nicht mit ihren Zielen einverstanden gewesen, denn sie fand sie überzogen. Damals schien es ihr, als ginge es ihnen weniger um das Wahlrecht als darum, am gesellschaftlichen Leben der Männer teilzuhaben. Reichte es nicht, die eigenen Kinder in diesem Sinne zu erziehen, damit die gesellschaftlichen Veränderungen sanfter vonstattengingen?

Doch inzwischen dachte sie anders. Angesichts der Foltergerüchte und der unentwegten Demütigungen durch die Alliierten verstand Leyla, dass die Türken nicht länger tatenlos bleiben wollten. »Wir sind das Sprachrohr einer analphabetischen und stummen Mehrheit. Unsere Aufgabe ist es zu handeln!«, wurde ihre Cousine nicht müde zu sagen.

Eine Russin mit eindringlichem Blick war die Redakteurin von *Sükufezar,* der ersten ausschließlich von Frauen herausgegebenen Zeitschrift. Deren Besitzerin wollte beweisen, dass das weibliche Geschlecht genauso viel im Kopf hatte wie die Männer. In ihrem letzten Artikel stellte die junge Redakteurin die Kriegsprofiteure an den Pranger, die mit ihren in Pelzmäntel gewandeten Mätressen in luxuriösen Automobilen durch die Stadt kutschierten. Akademisch gebildet und vor Ideen sprudelnd nahmen die Redakteurinnen kein Blatt vor den Mund. Leyla wurde klar, dass sich die Osmaninnen der Oberschicht nicht mehr mit ihrer häuslichen Macht begnügten, sondern sich von nun an auch in der Öffentlichkeit Gehör verschaffen wollten.

»Du solltest ebenfalls schreiben«, sagte Zeynep unvermittelt. »An Ideen mangelt es dir jedenfalls nicht.«

»Ich? Schreiben? Aber das kann ich doch nicht!«, erwiderte Leyla errötend.

»Wir brauchen neue Stimmen. Du hast Witz und Verstand, mein Täubchen. Es wäre schade, deine Talente brachliegen zu lassen.«

Im selben Moment reichte im Vestibül Rose Gardelle einer Hausangestellten ihren Mantel. Als eine griechische Dame, die sich bei diversen sozialen Hilfsgruppen engagierte, sie zu einem Wohltätigkeitstee des Türkischen Roten Halbmonds eingeladen hatte, war Rose erstaunt über das rege gesellschaftliche Leben gewesen, in dessen Rahmen sich die verschiedensten Volksgruppen der Stadt begegneten. Mme. Diamantidis hatte ihr erklärt, dass sich in gewissen Organisationen muslimische und christliche Frauen Seite an Seite betätigten, während andere nach den verschiedenen ethnischen und konfessionellen Gruppen getrennt waren. Sie selbst habe keine Vorbehalte gegenüber Menschen anderer Herkunft, solange sie guten Willens seien. »Im Gegensatz zu vielen Griechen hasse ich die Türken nicht«, erklärte sie ihr, während sie gemeinsam zu dem Wohltätigkeitstee gingen. »Ich kenne ihre Schwächen, aber auch ihre Stärken.«

Rose hingegen blieb skeptisch; ihrer Meinung nach waren die Türken zu jeder Grausamkeit fähig. Die Tragödie der Armenier zum Beispiel hatte sie zutiefst erschüttert. Der Gedanke an die Tausende von Männern, Frauen und Kindern, die unter unmenschlichsten Umständen auf einem Todesmarsch aus ihrer Heimat vertrieben worden waren, wühlte sie immer wieder von Neuem auf. Das Schicksal der Minderheiten lag ihr nicht nur so am Herzen, weil Frankreich seit jeher die Schutzmacht der Christen und deren heiliger Stätten im Orient war, sondern auch, weil ihre Schwester Odile schon seit vielen Jahren als Nonne in diesem Teil der Erde lebte und Rose befürchtete, dass auch sie eines Tages gefährdet sein könnte.

Eine Türkin kam herbei, um sie mit vollendeten Manieren zu begrüßen. Rose schüttelte ihr mit einem schmalen Lächeln die Hand. Dann stellte man sie einer Prinzessin aus der Sultansfamilie vor, vor der sie linkisch knickste und sich sogleich über ihre Unterwürfigkeit ärgerte. Die anderen weiblichen Gäste gehörten der neuen Klasse muslimischer Unternehmerfamilien an, die ihren Aufstieg der Absetzung von Abdülhamid II. verdankten. Ihrem Äußeren nach zu urteilen hatte dieses neu entstandene Großbürgertum den Blick fest gen Westen gerichtet.

Zeynep Hanım trat vor, um ein paar Worte an das Publikum zu richten. Sie klatschte in die Hände, um die Aufmerksamkeit der Anwesenden auf sich zu ziehen.

»Die Geldsumme, die wir bei unserem Wohltätigkeitsbasar sammeln konnten, wollten wir eigentlich mittellosen Frauen zukommen lassen, um ihnen beim Einstieg in einen Beruf zu helfen, aber nun müssen wir feststellen, dass es noch immer zuallererst darum geht, sie satt zu bekommen, wie schon während des Kriegs. Unsere Suppenküche verschlingt leider nach wie vor unsere sämtlichen Mittel …«

Eine ältere Frau unterbrach sie. »Wir sollten endlich aufhören, die Russen durchzufüttern, obwohl uns das Geld fehlt, um die muslimischen Flüchtlinge mit dem Nötigsten zu versorgen!«

»Meine liebe Hanım Efendi, bedauerlicherweise leiden gegenwärtig viele Menschen Not«, erwiderte Zeynep beschwichtigend.

»Sie haben die Prostitution, Krankheiten und Geldspiele wie diese schrecklichen Tombolas eingeschleppt. Ihre Töchter verführen unsere Männer, die neuerdings nur noch diese unwürdigen Amüsierlokale aufsuchen. Es gibt keinerlei Moral mehr in dieser Stadt.«

»Es ist ja nicht, als hätten die türkischen Männer auf die Russinnen gewartet, um sich wie ungehobelte Flegel aufzuführen«, entgegnete eine schlanke Brünette in ironischem Ton. »Bei diesen Männern handelt es sich um junge, ungestüme Vögel, die sich die Zeit vertreiben, bis sie ihr Nest verlassen können.«

»Ich weiß, dass Sie ein großes Herz haben, Hanım Efendi«, sagte Zeynep unbeirrt, »und bin mir sicher, dass Sie ebenfalls Mitleid mit diesen armen Frauen haben, die die Verzweiflung hin und wieder zu diesem schändlichen Verhalten treibt. Sie werden mir gewiss zustimmen, dass man sie nicht allein dafür verantwortlich machen kann, nicht wahr?«

Die alte Dame nickte, behielt ihre griesgrämige Miene jedoch bei. Bevor Zeynep den Anwesenden abschließend für ihr Kommen dankte, lud sie sie zu einem Wohltätigkeitsabend im Juni ein. Als die Zuhörer applaudierten, klatschte auch Rose höflich in die Hände. Die Angehörigen der französischen Botschaft und die französischen Glaubensgemeinschaften unterstützten die unglückseligen Russen ebenfalls nach besten Kräften.

Als sie sich umdrehte, bemerkte sie eine Gruppe junger Frauen, die sich gutgelaunt unterhielten. Mit ihren zu Wellen gelegten Haaren, den lackierten Nägeln und taillierten Kostümen hätten sie ebenso gut in die avantgardistischsten europäischen Salons gepasst. Rose zog irritiert die Augenbrauen hoch. Dieser Ort war eine völlig andere Welt als die Gässchen und Basare Stambuls, und selbst die griechischen oder armenischen Anklänge der Einrichtung erschienen ihr eher aufgesetzt. Da ist mir der pittoreske Haremlik von Gülbahar Hanım ja noch lieber, dachte sie mit einer Spur Süffisanz.

Eine der jungen Frauen mit einem federgeschmückten Filzhut auf dem Kopf lachte auf. Ein blassgraues Kleid, dessen Schnittmuster Rose gern gehabt hätte, schmeichelte ihrer schlanken Figur. Jemand bot ihr eine Zigarette an. Als die Feuerzeugflamme ihr Profil erhellte, erkannte Rose verblüfft, dass es Leyla Hanım war. Ihr Herz schlug plötzlich schneller. Eines stand fest: Diese Türkinnen tauchten immer dort auf, wo man sie am wenigsten vermutete. Wahre Chamäleons, dachte sie. Die Frau, die dort stand, erinnerte in keiner Weise an die reservierte, zurückhaltende Osmanin, die sie bei ihrem letzten Zusammentreffen in ihr gesehen zu haben meinte. Während sie mit geröteten Wangen und lebhaften Gesten sprach, lauschten ihre Freundinnen ihr gebannt. Selbst die wenigen anwesenden Herren hatten sich der Gruppe genähert. Als einer von ihnen das Wort an sie richtete, schlug Leyla Hanım wie ein junges Mädchen die Augen nieder, aber sie musste etwas Geistreiches erwidert haben, denn alle lachten.

Sogar Louis war von ihr eingenommen, erinnerte sich Rose wieder. Wenn er von ihr sprach, hatte seine Stimme immer einen ganz besonderen Ton. Als sie sie jetzt in Abwesenheit von Selim Bey in diesem nach westlichem Stil aufgemachten Salon flirten sah, wo sogar Alkohol serviert wurde, beschlich Rose ein ungutes Gefühl. Sie hatte sich schon immer auf ihr Bauchgefühl verlassen können, und das sagte ihr jetzt, dass diese Frau eine Bedrohung sein könnte. Ich muss sie im Auge behalten, nahm sie sich vor und zog sich unauffällig zurück, ehe man sie bemerkte.

Mein Gott, was ist dir denn zugestoßen?«, rief Leyla aus, als sie zu Hause ankam.

Sie kniete sich vor ihren Sohn und hob ganz vorsichtig die Hände an dessen geschwollenes Gesicht. Feride hatte sich wie ein Zerberus mit verschränkten Armen hinter Ahmet aufgebaut. Sie hatte sein zerschundenes Gesicht bereits verarztet.

»Der junge Herr weiß nichts Besseres, als sich wie ein Gassenjunge zu prügeln«, verkündete sie bärbeißig.

»Erzähl mir, was vorgefallen ist, mein Schatz!«, sagte Leyla abermals, denn Ahmet verharrte, wie es seine Art war, wieder einmal in trotzigem Schweigen.

»Ich habe mit meinen Freunden gespielt.«

»Und dann?«

»Weiter oben, bei den Griechen.«

»Ganze Banden von Kindern bewerfen sich mit Steinen und prügeln sich wie die Lumpensammler«, erklärte Feride. »Die Stadtviertel sind zu reinsten Militärlagern geworden. Wenn wir doch bloß den Krieg nicht verloren hätten!« Sie hob flehend die Arme gen Himmel.

Leyla setzte sich auf den Diwan und zog ihren Sohn auf ihre Knie.

»Und Sie lassen ihm das durchgehen? Ohne ihn ordentlich auszuschimpfen?«, fragte die Dienerin empört. »Schauen Sie sich diesen Bengel an, Hanım Efendi! Das nächste Mal, Gott bewahre uns davor, wird es vielleicht schlimmer enden …«

Das Kinn auf seinen Kopf gestützt wiegte Leyla ihren Jungen in den Armen. Der scharfe Geruch der Jodtinktur mischte sich in den Duft seiner Haare. Er war für sein Alter von zarter Statur.

»Ein Löwenherz im Körper einer Gazelle«, murmelte sie.

Ihre Liebe zu Ahmet war von Schuldgefühlen überlagert, weil er bei der Geburt so viel hatte leiden müssen. Die Nabelschnur hatte sich um seinen Hals gewickelt, und sie war nach der Geburt zu krank gewesen, um ihn zu stillen. Und so hatte sie ihm in diesen ersten entscheidenden Wochen seines Lebens diesen für ein Neugeborenes so wichtigen mütterlichen Trost vorenthalten müssen.

»Ich will nicht, dass du dich in Gefahr bringst, mein kleiner Wolf«, murmelte sie an seinem Ohr. »Du bist mir viel kostbarer als alle Sterne am Himmel, das weißt du.«

»Aber man muss doch kämpfen, Mama …«

»Die Erwachsenen müssen kämpfen, mein Engel, aber nicht die Kinder. Sie müssen heranwachsen und sich bilden, um stark und weise zu werden und dann ihrem Vaterland zu dienen. Überstürze nichts, mein Liebling. Lerne, dich in Geduld zu üben …«

Nach einer Weile begann der Junge auf ihren Knien herumzuzappeln und fragte, ob er Ali Aga zum Gebet in die Moschee begleiten dürfe.

»Aber sicher, mein Augenstern. Lauf schnell, damit du ihn noch einholst.«

Während Ahmet zur Tür stürzte, sah Feride ihre Herrin mit missbilligender Miene an. Manchmal fühlte sie sich durch Leylas Erziehungsmethoden überrumpelt. Sie würde sich nie an ihre westliche Haltung gewöhnen. Ich bin zu alt für diese neumodischen Dummheiten, dachte sie müde.

Leyla stand auf. »Ich weiß, was du denkst. Du bist für mich wie ein offenes Buch«, sagte sie besänftigend und küsste dieser Frau, die sie seit ihrer Kindheit durchs Leben begleitete, die Hand. »Aber es würde nichts nützen, wenn ich Ahmet wegen dieser Geschichte bestrafte. Er würde es trotzdem wieder tun.«

»Wenn es nur das wäre«, brummte Feride. »Er hat vorhin Orhan gesucht. Er begreift nicht, warum an seiner Tür plötzlich ein Riegel ist.«

Leyla stieß einen Seufzer aus. Heute Ahmet, und wer würde es morgen sein? Die Leute waren neugierig und geschwätzig. Ein Wort im Vertrauen, eine indiskrete Bemerkung, jemand, der die Ohren spitzte … Die Angst schnürte ihre Brust zusammen.

»Wie geht es ihm?«, fragte sie.

»Schon viel besser. Das Fieber ist endlich gesunken.«

»Gut, ich werde mit ihm reden.«

Feride ging wortlos zu einer mit Intarsien geschmückten Truhe und zog einen Schleier heraus, den sie ihrer Herrin mit einer Geste hinhielt, die keinen Widerspruch duldete. Ein Lächeln huschte über Leylas Gesicht, und sie nahm ihren Hut ab.

»Er hat mich schon mit gelösten Haaren und halbnackt gesehen.«

»Als er halbtot war, ja, beten wir zu Allah, dass er es nicht bemerkt hat!«

Leyla zupfte sich den Gesichtsschleier zurecht. »Ich könnte auch wieder meine Schwesternuniform anziehen«, sagte sie scherzend.

»Ich weiß nicht, warum Sie sich so um Ihr Äußeres sorgen«, entgegnete Feride. »Er ist ein Ungläubiger, auch wenn er sein Blut für unser Land vergossen hat.«

»Nun, aus reiner Eitelkeit. Ich will nicht, dass er denkt, die Türkinnen seien unelegant.«

»Papperlapapp!«, entgegnete die Dienerin unwirsch. »Ich für meinen Teil wünsche mir nur, dass er so schnell wie möglich wieder auf die Beine kommt, unser Haus verlässt und wir nie wieder etwas von ihm hören … Als hätten wir nicht schon genug Sorgen!«

Hans Kästner schlief, als sie das Zimmer betrat. Seine schwere Verletzung hatte ihren Tribut gefordert: Er hatte Gewicht verloren, sein Gesicht war hohlwangig. Dr. Campion war mehrmals gekommen, um sich zu vergewissern, dass sich die Wunde nicht infiziert hatte. In der ersten Zeit, als sein Fieber immer höher gestiegen war und er zu delirieren begonnen hatte, hatten Feride und sie rund um die Uhr um sein Leben gerungen.

Leyla legte ihm die Hand auf die Stirn; sie fühlte sich kühl an. Das Schlimmste ist überstanden, dachte sie erleichtert. Ein Sieg, auf den sie stolz sein konnte. Unvermittelt öffnete er die Augen, und sie zog schnell die Hand zurück, als hätte sie sich verbrannt. Zum ersten Mal sah er sie bei klarem Bewusstsein an. Die Intimität, die zwischen ihnen geherrscht hatte, verflüchtigte sich, und sie wurden wieder zu zwei Fremden. Leyla ertappte sich dabei, wie ein Stich des Bedauerns sie durchfuhr.

»Ich verdanke Ihnen mein Leben, Hanım Efendi.«

Er sprach Türkisch mit einem leichten Akzent, aber der richtigen Sprachmelodik. Von plötzlicher Schüchternheit überwältigt, von der sie nicht wusste, woher sie rührte, trat sie einen Schritt zurück. Bei den Soldaten im Militärlazarett hatte sie nie diese Art von Verlegenheit gespürt.

»Ich bin froh, dass es Ihnen besser geht.«

»Das habe ich Ihnen zu verdanken.«

Er betrachtete sie so intensiv, dass sie wegsah; sie wandte sich der Wandkonsole mit dem Verbandszeug und den Medikamenten zu.

»Wie kann ich Ihnen jemals dafür danken?«

»Das ist nicht nötig. Jeder hätte an meiner Stelle so gehandelt.«

»Oh, ganz gewiss nicht«, erwiderte er in ernstem Ton. »Die meisten Menschen hätten mich im Vestibül verbluten lassen, um meine Leiche dann heimlich in den Bosporus zu werfen. Sie hingegen haben großen Mut bewiesen.«

Sie ärgerte sich, als sie spürte, wie die Hitze in ihre Wangen stieg.

»Sie scheinen auf dem Laufenden zu sein …«

»Ja, dank Orhan.«

»Ja, meinem Bruderherz«, sagte sie ironisch, aber in ihrer Stimme schwang auch Zärtlichkeit mit. »Für ihn und seine Kameraden sind Sie ein Held.«

»Sagen wir lieber, dass mein abenteuerliches Leben sie fasziniert. Aber ein Held bin ich gewiss nicht.«

»Wussten Sie, dass Sie schuld an Orhans Leidenschaft für die Archäologie sind? Sie und Ihre Kollegen, die bei den Ausgrabungen jeden staubigen Stein umdrehen …«, fuhr sie in scherzendem Tonfall fort.

»Na ja, aber Ihnen hat er etwas Schönes eingebrockt, indem er mich in Ihr Haus gebracht hat. Es gibt immer wieder Situationen, in denen man von den Seinen enttäuscht wird, nicht wahr?«

Sein schelmisches Lächeln und das Glitzern seiner Augen ließen ihr Herz schneller schlagen.

»Wollen Sie sich nicht setzen? Sie sehen blass aus …«, sagte er besorgt.

»Lieber nicht …«

»Ich bitte Sie. Wir müssen uns unterhalten.« Er wollte sich aufrichten, und sie sah, dass ihm Schweißtropfen auf die Stirn traten.

»Beruhigen Sie sich.« Sie schob einen Stuhl heran. »Sie sind noch immer sehr schwach.«

Er schloss die Augen und ließ den Kopf wieder auf das Kissen zurücksinken.

»Ich weiß. Ich habe vorhin versucht aufzustehen.«

»Das dürfen Sie nicht!«, rief sie aus. »Es ist noch viel zu früh.«

»Wann, meinen Sie, kann ich Ihr Haus verlassen?«

Sie zögerte, ehe sie sagte: »Der Arzt meinte, Ihre Genesung würde ungefähr zwei Monate dauern.«

»Zwei Monate! Aber das ist unmöglich. Sie ahnen ja nicht, welche Gefahr meine Anwesenheit für Sie alle darstellt. Ich weiß nicht, ob Sie wissen, dass …«

»Dass Sie einen britischen Spion getötet haben.«

»Sie wirken so ruhig. Schockiert Sie das nicht?«

Leylas Miene verdüsterte sich. »Warum sollte es? Der Waffenstillstand hat zwar die Kämpfe in Europa beendet, aber wir hier sind immer noch im Krieg. Wir müssten endlich aufhören, uns mit diesem Zustand abzufinden, meinen Sie nicht auch? Manchmal frage ich mich, ob die Nachlässigkeit unserer Regierenden schuld daran ist oder ob ein Fluch auf uns liegt.« Sie seufzte. »Was immer der Grund ist, ich glaube nicht, dass sich die Lage in nächster Zeit verbessern wird. Es wird also noch viele Tote geben, glauben Sie mir.«

Es gibt nichts Bezauberndere als eine intelligente Frau, dachte Hans Kästner. Zum ersten Mal erblickte er Leyla Hanıms feine Gesichtszüge. Es war ein Privileg, eine Osmanin der Oberschicht kennenzulernen. Normalerweise hatte er es mit den sonnengebräunten Gesichtern der anatolischen Bäuerinnen zu tun, die bunte Kopftücher trugen. Jetzt verhüllte ein Tuch aus Seidenmusselin Leyla Hanıms Haar, aber er erinnerte sich an den Duft und warmen Mahagoniton ihrer Haare, an die Berührung ihrer kühlen Hände und das weiche Timbre ihrer Stimme, die durch einen Wirbel aus Angst und Schmerzen zu ihm gedrungen war.

»Wenn mich die Engländer hier finden sollten, wird man Sie ins Gefängnis werfen. Wenn es um Kollaboration mit den Rebellen geht, kennen sie keine Nachsicht.«

»Machen Sie sich deswegen keine Sorgen. Die Stellung meines Mannes als Sekretär des Padischahs würde sie vor einer Hausdurchsuchung zurückschrecken lassen, ebenso wie vor der Tatsache, dass ein französischer Offizier in unserem Selamlık wohnt. Das beste Versteck ist die Höhle des Löwen«, fügte sie in gespielt amüsiertem Ton hinzu.

Als er spürte, dass sie ihre Angst vor ihm zu verbergen suchte, überkam ihn der Wunsch, diese zarte und zugleich mutige Frau zu beschützen.

»Gebe Gott, dass Sie recht haben«, murmelte er. »Ich würde es mir nie verzeihen, wenn meine Anwesenheit Sie und Ihre Familie in Gefahr brächte.«

Hans wollte sich aufrichten, hielt jedoch inne und verzog das Gesicht. Der Schmerz hatte ihn erbleichen lassen. Sein Körper war ihm zu einem heimtückischen Feind geworden, vor dem er auf der Hut sein musste. Er war es nicht gewohnt, von einer körperlichen Schwäche beherrscht zu werden; umso mehr machte diese Ohnmacht ihm Angst. Dabei war er dem Tod nicht zum ersten Mal nur knapp entronnen. Diese Erfahrung hatte er mehr als einmal gemacht, als er während des Kriegs seinen gefährlichen und zugleich einsamen Kampf ausgefochten hatte.

Die Tatsache, dass er fließend Türkisch und Arabisch sprach und die Volksstämme von Mesopotamien und Persien gut kannte, hatte das deutsche Oberkommando in Abstimmung mit Enver Pascha, dem osmanischen Kriegsminister, dazu bewogen, ihn mit verschiedenen Spezialeinsätzen zu betrauen. Zusammen mit einer Handvoll weiterer deutscher Offiziere war es seine Aufgabe gewesen, im Süden des Osmanischen Reichs Unruhen anzuzetteln, was für die Briten eine Bedrohung darstellte, da ihnen sehr an der Sicherheit des Landwegs nach Indien gelegen war. Ein Foto von Hans war sogar auf der Titelseite der *Basra Times* abgebildet gewesen, denn man hatte ein Kopfgeld auf ihn ausgesetzt, und einer seiner Kameraden war festgenommen und enthauptet worden. In die Gebiete, wo die Engländer über Truppen und ein Spionagenetz verfügten, konnten die Deutschen nur einzelne Männer entsenden. Und um unter Beweis zu stellen, dass man das Zeug für derartige Einsätze hatte, bedurfte es einer außerordentlichen Zähigkeit und Unerschrockenheit; man durfte weder Tod noch Teufel fürchten. Die Einsamkeit konnte einen in den Wahnsinn treiben, aber für Hans Kästner war sie seit Langem eine vertraute Gefährtin.

Leyla schenkte ihm ein Glas Tee ein und gab ein paar Rosinen hinein.

»Wir haben leider keinen Zucker«, erklärte sie.

Die Anstrengung, das Glas an die Lippen zu führen, ließ ihn zittern. Als sie sich zu ihm hinabbeugte, um ihm zu helfen, nahm er erneut ihren Duft wahr. Er spürte, wie sich ihre Hände um seine legten, und ein Schauder durchlief ihn. Sie hatte schmale Finger mit mandelförmigen Nägeln und eine zarte Haut. An den Fingern trug sie Ringe mit exquisiten Edelsteinen, die er mit Kennerblick bewunderte. Ein Gefühl der Verwirrung überkam ihn, in das sich ein Hauch von Angst mischte, aber auch ein nie gekanntes Hochgefühl.

Seit er wieder aus seiner Ohnmacht erwacht war, wartete er jeden Tag auf diesen Moment, da sie ihn besuchen käme. Während dieser langen Stunden der bohrenden Angst und Sorge konnte ihn nur die Gegenwart der jungen Frau beschwichtigen. Orhan hatte ihm erzählt, mit welcher Ausdauer seine Schwester Tag und Nacht an seinem Krankenbett gewacht hatte. Diese grenzenlose Hingabe hatte ihn zutiefst bewegt. Hans war es nicht gewohnt, dass man sich für ihn aufopferte. Jetzt fürchtete er sich vor der Intensität der Gefühle, die sie in ihm weckte, und für einen kurzen, schwachen Moment gab er sich der Hoffnung hin, dass Leyla Hanım ihn erneut retten würde, aber diesmal vor sich selbst. Das Verlangen war ein unerbittlicher Gebieter und nirgendwo gefährlicher als im Orient. Er, der das türkische Volk liebte, er, für den die anatolischen Hochebenen, das Tal von Kāzerūn mit seinem verstörenden Licht oder das fruchtbare Zweistromland zwischen Euphrat und Tigris keinerlei Geheimnis mehr bargen, hatte es schon bei anderen erlebt, aber auch am eigenen Leib erfahren.

Als sie sich abwandte, spürte Hans, dass der gleiche Aufruhr auch sie erfasst hatte. Zwischen ihnen herrschte eine Anziehung von unwiderstehlicher und bedrohlicher Kraft, die jegliche Vernunft zu ersticken drohte. Er haderte mit ihr wegen des Gefühlschaos, das sie in ihm ausgelöst hatte. Ihre Wege hätten sich niemals kreuzen dürfen. Es war unbegreiflich und gefährlich zugleich. Eine Weile herrschte ein beinahe andächtiges Schweigen. Nur ihrer beider Atem war zu hören. Schon jetzt dachte Hans nicht mehr an sich selbst, sondern nur noch an sie. Bereits jetzt wollte er ihr kommendes Leid ersparen. Fast hoffte er, dass sie aufstehen und wortlos gehen würde. Dann würde er ihre Entscheidung respektieren und nicht versuchen, sie zu beeinflussen oder zurückzuhalten.

Als Leyla den Kopf hob, war ihre Miene heiter. Erneut überlief ihn ein Schauder. Sie brauchten keine Worte, um sich zu verstehen. Sie wussten beide um die Hindernisse und Verbote, die zwischen ihnen standen. Worauf konnten sie hoffen? Sie gehörten zwei getrennten Welten an, und doch konnte niemand ihnen mehr nehmen, was diese Schicksalsprobe zwischen ihnen hatte entstehen lassen.

Mit Ehrfurcht, in die sich Freude mischte, und hin- und hergerissen zwischen Schrecken und Stolz führte Hans die Hand der Osmanin zuerst an seine Lippen und dann an die Stirn, eine Geste, mit der er sich vor ihrer Schönheit, ihrem Mut und diesem süßen Leichtsinn verbeugte, der sich ihrer beider bemächtigt hatte.

Paris, 28. April 1919

Meine Geliebte,

ich, der Barbar, der Asiate, grüße dich! Dieses Bild hat man von uns, den Osmanen, hier in Paris. Das haben wir nicht zuletzt dem perfiden Einfluss von Venizelos, dem griechischen Premierminister, zu verdanken. Charmant und betörend wie eine Schlange schwenkt er die Fahne der christlich-westlichen Kultur und verweist uns in das Dunkel des Obskurantismus und des Islams. Seine Gier nach unseren Gebieten ist unersättlich. Er behauptet, er sei nicht auf die Einverleibung Konstantinopels aus, aber in Wahrheit geht es ihm um nichts anderes. Und man spendet ihm Beifall, obwohl sich seine Forderungen widersprechen. Wilson, der Amerikaner, und der Brite Lloyd George halten große Stücke auf ihn.

Ich habe das Privileg, dieser Friedenskonferenz als stummer Zeuge hinter den Kulissen beizuwohnen, unter der Bedingung, dass ich bislang noch inkognito bleibe; aber ich muss gestehen, meine Seele ist traurig. Tatenlos muss ich zusehen, wie die Bittsteller aus den dunkelsten Ecken der Erde vorbeidefilieren, von denen bis dato noch nie jemand gehört hat. Und jeder führt nur ein Wort im Mund: »Selbstbestimmung«. Derweil haben wir, die Besiegten, die Elenden, die wir ebenfalls unzählige Tote auf denselben Schlachtfeldern zu beklagen haben, nichts zu melden. Es ist, als würde man unsere tapferen Gefallenen verhöhnen.

Wir sind dazu verdammt, fügsam zu warten, bis man uns bestellt, um uns unsere Strafe aufzuerlegen. Vor ein paar Tagen sind die Deutschen angekommen. Man hält sie unter strenger Beobachtung, und sie beklagen sich, dass man sie behandelt wie eingepferchte Markttiere. Die Österreicher werden Mitte Mai erwartet. Wenn die Gesandten Seiner Majestät des Padischahs im Juni eintreffen, werde ich meinen offiziellen Platz in den Reihen der Delegation einnehmen.

Dieser Brief wird dir von einem französischen Freund überbracht werden, der nach Konstantinopel reist. Ich hüte mich vor der Zensur wie vor der Pest.

Und wie geht es dir, meine süße, schöne Gemahlin? Und den Kindern? Ich danke dir für deinen jüngsten Brief, aber allzu viel hast du mir ja nicht zu berichten gewusst. Ihr seid in meinem Herzen und meinen Gebeten. Ich hoffe, Ahmet ist gehorsam, auch wenn ich weit weg von euch bin.

Und was dich betrifft, so weiß ich dich im Schutz unserer Mauern, und das beruhigt mich. Ich weiß ja, dass du über ein gesundes Augenmaß verfügst, und vertraue auf deine Klugheit, die dafür sorgt, dass du allen Schwierigkeiten aus dem Weg

gehst. Du fehlst mir … Muss ich dir mehr sagen? Ich küsse deine Hände, deine Lippen.
Möge Allah, der Barmherzige, in diesen dunklen und beunruhigenden Zeiten über euch alle wachen und euch segnen.
Dein dir ergebener Gemahl

Leyla faltete Selims Brief zusammen. Obwohl er schon mehrere Wochen zuvor datiert war, hatte sie ihn soeben erst erhalten, da sich die Abreise des Überbringers verzögert hatte. Es wunderte sie, dass ihr Mann sie so schlecht kannte. Sei nicht ungerecht, murmelte ihr eine leise Stimme zu. Die Ereignisse hatten sich überstürzt. Bis vor Kurzem war sie noch eine zurückhaltende und gehorsame Ehefrau gewesen, die allenfalls von diffusen Sehnsüchten geplagt wurde. Doch in den letzten Monaten hatte sich alles verändert. Und Selims lange Abwesenheit trug, wie sie es vorausgesehen hatte, dazu bei. Das Schicksal hatte sie an einen Kreuzweg geführt, und sie hatte sich ihrer Eingebung folgend für den schroffsten aller Pfade entschieden.

Sie griff erneut zu ihrem Füllfederhalter. Nachdem man sie auf dem Empfang ihrer Cousine Zeynep Hanım gedrängt hatte, eine Kolumne für die Zeitschrift zu schreiben, hatte sie nicht lange gezögert. Zu schweigen, da sie jetzt die Gelegenheit hatte, sich zu Wort zu melden, wäre Verrat gewesen. In den letzten Wochen hatte sie erst ihre Gedanken ordnen müssen, um sie klar und strukturiert zu Papier bringen zu können, damit ihre Leser in der Lage waren, ihnen zu folgen. Dabei hatte sie gewisse Haltungen in sich entdeckt, die sie in eine große Unruhe und Begeisterung zugleich versetzten.

Dank des Kalligrafie-Unterrichts, den sie genossen hatte, verfügte sie über eine schöne Handschrift. Sie war sich bewusst, dass sie im Begriff war, in die Fußstapfen einer langen Reihe gebildeter Musliminnen zu treten. Bereits im 15. Jahrhundert hatte die Dichterin Mihrî Hatun in ihren Gedichten eine Liebe voller Verlangen und Leid besungen. Während der Herrschaft von Karl dem Großen und des abbasidischen Kalifen Hārūn ar-Raschīd, die diplomatische Beziehungen unterhielten, war eine Frau auf den Lehrstuhl für Philosophie der Universität Bagdad berufen worden, die Hunderte von Studenten mit ihren Vorlesungen in den Bann gezogen hatte. Die türkische Frau muss ihre Bescheidenheit ablegen und sich wie ein Vogel in die Lüfte erheben, sagte sich Leyla, um sich selbst Mut zuzusprechen. Mit Ausnahme von Orhan wusste bislang niemand aus ihrer Familie von ihrer Beschäftigung. Die *Leyla Hanım,* mit der die Kolumne unterzeichnet war, konnte irgendeine der unzähligen Bewohnerinnen von Konstantinopel sein, die denselben Vornamen trugen wie sie. Das war einer der Vorteile, die es mit sich brachte, wenn man keinen Familiennamen besaß. Allerdings drückte sich darin auch ein Mangel an Individualität aus. Vielleicht ein geeignetes Thema für eine neue Kolumne? Ich muss mit Hans darüber reden, dachte sie, und ein Lächeln huschte über ihr Gesicht.

Als sie erfahren hatte, dass Orhan ihr Geheimnis verraten hatte, indem er dem Archäologen die Zeitung zeigte, war sie zuerst böse auf ihren Bruder gewesen. »Aber ich bin so stolz auf dich!«, rief er aus. Und da hatte sie zum ersten Mal erlebt, wie anregend es war, ihre Gedanken mit einem gebildeten Mann zu teilen. Mit Selim konnte sie sich nicht auf dieser intellektuellen Ebene austauschen. Sie gehörte jener Generation von Frauen an, denen man den unschätzbaren Wert der Logik und Beweisführung beigebracht hatte. Doch der Wissensdurst, den dies in ihnen erweckt hatte, wurde niemals gestillt, waren sie doch weiterhin zu einem abgeschiedenen und entsagungsvollen Leben verdammt. Mit ihren fünfundzwanzig Jahren fühlte sich Leyla zusehends zwischen zwei unterschiedlichen Weltbildern hin- und hergerissen. Mussten sie, die türkischen Frauen, um glücklich zu sein, nicht nur im Herzen, sondern auch von der Denkweise her Orientalinnen bleiben?, fragte sie sich. Hans wurde nie müde, sie auf ihre Widersprüche hinzuweisen und in die Enge zu treiben, während er andererseits bereit war, seine eigenen Überzeugungen in Frage zu stellen, wenn sie ihn wieder einmal mit einem ihrer Geistesblitze überraschte. Als ihr eines Tages bewusst wurde, dass er sie bei ihren Diskussionen als gleichwertige Gesprächspartnerin wahrnahm und nicht als minderbemittelte Frau, war dies eine wahre Offenbarung für sie gewesen.

Nachdem sie ihren Artikel zu Ende geschrieben hatte, trat sie ans Fenster. Rose Gardelle hielt sich im Garten auf. Die Augen mit einer Hand gegen die Sonne abgeschirmt, beobachtete sie aufmerksam den Flügel, in dem sich der Haremlik befand. Auch wenn Leyla hinter den Gitterfenstern unsichtbar war, trat sie unwillkürlich einen Schritt zurück. Plötzlich hatte sie Herzklopfen. Ali Aga hatte ihr von dem merkwürdigen Betragen von Mme. Gardelle berichtet. Sie war mehrmals unter einem Vorwand in die Küche gekommen und hatte dann vorgegeben, sich auf dem Rückweg verirrt zu haben. Wonach suchte die Französin? Es fehlte noch, dass sie im Haus herumschnüffelte!

Wie Leyla befürchtet hatte, verlief Hans' Genesung keineswegs schnell und komplikationslos. Das garstige Fieber wollte einfach nicht weichen. Bisweilen sah er sie voller Verzweiflung an; dann fühlte sie sich bemüßigt, ihn zu beruhigen und ihm Hoffnung zu machen. Bestimmt würde er bald geheilt sein, versprach sie ihm. Für einen Mann, der ein Leben in der weiten freien Natur gewohnt war, bedeutete das plötzliche Eingesperrtsein in einem kleinen, dunklen Raum eine Qual. Aber ein Spaziergang im Garten kam gar nicht in Frage; die Gefahr, von jemandem gesehen zu werden, war einfach zu groß. Rahmi Bey, Gürkans Onkel, zufolge stand Hans Kästner auf der Fahndungsliste der britischen Agenten. Leyla konnte sich des Gefühls nicht erwehren, dass sich die Schlinge um ihren Hals zuzog.

Nun, da die Judasbäume blühten und Gärten und Hänge purpurrosa färbten, musste allmählich der Umzug des Haushalts in den Yalı, die am Bosporus gelegene Sommervilla, vorbereitet werden. Doch leider war dieses Jahr alles komplizierter als in den Jahren zuvor. Ahmet hatte kürzlich seinen achten Geburtstag gefeiert. Die Hauslehrer waren im Krieg gefallen, und sie wollte ihm den Unterricht in der Koranschule nicht vorenthalten. Außerdem konnte man den Konak nicht ohne Aufsicht den Franzosen überlassen. Ali Aga und die jungen Diener wären gezwungen, in der Stadt zu bleiben. Einige hatten sie unter Tränen angefleht, sie nicht im Konak zurückzulassen, wo sie den Launen der Ungläubigen ausgeliefert wären. Und als wäre das nicht schon genug, war auch ihre finanzielle Situation alles andere als rosig. Ihre Schwiegermutter hatte sich zum Verkauf eines Teils ihres Schmucks durchringen müssen, dessen Preis leider Gottes im freien Fall war.

Mit einem Seufzer zog Leyla ihren Schleier zurecht und begab sich über die kleine Treppe in Hans' Zimmer. Sie hatte ihn seit drei Tagen nicht mehr besucht. Seit es ihm besser ging, zwang sie sich, Abstand zu ihm zu halten. Ferides durchdringender Blick flößte ihr ein schlechtes Gewissen ein, was sie wiederum irritierte, denn sie tat ja nichts Unschickliches. Und dennoch konnte sie nicht leugnen, dass ihr Herz bei jedem Besuch schneller schlug.

»Was machen Sie denn da?«, rief sie aus, nachdem sie die Tür geöffnet hatte.

Hans stand mitten im Zimmer; er hatte sichtlich Mühe, sich auf den Beinen zu halten. Sie sprang zu ihm und half ihm, sich zu setzen. Er zitterte vor Schwäche und behielt ihre Hand in der seinen.

»Wirklich, Sie sind mein Schutzengel, Leyla Hanım.«

»Wir hatten Sie doch gebeten, Ihre Übungen nicht allein zu machen«, sagte sie vorwurfsvoll. »Sie sind ein richtiger Dickkopf.«

Er zuckte die Schultern und lächelte sie entwaffnend an. »Ich werde noch verrückt, wenn ich nicht bald hier herauskomme.«

Sein blaues Hemd unterstrich seine leuchtenden Augen. Die alte, von Orhan geborgte Hose war ihm zu kurz, sodass seine nackten Füße und Knöchel hervorlugten.

»Der Frühling ist da, seine herrlichen Düfte dringen sogar

durch die Mauern herein«, fuhr er fort, während er das Gesicht dem Fenster zuwandte. »Die Welt dreht sich weiter, während ich untätig hier verharre.«

In dem durch die Gitterfenster in winzige Quadrate zerlegten Tageslicht betrachtete sie seine lebhaften Züge. Allein sein Körper weigerte sich, seinem Tatendrang zu folgen. Leyla dachte amüsiert, dass er die gleiche jahrhundertealte Unzufriedenheit der Türkinnen in sich spürte, die gegen ihren Willen in die Haremliks verbannt waren. Obwohl er abgemagert war, wirkte er viel zu stattlich für diesen Raum. Seine Anwesenheit war ein Fehler, ein Versehen des Lebens. Er, der in den Hochebenen zu Hause war, fand sich unvermittelt als Gefangener im Haus der Frauen wieder.

»Sie müssen erst wieder zu Kräften gelangen«, sagte sie. »Ihr Fieber ist immer noch nicht vollständig gesunken. Sie müssen sich wieder hinlegen.«

»Nein! Lassen Sie mich endlich wieder ein Mensch sein, ich bitte Sie.«

Er lehnte sich an die Wandkissen zurück. Die Tatsache, dass sich seine Genesung so lange hinzog, war nicht zuletzt der Ernährung geschuldet, wie Leyla wusste. Oft mussten sie sich mit Linsen, Kohlsuppe und Schwarzbrot begnügen.

»Was haben Sie vor, wenn Sie unser Haus verlassen?«, fragte sie und nahm neben ihm Platz.

»Ich werde dorthin gehen, wo ich mich nützlich machen kann.«

»Sie wissen, wie gefährlich das ist. Allem Anschein nach ist ein Kopfgeld auf Sie ausgesetzt worden.«

»Das wäre nicht das erste Mal.«

»Warum kehren Sie nicht nach Berlin zurück und nehmen Ihre Lehrtätigkeit an der Universität wieder auf? Wenn Sie hierbleiben, riskieren Sie Ihr Leben.«

Er betrachtete sie amüsiert. »Machen Sie sich etwa Sorgen um mich, Leyla Hanım?«

Sie errötete. »Ganz und gar nicht! Aber ich verstehe einfach nicht, was Sie an die Nationalisten bindet, obwohl Sie nicht einmal Türke sind.«

»Die Herzensbande sind manchmal stärker als die des Blutes … Ich bin in Berlin geboren, aber im Osmanischen Reich aufgewachsen. Meine ersten Erinnerungen sind die anatolischen Bergpfade. Mein Vater war Ingenieur. Er arbeitete für die anatolische Eisenbahngesellschaft und hat beim Bau der legendären Berlin-Bagdad-Bahn mitgewirkt. Und meine Mutter und mich hatte er im Gepäck. Wobei es bald nur noch mich gab.«

»Ihre Mutter ist gestorben?«

»Nur für meinen Vater«, erwiderte er scheinbar ungerührt.

Leyla wartete taktvoll, dass er weiterredete. Mein Gott, wie schön sie ist!, dachte Hans, ehe er fortfuhr.

»Sie hat ihn wegen eines anderen verlassen. Eines Morgens war sie verschwunden. Ohne eine Nachricht zu hinterlassen. Ich war noch zu klein, um es zu verstehen. Mit vier kann man sich noch nicht vorstellen, dass die eigene Mutter einen im Stich lassen kann. Ich habe noch lange darauf gewartet, dass sie zurückkommt. Viel zu lange«, fügte er mit einem bitteren Lächeln hinzu. »Aber sie kam nicht wieder. Die anatolischen Bäuerinnen haben mir die Zuneigung geschenkt, die ich so dringend brauchte. Später schickte mein Vater mich auf ein Internat in Brandenburg. Es war kalt, und wir hatten ständig Hunger. Ich überlebte, weil ich mir schwor, in die Türkei zurückzukehren, sobald ich dieses Gefängnis verlassen konnte. Inzwischen weiß ich, dass ich sterben würde, wenn ich meiner Wahlheimat zu lange fernbleiben müsste.«

Er wunderte sich selbst über die Heftigkeit seiner Emotionen. Da die archäologischen Ausgrabungen noch immer unterbrochen waren, hatte er eigentlich keinen Grund gehabt, in diesem Land zu bleiben. Aber es war ihm undenkbar erschienen, in ein Berlin zurückzukehren, das von den verheerenden Folgen der Kapitulation und der Revolution gebeutelt war. Flüchtige Bilder zogen vor seinem geistigen Auge vorbei. Erinnerungen an eine einsame Kindheit, das gleißende Licht der Sommertage, der

Duft der Wildblumen, das Lachen der anatolischen Hirten, die unbegreifliche Abwesenheit der Mutter, die einem das Herz zerreißt … Dann, später, seine Faszination für eine von den Menschen und Göttern vergessene Welt. Die beiden steinernen Löwen an einem der Stadttore von Hattuša, die Tempelmauern, die Tontafeln mit der unentzifferbaren Schrift, die die Geheimnisse dieses untergegangenen Reichs bargen …

»Orhan hat Ihnen bestimmt erzählt, dass ich mich mit den Hethitern befasse, nicht wahr? Bis zum vorigen Jahrhundert kannten die Historiker nur drei große Reiche der antiken Welt, das der Ägypter, der Babylonier und der Assyrer. Doch einige Forscher ahnten intuitiv, dass es noch ein viertes gegeben haben musste. Aus einem bislang noch unerfindlichen Grund hat dieses Reich keinerlei Spuren im menschlichen Gedächtnis hinterlassen und wird auch nicht in den heiligen Schriften erwähnt. Seit 1906 habe ich an den Ausgrabungen in Anatolien teilgenommen, die von Hugo Winckler und Makridi Bey geleitet werden, dem Kurator des Osmanischen Museums in Konstantinopel.«

Nie würde Hans den Tag vergessen, als sie beinahe zweitausendfünfhundert geheimnisvolle Tafeln entdeckten: den Geschmack des Staubs, das Pulsieren des Blutes in seinen Schläfen und diese Gewissheit, endlich den wundersamen Schlüssel zur Hauptstadt der Hethiter entdeckt zu haben, die sich einst dort erstreckt haben musste, inmitten der kargen, felsigen Hügel, einem Gebiet fernab jeder Zivilisation, das nur auf einem Mehrtagesritt erreichbar war.

»Nachdem ich mein Leben der Erforschung der Geschichte Ihres faszinierenden Volkes gewidmet habe, schmerzt mich der Gedanke, dass dessen Existenz in Gefahr ist. Wie könnte ich es da verlassen? Wenn wir ihm eine Zukunft geben wollen, müssen wir die Alliierten daran hindern, Ihr Land zu zerstückeln. Ich weiß noch nicht, ob es uns gelingen wird. Dazu braucht es eine Richtung, eine klare Vision, die eines vom Schicksal gesandten Mannes …«

Sein Blick schweifte in eine imaginäre Ferne.

»Dieser General, den Ihr Freund Rahmi Bey kennt?«, fragte Leyla.

»Ja. Nur Mustafa Kemal hat das Zeug dazu. Er ist ein Militärstratege, der über ein feines politisches Gespür verfügt. Aber leider Gottes liegt bislang alles noch im Ungewissen. Sowohl unter den aufständischen Offizieren als auch im Volk ist ein revolutionärer Wille zu spüren, aber die Ausflüchte der Regierung sorgen für Unruhe. Der Padischah irrt, wenn er meint, sich auf den Schutz der Briten verlassen zu können. Die denken nur an ihre eigenen Interessen. Alles hängt jetzt davon ab, was Ihre Diplomaten in Paris erreichen.«

Hans bemerkte, wie sich Leyla bei der Erwähnung der Friedenskonferenz anspannte. Es war nicht das erste Mal, dass ihm auffiel, wie sich ihre Miene verschloss, wenn er auf ihren Mann anspielte, auch wenn es nur indirekt war. Selim Bey wusste nichts von Hans' Anwesenheit unter seinem Dach.

»Es ist eine Verschwörung der Frauen«, hatte Orhan ihm mit zufriedenem Gesichtsausdruck erklärt. Er machte keinen Hehl daraus, dass er seinen Schwager nicht leiden konnte, dem er vorwarf, engstirnig und reaktionär zu sein. Hans konnte und wollte sich kein Urteil erlauben – er hatte gelernt, sich erst eine Meinung über einen Menschen zu bilden, wenn er ihn persönlich kennengelernt hatte.

»Denken Sie an Ihren Mann?«, wagte er Leyla zu fragen.

Sie wandte ärgerlich das Gesicht ab. Meist schätzte sie seine Offenheit, aber als Orientalin war sie in solchen Dingen zurückhaltend und schamhaft, und es verwirrte sie, wenn er ein solch intimes Thema wie ihre Ehe ansprach. Für einen Augenblick schalt sich Hans für seine Unbedachtsamkeit. Aber seine Neugier bezüglich ihrer Person war einfach stärker als seine Vernunft. Nichts, was sie betraf, ließ ihn unberührt. In der Wüste musste man einen weiten Weg zurücklegen, wenn man etwas erreichen wollte. Man ging, ohne die Entfernung noch die Zeit zu messen, weil der einzige Maßstab die Ewigkeit war. Und nun wusste er, dass er schon sein ganzes Leben unterwegs zu dieser Frau war.

»Wie würde er reagieren, wenn er von meiner Anwesenheit in seinem Haus erfahren würde?«

»Er wäre außer sich vor Wut und würde Ihnen vorwerfen, dass Sie unsere Familie in Gefahr bringen.«

»Auch wenn Ihre Schwiegermutter einverstanden ist?«

»Meine Schwiegermutter ist eine Revolutionärin, ohne es zu wissen«, erwiderte Leyla lächelnd. »Sie hat die Gabe, jeden auf dem falschen Fuß zu erwischen.«

»Einmal hat sie mich besucht.«

Als er ihr verblüfftes Gesicht sah, musste er lachen.

»Es war ganz am Anfang, als ich noch sehr krank war. Plötzlich spürte ich, dass jemand an meinem Bett stand. Eine verschleierte Frau. Ich konnte ihr Gesicht nur verschwommen sehen, aber Sie waren es jedenfalls nicht.«

»Wie können Sie sich da so sicher sein?«

Er ließ eine Pause entstehen, ehe er weitersprach. »Weil ich immer weiß, wenn Sie es sind, Leyla Hanım. Auch mit geschlossenen Augen. Sogar wenn ich schlafe. Ich erkenne Sie an Ihrem Atem, an Ihrem Schweigen … Sie sind in meinen Träumen.«

Ein Schauder durchrieselte sie. »Bitte nicht«, murmelte sie.

Was für eine Ungerechtigkeit, dachte sie und spürte einen Anflug von Ungeduld. Da hatte sie ihm das Leben gerettet, und wie dankte er es ihr? Indem er sie zu einer Gefangenen machte, sie den unmöglichsten Qualen aussetzte. Sie konnte an nichts anderes mehr denken als an ihn. Tag und Nacht verfolgte sie sein Blick, mal ernst, mal verschmitzt, dann wieder voller Schmerz. Obwohl sie diesen Körper kannte, war er ihr noch immer fremd, denn erst in der Liebe enthüllte ein Körper seine ganze Wahrheit. Leyla konnte sich seiner Ausstrahlung nicht mehr entziehen. Sie sehnte sich danach, von diesem Mann liebkost zu werden, seine Lippen zu spüren, seine Zunge, den Duft seiner Haut einzuatmen … Sie stand ganz und gar in seinem Bann. Alles an ihm faszinierte sie – die

Freiheit seines Geistes, die respektvolle Zärtlichkeit, die seinen Worten und Gesten innewohnte, der verrückte Charme seines Lächelns, seine Kraft, die sie bislang nur zu erahnen vermochte.

Sie wurde sich bewusst, dass sie zitterte. Hans nahm ihre eiskalten Hände zwischen seine und hauchte einen Kuss darauf, der sie erbeben ließ. Dann führte er sie zum Zeichen der Achtung an seine Stirn.

»*Schon beim ersten Blick habe ich dich mit tausend Herzen geliebt …*«, rezitierte er leise und mit weicher Stimme.

Diese Verse von Mihrî Hatun aus seinem Munde zu hören überwältigte Leyla, und sie unterdrückte ein Schluchzen. Ob vor fünf Jahrhunderten oder jetzt – an der unstillbaren Sehnsucht zweier Menschen hatte sich nichts geändert. Während der Ausländer heiter und selbstsicher wirkte, fühlte sie sich verloren, als wäre sie in einen Wirbelsturm der Gefühle geraten, wo nur noch die letzten Worte dieses Gedichts zu ihr drangen, das von der Liebe sprach, die einen in den Flammen der Hölle brennen ließ.

Von der Treppe her waren schwere Schritte zu hören. Von Panik ergriffen riss sich Leyla von Hans los und stürzte zur Tür, um dem Eindringling den Zutritt zu verwehren und ihren Schützling zu verteidigen, koste es, was es wolle.

Aber es war nur Orhan. Die Wangen gerötet, das Haar zerzaust, blieb er verdutzt stehen, als er die aufgelöste Miene seiner Schwester bemerkte.

»Ihr werdet nie erraten, was passiert ist!«, rief er aus, indem er eine Zeitung schwenkte. »Die Griechen sind in Smyrna gelandet! Sie haben auf unsere Soldaten und in die Menge geschossen. Es gibt Dutzende Tote. Das ist eine Kriegserklärung!«

Eine unüberschaubare Menschenmenge marschierte auf den großen Platz vor der Sultan-Ahmet-Moschee zu; Hunderte von Frauen in Tschartschafs und Männer mit ernsten Mienen. Leyla wurde von Ahmet begleitet, der gequengelt hatte, um mitkommen zu dürfen. Schweigend ging sie mit dem Demonstrationszug. Niemand sprach, nicht einmal die Straßenjungen oder die Jugendlichen. Nur das dumpfe Hämmern der Schritte von Tausenden und Abertausenden hallte vom Straßenpflaster wider. Wie viele mochten es sein? Hunderttausend, zweihunderttausend? An den Gebäudefassaden knatterten mit Trauerflor bekränzte osmanische Fahnen mit ihrem weißen Halbmond auf rotem Grund; und auch die Minarette der Moschee, die mit dunklen Stoffen verhängt waren, brachten die Trauer eines ganzen Volkes zum Ausdruck.

Vor einigen Wochen waren die Griechen mit dem Segen der Alliierten in Smyrna gelandet. Bei der Friedenskonferenz in Paris regierte das Chaos. Den pragmatisch denkenden Siegern fiel es schwer, die im Krieg geschlossenen Geheimabkommen einzuhalten. Da sie fürchteten, die Italiener könnten Schwierigkeiten machen, hatten die drei anderen Siegermächte beschlossen, dem griechischen Premierminister Venizelos zu geben, was er verlangte: einen Fuß in der Tür zu Kleinasien. Andererseits hatte niemand vorhergesehen, wie brutal seine Männer bei ihrer Landung im Hafen dieser kosmopolitischen Handelsstadt, einer der Perlen der Levante, vorgehen würden.

Leyla hielt Ahmets kleine Hand fest in ihrer, während sie voranschritt. Wieder musste sie daran denken, dass ihr Leben am 15. Mai 1919, dem verhängnisvollen Tag des von griechischen Soldaten angerichteten Massakers, auf den Kopf gestellt worden war. Doch er war auch der gesegnete Tag gewesen, an dem Hans ihr seine Liebe gestanden hatte. Aber war dieser so von gegensätzlichen Gefühlen geprägte Tag nicht symbolisch für ihre gemeinsame Geschichte? Sie war von Anfang an durch Gewalt geprägt gewesen – einerseits durch die allgemein herrschende Brutalität und andererseits durch ihre außereheliche Leidenschaft, die nur mit dem Tod enden konnte. Gegen solche schicksalhaften Wendungen war man machtlos. Das Begehren war umso verzehrender, wenn man weder Rast noch Ruhe fand. In ihrer Verzweiflung sah Leyla keinen Ausweg; weder für ihre aufgewühlten Gefühle noch für ihr Land, das gleichsam in einem Würgegriff steckte.

In Smyrna hatte es Hunderte Tote und Verletzte gegeben. Mehrere Tage lang hatten Plünderer das türkische Viertel der Stadt heimgesucht. Zwischen zerrissenen Fes-Hüten, eingeschlagenen Schaufenstern und gebrandschatzten Läden lagen nackte Leichen verlassen auf den Straßen. Im Hafenbecken und an den Kais entlang trieben Leichen. Wenn man den Zeitungen und Berichten entsetzter Ausländer glauben wollte, war der erste Schuss von den türkischen Soldaten abgegeben worden, obwohl diese doch eigentlich in ihren Kasernen interniert waren. Andere beschuldigten die Italiener, die angeblich Interesse daran hatten, dass die Lage aus dem Ruder lief; wieder andere sprachen von einer griechischen Provokation. Aber niemand konnte bestreiten, dass es unschuldige Opfer gegeben hatte.

In Stambul empfand man diese Aggression wie einen Stich ins Herz; eine Schande, die nur mit Blut reingewaschen werden konnte. Im Orient waren Massaker das giftige Erbe einer uralten, schmerzhaften und brutalen Geschichte, geboren aus der blinden Leidenschaft von Menschen, ihrem wechselseitigen Misstrauen und Angst. Doch die westlichen Staaten hatten, nachdem sie sich jüngst vier Jahre lang mit barbarischer Grausamkeit gegenseitig umgebracht hatten, jedes Recht verwirkt, sich zu Moralhütern aufzuschwingen. Würde das Blutvergießen denn nie aufhören?, fragte sich Leyla, während die Menschenmenge sich um sie drängte.

Die Bevölkerung war dem Aufruf der Studentenvereinigungen gefolgt und auf die Straßen gegangen. Sie hatten verlangt, eine Abordnung möge zum Padischah gehen und ihn bitten, zu ihrer Verteidigung einzugreifen. Man erzählte, er habe sie nicht empfangen, indem er eine Krankheit vorschützte, aber niemand glaubte ihm. Zwischen dem Sultan und seinem Volk taten sich immer tiefere Gräben auf. Dann hatten sich, zum großen Erstaunen der ausländischen Presse, die Frauen zu Wort gemeldet.

Die Schriftstellerin und Universitätsdozentin Halide Edip hielt ihre erste Rede auf dem Balkon des Rathauses am Fatih-Platz. »Wenn die Nacht am tiefsten und unendlichsten zu sein scheint, ist das Licht des Sonnenaufgangs am nächsten …«, sprach sie vor fünfzigtausend ergriffenen Zuhörern. Sowohl in Üsküdar als auch in Kadıköy wandten sich weitere Frauen an ein kleineres Publikum. Und alle sagten das Gleiche: Die Zeit für Tränen sei vorüber, nun müsse man handeln.

Und jetzt war Leyla gekommen, um die talentierte Rednerin noch einmal zu hören. Eine Barriere aus Menschen versperrte ihr den Weg. Vor ihren Augen wogte ein Meer von Fes-Hüten, weißen Turbanen und Tschartschafs. Demonstranten waren auf Dächer, Laternen und Bäume geklettert. Vielen sah man an ihren ausgemergelten Zügen an, dass sie Not litten. Um ihre Kinder zu ernähren, waren sie zunehmend auf jämmerliche Maiskolben und ein abscheuliches Brot angewiesen, auf das man mit Wasser verdünntes Olivenöl träufelte. Doch jetzt hungerten sie auch nach etwas anderem – einem Grund, an etwas zu glauben. Als der durchdringende Ruf des Muezzins erklang, lief ein Schauder durch die Menge.

Leyla sah sich nach ihrem Bruder Orhan und seinen Kameraden um, von denen sie wusste, dass sie hier sein mussten. Sie hatte jedoch keine große Hoffnung, sie zu entdecken. Seit das Amtsblatt die Ernennung von General Mustafa Kemal zum Inspekteur der IX. Armee bekannt gegeben hatte, teilten sie Leylas Befürchtungen nicht mehr. Er hatte sich mit dem Auftrag, die Probleme zwischen der griechischen Bevölkerung und türkischen Widerstandskämpfern in einer Küstenregion am Schwarzen Meer zu schlichten, nach der Hafenstadt Samsun eingeschifft. Vertrauensselig hatte die Regierung diesem klar denkenden, begabten und rationalen Militär weitgehende Machtbefugnisse übertragen. Doch Eingeweihte wie Rahmi Bey, Orhan oder Hans Kästner wussten, dass der Adler einzig mit dem Ziel nach Anatolien ausgeflogen war, aus dem Nichts heraus einen neuen, unabhängigen und freien türkischen Staat zu gründen, und nichts und niemand würde ihn von dieser heiligen Mission abbringen können.

Lautes Dröhnen zog die Aufmerksamkeit der Demonstranten auf sich. Zwei alliierte Flugzeuge überflogen die Stadt. Sofort standen den Anwesenden die schlimmsten Stunden der letzten Kriege vor Augen. Die Bedrohung durch die Bombardierungen, der Widerhall des Artilleriefeuers jenseits der Hügel … Die Beklemmung war mit Händen zu greifen. Als die Flugzeuge im Sturzflug herunterkamen, rannten einige Menschen schreiend und panisch davon und suchten Schutz in Häusereingängen. Leyla drückte Ahmet an sich, um ihn zu schützen. Sie würden doch nicht schießen, oder? Das würden sie nicht wagen. Dies war eine friedliche Versammlung, und unter den Demonstranten befanden sich etliche Menschen aus dem Westen, die an ihren Hüten zu erkennen waren. Wieder eine ihrer demütigenden Provokationen. Doch die meisten Stambuler und Stambulerinnen zogen lediglich den Kopf zwischen die Schultern, ohne sich von der Stelle zu rühren. Leyla stand regungslos da und biss sich auf die Lippen.

»Sieh doch, Mama!«, rief Ahmet und wies auf die Gestalt, die auf das Podium getreten war.

Mit einem Anflug von Stolz verfolgte sie, wie die Menschenmenge respektvoll dieser kleinen, energischen Frau lauschte, die sich so gut darauf verstand, die Leidenschaften zu entfachen. Halide Hanım trug einen schwarzen Schleier, der ihr Gesicht frei ließ. Sie sprach von Zutrauen zu sich selbst und vom Feuer, jenem der »mutigen Herzen und der unbesiegbaren Ideale«. Mit aufwühlender Stimme gab sie den Türken ihre Ehre zurück, indem sie sie an zahlreiche ruhmreiche Jahrhunderte erinnerte, die durch ein paar unglückliche Jahre der Niederlagen und der Finsternis nicht ausgelöscht würden. Der Kampf der Christen gegen den Halbmond gehe weiter, angefacht von den niederträchtigen Friedensstiftern in Paris, die nur daran dächten, die Besiegten zu berauben. Aber man dürfe sich nicht beugen. Niemals! Sie erhob die Stimme, um das Dröhnen der Flugzeugmotoren zu übertönen, und breitete die Arme aus, als wollte sie die Menge an sich ziehen.

»Ich rufe die Seelen unserer glorreichen Vorfahren an, die so oft über diesen Platz gezogen sind«, deklamierte sie. »Und ich erkläre im Namen der hier versammelten neuen türkischen Nation, dass dieses heute entwaffnete Land immer noch eure unbesiegbaren Herzen besitzt. Wir vertrauen auf Allah und unsere Rechte …«

Viele Zuhörer wurden von Schluchzen geschüttelt. Verunsichert hörten die Demonstranten zum ersten Mal von der geheimnisvollen, aber verheißungsvollen Idee einer »türkischen Nation«. Sollte man in diesen unsicheren Monaten tatsächlich das Wagnis eingehen, an die Möglichkeit einer Einheit zu glauben? Während ihr Land weiter zerstückelt wurde und man ihnen Gebiete entriss, aus denen muslimische Familien flohen, weil sie um ihr Leben fürchteten? An ein Leben in Frieden? Tief im Innern waren sich alle darüber klar, dass der Padischah und seine Vorgänger versagt hatten. In Wahrheit hatten die osmanischen Sultane seit dem Tag, an dem sie aufgehört hatten, ihre Armeen selbst zu befehligen, ihre Aura verloren. Jetzt hoffte das Volk auf einen kriegerischen Anführer, der zugleich sein Hirte war.

Leyla betrachtete ihren kleinen Sohn. Auch seine Zukunft stand auf dem Spiel. Auf Zehenspitzen, jede Faser seines Körpers angespannt, lauschte er der Rednerin. Halide Edip hatte recht. Man konnte nicht gesenkten Hauptes leben, zerfressen von Demütigung und Reue. Solch ein Leben wünschte sich Leyla für ihre Kinder nicht. Die Angst war immer ein schlechter Ratgeber. Sie war die Verbündete der Schwachen, der Ungläubigen. Die Entschlossenheit der Schriftstellerin riss Leyla mit, und eine freudige Woge durchlief sie. Wie hatte sie daran zweifeln können, dass ihr Volk in der Lage war, um seine Existenz zu kämpfen? Und wie konnte sie an sich selbst zweifeln? Sie hob Ahmet hoch, damit er besser sehen konnte, aber er war zu schwer, und sie schwankte. Wortlos nahm ihr ein Mann neben ihr den Kleinen ab und setzte ihn sich auf die Schultern. Verblüfft erkannte Leyla Kommandant Gardelle.

»Was machen Sie denn hier?«, fragte sie misstrauisch. »Sind Sie uns etwa gefolgt?«

»Ich begleite General Foulon«, antwortete Louis Gardelle und wies auf einen Mann in Uniform, der einige Meter entfernt stand und sich verstohlen die Tränen vom Gesicht wischte.

Leyla konnte es nicht fassen. Was hatten diese französischen Militärs unter der trauernden Menge zu suchen, obgleich Clemenceau selbst die griechische Invasion gebilligt hatte?

»Sie wirken beide erstaunlich bewegt«, sagte sie in scharfem Ton. »Aber ich zweifle an Ihrer Aufrichtigkeit. Sie und Ihresgleichen wollen unseren Tod. Lord Curzon besteht gar darauf, dass die Türken Istanbul verlassen. In seinen Augen sind wir die ›Wurzeln des Bösen‹.«

»Frankreich teilt nicht immer den britischen Standpunkt; insbesondere, was den Orient angeht.«

Das war noch beschönigt. Die Missverständnisse zwischen den beiden Ländern hatten sich verschärft, und im Rahmen seiner Aufgabe bemühte sich Louis nach Kräften, die Ungeduld beider Parteien zu zügeln. Er hielt Ahmet, der auf seinen Schultern saß, an den Fußknöcheln fest. Als er kurz zuvor den kleinen Jungen entdeckt hatte, vermutete er, dass es sich bei der tief verschleierten Gestalt, die ihn an der Hand hielt, um Leyla Hanım handelte. Es kam ihm vor, als spräche er mit einem Gespenst.

»Die Rednerin ist beeindruckend. Ich kann mich nicht erinnern, dass bei uns je eine Frau eine so große Menschenmenge begeistert hat.«

»Und Jeanne d'Arc?«, entgegnete Leyla in spöttischem Ton. »Wenn es darum geht, die Engländer zu vertreiben, hat sich anscheinend nichts verändert …«

Louis nahm die Entschlossenheit in ihrer Stimme wahr, und da er ihr Temperament kannte, empfand er plötzlich Besorgnis.

»Ich hoffe nur, dass Sie sich von alldem fernhalten«, sagte er energisch. »Wer mit dem Feuer spielt, verbrennt sich leicht. Ich bezweifle, dass Selim Bey besonders erfreut wäre, wenn er wüsste, dass Sie hier sind.«

»Geben Sie nicht den Schulmeister, Kommandant. Was mein Mann denkt, geht Sie nichts an. Und ich bin nur eine arme, ohnmächtige Frau …«

Sie hält mich ganz schön zum Narren, dachte er amüsiert. Die Osmaninnen hatten bei der Revolution von 1908, die einen Sultan vom Thron stürzte, eine nicht unbedeutende Rolle gespielt. Louis zweifelte nicht daran, dass sie noch genauso tatkräftig waren wie damals. Es war paradox: Er als Europäer fürchtete die aufrührerische Macht der Türkinnen stärker als die der westlichen Frauen.

»Spielen Sie nicht das unterwürfige Frauchen, das steht Ihnen nicht. Das dürfen Sie gern als Kompliment deuten … Ich will Sie nur warnen. Seit der Landung in Smyrna sind die Engländer noch misstrauischer geworden. Ihre Spione sind überall. Die

Zahl der Hausdurchsuchungen hat sich verdoppelt. Ich möchte nicht, dass jemandem, der Ihnen nahesteht, etwas zustößt.«

Leyla erschauderte. Wusste Louis Gardelle etwa über Hans Bescheid? Unmöglich. Er würde nie jemanden, der von den Behörden gesucht wurde, unter seinem Dach dulden. Oder dachte er etwa an Orhan? Ihr Bruder besaß die Verwegenheit junger Menschen, die überzeugt davon sind, dass ihnen nichts zustoßen kann. Ob er sein nächtliches Kommen und Gehen bemerkt hatte? Mehrmals schon hatten Soldaten, die aus der Armee des Sultans desertiert waren, Unterschlupf bei ihnen gefunden, bevor sie ihre Reise nach Anatolien fortsetzten.

»Jedenfalls beglückwünsche ich Sie zu Ihren Zeitungskolumnen«, fuhr er fort. »Ich lese sie mit größtem Interesse. Sie haben einen brillanten Schreibstil.«

Ausnahmsweise war Leyla froh darüber, den Schleier zu tragen, denn er verbarg ihr rot angelaufenes Gesicht.

»Ich wusste gar nicht, dass Sie in so kurzer Zeit unsere Sprache erlernt haben, Kommandant.«

»Wir verfügen über ausgezeichnete Übersetzer.«

»Und wie haben Sie die Verbindung zu mir hergestellt?«

»Um die Wahrheit zu sagen, haben mich Ihre Artikel über die französische Besatzungsmacht auf die Spur gebracht, aber ich war mir nicht ganz sicher.«

Leyla schalt sich, dass sie sich auf so törichte Art verraten hatte, aber sie hasste es, Katz und Maus zu spielen.

Nachdem eine Weile aufmerksames Schweigen geherrscht hatte, brandete plötzlich donnernder Applaus auf. Schwarze Fahnen – Symbole des Widerstands – wogten. Louis bekam ein mulmiges Gefühl. Er hatte die Demonstranten eingehend gemustert, und seine Befürchtungen hatten sich bestätigt. Alle Bevölkerungsgruppen waren vertreten; Reich und Arm, Studenten, demobilisierte Soldaten, Universitätsdozenten, Frauen, Fischer, Lastenträger, kleine Beamte, die seit Monaten kein Gehalt mehr ausgezahlt bekamen; alte Männer mit weißen Turbanen, die sich die Vergangenheit zurückwünschten … Der Bericht, den er morgen auf seinem Schreibtisch vorfinden würde, würde zweifellos bestätigen, dass ein nationalistischer Aufstand drohte.

»In den griechischen Vierteln hat man bis jetzt ausgelassen gefeiert«, sagte er. »Aber in Pera fürchtet man zurzeit das Schlimmste.«

»Wie denn das?«

»Die Griechen glauben, dass die Türken jetzt zum Sturm auf den Galata-Turm blasen werden. Sie rennen durch die Straßen und schreien: ›Die Türken kommen!‹« Er konnte sich eines Lächelns nicht erwehren.

Sie zuckte die Achseln. »Die einen weinen, während die anderen tanzen. So ist es bei uns schon seit urdenklichen Zeiten.«

Louis setzte Ahmet wieder auf den Boden und tätschelte ihm aufmunternd die Wange.

»Nach der Entschlossenheit von Frauen wie Ihnen oder Halide Edip zu urteilen, sorgen die Bewohner von Pera sich nicht zu Unrecht«, sagte er und verneigte sich zum Abschied. »Aber seien Sie vorsichtig, Leyla Hanım, seien Sie sehr vorsichtig.«

Das Haus war verlassen. Leyla Hanım und ihre Schwiegermutter waren bei der Demonstration; die eine zu Fuß mit ihrem Sohn und die andere, begleitet von Ali Aga und zwei Dienerinnen, mit der Kalesche. Das kleine Mädchen spielte unter der Aufsicht seiner Amme und einer alten Tante im Gartenpavillon. Eine solche Gelegenheit würde sich nicht mehr ergeben. Mit heftig klopfendem Herzen drang Rose Gardelle in den Haremlik ein.

Der Prunksalon, in dem sie mit Marie Tee getrunken hatte, war verwaist, die Kronleuchter und Kerzenhalter waren erloschen. Auf einem Tablett befanden sich Zeitungen und Kaffeetassen. Sie durchquerte den Raum, dessen dicke Teppiche ihre Schritte dämpften, und trat auf eine Galerie, die auf einen Innenhof hinausging. Dieses Gebäude war sehr weitläufig. Sie wusste, dass sie nicht genug Zeit haben würde, um in sämtliche Räume zu blicken. In einem der Zimmer erkannte sie Perihans Porzellanpuppe. Am Fenster thronte ein Schaukelpferd mit langer Mähne. Sie blieb stehen, um die Ohren zu spitzen, hörte aber nur das Vogelgezwitscher aus dem Garten.

Wonach genau suchte sie? Rose hätte die Frage nicht beantworten können. Sie gab einem unbestimmten Misstrauen nach, das an ihr nagte, seit sie Leyla Hanım bei diesem Empfang gesehen hatte. Seit Marie das Pensionat von Notre-Dame-de-Sion besuchte, fühlte sie sich einsam. Ihre wohltätige Arbeit für die russischen Emigranten füllte ihren Tag nicht aus. Das gesellschaftliche Leben in Pera und die Empfänge der verschiedenen Botschaften würden ihr ihre Freundinnen aus Toulon nie ersetzen können. Und ihren Mann erkannte sie nicht wieder, so distanziert, wie er geworden war. Ihr Beichtvater hatte ihr zur Geduld geraten, aber das Unbehagen zwischen ihnen hatte sich im Lauf der Wochen nicht verbessert. Nach wie vor zeigten beide eine einzigartige Begabung dafür, verletzende Worte zu wählen. Louis' nachgiebige Haltung gegenüber den Türken missfiel Rose außerordentlich. Sie sah darin den schädlichen Einfluss Leyla Hanıms, für die er einen an Bewunderung grenzenden Respekt empfand. Er entblödete sich nicht einmal, Rose mit einem Stolz, der sie aufs Äußerste reizte, die französischen Übersetzungen ihrer Zeitungsartikel zu zeigen.

Mit den Fingerspitzen stieß sie eine angelehnte Tür auf. Blumenduft hing im Raum. Auf einem Rollschreibtisch stapelten sich unordentlich Bücher und Papiere. Sie erriet auf Anhieb, dass dieses anheimelnde Zimmer ihrer Rivalin gehörte. Ein Diwan mit bestickten Kissen, prächtige Teppiche, in einer Vitrine eine Sammlung antiker Schreibfedern und an der Wand osmanische Kalligrafien … Mit einem Mal schnürte sich ihr der Hals zu. Was hat sie, was ich nicht habe?, dachte sie in einem Anflug von Minderwertigkeitsgefühlen, der die Erinnerung an ihre krankhafte Schüchternheit in ihren Jungmädchentagen wachrief.

Sie versuchte sich Leyla Hanım in diesem nicht besonders großen Zimmer vorzustellen und bedauerte, dass sie die Gitterfenster nicht aufstoßen konnte, um Licht einzulassen. Wie ertrug sie nur dieses Eingesperrtsein? Rose warf einen Blick auf einen offen daliegenden Brief, der auf Französisch verfasst war. Darin brachte jemand seine Empörung über die Landung in Izmir zum Ausdruck – der türkische Name für das von vielen Griechen bewohnte Smyrna. Rose dachte an ihre ältere Schwester Odile, die dort lebte. Seit der Nachricht über die griechische Landung und die Ausschreitungen suchte sie sich mit dem Gedanken zu beruhigen, dass französische Nonnen von den Griechen sicherlich nichts zu befürchten hätten.

Von Neugier getrieben nahm sie ein Buch von einem Stapel; eine Sammlung romantischer französischer Gedichte. Darin steckte eine Visitenkarte. Sie erkannte die Handschrift und erschauderte. *Mit der Bitte, mir freundlicherweise zu verzeihen, und weil ich vermute, dass Sie diesen Autor schätzen werden. Louis Gardelle.* Augenblicklich wurde sie von den finstersten Gedanken bestürmt. Doch dann rief sie sich zur Vernunft. Keine Frau würde eine kompromittierende Nachricht offen herumliegen lassen … Aber andererseits ist ihr Mann seit Monaten im Ausland, hielt sie sofort dagegen.

Verunsichert verließ Rose das Zimmer. Am Ende des Flurs tanzten Staubkörnchen im Licht, und eine schlichte Holztreppe führte in die oberste Etage. Sie wollte schon den Rückzug antreten, als sie eine tiefe Stimme vernahm. Neugierig geworden stieg sie die knarrenden Stufen hinauf. Am Ende des Korridors stand eine Tür offen, die zu einem spartanisch eingerichteten Raum führte. Verblüfft wurde ihr in diesem Moment klar, dass die Worte, die sie undeutlich gehört hatte, nicht auf Türkisch, sondern auf Deutsch gesprochen wurden.

Durch den Türrahmen erblickte sie einen hochgewachsenen Mann, der ihr den Rücken zuwandte. Er besaß dichtes blondes Haar, das im Nacken ziemlich lang gewachsen war, und machte Gymnastikübungen, indem er mit lauter Stimme mitzählte. Sein Oberkörper war nackt, und ein breiter, weißer Verband war um seine Rippen geschlungen. Seine Armmuskeln wölbten sich, während er mühsam zwei kleine Hanteln stemmte. Als er sich umdrehte, drückte sich Rose schnell an die Wand. Der Mann hatte markante Züge, aber seine Blässe verriet ihr, dass er krank war. Langsam wich sie zurück und schlich auf Zehenspitzen die Treppe hinunter.

Aus dem Vestibül stieg fröhliches Stimmengewirr auf. Die Dienstboten mussten in der Küche ihren Tee getrunken haben und kehrten an ihre Arbeit zurück. Erschrocken lief Rose eilig die Galerie entlang und durchquerte den großen Salon. Dann schlug sie die Tür, die in den Selamlık führte, hinter sich zu und lehnte sich keuchend dagegen. Wer war dieser Unbekannte? Was hatte er in Leyla Hanıms Wohnräumen zu suchen? Wie kam sie dazu, gegen die Gesetze zu verstoßen, die das Leben muslimischer Frauen regelten?

Obwohl Rose von Kopf bis Fuß zitterte, war sie erleichtert. Wenn Louis erfuhr, was sein Schützling insgeheim trieb, würde das sein Bild von dieser Frau gewiss in ein anderes Licht rücken. Diese Leyla Hanım setzte geschickt ihren Charme ein, um ihm Sand in die Augen zu streuen. Einen Deutschen zu verstecken! Nichts und niemand würden sie je die Grausamkeiten vergessen lassen, die diese Menschen in den ersten Kriegswochen bei der Invasion Belgiens und Nordfrankreichs begangen hatten. Die Deutschen hatten Zivilisten als Geiseln genommen, Frauen und Priester massakriert und Kirchen in Brand gesteckt. Sie waren genauso unerbittlich wie die Türken; kein Wunder, dass sie ein Bündnis geschlossen hatten. Louis mochte die Deutschen ebenfalls nicht. Er würde vor Wut außer sich sein, wenn er erfuhr, dass ihn diese so intelligente und kultivierte Osmanin zum Narren gehalten hatte.

Doch beim Gedanken an die Gedichtsammlung presste Rose die Lippen zusammen. Wenn Louis nichts zu verbergen hatte, dann hätte er ihr ruhig davon erzählen können.

Eine Stunde später kam Leyla nach Hause. Louis Gardelles Warnung ging ihr nicht mehr aus dem Kopf. Ihre vorsichtige, leicht zu ängstigende Natur trieb sie zum Handeln. Ich muss Hans hier herausholen!, dachte sie, als das Dach des Konaks am oberen Ende der Gasse vor ihr auftauchte. Sie sah sich um. Die Händler standen vor ihren Läden und unterhielten sich mit lauter Stimme und strahlendem Blick über die Demonstration. Zwischen den Auslagen der engen Gassen mischte sich der Gewürzduft mit dem unverwechselbaren Geruch nach Staub, Lasttieren und Armut.

Sie versuchte ihr ängstlich pochendes Herz zu beruhigen. In einem zugewucherten Garten hängte eine Frau Wäsche auf. Unter den Mandelbäumen spielten Männer Tavla und tranken Tee. Alles wirkte wie gewohnt; keine Spur von französischen Gendarmen oder britischen Offizieren. Dies war die unwandelbare Welt von Stambul, deren Bild geprägt wurde von den in Kaschmir-Kaftane gehüllten Weisen und den tanzenden Derwischen mit ihren braunen Filzkappen; den Getränkeständen, an denen Sorbets und eisgekühlte Getränke feilgeboten wurden; der winzigen Moschee mit ihrem zarten Minarett, das den Eindruck erweckte, in eine Handfläche zu passen, und ihrem plätschernden Springbrunnen, der alle gläubigen Muslime an die wohltuenden Quellen erinnerte, die in Allahs herrlichem Paradies flossen.

»Warum drückst du meine Hand so fest, Mama?«, jammerte Ahmet. »Du tust mir weh.«

Leyla schlug ihren Schleier zurück und bückte sich, um ihrem Sohn in die Augen sehen zu können.

»Du musst mir etwas versprechen, Ahmet. Ich möchte, dass du in Zukunft vorsichtig bist und nicht mehr heimlich wegläufst, um die griechischen Jungen herauszufordern. Du darfst nichts tun, was Aufmerksamkeit auf unser Haus lenken könnte.«

»Und wieso?«

Sie legte einen Finger an die Lippen, damit er still war.

»Auch du musst lernen, Geheimisse zu wahren und mit niemandem darüber zu sprechen, was bei uns zu Hause geschieht. Nicht einmal mit deinem Vater, wenn er zurück ist. Das könnte ihn aufregen. Kann ich mich auf dich verlassen?«

Der Kleine wirkte wie gelähmt. All diese Ereignisse in letzter Zeit verwirrten und ängstigten ihn. Er hatte seine Mutter noch nie so besorgt erlebt. Sie spielte nicht mehr mit Perihan und ihm, sondern zog sich lieber in ihr Zimmer zurück, um zu schreiben. Furcht stieg in ihm auf. Sein Vater war schon seit Monaten auf

Reisen. Er wollte sie nicht auch noch verlieren. Er nickte ernst und ließ sich dann von ihr in die Arme schließen.

Im Vestibül teilte Feride Leyla mit, ihre Schwiegermutter wolle sie sehen. Die junge Frau höre ihr nur mit halbem Ohr zu. Sie dachte daran, in ihrem Yalı Zuflucht zu suchen. Fast meinte sie unter den Fenstern das Glitzern des Bosporus zu sehen und die Luft zu atmen, die mit Salz und dem Duft von wildem Thymian gesättigt war. Die Ungeduld schnürte ihr den Magen zu. Am liebsten wäre sie sofort aufgebrochen, um Hans in Sicherheit zu bringen, aber wie sollte sie ihn unbemerkt aus dem Haus schaffen? Bevor sie den Meeresarm überquerten, wurden die Kaiks und kleinen Boote von den Behörden durchsucht. Sie hofften, Waffen oder demobilisierte Soldaten zu finden, die versuchten, zu den Rebellen zu stoßen.

Besorgt, aber entschlossenen Schritts trat sie in den Salon, wo Gülbahar Hanım in einer Zeitung las. Rasch setzte ihre Schwiegermutter die Brille mit den kleinen, runden, in Gold gefassten Gläsern ab und verbarg sie hinter einem Kissen. Ohne Umschweife erklärte Leyla ihr, sie müsse ans asiatische Ufer fahren, und bat sie, auf die Kinder aufzupassen, während sie ihre Vorkehrungen traf.

»Warum diese Eile?«, fragte Gülbahar erstaunt. »Hat dich vor der Sultan-Ahmet-Moschee der Blitz getroffen?«

»Ich habe eine böse Vorahnung, Hanım Efendi.«

Gülbahar wurde blass. Sie nahm Vorahnungen nicht auf die leichte Schulter. Für den, der die Existenz der Engel, der Dschinns oder der Peris – launischen Elfen, die in Gartenteichen wohnten und sich zwischen den Wurzeln von Feigenbäumen versteckten – nicht leugnete, war die Intuition eine wertvolle Verbündete. Wortlos wandte sie sich einer Mauernische zu, aus der sie eine Tabakdose aus Perlmutt und ein Heftchen mit feinen Blättchen aus Seidenpapier nahm.

Leyla sah zu, wie ihre Schwiegermutter mit ihren Fingern, deren Nägel lackiert waren, eine Zigarette rollte. Sie wartete geduldig – Gülbahar würde das Wort ergreifen, sobald sie bereit war. Im Orient ertrug man das Schweigen, anstatt die Gedanken durch einen Schwall unnötiger Worte zu ersticken. Dieses Nach-innen-gewandt-Sein verunsicherte die Ausländer bisweilen, denen die Tugend der Geduld abhandengekommen war.

Gülbahar hielt ihre Zigarette mit einer goldenen Pinzette, die mit einer Goldkette an ihrem Gürtel befestigt war. Sie tat einen Lungenzug, richtete den Blick zur Decke und stieß den Rauch seufzend wieder aus.

»Und der Deutsche?«

»Ich nehme ihn mit. Seine Anwesenheit ist ja das Problem.«

»Ist er denn noch nicht genesen?«

»Nicht vollständig, jedenfalls würden wir ruhiger schlafen, wenn er sich auf italienisch verwaltetem Boden befände. Seit sie in Bezug auf Izmir leer ausgegangen sind, sind sie noch nachsichtiger mit uns. Ihre Kontrollen sind so durchlässig wie ein Sieb. Allerdings beginne ich mir Sorgen um Orhan zu machen«, fügte Leyla hinzu. »Er ist zu leichtsinnig.«

»Undenkbar, dass du mit dem Deutschen allein im Yalı wohnst.«

»Natürlich wird Feride mich begleiten.«

»Deine Dienerin taugt nicht als Anstandsdame. Ich habe die Anwesenheit dieses Menschen unter meinem Dach geduldet, weil er in Lebensgefahr schwebte. Aber jetzt muss er sich andere Beschützer suchen.«

Nun war es Leyla, die blass wurde.

»Er ist noch nicht so weit, Hanım Efendi. Ihm wäre nichts lieber, als seiner Wege zu gehen, aber er kann sich kaum auf den Beinen halten. Ohne Hilfe ist er dem Tod geweiht. Sie können ihn doch jetzt nicht im Stich lassen!«

»Jetzt reicht es aber!«, erwiderte Gülbahar scharf. »Versuch nicht, mir ein schlechtes Gewissen einzureden. Ich mag es nicht, wenn man mich erpresst.«

Dabei bist du selbst Meisterin darin, dachte Leyla empört und wandte das Gesicht ab. Ob sie wohl irgendwann diese Fesseln abstreifen und handeln könnte, ohne vorher um Erlaubnis zu bitten? Sie war schließlich kein Kind mehr!

»Dann geben Sie mir Ali Aga für ein paar Tage mit. Und Orhan kann uns ebenfalls begleiten.«

Aufgebracht und mit verschlossener Miene ging Gülbahar im Raum auf und ab. Ihre schnellen Schritte und die abrupte Art, mit der sie am Ende des Zimmers kehrtmachte, zeugten von ihrer Ungeduld. Ihre Schwiegermutter spürte offenbar, dass ihr die Lage zu entgleiten drohte, wie Leyla verblüfft klar wurde. Sie war empört gewesen, dass Halide Edip es wagte, unter freiem Himmel zu einer Menschenmenge zu sprechen. Schreiben war schön und gut, warum nicht? Aber sich mit entblößtem Gesicht vor Fremde hinzustellen … niemals! Wenn sich die Türkinnen jetzt die Straßen aneigneten, wenn der Westen fortfuhr, die osmanischen Sitten zu verderben, würde das Frauen wie sie ihr hohes Ansehen kosten. Gülbahar Hanım und ihresgleichen hatten diskret Macht ausgeübt, hatten aus ihren Haremliks heraus Einfluss auf die hochgestellten Kreise genommen. Sie erblühten nur im Schatten, wo ihre subtile Klugheit gedieh, der es nicht an Raffinement und oft auch nicht an Grausamkeit fehlte. Das grelle, vulgäre Tageslicht würde sie ebenso sicher verbrennen wie die Mittagssonne im Hochsommer.

»Du bleibst hier«, verkündete sie mit herausfordernder Miene. »Ich habe bereits große Nachsicht bewiesen, als ich eingewilligt habe, dass die Gattin meines Sohnes unter meinem Dach einen Ungläubigen gesund pflegt. Denn wir befinden uns im Krieg, und der Krieg führt stets zu ungewöhnlichen Situationen. Ich werde jedoch nicht hinnehmen, dass du allein mit ihm wegfährst. Schon der Gedanke ist absurd. Die Ehre unserer Familie steht auf dem Spiel.« Sie unterbrach sich. »Und zieh nicht so eine Leidensmiene, Leyla! Du weißt genauso gut wie ich, dass es unmöglich ist.«

Gülbahar verfluchte den verlorenen Krieg, der schuld daran war, dass ihr Sohn monatelang im Ausland war. Seither war die Harmonie in ihrem Haus gestört. Der kleine Ahmet wurde zunehmend ungehorsam; und Leyla war besessen von diesem Abenteurer aus Berlin. War sie zu entgegenkommend gewesen? Nach Leylas und Selims Hochzeit hatte es zwischen den beiden Frauen von Anfang an Reibereien gegeben. In der Familie der Neuen floss heißes Blut. Die Heiratsvermittlerin hatte sie gewarnt, aber Gülbahar war der Meinung gewesen, dass die Linie ihres Mannes ein wenig Temperament gebrauchen konnte. Ich hätte ihm lieber ein langweiliges, aber fügsames Mädchen aussuchen sollen, dachte sie verdrossen.

»Wann kehrt mein Sohn zurück? Seine lange Abwesenheit ist untragbar.«

»Ich weiß es nicht«, murmelte Leyla. Sie hatte die Augen niedergeschlagen und die Hände züchtig über den Knien gefaltet.

Tausendundein Gedanke schossen ihr durch den Kopf. Sie fürchtete, denunziert zu werden. Inzwischen war den Engländern die Stellung der Personen, die sie schikanierten, ziemlich gleichgültig. Sie schreckten nicht einmal mehr vor angesehenen Universitätsprofessoren, Abgeordneten oder hohen Beamten zurück. Sie hatten bereits einige Türken ins Exil auf die Insel Malta geschickt. Früher hätte Leyla nicht einmal im Traum gewagt, ihrer Schwiegermutter den Gehorsam zu verweigern. Aber jetzt lautete die Frage nicht mehr, ob sie gegen ihre Anordnungen verstoßen würde, sondern nur noch, wie sie es anstellen sollte.

»Ich werde ihm einen Brief schreiben und ihn bitten, so bald wie möglich zurückzukehren«, erklärte Gülbahar, während eine Dienerin mit zwei Schüsseln Sorbet hereinkam. »Und der andere soll verschwinden, so schnell es geht, hast du mich verstanden? Für Orhan und seine kleinen Mitverschwörer dürfte es ein Leichtes sein, ihm einen anderen Unterschlupf zu besorgen. Bestimmt haben sie in Eyüp irgendwelche Verstecke. Dort wäre er sicherer als hier.«

Niemand wird ihn besser beschützen als ich!, protestierte Leyla lautlos. Kommandant Gardelle hatte recht; sie spielte mit dem Feuer. Aber wie sollte er auch verstehen können, welch berauschendes Gefühl es für eine Frau war, sich aus freiem Willen mit einem Mann zu verbinden! Der ehelichen Zuneigung, die aus einer Zwangsheirat entsprang, fehlte für immer diese erste, spontane und wundersame Herzensregung, die Begehren und Liebe vereint. Mit der Zeit kehrten Gewohnheit und oft eine zärtliche Freundschaft ein, aber nie würde eine solche Beziehung den Reiz der Eroberung kennen.

Mit leiser Stimme stimmte Leyla ihrer Schwiegermutter zu. Sie versprach, Orhan zu bitten, sich darum zu kümmern.

»Und je eher, desto besser!«, erklärte Gülbahar. »Es ist Zeit, dass in meinem Haus wieder ein wenig Ruhe einkehrt. Jetzt geh!«, sagte sie und machte eine ungeduldige Handbewegung.

Der Frühling kündigte sich mit seinen Düften und seinem wohltuenden Licht an, doch Gülbahar spürte einen bitteren Geschmack auf der Zunge.

Um das Klirren der Eisen auf dem Straßenpflaster zu dämpfen, hatten sie dem Pferd die Hufe umwickelt, aber die Räder der Kutsche hatten in der nächtlichen Stille besorgniserregend laut geknarrt. Leyla konnte kaum die Fischerhütten erkennen, die die letzte Feuersbrunst nicht verschont hatte. Dunkles, nach Schlamm und totem Fisch riechendes Wasser schlug an den Kai. Die kleine Schar harrte unruhig aus. Um keine Aufmerksamkeit zu erregen, war ihnen das Rauchen versagt, was Orhan in gereizte Stimmung versetzte.

»Mir gefällt die Vorstellung nicht, deine Schwiegermutter zu belügen. Wenn sie davon erfährt, kratzt sie mir die Augen aus.«

Leyla zog die Augenbrauen hoch. Ihr Bruder, der den Anschein erweckt hatte, als würde er notfalls ganz allein gegen die Besatzungsmächte antreten, gab sich plötzlich zaghaft.

»Du musst nur zusehen, dass du ihr nicht über den Weg läufst, bevor ich zurück bin«, sagte sie. »Falls sie Erklärungen von dir verlangt, sagst du, dass du dich in Eyüp um Hans kümmerst. Ich selbst habe vorgegeben, unsere Cousine Nakiye zu besuchen, die vor Kurzem ein Kind bekommen hat.«

»Das ist alles ziemlich durchschaubar«, murrte er.

»Uns bleibt nichts anderes übrig, Orhan! Die Engländer scharren mit den Hufen. Muss ich dich daran erinnern, dass immer noch auf jeder Polizeiwache ein Plakat mit Hans' Gesicht hängt?«

»Seid endlich still!«, sagte Gürkan gereizt. »Ihr wisst doch, dass das Wasser Stimmen weit trägt.«

Es war kurz vor vier Uhr morgens, und das Fischerboot, das sie abholen sollte, ließ auf sich warten. Leyla fürchtete, im Morgengrauen immer noch hier zu stehen, womit ihr Plan gescheitert wäre.

»Bist du dir sicher, dass wir am richtigen Ort sind, Gürkan?«

»Aber selbstverständlich«, entgegnete der junge Mann ungeduldig.

Hans' Hand tastete nach ihrer, und er drückte ihre Finger, um sie zu beruhigen.

»Seien Sie zuversichtlich«, flüsterte er. »Der Mann, der uns abholt, ist Lase. Diese Leute halten ihr Wort.«

Es war einer der Schwarzmeerschiffer, die im letzten Jahrhundert vor den Verfolgungen durch die Russen geflohen waren und im Ruf standen, ausgezeichnete Navigatoren zu sein; eine sehr nützliche Eigenschaft, wenn man unbemerkt den Bosporus überqueren wollte.

»Durch Pünktlichkeit glänzen sie jedenfalls nicht«, murmelte Leyla ärgerlich.

Doch plötzlich meinte sie Ruder zu hören, die ins Wasser tauchten. Gürkan stieß zwei kurze Pfiffe aus. Ein Boot legte an. Die Männer flüsterten ein Erkennungswort. Leyla konnte nichts sehen und stolperte beim Gehen über Taue. Sie hatte schon Angst, ins Wasser zu fallen, aber zwei starke Hände hielten sie fest.

»Leyla Hanım?«, murmelte eine raue Stimme.

Der Mann besaß beeindruckend breite Schultern, aber im Halbdunkel konnte sie sein Gesicht nicht erkennen. Nur seine Augen leuchteten. Hinter ihr unterdrückte Hans ein schmerzliches Aufstöhnen. Das Boot schwankte, und sie musste sich an dem Unbekannten festhalten. Sein Jackett roch nach Salzluft und Tabak.

»Mein Neffe hat mir erzählt, wie sehr Sie uns unterstützen. Wir sind Ihnen sehr dankbar.«

»Sie sind Gürkans Onkel?«

Er gab keine Antwort, aber sie erriet, dass sie den geheimnisvollen Rahmi Bey vor sich hatte, diesen Offizier, den Hans im Krieg kennengelernt hatte und der jetzt der Kopf einer Widerstandszelle war.

»Darf ich mir gestatten, diese Nachricht in Ihre treuen Hände zu geben?« Er drückte ihr einen Umschlag in die Hand. »Wenn Sie bitte dafür sorgen würden, dass man sie im Derwischkloster hinter Ihrem Haus abgibt. Die Männer wissen Bescheid.«

»Aber sicher.«

»Sie sind ein Engel«, flüsterte er. »Mein Neffe weiß immer, wo er mich erreichen kann, falls Sie mich einmal brauchen.«

Sie hatte keine Zeit, ihm zu danken. Er hatte sich bereits abgewandt, um Hans, seinem alten Kampfgefährten, die Hand zu drücken. Die beiden klopften einander auf die Schultern, dann sprang Rahmi Bey an Land und gesellte sich zu seinem Neffen und Orhan.

»Gott segne Sie, Hanım Efendi«, schloss er mit leiser Stimme. »Und danke!«

Das Boot legte vom Kai ab. Sofort verschmolzen die drei Gestalten mit dem Halbdunkel. Leyla setzte sich, um nicht das Gleichgewicht zu verlieren. Jetzt war sie allein mit Hans und vier schweigsamen Fischern, die nach ihren Rudern langten. Unter dem Sternenhimmel zeichnete sich bald die dunkle, filigrane Silhouette des alten Serails ab. Auf der anderen Seite des Goldenen Horns leuchteten nur wenige Lichter durch die Nacht.

Das Meer war ruhig. Eine frische Brise strich Leyla über Wangen und Stirn. Die Seeleute kannten die launischen Strömungen des Bosporus. Irgendwann wendeten sie, ohne sich absprechen zu müssen. In der Ferne erkannte Leyla die dunklen, massiven Umrisse der Kriegsschiffe mit ihren Positionslichtern. Sie fragte sich, welches davon Louis Gardelle wohl befehligte. Sie war äußerst nervös. Gegenüber diesen Kolossen wirkte ihr leichtes Boot wie eine Nussschale. Sollte sich einer davon in Bewegung setzen, würde sein Kielwasser sie verschlingen.

»Verstecken Sie sich unter dieser Plane«, flüsterte ihr der Kapitän ins Ohr. »Und kein Wort, das ist das Wichtigste!«

Von dem Fischgestank wurde ihr übel. Der Mann breitete schwere Fischernetze über ihr aus. Sie begriff, dass man mit Hans ebenso verfuhr, und sorgte sich um seine Wunde. Jetzt konnte sie nichts mehr sehen. Sie hörte nur noch das Plätschern des Wassers, das an den Rumpf des Boots schlug. Sie lag mit angezogenen Beinen da und hatte sich noch nie so verletzlich gefühlt. Normalerweise war die erste Überfahrt im Frühling immer ein freudiger Anlass, dachte sie bedauernd.

Es kam ihr vor, als führen sie schnell dahin, aber Leyla hatte jegliche Orientierung verloren. Sie befürchtete, sie müsse sich übergeben, und konzentrierte sich darauf, durch den Mund zu atmen. Eine klebrige Feuchtigkeit durchdrang ihre Kleidung, und ihre Haut juckte. Sie bekam keine Luft mehr und geriet in Panik. Sie hatte nicht vor, unter dieser ekelhaften Plane zu ersticken! Während sie mit sich rang, ob sie sich befreien sollte, hörte sie lautes Rufen. Ein starker Lichtstrahl glitt über das Boot. Sofort krümmte sie sich zusammen und presste sich auf den Boden. Das Blut dröhnte ihr in den Ohren. Wenn das Engländer waren, dann war es aus mit ihnen. Aber der Lase scherzte auf Türkisch, erklärte, seine Papiere seien in Ordnung, und forderte die Inspektoren auf, an Bord zu kommen, falls sie zu viel Zeit hätten. Sie dürften ihm aber nicht böse sein, denn er habe versäumt, sein Boot zu putzen! Sie antworteten, wenn es so sei, dann verzichteten sie gern darauf. Ein paar spöttische Bemerkungen musste er sich noch gefallen lassen, dann konnte das Boot weiterfahren. Erleichtert schloss Leyla die Augen.

»Sie können wieder herauskommen«, sagte der Kapitän kurz darauf. »Jetzt müssen Sie mir den Weg zeigen.«

Er half der jungen Frau, die inzwischen ganz steif war, sich neben Hans zu setzen, der ihr zulächelte. Leyla sog in tiefen Zügen die frische Luft ein. Sie fuhren am asiatischen Ufer entlang. Über den mit Zypressen, Pinien und Steineichen bestandenen Hügeln wurde es am Himmel heller, und die Sterne verblassten. Eine breite Schneise erinnerte gleich einer Narbe an die kriegsbedingten starken Abholzungen. Mit harmonischen Bewegungen tauchten die Männer ihre Ruder in das stille Wasser. Das Boot glitt dahin, gefolgt von seinem silbrigen Kielwasser, das sich durch das wie Opal schimmernde Meer zog. Hie und da waren Laternen zu sehen, die zu Fischerbooten gehörten. Es fuhr kein Öltanker den Bosporus hinunter, der Öl aus dem Schwarzmeerhafen Batum transportierte, und es fuhren auch keine Passagierschiffe in Richtung Odessa hinauf. Die russische Revolution hatte Chaos gesät. Und der Reigen der kleinen Segel- und Dampfschiffe würde erst später am Tag beginnen.

Vom Ufer stiegen aus dem dichten Pflanzenwuchs, in dem sich Feigenbäume mit Akazien und Judasbäumen mischten, die wohlriechenden Düfte wilder Kräuter auf. Leyla sah die von Gischt und Salzluft erfüllte Welt ihrer Kindheit wieder mit ihrem von Morgentau benetztem Grün, wo nichts an den Stambuler Staub oder die wie elektrisierte Hektik von Pera erinnerte. Morgendliche Nebelfetzen umflossen die Yalıs, die jetzt einer nach dem anderen auftauchten. Wie Juwelen in einer Samtschachtel verliehen diese prachtvollen Patrizierhäuser den Ufern einen einzigartigen Charme.

Ein warmes Gefühl überkam Leyla, als inmitten von Magnolien- und Oleanderbüschen ihr Elternhaus in Sicht kam, das im Schutz einer kleinen Bucht lag.

»Dort ist es.« Sie deutete auf die Holzfassade, die in dem charakteristischen, intensiven osmanischen Rot gestrichen war.

Hans konnte den Blick nicht von ihr losreißen. Die freudige Aufregung ließ ihr Gesicht leuchten und verlieh ihr ein Strahlen, das er nicht an ihr kannte. Als sie aus ihrem Versteck gekommen war, hatte sie in einer ersten, unbewussten Bewegung die Falten des Schals geordnet, der ihr Haar verbarg. Aber jetzt schien sie ihn vergessen zu haben, und der Wind spielte mit ihren rebellischen Locken. Sie hatte die Arme um die Knie geschlungen wie ein Kind, als hätte sie Mühe, ihre Freude zu zügeln. Am liebsten hätte er sie in die Arme gezogen und mit Küssen bedeckt.

»Sie können am Steg anlegen«, murmelte sie.

Sie glitten an einem Bootsschuppen vorbei, in dem ein kleines Segelboot mit frisch gestrichenem Rumpf stand. Die Seemänner halfen ihnen beim Aussteigen, und Leyla dankte dem Kapitän, der sich respektvoll verneigte. Als sie ihm Tee anbot, lehnte er ab, er wolle lieber unverzüglich aufbrechen. Sekunden später war das kleine Boot schon wieder im Nebel verschwunden.

Leyla zog ihren Tschartschaf hoch. Hans und sie hinterließen feuchte Fußabdrücke auf dem Rasen. Sie brachte einen dicken Schlüssel aus der Tasche zum Vorschein und schwenkte ihn mit amüsierter Miene.

»Es gibt zwar ein Hausmeisterpaar, aber ich sehe immer zu, dass ich selbst einen Schlüssel dabeihabe. Er ist mein Glücksbringer. Kommen Sie, ich zeige Ihnen alles …«

Sie traten in die dunkle Eingangshalle. Leyla durchquerte sie und öffnete die Fensterläden. In dem milchigen Licht erblickte Hans einen sparsam eingerichteten Raum mit weißen Marmorfliesen, Säulen und einem Springbrunnen.

Leyla erklärte, sie werde ihm Kleidung zum Wechseln holen und eine Dienerin bitten, Wasser heiß zu machen. Als Hans allein war, schwankte er vor Erschöpfung, wagte sich aber nicht auf ein Kissen zu setzen, weil er fürchtete, es schmutzig zu machen. Das kleinteilige Sprossenfenster blickte auf eine Terrasse hinaus. Jenseits des Meeresarms, auf der europäischen Seite, waren die Hügel noch nicht aus dem Halbdunkel aufgetaucht. Hier musste Leyla die wohl glücklichsten Zeiten ihres Lebens verbracht haben, ging ihm durch den Sinn. Er selbst war als Kind von einem Ort zum nächsten mitgenommen worden. Die Zimmer, die sein Vater in wechselnden Dörfern entlang der Eisenbahnlinien gemietet hatte, waren sehr einfach und unpersönlich gewesen. Er hatte schon als Kind ein Nomadenleben geführt. Seine Wurzeln lagen in den trockenen Hochebenen Anatoliens und den Bergen Kappadokiens. Mit seinen neununddreißig Jahren besaß Hans nichts, was nicht in einen Reisekoffer gepasst hätte.

Im Haus roch es feucht. Auf beiden Seiten der Eingangshalle führten hohe, mit Schnitzereien geschmückte Holztüren in weitläufige Räume, die jedoch noch im Dunkeln lagen. Er öffnete ein Fenster, und das eindringende Tageslicht offenbarte einen Salon mit Gördes-Teppichen, einem Diwan und mehreren Sesseln im französischen Stil. Die Spiegel reflektierten einen venezianischen Kronleuchter. Kleine runde Tische, auf denen Nippsachen und gerahmte Familienporträts standen, zeugten von westlichem Einfluss. Auf dem Ehrenplatz thronte das Bild eines Mannes mit sorgfältig gestutztem weißem Bart, der einen Fes und ein reich geschmücktes Hofgewand trug. Zweifellos Leylas Großvater, der Diplomat gewesen war.

Leyla kehrte bald zurück und trug Bettzeug und Kleidung auf dem Arm. Eine rundliche Dienerin mit lebhaftem Blick folgte ihr.

»Sie werden wohl im Hamam baden müssen. Zum Schwimmen ist es noch zu kalt«, sagte Leyla. Vom Haus aus habe man mittels einer Klappe und einer Treppe unmittelbar Zugang zum Bosporus, erklärte sie weiter.

Hans hatte sie noch nie so gut gelaunt erlebt. Ihre Stimme und ihre flinken Bewegungen verrieten, dass sie aller Sorgen ledig war. Er ließ sich von ihr durchs Haus führen. Das Anwesen bestand aus zwei eigenständigen Häusern. Früher hatten sie als Selamlık und Haremlik gedient, aber Leylas Eltern hatten die Räume anderen Bestimmungen zugeführt. Sie waren aufgeklärte Osmanen gewesen, die in Folge der Reformen des letzten Jahrhunderts westlichere Sitten angenommen hatten.

»Dies ist einer der Gründe, aus denen meine Schwiegermutter nie lange bleibt, wenn sie uns im Sommer besucht«, fügte sie mit schelmischem Blick hinzu. »Aber ich überlasse Sie jetzt Beliz. Ich muss mein Reich wieder in Besitz nehmen …«

Nachdem er gebadet hatte, führte die Dienerin ihn in die erste

Etage und in ein Zimmer, dessen Decke mit farbig gestrichenen Zierleisten geschmückt war. Bunte Seidenstoffe und ein strahlendes Licht, das vom blauen Wasser des Bosporus widerschien, schufen eine ganz eigene, belebte Welt. Es war kühl. Das Parkett duftete angenehm nach Bienenwachs. Auf einem Tisch stand eine Kristallvase mit einem Blumenstrauß. Hans streckte sich auf dem Himmelbett aus, um sich auszuruhen. Aber er war erschöpft von der nächtlichen Überfahrt und sank in einen tiefen Schlaf.

Einige Stunden später wachte er auf und wusste, noch bevor er die Augen aufschlug, dass Leyla im Raum war. Eine tiefe Freude durchströmte ihn. Leyla saß in Gedanken versunken am Fenster. Sie trug ein plissiertes Kleid aus weißer Seide mit roten Leinenbesätzen und rauchte eine Zigarette. Er hielt den Atem an. Ihr dichtes Lockenhaar, das noch leicht feucht war, wurde von einem Band aus Satin zurückgehalten. Ihr Blick folgte einem Segelboot, dessen Mast er vom Bett aus erkennen konnte. Auf dem Tisch stand ein Imbiss aus Oliven, verschiedenen Käsesorten und einem Korb mit Brötchen und Obst.

Als sie bemerkte, dass er erwacht war, lächelte sie ihm strahlend zu, und Hans fühlte sich seltsam berührt.

»Hier kommen Sie in den Genuss von frischer Luft und gesundem Essen«, sagte sie in heiterem Ton und schenkte ihnen beiden ein Glas Rakı ein. »Jetzt werden Sie ganz schnell wieder gesund. Beliz wird Sie pflegen, als wären Sie ihr eigener Sohn, und sie hat sieben davon. Verrückt, oder?«

Die Sonne, die sich auf dem Wasser spiegelte, überflutete das Zimmer mit Licht. Er hatte den Eindruck, zwischen Meer und Himmel zu schweben. Leyla bediente sich von den Trauben.

»Sie stammen von unseren eigenen Reben und sind besser als die aus Smyrna. Es gibt auch schon die ersten Feigen.«

Plötzlich wurde ihm klar, wie ausgehungert er sein musste. Sie reichte ihm einen Salat aus Gurken und roten Zwiebeln.

»Ich habe Rahmi Beys Nachricht ins Derwischkloster gebracht. An die Derwische müssen Sie sich auch wenden, wenn Sie bereit zum Aufbruch sind. Sie haben sich zu regelrechten Fluchthelfern entwickelt, aber machen Sie sich schon einmal auf etwas gefasst«, scherzte sie. »Sie stecken Männer in Tscharschafs, um sie durch die Kontrollen zu bringen. Wahrscheinlich immer noch besser, als unter einer nach Fisch stinkenden Plane ausharren zu müssen!«

»Gibt es Neues von Mustafa Kemal?«, fragte Hans und machte sich über die gefüllten Weinblätter her.

»Er weigert sich, nach Istanbul zurückzukehren. Er hat erklärt, die Staaten der Entente hielten den Sultan und sein Gefolge wie Geiseln, wodurch diese ihre Legitimität verloren hätten. Außerdem hat er eine Nationalversammlung nach Sivas einberufen, die völlig unabhängig tagen soll.«

Sie war ernst geworden. Beide schwiegen, denn ihnen war klar, welche Tragweite diese Tat des rebellischen Generals hatte.

»Dann hat er also den Rubikon überschritten«, murmelte Hans beeindruckt.

Wenn der Nationalkongress mit Vertretern aller Regionen stattfand, würde daraus mit Sicherheit eine nationale Widerstandsbewegung mit Mustafa Kemal an der Spitze entstehen. Und das würde Krieg mit den Griechen und deren Vertreibung bedeuten. Leylas Sorge war, ob in diesem Fall mit einer Invasion der Alliierten zu rechnen war.

»Das bezweifle ich. Sie sind in erster Linie an der Demobilisierung ihrer Truppen interessiert, außerdem müssen sie auf die öffentliche Meinung in ihren jeweiligen Ländern Rücksicht nehmen. Sehen Sie sich die Unruhen in meiner Heimat an, oder auch in Großbritannien oder Frankreich. Wenn die Regierungen ihre Soldaten zwingen, um die staubige Erde Anatoliens zu kämpfen, riskieren sie Aufstände. Außerdem wäre es mit exorbitanten Kosten verbunden. Nein, die Auseinandersetzung wird zwischen Türken und Griechen stattfinden.«

»Und zwischen Türken und Türken. Zwischen den Nationalisten und den Parteigängern des Padischahs, die das Reich erhalten wollen, koste es, was es wolle.«

»Machen Sie sich Sorgen um Ihren Mann?«, fragte Hans unvermittelt.

Sie seufzte. »Die Delegation Seiner Majestät ist soeben in Paris empfangen worden. Nach den neuesten Nachrichten hat die Rede des Großwesirs den Verhandlungsteilnehmern missfallen. Clemenceau hat erklärt, die Türken hätten die von ihnen eroberten Länder schon immer zerstört. Man verzeiht uns weder den Kriegseintritt an der Seite der Deutschen noch die armenische Tragödie. Wie sollen wir da auf Nachsicht hoffen? Jetzt wird Selim bald zurückkehren ...«

Sie senkte den Kopf. Hans fühlte, wie sich sein Pulsschlag beschleunigte.

»Ich für meinen Teil weiß, dass uns keine andere Wahl bleibt, als zusammen mit den Nationalisten zu kämpfen«, fuhr sie in leidenschaftlichem Tonfall fort. »Aber ich bezweifele, dass ich meinen Mann zur Vernunft bringen kann. Und im Gegensatz zu Ihnen wird er es kaum zu schätzen wissen, dass ich meine Meinung in Zeitungsartikeln zum Ausdruck bringe.«

Hans spürte, dass er ihr nicht gleichgültig war; aber Leyla war unerreichbar für ihn. Als Ehefrau eines Diplomaten und Mutter zweier Kinder würde es ihr unmöglich sein, sich scheiden zu lassen. Wenn er sich nicht gegen diese Liebe wehrte, würde er ihr nichts als Kummer bereiten. Er fühlte sich mutlos. Was konnte er sich erhoffen? Ihr Mann würde zurückkehren, und er selbst saß in der Falle. Der Gedanke, in diesen stürmischen Zeiten Anatolien den Rücken zu kehren, um in Berlin Zuflucht zu suchen, war ihm zutiefst zuwider. Nun, da ein tschechischer Gelehrter das Geheimnis der hethitischen Schrift gelöst und zur allgemeinen Verwunderung entdeckt hatte, dass es sich bei ihnen um ein indoeuropäisches Volk handelte, würden die Ausgrabungen in Hattuša unter neuen Vorzeichen erneut beginnen. Bis dahin hätte er im Osmanischen Museum von Istanbul arbeiten können, aber solange die Engländer ein Kopfgeld auf ihn ausgesetzt hatten, würde er sich nicht frei bewegen können. Er befand sich in einer ausweglosen Lage. Obwohl er sich nach Frieden sehnte, blieb ihm nur der Krieg als einzige Wahl. Und er würde Leyla verlieren.

»Warum haben Sie mich hergebracht?«, entfuhr es ihm plötzlich heftig. »Warum geben Sie sich mir gegenüber so frei, obwohl ich nichts von Ihnen erwarten darf?«

Er leerte mit einem Zug sein Glas. Ihr aufgewühlter Blick verriet ihm, dass sein unerwarteter Vorwurf sie überraschte. Hatte er sich geirrt? Vielleicht empfand sie ja doch nichts für ihn?

»Gestern Abend haben Sie diese abscheuliche Überfahrt mit mir auf sich genommen, und dann all das hier …« Er vollführte eine unbestimmte Handbewegung. »Und Sie, Sie …«

Am liebsten hätte er ihr gesagt, dass sie ihn verhöhnte, ohne es zu wollen, aber er schalt sich sofort für seine Undankbarkeit. Er erkannte sich selbst nicht wieder. Ein einziges Mal, als er noch sehr jung war, hatte er einer Frau sein Herz geschenkt und war enttäuscht worden. Seitdem suchte er sich Frauen, die sich damit zufriedengaben, die Lust mit ihm zu teilen. Im Orient war die Sinnlichkeit nicht mit Schuldgefühlen behaftet, und das Prinzip der Großzügigkeit galt auch für die Wollust.

Er trat ans Fenster. Seine sich unendlich in die Länge ziehende Genesung, seine körperliche Schwäche und die Gewissheit, bald weiterreisen zu müssen, auch wenn er damit riskierte, Leyla nie wiederzusehen – all das drückte ihn nieder. Er holte tief Luft.

»Verzeihen Sie mir. Ich weiß nicht mehr, was ich rede. Nach allem, was Sie für mich getan haben … Ich hoffe, Sie sind mir nicht böse.«

Als er spürte, wie sie ihm ihre Hand auf die Schulter legte, zuckte er zusammen. Sie stand so nahe bei ihm, dass er ihr Parfüm riechen konnte. Sie streichelte seine Wange und zeichnete mit dem Daumen seine Lippen nach. Er hätte sie jetzt in seine

Arme ziehen können, aber er wagte sich nicht zu rühren, weil er fürchtete, den Zauber dieses Augenblicks zu zerstören.

»Ich gebe mich dir gegenüber so frei, weil du der Spiegel meiner Seele bist«, murmelte sie.

Ihre Lippen streiften sich.

Er legte die Hände um ihr Gesicht. Die Sonnenreflexe vom Meer tanzten auf den weißen Wänden. Hans hatte sich noch nie so leicht und so erhaben zugleich gefühlt. Als er ihren Mund küsste, den sie ihm darbot, ihr Lächeln, ihre Freude, hatte er den Eindruck, die ganze Welt zu küssen. Er legte den Arm um ihre Taille und zog sie an sich. Leylas Körper glühte. Es gab jetzt nichts anderes mehr als die Liebe, die ihr das Herz weit machte.

Sie sagte etwas, aber er verstand sie nicht. Mit seinem ganzen Wesen sehnte er sich danach, diese Frau zu nehmen. Sie sprach, aber ihre Worte hatten keinen Sinn. Und plötzlich spürte er ihre Lippen nicht mehr auf seinen, und ihre Brüste und Schenkel drückten sich nicht mehr an ihn. Ihm war kalt, als stünde er an einem Abgrund, denn sie zog sich von ihm zurück, ließ ihn allein, und Hans hatte das Gefühl zu versinken.

»Ich kann nicht …«

Die bestürzenden, grausamen Worte verbrannten ihn gleichsam. Er hielt sich mit einer Hand am Fensterrahmen fest. Sein ganzer Körper schmerzte.

»Ich flehe dich an, versteh mich. Ich kann nicht …«

Er schaute die Frau an, die er liebte, und sah, dass sie weinte. Er hob ohnmächtig die Hand. Wollte sie beruhigen, ihr begreiflich machen, dass er nie etwas von ihr erzwingen würde, und ihr sagen, dass er ihr um nichts auf der Welt Schmerz bereiten würde. Er brauchte nur eine Weile, um wieder zu sich zu kommen, gute Miene zum bösen Spiel zu machen und seine Verzweiflung vor ihr zu verbergen. Sie sollte sich frei fühlen. Als Herrin ihres Schicksals, auch auf die Gefahr hin, dass er an Kummer und Einsamkeit zugrunde ging.

Sie verschränkten die Finger ineinander. Als Leyla den Kopf

an seine Schulter legte, legte Hans schweigend den Arm um sie. Sie war ihm dankbar für seine Zurückhaltung. Der Schatten des Racheengels, von dem der Prophet sprach und der ehebrecherische Liebende bei ihrer Ankunft in der Hölle in eine Rüstung aus Feuer steckte, hatte ihrer Leidenschaft Einhalt geboten. Sie hätte stolz darauf sein müssen, dieser Versuchung widerstanden zu haben. Aber wie konnte sie abstreiten, dass ihr Körper nach Verrat schrie? Sie war aus freien Stücken zu Hans gekommen, und seine heftige Reaktion hatte sie erschüttert.

Bei Selim hatte sie sich noch nie so verletzlich gezeigt. Leyla wusste, dass ihre Beziehung zu Hans über das rein Körperliche hinausreichte, aber sie kannte auch die Macht des Begehrens. Ihr Glaube lehrte sie, dass dem Liebesakt ein Funke des Göttlichen innewohnte. Hans' Achtung vor ihr war eine Ehrbezeugung, eine Geste des Großmuts. Doch statt sich besänftigt zu fühlen, erfasste Leyla eine unbestimmte Furcht. Sie begriff, dass die Liebe, die sie diesem Mann entgegenbrachte, ebenso tief wie aussichtslos war.

An der Tür des Salons ertönte ein Klopfen. Rose Gardelle zuckte zusammen und stach sich mit der Nadel in den Finger. Sie hatte den Kragen einer Sommerbluse für Marie bestickt und anschließend durch das Fenster den Garten bewundert, der in der Frühlingssonne aufblühte. Als sie den Eunuchen in seinem schwarzen Gehrock und mit seinem ewigen Fes eintreten sah, klopfte ihr das Herz in der Brust. Die hochfahrende Art des Mannes vermittelte Rose immer den Eindruck, etwas angestellt zu haben.

Er versuchte ihr mittels verzweifelter Mimik sein Anliegen verständlich zu machen. Schließlich forderte er sie mit einer energischen Geste auf, ihm zu folgen. Rose war verärgert, wagte jedoch nicht, sich ihm zu widersetzen. Also ließ sie sich von ihm zur Haustür führen, wo zwei französische Soldaten warteten.

»Sie wünschen?«, fragte sie.

»Wir würden gern einen gewissen Orhan sprechen, Madame«, antwortete einer von ihnen.

»Es tut mir leid, aber ich kann Ihnen nicht helfen. Hier gibt es niemanden mit diesem Namen. Fragen Sie bitte im anderen Hausflügel nach.«

»Wieso das?«

»Weil man meinem Mann nur diesen Teil des Anwesens zur Verfügung gestellt hat. Wenn es ein Problem gibt, müssen Sie in den Haremlik gehen. Dort lebt derzeit die türkische Familie.«

Die beiden Soldaten wechselten einen Blick.

»Sie treffen dort auch die männlichen Familienmitglieder an«, fügte sie eilig hinzu, um die beiden zu beschwichtigen. »Die junge Hausherrin, Leyla Hanım, spricht fließend Französisch. Mir scheint, Sie suchen ihren Bruder.«

»Mit den Haremliks ist es immer eine komplizierte Sache, Madame, aber wenigstens können wir sicher sein, dass die Frauen dort keine Verbrecher verstecken«, sagte einer der Männer scherzend.

Ohne es zu ahnen, hatte der Soldat den Nagel auf den Kopf getroffen. Kürzlich hatte Rose Louis erzählt, Leyla Hanım und ihre Schwiegermutter gewährten einem deutschen Staatsangehörigen Unterschlupf, aber seine Reaktion hatte sie verletzt. Statt sie zu loben, weil sie so hellsichtig gewesen war, hatte er ihr vorgeworfen, ihre Gastgeber auszuspionieren. Seine Gefühle für Leyla mussten ihn blind machen, dachte sie bitter.

»Warum suchen Sie den jungen Orhan?«

»Bedaure, Madame, das ist vertraulich.«

»Seit der Landung der Griechen in Smyrna verstärken die Nationalisten ihre Aktivitäten, nicht wahr? Es sind wieder Waffen gestohlen worden, und mein Mann hat mir erzählt, ein türkischer General habe zum Aufstand aufgerufen. Wirklich, Sie täten gut daran, sich im Haremlik genauer umzusehen. Gott weiß, was dort ausgeheckt wird.«

Sie folgten ihr den Weg entlang bis zum Privateingang des Flügels mit dem Haremlik. Rose musterte die Fenster des oberen Stockwerks. Trotz ihrer Mühen war es ihr nicht gelungen, das Zimmer wiederzufinden, in dem sich der Deutsche befand.

Ali Aga hatte sich vor der Eingangstür aufgebaut und sah ihnen misstrauisch entgegen. Der Soldat schien zu zögern.

»Der alte Mann hat doch gar nichts zu sagen!«, rief Rose aus. »Die Briten haben keine Skrupel wie Sie. Sie deportieren unerwünschte Personen und beschlagnahmen im großen Stil. Wenn Sie mich fragen, lohnt sich ein kleiner Besuch.«

Zu ihrem größten Bedauern zogen die beiden Männer es trotzdem vor, zu ihrem Wagen zurückzugehen. Bestimmt würden sie einen Bericht schreiben. Doch Rose war fest entschlossen, es nicht dabei bewenden zu lassen. Auf die eine oder andere Weise würde sie ein aufmerksames Ohr finden, und dann wüsste sie, was sie zu tun hatte.

Am späten Nachmittag begab sie sich zu einer Teegesellschaft bei Mme. Diamantidis. Zwischen den Holztäfelungen und Grünpflanzen der prachtvollen Wohnung war eine bunte Mischung der Konstantinopler Gesellschaft versammelt: griechische Familien, die eine Tochter zu verheiraten hatten, ein englischer Major, der von seinem Übersetzer begleitet wurde; der Nachfahre einer venezianischen Familie, der im Tross der italienischen Armee hergekommen war, um nach den Spuren seiner Ahnen zu suchen, zwei Beamte des osmanischen Finanzministeriums, die über die Alkohol- und Tabaksteuern sprachen, sowie einige Damen aus Pera, die ebenso mildtätig wie kleingeistig waren. In Pera fanden sich die gleichen Cliquen wie in einer kleinen Provinzstadt.

Rose war heiß, und ihr graute schon jetzt vor den Sommermonaten. Vielleicht gelang es ihr ja, für sich und Marie eine Einladung auf die Prinzeninseln zu bekommen, wo die großen levantinischen und griechischen Familien Sommerhäuser besaßen. Dort wäre die Luft besser. Sie warf Mme. Diamantidis, die ihren Fächer schwenkte, einen Blick zu. Mit ihr durfte sie es sich auf keinen Fall verderben.

Als Louis plötzlich im Türrahmen stand, war sie verblüfft, denn er hatte vorgegeben, er sei zu beschäftigt und könne sich nicht freimachen. Sie freute sich dennoch, dass er gekommen war. In seiner Nähe verflog wie durch ein Wunder die Schüchternheit, die sie in Gesellschaft immer empfand. Doch seine angespannte Miene verriet ihr, dass er schlechter Laune war.

»Was für ein Spiel treibst du?«, fragte er und packte sie am Arm.

Rose musterte ihn verächtlich. »Würdest du mich bitte loslassen? Man beobachtet uns.«

Er nahm seine Hand weg und strich sich das Haar zurück.

»Man hat mir berichtet, heute Morgen seien Soldaten ins Haus gekommen und hätten Erkundigungen eingezogen.«

»Trotzdem könntest du zuerst die Hausherrin begrüßen, oder? Sie wird uns noch für ungehobelt halten.«

»Du sollst angedeutet haben, bei Gülbahar Hanım gingen verdächtige Machenschaften vor sich.«

»Ich habe nur meine Pflicht getan«, erwiderte sie. »Sie wollten mit dem Bruder deines Schützlings sprechen. Tut mir leid, aber ich bin nicht zum Lügen erzogen worden.«

»Leyla Hanım ist nicht mein Schützling!«

»Warum weigerst du dich dann, auf mich zu hören, wenn ich dir sage, dass sie einen verletzten Deutschen versteckt? Vor einigen Monaten standen wir noch im Krieg mit diesen Leuten.«

»Das geht uns nichts an. Du bist wie besessen von Leyla Hanım; das ist albern und abscheulich.«

Louis sah sie fast mitleidig an. Sie spürte eine Woge des Zorns in sich aufsteigen.

»Ach ja? Wenn das so ist, dann erkläre mir doch, warum du ihr Gedichtbände schickst, begleitet von zarten Worten?«

Er war sprachlos und presste die Lippen zu einer schmalen Linie zusammen. Rose fürchtete, zu weit gegangen zu sein. Aber seit ihrer Ankunft in der Stadt kam er ihr hart und verschlossen vor. Seine kurze und knappe Art, sie abzufertigen, hatte etwas Verletzendes. Manchmal hatte sie den Eindruck, unsichtbar für ihn zu sein.

»Dies ist nicht der Ort, um darüber zu reden«, sagte er trocken.

Er drehte sich auf dem Absatz um, doch dieses Mal war sie es, die ihn am Arm festhielt.

»Muss ich dich daran erinnern, dass du mein Mann bist, Louis?«, flüsterte sie leise. »Ich werde nicht hinnehmen, dass du vor meinen Augen einer anderen Frau den Hof machst. Du bist mir Respekt schuldig, hast du mich verstanden?«

Er warf ihr einen so bösen Blick zu, dass sie einen Schritt zurückwich.

»Um deinetwillen betrübt es mich, dass du dich nicht entblödet hast, Leyla Hanıms Sachen zu durchwühlen. Eifersucht ist ein schlimmes Laster, besonders für jemanden, der anderen so gern Moralpredigten hält.«

»Sag mir die Wahrheit, wenn du es wagst! Ich habe ein Recht darauf, sie zu erfahren.«

Aber er ließ sie stehen, ohne sie einer Antwort zu würdigen. Entsetzt bemerkte sie die Blicke der Gäste, die tuschelnd zu ihnen herübersahen. Ihre Wangen liefen purpurrot an; sie fühlte sich gedemütigt und war wütend auf Louis. Sie hatte nicht nach Konstantinopel kommen wollen, denn sie hatte geahnt, dass sie sich hier nicht zu Hause fühlen würde, und die Ereignisse hatten ihr Recht gegeben. In diesem Moment wusste sie nicht, wen oder was sie stärker verabscheute – diese Stadt voller Laster oder ihren Mann.

»Sie sind ja ganz blass, Madame. Kommen Sie doch auf die Terrasse, um frische Luft zu schnappen.«

Ein britischer Offizier fasste sie am Ellbogen und steuerte mit ihr auf eine Glastür zu. Sie gelangten auf eine baumbestandene Terrasse, auf der Rosenbüsche blühten. Er nahm ein Glas frischen Fruchtsaft vom Tablett eines Kellners und reichte es ihr. Zitternd führte Rose es an die Lippen.

»Verzeihen Sie, ich habe mich nicht vorgestellt. Colonel James Strathmore. Zürnen Sie Ihrem Mann nicht. Wir alle sind im Moment nervlich sehr angespannt«, sagte er und zog ein Zigarettenetui aus der Tasche. »Louis hat es nicht leicht.«

Er hatte ein schmal geschnittenes Gesicht und blondes, ins Rötliche spielendes Haar, und sein Französisch war praktisch akzentfrei.

»Kennen Sie sich schon lange?«, fragte sie mit tonloser Stimme.

»Wir sind gleichzeitig hier angekommen und begegnen uns gelegentlich bei Zusammenkünften der Alliierten. Er ist ein Mensch mit vielen Verdiensten, aber seine Manieren sind gelegentlich etwas schroff.«

Sein Blick war so mitfühlend, dass Rose plötzlich die Tränen in die Augen traten.

»Ich erkenne ihn gar nicht mehr wieder«, sagte sie verlegen.

»Er hat großes Glück, seine Frau und seine Tochter bei sich zu haben. Ich wünschte, ich wäre an seiner Stelle.«

»Ihre Frau konnte nicht zu Ihnen stoßen?«

Er zündete sich eine Zigarette an und sah starr auf das blaue Band des Bosporus, das in der Ferne schimmerte.

»Sie ist letztes Jahr verstorben. An der Spanischen Grippe.«

»Oh, das tut mir furchtbar leid. Was für eine schreckliche Epidemie! Hier hat man sie fast vergessen, da Konstantinopel größtenteils verschont geblieben ist.«

»Das Traurige ist, dass die Krankheit vor allem junge und gesunde Menschen befällt. Man möchte beinahe von einem göttlichen Fluch sprechen, finden Sie nicht auch?«

Es schmeichelte Rose, dass sich dieser Offizier für sie interessierte, und sie begann sich besser zu fühlen. Louis neigte dazu, ihre Meinung abzutun, doch dieser Colonel schien sie wichtig zu nehmen. Sie unterhielten sich über die Zukunft des Osmanischen Reichs, die Friedensverträge und die Reparationssummen, die man von den Besiegten fordern würde; ein Thema, das die Titelseiten der Zeitungen beherrschte. Es war möglich, einen Krieg zu gewinnen und trotzdem den Frieden zu verlieren, erklärte er ihr. James Strathmore war dafür, den Deutschen und Türken gegenüber energisch aufzutreten, und das imponierte Rose.

»Verzeihen Sie mir, falls ich indiskret bin, aber haben Sie vorhin nicht von einem verletzten Deutschen gesprochen?«

»Ganz richtig! Ich bin mir sicher, dass er sich versteckt hält.«

Die Französin ließ sich nicht lange bitten und erzählte aus

freien Stücken, was sie entdeckt hatte. Ihr Gesprächspartner war aufmerksam und höflich zugleich, und Rose hatte sich schon seit Langem nicht mehr so wohlgefühlt. Ausführlich beschrieb sie die Gestalt des Unbekannten, seine Gesichtszüge, den Verband, den er um den Oberkörper getragen hatte …

Über den Dächern ging die Sonne unter. Der Bosporus wechselte die Farbe und nahm einen dunkleren Blauton an. Der Rauch der Dampfer, die den Meeresarm durchquerten, zerfloss zwischen den hohen Rümpfen der Kriegsschiffe.

»Sie wirken sehr nachdenklich«, sagte sie, als man ihnen Champagner anbot und ein Diener Laternen anzündete.

»Ich glaube zu erraten, wer der geheimnisvolle Untermieter in Ihrem Konak ist.«

»Wirklich?«

»Ich würde meine Hand dafür ins Feuer legen, dass es sich um jemanden handelt, den wir seit mehreren Wochen suchen. Einen gewissen Hans Kästner.«

Nachdem ihre kleine Ermittlung plötzlich auf Widerhall stieß, wurde Rose nervös und fragte ihn, was der Mann getan habe.

»Er hat einen unserer Agenten getötet und wird wegen Komplizenschaft mit den Nationalisten gesucht. Während des Kriegs gehörte er außerdem zu den deutschen Offizieren, die den Auftrag hatten, zum Heiligen Krieg gegen unsere Truppen aufzurufen.«

Rose zuckte zusammen. »Der Heilige Krieg? Was meinen Sie damit?«, fragte sie leise.

Strathmore erklärte ihr, Kästner habe mit allen Mitteln versucht, die muslimische Bevölkerung im Süden des Osmanischen Reichs, in Mesopotamien und den arabischen Gebieten zum Aufstand anzustacheln. Mit dem eigentlichen Ziel, so führte er weiter aus, dass sich dieser religiöse Hass bis nach Indien ausbreite, um die Macht des britischen Empires zu sabotieren.

»Nachdem der Sultan-Kalif zum Heiligen Krieg gegen die ungläubigen Engländer und Franzosen aufgerufen hatte, haben wir unsere Agenten eingesetzt, um die Araber dazu zu bringen, sich gegen die türkischen Unterdrücker aufzulehnen.«

»Das verstehe ich nicht«, erwiderte Rose erstaunt. »In ihren Augen sind die Deutschen doch auch Ungläubige, oder?«

»Genau, deswegen musste man auch gewisse theologische Verrenkungen anstellen«, sagte der Brite amüsiert. »Aber gottlob haben ihre Bemühungen keine besonderen Früchte getragen. Die Schiiten haben sich, genau wie die Araber der Levante, eher zögerlich gezeigt, was beweist, wie gering der Einfluss des Kalifen auf die Gemeinschaft der Gläubigen ist.«

»Was die Deutschen betrifft, erstaunt mich das keineswegs. Diese abscheulichen Menschen schrecken vor nichts zurück! Trotzdem ist es doch unsinnig, zum Heiligen Krieg gegen die Christen aufrufen zu wollen …«

»Und aus diesem Grund würde ich diesen Hans Kästner nur zu gern in die Finger bekommen.«

Der Brite musterte sie aus seinen hellen Augen höchst interessiert. Sie leerte ihr Glas Champagner in einem Zug und fragte ihn dann, was er jetzt vorhabe. Lächelnd antwortete er, er werde diese Informationen an die zuständigen Stellen übermitteln. Rose fühlte sich zwischen Beklommenheit und dem Stolz darauf, wieder einmal die richtige Intuition gehabt zu haben, hin- und hergerissen. Es wäre ihr zwar lieber gewesen, sie hätte nicht mit Louis streiten müssen, aber sei's drum: Sie hatte ihr Ziel erreicht.

Als Leyla Hanım nach Stambul zurückkehrte, stellte sie fest, dass sich vor dem Konak ein Menschenauflauf angesammelt hatte. Um die unliebsamen Fragen ihrer Schwiegermutter abzuwehren, hatte sie drei Tage bei ihrer Cousine Nakiye verbracht. Ihre gute Laune verflog, als sie sah, dass ein Militärauto mit britischem Wimpel vor dem Portal parkte. Sie musste einen Wachposten um Erlaubnis bitten, ihr eigenes Haus betreten zu dürfen.

Ali Aga stand, von einem Soldaten bewacht, im Vestibül. Mit zitternder Stimme teilte er ihr mit, die Engländer seien mit einem Durchsuchungsbefehl gekommen. Gülbahar Hanım hatte sich mit Perihan in den Gartenpavillon zurückgezogen. Ahmet war noch in der Schule. Kommandant Gardelle war am Vortag mit seiner Mannschaft zum Schwarzen Meer aufgebrochen, andernfalls wäre er gewiss eingeschritten.

Das war ein krasser Verstoß gegen die Unantastbarkeit des Haremliks. Es bereitete Leyla körperlichen Schmerz, zusehen zu müssen, wie die Soldaten über die kostbaren Teppiche stampften und ungeniert Truhen und Schränke durchwühlten. Leyla stieg hinter ihnen her die Treppe hinauf. Im Zimmer, in dem Hans gewohnt hatte, standen zwei Männer rechts und links neben dem leeren Bett. Aufgereiht auf einer Konsole befanden sich einige zusammengerollte Verbände und Jodfläschchen.

»Mit welchem Recht dringen Sie in mein Haus ein?«, fragte sie. Ihr Herz klopfte.

»Mit dem grundlegendsten aller Rechte, Madam«, antwortete ihr ein Offizier. »Wir suchen einen Verbrecher.«

»Hier leben nur Frauen und Kinder. Wie können Sie es wagen, in Abwesenheit meines Ehemannes in den Haremlik einzudringen? Er ist Sekretär Seiner Majestät, des Sultans, und Mitglied der offiziellen Delegation bei der Pariser Friedenskonferenz. Er wird außer sich sein, wenn er davon erfährt.«

Der Offizier blieb ungerührt. Ein Soldat meldete ihm, sie hätten im ersten Stock nichts Verdächtiges gefunden. Allein mit diesen Unbekannten in dem kleinen Raum zu sein, vermittelte Leyla ein beklommenes Gefühl.

»Wozu dienen diese Medikamente?«, fragte der Offizier.

»Ich arbeite ehrenamtlich als Krankenschwester in einem Militärhospital.«

Er verzog spöttisch den Mund. »Wir wissen, dass Sie einen verletzten Ausländer beherbergt haben. Wo ist er?«

Leyla spürte, wie es ihr kalt über den Rücken lief. Sie war froh, dass sie Hans rechtzeitig weggebracht hatte. »Ich habe keine Ahnung, wer Ihnen diesen Unsinn erzählt hat. In diesem Teil des Hauses leben außer uns nur mein Bruder und ein alter Onkel.«

»Ich dachte, hier wohnten nur Frauen und Kinder«, entgegnete der Mann ironisch und zog ein Notizbuch aus der Tasche. »Orhan, Sohn des Rüstem Bey, ist er das?«

Leylas Puls raste, und sie fürchtete, ihr könnte übel werden. Plötzlich hörte sie schnelle Schritte auf dem Gang, und kurz darauf stürzte sich ihr Perihan in die Arme. Leyla hob die Kleine hoch, die ihr die Arme um den Hals schlang. Feride war außer Atem und stand reglos an der Tür.

»Das ist Ihr Bruder, stimmt's?«, wiederholte der britische Offizier.

Leyla brachte kein Wort heraus und nickte nur.

»Wir haben ihn soeben verhaftet und werden ihn festhalten, um ihm einige Fragen zu stellen. Vielleicht ist er ja kooperativer als Sie.«

»Aber das ist absurd! Mein Bruder hat nichts getan. Er ist Student!«

Der Offizier lächelte. »Das ist wohl kaum eine Garantie für Wohlverhalten … Heutzutage ist den Studenten ebenso wenig zu trauen wie den Frauen.«

Während sie die Treppe hinuntergingen, flehte Leyla ihn an, ihr zu sagen, wohin man Orhan gebracht hatte, aber er schwieg. Einer nach dem anderen strömten die Soldaten aus dem Haremlik. Innerhalb von wenigen Minuten waren sie verschwunden und hinterließen offene Türen, verstreute Kissen und bei Leyla das Gefühl, beschmutzt worden zu sein. Zitternd setzte sie sich mit Perihan in den Armen auf die Treppe.

»Tut dir etwas weh, Mama?«, fragte das kleine Mädchen und streichelte ihr die Wange.

Leyla begann sie zu wiegen – mehr, um sich selbst zu trösten, als um ihre Tochter zu beruhigen. Was tun? War Orhan zufällig aufgegriffen worden, oder hatte ihn jemand bei den Behörden denunziert? Louis Gardelle war abwesend, aber sie beschloss, so schnell wie möglich Rahmi Bey Bescheid zu geben. Gürkans Onkel würde wissen, was zu tun war.

Sie versuchte, Feride zu beschwichtigen, die sie unter Tränen anflehte, zu ihrer Schwiegermutter zu gehen, aber Leyla war nicht in Stimmung, Gülbahar Hanıms Launen zu ertragen. Sie bedeckte das Gesicht ihrer Tochter mit Küssen und versprach ihr, rasch zurück zu sein. Dann lief sie zur Haustür und stellte beruhigt fest, dass von den abscheulichen Briten keine Spur mehr zu sehen war. Sie wagten sich nur selten nach Stambul, wo sie nicht gern gesehen waren. Dass sie es dennoch getan hatten, verriet, dass sie mit allen Mitteln versuchten, Hans zu ergreifen.

Die Kuppel und die Minarette der weißen Marmormoschee von Eyüp ragten kaum zwischen den Platanen und Zypressen hervor. Unter den Weinspalieren saßen Männer mit Turbanen und rauchten Wasserpfeife, während sie einen Rosenkranz durch die Hand gleiten ließen. Aber diese Gelassenheit war trügerisch. Leyla wusste, dass man sie beobachtete, seit sie vom Dampfer gestiegen war. Die Frauen waren besonders scharfsinnig. Daran, wie kunstvoll sie ihre schwarzen Schleier gebunden hatte, errieten sie, dass sie fremd in ihrem Viertel war. Sie hatte gehört, dass fromme Frauen Besucherinnen bisweilen beschimpften, wenn sie fanden, sie seien unwürdig gekleidet. In diesem Viertel zog man die Zeitrechnung, die mit der Hedschra – dem Auszug des Propheten – begann, dem europäischen Kalender vor und duldete weder Bücher in westlichen Sprachen noch illustrierte Zeitschriften. An diesem heiligen Ort gürteten sich die Sultane bei ihrer Thronbesteigung Mohammeds Säbel um, und die ruhmreichen Toten ruhten unter halb zusammengefallenen Stelen, die steinerne Turbane trugen.

Leyla beschleunigte ihre Schritte. Storchennester krönten einige der verwitterten kleinen Holzhäuser. Zwischen den Pflastersteinen der Gasse, auf die Glyzinien ihren violetten Schatten warfen, wuchs Gras. Sie kannte sich in Eyüp aus, da sie hier während der Balkankriege Flüchtlinge versorgt hatte. Doch an diesem Tag spürte sie ein ungutes Gefühl, als hätten die Ereignisse der letzten Zeit sie noch weiter von dieser unwandelbaren Welt entfernt. Der Graben wird immer tiefer, dachte sie mit einem Anflug von Bedauern. Er zog sich nicht nur durch die Bevölkerung, sondern das Volk war bis ins Innerste seiner Seele zerrissen. Umso wichtiger war die treibende Kraft der jungen nationalen Bewegung, die momentan versuchte, das türkische Volk aus dem Chaos wiederaufsteigen zu lassen.

Von ihrer Sorge angetrieben erkundigte sich Leyla nach dem Weg und entdeckte bald das kleine Kaffeehaus, von dem Orhan ihr erzählt hatte. Als sie in den Gastraum mit den von verblichenen Tüchern bedeckten Diwanen eintrat, breitete sich Totenstille aus. Die Männer musterten sie mit unverhohlener Missbilligung. Der Wirt legte sein Geschirrtuch weg und kam auf sie zu. Eingeschüchtert erklärte sie ihm halblaut, sie suche Rahmi Bey. Es sei dringend und gehe um Leben und Tod.

»Ich gehe ihn holen, aber hier können Sie nicht warten«, sagte er ernst.

Er begleitete sie in den Laden seiner Schwägerin. Diese führte Leyla in ein kleines Hinterzimmer, in dem ein süßlicher Duft nach Getreide und Käse hing, und bot ihr ein Glas Tee und Trockenfrüchte an. Das Schicksal spielte ihr schon merkwürdige Streiche, dachte Leyla. Vor einigen Monaten hatte sie sich noch davor gefürchtet, sich allein in die Stadt zu wagen. Und jetzt durchquerte sie sie ständig von einem Ende zum anderen, ob zu Fuß oder in einem Fischerboot. Aber mit Selims Rückkehr würde sich das auf einen Schlag ändern. Sie konnte sich nicht vorstellen, dass er ihr diese Freiheit lassen würde.

Außer sich vor Sorge um Orhan stellte sie sich vor, dass er das Schlimmste erleiden musste; Beschimpfungen und womöglich sogar Folter. Die Minuten verstrichen langsam, und sie musste an sich halten, um nicht nach vorn zu gehen und sich zu erkundigen, wieso Rahmi Bey so lange auf sich warten ließ.

Später sollte sie sich fragen, was sie alarmiert hatte; warum sie den Worten, die in diesem Moment im Laden gesprochen wurden, plötzlich so große Aufmerksamkeit zollte. Dabei klang die Stimme weniger schrill als die anderer Kundinnen des Vormittags. Aber Leyla hatte den Namen Selim Bey gehört, und das hatte sie bewogen, näher an den Vorhang heranzutreten, der die beiden Räume trennte. Eine schwarz verschleierte Frau von schlanker Gestalt, die einen Korb mit Reis und Gemüse am Arm trug, scherzte mit der Krämerin. Anscheinend freute sie sich, weil sie einen Brief erhalten hatte, in dem ihr Liebster seine baldige Rückkehr ankündigte.

»Ich würde zu gern wissen, wie es in Paris so ist«, sagte die Krämerin fröhlich. »Bestimmt bringt er dir schöne Geschenke mit.«

»Der Arme war auf der Pariser Konferenz sehr beschäftigt. Ich bezweifle, dass er Zeit für so etwas hatte.«

»Aber, aber! Selim Bey Efendi ist seit Monaten fort! Dein Mann mag ja Sekretär Seiner Majestät sein, aber er ist vor allem ein guter Mensch. Ich bin mir sicher, dass er an dich gedacht hat.«

Leyla wurde von einem Schwindelgefühl ergriffen und musste sich am Vorhang festhalten. Alle möglichen widersprüchlichen Gedanken stürmten auf sie ein. Sie musste sich verhört haben. Das war nicht möglich … Und doch wusste sie tief in ihrem Inneren, dass es wahr war. Aus welchem irrwitzigen Grund hatte sich Selim eine zweite Frau genommen? Ihr klang die Stimme ihrer Schwiegermutter in den Ohren; ein Gespräch unter vielen anderen, bei dem Leyla nicht besonders aufmerksam zugehört hatte. »Eine Frau kann ihrem Mann niemals alles bedeuten. Gott hat die Männer nun einmal so geschaffen. So sind sie, und die, die anders sind, sind zu nichts nütze.« Sie erinnerte sich, dass sie lachend protestiert hatte und überzeugt gewesen war, dass ihr so ein Unglück niemals zustoßen würde.

Ihre Beine trugen sie nicht mehr, und sie ließ sich auf den Schemel fallen. Das war ein Albtraum. Selim war seit fast fünf Monaten fort. Wann hatte er dieses Mädchen geheiratet? Woher kannte er sie? Hatte er jedes Mal gelogen, wenn er behauptete, im Yıldız-Palast zu übernachten, um dem Sultan zur Verfügung zu stehen? Kam er hierher, um das Bett mit ihr zu teilen? Warum war ihr nichts aufgefallen? Hin- und hergerissen zwischen Scham und Verwirrung schloss sie die Augen. Hatte sie als Ehefrau versagt? Warum hatte sie nichts geahnt? Und was zum Teufel hatte Selim in diesem Viertel am Ende der Welt zu suchen, wo er doch das Leben in den elegantesten Konaks von Stambul so schätzte, das der Yalıs und Sultanspaläste?

Sie beugte sich nach vorn und presste die Finger gegen die Schläfen.

»Leyla Hanım?«

Auf Anhieb erkannte sie die heisere Stimme und den vertrauten Geruch nach Salz und Tabak wieder. Rahmi Beys breitschultrige Gestalt verdunkelte den Türrahmen. Er musterte sie besorgt. Sie wollte etwas sagen, brachte jedoch keinen Laut über die Lippen.

»Sie wollten mich sehen? Was ist passiert?«

Da sie sich nicht rührte, kauerte er sich vor ihr nieder.

»Erzählen Sie es mir. Sie sind ja ganz blass. Gibt es ein Problem mit Kästner?«

Sie schüttelte den Kopf.

»Mit den jungen Leuten?«

»Orhan«, sagte sie mit erstickter Stimme. »Er ist verhaftet worden …«

»Von wem?«

»Den Engländern.«

Er fluchte. »Ist er denunziert worden?«

»Ich … ich weiß es nicht. Aber jemand hat Hans verraten. Sie haben den ganzen Haremlik nach ihm durchsucht. Die Engländer haben alles durchwühlt. Es ist schrecklich!«

Rahmi Beys Gesicht verdüsterte sich noch mehr. Er richtete sich auf und zündete sich eine Zigarette an. Leyla betrachtete ihn. Er hatte dichtes, schwarzes Haar, Bartstoppeln und eine kräftige Nase. Sein Gesicht wirkte vertraueneinflößend. Er würde wissen, wie man Orhan aus seiner misslichen Lage befreien konnte. Er kannte Krieg und Gefahr, konnte Waffendiebstähle organisieren, Menschen und Material schmuggeln und wusste sich der Überwachung durch den Feind zu entziehen. Die lasischen Schiffer gehorchten ihm, und zweifellos verfügte er noch über Dutzende weiterer Mitverschwörer.

Eine Woge der Erschöpfung überkam sie. Sie fühlte sich wie zerschlagen. Sie wünschte, sie hätte ihm auch von ihren anderen quälenden Sorgen erzählen können! Von ihrem Bangen um Hans, und von Selims Betrug … Niedergeschlagen fragte sie sich, ob sie jemals die Kraft aufbringen würde, aufzustehen und diesen Laden zu verlassen. Sie lehnte den Kopf an einen Jutesack. Manchmal möchte man einfach sterben, dachte sie.

Wie sie gehofft hatte, nahm Rahmi Bey die Sache sofort in

die Hand. Er versprach ihr, dass er mit allen Mitteln versuchen werde, Kontakt zu Orhan aufzunehmen. Unterdessen solle sie sich keine Sorgen machen und zu Hause warten, wo sie in Sicherheit war. Er würde sich über Gürkan bei ihr melden; vorausgesetzt, dass sein Neffe nicht auch festgenommen worden war. Hans Kästner jedoch müssten sie, sobald er genesen war, nach Anatolien schaffen. Er verschwieg ihr seine Angst nicht, ihre kleine Zelle könnte zerschlagen werden. Bei dieser Vorstellung erbleichte Leyla.

»Etwas Neues von Ihrem Mann?«, fragte er, während sie in den Laden traten.

Beim Ruf des Muezzins hatte die Krämerin begonnen, die Läden zu schließen, um sich auf das Gebet vorzubereiten. Leyla spürte, wie ihre Wangen heiß anliefen.

»Er müsste bald zurückkehren.«

»Umso besser. Er kann sich für seinen Schwager verwenden.«

»Gern wird er es nicht tun. Selim hat nichts für Orhan übrig. Er war schon immer der Meinung, mit ihm würde es einmal ein böses Ende nehmen.«

Rahmi Bey sah sie nachdenklich an. Ihr heftiger Ton erstaunte ihn. Sie senkte den Kopf, damit er den Zorn in ihren Augen nicht bemerkte, und bedankte sich dann bei der Ladenbesitzerin für den freundlichen Empfang.

»Sagen Sie, wie hieß Ihre letzte Kundin?«, fragte Leyla von der Türschwelle her, während sie sich den Schleier wieder übers Gesicht schlug. »Ihre Stimme kam mir bekannt vor, aber ich bin mir nicht sicher. Vielleicht ist sie eine der jungen Frauen, die mir geholfen haben, als ich mich hier vor acht Jahren um Flüchtlinge kümmerte.«

»Oh, das war sicher nicht Nilüfer Hanım! Sie ist erst neunzehn, wissen Sie. Aber dieses Kind ist ein Engel. Ein ganz liebes Ding. Sie ist bei uns im Viertel sehr beliebt. Immer hilfsbereit und fröhlich. Sie wohnt in dem kleinen Haus am Ende der Straße.«

Als Selim einige Wochen später zurückkehrte, machte Leyla ihm keine Vorwürfe und behielt das, was sie in Eyüp herausgefunden hatte, für sich. Indem sie der Konfrontation aus dem Weg ging, hatte sie das Gefühl, verhindern zu können, dass dieser demütigende Albtraum verhängnisvolle Dimensionen annahm. Worte besaßen eine furchterregende Macht. Ein enthülltes Gefühl, eine zur Sprache gebrachte Ungerechtigkeit wurden konkret und somit bedrohlich.

Neuerdings beobachtete sie Selim wie einen Fremden. Sein phlegmatischer Charakter schien unter dem Einfluss der französischen Lebhaftigkeit und Ironie geschärft worden zu sein. Ein neuer Ernst prägte seine Züge, seine Worte waren hart. Sogar seiner Mutter gegenüber zeigte er Zeichen von Ungeduld. Früher hätte Leyla sein Verhalten auf die Misslichkeiten im Zusammenhang mit seiner beruflichen Position geschoben. Der schmähliche Misserfolg der Friedenskonferenz zwang Großwesir Damad Ferid Pascha, dem Sultan ein neues Kabinett vorzuschlagen, und Selim bangte um seinen Posten. Doch jetzt wusste Leyla, dass ihr Mann auch andere Sorgen hatte.

Der Geruch der Lüge durchdrang alles. Nachts gab sie sich ihm hin, weil sie meinte, sich ihrem Ehemann nicht verweigern zu können; aber sie empfand nichts dabei. Ihre Körper waren nicht mehr im Einklang; Selims Küsse kamen ihr erbärmlich und künstlich vor. Sie stellte sich vor, wie er in Nilüfers Armen lag, die beiden Zärtlichkeiten austauschten und sich Lust schenkten. Ob seine zweite Frau großzügiger, geschickter in der Liebe war? Dieser Gedanke marterte sie.

»Was ein Mann einer Frau schenkt, schenkt er niemals einer anderen«, behaupteten die Verfechterinnen der Tradition. Wenn man ihnen glauben wollte, lag es in der Natur des Mannes, mehrere Frauen zu lieben. Das heilige Gesetz des Islams erlaubte ihm, sie alle zu heiraten, schützte deren Kinder und verlieh jeder der Frauen eine geachtete Stellung. Was die Frauen betraf, so verwirklichten sie sich durch die Mutterschaft. Doch nun, da sie sich selbst mit dieser Situation konfrontiert sah, konnte Leyla diese Denkweise nicht mehr akzeptieren. Sie ließ keinen Platz für ihren dumpfen Zorn, in den sich Eifersucht und Ohnmacht mischten. Ihr wurde klar, dass man einen anderen Menschen niemals ganz besaß, sondern sich einem immer ein Teil von ihm entzog. Das ihrer Naivität entsprungene Vertrauen, das sie Selim in der ersten Zeit ihrer Ehe entgegengebracht hatte, war ein Trugbild gewesen. Während die Tage vergingen, vergiftete der Groll sie zusehends. Ihr Herz verhärtete sich, und schlimmer noch, sie fühlte sich krank bis in die Seele hinein.

Ihrer Schwiegermutter, die sich besorgt erkundigte, warum sie so angegriffen wirke, erklärte sie, sie mache sich Sorgen um Orhan, von dem sie immer noch nichts gehört hatte. Selim hatte die Bestätigung erhalten, dass er Gefangener der Engländer war, und diese erlaubten keine Besuche. Man müsse eben Geduld haben, meinte Selim, den das Schicksal seines Schwagers sichtlich wenig berührte. Orhan habe sich doch nichts Ernstes vorzuwerfen, oder?, setzte er hinzu und sah sie durchdringend an. Leyla wahrte ihr Schweigen und ihre Schwiegermutter ebenfalls. Sie war Gülbahar Hanım dankbar dafür, dass sie sich an ihr Versprechen hielt. Diese achtete das ungeschriebene Gesetz der Osmaninnen, die den Männern so manches vorzuenthalten pflegten. Weder hatte sie mit Selim über Orhans Umtriebe noch über die heimliche Anwesenheit von Hans Kästner im Konak gesprochen.

In dieser Nacht fand Leyla keinen Schlaf, da Perihan Fieber hatte. Sie nahm ihre kleine Tochter auf den Arm und ging mit ihr in den Gartenpavillon hinunter, wo sie sich auf den Kissen ausstreckte. Der Mond stand hell am Himmel, und sein silbriges Licht hob die Silhouette der Dächer und Kuppeln hervor. Die frische Luft, die nach Mandelbäumen und Jasmin duftete, beruhigte das Kind, und endlich schlummerte es ein.

Der tröstliche Gedanke an Hans vertrieb Leylas Schmerz, aber nicht ihre Sorgen. Nachdem er vor Kurzem mit Hilfe der Derwische des benachbarten Klosters den Yalı verlassen hatte, kam ihr die Abwesenheit des geliebten Menschen wie ein Exil vor. Ihre Liebe war zu einer Hoffnung erstarrt, der sie keine Worte verleihen durfte. Sie fürchtete, er könnte in den Weiten Anatoliens verschwinden oder sogar das Leben verlieren, ohne dass sie davon erführe. Würde sie ihn eines Tages wiedersehen? Sie hatten einander nichts versprochen, und er war ihr gegenüber zu nichts verpflichtet.

Die langen Wimpern warfen Schatten auf die runden Wangen der schlafenden Perihan. Das Kind, das auf ihrem Schoß lag, kam ihr wunderbar leicht vor. Beider Atem ging im gleichen Takt. Sie betrachtete die Stupsnase, die halbgeöffneten Lippen. Die Kleine war Selims Augapfel. Was konnte sie in Zukunft von ihm erwarten? Einige ihrer Freundinnen weigerten sich, auf ihre Stellung als einzige Ehefrau zu verzichten, gestanden ihrem Mann aber die flüchtigen Umarmungen einer griechischen oder armenischen Mätresse zu. Die Christinnen dieses Landes wussten sich wenigstens zu benehmen. Mit ihnen verstand man sich seit Generationen gut. Dagegen empörten sich die Osmaninnen über die gerade erst von den Schiffen gestiegenen Russinnen mit ihrem kurzen Haar und ihren hochmütigen Mienen, die halbnackt im Meer badeten. Es hieß, sie nötigten ihre türkischen Liebhaber, sich mit dem Kauf von Lotterielosen zu ruinieren oder Spielhöllen aufzusuchen, wo sie ihr Geld bei abstrusen Küchenschabenrennen verwetteten.

Im Gegensatz zu seinem Freund Louis Gardelle, der sich mit einer Serviererin gemeinmachte, hatte sich Selim keine russische Geliebte genommen. Hätte sie es besser ertragen, wenn ihr Mann monogam geblieben, ihr aber untreu geworden wäre? Leyla lächelte bitter. Selim hatte eine züchtige, gut erzogene Muslimin geheiratet und sich somit jener Weisung des Korans gebeugt, die auf getrennten Haushalten bestand und vorschrieb, dass »man von der Wohnstatt der einen Frau den Rauch aus dem Kamin der anderen nicht sehen durfte«. Wie es seine Art war, versuchte er, peinlich genau die Regeln zu befolgen.

Ich ertrage das nicht, sagte sie sich. Tag und Nacht grübelte sie über einen Ausweg nach. Ein Muslim konnte sich leicht scheiden lassen, indem er mehrmals bestimmte Worte wiederholte, mit denen er seine Frau verstieß. Ihr dagegen stand es nur in einem bestimmten Fall zu, die Initiative zu ergreifen. Zwei Jahre zuvor hatte die Regierung ein neues Familiengesetz erlassen, das die Polygamie zwar nicht abschaffte, aber erschwerte, indem es dem Ehemann auferlegte, die Zustimmung der ersten Frau einzuholen. Wenn diese die zweite Heirat ihres Mannes nicht akzeptierte, konnte sie die Scheidung verlangen. Aber unter den religiösen Würdenträgern Stambuls wurde diese Frage kontrovers diskutiert. Was würden die Diplomaten im Palast, der Padischah und Gülbahar Hanım davon halten, wenn Leyla ihre Freiheit zurückverlangte? Und Selim? Er war überzeugt davon, im Recht zu sein, und würde es als Verrat ihrerseits empfinden.

Was würdest du auch ohne ihn anfangen?, flüsterte ihr eine leise, besorgte Stimme zu. Die Tradition erlaubte einer geschiedenen Frau nicht, allein zu bleiben. Sie hatte keinen Vater mehr, zu dem sie sich hätte flüchten können, geschweige denn einen neuen Ehemann in Aussicht. Man ermunterte sogar Witwen, sich so schnell wie möglich wieder zu verheiraten. Andererseits hatte Leyla wie alle Musliminnen bei ihrer Verheiratung sowohl ihren eigenen Besitz als auch die Verfügungsgewalt über ihre Mittel behalten. Sehr zum Erstaunen der Abendländerinnen, die für die geringste Transaktion bei einer Bank die Erlaubnis ihres Ehemannes einholen mussten. Der von ihrem Vater ausgehandelte Ehevertrag legte sogar eine finanzielle Entschädigung für den Fall einer Trennung fest. Es würde ihr an nichts fehlen. Sie würde den größten Teil des Jahres am Bosporus leben und sich eine Wohnung in der Stadt suchen können – in einem dieser neuen Mietshäuser, die ihre Cousine so schätzte. Aber wie konnte sie ihren Kindern zumuten, dass ihr Leben völlig auf den Kopf gestellt wurde? Selim würde die beiden nie freigeben. Als Ehemann hatte er gefehlt, aber er würde immer ein guter Vater bleiben. Es wäre kleinlich von Leyla gewesen, ihm das abzusprechen.

Sie spürte, wie ein Schauder Perihan überlief. Leyla küsste sie auf die Stirn und schloss sie fester in die Arme.

»Es begab sich eines Tages …«, flüsterte sie, als wollte sie ein Märchen beginnen.

Seit Generationen hatten Frauen zugunsten des Wohlergehens ihrer Kinder auf ein eigenständiges Leben verzichtet und ihren Ehrgeiz und ihre Liebe auf sie übertragen. Sie hatten gelernt, für andere da zu sein, ihre unzufriedene Seele mit Träumereien zu nähren und zugleich ihren oft trostlosen Alltag zu ertragen. Leyla bewunderte sie für ihre Selbstverleugnung, aber tief in ihrem Herzen spürte sie, dass diese Zeit der Vergangenheit angehörte und ihre eigenen Schritte sie auf einen anderen Weg führen würden.

In der Ferne spiegelten sich die Positionslichter der Kriegsschiffe auf dem ruhigen Wasser. Am anatolischen Ufer tanzten widerspenstige Lichter wie Glühwürmchen. Der Yalı wartete auf sie. Sie hatte die Abreise schon zu lange hinausgezögert. Jetzt war es Zeit, mit den Kindern über den Sommer dorthin zu ziehen, neue Energie zu tanken und wieder zu Kräften zu kommen. Außerdem musste sie sichergehen, dass Orhan freikam. Erst dann war der Moment für eine Konfrontation mit Selim gekommen, vor der sie sich so fürchtete.

An diesem späten Nachmittag bahnte sich Louis Gardelle mit unsicheren Schritten einen Weg zwischen den Auslagen der Lebensmittelläden hindurch, auf denen Pyramiden aus Wassermelonen und Zitrusfrüchten aufgebaut waren. Der durchdringende Schrei eines Händlers, der eisgekühltes Wasser feilbot, gellte ihm in den Ohren, und er verzog das Gesicht. Kein Windhauch erfrischte die Gassen von Stambul. Sein Hemd war schweißnass. Ihn juckte der Hals, als wäre er von Bettwanzen zerstochen worden.

Er hatte sich verlaufen und musste ein Stück zurückgehen. Meist fuhr sein Chauffeur ihn zum Haus zurück. Erleichtert erkannte er endlich das Portal des Konaks, doch als er näher kam, wirkte das Gebäude mit den Gitterläden plötzlich feindselig auf ihn. Flüchtig hatte er das Gefühl, als drohten sich die Mauern um ihn zu schließen und ihn zu ersticken. Tränen brannten ihm in den Augen, und er stolperte, als er den Gartenweg zu dem kleinen Pavillon entlangging. Er wusste, dass er dort niemanden antreffen würde. Die Damen des Hauses waren geflüchtet. Leyla Hanım, ihre Kinder und ihre Schwiegermutter verbrachten die letzten Sommertage in ihrem Yalı, während Rose und Marie zur Sommerfrische auf der Insel Prinkipo weilten. Er hatte für sie zwei Zimmer in einer von Glyzinien und Kletterrosen beschatteten Villa aus gelbem Holz gemietet. Marie unternahm mit ihrer Mutter lange Spaziergänge an den Klippen, atmete den Duft von Pinien- und Eukalyptusbäumen, badete täglich im

Marmarameer und erlernte zusammen mit gleichaltrigen jungen Leuten das Tennisspiel. Er hatte noch keine Zeit gehabt, sie zu besuchen, beruhigte sich jedoch mit dem Gedanken, dass sie ausgezeichnet ohne ihn auskamen.

Er zog sein Sakko aus, riss sich beim Öffnen des Kragens einen Hemdknopf ab und ließ sich dann auf die Kissen fallen. Vor seinen geschlossenen Augen tanzten Lichtblitze. Sein Herz schlug zu schnell, was er als schlechtes Zeichen nahm. In seinem Kopf überschlugen sich beunruhigende Bilder: Seeleute, die über ein brennendes Deck rannten; die Finger der jungen Frau, die ihm seine Opiumpfeife zurechtmachte; Ninas helle Augen …

Stöhnend rieb er sich die Stirn. Er vermisste die Russin so sehr, dass es ihn körperlich schmerzte. Zwar hatte er sich an sein Versprechen gehalten, sie nicht mehr aufzusuchen, doch er dachte täglich an sie. Wenn er sich zum Cercle d'Orient begab, machte er einen Bogen um die Gasse, in der das Restaurant lag. Wäre er doch bezüglich des Opiums genauso klug gewesen und hätte das Rauchen nicht wieder angefangen! Ein Kamerad hatte ihn eines Abends nach einer Wiedersehensfeier, bei der der Alkohol in Strömen geflossen war, dazu angestiftet. Louis hatte kein Spaßverderber sein wollen. Ein Mann, der sich im Griff hatte, konnte sich auf eine kleine Anzahl Opiumpfeifen beschränken – das war ganz einfach eine Frage der Selbstbeherrschung. Aber das Glücksgefühl, das er dabei empfand und das ihn weit von seinem Alltag entfernte, war unwiderstehlich geworden. Seitdem führten seine Schritte ihn regelmäßig in diese Opiumhöhle hinter der Süleymaniye-Moschee.

Doch an diesem Tag fühlte er sich zum ersten Mal wirklich schlecht. Er wusste nicht, wie viele Pfeifen er geraucht und wie lange er in dem kleinen, holzgetäfelten Zimmer verweilt hatte. Seine Zunge schien doppelt so dick zu sein wie sonst. Er kam vor Durst fast um, hatte aber nicht die Kraft, ins Haus zu gehen und etwas zu trinken.

Als Louis wieder zu Bewusstsein kam, hörte er das Laub der Platanen rauschen. Endlich ein Windhauch … Mit einer Hand verjagte er eine Mücke, die an seinem Ohr summte. Er spürte ein dumpfes Pochen in den Schläfen. Als der Duft gerösteter Pistazien zu ihm drang, öffnete er die Augen und richtete sich auf.

Ihm gegenüber saß, in einen eleganten Gehrock nach Stambuler Art gekleidet, Selim Bey. Er hielt eine spitze Papiertüte in der Hand und musterte ihn interessiert. Mit einer Kopfbewegung wies der Türke auf eine Wasserkanne, die auf einem Kupfertablett stand. Louis trank so gierig von dem Wasser, dass er einen Teil auf sein Hemd schüttete, und wischte sich dann die Lippen mit dem Ärmel ab.

»Danke, mein Freund«, sagte er mit heiserer Stimme.

Selim nickte mit nachdenklicher Miene. »Wie lange geht das schon so?«

Louis warf ihm einen argwöhnischen Blick zu. Es widerstrebte ihm, sich erklären zu müssen, zumal er nicht glaubte, einen Mann wie Selim lange belügen zu können. Besser gleich die Wahrheit sagen, dachte er.

»Eine Angewohnheit, die ich mir in Saigon zugelegt habe. Ich weiß, dass sie bei Ihnen nicht so verbreitet ist, aber ich konnte der Versuchung nicht widerstehen.«

Er zündete sich eine Zigarette an. Seine Hand zitterte.

»Verurteilen Sie mich nicht«, sagte er gereizt.

Selim spuckte diskret eine Pistazienschale aus und hielt Louis die Tüte hin, doch dieser winkte ab.

»Eine angenehme Art, den Geist vom Körper zu befreien, den man am liebsten vergessen würde«, fuhr er fort, sich zu rechtfertigen. »Aber Sie können mich nicht verstehen, Selim Bey, denn Sie haben nichts, was Sie vergessen müssten.«

Louis verübelte sich diesen Anflug von Neid, außerdem hasste er es, sich in Selbstmitleid zu suhlen. Zumal er Selim sehr schätzte. Seit dem Tod seines besten Freundes hatte er keine so tiefe innere Übereinstimmung mehr mit jemandem gespürt.

»Ich wäre gern ein guter Ehemann und Vater, bin aber anscheinend unfähig dazu«, fuhr er verbittert fort. »Meine Frau erträgt mich nicht, und ich weiß nie, was ich mit meiner Tochter reden soll. Irgendwo muss man doch Trost finden, oder?«

Selim zog die Augenbrauen hoch. Er wusste einiges über den französischen Kommandanten, mit dem er vor seiner Abreise nach Paris manch angenehmen Abend verbracht hatte, aber mit so vertraulichen Geständnissen hatte er nie gerechnet. Obwohl er sich mit den verhängnisvollen Auswirkungen des Opiums nicht besonders gut auskannte, vermutete er, dass Louis' dunkle Augenringe, sein ausgezehrtes Gesicht und die fast durchscheinende Haut der Droge geschuldet waren. Vielleicht rührte ja auch diese übersteigerte Emotionalität daher? Der Franzose war ihm sympathisch, doch er wusste nicht, welchen Rat er ihm hätte geben können. Im Übrigen hatte Louis Gardelle nicht darum gebeten. Mitunter geriet man in einen Gemütszustand, in dem man sich gern einem freundlichen Zuhörer offenbaren wollte, ohne zu erwarten, dass dieser eine Antwort parat hatte. Selim knabberte weiter schweigend seine Pistazien und betrachtete die Farben des Sonnenuntergangs über dem Bosporus.

Selim Beys heitere Gelassenheit war für einen temperamentvollen Menschen wie Louis ein Rätsel. Dabei hatte er genug eigene Probleme. Die politische Lage hatte sich zugespitzt, und der Sekretär des Sultans befand sich gleichsam im Auge des Wirbelsturms.

»Wir haben alle unsere Schwächen und Geheimnisse«, murmelte Selim. »Nichts ist so einfach, wie es aussieht. Weder bei den Frauen noch was unser Gewissen angeht. Sie sollten aufhören, sich zu verurteilen, und nicht darauf warten, dass andere Sie freisprechen. Aber diesen Ort müssen Sie meiden. Andernfalls wird er Sie zerstören.«

Aufgrund seines angegriffenen Zustands war Louis besonders empfänglich für diese freundschaftlichen Worte. Nachdem er seine Gefühle offen gezeigt hatte, fühlte er sich jetzt so friedlich wie schon lange nicht mehr. Und obgleich seine Kehle wie zugeschnürt war und er nichts antwortete, war er Selim dankbar für sein offenes Ohr.

Am nächsten Tag wurde Selim in seinem Büro, das sich in einem der Pavillons des Yıldız-Palasts befand, einen Moment lang von seiner Mutlosigkeit überwältigt. Er bedauerte beinahe, sich nicht ebenfalls dem Zauber des Opiums hingeben zu können. Vor seinen Augen stapelten sich Zeitungsartikel sowohl der heimischen als auch der westlichen Presse. Alle Welt machte sich Gedanken über die Zukunft Mustafa Kemals, der zum Präsidenten eines Repräsentativkomitees gewählt worden war, das quasi eine provisorische Regierung darstellte. Damit war in Anatolien ein zweites Machtzentrum entstanden, das über Truppen verfügte, das Telegrafennetz beherrschte und sich die Kontrolle über die Verwaltung des Landes sicherte, indem es die Beamten durch seine Getreuen ersetzte. Und jetzt verlangte es lauthals die Absetzung des Großwesirs.

Einer der Ratgeber des Padischahs hatte Selim gegenüber bemerkt, Damad Ferid Pascha habe sich die Unannehmlichkeiten selbst zuzuschreiben. Schließlich habe er versucht, gewaltsam gegen den Kongress von Sivas vorzugehen, den der aufständische General Anfang September einberufen hatte. Der Großwesir hatte eine schmähliche Niederlage erlitten, und obendrein bewiesen die beschlagnahmten Dokumente, dass die osmanische Regierung mit Billigung der Briten gehandelt hatte. Mustafa Kemal prangerte den Verrat des Großwesirs an und verlangte seine sofortige Absetzung.

»Andernfalls?«, sagte Selim.

»Andernfalls wird er Anatolien von Istanbul abtrennen«, antwortete der Ratgeber. »Er behauptet, das Volk vertraue nur Seiner Majestät, und die Regierung stelle sich zwischen die Nation und ihren Souverän.«

»Leere Drohungen.«

»Da irrst du dich aber. Er hat sie bereits umgesetzt. Inzwischen kann man in den Provinzen nur noch mit seinen Leuten sprechen. Wir haben noch Glück, dass der gute Mann dem Thron die Treue geschworen hat«, erwiderte der andere höhnisch.

»Davon glaube ich kein Wort.« Selim schenkte sich ein Glas Wasser ein. »Dieser Kongress war ein rein republikanischer Vorstoß. Nach dem Vorbild der Franzosen. Er weiß, dass das Land es nicht hinnehmen wird, wenn man den Padischah anrührt. Aber ich kenne ihn. Er ist ein Fuchs, der auf seine Stunde wartet. Bei der ersten Gelegenheit wird er Seine Majestät hinwegfegen«, schloss er mit einer scharfen Handbewegung.

Sein Gegenüber wurde blass. Im selben Moment klopfte es an die Tür. Ein junger Sekretär hielt dem Ratgeber ein Dokument hin, das dieser überflog.

»Was ist das?«, fragte Selim neugierig.

»Eine Liste von Journalisten und Schriftstellern, alles Wirrköpfe. Es erstaunt mich immer wieder, wie viele Frauen es heutzutage für angebracht halten, ihre Meinung kundzutun«, fügte er spöttisch hinzu. »Leider erhalten diese Schreiberinnen eine beeindruckende Anzahl von Leserbriefen, und wir können nicht leugnen, dass sie Einfluss haben. Wusstest du, dass Halide Edip vorschlägt, unser Land unter amerikanisches Mandat zu stellen?«

»Als ob man diesem Ignoranten Wilson vertrauen könnte!«, rief Selim aus, der die Arroganz der Amerikaner und ihre Unkenntnis des Nahen Ostens in unangenehmer Erinnerung hatte.

»In den letzten Monaten hat sich auch eine gewisse Leyla Hanım einen Namen gemacht, aber im Gegensatz zu ihrer Mitstreiterin kennt niemand ihr Gesicht. Sie schickt dem Chefredakteur ihre Artikel immer mit der Post. Bis jetzt haben unsere Leute sie noch nicht identifizieren können.«

Selim erschrak, doch er ließ sich nichts anmerken. Im Sultanspalast drehte sich der Wind schnell, und wer diese Laufbahn einschlug, lernte rasch, sich keine Blöße zu geben. Leyla würde niemals für Zeitungen schreiben!, suchte er sich zu beruhigen. Seine

Frau interessierte sich nicht für Politik. Trotzdem nistete sich ein leiser Zweifel in seinen Gedanken ein.

Als sich der Ratgeber anschickte, die Liste in seine Aktenmappe zu stecken, fragte Selim ihn mit unbeteiligter Miene, ob er einen Blick darauf werfen dürfe. Beim Lesen lief es ihm kalt über den Rücken. Die Zeitung, für die diese Frau schrieb, gehörte dem Ehemann von Zeynep Hanım, Leylas Cousine.

Sobald er allein war, durchblätterte er die Tageszeitungen. Er riss einige Seiten heraus, verstaute sie in seiner Tasche und griff dann nach dem Telefon, um sich abzumelden. Eine Droschke brachte ihn zu der Anlegestelle, die vom Dolmabahçe-Palast aus gesehen am nächsten lag. Er fand ein freies Boot. An Bord lehnte er sich an die Kissen und achtete darauf, ruhig zu sitzen, um die beiden Ruderer, die ihm in Leinenhosen und leichten Hemden gegenübersaßen, nicht zu beeinträchtigen. Man musste schon ziemlich seefest sein, wenn man in einem dieser schmalen, spindelförmigen Boote übers bewegte Wasser fuhr.

Er nutzte die Überfahrt, um die Artikel zu lesen, und in seine Bestürzung mischte sich Zorn. Wie hatte Leyla es wagen können, einen solchen Schritt zu tun, ohne ihn um Erlaubnis zu bitten? Denn die hätte ich dir auf keinen Fall gegeben!, dachte er gereizt. Der Ehefrau eines Sekretärs des Padischahs und vielversprechenden Diplomaten stand es nicht zu, Artikel gegen die Regierung zu schreiben. Er selbst hielt auch nicht viel von Damad Ferid Pascha, denn er hielt ihn für manipulativ und kleingeistig, aber man musste geschlossen hinter Seiner Majestät stehen.

Einige Zeit später zeigte er den Ruderern den Yalı. Er hatte es eilig, Leyla zu sehen. Er würde Erklärungen von ihr verlangen und ihr sagen, dass sie diese Dummheiten sofort einstellen musste. Selim dachte an die heftigen Auseinandersetzungen zurück, die sie zu Beginn ihrer Ehe geführt hatten. Die Geburt der Kinder hatte seine Frau zur Ruhe kommen lassen, was ihn nicht weiter überrascht hatte, denn es war nun einmal so, dass sich eine Frau erst in der Erziehung ihres Nachwuchses entfalten konnte. Vielleicht wäre es ja Zeit für ein drittes Kind?, überlegte er.

Im Rosengarten waren Gärtner am Werk. Ahmet sprang, die Knie an die Brust gezogen, von der Anlegestelle ins Wasser und kreischte laut. Frauen saßen im Kreis auf einem Teppich und aßen Leckereien und Sorbets. Dazu tranken sie Wasser mit Sirup aus wilden Himbeeren, der die Spezialität des Hauses war. Perihan, die ein weißes Spitzenkleid trug, hüpfte hinter einem Reifen her. Als das Boot an der Anlegestelle festmachte, sprang sie herbei. Selim legte das Fahrgeld auf den mit einem Teppich ausgelegten Bootsboden und stieg vorsichtig aus. Seine kleine Tochter stürzte sich ihm in die Arme. Laut lachend schwang er sie durch die Luft.

»Oh, was machst du denn hier?«, fragte Leyla, die aufgestanden war, um ihn zu begrüßen. Sie hatte ihn an diesem Tag nicht erwartet.

Er hörte die Besorgnis in ihrer Stimme. Bestimmt dachte sie an Orhan, der immer noch hinter Gittern saß. Selim hatte sich jedoch davon überzeugt, dass ihm kein Leid geschehen und man ihn nicht foltern würde. Die Leute des britischen Militärgeheimdienstes hatten ihn aus ihrem Hauptquartier in Hagopian Han entlassen und den Türken unter der Bedingung übergeben, dass er weiter festgehalten würde. Sie verdächtigten ihn zwar weiterhin subversiver Umtriebe, hatten jedoch keinerlei Beweise dafür. Die reine Willkür, hatte Leyla empört erwidert.

»Ich muss mit dir reden«, sagte er.

Er stellte Perihan auf den Boden. Sie klammerte sich an seine Hand und bettelte ihn an, mit ihr zu spielen. Er streichelte ihre Wange. Sie solle ihn zuerst mit ihrer Mutter sprechen lassen, erklärte er ihr.

Leyla holte tief Luft. Ihre täglichen Bäder im Meer und die heitere, gelassene Stimmung in ihrem Haus hatten ihr neue Kraft geschenkt. Obwohl sie sich nach wie vor um ihren Bruder sorgte, hatte sie den Eindruck, sich den üblen Geschmack der Besetzung abgewaschen zu haben. Doch das unerwartete Auftauchen ihres Mannes machte ihr Angst.

Sie setzten sich auf eine Steinbank im Schatten einer Baumgruppe. Als sie sah, wie Selim die Zeitungsausschnitte mit ihren Artikeln entfaltete, schlug ihr das Herz bis zum Hals. Sie verschränkte die Hände, damit sie nicht zitterten, und sah zu, wie Ahmets gebräunter Körper im Wasser schimmerte. Immer wieder sprang er ins Meer, und sie beneidete ihn um seine Sorglosigkeit.

»Du wirst sofort damit aufhören«, verkündete Selim bestimmt. »Deine Aufgabe ist nicht, die Nationalisten zu unterstützen, sondern dich um deine Kinder und deinen Mann zu kümmern. Ich verstehe nicht, was in aller Welt du dir dabei gedacht hast.«

Selim sprach mit schneidender Stimme und sah sie dabei nicht einmal an. Sein kalter Zorn hatte Leyla schon immer Angst eingejagt, und sie hatte das Gefühl, als presste ihr ein Schraubstock die Lungen zusammen. Selim konnte es unmöglich verstehen. Sie war ja selbst verblüfft, wie sehr sie sich in wenigen Monaten verändert hatte. Aber inzwischen wusste sie, wie wichtig ihr dieses Engagement war und dass sie sich mit ganzer Kraft diesem Freiheitskampf widmen wollte.

Jede Woche ging sie zum Derwischkloster, das auf der Hügelkuppe lag. Sie half den Ordensangehörigen, zukünftige Fluchtaktionen zu planen und Spenden zu sammeln, um die Flüchtlinge zu kleiden und ihnen ein wenig Geld zukommen zu lassen. Auch zögerte sie nicht, nach Stambul zurückzukehren, wenn man sie bat, eine Nachricht zu überbringen. Genau wie Halide Edip und andere hatte sich Leyla ganz der nationalistischen Sache verschrieben.

»Nein«, entgegnete sie leise.

Selim wandte sich ihr zu. »Wie bitte?«

»Es tut mir leid, aber ich werde nicht aufhören, mit meinem Schreiben für gerechte Ideen einzutreten. Der Sultan ist im Unrecht, wenn er sich mit den Briten einlässt.«

»Sprich nicht von Dingen, von denen du nichts verstehst!«,

entgegnete er verärgert. »Seine Majestät versucht sie nur zu beschwichtigen, damit sie nicht weiter die Griechen unterstützen.«

»Was darauf hinausläuft, dass er seine Seele an denjenigen verkauft, der am schlechtesten zahlt«, sagte sie ironisch. »Die Landung in Izmir muss doch eine schallende Ohrfeige für ihn gewesen sein, oder? Und was ist mit den Geheimverhandlungen mit den Franzosen in Kilikien? Das werden die Patrioten niemals hinnehmen! Man könnte meinen, dass der Padischah sein Volk nicht mehr versteht. Dabei hätte ihm doch auffallen müssen, dass seine Empfänge im Dolmabahçe-Palast anlässlich der verschiedenen *Bayram*-Feste weniger Publikum angezogen haben als früher.«

Selim sah sie wie vor den Kopf geschlagen an. Woher hatte sie nur diesen energischen Ton? Noch nie hatte er mit seiner Frau solche Diskussionen geführt. Ihr Selbstbewusstsein verunsicherte ihn.

»Du kannst beruhigt sein, ich werde mich weiterhin diskret verhalten«, sagte sie seufzend. »Niemand kann einen Zusammenhang zwischen der Journalistin und der Ehefrau von Selim Bey herstellen.«

»Ich habe es jedenfalls getan!« Er zerknüllte die Zeitungsausschnitte mit einer Hand. »Früher oder später wird man auch im Palast darauf kommen. Ist dir eigentlich klar, welche Demütigung du mir zufügst? Und glaubst du auch nur eine Sekunde lang, dass ich diese Beleidigung meiner Ehre hinnehmen werde?«

»Ich nehme ja auch die Existenz deiner Ehefrau Nilüfer Hanım hin.«

Plötzlich herrschte Totenstille zwischen den beiden. Nur noch die aufgeregten Rufe Ahmets, der einen Fisch gefangen hatte, waren zu hören. In Selims Blick stand eine Mischung aus Zorn und Furcht. Zu ihrem eigenen Erstaunen empfand Leyla einen Anflug von Mitleid mit dem Mann, mit dem sie seit fast zehn Jahren verheiratet war.

»Wie hast du davon erfahren?«

»Ich war zufällig in Eyüp und habe in einem Laden gehört, wie diese Frau von dir gesprochen hat. Von ihrem reizenden Mann, der bald aus Paris zurückkehren würde«, sagte sie spöttisch. »Ihr wunderbarer, angebeteter Ehemann …«

Mit einem Mal stieg Zorn in ihr auf, und sie ballte die Hände zusammen, sodass sich die Fingernägel in ihre Handflächen bohrten. Nun, da sie am Rand des Abgrunds stand, konnte sie Menschen besser verstehen, die lieber schwiegen, um den Schein zu wahren und sich die glücklichen Momente zu erhalten. Perihans Lachen, das Klappern der Gärtnerscheren, das Plätschern eines Boots an der Anlegestelle oder Ferides ruhige Schritte, die eine Platte mit heißem Blätterteiggebäck brachte. Eine harmonische Welt, aber Selim hatte alles verdorben. Ein Teil ihrer selbst, der schwächlichere und erbärmlichere, hätte es vorgezogen, wenn er alles abgestritten hätte.

»Ich wollte dich nicht verletzen«, sagte er. »Ich dachte, es wäre besser so … Dich in Unkenntnis zu lassen.«

»Soll ich dir jetzt dafür danken?«, erwiderte sie kalt.

»Nilüfer braucht mich. Wie soll ich es ausdrücken? Sie ist …«

»Jung. Sie ist neunzehn. Wie lange seid ihr schon verheiratet?«

Betreten ließ er den Kopf hängen. »Seit drei Jahren.«

Der Schmerz durchfuhr sie wie ein Messerstich. »Drei Jahre schon … Und habt ihr Kinder?«

»Einen Sohn.«

Leyla wandte das Gesicht ab. Merkwürdigerweise fühlte sie sich weniger verletzt, als sie gedacht hätte. Ein Kind war die natürliche Krönung einer Liebe. Sie hätte es keiner Frau gewünscht, kinderlos zu bleiben. Von jeher hatten die Kinder verschiedener Ehefrauen eines Mannes ein Recht auf den Namen und den Besitz ihres Vaters. Es gab nur selten Fälle von Illegitimität, und man belastete die unschuldigen Kinder nicht mit dem Makel der unehelichen Geburt. Ahmets und Perihans Halbbruder hatte ein Recht auf seinen Platz in der Familie, und niemand würde ihm den streitig machen.

Ihre verspannten Schultern schmerzten, als sie sich mit Mühe aufrichtete. Ihr fehlten die Worte. Plötzlich fühlte sie sich unsagbar müde. Ohne ein Wort ging sie davon und war froh, dass Selim sie nicht aufzuhalten versuchte. Sie sehnte sich danach, sich in die Mauern ihres Hauses zu flüchten und mit nackten Füßen über den kühlen Marmor der Eingangshalle zu spazieren, wie sie es als Kind getan hatte. Sie musste dieses Gespräch einstweilen ruhen lassen und diesen Schmerz respektieren, der an den Tag gebracht worden war, ohne tiefer darin zu wühlen. Sie musste ihre Würde bewahren. Sie wollte nicht hören, wie sich Selim rechtfertigte und Ausreden suchte, mit denen er sie womöglich ins Wanken gebracht hätte. Sein Vertrauen schenkte man nur einmal her. Alles, was danach kam, waren angenehme oder weniger angenehme Kompromisse.

Mehr als alles andere verletzte es sie, wie lange diese Lüge schon andauerte. Alle gemeinsamen Erinnerungen aus den letzten drei Jahren waren mit einem Mal befleckt. Wie hatte sie nur so blind sein können? Das Gefühl der Erniedrigung ließ sie erröten.

Aber sogleich beruhigte sie die friedliche Stille ihres Hauses, die durch das Plätschern des Brunnens untermalt wurde. Ihr wurde bewusst, dass sie den Atem angehalten hatte. Sie durchquerte den großen Salon und suchte Zuflucht in der kleinen Bibliothek, deren Wände mit Büchern bedeckt waren; ihrem sicheren Hafen. Das vom Bosporus reflektierte Licht spielte auf den silbernen Trinkbechern, die ihre Mutter gesammelt hatte, und auf dem mattglänzenden Holz des Klaviers. Sie kuschelte sich in einen Sessel und umschlang die Knie. Nach wie vor war Leyla überzeugt, dass Liebe unteilbar war. Das mochte vielleicht an ihrer Naivität und mangelnden Menschenkenntnis liegen, aber es war ihre ganz eigene Wahrheit, die ihr Körper ihr beim Liebesakt eingab.

Zweiter Teil

Stambul, März 1920

Die Schüsse donnerten durch die frühe Morgendämmerung. Leyla war aus dem Schlaf hochgefahren und zog sich eilig an, während Feride mit zitternden Händen die Öllampen anzündete. In der Umgebung des Konaks ertönten Schreie, und ungewohnte Erschütterungen ließen die Hausmauern erzittern.

»Was ist los? Ein Erdbeben?«, fragte Gülbahar Hanım, die in der Tür aufgetaucht war. Ihr zu langen Zöpfen geflochtenes Haar fiel ihr über die Schultern.

Nervös hielt sie den Morgenrock am Hals zusammen. Ungeschminkt und ohne Schmuck wirkte sie verletzlich. Hinter ihr stand eine verängstigte Dienerin mit einem Kerzenleuchter.

»Ich weiß es nicht«, antwortete Leyla und schlüpfte in ihre Stiefeletten.

Ihre Schwiegermutter blickte sich suchend nach ihrem Sohn um, aber Selim hatte die letzten Nächte im Yıldız-Palast verbracht. Ali Aga, der sich den Gehrock schief zugeknöpft hatte, stand schnuppernd im Garten, um herauszufinden, ob der von allen Einwohnern Stambuls so gefürchtete Brandgeruch in der Luft hing.

»Panzer sind in die Stadt eingedrungen, Hanım Efendi«, flüsterte er mit ausdrucksloser Stimme. »Was wollen sie denn noch von uns?«

Leyla befahl ihm, das Straßentor aufzuriegeln. In der Ferne erklangen erneut Schüsse. Auf der Straße trommelten Rekruten in khakifarbenen Uniformen schimpfend an die Türen. Hinter den geschlossenen Fensterläden konnte man die Panik der Familien erahnen. Männer in Nachtgewändern wollten diesen Ungläubigen den Zutritt zu ihren Häusern verwehren. Einige nahm man ohne Umstände fest. Ein Stück weiter entfernt gruben die Engländer auf der Suche nach Waffen und Munition einen Garten um. Bestürzt sah Leyla auf dem Friedhof Fackeln lodern. Würden sie nicht einmal vor den Gräbern zurückschrecken? Sie wies Ali Aga an, den Wagen anspannen zu lassen. Sie musste woanders herausfinden, was vor sich ging.

Eine halbe Stunde später versuchte Nadim, der Kutscher, ihnen einen Weg zwischen den Karren hindurch zu bahnen. Immer wieder schrie er laut und schwenkte die Peitsche, jedoch vergeblich. Es gab kein Durchkommen. Leyla beugte sich aus der Wagentür, um eine vorbeimarschierende Abteilung Soldaten zu mustern, deren Stiefel auf der Straße knallten. Weißliches Licht floss über die ziegelgedeckten Dächer, ließ Stahlbeschläge und die pfeilförmigen Minarette aufleuchten und spiegelte sich auf dem silbrigen Wasser des Goldenen Horns. Ein unter britischer Flagge stehender Panzerkreuzer richtete seine Kanonen auf den Galata-Turm. Sobald Nedim die Kalesche aus dem Stau befreit hatte, trieb er das Pferd mit Zungenschnalzen an. Auf verschlungenen Wegen gelangten sie endlich nach Eyüp. Leyla befahl ihm, an der Anlegestelle zu warten.

In den Gassen drängte sich eine besorgte, verwirrte Menge. Ohne Zeit zu verlieren, begab sich Leyla zu einem unauffälligen kleinen Holzhaus mit verwaschenem blauen Anstrich, dessen Erkerfenster fest vergittert war. Sie klopfte, lehnte dann die Stirn an die Tür und versuchte, wieder zu Atem zu kommen. Als der Riegel zurückgeschoben wurde, schlüpfte sie ins Haus. Mit einem Nicken dankte sie der Frau, die ihr geöffnet hatte, stieg in den ersten Stock hinauf und trat in ein dunkles Zimmer. Dort beugte sich ein junger Mann in einem weißen Hemd, der Kopfhörer trug, über einen Telegrafenapparat.

»Was ist los, Gürkan?«, fragte sie und fasste ihn an der Schulter.

»Ein Übergriff der Briten.«

Mit erhobener Hand bedeutete er ihr zu schweigen und gab seine Nachricht zu Ende durch. Das Stakkato der kodierten Zeichen spiegelte die Dringlichkeit der Lage. Als er fertig war, drehte er sich auf seinem Schemel um und sah sie an.

»Wir werden dieses Durcheinander nutzen, um Orhan zu befreien.«

Leyla ließ sich auf den durchgesessenen Diwan fallen. Der Blick des jungen Mannes wirkte fiebrig. Seiner Meinung nach durfte man sich diese Gelegenheit nicht entgehen lassen. Die Briten waren während der letzten Wochen sehr reizbar gewesen und hatten dadurch Fehler begangen. Überhaupt war diese ganze Operation ein politischer Fauxpas, den sie noch bedauern würden.

»Ihre Truppen haben das Kriegs- und das Marineministerium besetzt, die Telegrafenzentralen, die öffentlichen Gebäude … Sie haben es sogar gewagt, Abgeordnete im Schlafanzug aus dem Bett zu holen.«

»Aber das ist doch vollkommen illegal!«, rief sie aus.

Er zuckte die Achseln. Die Engländer focht das nicht im Geringsten an. Sie benahmen sich wie Feudalherren, die in einer ihrer Kolonien einen Aufstand niederschlugen. Seit einigen Monaten stellten sich die neuen osmanischen Abgeordneten, darunter zahlreiche patriotisch gesinnte, offen gegen die Politik der Alliierten. »Ein unbeherrschbares Parlament«, schimpften die britischen Politiker, als könnten sie über die gewählten Vertreter eines anderen Volkes bestimmen. Gleichzeitig setzte der nationale Widerstand den griechischen Truppen zu, die in Westanatolien vorrückten, und in Kilikien und Nordsyrien wurden französische Garnisonen belagert. Die erbosten Briten glaubten, sie könnten, indem sie sich offiziell der Hauptstadt bemächtigten – die sie seit der Unterzeichnung des Waffenstillstands faktisch ohnehin besetzt hielten –, die schwelenden Aufstandsherde ersticken. Ihrer Meinung nach musste die Drohung, dauerhaft Istanbul und das Kalifat zu belagern, also die Stadt, die den Nationalstolz der Osmanen symbolisierte, die Rebellen zwangsläufig zum Einlenken bewegen.

»Beim Angriff auf die Hauptpost sind Briefträger getötet worden«, fuhr Gürkan fort, »und auch Beamte der Polizeiwache, auf der Orhan festgehalten wird. Inzwischen müsste mein Onkel auf den Plan getreten sein. Jetzt können wir nur noch abwarten.«

Da der junge Mann durch sein Muttermal auf der Wange zu leicht zu erkennen war, hatte man ihn quasi unter Hausarrest gestellt. Er scharrte vor Ungeduld mit den Füßen und bedauerte bitter, nicht an der Befreiung seines besten Freundes teilnehmen zu können. Aber Leyla konnte Rahmi Bey, der seinen Neffen schützen wollte, nur allzu gut verstehen. Sie fühlte sich zwischen Hoffnung und Angst hin- und hergerissen. Schon seit Monaten wurde ihr Bruder jetzt festgehalten. Er war noch nicht vor Gericht gestellt worden, aber die Mühlen der osmanischen Justiz – ob unter ausländischer Aufsicht oder nicht – hatten schon immer langsam gemahlen.

Der Apparat hatte wieder zu ticken begonnen. Gürkan erklärte Leyla, ein mutiger Funker halte Mustafa Kemal im Minutentakt über die Entwicklung der Lage auf dem Laufenden.

»Er hat recht daran getan, nicht nach Istanbul zurückzukehren«, versicherte der junge Mann voll des Lobes für sein großes Vorbild. »Er wollte nicht, dass das neue Parlament hier, unter den missgünstigen Blicken der Ungläubigen, zusammentritt. Gott sei Dank sind er und der Großteil seiner Getreuen noch handlungsfähig!«

Sofort dachte Leyla an Hans. Von Rahmi Bey wusste sie, dass sich der Archäologe wieder den Aufständischen angeschlossen hatte. Ob er sich jetzt in Angora aufhielt, diesem entlegenen Marktflecken im Sumpfland der anatolischen Steppe, den Mustafa Kemal zum strategischen Herzstück seines Kampfs auserkoren hatte? Bisher hatte sie erst einmal, und zwar zwei Monate nach seiner Abreise aus dem Yalı, einen kurzen Brief erhalten, in dem er ihr für alles dankte und ihr mitteilte, es gehe ihm gut. Die anonyme Nachricht bewies, dass er sie nicht vergessen hatte. Das Verlangen nach Hans überkam sie oft so stark, dass es schmerzte. Mit einem Mal wurde sie von Ungeduld ergriffen und erklärte Gürkan, sie wolle sich an die frische Luft begeben.

Draußen erzählten aufgeregte Passanten von Kämpfen rund um die Kaserne, in der zur französischen Armee gehörige algerische Truppen untergebracht waren. Vor einigen Monaten war im Munitionslager ein Brand ausgebrochen, und es war vollständig zerstört worden. Leyla ging zur Krankenstation der Moschee, die sie regelmäßig mit wohltätigen Gaben unterstützte. Kürzlich waren die Wände frisch gekalkt und die Türen gestrichen worden. Koranverse versicherten den Kranken, dass der Allerhöchste in Seiner Güte über sie wache. In dem Krankensaal, der den Frauen vorbehalten war, lagen die Patientinnen auf Feldbetten. Alte Armeedecken waren penibel zusammengelegt. Der vertraute Geruch nach Jod und Kampfer umgab sie und erinnerte sie an die Stunden, die sie an Hans' Krankenlager verbracht hatte.

Leyla schlug ihren Schleier zurück, und sofort kamen die Schwestern und Helferinnen zu ihr und küssten ihr zum Zeichen der Achtung den Rocksaum und die Hand.

»Es ist eine Gnade Allahs, des Barmherzigen, Sie bei uns wiederzusehen, Hanım Efendi!«, rief die Leiterin der Station aus. »Ich verfolge Ihre Artikel mit dem größten Interesse«, setzte sie mit Verschwörermiene hinzu. »Einige von uns teilen Ihre Vorstellungen, aber Sie können sie so viel besser zum Ausdruck bringen, als uns das möglich wäre.«

Leyla errötete geschmeichelt. Aus Respekt vor Selim achtete sie darauf, anonym zu bleiben, aber es wurde immer schwieriger, ihre wahre Identität zu verbergen. Dies war das erste Mal, dass ihr jemand von Angesicht zu Angesicht ein Kompliment aussprach. Sie erkundigte sich nach den Medikamentenvorräten und der Anzahl der verfügbaren Krankenschwestern und gab schließlich der begeisterten Leiterin nach, die sie bat, einen Rundgang durch den Saal zu machen.

»Und dies ist unser letzter Neuzugang«, sagte die Leiterin mit sorgenvoller Stimme, als sie auf ein Bett zutraten, das durch einen weißen Stoffvorhang abgetrennt war. »Sie ist heute Nacht am Blinddarm operiert worden. Wir konnten das Schlimmste gerade noch verhindern! Die Unglückliche hat bis zum letzten Moment gewartet, ehe sie hergekommen ist. Sie hatte niemanden, der auf ihren Sohn aufpassen konnte, und ihr Mann ist meistens nicht da.«

Leyla zögerte. Eine ungute Vorahnung stieg in ihr auf.

»Ich muss jemanden finden, der sich um das Kind kümmert, bis Nilüfer Hanım genesen ist. Ich habe mich schon bei den Krankenschwestern erkundigt, aber die sind momentan alle mit Arbeit überhäuft.«

Die Frau, die mit geschlossenen Augen auf dem Rücken lag, wirkte sehr jung. Das kastanienbraune Haar war seitlich zu einem dicken Zopf geflochten. Sie besaß eine Adlernase und schmale Lippen. Ihre Züge waren nicht hässlich, aber auch nicht besonders ansprechend. Sie hat überhaupt nichts Außergewöhnliches, dachte Leyla beinahe erstaunt. Sie hatte damit gerechnet, dass Selims zweite Frau viel schöner wäre als sie selbst. In diesem Moment schlug die Kranke die Augen auf. Sie wirkte desorientiert. Eine Krankenschwester rief die Leiterin zu einem anderen Krankenbett. Leyla spürte einen Anflug von Panik und wandte sich mit einem steifen Lächeln von Nilüfer Hanım ab.

»Entschuldigen Sie, Hanım Efendi«, sagte die Kranke mit heiserer Stimme und befeuchtete sich die ausgetrockneten Lippen. »Ich habe großen Durst …«

Leyla holte ihr aus dem hinteren Teil des Saals ein Glas kaltes Wasser, legte ihr dann den Arm um die Schultern und half ihr, sich aufzurichten. Die Patientin verzog das Gesicht, trank ein paar Schlucke und dankte ihr.

Wenigstens weiß sie sich zu benehmen, sagte sich Leyla mit einem Anflug von Ironie. Die junge Frau grub die Fingernägel in den Bettbezug und ließ ihre hellen Augen unruhig umherwandern. Als Leyla sie so ängstlich sah, überkam sie eine tiefe Ruhe.

»Machen Sie sich keine Sorgen, in einigen Tagen werden Sie wiederhergestellt sein. Aber Sie müssen sich schonen, bis Sie wieder zu Kräften gekommen sind.«

»Oh, ich sorge mich nicht um mich selbst, Hanım Efendi, sondern um meinen Sohn«, erwiderte sie, und Tränen stiegen ihr in die Augen. »Wir sind zum ersten Mal getrennt, und ich habe keinen vertrauenswürdigen Menschen, der sich um ihn kümmern könnte.«

Leyla konnte nicht anders. Ein winziger Stachel der Eifersucht, der verzehrende Wunsch, mehr zu erfahren, trieben sie an …

»Und sein Vater?«, fragte sie.

»Mein Mann ist sehr beschäftigt. Er gehört zu den Ratgebern Seiner Majestät«, erklärte sie, und ihre Augen strahlten vor Stolz. »Und außerdem kann ich nicht zu ihm gehen. Seine erste Frau, verstehen Sie, die Valide Hanım, weiß nichts von mir. Ich möchte die beiden auf keinen Fall belästigen. Das wäre respektlos.«

Dieser Schuft!, sagte sich Leyla. Wie konnte Selim die junge Frau nur zu einer solchen Isolation verurteilen? Eigentlich hätte sie diese Gelegenheit ergreifen, diskret verschwinden und das arme Mädchen mit ihren Sorgen allein lassen sollen – sie hatte schließlich genügend eigene; aber sie blieb reglos stehen und betrachtete die Sommersprossen, mit denen Nilüfers Wangen übersät waren. Dass sie ihr den Titel einer Valide Hanım verliehen hatte, verletzte ihr Selbstgefühl, war Leyla doch nur wenige Jahre älter als sie. Diese Akzeptanz der Hierarchie zwischen den Ehefrauen erinnerte an eine Ehrerbietigkeit, die aus einer anderen Zeit stammte. Nilüfer war ein einfaches Mädchen aus dem Volk, das nie einen französischen Roman gelesen oder eine Fremdsprache erlernt hatte. Unberührt vom Zynismus des Abendlands wusste sie nichts von den neuen Sitten einer modernen Gesellschaft, die sich unaufhaltsam von den althergebrachten und den

Türken so geschätzten Traditionen entfernte. Einen kurzen Moment lang empfand Leyla eine bittersüße Nostalgie für all das, was dem Untergang geweiht war.

»Ich gehöre zu den Gönnerinnen des Krankenhauses. Ich bin gern bereit, Ihren Sohn zu mir zu nehmen, bis Sie genesen sind«, erklärte sie knapp. »Sie können mir ruhig vertrauen.«

In einem Anflug von Dankbarkeit ergriff Nilüfer ihre Hand, um sie zu küssen. Leyla presste die Lippen zusammen. Gewiss war es eine feige Unterlassungslüge, ihr ihre Identität zu verschweigen. Doch als sie die Unschuld der jungen Mutter spürte, die so weit von ihrem eigenen Gemütszustand entfernt war, fehlte ihr der Mut dazu.

Selim Bey ging hinter dem Gitterzaun des Yıldız-Palasts auf und ab. Es war kurz vor fünf Uhr nachmittags, ein feuchter Wind drang ihm eisig bis auf die Knochen, und er zog nervös an seiner Zigarette.

Vor einigen Tagen hatte Louis Gardelle ihm im Vertrauen von einem Telegramm des französischen Außenministeriums erzählt. Damit habe man sein Kommando zur Vorsicht gemahnt und zu Maßnahmen, die britische Machtdemonstration auszubremsen. Frankreich verfolge mit großer Sorge, dass die Engländer genauso viel Druck auf das Land ausübten wie auf Ägypten und versuchten, den französischen Einfluss im Orient zurückzudrängen. Trotzdem war es ihnen gelungen, den Franzosen und Italienern ihren Willen aufzuzwingen. Wie immer, sagte sich Selim verbittert. Wenn man den neuesten Gerüchten glauben wollte, hatten die alliierten Hochkommissare vor, den Belagerungszustand zu erklären und scharfe Maßnahmen gegenüber Unruhestiftern anzuordnen. Die Lage war äußerst besorgniserregend. Als Selim einen Wagen näher kommen sah, trat er seinen Zigarettenstummel mit der Schuhspitze aus. Hüseyin Rauf Bey, der ehemalige Marineminister, stieg als Erster der drei Abgeordneten aus dem Fahrzeug. Er trug einen Zweireiher, der seine breiten Schultern betonte. Dieser Militär hatte sich früh auf Mustafa Kemals Seite geschlagen, aber er erwies dem Padischah immer noch die Ehre, was ihn in Selims Augen sympathisch machte.

»Ich bin zutiefst bestürzt«, erklärte Selim, während sie zu dem Salon eilten, wo der Sultan sie erwartete.

»Das ist ein unerträglicher Angriff auf die freie Souveränität der osmanischen Nation«, bekräftigte Hüseyin Rauf Bey ernst. »Aber seit der Unterzeichnung des Nationalpakts sind wir entschlossen, die Unteilbarkeit unseres nationalen Territoriums zu verteidigen.«

»Glauben Sie wirklich, dass das noch gelingen kann?«, fragte Selim.

Der Abgeordnete musterte ihn schweigend mit einem Hauch von Verachtung aus seinen dunklen Augen. Selim spürte, wie es ihm im Nacken unangenehm heiß wurde. Wie früher unter dem strengen Blick seines Vaters. Augenblicklich wurden ihm all seine Unzulänglichkeiten wieder bewusst. Im Gegensatz zu dem Abgeordneten besaß er keinen tiefen Glauben an sein Geschick, dieses heilige Feuer, das in Helden und Heiligen brannte. Man hätte meinen können, das Blut seiner räuberischen Vorfahren, die dreihundert Jahre zuvor die Hochebenen Anatoliens geplündert hatten, fließe nur noch dünn durch seine Adern. Sein Vater hatte ihm diese mangelnde Entschlossenheit nie verziehen, und manchmal meinte er, dass auch seine Mutter sie bei ihm vermisste.

Sie wurden in den Salon geführt, wo in einem grauen Gehrock und mit nach vorn gebeugten Schultern Mehmet VI. saß. Die große Nase sprang aus seinem ausgemergelten Gesicht hervor. Die Abgeordneten verneigten sich tief vor dem Herrscher, der seine Nervosität nur schlecht verbergen konnte. Urplötzlich ging draußen ein Platzregen nieder, der die Bäume im Park in einer wahren Sintflut ertränkte. Während der Regen gegen die Fensterscheiben prasselte, spürte Selim einen bitteren Geschmack im Mund.

Mit einem Mal betrübte ihn der Anblick des Padischahs, der an die Abgeordneten appellierte, die Besatzer nicht durch eine allzu aufrührerische Haltung vor den Kopf zu stoßen. Wo waren die Strahlkraft und die Macht dieser Herrscher asiatischer Abstammung geblieben, die einst den Westen hatten erzittern lassen und die bis vor die Tore Wiens gezogen waren? Von der einstigen Herrlichkeit war nur noch ein kleiner, kümmerlicher, unglücklicher Mann mit blassem Gesicht und altmodischem Krawattenknoten übrig, der in der feuchten Luft fröstelte.

Hüseyin Rauf Bey bat Seine Majestät, sich nicht ohne Zustimmung des Parlaments, das unerbittlich die Freiheiten des Volkes verteidigen werde, mit den Alliierten zu arrangieren. Kurz schien Mehmet VI. zu zögern. Tief im Inneren stand er Mustafa Kemals Vorgehen vielleicht gar nicht ablehnend gegenüber, das ihm eine Waffe gegen allzu gierige Alliierte in die Hand gab. Einige seiner Minister machten erst gar keinen Hehl daraus, dass sie den Rebellen unterstützten. Doch seine misstrauische Ader behielt immer die Oberhand. Außerdem hasste er es, wenn man ihm sagte, was er zu tun hatte.

Als sich der Padischah erhob, um die für ihn unangenehme Unterredung abzubrechen, hatte Selim die böse Vorahnung, alles sei verloren. Und mit einem Mal zerrann im kalten Licht dieses windigen Märztags in diesem Palast über dem von Gischt bedeckten Bosporus sein Traum vom Fortbestehen des Osmanischen Reichs. Er glaubte nicht länger daran, dass es unter dem vom Allerhöchsten selbst eingesetzten Sultan-Kalifen, dem Oberhaupt der Muslime und Beschützer der Minderheiten, wieder einen ehrenhaften Platz in der Völkergemeinschaft einnehmen würde.

Als Selim wenig später in einem Sessel saß und in die Dämmerung hinaussah, die ihre Schatten im Park ausbreitete, brachte man ihm eine Depesche. Die Briten hatten es gewagt, ins Parlament einzudringen und mehrere Dutzende Abgeordnete, darunter auch Hüseyin Rauf Bey, festzunehmen. Man hatte die Gefangenen auf ein Kriegsschiff gebracht, das vor dem Kai von Tophane ankerte. Bestimmt würde man sie nach Malta deportieren. Die anfängliche Empörung schlug in einen Zornesausbruch um und machte Selim sprachlos.

Er stand auf, öffnete einen Schrank und schenkte sich einen Cognac mit Wasser ein. Das war ein Wendepunkt im Geschick der Nation. Das Volk würde sich jetzt bestimmt auf die Seite der Nationalisten schlagen. Die Tatsache, dass der Padischah den verhassten Damad Ferid erneut ins Amt berufen wollte, würde die Stimmung noch mehr vergiften. Zum ersten Mal fragte sich Selim, ob seine Frau nicht vielleicht recht hatte.

Er leerte sein Glas mit einem Zug und verstaute die Dokumente, die er noch nicht gelesen hatte, in seiner Aktentasche. Die Tür fiel hinter ihm zu. Seine Schritte hallten hart über das Parkett. Er musste sie sehen. Sofort. Er brauchte Leyla, um wieder Zuversicht zu gewinnen und das Gefühl der eigenen Schwäche zu überwinden. Sie war der einzige Mensch, der es vermochte, seine Zweifel zu zerstreuen, damit er wieder zu sich selbst fand.

In der Abenddämmerung wirkte die Stadt bedrückend. Rund um den Yıldız-Palast wurden die Konaks, die von hochstehenden Persönlichkeiten bewohnt wurden, streng bewacht. Nepalesische Einheiten aus Britisch-Indien standen mit aufgepflanztem Bajonett vor den öffentlichen Gebäuden. In den von Zivilisten verlassenen Straßen von Pera verkündeten Aushänge der Bevölkerung, Konstantinopel sei besetzt worden, um für Frieden und Ordnung zu sorgen. Die Passstelle der Alliierten hatte mitgeteilt, der Verkehr zwischen den beiden Ufern sei ab jetzt Beschränkungen und besonderen Genehmigungen unterworfen.

In Stambul überwachte ein senegalesisches Regiment das alte Serail, auf das sich auch die Kanonen der Kriegsschiffe drohend richteten. Verängstigte Männer eilten schweigend zum Abendgebet in die Moscheen. Viele Ladengeschäfte waren geschlossen. Die Engländer hatten nicht davor zurückgeschreckt, einige türkische Soldaten in ihren Kasernen zu erschießen. Gerüchte wollten wissen, sie hätten sogar die bedauernswerten Musiker eines Artillerieregiments hingerichtet. Selim fühlte sich in seiner eigenen Stadt nicht mehr sicher. Die Engländer verfolgten insbesondere jene, die im Verdacht standen, mit den Franzosen zu sympathisieren; und es war kein Geheimnis, dass er mit Kommandant Louis Gardelle befreundet war.

Im Vestibül reichte er einer Dienerin seinen Fes und stieg dann eilig in den ersten Stock hinauf. Leyla saß, umgeben von ihren Büchern und ihrer Sammlung von Tintenfässern und Kalligrafie-Federn, in ihrem gemütlichen Salon und schrieb. Auf einem mit Einlegearbeiten aus Perlmutt verzierten Buchständer lag ein aufgeschlagener Koran. Er bückte sich, um sie auf die Stirn zu küssen, und sog ihren Duft ein. Sein Blick fiel auf eine Matratze, die auf dem Boden lag. Unter einer roten Decke lugten kastanienbraune Locken hervor. Das Kind schlief mit angezogenen Beinen und mit einem Stofftier unter dem Arm. Selim betrachtete wie erstarrt seinen Sohn.

»Orhan ist frei«, sagte Leyla, ohne zu ihm aufzusehen. »Nach diesen unendlich erscheinenden Monaten … Einstweilen ist er in Eyüp in Sicherheit. Die schreckliche Verwirrung des heutigen Tages hat wenigstens ein Gutes.«

Sie sprach in gemessenem, emotionslosem Ton. Selim begriff, dass das ihre Art war, ihn zu bestrafen. Er erkundigte sich, ob Nilüfer etwas zugestoßen sei.

»Sie wurde als Notfall ins Krankenhaus gebracht. Jemand muss sich um ihr Kind kümmern, solange sie sich von ihrer Blinddarmoperation erholt. Ich dachte, es wäre selbstverständlich, dass dein Sohn bei dir wohnt.«

Selim kniete nieder, um dem kleinen Jungen zärtlich über die Stirn zu streichen. Ratlos ging ihm der Gedanke durch den Kopf, dass all das keinen Sinn ergab. Rizas Platz war nicht hier. Er gehörte zur anderen Facette seines Lebens; sein Platz war in dem kleinen Haus aus hellem Holz mit den einfachen Baumwollvorhängen, in dem es nach Rosen und Alepposeife duftete. Das Kind war die Frucht des einfachen Glücks, das er sich vor drei Jahren erwählt hatte, als er, mehr oder weniger aus einem Impuls heraus, eine Heiratsvermittlerin gebeten hatte, eine diskrete, fügsame und liebende Frau für ihn zu suchen.

»Ich dachte, ich könnte dich mit der Zeit verstehen oder dir verzeihen, aber es gelingt mir einfach nicht«, sagte Leyla.

Er zuckte innerlich zusammen. Sie war so anders als Nilüfer mit ihrer Bescheidenheit, ihrer Rücksichtnahme und ihrem Blick, der ihn nie verurteilte. Nilüfer, die sich geweigert hatte, eine komfortabler ausgestattete Wohnung zu beziehen, gab sich mit unschuldigen Vergnügungen zufrieden; einer Bootsfahrt oder einem Picknick auf einem der mit blühenden Blumen übersäten Friedhöfe. Sie wusste jeden Augenblick vollständig auszukosten, und seine bloße Gegenwart erfüllte sie mit einer tiefen Freude, die sich auch in der Glut ihrer Leidenschaft ausdrückte. Leyla dagegen war von Gegensätzen geprägt. Von den Orientalinnen hatte sie ihr Selbstwertgefühl und die Herablassung gegenüber den Männern geerbt. Die geistige Unabhängigkeit und den Freimut hatte sie von den westlichen Frauen übernommen. Sie empfand allenfalls ein Gefühl der Verbundenheit mit ihm, manchmal vielleicht auch Zuneigung. Und das war auch der Grund, warum er sich eines Tages die Liebe einer Frau ersehnt hatte.

»Es ist mein gutes Recht, Leyla. Daran ist nichts Verwerfliches. Und ich habe alles getan, um dich zu schützen und nicht zu demütigen.«

Leyla verfolgte, wie ihr Mann zärtlich die Wange seines kleinen Sohns liebkoste. Er sah müde aus; Falten umgaben seinen Mund und zeichneten sich auf seiner Stirn ab. Er wirkte bedrückt, aber nicht reumütig. Seit ihrem Gespräch im Yalı hatte er ein- oder zweimal versucht, mit ihr über Nilüfer zu reden, aber sie hatte nichts hören wollen.

»Ich habe lange nachgedacht«, fuhr sie in dem behutsamen Tonfall von jemandem fort, der eine schmerzliche Nachricht überbringt. »Ich kann so nicht an deiner Seite alt werden. In dem Wissen, dass du dir eine zweite Frau genommen hast, ohne mich auch nur nach meiner Meinung zu fragen, dass du dieses Geheimnis drei Jahre lang bewahrt hast und dass ihr einen Sohn habt.«

Sie holte tief Luft.

»Nun, da ich weiß, dass du zu einem solchen Verrat in der Lage bist, kann ich nicht mehr mit dir schlafen und dir weitere Kinder schenken.«

Er hob den Kopf. Seine Miene war hart, sein Blick anklagend. »Wer bist du, dass du es wagst, von Verrat zu reden?«

Leyla erbleichte.

»Ich habe dich von den ersten Tagen unserer Ehe an geliebt«, fuhr er fort. »Kannst du von dir dasselbe behaupten? Ich habe alles getan, um dich für mich zu gewinnen, aber das ist dir nie genug gewesen. Was wirfst du mir vor, Leyla? Worin habe ich versagt?«

Er wusste also nicht über Hans Bescheid, stellte sie beschämt fest. Dennoch überkam sie ein Gefühl der Erleichterung, und sie konnte wieder atmen.

»Ich wusste nicht, dass du Liebe suchtest«, sagte sie verwirrt.

Mit einem Mal fragte sie sich, ob ihr etwas entgangen war. Selim hatte sich immer mit der körperlichen Liebe zufriedengegeben, die sie eine Zeit lang beide genossen hatten. Aber er schien sich nie dafür zu interessieren, welche Gefühle sie für ihn hegte. Hatte auch er etwas anderes erwartet und es nur nie auszudrücken vermocht? Waren sie beide Gefangene der Rollen gewesen, die man ihnen zugewiesen hatte? Was blieb denn Ehepaaren wie ihnen, wenn das Begehren erloschen war?

Der Kleine begann sich zu regen.

»Wie dem auch sei, ich bedaure, dass du es nicht für nötig gehalten hast, mir reinen Wein einzuschenken«, setzte sie hinzu und stand auf. »Versuch jetzt nicht, mir die Schuld zuzuschieben.«

Sie wollte sich nicht erweichen lassen. Nach und nach wich die Furcht, die Selim ihr so lange eingeflößt hatte. Seine Täuschung hatte ihn in ihren Augen schwach gemacht. Ihm mangelte es an Mut, ihr hingegen nicht.

Sie nahm das schwitzende und quengelnde Kind auf den Arm und begann es zu wiegen. Sie hielt ihm das Stofftier vors Gesicht, damit es den Geruch seiner Mutter wahrnahm.

»Und ich lasse auch nicht zu, dass du dieser jungen Frau eine solche Einsamkeit auferlegst. Du verurteilst sie zu einem Leben in Isolation, obwohl sie nichts Böses getan hat.«

Diese Parteinahme erstaunte Selim nicht. Seit jeher hatten es die Männer mit der Solidarität der türkischen Frauen zu tun, die sie aus ihrem Leben heraushielten. Die Frauen trugen sowohl Vertraulichkeiten als auch böse Nachreden und Eifersüchteleien unter sich aus und sprachen niemals zu einem Ehemann oder Bruder schlecht über eine andere Frau. Viel zu spät erkannte er, dass Vertrauen aus Gemeinsamkeit erwuchs.

»Ich wollte dich bloß schützen«, sagte er abermals.

»Drücken wir es lieber so aus, dass es dir Vergnügen bereitet hat, sie ganz allein für dich zu besitzen«, entgegnete sie schneidend.

Gekränkt zündete sich Selim eine Zigarette an. Die Gewissheit, dass Nilüfer nur für ihn und ihren gemeinsamen Sohn lebte, hatte in der Tat einen gewissen Reiz für ihn gehabt. Sie intrigierte nicht wie seine Mutter und besaß nicht Leylas unergründliches Wesen. Letztere waren aus demselben Holz geschnitzt. Sie waren gewandt, intelligent und herrisch, und alles musste nach ihrem Kopf gehen. Im Grunde genügten sie sich selbst.

Er sah Leyla an, die noch immer den Jungen zu beruhigen suchte. Ein Leben ohne sie war für ihn undenkbar. Nilüfer brauchte er, um sich als Mann zu fühlen, aber ein Leben ohne Leyla konnte er sich nicht vorstellen.

Sie hob den Kopf, als hätte sie seinen Blick gespürt. Sie sah ihn ernst an. Wie schön sie war – und so gnadenlos. Einen Augenblick lang hasste er sie, weil sie ihm Angst machte.

»Ich verlange die Scheidung, Selim.«

Einige Wochen später stand Leyla steif und reglos auf dem Bahnhof. In der Hand hielt sie eine kleine Reisetasche, in die sie ihre Zahnbürste, ein Fläschchen Jod und Wäsche zum Wechseln gepackt hatte; in letzter Sekunde hatte sie noch eine Schachtel Streichhölzer hineingesteckt, ohne so recht zu wissen, warum. In dem riesigen Bahnhof Haydarpaşa, der seit den Bombardierungen des Krieges nach allen Seiten hin offen war, kam sie sich verloren und beinahe nackt vor.

Eine lärmende, ungeordnete Masse drängte sich in der Bahnhofshalle. Möwen, die durch Löcher im Dach eingedrungen waren, flatterten panisch umher. Die Frauen standen in Gruppen zusammen, und ihre Kinder klammerten sich an ihre Röcke. Männer mit Kalpaks aus Persianerfell wedelten mit Fahrkarten und versuchten sich in die überfüllten Züge zu drängen. Mit Gepäck beladene Reisende, deren vorstehende Wangen und schräggestellten Augen ihre mongolische Herkunft verrieten, gingen vor ihr vorbei. Als sie britische Soldaten näher kommen sah, drückte sich Leyla, von Panik ergriffen, mit dem Rücken an die Wand. Auf einem Plakat über ihrem Kopf stand in großen Buchstaben das Wort TOD.

Diese auf Englisch und Türkisch verfassten Bekanntmachungen traf man überall in der Stadt an. Darin wurde jedem, der die Nationalisten unterstützte, die Todesstrafe angedroht. Zu Beginn hatte sie ihnen keine Beachtung geschenkt, als könnten ihr Mann und das Ansehen ihrer Schwiegermutter sie vor den Panzern, die durch die Straßen patrouillierten, und den Maschinengewehren, die auf den Gipfeln der Minarette glitzerten, schützen. Aber am Vortag war ein Mann bei ihnen aufgetaucht und hatte verlangt, mit Selim zu sprechen. Er war ein *Fedai* gewesen, einer jener glühenden Anhänger der nationalistischen Sache, die Beziehungen zu Botschaften und Ministerien hatten. Er hatte erklärt, der Name Leyla Hanım stehe auf einer Fahndungsliste. Daher musste sie Hals über Kopf aus Konstantinopel verschwinden und abwarten, bis sich die Lage wieder beruhigte. Die Polizei zögerte nicht, Frauen festzunehmen, die sie des Widerstands verdächtigte, und verfuhr bei Verhören keineswegs zimperlich mit ihnen.

Alles war ganz schnell gegangen. Leyla hatte den Eindruck gehabt, sich buchstäblich aus den Armen ihrer Kinder reißen zu müssen. Ahmet hatte sie mit Küssen überhäuft. Als sie Perihans Tränen an ihrem Hals spürte, kostete es sie eine übermenschliche Anstrengung, um nicht selbst in Schluchzen auszubrechen, und sie versprach ihr, bald zurückzukehren. Ihre kleine Tochter wollte unbedingt mit ihr kommen, und Gülbahar Hanım musste sie mit Süßigkeiten besänftigen.

Seit einigen Wochen war ein wahrer Exodus nach Anatolien zu beobachten: Abgeordnete, Journalisten, hohe Beamte, Offiziere, die alle Brücken hinter sich abgebrochen hatten; demobilisierte, arbeitslose Soldaten; kleine Beamte, die keinen Lohn mehr erhielten; und auch die berühmte Halide Edip, auf die ein Kopfgeld ausgesetzt war. Seit dem vergangenen Jahr gab es ein Untergrundnetz aus vertrauenswürdigen Menschen, die als Fluchthelfer für Verfolgte fungierten. Auf ihrer Flucht schlüpften die Patrioten in die ausgefallensten Verkleidungen; manche reisten in dem langen schwarzen Gewand und weißen Turban eines *Hodschas,* andere hinter Frauenschleiern. Sie waren mit Perücken und falschen Bärten, gefälschten Papieren und finsterer Entschlossenheit unterwegs. Die Italiener drückten weiterhin taktvoll beide Augen zu, ja unterstützten sie bisweilen sogar. Alles, was den Griechen missfiel, konnte ihnen nur recht sein. Auch gewisse französische Marineoffiziere zeigten sich verständnisvoll.

Der Bosporus wurde strenger denn je überwacht. Die Überfahrt auf das asiatische Ufer war beängstigend gewesen, aber Leyla hatte das Kloster der Derwische in Üsküdar wohlbehalten erreicht. Ihre Fluchthelfer hatten sie einer Schar Bäuerinnen anvertraut und die junge Frau angewiesen, sich nicht von ihnen oder ihren Männern mit ihren wettergegerbten Gesichtern und schwieligen Händen zu entfernen. Einige der Flüchtenden erreichten auf Schiffen einen der Häfen an der Schwarzmeerküste, andere auf primitiven Karren das Landesinnere. Allerdings patrouillierten auf den Straßen Infanterieregimenter, und die Bergpfade wurden durch räuberische Banden unsicher gemacht.

Als ihre Papiere kontrolliert wurden, spürte Leyla ihr Herz heftig pochen. Sie hielt den Blick niedergeschlagen. Da die Beamten angewiesen waren, von den Frauen zu verlangen, dass sie ihre Schleier ablegten, trug sie wie die Frauen aus dem Volk einen alten Tschartschaf aus Wollstoff, der bis auf die Augenbrauen hinabreichte, aber das Gesicht frei ließ. Sie dankte dem Himmel, dass sie im Gegensatz zu Halide Edip unbekannt war.

Die kleine Schar fand schließlich ein für Frauen reserviertes Abteil, in dem ein chaotisches Durcheinander aus Obstkisten, Käfigen mit Geflügel, schreienden Kindern und Stoffballen herrschte. Kleine Mädchen kauten mit störrischer Miene Sonnenblumenkerne und spuckten die Schalen aus. Diese lärmende Geräuschkulisse beruhigte Leyla indes. Inmitten dieser alltäglichen Unordnung konnte ihr nichts Böses zustoßen. Sie setzte sich in eine Ecke und wischte mit der behandschuhten Hand ein kleines Guckloch auf der schmutzigen Scheibe frei.

Unter durchdringendem Pfeifen setzte sich der Zug in Bewegung. Zu beiden Seiten der Gleise breiteten sich die Elendsquartiere der Flüchtlinge neben penibel ausgerichteten britischen Militärlagern aus. Die Obstgärten und Wälder ihrer Jugend hatten öden, abgeholzten Flächen Platz gemacht. Jede Umdrehung der Räder führte sie weiter von den Ihrigen weg. Sie lehnte die Stirn an die Glasscheibe und schloss die Augen. Auf ihren Lidern spielten die Lichtreflexe des Bosporus.

Man würde sie nach Angora begleiten, wo sie Orhan treffen sollte, der bereits dort war. Obwohl der Gedanke, ihren Bruder wiederzusehen, sie aufmunterte, fühlte sie sich mit einem Mal unendlich allein. Sie war nicht für ein abenteuerliches Leben geschaffen. Sie sehnte sich nach der heiteren Ruhe ihres am Wasser gelegenen Yalıs, dem Spiel von Licht und Schatten zwischen den beiden Ufern und dem Lächeln ihrer Kinder. Warum hatte sie sich nur in diesen Strudel hineinziehen lassen, in dem sie nichts ausrichten konnte? Tränen brannten ihr in den Augen, und mit einem Mal hatte sie Angst.

Eine Bäuerin packte Nüsse und Schafskäse aus und bot ihr lächelnd davon an.

»Wird schon wieder, Hanım Efendi«, murmelte sie und tätschelte ihr die Hand. »Ein wenig Zuversicht … Mit Gottes Gnade wird alles gutgehen.«

Um sich die Zeit zu vertreiben, begannen die Frauen, den Kindern Geschichten zu erzählen, und allesamt handelten sie von launischen Dschinns. Auch Leyla fand Gefallen daran. Ein kleiner Junge flüchtete sich fasziniert auf ihren Schoß.

Langsam vergingen die Stunden. Gegen Abend schlummerte sie wie zerschlagen auf der harten Holzbank ein.

Für Leyla und einige andere ging die Zugreise während der Nacht zu Ende. Sie stiegen in einen Karren um, der von einem mit Glücksbringern behängten Maultier gezogen wurde. Zwei Laternen warfen ein schwaches Licht auf den steinigen Weg. Leyla hatte das Gefühl, in den finsteren Schlund eines bösen Dschinns gezogen zu werden. Ein schneidender Wind drang durch ihre Kleidung. Auf dem kleinen Bauernhof, wo sie endlich anhielten, kläffte ein Hund ohne Unterlass und zerrte so stark an seiner schweren Kette, dass er sich zu strangulieren drohte. Die Bäuerin brachte Leyla eine Mahlzeit aus Eiern, Joghurt und dunklem Brot, aber sie brachte kaum einen Bissen herunter. Sie würde sich daran gewöhnen müssen, Menschen ausgeliefert zu sein, über die sie nicht das Geringste wusste. Vollständig angekleidet streckte sie sich auf der dünnen Matratze aus, die vor dem Feuer auf Strohmatten ausgerollt war, und sank in einen von Albträumen bevölkerten Schlaf.

Sie erwachte, als es schon hell war. Sie war allein im Haus. Als sie auf die Türschwelle trat und sich die Stiefeletten anzog, knurrte der Hund und fletschte die Zähne. Sie warf ihm einen verächtlichen Blick zu und kaute an einem Stück von dem bitteren Brot des Vortags. Wie die Bäuerinnen hatte sie sich nur einen mit roten Blumen bedruckten Schal um den Kopf gebunden. Von ihrer Kleidung stieg ein beißender Geruch nach Staub und Rauch auf. Im klaren Licht erstreckten sich die Hügel, so weit das Auge reichte. Schafe mit langem schwarzen Fell und Fußfesseln rupften junges Gras ab. Sie entfernte sich ein paar Schritte und stützte sich mit den Ellbogen auf einen Zaun.

Bisher waren ihre einzigen Berührungspunkte mit der Welt Anatoliens frühere Besuche bei einem von Selims Onkeln gewesen; ein frommer alter Mann, der eine Vorliebe für altmodische bestickte Westen und Pluderhosen hegte. Er besaß den schroffen Humor und die Großzügigkeit der Männer dieser Landstriche. Bei ihren Aufenthalten in seinem großen Haus hatte sie begriffen, dass man hier nichts von Großspurigkeit und Angeberei hielt. Diese Menschen waren unverstellt und von einer scharfen Aufrichtigkeit.

Sie, die junge Frau vom Bosporus, würde einige Zeit unter diesen Menschen leben, die so vollkommen anders waren als sie. Was würde sie in der Kleinstadt Angora erwarten? Es hieß, ihre Bewohner betrachteten die Stambuler als Ausländer. Das Klima in Angora war rau; sechs Monate im Jahr Schnee und Schlamm. Im Sommer ein Glutofen. Sie hatte keine Ahnung, bei wem sie wohnen oder wie sie für ihren Unterhalt aufkommen sollte. Als

Selim ihr bei ihrer Abreise nachblickte, hatte seine Miene distanziert gewirkt, als werfe er ihr vor, sie allein sei schuld, dass es so gekommen war. Sie hatte gar nicht erst versucht, ihn zu beschwichtigen. Seine Gemütsverfassung ging sie nichts mehr an.

Eine Bewegung lenkte ihre Aufmerksamkeit auf das tiefer im Tal gelegene kleine Dorf; drei kleine gelbe Lehmhäuser, aus denen Rauch aufstieg. Sie kniff die Augen zusammen und erblickte einen Ochsenkarren, der sich ihr näherte. Als Kind hatte sie mit ihren Eltern oft Freunde oder Cousins und Cousinen im Hinterland besucht. Ausgestreckt auf Teppichen waren sie in großen, mit einem Verdeck aus weißem Stoff geschützten Wagen gereist. Das Schaukeln des Gespanns hatte sie gewiegt, und die Reise war ein bezauberndes Intermezzo unter dem beruhigenden Schutz ihrer Familie gewesen. Damals hatte das Abenteuer seinen Reiz gehabt.

Der junge Bauer hatte die Tiere noch nicht ganz zum Halten gebracht, als schon eine Frau zu Boden sprang. Sie trug einen geblümten Schal um den Kopf, eine Steppweste, Hosen und Stiefel und begrüßte Leyla mit einem liebenswürdigen *Temenna*. Lächelnd stellte sie sich vor und entschuldigte sich dafür, bei Leylas Erwachen nicht da gewesen zu sein. Sie brachte frische Milch und ofenfrisches Brot.

»Es ist besser als das der Männer!«, sagte sie lachend.

Beim Kaffeekochen erzählte Nazahat Hanım ihr, sie gehörte der anatolischen Frauenvereinigung zur Verteidigung des Vaterlands an, die Geldspenden sammle und Nähstuben betreibe, wo Kleidung für die Armee und die Flüchtlinge gefertigt werde. Begeistert und stolz schilderte sie, wie sich die anatolischen Frauen am Widerstand beteiligten.

Durch das Fenster sah Leyla, wie der junge Mann aufmerksam den Boden rund um eine einsame Zypresse an der Hügelflanke musterte.

»Er überprüft, ob die Waffen gut versteckt sind und der Regen von gestern Abend nicht die Erde weggeschwemmt hat«, erklärte Nazahat. »Wir transportieren die Waffen bei Nacht und vergraben sie über Tag. Wir könnten ja von Soldaten oder Banditen überfallen werden. Man kann nie vorsichtig genug sein.«

»Sie scheinen aber keine Angst zu haben?«

Nazahat Hanım zuckte die Achseln und hielt ihr einen aufgeschäumten Kaffee hin.

»Ach, andere Mädchen sind viel mutiger als ich und kämpfen Seite an Seite mit unseren Soldaten. Ständig kommt es zu Scharmützeln mit den Griechen. Und immer wieder zu Massakern an Dorfbewohnern«, sagte sie mit gleichmütiger Miene. »Ich selbst kümmere mich nur um die Waffen, die aus Istanbul kommen, und begleite Menschen wie Sie ein Stück des Weges.«

Trotz ihrer Kühnheit strahlte sie auch eine Schalkhaftigkeit aus, die Leyla ein wenig verwirrend fand. Wie ertrug sie es, an einem so abgelegenen Ort zu leben und ständig fürchten zu müssen, Repressalien, Räubern oder selbsternannten Rächern zum Opfer zu fallen, die töteten, um Vergeltung für andere Bluttaten zu üben? Einst hatten die verschiedenen Glaubensgemeinschaften in einem einzigen Dorf friedlich zusammengelebt. Die Musliminnen hatten gern zur Mutter des Propheten Jesus gebetet, und die Christen hatten ihnen dafür Kerzen vor den orthodoxen Ikonen angezündet. Der Pope und der Imam ergingen sich in leidenschaftlichen theologischen Debatten, wenngleich sie sich zugestanden, dass sowohl der eine als auch der andere Glaube zu den Buchreligionen gehörte. Aber jetzt hatten alle Angst; Christen wie Muslime.

Nazahat schlug vor, ihren Kaffee draußen zu trinken. Hinter dem Haus stand in einer Gartenlaube ein Tisch mit ein paar alten Stühlen.

»Mir scheint, Sie sind nicht dick genug angezogen«, sagte sie besorgt, als sie sah, wie Leyla fröstelte. »Ich werde Ihnen für Ihre Weiterreise wärmere Kleidung geben.«

Sie streckte die Beine aus, schlug die Füße übereinander und betrachtete mit zufriedener Miene die Landschaft. Die Freiheit, die ihre Bewegungen und ihre Worte ausstrahlten, faszinierte Leyla. Ganz gleich, wie dieser Unabhängigkeitskrieg ausging, er würde dazu beitragen, ein neues türkisches Frauenbild entstehen zu lassen, und es würde Nazahats Züge tragen.

»Tut mir furchtbar leid, aber ich habe Ihre Artikel nicht gelesen«, sagte die Bäuerin unvermittelt. »Ich weiß nur, dass Sie mutig sind.«

»Weniger als Sie. Ich riskiere nicht mein Leben.«

»Die Patrioten, die in letzter Zeit durch unser Dorf gekommen sind, haben aber etwas anderes erzählt.«

Leylas Herz begann schneller zu schlagen. »Wer denn?«

»Junge Leute, die Sie anscheinend einige Zeit bei sich versteckt hatten. Und der Deutsche. Bei seiner Ankunft war ich misstrauisch, aber ich habe schnell begriffen, dass man ihm trauen kann. Er hat das ganze Dorf bis tief in die Nacht wach gehalten, während er uns von den Hethitern erzählt hat. Seitdem durchwühlen die Kinder den Boden nach alten Tonscherben. Das sind schließlich unsere Wurzeln. Um zu wissen, wohin man geht, darf man nie vergessen, wo man herkommt, nicht wahr?«

Sie musterte Leyla durchdringend.

»Sie haben ihm das Leben gerettet. Er hat in den höchsten Tönen von Ihnen gesprochen. Ich habe mich sogar gefragt, ob er vielleicht verliebt in Sie ist.«

Leyla errötete. Es erstaunte sie nicht, von Hans zu hören. Anatolien war seine Wahlheimat. Er kannte alle Nuancen seiner Farben und Düfte, die Kornfelder Kappadokiens, seine wogenden Hügel, seine Berge und Schluchten, die Zähigkeit und Treue der Männer und die Fürsorglichkeit der Bäuerinnen, die ihm die Mutter ersetzt hatten. Im Gegensatz zu ihr brauchte er sich dieses Land nicht mehr zu erschließen.

»Wie ging es ihm?«, fragte sie mit beiläufiger Miene.

»Gut. Er war unterwegs nach Angora, genau wie Sie. Wir mussten ziemlich lange Felder und Sümpfe durchqueren, weil die Straßen zu gefährlich waren. Aber er ist sehr tapfer und hat sich nie beklagt.«

Der bewundernde Unterton in ihrer Stimme versetzte Leyla

einen Stich. Sie hatte keine Lust, mit dieser scharfsinnigen Fremden über Hans zu sprechen. Sie gehörte zu den Menschen, die einen zwangen, der Wahrheit ins Gesicht zu sehen.

Nazahat zog ein Stück Papier aus der Tasche.

»Auch wir werden Mut brauchen. Schauen Sie, was nicht weit von hier vom Himmel gefallen ist«, erklärte sie ironisch.

Die Flugblätter waren von einem ausländischen Flugzeug abgeworfen worden. Der Scheich-ul-Islam, der höchste Würdenträger des Islams, hatte eine *Fatwa* gegen die Nationalisten verhängt. Er beschuldigte sie als »Vaterlandsverräter« und forderte die Soldaten des Kalifen auf, sie auszulöschen. Leyla lief ein eisiger Schauder über den Rücken. Diese auf Druck des Sultans und der Briten getroffene Entscheidung würde zwangsläufig dramatische Auswirkungen haben.

»Das ist furchtbar«, murmelte sie. »Die Bevölkerung hat nach wie vor große Achtung vor der Religion, und viele werden sich von uns abwenden. Wir haben das Volk noch nicht für unsere Sache gewonnen. Seit Mustafa Kemals Leute Steuern erheben und die Rekrutierung für ihre Armee vorantreiben, kommt es bereits in vielen Teilen des Landes zu Erhebungen. Und jetzt wird man uns nicht nur verfolgen, sondern will uns sogar töten.«

Auch Nazahat wirkte bedrückt. »Glücklicherweise hat die Reaktion aus Angora nicht auf sich warten lassen. Mustafa Kemal hat die religiösen Würdenträger, die gegen dieses Urteil sind, um sich versammelt. Aber ich mache mir keine großen Hoffnungen. Wir können es uns nicht leisten, uns noch erbitterter untereinander zu bekriegen, wo wir doch genug mit unseren äußeren Feinden zu tun haben.«

Die Bäuerin setzte ihre ganze Hoffnung auf die Große Türkische Nationalversammlung, die Mustafa Kemal einberufen hatte. Außerdem forderte er Neuwahlen. Leyla betrachtete ihre entschlossene Miene und ihre abgearbeiteten Hände mit den kurzen Nägeln und fragte sich, ob diese Frau auch ein Familienleben hatte – Kinder, einen Ehemann.

Der junge Mann kam herbei und kündigte an, der Weg für die nächste Etappe sei frei. Als sich Leyla erstaunt darüber zeigte, dass die Widerständler so gut informiert waren, zog er eine Handvoll zerknitterter Blätter aus der Tasche. Es waren Telegramme. Nazahat erklärte ihr, die Telegrafisten seien wahre Helden. Ohne einen roten Heller dafür zu bekommen und oft halb verhungert, riskierten sie jeden Moment, denunziert zu werden. Und doch war es ihnen gelungen, ein geheimes Netz aufzubauen, das den Großteil der anatolischen Ortschaften verband.

»Dank ihnen fühlen wir uns weniger allein«, fügte sie fröhlich hinzu.

Später am Tag teilten die beiden Frauen eine von reichlich Tee begleitete Mahlzeit mit zwei Männern, die mit umgehängten Patronentaschen, Revolvern und Dolchen ausgerüstet waren. Sie waren wie aus dem Nichts aufgetaucht, ohne dass Leyla sie hatte kommen hören. Die Waffen hatten sie in Kohlesäcken versteckt und auf dem Karren verstaut.

Bevor sie aufbrachen, zog sie sich um. Nazahat saß auf einem Schemel und sah ihr zu. Sie beglückwünschte sie zu ihrem straffen Körper. Lachend sagte sie, ihre Kinder hätten ihr den Bauch und das Herz geweitet. Leyla schlüpfte in warme Kleidungsstücke, die nach ihr unbekannten Kräutern dufteten. Sorgfältig faltete sie ihre Sachen zusammen. Sie hatte das Gefühl, zusammen mit ihrer bisherigen Reisekleidung einen Teil ihrer selbst auf diesem Bauernhof zurückzulassen, den sie nie wiedersehen würde.

Hans Kästner stieg eilig eine der steilen Straßen Angoras hinauf. Unter seinen Kameraden gehörte er zu den wenigen, die diesen von zwanzigtausend Seelen bewohnten Marktflecken zu schätzen wussten, der zwischen Sümpfen und Wüste auf einer felsigen Bergspitze lag. Die hethitischen Wurzeln waren hier noch zu spüren. Obwohl die Häuser schlicht waren und die neue Nationalversammlung in einer Bretterbaracke tagte, fand Hans, dass die Befestigungsruinen und der Tempel des Kaisers Augustus eine gewisse nostalgische Größe ausstrahlten. Doch heute hatte seine mit Besorgnis gemischte Freude nichts mit seiner Leidenschaft für die Archäologie zu tun. Zu den Namen der aus Istanbul geflüchteten Neuankömmlinge gehörte auch der von Leyla Hanım.

Vor dem Basar wehte ein Windstoß seinen Kalpak weg. Er machte einen Satz, um ihn im Flug aufzufangen. Ein paar kleine Bengel lachten, zollten ihm jedoch Beifall wegen seiner Geschicklichkeit. Gott, wie schön das Leben war!, dachte er mit strahlendem Lächeln. Der Himmel war tiefblau, und die frische Luft der Hochebene wirkte belebend. Der Schlamm der unbefestigten Straßen trocknete endlich, und nur auf den Hausdächern hielt sich hier und da noch ein Flecken Schnee. Der anatolische Frühling war kurz; er dauerte kaum länger als drei Wochen, dann wurde er von der unbarmherzigen Sonne verdrängt. Jedes Jahr stieg einem eine Flut von Farben und Düften zu Kopf wie starker Alkohol.

Hans hatte es eilig, sich nach Leylas Unterkunft zu erkundigen, denn er sorgte sich um ihre Sicherheit. Anders, als man hätte meinen mögen, befand sich die Stadt noch nicht vollständig in den Händen der Nationalisten. Und die neuesten Wendungen ließen nichts Gutes erahnen. Seit der Besetzung von Istanbul und der Verhängung der Fatwa waren im Land eine Reihe Volksaufstände aufgelodert, die sich bis in die Umgebung von Angora ausgedehnt hatten. Mustafa Kemals Feinde schienen sich abgesprochen zu haben. Der General antwortete mit erbarmungslosen militärischen Angriffen gegen die ausländischen Truppen ebenso wie gegen die aufständischen tscherkessischen oder abchasischen Banden, die Dörfer niederbrannten. Die Nationalisten kämpften gegen die Kräfte, die man inzwischen die »Armee des Kalifen« nannte, und Hans konnte sich kaum vorstellen, dass sich die Lage allzu bald beruhigen würde.

Er ließ eine Schafherde vorbei, die von einem kleinen Hirten angetrieben wurde, ehe er weiter die steilen Gassen hinaufstieg. Er passierte eine Schutthalde, die Überreste eines Brandes aus der Zeit des Großen Kriegs. Nur einige Steinhäuser hatten den Flammen widerstanden. Es war beeindruckend, wie viele Menschen in die Stadt strömten: Abenteurer aller Art, oftmals Spione im Sold mehrerer Herren, Sowjets, die gekommen waren, um mit dem General zu verhandeln, turbantragende Räuber in langen, mit Patronentaschen behängten Mänteln, Tartaren und Kirgisen, chinesische Händler, gedemütigte Soldaten, die bei den kemalistischen Truppen ihre Ehre wiederzufinden hofften, Freischärler und natürlich auch Nichtsnutze …

Karawanen aus Persien, Indien oder China scheuten auch weiterhin nicht den Weg nach Angora. Aufstände und Kriege vertrieben diese Männer nie lange, die mit dem gleichen langsamen Schritt aus der Steppe auftauchten wie ihre Vorfahren. Seit uralter Zeit boten sie ihre Waren feil, die sie auf Kamelrücken oder Maultieren heranbrachten. Die Tiere waren mit Seidenstoffen und Kaffee beladen, mit Waffen, Gewürzen und Salben, Töpferware, Trockenfrüchten, Edelsteinen, Parfüms oder Teppichen. Sie kamen auch, um Erkundigungen einzuholen, denn der türkische Nationalismus ließ auch andere muslimische Völker hellhörig werden, die ebenfalls unter dem Einfluss der Briten standen. Millionen von Menschen, die türkische Dialekte sprachen, wollten genauer wissen, was es mit diesem General mit den hellen Augen auf sich hatte, dessen Name jenseits der Berge von Mund zu Mund ging und der so entschlossen seinem Schicksal folgte.

Das kleine Holzhäuschen lag etwas abseits in einem verwilderten Garten, im Grunde einem Stück Brachland. Mit seinen schiefen Brettern hatte es so gar keine Ähnlichkeit mit dem luxuriösen Konak in Stambul. Hans fragte sich, ob sich Leyla an diese spartanische Umgebung gewöhnen würde. Wie lange würde sie wohl dazu verurteilt sein, fern von ihrer Familie zu leben? Doch tief im Inneren überwog seine Freude über ihr Exil. Die Götter hatten ihm dieses unerwartete Zwischenspiel geschenkt, eine Chance, die er sich nicht entgehen lassen durfte. Vor der Tür blieb er stehen und fuhr sich mit der Hand durchs Haar. Die Vorstellung, sie wiederzusehen, erfüllte ihn mit Ungeduld und Sorge zugleich.

Er klopfte, erhielt jedoch keine Antwort. Die Tür war nicht abgeschlossen. Er rief, aber nichts rührte sich. Durch zwei kleine Fenster mit Spitzengardinen fiel schwaches Licht in das Zimmer mit der niedrigen Decke. Vor dem mit rotem Stoff bedeckten Diwan gab es eine Platte aus gehämmertem Kupfer. In einer Ecke lag eine verstaubte Reisetasche. In einem Zinnkrug standen ein paar Heliotropzweige, die ersten des Jahres, und verbreiteten einen vanilleartigen Duft. Zögernd blieb er stehen. Er kam sich wie ein Eindringling vor. Vielleicht hatte er sich ja geirrt. Enttäuschung breitete sich in ihm aus, und er wandte sich zum Gehen.

Doch da trat sie, einen Stoß Brennholz auf dem Arm, in die Tür. Sie trug einen unter dem Kinn zusammengeknoteten Schal um den Kopf, eine Schaffellweste und einen grünen Rock aus dickem Wollstoff, unter dem Militärstiefel hervorlugten. Mit ihren rot angelaufenen Wangen wirkte sie erstaunlich jung, während sie ihn ansah, als erblickte sie ein Gespenst. Ein Glücksgefühl durchströmte ihn. Hastig nahm er ihr die Scheite ab und legte sie neben den Ofen. Dann zog er sie wortlos an sich und spürte erleichtert, wie sie sich seiner Umarmung hingab.

»Ist dir unterwegs auch nichts zugestoßen? Die Straßen sind wahrlich nicht sicher. Ich dachte, Orhan sei bei dir. Du wohnst hier doch nicht ganz allein, oder? Geht es dir gut? Hast du genug Geld, um dir etwas zu essen zu kaufen? Dir fehlt es doch an nichts?«

Leyla lachte. »So viele Fragen kann ich nicht auf einmal beantworten, Hans. Hast du ein wenig Zeit? Dann koche ich uns Tee.«

Sie erzählte ihm von ihrer Reise von Istanbul hierher, ihrer Begegnung mit Nazahat und den Tagen und Nächten zusammen mit Menschen, die sie wie eine von ihnen aufgenommen hatten.

»Ich habe den Eindruck, mich unterwegs verändert zu haben. Es ist das gleiche eigenartige Gefühl wie nach einem schlimmen Fieber. Man taucht wie aus einem Nebel auf und erwartet nicht mehr dasselbe von der Welt, die einen umgibt.«

»Und Orhan?«

»Er ist gottlob gesund und wohlbehalten. Er befindet sich auf einer Mission; worum es sich handelt, weiß ich nicht genau. Mein kleiner Bruder tut immer sehr geheimnisvoll.«

»Wie lange wirst du bleiben?«

Leyla zuckte die Achseln. Sie hatte keine Ahnung. Sie konnte sich glücklich schätzen, nicht zu jenen zu zählen, die zum Tode verurteilt worden waren. Sobald sich die Wogen geglättet haben würden, konnte sie die Rückreise antreten.

»Man hat mir nur Störung der öffentlichen Ordnung vorgeworfen.« Sie bestückte das Tablett mit zwei Gläsern Tee und einem Teller mit Honigplätzchen. »Ich komme mir vor wie der Riese, der gar nicht weiß, wie stark er ist«, setzte sie hinzu und verzog amüsiert den Mund. »Wenn es nur um mich ginge, wäre ich stolz darauf. Aber es betrübt mich sehr, von meinen Kindern getrennt zu sein.«

Hans beugte sich zu ihr, um ihre Wange zu streicheln. Spontan ergriff Leyla seine Hand und küsste sie. Er spürte, wie sein Herz zu rasen begann.

»Du hast mir gefehlt«, sagte sie inbrünstig. »Du warst noch so schwach, als du den Yalı verlassen hast. Ich habe mir solche Sorgen gemacht, dir könnte etwas zustoßen.«

Sie saß im Schneidersitz auf dem Diwan und blies auf den glühend heißen Tee in ihrem Glas. Dann berichtete sie ihm von ihrer Arbeit bei der frisch gegründeten anatolischen Presseagentur, die von Halide Edip geleitet wurde. Sie hatte ihren Sitz in der Landwirtschaftsschule, wo auch Mustafa Kemal sein Hauptquartier eingerichtet hatte. Leyla half der Universitätsdozentin bei der Übersetzung ausländischer Zeitungen und redigierte Texte für eine Tageszeitung, die bisher nur eine geringe Auflage hatte und in einem Stall gedruckt wurde.

»In meinen freien Stunden übe ich außerdem den Beruf eines Schreibers aus«, sagte sie lächelnd. »Man nimmt meine Dienste in allen möglichen Angelegenheiten in Anspruch, sogar für Liebesbriefe.«

Plötzlich war ihr die Begeisterung, mit der sie ihr neues Leben schilderte, peinlich, und sie schlug die Augen nieder. Konnte er begreifen, wie aufregend es war, diese Eigenständigkeit zu genießen, von der sie zuvor nicht zu träumen gewagt hatte?

Als sie Hans nach seiner Rolle in der nationalistischen Armee fragte, wich er aus. Es widerstrebte ihm, ihr von den Kampfhandlungen zu erzählen; wie es ihm jedes Mal zu schaffen machte, wenn er auf Leichen stieß, auf niedergebrannte Bauernhäuser, auf Bauern, die man auf die Straße gejagt hatte … Der Bürgerkrieg tobte, und die Streitmacht des Sultans gewann an Boden. Hans kämpfte mit seiner Einheit gegen irreguläre Banden aus Deserteuren und Banditen, deren Anführer sich wie Feudalherren aufführten und nicht zögerten, Verräter an Stadttore zu nageln. Die von Mustafa Kemal angeordneten Repressionen waren ebenso gnadenlos. Armenier und Kurden drangen in Gebiete ein, auf die sie ihrer Meinung nach Anspruch hatten. Weiter südlich, in Kilikien, war die Lage angesichts der französischen Truppen heikel, wenngleich Frankreich eine Delegation nach Angora geschickt hatte, um über die Zukunft zu beraten. Hans wollte diese Augenblicke der Verzweiflung nicht mit der Frau teilen, die er liebte; und es erschien ihm unanständig, nun, da er so glücklich war, sie wiedergefunden zu haben, von Blut und Tränen zu sprechen.

Er legte ein paar Scheite in den Ofen und riss ein Streichholz an. Die graue Abenddämmerung breitete sich schnell aus, und es war kühler geworden. Nachdem er sich wieder neben sie gesetzt hatte, knotete Hans ihren Schal auf und fuhr mit den Fingern durch ihr langes Haar. Ein wohliger Schauder durchrieselte Leyla. Forschend sah er sie an. Er erinnerte sich an ihren ersten Kuss und wie sie plötzlich vor Angst zurückgeschreckt war. Dieses Mal jedoch ließ sie ihn gewähren. Nur ihr stockender Atem verriet sie. An ihrer Schläfe pochte eine bläuliche Ader, und er strich mit dem Daumen darüber.

Hans' zarte Rücksichtnahme rührte Leyla, und sie fühlte sich heiter und gelassen. Jetzt fürchtete sie nichts mehr. Ihre Vorbehalte hatten sich aufgelöst. In Angora gab es kein Zögern mehr. Alles war schärfer umrissen. Hier konnte sie zu ihren Gefühlen stehen. Während dieser unendlich langen Woche, die ihre Reise gedauert hatte, hatte es zum ersten Mal in ihrem Leben keinen nahestehenden Menschen gegeben, an den sie sich wenden konnte. Denn ihre Beschützer fürchteten, von marodierenden Banden angegriffen zu werden. Als sie nachts in ihre Decken gehüllt dalag und aufgewühlt über diese Männer und Frauen nachdachte, denen sie niemals hätte begegnen dürfen, lauschte sie Nazahats ruhigen Atemzügen und begriff, dass sich die Prioritäten ihres Lebens für immer verändert hatten. Dieser ungeschminkte Blick auf ihre eigene Seele ängstigte und entzückte sie zugleich. Der Preis der Freiheit, dachte sie.

Sie schob sich näher an Hans heran, küsste seine Augenlider

und seinen Mund und fuhr mit der Hand zwischen seine Hemdknöpfe, um seine Haut zu spüren. Sie hungerte nach ihm; ein Hunger, der sich über all die Monate angestaut hatte. Und da war es, das Begehren, eine Feuerspur, gezogen mit den Fingerspitzen, ein Gefühl wie Fieber. Es dauerte nicht lang, und sie waren nackt. Sie erkundeten einander neugierig und waren auf herrliche Weise nur sich selbst verantwortlich. Hans liebkoste sie, ohne sie aus den Augen zu lassen. Als er in sie eindrang, kam sie fast sofort zum Höhepunkt. Der Schweiß glänzte auf ihren Körpern. Es war, als würden sie zum zweiten Mal geboren, um Liebe und Lust zu erfahren, diese Freude an der fleischlichen Liebe, die eine Offenbarung war.

Den beiden Liebenden wurden mehrere köstliche Wochen zuteil. Sie waren allein, denn Orhan war nach Konya geschickt worden. Jeden Morgen fuhr Leyla mit dem Karren zur Landwirtschaftsschule, aus der sie am Abend leichten Herzens und mit einem Kribbeln im Bauch zurückkehrte. Nur ihre Schultern schmerzten, denn sie waren vom stundenlangen Tippen auf der Schreibmaschine verkrampft.

Hans wartete auf sie. Was er über Tag tat, wusste sie nicht; aber er war immer da, saß auf dem Diwan und las im Licht der Petroleumlampe. Wenn er sie hereinkommen sah, leuchtete sein Gesicht auf, und Leyla hatte den Eindruck, dass in seinem Leben nur sie zählte. Er kochte. Sie tauchten Brot in Hummus, gelbe Linsen und Salat aus gehackten Gurken und fütterten einander mit den Fingern. Dazu aßen sie herrlich knusprige *Börek* und mit Fleisch und Reis gefüllte Tomaten. Das Öl der eingelegten Weinblätter lief ihnen über die Wangen, und sie lachten darüber. Auch wenn sie nachts kaum mehr als drei oder vier Stunden schliefen, hatten sie sich nie lebendiger gefühlt.

Hans hatte zwei kleine, stämmige Pferde gemietet. Sie hatten dichte, mit Bändern geschmückte Mähnen, die Sättel waren aus Holz, und primitive Seilschlaufen dienten als Steigbügel. Sie unternahmen Ausritte zwischen den Obstgärten, die die Stadt umgaben, und machten unter blühenden Akazien, deren Blüten wie Schneeflocken anmuteten, Picknicks. Sie lebten ihre Liebe ohne Gewissensbisse oder Schuldgefühle, wie eine Selbstverständlichkeit, gegen die niemand etwas einwenden konnte.

Leyla kostete dieses unerwartete Glück aus. Mit Hans an ihrer Seite hätte sie Berge versetzen können. Er hatte ihr versprochen, sie eines Tages mit nach Hattuša zu nehmen und ihr in Istanbul die Geheimnisse des Osmanischen Museums zu zeigen. Vor ihnen lag eine strahlende Zukunft – wenn alle Hindernisse ausgeräumt wären; der Unabhängigkeitskrieg, aber auch die Bande ihrer Ehe mit Selim. Ihre Liebe, die an den Ufern des Bosporus geboren war, schlug in der anatolischen Erde Wurzeln, und sie empfingen sie demütig und dankbar wie eine Gnade.

Hans erlebte jeden Augenblick mit Leyla so intensiv, als könnte er der letzte sein. Nun, da überall im Land Galgen standen, die Griechen Bursa eingenommen hatten, die einstige osmanische Hauptstadt, und Mustafa Kemals Truppen einen Rückschlag nach dem anderen hinnehmen mussten, unterdrückte er das beängstigende Gefühl, dass diese Episode zu schön war, um anzudauern. Zum ersten Mal erlebte er dieses innere Gleichgewicht, das sich einstellte, wenn man mit dem geliebten Menschen zusammenlebte; diese süße Gewissheit, einander täglich wiederzusehen. Das schiefe Bretterhäuschen war zu ihrem Zufluchtsort geworden. Dort störte sie niemand. Das Glück lächelt den Wagemutigen, dachte er bisweilen. Sie beide besaßen die Kühnheit der Liebenden, die sich in ihren Träumen für unbesiegbar halten.

Niemals würde Leyla den 10. August 1920 vergessen. Unfähig, sich auf ihre Arbeit zu konzentrieren, musste sie bis spät am Abend in der Landwirtschaftsschule ausharren, um Presseartikel zu übersetzen, die kein Ende nehmen wollten. Später sollte sie ihre Unruhe auf eine böse Vorahnung zurückführen, aber in diesem Moment schob sie es einfach nur auf die angespannte Atmosphäre. Doch die anderen empfanden es genauso.

Die Siegermächte hatten die Vertreter des Padischahs nach Paris zitiert, um den Friedensvertrag zu unterzeichnen. Leyla hoffte inständig, dass Selim nicht an diesem schmachvollen Akt teilnahm. Unter den Nationalisten sprach man von Hochverrat. Die der Türkei aufdiktierten Bedingungen waren so hart und die Zerstückelung des Landes so verheerend, dass beide Seiten das Urteil in einer Mischung aus Ungläubigkeit und Entsetzen erwarteten.

Das Telegramm erreichte Angora gegen Abend. In einem Salon der berühmten französischen Porzellanmanufaktur in Sèvres hatte das Osmanische Reich sein Leben ausgehaucht. Sein Territorium wurde auf einen Bruchteil zurechtgestutzt, auf Istanbul und das unmittelbare Umland sowie ein lächerliches unfruchtbares Gebiet in Anatolien. Den Türken wurde gestattet, eine unbedeutende Armee aufrechtzuerhalten, zu der jedoch weder Flugzeuge noch schwere Waffen zählen durften. Die Handelsprivilegien der ausländischen Mächte wurden ausgeweitet und die Rechte der Minderheiten gestärkt. Armenien und Kurdistan würden unabhängig, Italien und Griechenland würden bedeutende Territorien erhalten; arabische Provinzen würden unter französisches oder englisches Mandat gestellt und die Meerengen unter die Kontrolle einer internationalen Kommission. Der Verlust war kolossal, jede Hoffnung war durch diesen Vertrag zunichtegemacht worden. Und um die Demütigung auf die Spitze zu treiben, stand die Drohung im Raum, man würde dem Staat die Hauptstadt nehmen, falls er die 433 Klauseln des Vertrags nicht peinlich genau erfüllte.

Bei Einbruch der Nacht herrschte im Gebäude eine düstere Atmosphäre. Mustafa Kemal saß stumm im Dunkeln. Sein Schweigen drückte sowohl Einkehr als auch Trauer aus. In der Eingangshalle diskutierten einige Getreue leise. Die Blicke waren bekümmert, die Stimmung war niedergeschlagen. Leyla konnte nicht anders, als Enver Pascha zu verfluchen, der das Land in den Ruin getrieben hatte, indem er es an der Seite Deutschlands in den Krieg hineingezogen hatte. Vor Kummer und Scham bekam sie kaum Luft. Mit gesenktem Blick durchquerte sie den Saal und stieg in den Karren, der sie nach Hause bringen würde. Sie hatte es eilig, Hans wiederzusehen.

In diesem Moment stürzte ein junger Sekretär auf sie zu und drückte ihr ein Telegramm in die Hand. Verblüfft faltete sie es auseinander, um es im Licht einer Taschenlampe zu lesen. Selim forderte sie auf, unverzüglich nach Istanbul zurückzukehren. Perihan war schwer erkrankt.

Als Hans Leyla zur Tür hereinkommen sah, schob er ihre Blässe zunächst auf die Unterzeichnung des Vertrags, denn die Nachricht hatte die ganze Stadt erschüttert. Doch als sie ihm einen Kuss verwehrte und erklärte, ihre kleine Tochter sei krank, begriff er den wahren Ernst der Lage. Er war schwach gewesen, hatte sich im entlegenen Angora, das von Licht und Sonne durchtränkt war, buchstäblich von einem Schutzwall aus Feuer umgeben gewähnt und sich das Recht herausgenommen, sich mit Leib und Seele der Liebe zu dieser Frau hinzugeben. Doch jetzt stellte sich der größte Entwurf seines Lebens als vergänglich heraus. Er machte sich Vorwürfe, weil er so naiv gewesen war, an das Unmögliche zu glauben.

»Bestimmt ist es nur ein Fieber, das schnell vorübergeht«, sagte er, um sie zu beruhigen, während sie nach ihrer Reisetasche suchte. »Kinder jagen einem oftmals einen furchtbaren Schrecken ein.«

»Was verstehst du denn davon?«, entgegnete sie scharf. »Soweit ich weiß, hast du keine Kinder.«

Ihr ungerechter Zorn verletzte ihn. Er erkannte sie nicht mehr wieder. Ihre Bewegungen waren abrupt, ihre Augen blitzten gefährlich. Plötzlich wirkte der Raum zu eng, und sie ging ihm aus dem Weg.

»Hältst du es für klug, ausgerechnet jetzt abzureisen? Das ganze Land steht kopf. Ich habe nicht die geringste Ahnung, wie du Istanbul erreichen willst.«

Seufzend reckte sie die Hände zum Himmel. Sie hatte doch keine andere Wahl! Ihre kleine Tochter war krank. Undenkbar, dass sie nicht so schnell wie möglich nach Hause und an die Seite ihres Kindes zurückkehrte.

»Aber das verstehst du natürlich nicht«, stieß sie hervor.

»Weil ich keine Mutter hatte?«, gab er in schneidendem Ton zurück. »Doch, ich weiß, was du empfindest. Ich halte deine Reaktion jedoch für übertrieben.«

Sie lief hin und her wie ein Löwe im Käfig. Am liebsten wäre sie sofort aufgebrochen, auch auf die Gefahr hin, dass sie im Licht der Mondsichel durch die Nacht hätte wandern müssen, statt hierzubleiben, wo sie gefangen und ohnmächtig war. Zum Teufel mit den Rebellenbanden, den Griechen und den Marodeuren! Ihr friedlicher Hafen hatte sich plötzlich in eine Mausefalle verwandelt.

»Wenn eine Mutter weiß, dass ihr Kind leidet, zählt nichts anderes mehr. Unsere Kinder sind unser Fleisch und Blut, und wir würden unser Leben für sie geben.«

Hans ahnte, dass Leyla ihm entglitt, und nahm staunend wahr, wie die Angst ihm die Kehle zuschnürte. Wie einen scharfen Stich spürte er die Eifersucht auf alle, die eine solche Macht über sie ausübten. Er ließ den Blick durch den Raum schweifen, der für immer ihrer beider Spuren tragen würde; Kissen, ein Kaffeeservice, Leylas Haarbürste mit dem Perlmuttgriff, eine Keramikschale aus der Seldschukenzeit, die sie im Basar aufgetan hatten. Auf einem Regal standen Bücher, Kleidungsstücke waren in Seidenstoffe eingerollt. Unbedeutende Gegenstände, die ihren Alltag ausgemacht hatten, die aber jetzt fehl am Platz wirkten.

»Ich mache mir Sorgen um dich, Leyla«, sagte er und ergriff ihren Arm, als sie an ihm vorüberging.

Sie zitterte. Hans zog sie an sich, und sie unterdrückte ein Aufschluchzen. Sie war vor Angst wie erstarrt. Perihan war niemals krank. Sie war ein widerstandsfähiges Mädchen, und die üblichen Kinderkrankheiten hatten ihr kaum etwas anhaben können. An diesen Gedanken versuchte sie sich zu klammern, um nicht in Panik zu geraten, aber trotzdem tanzten schwarze Punkte vor ihren Augen. Selims knappes Telegramm flößte ihr ein schlechtes Gewissen ein, weil sie schon so viele Monate lang fort war. Sie hatte ihren Aufenthalt in Angora verlängert, weil sie stolz darauf war, an Halide Edips Seite zu arbeiten, und vor allem, weil sie auf diese Weise ihre Liebe hatte leben können, ohne an die Zukunft zu denken. Doch jetzt brachte sich die Realität auf die schrecklichste Art in Erinnerung, die sie sich vorstellen konnte. Abergläubische Vorstellungen und der Glaube an einen Fluch geisterten in ihrer Fantasie herum und vertrieben ihre Gewissheiten. Sie schloss die Augen, um sie zu verjagen.

In dieser Nacht liebten sie sich mit einer verzweifelten Leidenschaft, als wollten sie das Schicksal bezwingen. Anschließend lagen sie, weil sie nicht schlafen konnten, eng umschlungen da und warteten auf den Morgen. Ab und zu küsste Hans die Schläfe seiner Liebsten. Er drückte sie an sich, streichelte ihre Brüste, ihren Bauch und ihre Scham und wagte sich kaum vorzustellen, dass er Gefahr lief, all das für immer zu verlieren. Was würde die Zukunft bringen? Würden sie sich eines Tages wiedersehen und ihre Liebe frei leben können? Er zog sie fester an sich. Angora war praktisch von feindlichen Armeen umstellt. Die Zuversicht der Nationalisten wankte. Auf gewisse Weise war es vielleicht tatsächlich die Vorsehung, die Leyla aus dieser Falle holen würde. Aber er würde zurückbleiben, allein, und dies würde die furchtbarste Einsamkeit sein, die er je gekannt hatte.

»Ich liebe dich«, murmelte er.

»Ich weiß.«

»Aber ich will es dir sagen! Ich lebe nur, um dich zu lieben. An dem Tag, an dem ich begriffen habe, dass ich dich liebe, habe ich verstanden, dass das der Sinn meines Lebens ist.«

Hans' Worte stießen sie ab. Seine Leidenschaft war beinahe verletzend. Dies war nicht der richtige Augenblick, um sie damit zu belasten. Sie wollte nicht mehr hören, wie er von seinen Gefühlen sprach. Wirklich zu lieben bedeutete, um des anderen willen und nicht für sich selbst zu lieben. Seine Besorgnis war für sie wie ein Vorwurf; ihr wäre es lieber gewesen, er hätte sich taktvoll entfernt. In diesem Moment hatte sie ihm nichts zu bieten. Sie war nur eine Mutter, die sich um ihr Kind ängstigte; eine Mutter, die inmitten des Kriegs ein Land durchqueren musste, um ans Krankenbett ihrer Tochter zu eilen. Die Liebe eines Mannes war ein zweischneidiges Schwert. Wenn man am wenigsten damit rechnete, trat sein Egoismus zutage, und von einem Moment auf den anderen wurden einem seine Ansprüche unerträglich. Doch als sie Hans' ängstlichen Blick und sein sorgenvolles Gesicht sah, spürte sie einen Anflug von Mitleid. Er würde immer den kleinen Jungen in sich tragen, der von seiner Mutter verlassen worden war. Musste man nicht nur seine Kinder beschützen, sondern auch den Mann, den man liebte?

»Wir müssen Vertrauen haben«, sagte sie und verschränkte

ihre Finger mit seinen. »Ich werde nach Istanbul zurückkehren und Perihan pflegen, und danach werde ich eine Möglichkeit finden, wie wir zusammen sein können. Gottes Gnade wird uns beschützen.«

»Ich vertraue nur dir, Leyla.«

»Und ich verspreche dir, dass ich einen Weg finden werde, zu dir zurückzukehren.«

Im Bewusstsein des bevorstehenden Abschieds liebten sie sich ein letztes Mal mit bitterer Zärtlichkeit. Hans versuchte seine Verzweiflung vor ihr zu verbergen. Jeder Kuss von Leyla, jede Berührung ihrer Lippen und jede ihrer Liebkosungen war wie ein Brandzeichen auf seiner Haut. Als er sie wenig später erschöpft in den Armen hielt, sah er bekümmert und beklommen zu, wie im blassen Licht der anatolischen Morgendämmerung die Stickerei auf den Stoffen und die Muster der alten, verblassten Kelims langsam Gestalt annahmen.

Durch die Zunahme der Kampfhandlungen gestaltete sich die Rückreise gefährlicher als der Hinweg. Doch jetzt kehrte eine von ihren Erlebnissen gestärkte Frau nach Istanbul zurück, die in der Lage war, sich dem Unbekannten zu stellen. Und eine Frau, die die Liebe entdeckt hatte. Ihre Entschlossenheit hielt ihre Furcht in Schach. Die ganze Region wurde von Clans unsicher gemacht, deren Anführer sich selbst zu Lehnsleuten des Sultans ernannt hatten. Sie betrachteten sich in ihren angestammten Gebieten als unumstrittene Herrscher und terrorisierten Bauern und vergewaltigten deren Frauen. Die zerlumpten Soldaten der nationalistischen Armee kämpften verbissen gegen diese Aufständischen, und jeder ihrer Siege zog wiederum Racheakte nach sich. Leyla wandte den Blick ab, wenn sie Galgen passierte, an denen Leichen hingen, die man den Raben überlassen hatte.

Um nichts in der Welt hätte Hans sie allein ziehen lassen; zumindest ein Stück der Reise wollte er sie begleiten. Er hatte einen Weg ausfindig gemacht, von dem er hoffte, dass er einigermaßen sicher war. Am frühen Morgen hatten sie den Felsen mit den Ruinen der Zitadelle hinter sich gelassen. Die Hitze wirkte wie eine göttliche Strafe. Das Blut floss langsam durch ihre Adern und hämmerte schmerzhaft in den Schläfen. Immer wieder hatten sie den Eindruck, Donnergrollen zu hören. Aber es waren Kanonen – wenn es nicht die aufgeplatzte Erde war, die die Götter um Gnade anflehte.

Unter dem weißglühenden Himmel zogen die Ochsen, die mit einem Zungenschnalzen und der elastischen Gerte des Kutschers angetrieben wurden, schicksalsergeben dahin. Die Holzräder des Gespanns knirschten auf den Wegen und wirbelten kleine Staubwolken auf. Die Reise schien kein Ende zu nehmen. Die Landschaft mit den kargen, gelegentlich von Baumgruppen bestandenen Hügeln, den abgelegenen Gehöften und Telegrafenmasten, auf denen oft Storchennester saßen, bedrückte Leyla. In dieser gnadenlosen steinigen Welt herrschte eine Stille wie aus einer anderen Zeit, und nur die Steine flehten um Barmherzigkeit. Bis zum Sonnenuntergang durften sie aus Respekt vor Allah, dem Allmächtigen, kein Wasser trinken. Hans erlegte sich die gleichen Fastengebote auf wie der Kutscher und Leyla. In der schlimmsten Hitze suchten sie sich einen rettenden Baum und streckten sich auf dem nackten Boden aus. Hinter ihren geschwollenen Augenlidern tanzten wirbelnde Lichter.

Die Strapazen machen Leyla sehr zu schaffen. Ihre Gelenke und jeder Knochen schmerzten, während sie sich an die Sitzbank des Karrens klammerte. Wenn diese Qual nicht bald ein Ende nahm, würde von ihr nur noch eine ausgetrocknete Hülle übrigbleiben. Zusammenhanglose Gedanken gingen ihr durch den Kopf. Träume von kühlen Brisen und Regen. Die Sehnsucht nach dem Bosporus. Aber der Glutofen Anatoliens schenkte ihr keine Atempause. Es gab nur die Sonne, über ihnen kreisende Adler und Gott. Er allein war groß, und es gab keinen Gott außer Ihm. Wie eine Litanei murmelte sie Seinen Namen, und ihre Seele sehnte sich nach Wasser und Barmherzigkeit.

Sie erreichten einen kleinen Hafen an der Schwarzmeerküste, wo die Gischt den gelben Staub vertrieb, der in jeder Falte ihrer Gesichter und ihrer Kleidung hing. Sie waren mager und ausgedörrt; ihre Körper ausgemergelt. Wortlos, ohne einen Kuss, gingen sie auseinander. Nur ihre ineinander verschränkten Finger verweilten noch kurz. Für das, was sie empfanden, gab es keine Worte. Sie war Hans dankbar, dass er sie bis hierher begleitet hatte. An seinem Schweigen und seinem erloschenen Blick konnte sie ermessen, wie sehr es ihn schmerzte, sie zu verlassen. Sie bestieg ein Fischerboot, das heimlich Waffen transportierte, und grüßte mit der Hand die Gestalt, die zwischen Tauen und Fischernetzen auf dem Kai stand. Die Fäuste in den Taschen und mit hängenden Schultern sah Hans ihr nach, während sie sich über das Meer entfernte. Die Lichtreflexe des Wassers trieben ihm die Tränen in die Augen.

Mehrere Nächte schlief sie unter freiem Himmel. In diesen nicht enden wollenden Stunden, in denen sie ohne Unterlass an ihre kranke kleine Tochter dachte, war ihr das Auf und Ab der Wellen ein Trost. Die Kargheit Anatoliens hatte einen tiefen Eindruck auf sie gemacht und ihr eine neue Art von Demut verliehen, auch wenn sie von Anfang an gewusst hatte, dass sie dort nicht würde leben können.

Trotz ihrer Angst um Perihan und dem Schmerz wegen der Trennung von Hans durchströmte Leyla eine Woge der Freude, als sie die Mündung des Bosporus vor sich auftauchen sah. Endlich kehrte sie nach Hause zurück, und alles würde an seinen angestammten Platz in der Ordnung der Dinge rücken.

Ihre Freude war von kurzer Dauer. Als sie vor dem Yalı ankam, bemerkte Leyla erstaunt, dass die Fensterläden geschlossen waren und der Rasen gelb geworden war. Der Rosengarten, die Jasminsträucher, die Nelken- und Veilchenbeete wirkten ebenfalls vernachlässigt. Was war nur mit den Gärtnern los? Offenbar hatte Selim während ihrer Abwesenheit nicht hier draußen wohnen wollen, wo er sich unter den gegenwärtigen Umständen vielleicht unwohl gefühlt hätte. Sie fand seine Entscheidung absurd. Im Sommer war es am Ufer des Bosporus kühler und angenehmer als mitten in der Stadt. Wie konnte er den Kindern die Sommerfrische vorenthalten? Sie bat den Kapitän, sie in Stambul abzusetzen. Außer sich vor Sorge stand sie aufrecht am Bug wie eine Wache.

Im klaren Nachmittagslicht zeichnete sich ganz allmählich die gezackte Silhouette der Stadt vor ihr ab: Die bläulichen Kuppeln und pfeilartigen Minarette tauchten vor ihr auf, der Dolmabahçe-Palast mit seinem kühlen, fast durchscheinenden Weiß, der gedrungene Galata-Turm und die blauweißen Flaggen der Griechen, die oberhalb von Karaköy flatterten; die terrassenartig abfallenden Ziegeldächer und, nicht zu vergessen, die bedrohlichen Schiffsrümpfe der alliierten Flotte, die noch immer vor den Festungsmauern ankerte. Noch nie war sie so lange weg gewesen. Sie kam sich vor wie ein Eindringling.

Nachdem das Fischerboot von den Gendarmen der Besatzungsmächte inspiziert worden war, durfte es endlich anlegen.

Trotz des gewohnten geschäftigen Treibens auf den Piers hatte Leyla das Gefühl, als hätte eine merkwürdige Lähmung die Stadt erfasst. Die Rollläden der Schaufenster waren heruntergelassen, die Lastträger hockten untätig auf Schemeln. Die Passanten gingen mit gesenkten Köpfen vorüber. Sie eilte durch die Gassen und drehte sich immer wieder nach den jungen Frauen in grauen Hosen um, die die Straßen fegten. Wie tief wir gesunken sind!, dachte sie verstört. Im Gegensatz zu früher sah man auch keine Beamten raschen Schritts und mit geschäftiger Miene auf die Hohe Pforte zustreben, hinter der sich der Sitz der osmanischen Regierung befand. Wie konnte man auch nur eine Sekunde daran zweifeln, dass diese unterwürfige Atmosphäre der Unterzeichnung des unseligen Friedensvertrags geschuldet war? Französische Soldaten marschierten im Gleichschritt auf der breiten Straße vor dem Regierungssitz. Plötzlich musste sie an Louis Gardelle denken. Im Landesinnern konnte man trotz der schwierigen Lage noch Hoffnung unter den Truppen ausmachen, die in der Widerstandskraft des anatolischen Soldaten gründete. Die Hauptstadt wirkte hingegen energielos und träge.

Endlich vor dem Haus angekommen trommelte Leyla mehrmals an das Eingangsportal. Die Angst schnürte ihr die Kehle zu. Sie hatte das absurde Gefühl, als müsste sie die eigenen Bediensteten anbetteln. Endlich knarrte das Schloss. Beim Anblick ihrer seltsamen Aufmachung – der bunten Hose, der Tunika, die in der Taille von einem Ledergürtel zusammengerafft war, sowie einem locker um den Kopf gebundenen Tuch – musterte Ali Aga sie mit verblüffter Miene. Ihre schmutzigen Fingernägel und die vom Salz rissigen Lippen rundeten das Bild ab. Ihre Kleider rochen nach Jod und Fisch.

»Ja, ich bin's, Ali Aga«, sagte sie beschwichtigend und mit einem schüchternen Lächeln. »Ich bin wegen Perihan zurückgekommen. Wie geht es meinem kleinen Augenstern?«

Dem Eunuchen entglitten die Gesichtszüge, und Leyla hatte das Gefühl, als hätte man ihr einen Faustschlag in die Magengrube versetzt. Sie stürzte durch den Garten und in Richtung Haus und nahm, als sie die große Treppe erreichte, zwei Stufen auf einmal. Das Kinderzimmer war verwaist.

»Wo ist sie?«, rief Leyla.

Niemand antwortete ihr. Die Dienerinnen sahen sie nur blass und zitternd an. Endlich entdeckte sie Feride und packte sie am Arm.

»Wo ist meine Tochter?«, fragte sie barsch.

Aber selbst die treue Feride starrte sie nur an, als wäre sie durchsichtig. Leyla rannte zu ihrer Schwiegermutter. Sie stieß die Tür auf, die krachend gegen die Wand schlug. Im großen Salon, wo es im Halbschatten einigermaßen erträglich war, saß Gülbahar Hanım, umringt von der Schar ihrer Vertrauten, in ihrem Alkoven. Alle wandten sich zu Leyla um, als wäre sie ein Gespenst, schockiert, dass sie ohne jede Vorwarnung hereinplatzte. Eine kleine schwarze Dienerin, die im Schneidersitz auf einem Kissen hockte, drehte mit einer trägen Handbewegung die Flügel eines Ventilators. Als sie Leyla erblickte, schlug sie sich erschrocken eine Hand vor den Mund, und Leyla schoss völlig unangebracht der Gedanke durch den Kopf, dass sie sie wohl noch nie zuvor gesehen hatte.

Gülbahar legte ihren Fächer hin. Als sie ihre Schwiegertochter, die sich nicht einmal die Mühe gemacht hatte, ihre staubigen Stiefel auszuziehen, auf sich zukommen sah, riss sie entrüstet die Augen auf.

»Ach, du beehrst uns auch einmal wieder«, sagte ihre Schwiegermutter in hochmütigem Ton, in den sich ein argwöhnischer Beiklang mischte.

»Ich bin sofort aufgebrochen, als mich die Nachricht von Perihans Erkrankung erreichte. Wie geht es ihr?«

Ein Schatten legte sich auf das schöne Gesicht von Gülbahar Hanım. Sie erhob sich. Leyla wich unwillkürlich einen Schritt zurück. Ihre Schwiegermutter begann mit merkwürdig ausdrucksloser Stimme zu erzählen.

»Es hat mit einer Ohrenentzündung angefangen. Bei kleinen

Kindern ja keine Seltenheit. Dann hat sie plötzlich schlimme Kopfschmerzen bekommen. Sie hat nicht mehr das geringste Licht vertragen. Und dann dieses schreckliche Fieber, das nicht mehr zurückgehen wollte … Der Arzt hat sein Möglichstes getan, wir auch, wie du dir denken kannst, aber unser armer kleiner Liebling wurde von Krämpfen geschüttelt …«

Das Herz klopfte Leyla bis zum Hals. Sie hob die Hände, wie um sich zu schützen.

»Ich bin untröstlich, meine Kleine, sie … Allah der Beschützer hat sie in Seiner großen Barmherzigkeit zu sich gerufen.«

Leyla fiel auf die Knie. Sie hörte nichts mehr, wollte nichts mehr hören. Der Schmerz durchfuhr sie bis ins Mark, und sie brach in wildes Schluchzen aus. Als wäre alles Leben aus ihr gewichen, sackte sie zu Füßen ihrer Schwiegermutter zusammen, während um sie herum die Frauen ein Klagegeheul über das Dahinscheiden all ihrer geliebten Menschen erhoben. Sie spürte, wie mehrere Hände versuchten, sie wieder aufzurichten, und schlug wild um sich. Man sollte sie ja nicht anfassen! Es war ihr gleich, wenn sie ein erbärmliches Bild abgab, was machte das jetzt noch? Nichts zählte mehr. Ihre kleine Tochter war gestorben. Fern ihrer Mutter und ihrer tröstenden Arme. Allein und unter furchtbaren Schmerzen.

Lange lag sie völlig aufgelöst da, mit der Stirn auf dem Boden. Dann drang eine Stimme durch ihre Verzweiflung, zart und vertraut. Sie hob den Kopf. Ahmet wischte ihr mit seinen kleinen Händen unbeholfen die Tränen aus dem Gesicht. Er war blass, seine Lippen waren zusammengepresst, und er zitterte. Sie breitete die Arme aus, und ihr Sohn warf sich hinein. Und sie wiegte ihn schweigend, wie früher, als noch Harmonie herrschte in einer Welt, in der alles gut und richtig war.

Die Frauen um sie herum waren noch ganz benommen, nachdem sie miterlebt hatten, wie Leyla von Schmerz und Trauer überwältigt wurde. Die Türken ließen sich angesichts des Todes für gewöhnlich nicht so von ihren Emotionen überwältigen. Ihre

Schwiegermutter hatte sich wieder auf ihren Platz gesetzt; ihr Gesicht war blass, aber undurchdringlich. Sie zählte die Perlen ihres Rosenkranzes ab, während sie die neunundneunzig schönsten Namen Gottes murmelte. Die Frauen trugen keine Trauer, da die irdische Existenz für Muslime nur eine Zwischenstation auf dem Weg ins wahre Leben im Jenseits war. Allzu sehr um den Tod eines Kindes zu trauern war außerdem eine Sünde, weil es seine Glückseligkeit im Paradies stören konnte. Um Perihans Seelenheils willen musste sich Leyla wieder fangen. Sie versuchte aufzustehen, schwankte jedoch, und Ahmet musste sie stützen.

Gülbahar beobachtete sie aufmerksam, erleichtert darüber, dass ihre Schwiegertochter wieder zu zivilisiertem Benehmen zurückgefunden hatte. Wobei man angesichts ihres erstaunlichen Aufzugs hätte meinen können, sie hätte einige Zeit bei einem barbarischen Stamm gehaust! Gott allein wusste, mit was für einer Sorte von Menschen sie es in Anatolien zu tun hatte, wo bekanntlich nur Arme und Banditen lebten. Sie hatte auch abgenommen. Mehr als zuvor war ihr eigenwilliger Charakter an ihren Gesichtszügen abzulesen – ihrem feurigen Blick, ihren Wangenknochen, ihrem energischen Kinn. Und noch immer strahlte ihr üppiger Mund eine gefährliche Sinnlichkeit aus. Aber ihre Schönheit hatte nunmehr einen Hauch von Wildheit. Und obwohl die Nachricht von Perihans Tod sie jetzt niedergeschmettert hatte, spürte man eine nahezu bedrohliche Kraft von ihr ausgehen.

Mit einem Mal machte sich Gülbahar Sorgen um Selim. Ihr Sohn verkraftete den Tod seines Kindes nur schwer, seine Trauer war fast ebenso heftig wie die, die soeben Leyla überwältigt hatte. Einen Mann weinen zu sehen stellte einen auf eine besonders harte Probe. Der Unglückliche hatte nicht aufhören können zu weinen, erinnerte sie sich stirnrunzelnd. Am Tag von Perihans Beerdigung gestand er ihr, dass sich Leyla scheiden lassen wollte, weil er sich eine zweite Ehefrau genommen hatte. Gülbahar hatte ihre Verblüffung nur mit Mühe verbergen können. Dass Selim es versäumt hatte, sie einzuweihen, kränkte und schmerzte sie. Doch noch mehr missfiel ihr, dass ihre Schwiegertochter ihm nun diese große Schmach zufügen wollte, zumal er im Grunde nur die muslimische Tradition befolgt hatte.

»Wo ist sie begraben, Mutter?«, fragte Leyla mit rauer Stimme und kühler Höflichkeit.

»In Eyüp natürlich. Wir haben eine Zypresse auf ihr Grab gepflanzt, um ihre Seele vor bösen Mächten zu schützen.«

»Perihan war eine reine Seele. Sie war ja noch nicht einmal sieben.«

Leyla hielt noch immer Ahmets Hand umfasst, während sie aufrecht dastand. Ihr Leben war ins Wanken geraten. Wie sollte sie je wieder das nötige Gleichgewicht finden, um weiterleben zu können? Sie machte einen Knicks und berührte Herz und Stirn, um ihrer Schwiegermutter die Reinheit ihrer Gefühle und Gedanken zu versichern, und verließ dann den Salon. Jede Faser ihres Körpers schmerzte, als wäre sie eine Greisin.

Während draußen die fröhliche Geräuschkulisse des Fastenbrechens durch die Nacht hallte, blieb sie in ihrem Zimmer. Durch die Mauern hindurch nahm sie die dumpfen Trommelwirbel wahr, den Puls der Stadt, die zu neuem Leben erwacht war. Lichterrosenkränze umgaben funkelnd die Minarette, und die Moscheen huldigten dem Namen Gottes mit Feuerbuchstaben. Die muslimischen Viertel hatten sich mit Laternen und Öllampen geschmückt, die Cafés blieben die ganze Nacht geöffnet. Ahmet hatte sie um Erlaubnis gebeten, der Aufführung des *Karagöz*-Schauspiels an der nächsten Straßenecke beizuwohnen. Sie hatte es nicht über sich gebracht, ihm den Wunsch abzuschlagen, trotz der Derbheit dieser Schattenfigur, die sich an den erigierten Phallus fasste und jedermann damit bedrohte.

Wie es ihre Gewohnheit war, hatte Gülbahar Hanım ihre Freundinnen zu dem Festmahl eingeladen. Den Düften nach zu urteilen, die das ganze Haus erfüllten, hatte sich die Köchin wieder einmal selbst übertroffen. Während des Monats *Ramazan* hatten die Frauen die Erlaubnis, nach Sonnenuntergang das Haus zu verlassen, und sie machten ausgiebig davon Gebrauch. Leylas Schwiegermutter war berühmt für ihre sinnenfreudigen Festessen. Ihre Gäste saßen im Kreis um die großen Teller aus Meissner Porzellan, die auf Tellerhaltern aus vergoldetem Leder thronten. Mit der rechten Hand bedienten sie sich geschickt von den Köstlichkeiten: grüne und schwarze Oliven, Käse, Konfitüren und Brotsorten, die es nur zu diesem besonderen Anlass gab, dünn geschnittene Lammwurst, mit Knoblauch gewürzter Truthahn, die nur selten unter den Gerichten des Hauses anzutreffen waren, Pilaw und in Bouillon gedämpftes Gemüse ... Nicht zu vergessen das feine Gebäck und die Schalen voller frischer Früchte. Das Bankett zog sich über Stunden hin. Aber Leyla wollte an diesem Tag niemanden sehen. Feride hatte ihr einen Teller Meze gebracht, den sie noch nicht angerührt hatte. Das Fastenopfer tilgte die Sünden. Daher wollte sie in dieser Nacht auf das Fastenbrechen verzichten. Sie saß im Schneidersitz da und hatte die Hände andächtig gefaltet wie ein Kind, das zur Strafe so ausharren musste.

Sie rief sich ins Gedächtnis, wie Perihan ihr die ersten Worte gezeigt hatte, die sie in der Moscheeschule zu schreiben gelernt hatte. Im Geiste hörte sie sie auf Arabisch eine Koransure rezitieren, während sie den Oberkörper rhythmisch vor- und zurückbeugte. Einer Legende nach fielen manche Kinder bisweilen durch Zufall vom Himmel auf die Erde. Und wenn sie ihre Neugier gestillt hatten, zogen sie es vor, wieder ins Paradies zurückzukehren. Aber war Perihan, die ja noch in einem so zarten Alter gewesen war, tatsächlich schon ihrer Familie überdrüssig gewesen? Selbst ihrer Mutter?

Als sie Selims Schritte vor der Tür hörte, zuckte sie zusammen. Nervös ordnete sie ihren Schleier. Am späten Nachmittag hatte Feride sie in den Hamam begleitet. Sie hatte es sich nicht nehmen lassen, ihre Herrin selbst einzuseifen und abzubürsten, um ihren Blutkreislauf anzuregen. Leyla ließ sie gewähren, nahm aber in ihrer Apathie das heiße Wasser kaum wahr. Unaufhörlich und unauffällig wie ein sanftes Bächlein flossen ihre Tränen und vermischten sich mit dem Dampf. Währenddessen rieb Feride sie mit ihren rauen Händen ab und lockerte so ihre schmerzenden Muskeln und verscheuchte die unangenehmen Gerüche, die ihr von der langen Reise anhafteten. Der Staub Anatoliens und ihre aussichtslose Liebe wurden auf den Marmorboden gespült. Und Leyla saß da, gefühl- und leblos wie eine Lumpenpuppe. Sie war ebenfalls gestorben, auch wenn niemand um sie trauerte.

Als Selim das Zimmer betrat, stand sie auf. Seine Haut wirkte fahl, und ein bitterer Zug lag um seinen Mund. Leyla wusste nicht, was sie von ihm erwartete. Ihr Mann war ihr in gewisser Hinsicht fremd geworden. Aber trotz allem war und blieb er der Vater von Perihan, die er genauso geliebt hatte wie sie. Nur dass er während ihres Martyriums an ihrer Seite gewesen war. Leyla gelang es nicht, dieses Bild vor ihrem geistigen Auge zu verscheuchen. Als sie ihm die Hände entgegenstreckte, rührte er sich nicht von der Stelle. In seinem Gesicht las sie nichts als Verachtung. Seine Zurückweisung war grausam, aber sie hatte sie vielleicht verdient, dachte sie und fühlte sich völlig vernichtet.

»Du hast dir mit deiner Rückkehr lange Zeit gelassen«, sagte er kalt.

»Ich bin aufgebrochen, sobald dein Telegramm mich erreichte, aber die Wege sind in einem desolaten Zustand.«

»Du hättest dich eben niemals in diese Gegend begeben sollen.«

»Hier hätte ich mein Leben riskiert.«

»Wirklich?«, fragte er ironisch und fischte sein Zigarettenetui aus der Jackentasche. »Wohl eher die Unannehmlichkeit eines Gefängnisaufenthalts. Das hätte vielleicht unsere Familienehre ein wenig befleckt, aber die ist schon seit Längerem deine geringste Sorge. Du fühlst dich wohl zu etwas Besonderem berufen, stimmt's? Kürzlich hat eine amerikanische Tageszeitung getitelt: ›Die Frau hinter Mustafa Kemal‹. Da habe ich sofort an dich gedacht. Der Journalist meinte natürlich Halide Edip, aber meist wirst du in einem Atemzug mit ihr genannt.«

Sie sah ihn argwöhnisch an. Er zündete sich eine Zigarette an. Seine Hände zitterten. Sie hatte nie an Selims Liebe zu ihren Kindern gezweifelt, aber ihr waren sowohl die Zuneigung als auch die Worte abhandengekommen, um zu ihm durchzudringen.

»Wie schön, wenn man Beziehungen zu den allerhöchsten Stellen hat«, fuhr er fort. »Bestimmt kommst du dir wichtig vor, mit dieser Bande von Revolutionären zu verkehren.«

»Mustafa Kemal hat seine Fehler und Schwächen. Er ist übertrieben ehrgeizig, und es mangelt ihm bisweilen an Mitgefühl. Aber er ist der Einzige, der in der Lage ist, unsere nationale Integrität zu verteidigen. Hat dieser zutiefst ungerechte Friedensvertrag, dem deine Freunde zugestimmt haben, dir nicht endlich die Augen geöffnet?«

Sie wunderte sich selbst darüber, dass sie sich so leidenschaftlich über so unwichtige Dinge ereifern konnte.

Selim nutzte die Angriffsfläche, die sie ihm bot. »Woher nimmst du dir das Recht, so mit mir zu reden?«, rief er außer sich vor Wut. »Ich habe die sterbende Perihan in den Armen gehalten, verstehst du? Sie hat nach dir verlangt, aber du warst nicht da, um sie zu trösten! Eine unwürdige Mutter, das bist du …«

Er hatte den Finger in ihre Wunde gelegt, und sie konnte nichts darauf erwidern.

»Das letzte Mal, als wir uns gesehen haben, hast du mich um die Scheidung gebeten. Dann bist du Hals über Kopf verschwunden, weil du nicht bereit warst, dich den Folgen deines Handelns zu stellen. Und nun tauchst du wieder hier auf, aber unsere Tochter ist tot. Und du bist schuld!«

»Nein!«, schrie Leyla auf und ballte die Hände zu Fäusten. »Das ist nicht wahr! Du kannst mich nicht für ihren Tod verantwortlich machen! Perihan hat sich eine Hirnhautentzündung zugezogen. Und selbst wenn ich hier gewesen wäre, hätte ich nicht verhindern können, dass sie stirbt.«

Selim betrachtete die schmale Gestalt seiner Frau, die so angespannt dastand, als würde sie gegen den Wind ankämpfen. Ein Taumel aus Verwirrung und Wut, aus Hass und Rachegefühlen hatte ihn erfasst. Er nahm Leyla ihre lange Abwesenheit übel. Er nahm ihr übel, dass sie nicht da gewesen war, um ihre kleine Tochter zu trösten, während er hilflos zusehen musste, wie sie mit dem Tode rang. Fast hätte ihn ihr rasselnder Atem in den Wahnsinn getrieben. Er nahm seiner Frau übel, dass sie auf ein Leben ohne ihn hoffte.

»Du hast nicht nur mich verlassen, sondern auch Perihan und Ahmet. Dein eigen Fleisch und Blut … Du wolltest ein Leben ohne uns führen, weil du nur an deinen Ruhm dachtest, dabei können wir nur Kraft schöpfen, wenn wir alle zusammen sind. Aber jetzt ist es zu spät. Unsere Familie ist zerstört. Gleich, was du zu tun gedenkst, wir müssen jetzt bis ans Ende unserer Tage damit leben.«

Während Selim sie betrachtete, stellte er erschüttert fest, dass er Leyla trotz des Schmerzes, gegen den er ohnmächtig war, immer noch liebte, dass er sie hoffnungslos begehrte. Er wollte sie besitzen, am liebsten gleich hier an Ort und Stelle, sie sich unterwerfen, sie bei sich behalten. Und sie nie wieder gehen lassen. Niemals! In seiner Verwirrung redete er sich ein, dass er auf diese Weise Perihans Andenken huldigen wollte, aber er belog sich selbst. In Wahrheit wollte er Leyla für sich, ausschließlich für sich. Als ihrer beider Strafe.

Stambul, November 1920

Die Kälte drang durch Mark und Bein. Tiefe Wolken hingen am Himmel, die weiteren Schnee verhießen. Louis Gardelle ging vor dem Eingangsportal auf und ab, um sich aufzuwärmen. Doch weit und breit war kein Fahrzeug zu sehen. Wahrscheinlich war der Motor nicht angesprungen, vermutete er. Er beschloss, nicht länger zu warten, sondern zu Fuß zu gehen.

»Einen Moment bitte, *Commandant!*«

Er erkannte die Frauenstimme auf Anhieb wieder. Er blieb stehen und hielt kurz den Atem an, ehe er sich umwandte. In einen Mantel gehüllt, einen braunen Glockenhut aus Filz auf dem Kopf, kam Nina das steile Gässchen herab. Sie ging vorsichtig, um nicht auf den vereisten Pflastersteinen auszurutschen. Als sie vor ihm stehen blieb, bemerkte er ihre sorgenvollen Züge, ihr blasses Gesicht.

»Ich brauche Ihre Hilfe.«

Zum ersten Mal drückte sie etwas anderes als erbarmungslose Kälte aus; sie sah ihn offen an, ohne dass er den Eindruck hatte, sie blicke durch ihn hindurch.

»Ich warte schon seit sechs Uhr heute früh auf Sie«, sagte sie starr vor Kälte. »Ich dachte schon, ich hätte Sie verpasst.«

Sie konnten nicht länger hier ausharren, in diesem beißenden Wind. Er forderte sie auf, ihm zu folgen, und fasste sie unter, um zu verhindern, dass sie auf dem Eis ausrutschte. Sobald er ihren Körper an seiner Seite spürte, musste er an sich halten, um sie nicht in seine Arme zu ziehen. Während sie sich vom Konak entfernten, warf er über die Schulter einen Blick zu den Gitterfenstern. Da es in diesem Viertel keinen Ort gab, wo sich ein Mann ungestört mit einer Frau zeigen konnte, hielt Louis ein Taxi an. Die Ufer des Goldenen Horns waren von weißem Raureif bedeckt, das Meer war stahlgrau.

Sie begaben sich in ein Café in Galata. Louis bestellte Schwarztee, Eier, Käse und Brötchen. Was für ein absurdes Vergnügen es mir bereitet, dass sie zur Abwechslung einmal von mir abhängig ist, dachte er. Auch wenn es nur um eine Einladung zum Tee geht, damit sie sich nach dem stundenlangen Warten in der schneidenden Kälte aufwärmen kann.

»Haben Sie gehört, was mit General Wrangel passiert ist?«, fragte sie. Sie spielte auf den Oberbefehlshaber der sogenannten Russischen Armee an, die gegen die Bolschewisten kämpfte.

Das hatte er allerdings. Ein paar Tage zuvor hatte Louis vor dem Hafen von Sewastopol der Evakuierung der besiegten weißrussischen Truppen beigewohnt. Da Frankreich das einzige europäische Land war, das Wrangels Regierung anerkannte, fühlte es sich nun moralisch verpflichtet, diesen circa einhundertfünfzigtausend Russen zu helfen, darunter Militärs, aber auch Zivilisten, die zur Flucht vor den vorrückenden Bolschewisten gezwungen waren.

Er nickte und bot ihr eine Zigarette an. »Diese armen Teufel sind auf wenigen Schiffen zusammengepfercht. Auf manchen ist es so eng, dass sie sich nicht einmal hinlegen können. Die Überfahrt von der Krim hat fünf Tage gedauert. Die meiste Zeit mussten sie stehen und sich mit Hungerrationen begnügen. Ein bisschen Brot und Konserven und dazu ein Glas Wasser pro Tag. Einfach grauenhaft!«

Nina war kreidebleich geworden. »Sie müssen mir helfen, ich flehe Sie an.«

Gardelle musterte sie mit einem prüfenden Blick. Würde er endlich ein wenig über die Vergangenheit dieser Frau erfahren, die sich bislang standhaft geweigert hatte, das Geringste von sich preiszugeben? Seine Neugier hatte während der letzten Monate keineswegs nachgelassen. Die Erinnerung an die Demütigung, die sie ihm bei ihrem letzten Zusammensein bereitet hatte, streifte ihn, und er spürte einen Anflug von Befriedigung beim Anblick ihrer abgenagten Fingernägel und ihrer hohlen Wangen.

»Iss«, sagte er und schob den Teller zu ihr hinüber. »Ich habe Zeit. Ich hatte von Anfang an Zeit für dich, aber du wolltest sie ja nicht.«

Sie senkte den Blick und nippte nur an ihrem Tee. Er konnte ermessen, welche Überwindung es sie gekostet hatte, zu ihm zu kommen. Unvermittelt ergriff er ihre Hand und streichelte die zarte Haut ihres Handgelenks, auf dem sich ihre bläulichen Adern abzeichneten. Es hatte sich nichts geändert. Er hatte noch immer das überwältigende Bedürfnis, sie zu berühren.

»Sie müssen mir helfen, meinen Mann zu finden«, sagte sie.

»Du bist verheiratet? Das wusste ich nicht. Aber ich weiß ja ohnehin nichts über dich, nicht wahr? Ich kenne nicht einmal deinen Familiennamen.«

»Malinin … Mein Mann Aleksandr Leonowitsch ist Offizier. Er wurde auf einem dieser Schiffe evakuiert, von denen Sie mir erzählt haben. Oder sagen wir, ich vermute es.«

Louis drehte sich auf seinem Stuhl leicht zur Seite und zog mit betont gleichgültiger Miene an seiner Zigarette.

»Du glaubst es oder hoffst es? Das ist doch die entscheidende Frage, oder?«

Aus ihren klaren Augen musterte sie ihn argwöhnisch. Zweifelsohne fragte sie sich, was er als Gegenleistung für seine Hilfe von ihr verlangen würde.

»Wir haben uns seit zwei Jahren nicht mehr gesehen. Ich musste mich allein durchschlagen. Ich weiß nicht mehr, was ich hoffe und was nicht.«

Louis versuchte, sich Ninas Leben vor ihrem Gang ins Exil vorzustellen, das Leben dieser illustren Aristokraten, die im

Russland der Zaren und Tolstois die Führungsschicht bildeten. Die Bücher, die er gelesen hatte, hatten ihm gewiss ein allzu romantisches Bild vermittelt, aber er war dennoch überzeugt davon, dass die junge Frau den Palast von Sankt Petersburg kannte, dass sie die verwöhnte und vielleicht glückliche Frau eines dieser Adeligen gewesen war. Dann stellte er sich ihren Mann auf einem der Seelenverkäufer vor, die vor Konstantinopel ankerten. Ehemalige Kriegsschiffe, von denen kaum mehr als der Name geblieben war, die überfüllt waren mit Offizieren, einfachen Soldaten und Kosaken mit ihren ausgezehrten, bärtigen Gesichtern und von der Ruhr ausgemergelten Körpern. Eine Flotte von Elendsgestalten.

»Sie müssen ihn finden und dafür sorgen, dass er an Land kann. Sie sind ausgehungert, das haben Sie selbst gesagt. Und viele von ihnen sind krank. Es heißt, dass Schwangeren in dem Gedränge der Bauch eingedrückt wurde.«

Sie war so aufgeregt, dass ihre Hände heftig zitterten.

»Ich kann ihn schließlich nicht seinem Schicksal überlassen, das begreifen Sie doch? Wenigstens das bin ich ihm schuldig«, setzte sie mit gesenkter Stimme hinzu, wie zu sich selbst. »Ich bin bereit. Das heißt, wenn Sie es wünschen …«

»Mit dir zu schlafen im Austausch gegen diesen kleinen Gefallen?«, entgegnete er scharf, denn sie hatte den Nagel auf den Kopf getroffen.

Seine Begierde nach ihr hatte keinen Deut nachgelassen, und Louis wusste bereits, dass er diesem Handel nicht würde widerstehen können, genauso wenig wie dem Opium. Nina war seiner Gnade ausgeliefert. Hatte er sich nicht genau das die ganze Zeit gewünscht?

»Ich bin eine Hure, haben Sie das vergessen?«

»Hast du viele Männer nach mir gehabt?«

»Ein paar.«

»Dann sollte ich mir vielleicht Sorgen wegen deines Gesundheitszustands machen.«

»Keine Angst, Sie gehen kein Risiko ein«, sagte sie in spöttisch-bissigem Ton. »Ich bin klug genug, um die nötige Vorsorge zu treffen. Schließlich verdiene ich mein Geld damit.«

Plötzlich übermannte ihn der heftige Drang, sie zu küssen, und er musste sich abwenden, weil er ihren hochmütigen Blick nicht länger ertrug. Durch die beschlagenen Scheiben sah er die verschwommenen Umrisse der Passanten, die draußen vorbeieilten. Er hob die Hand und winkte die Kellnerin herbei, um einen Kaffee zu bestellen.

Nina knabberte bedächtig an einem Brötchen wie jemand, der wusste, was Hunger bedeutete. Am Nachbartisch nahm ein Paar Platz; sie tuschelten aufgeregt und mit eindringlichen Mienen. Es waren ebenfalls Russen. Seit Kurzem beobachtete Louis fassungslos, wie Scharen von Flüchtlingen durch die Straßen von Galata und Pera zogen.

»Mal sehen, was ich tun kann, aber ich verspreche dir nichts«, sagte er. »Ebenso gut könnte ich nach der sprichwörtlichen Nadel im Heuhaufen suchen.«

Ninas Miene hellte sich auf. »Warten Sie, ich schreibe Ihnen den Namen seines Regiments auf!«, rief sie aus und wühlte in ihrer Handtasche. »Ich habe auch meine Adresse bei der russischen Auskunftsstelle hinterlassen. Falls er mir schreibt, setzen sie sich mit mir in Verbindung.«

Sie kritzelte ein paar Worte auf einen Zettel.

»Ich danke Ihnen, Louis.«

Sie reichte ihm das Stück Papier, und er behielt ihre Hand einen Moment lang in der seinen; er betrachtete ihren Handteller und küsste ihn dann. Ihre Miene verschloss sich, und sie erstarrte, aber sie ließ ihn gewähren, als hätte sie sich mit ihrem Schicksal abgefunden. Das Leben hatte sie gelehrt, dass man nichts umsonst bekam. Was bist du nur für ein mieser Kerl, dachte Louis mit einem leisen Anflug von Gewissensbissen. Dennoch dachte er keinen Augenblick daran, seine Begierde zu unterdrücken. Dazu hatte er weder die Kraft noch den Willen. Diese Frau ging ihm unter die Haut. Er würde ihr helfen, ihren Mann zu finden, aber das würde ihn nicht davon abhalten, mit ihr zu schlafen.

Louis rief seinen Freund, den Kapitänleutnant Robert Cosme, an. Er war der Adjutant von Admiral Dumesnil, der den Oberbefehl über das französische Geschwader führte. Dieser sagte ihm bereitwillig seine Hilfe zu, zumal der Admiral ihn mit einer ähnlichen Mission betraut hatte.

Am darauffolgenden Tag bestiegen die beiden Männer ein Schnellboot, das sie in die Nähe dieser Elendsschiffe brachte. Sie lagen tief im Wasser, und einige wiesen eine bedrohliche Schlagseite auf. Bei der Einfahrt in den Bosporus war ein Torpedoboot samt seiner fünfhundert Passagiere untergegangen. Doch Louis und seine Männer waren zu spät benachrichtigt worden und hatten nichts mehr zu deren Rettung unternehmen können.

In ihren grauen Kapuzenmänteln des Regiments der zaristischen Leibgarde bildeten diese zerlumpten Russen eine undurchdringliche Masse auf den Decks. Mit sehnsüchtigen Blicken verfolgten sie die Boote der griechischen und armenischen Händler, die wie Nussschalen auf dem Wasser herumwirbelten. Einige der Russen beugten sich über die Reling und ließen ihre Gürtel hinab, an denen sie Ringe, nicht selten ihren Ehering, befestigt hatten, um sie gegen Wasser oder Brot einzutauschen. Hin und wieder war auch das Gesicht einer Frau in der Masse auszumachen. Wie zum Teufel sollen wir hier Ninas Mann finden?, fragte sich Louis.

»Es ist noch viel schlimmer, als ich befürchtet habe«, knurrte er. »Hier suchen wir uns zu Tode.«

Diese bedauerlichen Menschen waren überzeugt davon, dass die Türken, die einst von der Inquisition vertriebene Juden aufgenommen hatten, auch sie nicht zurückweisen würden. Und obgleich die beiden Völker eine lange Erbfeindschaft verband, war ihre Hoffnung nicht ganz unberechtigt. Ohne die Zustimmung der Behörden, die Hilfeleistungen des Türkischen Roten

Halbmonds und die Großherzigkeit einiger Einwohner, die sie bei sich aufnahmen, hätten weder die Franzosen noch die Amerikaner diesen von der Welt vergessenen Russen zu Hilfe eilen können. Die Engländer hingegen taten, als ginge sie ihr Schicksal nichts an. Für sie waren die Sowjets inzwischen die offiziellen russischen Verhandlungspartner. »Mit Kannibalen lässt sich gut Handel treiben«, hatte der britische Premierminister Lloyd George zynisch erklärt.

Die zaristischen Fahnen knatterten an den Stangen, und von den Schiffen, die Kosaken an Bord hatten, waren melancholische Gesänge zu hören. Robert Cosme brachte ein Megafon zum Vorschein, um die beiden Offiziere auszurufen. Durch die Meeresbrise kam einem die Kälte noch eisiger vor. Louis stampfte mit den Füßen, um sich ein bisschen aufzuwärmen. Er fragte sich, was er tun würde, wenn sich der Mann, den er suchte, tatsächlich meldete. Wie auch immer, sein Entschluss stand fest. Nun, da er Nina wiedergefunden hatte, war er nicht mehr bereit, abermals auf sie zu verzichten.

Da Cosme bereits eine heisere Stimme hatte, weil er laut schreien musste, übernahm Louis das Megafon. Plötzlich sah er einige Männer aufgeregt winken. Das Schnellboot schob sich so nah wie möglich an den Schiffsrumpf heran.

»Haben Sie einen gewissen Aleksandr Leonowitsch Malinin an Bord?«, schrie Louis in seiner Muttersprache. Er wusste, dass die Offiziere der zaristischen Armee fließend Französisch sprachen.

Ein Mann von großer Statur und mit struppigem Bart formte mit den Händen ein Sprachrohr und rief: »Ja, er ist auf unserem Schiff. Warum?«

Louis' Herz machte einen Satz. »Wir müssen mit ihm reden. Wir wollen ihn von Bord holen.«

»Das ist unmöglich! Er ist krank!«

Robert stieß Louis mit dem Ellbogen an. »Frag ihn, was er hat. Solange es nicht Typhus ist, sollte es möglich sein, ihn an Land zu bringen.«

Der Russe erklärte, dass sein Kamerad verwundet und an Ruhr erkrankt sei.

»Gut, dann komme ich jetzt an Bord!«, rief Louis.

Die Männer ließen eine Strickleiter am Schiffsrumpf hinab. Nach mehreren vergeblichen Versuchen bekam Louis sie schließlich zu fassen, denn das Boot war heftig ins Schlingern geraten. Vorsichtig stieg er hinauf. Was wäre es für eine Ironie des Schicksals, wenn er beim Versuch, dem Mann seiner Mätresse zu Hilfe zu eilen, in das eiskalte Wasser des Bosporus fiele! Er biss die Zähne zusammen und verfluchte den Wind, Nina und das Leben an sich. Als er oben ankam, streckten sich ihm mehrere Arme entgegen, ergriffen ihn unter den Achseln und halfen ihm, über die Reling zu klettern. Als er glücklich auf dem Deck zu stehen kam, sah er sich von einer dichten Menge zerlumpter Gestalten umringt, die einen widerlichen Gestank verströmten.

Malinin lag zusammen mit den anderen Verwundeten am Bug des Schiffs. Um den Kopf trug er einen schmutzigen Verband. Er hatte einen dichten blonden Bart und einen ungesunden wächsernen Teint.

»Lebt er?«, fragte Louis mit zweifelnder Miene.

»Heute Morgen hat er jedenfalls noch gelebt«, antwortete der Russe schicksalsergeben. Er rüttelte seinen Kameraden an der Schulter.

Malinin öffnete die Augen und stieß ein ärgerliches Knurren aus.

»Gut, dann nehme ich ihn mit«, verkündete Louis.

Augenblicklich breitete sich eine aufgeregte Unruhe in der Menge aus. Einige machten ihrer Wut darüber, nicht ebenfalls in den Genuss dieser Begünstigung zu kommen, Luft und stießen Beleidigungen aus.

»Die Militärs der kämpfenden Einheiten werden in das Gebiet der Meerengen und auf die Insel Limnos verbracht«, erklärte Louis in festem Ton. »Die zivilen Flüchtlinge und die Reserveoffiziere müssen vorerst noch hier in Konstantinopel vor Anker bleiben. Unterdessen beginnen wir damit, die Kranken und Verwundeten zu evakuieren.«

Wie sich herausstellte, hatten die Männer seit drei Tagen weder getrunken noch gegessen. Ausgehungert und völlig erschöpft hatten sie ihre Heimat verlassen müssen und sahen sich nun der Gnade der ausländischen Mächte ausgeliefert, die ihnen zwar zu Hilfe kamen, ihnen aber gleichzeitig Zwänge auferlegten. Sie fühlten sich nicht nur körperlich gedemütigt, sondern auch in ihrem Stolz getroffen. Trotz der allgemeinen Unzufriedenheit, die jederzeit in Gewalt umschlagen konnte, befahl Louis den Männern, den Verwundeten auf eine Tragbahre zu schnallen und ihn in das Beiboot hinunterzulassen. Dann angelte er nach der Strickleiter, die gegen den Schiffsrumpf schlug.

Schließlich setzten sie ihre Fahrt in dem Schnellboot fort, das zwischen den Schiffen navigierte, um den anderen Offizier zu suchen. Diesmal blieb ihre Mission jedoch fruchtlos. Enttäuscht zuckte Fregattenkapitän Cosme die Schultern und verkündete, er würde es am folgenden Tag erneut versuchen. Dann befahl er den Matrosen, ans Ufer zurückzukehren.

Louis, der neben Malinin saß, zündete eine Zigarette für ihn an. Der Russe streckte seine schmutzstarrende Hand aus und nahm sie ihm ab.

»Warum ich?«, fragte er mit kehliger Stimme.

»Weil Ihre Frau mich darum gebeten hat.«

Louis forschte in seinem Gesicht nach einer Reaktion. Er meinte in seinen Augen etwas aufblitzen zu sehen, konnte es jedoch nicht so recht deuten.

»Geht es ihr gut?«

»Ausgezeichnet. Sie hat mich gebeten, Sie an Land zu holen.«

»Vielen Dank, *Commandant.*«

So angenehm Ninas Lohn für Louis war, so groß war das Unbehagen, das dieser arme Teufel ihm einflößte. Sobald er ihn im Krankenhaus abgeliefert hätte, wollte er nichts mehr von ihm hören. Doch zu seinem großen Verdruss war der Russe in Plauderlaune. Er begann die glücklichen Tage in Sankt Petersburg heraufzubeschwören. Nina und er kannten sich offenbar seit ihrer Kindheit. Louis war gezwungen, seinen Anekdoten zu lauschen. Einerseits war es ihm peinlich, andererseits erhielt er auf diese Weise wenigstens ein paar Einblicke in das frühere Leben seiner Mätresse. Wie sich herausstellte, hatte er sich nicht getäuscht. Nina war ein verhätscheltes Kind gewesen. Als junges Mädchen war sie bei Hof ein und aus gegangen, wo ihr Vater einen einflussreichen Posten innehatte. Eine strahlende Zukunft stand ihr bevor. Louis fragte sich, wie Malinin es aufnehmen würde, wenn er erfuhr, dass sich seine Frau prostituierte.

Das französische Krankenhaus war heillos überfüllt. Zu Dutzenden wurden die Verletzten und Kranken von den russischen Schiffen eingeliefert. Unzählige Tragbahren verstopften die Eingangshalle und die Korridore. Rose Gardelle, die damit betraut war, die Neuankömmlinge in die jeweiligen Krankensäle einzuweisen, stand mit einem Notizheft in der Hand da und bemühte sich, die jeweiligen Namen und Krankheiten zu notieren, ohne sich durch das unablässige Stöhnen aus der Ruhe bringen zu lassen. Ein wahres Geduldsspiel, insbesondere für einen so ordnungsliebenden Menschen wie Rose.

Man hatte sie gebeten, sehr streng zu sein. Die Autoritäten fürchteten, dass einige Russen einfach von der Bildfläche verschwinden und in der Stadt untertauchen könnten, aus Angst, in ein abgelegenes Gebiet abgeschoben zu werden. Gleichzeitig musste man unbedingt verhindern, dass sich Epidemien ausbreiteten. »Na ja, wenigstens leeren sich dann die Betten«, brummten die völlig überlasteten Krankenschwestern.

Den Blick auf ihre Papiere geheftet stieß Rose gegen einen Kartonstapel und rieb sich schimpfend das Knie. Die Pakete waren mit dem Stempel des amerikanischen Roten Kreuzes versehen. Sie besah sie sich näher. Pyjamas und Unterwäsche; kleine Karten mit aufmunternden Worten waren mit Stecknadeln an die Päckchen geheftet.

»Was machst du denn hier, Louis?«, rief sie unvermittelt.

Er wirkte ebenso erstaunt wie sie.

»Ich war zufällig in der Nähe … Man hat mich um einen kurzen Bericht über die Lage im Krankenhaus gebeten.«

Er deutete mit einer vagen Geste zu den Verletzten. Seine Wangen hatten sich rot verfärbt. Rose blickte sich nach der Ursache seiner Verwirrung um, aber ihr bot sich nur das trostlose Schauspiel der unentwegt eintreffenden Tragbahren, die einfach irgendwo auf dem Boden abgestellt wurden. Jedes Mal, wenn die Tür aufging, strömte ein Schwall übel riechender Luft herein.

»Gut, ich muss wieder los«, sagte er und drehte sich auf dem Absatz um.

Sie blickte ihm nach, während er eilig davonging. Warum verhält er sich denn so merkwürdig?, dachte sie. Sie konnte sich nicht vorstellen, dass es in Louis' Zuständigkeitsbereich fiel, Buch über die Anzahl der armen Teufel, die hier täglich eingeliefert wurden, zu führen. Andererseits wusste sie, dass sich der Ton zwischen Admiral Dumesnil und General Charpy, dem Kommandanten der französischen Besatzungsstreitkräfte, verschärft hatte. Letzterem war es ein Dorn im Auge, dass man einen Teil ihrer finanziellen Ressourcen nutzte, um die aus ihrer Heimat vertriebenen Russen zu unterstützen. Stand der Bericht, den Louis' Vorgesetzte von ihm verlangt hatten, womöglich damit im Zusammenhang?

Sie stieß einen tiefen Seufzer aus und blätterte zu der nächsten leeren Seite in ihrer Kladde um. Dann wandte sie sich der nächsten Bahre mit einem Verletzten zu, der einen abstoßend schmutzigen Verband um den Kopf trug. Als sie sich zu ihm hinabbeugte, um ihn nach seinem Namen zu fragen, schlug ihr ein widerlicher Gestank entgegen, und sie musste sich zusammenreißen, um sich nichts anmerken zu lassen. Dann richtete sie sich wieder auf und schrieb mit ihrer säuberlichen Handschrift in ihr Heft: *Aleksandr Leonowitsch Malinin.*

Einige Stunden später legte sich Rose, von Rückenschmerzen geplagt, zu Hause auf einen Diwan. Angesichts der dramatischen Lage hatte der Rote Halbmond eine Hilfsaktion gestartet; an verschiedenen Stellen in der Stadt hatte man Suppenküchen eingerichtet und verteilte Decken. Sie selbst hatte am Vortag im Garten der französischen Schule Sainte-Pulcherie mitgeholfen, wo sich eine der Verteilungsstellen befand. Acht Stunden hatte sie in der eisigen Kälte gestanden. Doch auch wenn die russischen Flüchtlinge erleichtert waren, den Roten entflohen zu sein, die sie, ohne zu zögern, niedergemetzelt hätten, stand ihnen nun eine äußerst unsichere Zukunft bevor. Rose hatte die Lager am Stadtrand besucht, in die man die Frauen, Schwestern und Brüder der Offiziere verlegte. Es waren in Eile errichtete Baracken, in denen armselige Öfen kaum etwas gegen die Kälte ausrichten, aber rasch einen Brand verursachen konnten. Beim Gedanken, mit Marie und Louis in einem dieser Elendsquartiere eingepfercht zu sein, überlief sie ein Schauder. Sie konnte sich nicht vorstellen, einen solchen Abstieg zu überleben.

Sie musste ein paar Minuten eingedöst gewesen sein, denn plötzlich wurde sie von Kinderlachen geweckt. Marie spielte mit Ahmet im angrenzenden Zimmer. Der Tod seiner Schwester im Sommer hatte dem Jungen arg zugesetzt. Doch dann hatte er unerwartet bei Marie Trost gefunden; sie war die Einzige, die ihn aus seinem Trübsinn herauszureißen vermochte. Seither waren die beiden unzertrennlich.

Marie steckte den Kopf durch die Tür. »Schläfst du nicht mehr, Mama?«

Rose bedeutete ihr hereinzukommen. »Wie geht es dir, mein Schatz?«

Das Mädchen versicherte ihr, dass ihre Erkältung schon abgeklungen sei. Während sie sich am Kohlebecken aufwärmte, erzählte sie ihrer Mutter, wie ihr Tag verlaufen war. Eine Dienerin kam mit einem Teetablett herein, und sie dankte ihr auf Türkisch.

»Ich habe für Ahmet und den kleinen Riza eine Klaviersonate gespielt«, fuhr Marie fröhlich fort.

»Wer ist Riza?«, fragte Rose verwundert.

»Ahmets Halbbruder. Er ist so süß! Er lebt jetzt auch mit seiner Mutter hier.«

»Das verstehe ich nicht.« Rose zog die Augenbrauen hoch. »Wie kann er Ahmets Halbbruder sein?«

Marie errötete. Sie reichte ihrer Mutter ein Glas Tee. Sie versuchte, das Thema zu wechseln, indem sie sich nach Neuigkeiten über die russischen Flüchtlinge erkundigte, aber Rose wollte zuerst Licht in die Angelegenheit bringen.

Marie seufzte. »Selim Bey hat mit seiner zweiten Frau einen Jungen. Ihr Haus in Eyüp ist abgebrannt. Ich nehme an, sie haben dort keine passende Bleibe gefunden. Und dieser Winter ist besonders hart, nicht wahr?« Sie blickte durch das Fenster auf den wolkenverhangenen Himmel. »Ahmet tut es gut. So fühlt er sich weniger allein.«

»Du willst damit sagen, dass Selim Bey mit zwei Gattinnen unter unserem Dach wohnt?«, sagte Rose mit tonloser Stimme.

»Es ist ihr Dach, Mama, nicht unseres«, entgegnete Marie zaghaft.

Es schockierte Rose, dass Marie über Polygamie sprach, als wäre sie die natürlichste Sache der Welt. Sofort fühlte sie sich an die allzu nachsichtige Einstellung ihres Mannes erinnert. Mit ihren sechzehn Jahren hatte ihre Tochter die unerfreuliche Neigung, recht fragwürdige Ansichten zu äußern. Aber das war auch schon das Einzige, was Rose ihrer Tochter vorwerfen konnte.

Sie richtete sich auf.

»Also wirklich, Marie«, sagte sie pikiert. »Ist dir klar, dass dieser Mann zwei Ehefrauen hat?«

»Ihre Religion erlaubt es ihnen. Und Nilüfer ist wirklich reizend …«

»Du kennst sie?«, fragte Rose alarmiert.

Marie war dieses Kreuzverhör sichtlich unangenehm. Rose fragte sich, wie viel Zeit ihre Tochter in ihrer Abwesenheit im anderen Flügel des Hauses verbrachte. Hatte diese zweifelhafte Gülbahar Hanım es vielleicht verstanden, sie zu umgarnen?

Rose begann nervös auf und ab zu wandern.

»Mehrere Frauen gleichzeitig zu haben ist unwürdig, hast du mich verstanden? Das ist gegen die Natur! Ich kann es nicht fassen, dass diese Frau in denselben Räumlichkeiten wie Leyla Hanım wohnt. Wie erträgt sie das? Ich dachte eigentlich, sie sei eher eine moderne Frau«, fügte sie hinzu und rief sich jenen Empfang in Erinnerung, auf dem sie sie in westlicher Garderobe mit Männern hatte flirten sehen.

Marie saß im Schneidersitz auf einem Bodenkissen und knabberte an einem Mandelgebäck.

»Leyla Hanım hat ihr selbst angeboten, zu ihnen in den Konak zu ziehen. Sie hat mir erklärt, dass Nilüfer ebenso das Recht hat, von ihrem Mann versorgt zu werden, wie sie. Ich glaube nicht, dass es für sie besonders angenehm ist, aber als sie hörte, dass die Arme mit ihrem Kind auf der Straße stand, hat sie keinen Augenblick gezögert, sie aufzunehmen.«

Rose verdrehte die Augen. »Wenn man dich so reden hört, könnte man fast meinen, du fändest das völlig normal. Diese Frauen haben dir den Kopf verdreht. Wie konnte mir das entgehen? Ich will nicht, dass du dich bei ihnen aufhältst, hast du mich verstanden? Das ist nicht gut für dich. Und halte dich bitte gerade! Ich hasse es, wenn du so auf diesen Kissen lümmelst!«

Maries Miene verfinsterte sich. »Ich weiß sehr wohl, dass sie anders sind als wir, Mama. Und ich will bestimmt nicht so leben wie sie. Aber das heißt noch lange nicht, dass ich sie meiden und verurteilen muss, meinst du nicht auch? Außerdem finde ich Leyla Hanıms Haltung wirklich überaus großzügig. Und Nilüfer behandelt mich sehr respektvoll. Zwischen ihnen herrscht eine ziemlich komplizierte Hierarchie, aber es ist amüsant, sie zusammen zu beobachten.«

Als Rose die leicht aufsässige Miene ihrer Tochter sah, bekam sie mit einem Mal Angst. Plötzlich hatte sie die schauderhafte Vision, wie Marie entführt und in einen Harem gesteckt wurde, wo sie hilflos den Begierden eines Paschas ausgeliefert sein würde. Gott, wie sie diesen Ort und diese Menschen hasste, die ihr dermaßen unverständlich waren! Ich habe es gewusst, warf sie sich mit Tränen in den Augen vor. Hätte sie nicht gleich stutzig werden sollen, als Louis sie bei ihrer Ankunft gebeten hatte, das Kruzifix abzuhängen, um die Gefühle der Dienstboten nicht zu verletzen? Sie bekreuzigte sich und bat den Herrn stumm um Vergebung dafür, dass sie es in einem Wandschrank weggesperrt hatte.

»Ich werde mit deinem Vater darüber reden.«

Obwohl Rose keine weiteren Argumente einfielen, um ihrer Tochter ihren Irrtum klarzumachen, bezweifelte sie, dass Louis ihr eine Hilfe sein würde. Sie hatte sogar den leisen und unangenehmen Verdacht, dass sich Marie und ihr Mann hinter ihrem Rücken über sie lustig machten.

»Worüber willst du mit mir reden?«, fragte Louis mit belustigter Miene, während er den Salon betrat.

»Deine Tochter verteidigt die Polygamie!«

»Das ist nicht wahr, Papa! Ich habe nur gesagt, es war nett von Leyla Hanım, dass sie die zweite Ehefrau ihres Mannes aufgenommen hat.«

Rose bemerkte das Erstaunen in den Augen ihres Mannes, aber auch das Aufblitzen von Bewunderung. Angesichts seiner Freundschaft mit Selim Bey würde es sie nicht wundern, wenn die beiden Männer gewisse ungesunde Neigungen teilen würden. Sie verschränkte die Arme, und ihre Lippen bebten vor Empörung.

»Diese Frau, die du so sehr schätzt, erscheint mir ein wenig zu nachsichtig und freizügig zu sein«, sagte sie verächtlich. »Es handelt sich um die Überbleibsel einer barbarischen Tradition, die sich überlebt hat. Ich möchte nicht, dass Marie weiterhin mit diesen Menschen verkehrt. Sie ist noch zu jung für solche Dinge und lässt sich zu leicht beeindrucken.«

»Papa!«, rief das Mädchen mit geröteten Wangen aus. »Du weißt, dass das nicht wahr ist!«

Louis ließ sich auf einen Diwan fallen. Der gute Selim hatte zwei Frauen? Da musste er aber gute Nerven haben, dachte er und musste ein Schmunzeln unterdrücken. Marie brachte ihm rasch ein Glas Tee und erzählte ihm dann die Geschichte in allen Einzelheiten. Louis war überzeugt davon, dass Leyla Hanım insgeheim wütend auf ihren Mann war und nur gute Miene zum bösen Spiel machte. Die junge Osmanin war viel zu klug, um nicht zu wissen, wie sie einen Vorteil aus der Situation ziehen konnte.

»Nun, diese Sache ist zugegebenermaßen ein wenig heikel«, sagte er vorsichtig. »Aber ich muss dich ja nicht daran erinnern, welche Tragödie sich letzten Sommer in diesem Haus ereignet hat.«

»Ach, lassen wir doch bitte diese Heuchelei!«, entgegnete Rose. »Selim Bey hat sich die zweite Ehefrau schon lange vor Perihans Tod genommen.«

Marie bat um die Erlaubnis, in ihr Zimmer zu gehen. Louis, der wusste, dass seine Tochter nicht gern Zeugin ihrer Auseinandersetzungen wurde, hielt sie nicht zurück. Andererseits fürchtete er sich vor einer Unterredung unter vier Augen mit Rose, denn gewiss würde es wieder jede Menge Vorwürfe hageln. Von einer plötzlichen Müdigkeit übermannt ließ er den Kopf an die Kissen zurücksinken und schloss die Augen. Sofort begann das Hämmern in seinem Kopf.

Rose war nicht entgangen, dass er die Schuhe ausgezogen hatte, bevor er den Salon betrat. Auch hatte er den Krawattenknoten gelockert und die obersten Hemdknöpfe geöffnet. Diese orientalische Nachlässigkeit nistete sich schleichend und heimtückisch in ihrem Leben ein, veränderte ihren Charakter und verzerrte die Wirklichkeit auf widernatürliche Weise. Wo war der Mann geblieben, den sie geheiratet hatte? Der junge schneidige Marineoffizier mit dem aufrichtigen, aufopfernden Charakter? Stattdessen hatte sie jetzt einen Mann mit wächsernem Teint und einem merkwürdigen Lodern in den geweiteten Pupillen vor sich, der sie meist nur noch mit Unverständnis oder gar Verachtung ansah. Einen Mann, der Geheimnisse vor ihr hatte und ihr beinahe Angst machte.

Sie musste wieder an das Elend denken, das sie seit einigen Tagen miterlebte; die abgestumpften Blicke der russischen Offiziere, die ausgezehrten Gesichter ihrer Frauen und diese ausgehungerten Kinder, die durch die Straßen Peras vagabundierten. Sie setzte sich neben Louis.

»So kann es nicht weitergehen«, sagte sie mit tonloser Stimme und nahm seine Hand. »Wir sind uns fremd geworden. Und ich weiß nicht, was geschehen muss, damit es wieder wie früher wird.«

Sie begann zu weinen und schämte sich dafür. Wenn Louis sie nur in die Arme nehmen und ihr sagen könnte, alles würde wieder gut.

»Ich weiß es auch nicht, Rose«, erwiderte er ärgerlich, nahm sich jedoch sogleich zusammen und schlug einen versöhnlicheren Tonfall an. »Wir machen einfach nur eine schwierige Phase durch, aber es wird bestimmt wieder besser. Dieser Winter, der nicht vorbeigehen will, und die vielen Flüchtlinge … Im Frühling geht es dir wieder besser, du wirst schon sehen.«

Rose fischte ein Taschentuch aus ihrem Ärmel. Sie drang einfach nicht zu ihm durch. Er war so distanziert, so weit weg von ihr. Er entzog sich ihr mit allen Mitteln.

»Es geht hier nicht um mich, sondern um dich, Louis«, sagte sie schroff. »Ich erkenne dich nicht wieder. Ich verstehe dich nicht mehr. Und nun, da sich Marie von diesen Türkinnen hat becircen lassen, frage ich mich, ob es nicht besser wäre, wenn ich mit ihr nach Frankreich zurückkehrte.«

»Ganz bestimmt nicht!«, rief er gereizt aus. »Die Leute schätzen dich hier sehr. Und ich brauche dich doch.«

Mühsam richtete er sich auf und fasste sich dann mit beiden

Händen an den Kopf. Fahl im Gesicht, ließ er sich wieder auf den Diwan zurücksinken.

»Tut mir leid, aber ich fühle mich nicht gut«, murmelte er. »Marie nimmt bestimmt keinen Schaden, mach dir keine Sorgen. Sie bleibt gewiss standhaft. Schließlich ist sie deine Tochter.«

Rose befühlte die Stirn ihres Mannes, die glühend heiß war. Kurz darauf war er eingeschlafen.

In einen dicken Mantel gehüllt und mit einem Fuchspelz um den Hals erledigte Rose Gardelle in Pera ihre Weihnachtseinkäufe. Es fehlten ihr nur noch ein paar wenige Geschenke. Sie trat aus dem Geschäft einer griechischen Schneiderin, bei der sie ein Kleid für Marie in Auftrag gegeben hatte. Sie verkehrte zurzeit mit den Töchtern einiger betuchter levantinischer Familien, und Rose wagte nicht mehr, die Garderobe des Mädchens selbst zu nähen. Außerdem hatte sie in einem Geschäft in der Nähe Manschettenknöpfe für Louis entdeckt, erinnerte sich aber nicht mehr genau, wo es sich befand. Mit den Päckchen unter dem Arm irrte sie durch die Straßen und hatte das Gefühl, im Kreis zu laufen. Am liebsten wäre sie nach Hause zurückgekehrt. Plötzlich knickte sie auf dem Gehsteig um und verstauchte sich den Knöchel. Ein Teil der Geschenke entglitt ihr und fiel zu Boden. Die Schuhsohle hatte sich gelöst. Als sie versuchte, mit dem Fuß wieder aufzutreten, schrie sie vor Schmerz auf. In diesem Moment öffnete sich die Tür eines Restaurants, und ein schnurrbärtiger Mann mit einer weißen Schürze trat heraus. Er sammelte die Päckchen ein und schlug ihr vor, sich in seinem Lokal auszuruhen. Rose nahm den ihr dargebotenen Arm und folgte ihm leicht hinkend hinein.

Der Russe platzierte sie an einen Tisch in der Nähe des Samowars im hinteren Teil des Gastraums und schob einen Schemel heran, damit sie ihren Fuß darauflegen konnte. Schließlich brachte er ein Tuch mit Eiswürfeln und wickelte es ihr um den

Knöchel. Er verkündete, dass sein Nachbar, ein Schuhmacher, ihre Sohle im Handumdrehen repariert haben würde, und verschwand, ohne ihre Antwort abzuwarten, mit dem Schuh. Wie durch Zauberhand erschienen eine Tasse Tee und ein Teller mit Gebäck. Verunsichert sah sich Rose im Lokal um. Es gab keinen einzigen freien Tisch. An einem Tisch in der Nähe saßen zwei Schachspieler, an einem anderen aßen Gäste Kaviar und tranken Wodka. Eingelullt vom melodischen Singsang des Russischen und der Wärme des Ofens in ihrem Rücken entspannte sich Rose.

Plötzlich ging die Tür auf, und sie hob neugierig den Blick. Verblüfft bemerkte sie, dass es ihr Mann war. Louis blieb einen Moment auf der Schwelle stehen, um die Schneeflocken von seiner Mütze zu klopfen. Rose hob die Hand, um sich bemerkbar zu machen, doch im selben Moment trat eine der Kellnerinnen auf ihn zu. Sogleich machte die Körperhaltung der beiden Rose stutzig. Sie standen nah beieinander. Zu nah … Das Blut gefror ihr in den Adern. Sie konnte sehen, wie Louis die Russin mit den Augen verschlang und ihr dann etwas ins Ohr murmelte. Mit routinierter Geste nahm er einen Schlüssel von einem Brett hinter der Kasse und stieg die Holztreppe hinauf. Die Kellnerin folgte ihm. Sie hatte einen geraden Rücken und schlanke Beine. Sie war noch nicht ganz auf dem ersten Treppenabsatz angekommen, als Rose sah, wie sie ihre Schürze löste.

Ein bitterer Geschmack stieg ihr die Kehle hinauf. Jetzt war ihr alles klar. Louis' Gleichgültigkeit. Seine respektlose Art ihr gegenüber. Die Schamesröte stieg ihr ins Gesicht. Sie bedeutete dem Wirt mit einem Handzeichen, er möge ihr die Rechnung bringen, und sagte ihm, sie müsse dringend gehen. Mit zitternden Fingern öffnete sie ihr Portemonnaie. Einige Münzen fielen zu Boden. Mit bedauernder Miene erklärte der Wirt, ihr Schuh sei noch nicht fertig. Ob sie sich nicht noch eine Viertelstunde gedulden könne? Bei der Vorstellung, sie könnte Louis beim Hinausgehen am Arm seiner Geliebten begegnen, spürte sie Brechreiz.

Die Rückfahrt schien eine Ewigkeit zu dauern. Erst als das Taxi, dessen Fahrer ein Russe war, vor dem Eingangsportal des Hauses hielt, tauchte sie aus ihrer Erstarrung auf wie aus einem Nebel. Sie bezahlte und stieg aus. Ihr unbeschuhter Fuß wurde in dem geschmolzenen Schnee sofort nass. Hinkend durchquerte sie den Garten.

»Ist Ihnen etwas zugestoßen, Mme. Gardelle?«

Die Stimme hatte einen fürsorglichen Klang, aber Rose nahm Leyla Hanıms Gesicht durch ihren Tränenschleier nur verschwommen wahr. Sie zitterte am ganzen Leib. Die Türkin stürzte herbei und ergriff ihren Arm, um sie ins Vestibül zu führen. Sie bedeutete ihr, sich auf eine kleine Bank zu setzen, dann kniete sie sich hin, um ihr den zerrissenen Strumpf auszuziehen und ihren Knöchel zu inspizieren. Rose stieß einen Seufzer aus, in dem sich sowohl Scham als auch Dankbarkeit mischten.

Im Salon brannten bereits die Kandelaber und Öllampen. Ohne ihr Zutun fand sie sich an einen Kissenberg gelehnt und mit einem Verband um den Knöchel auf dem Diwan wieder. Leyla Hanım setzte sich neben sie. Rose wurde bewusst, dass sie ihr seit dem Tod der kleinen Perihan nicht mehr begegnet war. Hatte sie die vergangenen vier Monate völlig zurückgezogen verbracht? Ein Beben durchfuhr sie. Die Züge der Osmanin waren markanter geworden. In ihren Augen spiegelte sich ein unermesslicher Schmerz.

»Fühlen Sie sich ein wenig besser?«, fragte Leyla mit sanfter Stimme.

Rose nickte. Wie hatte sie diese Frau nur verdächtigen können, die Geliebte ihres Mannes zu sein? Die Röte stieg ihr in die Wangen. Sie war so beeindruckt gewesen von ihrer Schönheit, ihrer blendenden Erscheinung. »Ich bin wirklich dumm gewesen«, murmelte sie.

»Warum dumm?«, fragte Leyla.

Erst jetzt wurde Rose bewusst, dass sie mit lauter Stimme gesprochen hatte. Sie rang um Fassung. Das Atmen fiel ihr schwer. Sie fühlte sich erbärmlich. Abstoßend. Und unendlich einsam …

Und dann erzählte sie aus einem plötzlichen und unwiderstehlichen Impuls heraus Leyla Hanım, dass ihr Mann sie mit einer armseligen russischen Kellnerin betrog. Sie sei gedemütigt und unendlich wütend, sagte sie inbrünstig. Dieser Taugenichts verhöhne den Schwur, den er bei ihrer Heirat geleistet hatte! Sein Betragen sei zutiefst unwürdig. Aber das liege an dieser Stadt, diesen Menschen … Sie wedelte mit der Hand, während sie nach weiteren Schuldigen suchte. Leyla Hanıms aufmerksamer Blick durchbohrte sie wie ein Pfeil. Hilflos vertraute Rose ihr an, dass Louis sie nicht mehr liebe, dass er sie seit mehr als einem Monat nicht mehr angerührt habe und, schlimmer noch, sie wahrscheinlich nie geliebt habe.

Das Gesicht in den Händen vergraben begann sie hemmungslos zu schluchzen. Von der unerbittlichen Rose Gardelle war nichts mehr übrig. Ihre Selbstachtung, ihre Würde, ihre Hoffnungen, alles hatte sich verflüchtigt … Nach und nach erzählte sie Leyla alles, was sich seit ihrer Ankunft ereignet hatte. Es war, als wäre ein aus Angst und Sorge errichteter Damm in ihrem Inneren gebrochen. Sie bat Leyla um Verzeihung, weil sie so indiskret gewesen war, in ihren Räumlichkeiten herumzuschnüffeln, wo sie schließlich auf den Deutschen gestoßen war, den Leyla im Mansardenzimmer versteckt hielt. Sie gab sogar zu, ihren Verdacht dem britischen Offizier mitgeteilt zu haben, was diesen zu der Hausdurchsuchung veranlasst hatte.

In starrer Haltung lauschte Leyla dieser rückhaltlosen Beichte, ohne sie wirklich zu begreifen, während eine Woge der Traurigkeit und der Gewissensbisse über sie hinwegschwappte. Es war erschreckend, wenn ein Mensch einem seine Unzulänglichkeiten und Niederträchtigkeiten enthüllte. Rose Gardelles vermeintlich aufrechte Seele war in Wirklichkeit schwarz vor Eifersucht, Argwohn, Groll und zerrissen von Unsicherheit. Noch dazu entblößte sie ihr Herz vor einer Muslimin, die sie zuvor verhöhnt und verachtet hatte.

Leyla dachte, dass Roses Denunzierung auch der Grund für

Orhans lange Gefängnishaft war. Was Hans betraf, so wäre er, hätten die Soldaten ihn im Haremlik entdeckt, auf der Stelle von den Briten erschossen worden, wenn nicht sogar erhängt. Und sie und Gülbahar wären verhaftet und zum Tode verurteilt worden, weil sie Nationalisten bei sich versteckt hatten. Aber Allah der Allmächtige, gepriesen sei Sein Name, hatte erlaubt, dass sie Hans das Leben rettete. Ein Glück im Unglück, das ihr die darauffolgenden Wochen mit Hans in Angora beschert hatte. Und aus diesem Verrat war eine Liebe erwachsen, die nichts mehr zerstören konnte.

»Ich bin schuld daran, dass Perihan ohne den Beistand ihrer Mutter sterben musste!«, sagte Rose unvermittelt und mit vor Schreck geweiteten Augen.

Das gleiche Bild tauchte vor dem geistigen Auge der beiden Frauen auf. Sie sahen das kleine Mädchen mit den Händen auf dem Rücken dastehen und mit ihrer melodischen Stimme das Gedicht von La Fontaine aufsagen, um Rose im Empfangssalon ihrer Großmutter willkommen zu heißen.

»Vergeben Sie mir!« Rose ergriff Leylas Hand und neigte den Kopf. »Ich flehe Sie an … Vergeben Sie mir …«

Leyla bestürzte diese unvermittelte Geste, und ihr fehlten die Worte, um sie zu trösten. Beim Gedanken an Perihan blutete ihr das Herz. Sie hatte längst keine Tränen mehr. Inzwischen trug sie ihren Schmerz tief verborgen in ihrem Leib und ihrer Seele, genau so wie sie einst ihr Kind in sich getragen hatte, nur dass all ihre Zuversicht dahin war. Sie machte Rose jedoch keinen Vorwurf. Der Groll war eine unfruchtbare Emotion. Ebenso wie der Hass. Und Leyla wollte diesen Wundbrand nicht. Sie wusste, dass ihr Kind glücklich war. Und das war das Einzige, was für sie zählte, das Einzige, woran sie sich in ihren einsamen Nächten klammerte.

Stumm und mitfühlend streichelte Leyla dieser gebrochenen Frau übers Haar und wartete geduldig darauf, dass sie ihren Schmerz ein klein wenig bezwang. Als Orientalin hatte sie keine

Eile. Sie würde so lange wie nötig warten, ob eine ganze Nacht und einen ganzen Tag lang oder alle kommenden Tage, und wenn es sein musste auch eine ganze Ewigkeit, während der Schnee die Kuppeln der Moscheen und verschachtelten Dächer von Stambul bedeckte und auf der anderen Seite des Goldenen Horns die elektrische Beleuchtung und Musik zum Trinken und zur Befriedigung der Fleischeslust in die Amüsierlokale einluden.

Rose war fast fertig mit dem Packen der Koffer. Sie schenkte weder Marie Gehör, die sie unter Tränen anflehte, in Konstantinopel zu bleiben, noch würdigte sie ihren Mann eines Blickes, der mit einem Whisky in der Hand im Zimmer stand und ihr zusah. Sie vermied es sogar, in seine Nähe zu kommen, um nicht sein Eau de Cologne riechen zu müssen.

»Das ist gemein, Mama!«, rief Marie aus. »Ich bin zu mehreren Tanztees eingeladen. Und jetzt muss ich überall absagen. Was werden meine Freundinnen denken? Und wir können Papa doch nicht allein lassen!«

»Es ist nicht das erste Mal, dass wir Weihnachten ohne deinen Vater verbringen«, entgegnete Rose. »Und rede bitte nicht in diesem Ton mit mir, Marie. Packe jetzt deinen Koffer zu Ende. Der Kutscher wird gleich da sein, um uns rechtzeitig zum Bahnhof zu bringen.«

Marie seufzte tief und lief in ihr Zimmer.

Rose vergewisserte sich, dass sie sämtliche Papiere eingesteckt hatte, und ließ dann den Verschluss ihrer Handtasche zuschnappen. Sie hatte ihre Schwester Odile in Smyrna angerufen und sie gefragt, ob sie und Marie Weihnachten bei ihr verbringen könnten. Odile, die ihr sehr ähnlich war, hatte keine Fragen gestellt, sondern ihr versichert, dass die Nonnen sie mit offenen Armen empfangen würden.

»Es tut mir leid«, sagte Louis tonlos, und Rose verspürte einen Anflug von Genugtuung. »Könntest du nicht bis Januar bleiben?«, fügte er hinzu. »Wenigstens Marie zuliebe.«

»Ich ertrage deinen Anblick nicht mehr. Im Gegensatz zu dir lehne ich jegliche Form der Heuchelei ab.« Rose bedachte ihn mit einem verächtlichen Blick. Er trank schon am frühen Morgen, aber sie verzichtete auf eine Bemerkung.

Kaum war Louis nach Hause gekommen, hatte sie ihn zur Rede gestellt. Wenigstens hatte er so viel Anstand besessen, es nicht abzustreiten. Aber natürlich suchte er nach Entschuldigungen. Es sei nur eine Laune gewesen. Vor Wut und Schmerz zitternd schleuderte Rose ihm ihre Verachtung entgegen. Daraufhin verließ er das Haus und kehrte erst wieder bei Morgengrauen zurück, aschfahl im Gesicht. Als er sich auf das Ehebett sinken ließ, erbebte Rose angesichts des muffigen Geruchs, der seinen Kleidern entströmte.

Louis überlegte, dass sein Leben zusammengebrochen war wie ein Kartenhaus. Roses vollkommen überstürzte Reaktion verwirrte ihn zutiefst. Binnen weniger Tage hatte sie den Entschluss gefasst, ihn zu verlassen, und ihre Koffer gepackt. Unter dem Vorwand, sie sei krank, musste er die Einladung zu einem Wohltätigkeitskostümball absagen. Seitdem erkundigten sich die Leute unablässig nach dem Befinden seiner Gattin. Wie sollte er bloß ihre Abwesenheit bei dem Dinner in der britischen Botschaft entschuldigen, das in der kommenden Woche stattfinden würde und ein ebenso seltenes wie begehrtes gesellschaftliches Ereignis war?

Was war er doch für ein unglaublicher Idiot! Wie konnte er nur am selben Tag Nina aufsuchen, an dem er Rose in Pera bei einem Einkaufsbummel wusste! Aber sein Drang, seine Mätresse zu sehen, war genauso stark wie in der ersten Zeit. Mehr noch, das unverhoffte Auftauchen von Ninas Mann hatte sein Verlangen nach dieser Frau zur Obsession werden lassen. Und auch wenn er sich seines jämmerlichen Verhaltens bewusst war, war er machtlos gegenüber diesem elementaren Gefühl, das ihn überwältigte, wenn sie in seinen Armen zum Höhepunkt kam.

»Du wirst Marie doch nichts sagen, oder?«, fragte er, während es ihm schier das Herz zerriss.

»Natürlich nicht! Sie soll nichts von deinen Schandtaten erfahren. Ich will nicht, dass unser Kind durch deine Erbärmlichkeit gedemütigt wird.«

Ihre Unerbittlichkeit erschöpfte ihn zusehends.

»Also Rose, wirklich. Wenn man dich so reden hört, könnte man meinen, ich hätte jemanden getötet.«

»Nein, aber du triffst dich in einem schäbigen Zimmer in Pera mit Prostituierten. Es gibt wohl kaum etwas Schändlicheres für einen verheirateten französischen Offizier und Familienvater, findest du nicht auch?«

Rose hatte schon immer eine sarkastische Ader besessen. Aber jetzt brachte ihr süffisantes Lächeln ihn schier zur Verzweiflung.

»Ich bin auch nicht stolz darauf, aber ich bin nicht der erste Mann, der sich dieser Art von Abenteuer hingibt.«

»Ich habe dich geheiratet und nicht irgendeinen anderen Mann. Und das bereue ich jetzt bitter.«

Gütiger Himmel, was für eine Moralpredigerin sie doch war! Der Bibelvers »Wer unter euch ohne Sünde ist …« kam ihm in den Sinn, aber er hatte nicht die Energie, diesen Streit noch zusätzlich anzuheizen. Wozu auch? Sie hatte den Stab über ihn gebrochen. Niemals würde sich Rose fragen, ob nicht auch sie in irgendeiner Weise Schuld hatte. Sie zählte nicht zu den Menschen, die sich hin und wieder in Frage stellten. Und auch wenn sie ihn der Heuchelei bezichtigte, so war er wenigstens ehrlich zu sich selbst. Er kannte seine Schwächen, und die größte war zweifelsohne, dass er nicht die Kraft hatte, an ihnen zu arbeiten.

»Gut, dann haben wir uns wohl nichts mehr zu sagen«, erwiderte er müde. »Sei so nett, mir wenigstens mitzuteilen, wann du zurückzukehren gedenkst.«

»Ich weiß nicht, ob ich überhaupt noch einmal nach Konstantinopel komme. Vielleicht reise ich direkt nach Frankreich weiter.«

»Ich erinnere dich daran, dass wir verheiratet sind.«

»Und ich dich daran, dass du mir Treue geschworen hattest.«

Er leerte sein Glas in einem Zug und fragte sich, ob es ihm vielleicht Erleichterung verschaffen würde, wenn er es über die Schulter warf wie die Russen, wenn sie zu viel getrunken hatten.

»Soll ich einen Kniefall vor dir machen? Ich bedaure zutiefst, dass du neulich Zeugin dieses unsäglichen Rendezvous geworden bist. Ich wollte dich bestimmt nie demütigen. Und es tut mir weh, dich so leiden zu sehen.«

»Wie liebenswürdig von dir! Aber wie kann ich dir glauben? Wie soll ich wissen, ob du die Wahrheit sagst? Ich weiß nicht, wie viele Prostituierte du besucht hast, und auch nicht seit wann. Es sei denn, es handelt sich um ein und dieselbe und du bist verliebt in sie? Eine Vorstellung, die noch schmerzhafter wäre.«

Sie wandte sich um. Auf keinen Fall wollte sie vor ihm weinen. Wie hatten sie nur so tief sinken können? Als sie die Tür zufallen hörte, ballte sie die Hände zu Fäusten. Dieser Feigling! Er war ohne ein weiteres Wort gegangen.

Einige Minuten vor ihrer Abreise stand Rose an einem Fenster und betrachtete ein letztes Mal den Garten. Eine blasse Sonne stach durch den verschleierten Himmel und streifte die vergoldeten Mondsicheln und Sterne, die die Kuppeln der Moscheen krönten. Die Dächer waren mit Schnee überzuckert. Etwas weiter weg stiegen Rauchfahnen aus den Ruinen von Häusern auf, die einem Brand zum Opfer gefallen waren. Wer mochte in dieser Kälte dort hausen?, fragte sie sich. Diese Stadt war ihr noch immer unbegreiflich. Von Beginn an hatten ihr diese orientalische Unordnung und ihre Gegensätze Angst gemacht, diese trügerische Trägheit und zügellose Sinnlichkeit. Sie kam sich wie ein Eindringling vor, unfähig, ihre Geheimnisse zu ergründen. Wäre es ihr gelungen, die Stadt für sich zu gewinnen, wäre dann alles anders gekommen? Hätte sie die notwendigen Zaubermittel erlernen können, mit denen man einen Bann brach, um den auf Abwege geratenen Mann zu sich zurückzuholen?

»Ich wollte mich davon überzeugen, dass Ihre Abreise glatt verläuft«, murmelte eine Stimme in ihrem Rücken. »Nedim ist jetzt da, um Sie zum Bahnhof zu bringen. Er wird Sie bis zu Ihrem Zug begleiten.«

Leyla Hanım trug ein elegantes Kleid aus beigem Wollcrêpe, dessen gerade geschnittenes Oberteil bis zu den Hüften reichte. Perlenfransen zierten die Ärmelaufschläge. Ein strenger, von Schildpattkämmen gehaltener Chignon unterstrich ihr ebenmäßiges Gesicht und ihren anmutigen Nacken.

»Ich bin bereit«, sagte Rose und brachte ein Lächeln zustande. »Ich danke Ihnen für alles, Leyla. Sie waren mir eine Freundin, obwohl ich es gar nicht verdient habe.«

Leyla umarmte sie und gab ihr einen Wangenkuss. Rose schloss die Augen und genoss diese wohltuende Geste und ihren Rosenduft. Nun war die Osmanin, die sie anfangs so verunglimpft hatte, die Einzige, der sie nachtrauern würde. Leyla Hanım hätte ihr so viel über das Leben und die Männer beibringen können.

»Man muss auch verzeihen können, Rose.«

»So wie Sie Selim verziehen haben, dass er sich eine zweite Ehefrau genommen hat? Ich weiß, dass Nilüfer Hanım inzwischen bei Ihnen und Ihrem Sohn lebt. Und Sie akzeptieren das?«

Leyla seufzte. »Von den türkischen Frauen heißt es, dass ihr Mann ihr Gebieter sei und sie ihm alles geben, was er verlangt, ihre Liebe und manchmal eben auch die Liebe anderer Frauen, falls er das wünscht.«

Rose sah sie bestürzt an. »Wie können Sie sich damit abfinden? Die Liebe ist unteilbar. Sie ist eine Verpflichtung. Ein Versprechen. In guten wie in schlechten Zeiten.«

Leyla erstarrte. Sie hielt nichts von allzu persönlichen Fragen, und es war auch nicht ihre Art, sich zu beklagen. Vor allem nicht gegenüber einer Ausländerin, auch wenn sie ihr insgeheim recht geben musste. Einen Moment lang blickte sie nachdenklich aufs Meer.

»Einer alten Legende nach zeigte Satan, als er Jesus in Versuchung führen wollte, ihm den Bosporus«, flüsterte sie mit rauer Stimme. »Ich habe meinen Mann um die Scheidung gebeten. Aber ich verachte ihn nicht und wünsche ihm nichts Böses, und Nilüfer Hanım auch nicht«, setzte sie im selben Atemzug hinzu.

Rose riss die Augen auf. »Um die Scheidung? Aber wie wollen Sie denn allein zurechtkommen?«

»Manche Musliminnen sind wesentlich unabhängiger, als Sie denken«, antwortete Leyla amüsiert. »Wenn wir heiraten, bleiben wir im Besitz unseres Vermögens. Wir sind nicht die armen Opfer, als die der Westen uns gern darstellt.«

»Und Selim Bey wird Ihnen erlauben, ihn zu verlassen? Er wird Ihnen die Freiheit gewähren?«

Leyla zuckte die Schultern. »Ich gebe die Hoffnung nicht auf. Perihans Tod hat uns beide aus dem Lot gebracht. Wir müssen uns Zeit lassen. Seine Majestät hat beschlossen, Selim auf eine diplomatische Mission nach Berlin zu schicken. Er hat mich gebeten, ihn zu begleiten, und ich habe Ja gesagt.«

Rose hegte ein instinktives Misstrauen gegenüber den Deutschen und konnte sich nicht vorstellen, sich je davon freizumachen.

»Ich bedauere Sie. Das sind schreckliche Menschen.«

Ein Lächeln huschte über Leylas Gesicht. Würde Rose Gardelle denn nie dazulernen? Warum neigte sie wie so viele Menschen dazu, andere Völker nach abstrakten Klischees zu beurteilen? Auch sie war nicht frei von Vorurteilen, war aber bereit, sie zu korrigieren.

Selim hatte sie völlig überrumpelt, als er ihr die Neuigkeit berichtete. Seit Perihans Tod führte sie ein zurückgezogenes Leben. Sie traute sich nicht mehr, aus dem Haus zu gehen. In den ersten Tagen hatte sie fast die ganze Zeit geschlafen. Seither hatte sie immer wieder seltsame Absencen, aus denen sie nur mit Mühe wieder auftauchte. Nur ihr Gottvertrauen hatte diesen Zustand wieder ein wenig zu lindern vermocht. Mehrmals täglich entrollte sie ihren Gebetsteppich, hüllte sich in einen weißen Musselinschal und rief den Barmherzigen an.

Da sich Selim wegen ihrer Lethargie Sorgen machte, schlug er ihr vor, ihn auf dieser Reise zu begleiten. Auch wollte er ihr auf diese Weise dafür danken, dass sie so großzügig gewesen war, Nilüfer aufzunehmen. Leyla wunderte sich über diese Dankbarkeit. Es wäre schäbig und grausam gewesen, der jungen, in Not geratenen Mutter nicht beizustehen. Auch ihre Schwiegermutter betrachtete ihre Geste als selbstverständlich. Die sanfte Nilüfer hatte Gülbahar Hanım auf Anhieb gefallen, und der kleine Riza bereitete den Damen des Haremliks große Freude. In Wahrheit war Selim derjenige, dem es am schwersten fiel, sich daran zu gewöhnen, dass seine beiden Ehefrauen unter einem Dach lebten.

Auch wenn Leyla ein wenig Angst hatte, dass sie sich in einer westlichen Großstadt womöglich nicht zurechtfinden würde, siegte zu guter Letzt ihre Neugierde. Wie hätte sie auch dieser unverhofften Gelegenheit widerstehen können, Hans' Geburtsort kennenzulernen? Sie betete jeden Tag für ihn. Als sie Angora Hals über Kopf verlassen musste, hatten sie beschlossen, sich Zeit zu lassen. Ihre Beziehung musste geheim bleiben. Seit einigen Wochen hatte sie kein Lebenszeichen mehr von ihm erhalten. Davor hatte Orhan über einen Verbindungsmann der Widerstandsgruppe ein paar wenige Male von Hans gehört. Er schien sich in den Weiten des Landes verloren zu haben. Diese Geräuschlosigkeit spiegelte sein Einzelgängertum wider. Und sie lernte allmählich, sich damit abzufinden. Und was, wenn er nach Deutschland zurückgekehrt war?, fragte sie sich bisweilen. Dieser Gedanke ließ ihr Herz höher schlagen.

Marie erschien auf der Schwelle des Salons und warf sich ihr in die Arme.

»Ich werde Sie nie wiedersehen, Leyla Hanım!«

»Aber warum denn?«, erwiderte sie betont heiter. »Ahmet wäre am Boden zerstört, wenn er eine solche Dummheit hörte. In ein paar Wochen wirst du mit deiner Mutter wieder zurück sein, das bezweifle ich keinen Moment. Die Tür meines Hauses wird dir immer offen stehen, mein Schatz.«

Im selben Augenblick verkündete Ali Aga, dass alles zur Abfahrt bereit sei. Leyla begleitete die beiden bis zur Haustür, wo Ahmet auf sie wartete. Er hatte darauf bestanden, seiner Freundin vor der Abreise eine Schachtel *Lokum* zu schenken. Louis hatte sich bereits am frühen Morgen, ehe er das Haus verließ, von seiner Tochter verabschiedet. Die Hand auf die Schulter ihres Sohnes gelegt sah Leyla zu, wie Rose und Marie auf dem Gartenweg bis zum Eingangsportal gingen. Mit einem Lächeln winkte sie ihnen zum Abschied zu.

»Alle Menschen, die ich liebe, gehen weg«, sagte Ahmet mit vor Traurigkeit bebender Stimme.

Leyla beugte sich zu ihm hinunter und strich ihm zärtlich eine Haarsträhne aus der Stirn. In den ersten Tagen hatte ihn die Heftigkeit, mit der seine Mutter trauerte, verstört. Später machte sie sich große Vorwürfe, weil sie zugelassen hatte, dass ihr Schmerz ihm so zusetzte. Er liebte es, in ihren Armen Trost zu suchen und sich von ihr streicheln zu lassen. Und diese Beständigkeit half ihr schließlich, sich ganz allmählich aus ihrer Verzweiflung zu lösen. Um ihn zu trösten, suchte sie nach einfachen Worten, mit denen sie ihm ihre Emotionen zu erklären versuchte. Und Ahmet erwies sich als erstaunlich reif für sein Alter. Durch die gemeinsam erlebte schwere Zeit wuchs zwischen ihnen eine einzigartige Vertrautheit.

»Dein Vater und ich werden nur ein paar Monate in Berlin bleiben, und ich werde dir jeden Tag schreiben.«

»Das letzte Mal, als du weggegangen bist, ist Perihan gestorben«, sagte er mit sorgenvollem Blick.

»Ja, ich weiß, mein kleiner Löwe. Aber das Leben muss weitergehen, verstehst du? Hab keine Angst. Ich werde bald zurückkommen. Und so Gott will, wird dieses Mal kein Unglück geschehen, das verspreche ich dir.«

Berlin, Januar 1921

Hans Kästner stieg an der U-Bahn-Haltestelle Friedrichstraße aus und setzte sich den Filzhut auf. Ein schneidender Wind fegte durch die Straße Unter den Linden. Er hatte schlechte Laune. Er hatte eigentlich zu Hause arbeiten wollen, aber dann hatte ein Stromausfall nach dem anderen den beschaulichen Frieden dieses Morgens gestört. Außerdem würde er abends nach seiner Rückkehr seine Vermieterin um Kohle anbetteln müssen, um den Ofen anheizen zu können. Es war zum Verzweifeln.

Den Blick auf das Trottoir gerichtet, das stellenweise von Glatteis überzogen war, ging er weiter und fluchte leise über den Schlendrian der Stadtverwaltung. Sein während seiner letzten Schlacht in Anatolien verwundetes Bein war immer noch nicht vollständig geheilt. Wie immer stand derselbe Kriegsinvalide mit vor Kälte rotem Gesicht am Gittertor der Universität, als hätte er dort Wurzeln geschlagen. Hans kramte in seiner Manteltasche nach ein paar Geldstücken, die er stets für den Einarmigen bereithielt. Angesichts seines mageren Gehalts verzichtete er darauf, den anderen Bettlern ebenfalls Almosen zu geben. Dieses Elend, das einem überall in der Stadt begegnete, hatte ihn bei seiner Rückkehr nach Berlin zutiefst verstört.

In der prächtigen Eingangshalle nahm er das Wolltuch ab, das er anstelle eines Schals um den Hals trug. Der Pedell, dessen Jacke reichlich abgewetzt war, wies mit einem Nicken in Richtung großer Hörsaal und erklärte in scherzhaftem Ton, er sei schon wieder bis auf den letzten Platz besetzt.

»Es sind auch ein paar hübsche junge Fräuleins darunter, Herr Professor«, fügte er mit einem Augenzwinkern hinzu.

Die Berliner Universität war noch immer ein konservatives Bollwerk und die Anzahl weiblicher Studenten eher symbolischer Natur. Doch die Studentinnen, die zu Hans' Vorlesungen kamen, scheuten sich nicht, in der ersten Reihe Platz zu nehmen, und ließen ihn während seines Vortrags keine Sekunde aus den Augen. Er hatte sich angewöhnt, einen unbestimmten Punkt in der Ferne zu fixieren, um sich nicht von ihren Blicken ablenken zu lassen. Anfangs hatte er sich über ihr Interesse an dem untergegangenen Hethiterreich gewundert. Einer seiner Kollegen machte sich über ihn lustig. »Ach was, spiel nicht den Naiven! Die kommen doch nur, um den Abenteurer zu erleben. Die Zeitungen berichten mindestens ebenso viel über deine Erlebnisse in der Wüste wie über deine wissenschaftliche Arbeit. Und da du noch dazu ein ansehnliches Gesicht hast, sind deine Vorlesungen für sie genauso unterhaltsam wie ein Kinobesuch.«

Im Professorenzimmer kochte sich Hans einen Kaffee aus den Bohnen, die er von zu Hause mitgebracht hatte. Dann lief er eilig zu seiner Vorlesung. Er bediente sich so selten wie möglich seiner Notizen. Nur wenn es um wörtliche Zitate seiner Kollegen ging, las er daraus vor. Er zündete sich eine Zigarette an. Draußen hatte es wieder zu schneien begonnen. Obwohl es erst drei Uhr nachmittags war, hatten die Automobile bereits die Scheinwerfer eingeschaltet.

Während er sich dem Vorlesungssaal näherte, vernahm er ein aufgeregtes, fast feierliches Stimmengewirr. An die zweihundert Zuhörer erwarteten ihn. Mit trockenem Mund und von plötzlicher Schüchternheit überwältigt blieb er einen Augenblick stehen. Sein Herz schlug schneller als gewöhnlich. Wenn ich bloß nicht krank werde, dachte er besorgt und rief im Geiste die hethitischen Götter an. Dann gab er sich einen Ruck, stieß beherzt die

Flügeltür auf und begab sich zum Rednerpult. Während er seine Notizen ablegte, die kleine Leselampe einschaltete und sich räusperte, herrschte im Hörsaal andächtige Sille.

Es hieß, Hans besäße eine außerordentlich melodische und rhythmische Rednerstimme. Aber es war vor allem seine Leidenschaft für sein Fachgebiet, die seine Zuhörer in den Bann zog. Während dieser zwei Stunden konnten die hier versammelten Berliner die allgemein herrschende Not vergessen. Gegenüber der sonnigen Welt Kleinasiens und diesen Kriegern, die mehr als tausend Jahre uneingeschränkt über Anatolien und Syrien geherrscht hatten, verblasste die raue Wirklichkeit vorübergehend. Hans ließ die befestigten Städte der Hethiter wiederauferstehen, ihr Geschick in der Verarbeitung von Metallen und den regen Handel, den sie trieben – zu einer Zeit, als die europäische Zivilisation noch in den Kinderschuhen steckte. Er beschwor ihre Tempel und ihre Götter herauf – den Wetter-, Sonnen- und Mondgott. Unterdessen hätte man eine Stecknadel fallen hören können. Einzig die ständigen Hustenanfälle störten die gebannte Aufmerksamkeit der Zuhörer. Der Saal wurde nicht beheizt, aber das war nur ein lästiges Übel, das man gern hinnahm. Schließlich war man hier, um den berühmten Hans Kästner zu hören, und man wurde mitnichten enttäuscht. Dieser Mann hegte eine solche Leidenschaft für sein Sujet, dass er fast ein wenig entrückt wirkte. Und er bewegte sich keineswegs innerhalb der eng abgesteckten Grenzen der Archäologie. Der Orient übte seit jeher eine große Faszination auf die gebildeten Kreise Deutschlands aus; außerdem waren die Türken im Krieg Alliierte gewesen. Mittlerweile hatten diese ebenfalls die Demütigungen einer Niederlage erfahren und mussten die unwürdigen Bedingungen akzeptieren, die der sogenannte Friedensvertrag ihnen auferlegte. Das Schicksal des in Auflösung begriffenen Osmanischen Reichs ließ niemanden kalt.

Als die Vorlesung zu Ende war, brandete im Hörsaal donnernder Applaus auf. Die Studenten in den hintersten Reihen machten ihrer Begeisterung durch lautes Pfeifen Luft. Hans war im ersten Augenblick verstört und hatte das Gefühl, aus einer Trance zu erwachen. Fast schämte er sich ein wenig, weil er sich so hatte hinreißen lassen, und ein verlegenes Lächeln huschte über sein Gesicht. Schon scharten sich einige Zuhörer um den Fuß des Podiums. Sie hielten sein jüngstes Buch in Händen, um es sich von ihm signieren zu lassen. Plötzlich wurde Hans bewusst, wie müde und hungrig er war. Seit dem kargen Frühstück, das er bei Tagesanbruch in seiner kaum geheizten Einzimmerwohnung eingenommen hatte, hatte er nichts mehr gegessen. Aber er durfte diese Menschen nicht vor den Kopf stoßen, denn dank seines Bekanntheitsgrads konnte er regelmäßig Beiträge in Fachzeitschriften verfassen und sein mageres Gehalt ein wenig aufbessern.

Als ihm eine behandschuhte Hand wortlos ein Exemplar seines Buchs hinhielt, hob er den Blick. Einen Moment lang hatte Hans das Gefühl, als würde der Boden unter seinen Füßen wanken. Leyla, die seine Fassungslosigkeit bemerkte, brach in Lachen aus.

Eng umschlungen gingen sie die Straße entlang. Hans bemühte sich so gut er konnte, Leyla mit dem verbeulten Schirm, den er sich vom Pedell geliehen hatte, vor dem Schneegestöber zu schützen. Am liebsten hätte er sie auf offener Straße an sich gezogen und geküsst. Er führte sie in ein kleines Gasthaus mit dunkler Holztäfelung, das er hin und wieder auf dem Heimweg von der Universität aufsuchte. Sie setzten sich an einen Tisch im hinteren Teil des Lokals. Hans presste seine Knie an Leylas. Ein Glockenhut umrahmte ihr Gesicht und verbarg ihr Haar. Ihre Wangen waren gerötet, und ein Lächeln lag auf ihren Lippen.

»Ich kann es nicht glauben«, murmelte er. »Was machst du in Berlin? Und wie hast du mich gefunden?«

»Orhan hat mir gesagt, wo ich nach dir suchen soll. Er hat hier doch einige Seminare besucht, erinnerst du dich? Mein kleiner Bruder hat mir die Örtlichkeiten der Friedrich-Wilhelms-Universität genau beschrieben. Ich war mir nicht sicher, ob du überhaupt in der Stadt bist, aber dann habe ich deinen Namen auf der Liste der Vorlesungen entdeckt und wusste, dass ich Glück haben würde.«

Eine Schar Verbindungsstudenten mit Wangenschmissen platzte geräuschvoll herein und ließ sie zusammenzucken. Sie schien diese ungewohnte Betriebsamkeit als einschüchternd, zugleich aber auch als aufregend zu empfinden. An manchen Tischen saßen Arbeiter mit rot angelaufenen Gesichtern stumpfsinnig und schweigsam vor ihren Bieren, an anderen sah man junge Stenotypistinnen mit kurzen Haaren und rot geschminkten Lippen. Es war die Tageszeit, zu der die Lokale gut besucht waren und sich die Menschen entspannten, laut redeten und tranken, um ihre Sorgen zu vergessen.

Hans war erstaunt gewesen, als Leyla einwilligte, ihn auf ein Glas zu begleiten. Diese Welt war so weit entfernt von ihrer, und er empfand das Bedürfnis, sie zu beschützen und mit Küssen zu überhäufen. Die Kellnerin brachte ihnen einen Kaffee und ein Bier. Er fragte Leyla, ob sie hungrig sei. Sie schüttelte den Kopf.

»Du hast mir so gefehlt.« Sie streichelte seine Hand. »Nicht zu wissen, wo du warst, und nicht mit dir sprechen zu können war furchtbar schwer.«

»Ja, für mich auch, aber so hatten wir es beschlossen«, erwiderte er mit sanfter Stimme. »Es gab keinen Tag, an dem ich nicht an dich gedacht habe … Wie geht es Perihan?«

Leyla erstarrte.

»Du lieber Himmel, was ist passiert?« Hans ergriff erschrocken ihre Hand.

»Sie hatte eine Meningitis …«

Zu sehen, wie sie von einem tiefen Schmerz übermannt wurde, versetzte ihm einen Stich. Von einem Moment auf den anderen war ihr Blick erloschen, und sie war auf ihrem Stuhl zusammengesunken. Sie wirkte so verletzlich, dass er in tiefer Sorge um sie war.

»Bei meiner Rückkehr war sie schon tot – ich habe es nicht rechtzeitig nach Hause geschafft«, erwiderte sie mit gebrochener Stimme. »Ich war nicht da, als mein kleines Mädchen mich brauchte.«

Leyla trocknete sich die Tränen, die ihr über die Wangen liefen; der Schmerz war noch genauso frisch wie am ersten Tag. Sie hatte Hans wiedergefunden, und endlich konnte sie diesem Mann ihr Herz ausschütten, der nicht nur ihr Liebhaber, sondern auch ihr Freund und Gefährte war. Hans erwies sich wie immer als aufmerksamer und einfühlsamer Zuhörer. Noch nie zuvor hatte sie sich so gut von einem Menschen verstanden gefühlt. Eine bittersüße Erleichterung überkam sie. Aufgrund des Wirrwarrs ihrer Gefühle geriet ihr Bericht ein wenig zusammenhanglos; sie sprang von einer Sache zur nächsten. Sie sprach von Selim und Nilüfer. Von ihrer Demütigung. Ihrem Hunger nach Unabhängigkeit. Nicht zu vergessen Ahmets erschütterten Blick und seine Verlustängste. Und immer wieder kam sie auf Perihan zurück, als wäre sie das Leitmotiv einer wehmütigen, unvollendeten Symphonie. Auch von ihren Zweifeln und Ängsten erzählte sie. Ihrem von Unruhen gebeutelten Heimatland, wo eine neue Welt im Entstehen begriffen war, die sie zugleich anzog und abschreckte. Schließlich rief sie ihm mit einem traurigen Lächeln das Versprechen in Erinnerung, das sie ihm in Angora gegeben hatte – dass sie einen Weg finden würde, um zu ihm zurückzukehren.

»Aber ich bin nicht mehr dieselbe, verstehst du? Ein Teil von mir ist mit meinem Kind gestorben.«

Eine Weile schwieg er mit ernster Miene, und sie war ihm dankbar, dass er nicht versuchte, sie mit billigen Worten zu trösten.

»Wie gern würde ich dir deinen Schmerz abnehmen«, sagte er schließlich inbrünstig. »Ich ertrage es nicht, dich leiden zu sehen. Gott möge mir vergeben, aber ich liebe dich, ich liebe dich so sehr …«

Hans hob den Blick zu ihr. Es machte ihn fassungslos, Leyla in dieser Berliner Gastwirtschaft leiden zu sehen, wo es nach feuchter Wolle, Tabakrauch und Bier roch. Um sie herum tobten Kriege, Revolutionen, herrschte Elend, wohin man schaute. Und in diesem allumfassenden Chaos klammerte er sich an die einzige Gewissheit, die er hatte: die Leidenschaft, die diese unerschrockene Frau in ihm erweckte, die alle Verbote und Regeln missachtet hatte, um zu ihm zu kommen.

Sie und ihr Mann logierten im Adlon, dem Grandhotel neben dem Brandenburger Tor, berichtete Leyla weiter. Als Selim Bey sie gebeten hatte, ihn zu dieser heiklen diplomatischen Mission zu begleiten, mit der der Sultan ihn betraute, hatte sie unter der Bedingung eingewilligt, dass sie sich wie eine Westeuropäerin frei bewegen durfte. Auch wenn ihr Mann zunächst nur widerstrebend einwilligte, so fand er nun, da sie fern von Stambul und seiner Mutter waren, sogar Gefallen an dieser Lösung. Hans lächelte. Er kannte diese freiheitsliebende und eigensinnige Leyla schon! Die Frau aus Angora.

»Kann ich irgendetwas für dich tun?«, fragte er. »Was erwartest du von mir?«

Leyla spürte plötzlich ein übermächtiges Verlangen, sich an ihn zu schmiegen. Noch vor wenigen Stunden war sie wie gelähmt gewesen beim Gedanken, Hans wiederzusehen. Hier war er ein anerkannter Archäologe und hochgeschätzter Professor. Am Vortag war sein Artikel über die beiden hethitischen Sphinxen, die zur Restaurierung nach Berlin geschafft worden waren, auf der Titelseite sämtlicher Tageszeitungen erschienen. Und vorhin im Vorlesungssaal war sie so stolz auf ihn gewesen, nicht nur auf seinen klugen Vortrag, sondern auch auf seine stattliche Erscheinung. Doch die feschen jungen Berlinerinnen, die sich am Ende seiner Vorlesung um ihn drängten, hatten sie eingeschüchtert. Sie hatte das Gefühl gehabt, nicht mit diesen modernen Frauen konkurrieren zu können. Einen Moment lang dachte sie sogar an Flucht.

Sie nahmen die Betriebsamkeit um sie herum nur noch verschwommen wahr. Die Welt bestand nur noch aus Hans' tröstender Hand, der so sehr gefürchtet hatte, sie nie wiederzusehen. Ein paar Tage nach ihrer Trennung hatte er verrückt vor Sorge um sie mit dem Gedanken gespielt, ihr nach Istanbul nachzureisen. Aber dann kam er zu dem Schluss, er habe nicht das Recht, sie womöglich in eine heikle Lage zu bringen, und nahm aus Respekt und Rücksicht davon Abstand. Selbst ihr zu schreiben, versagte er sich aus dem gleichen Grund. Die Entscheidung über ihre Zukunft lag bei Leyla, bei ihr allein.

Als im Laufe der Wochen immer noch keine Nachricht von ihr eingetroffen war, gab er die Hoffnung auf. Zum ersten Mal setzte ihm Anatolien zu. Er fand keinen Trost mehr in dieser kargen Natur, wo ihn alles an Leyla erinnerte. Bis er den Schmerz kaum mehr aushielt. Während der Kämpfe gab es Momente, in denen er den Tod willkommen geheißen hätte. Als ein Granatsplitter ihn am Bein traf, beschloss er, nach Berlin zurückzukehren. Er mietete eine kleine Wohnung in der Nähe des Kurfürstendamms, wo er sich den verlorenen Seelen, die durch die ausgelassenen Nächte der deutschen Hauptstadt geisterten, auf seltsame Weise verbunden fühlte. Und nun hatte Leyla, nachdem er die Hoffnung längst aufgegeben hatte, ihr Versprechen gehalten und den Weg zu ihm gefunden. Ihr Mut und ihre Entschlossenheit waren für ihn eine Lektion in Sachen Demut.

Mitten im lauten Kneipenlärm, der sie umgab, nahm Hans ihre Hand und führte sie an seine Lippen und dann an die Stirn. Was konnte er ihr bieten? Nichts als sein Leben und seinen Namen. Eines Tages würde ihr Mann ihr vielleicht die Scheidung gewähren. Dann wäre sie frei, und sie könnten heiraten. Doch er wusste, er würde seinem religiösen Glauben entsagen und konvertieren müssen, um an ihrer Seite zu leben. Leyla würde keinen Ungläubigen heiraten. Und er würde es niemals von ihr verlangen.

Leyla hatte sich den energischen Gang der Berlinerinnen angewöhnt. Ihre Absätze klackten auf der Treppe der U-Bahn-Station. Sie war unterwegs zu Hans. Wenn sie ihn besuchte, kaufte sie in einem Lebensmittelladen gewöhnlich eine Flasche Wein und manchmal auch Gebäck. Sie grüßte die Hausmeisterin, die sie sich seit ihrem ersten Besuch vor zwei Monaten gewogen gemacht hatte, indem sie ihr von Zeit zu Zeit einen Strauß Veilchen brachte. Wenn er nicht da war, schloss Leyla die Tür mit ihrem eigenen Schlüssel auf. Als Erstes entzündete sie den Kohleofen und machte es sich dann mit einem Schal um die Schultern und mit einem Buch im Sessel bequem. Hans beeilte sich stets, nach Hause zu kommen, um Leyla nicht warten zu lassen. Sobald sie seine Schritte auf dem Treppenabsatz hörte, schlug ihr Herz schneller. Er kam herein, legte seine Umhängetasche auf den Tisch und breitete die Arme aus. Dann zog er sie ins Schlafzimmer, wo sie sich ungeduldig und unersättlich liebten, nachdem sie die Vorhänge zugezogen hatten, um das winterliche Grau auszusperren.

Nie ließ er es sich nehmen, sie zum Adlon zurückzubegleiten, achtete jedoch darauf, sich nicht in der Nähe des Eingangs blicken zu lassen. Ehe sie die Hotelhalle betrat, drehte sie sich um und warf einen letzten Blick zu der einsamen Gestalt, die mit hochgeschlagenem Mantelkragen und die Hände in den Taschen vergraben unter den Linden stand. Er war eifersüchtig auf Selim, verbot es sich jedoch, mit ihr darüber zu reden. Leyla war ihm dankbar dafür. Ihre Beziehung sollte glücklich sein. Sie ließ nicht zu, dass sich ein Schatten darüber legte.

Und doch, wie konnte sie es vermeiden, über die Zukunft nachzudenken? Sie war noch keine dreißig Jahre alt. Sie wollte ihr Leben in aller Offenheit führen, ohne diese erbärmliche Heimlichtuerei. Gleichzeitig wünschte sie sich Kinder von dem Mann, den sie liebte. Hans hatte ihr seine Bereitschaft signalisiert, ihr zuliebe zu konvertieren, damit sie heiraten könnten. Das war keine Selbstverständlichkeit, und seine großzügige Geste berührte sie. Sie würden im Yalı wohnen, malte er ihr begeistert aus, denn er war überzeugt davon, dass es keiner von ihnen nach diesem Berliner Intermezzo lange fern des anderen aushalten würde. Was seine Arbeit anging, so würde er seine Zeit zwischen den Ausgrabungsstätten von Hattuša und dem Osmanischen Museum in Konstantinopel aufteilen. Wenn er ihr dieses idyllische Zukunftsbild ausmalte, klang alles sehr einleuchtend. Aber bisweilen erschreckte sein ungetrübter Enthusiasmus die abergläubische Leyla. Ihr Instinkt sagte ihr, dass es noch etliche Hindernisse zu überwinden galt.

Perihans Tod hatte sie milde gegenüber Selim gestimmt. Sie wollte ihm nicht noch mehr Leid zufügen, wenngleich sie sich von ihrem ehelichen Band enthoben fühlte. Doch sie fürchtete, dass er sich weigern würde, in die Scheidung einzuwilligen. Obwohl sie Nilüfer bei sich aufgenommen hatte, war er Leyla gegenüber noch sehr anhänglich. Seine zweite Frau vermochte seine Erwartungen nicht zu erfüllen. Sie war ihm zu gefügig und unterwürfig und obendrein zu ungebildet. Inzwischen langweilte er sich in ihrer Gegenwart. Aus freien Stücken, dessen war sich Leyla sicher, würde er ihr nie die Freiheit schenken. Folglich würde sie ihn auf dem Rechtsweg dazu zwingen müssen, was ihr in tiefster Seele zuwider wäre.

»Es scheint dir in Berlin zu gefallen«, sagte Selim, während er in seine Smokingjacke schlüpfte. »Ermüdet es dich nicht, den ganzen Tag in der Stadt zu verbringen?«

Sie waren an diesem Abend zu einem Empfang in einer vornehmen Villa in Dahlem eingeladen. Leyla wandte sich dem Spiegel zu, um ihren Laméturban auf dem Kopf zurechtzurücken und sich zu vergewissern, dass das bis zu den Knöcheln reichende Etuikleid perfekt saß. Wo immer sie auftrat, bewunderte man ihre elegante Erscheinung. Bisweilen erkannte sie diese Frau, die ihr aus dem Spiegel entgegenblickte, nicht wieder, als hätte das pulsierende westliche Lebensgefühl auch ihren Körper ergriffen. Ihr neu gefundenes Glück ließ sie strahlen. Vielleicht zu sehr, dachte sie seufzend.

»Ach weißt du, es gibt so vieles zu entdecken«, sagte sie mit unbestimmter Miene.

»Und du langweilst dich nicht?«

»Nein, ich bin immer auf der Suche nach Stoff für meine Leserinnen. Und einige Berlinerinnen haben sich bereiterklärt, meine Fragen zu beantworten.«

Leyla fand die hiesigen Frauen ebenso exotisch wie faszinierend. Sie besuchten ohne Begleitung die großen, prachtvollen Kaufhäuser, arbeiteten in modernen Bürogebäuden mit Eingangshallen aus Stahl und Marmor oder aßen allein in Restaurants zu Mittag. Sie nahmen kein Blatt vor den Mund, hatten das Wahlrecht, trugen kurze, dauergewellte Haare und hatten blutrot lackierte Fingernägel. Sie gingen abends aus, rauchten Zigarillos und tanzten bis zum Morgengrauen.

»Mir kommen sie genauso albern vor wie die feinen Damen aus Pera«, brummte er.

»Ganz und gar nicht! Bei uns sind Frauen noch Verhaltensregeln unterworfen, die aus einer längst vergangenen Zeit stammen. Die Berlinerinnen sind hingegen frei, verstehst du? Wirklich frei.«

»Und das fasziniert dich allem Anschein nach.«

Wie sollte sie leugnen, dass sie in Berlin glücklich war? Völlig unerwartet hatte diese Stadt ihre Lebenslust wiedererweckt. Selbst die in vielen Vierteln herrschende Armut vermochte sie nicht abzuschrecken. Hans hatte sie in das Gewirr von kleinen Straßen und Gässchen hinter dem Alexanderplatz mitgenommen, wo es als einzige Transportmittel primitive Handkarren gab. Beim Anblick der bärtigen Juden mit ihren Samtkippas fühlte sich Leyla an den Orient erinnert. In Charlottenburg gab es die gleichen von Weißrussen betriebenen Restaurants wie in Pera. Und in den Revuetheatern am Kurfürstendamm tanzten junge Frauen nackt und schnupften Kokain.

»Die Welt hat sich seit dem Krieg verändert«, sagte sie. »Man kann die Zeit nicht mehr zurückdrehen.«

Selim fand, dass seine Frau noch nie schöner und strahlender ausgesehen hatte. Das beunruhigte ihn, und beinahe bereute er es, sie mitgenommen zu haben. Gewiss, er hatte ihr damit für ihre Großzügigkeit gegenüber Nilüfer danken wollen, aber wenn er ehrlich war, hatte er sich einfach vor dem Alleinsein gefürchtet. Perihans Tod hatte in seinem Inneren einen tiefen Riss hinterlassen, der ihn oftmals aus dem Schlaf aufschrecken ließ. Während die Szenerie seiner Albträume variierte, endeten sie stets mit dem gleichen Bild: Seine kleine Tochter starb unter seinen Augen und flehte ihn an, ihr zu helfen.

Plötzlich hatte er das Gefühl zu ersticken. Er kämpfte mit dem Fenstergriff, der sich nicht drehen lassen wollte. Als es ihm schließlich gelang, es zu öffnen, lehnte er sich über die Brüstung und atmete tief die feuchte Märzluft ein. Schweißperlen traten ihm auf die Stirn.

»Fühlst du dich nicht gut?« Leyla ging zu ihm und legte ihm eine Hand auf die Schulter.

Er schloss die Augen, um sich wieder zu fangen.

»Nein, es ist schon gut … Der Mord an Talât Pascha heute Morgen hat mich erschüttert. Das ist doch lächerlich, nicht wahr?«

Der ehemalige Innenminister der osmanischen Regierung, der nach Berlin geflüchtet war, weil in seiner Heimat Anklage gegen ihn erhoben wurde, war am helllichten Tag von einer Revolverkugel getötet worden.

»Scheint, der Mörder ist ein junger Armenier, der sich für die Deportation seines Volkes rächen wollte«, sagte Leyla.

»Seinen Hass verstehe ich durchaus, aber nicht seinen mörderischen Akt. Wo kämen wir denn hin, wenn wir alle nach Lust und Laune Selbstjustiz üben würden? Dafür gibt es schließlich Gerichte.«

»Vielleicht hat er die Vorstellung, dass Talât Pascha ungestraft davonkommen könnte, nicht ertragen? Die Behörden haben zwar einige Schuldige für die Grausamkeiten gegen die Armenier zum Tode verurteilt, aber das reicht ihm offensichtlich nicht.«

»Ich weine dem ehemaligen Großwesir keine Träne nach, das kannst du mir glauben. Vielmehr geht es mir ums Prinzip. Bist du fertig, Liebling?«, fügte er in heitererem Ton hinzu. »Du siehst hinreißend aus. Seit unserer Ankunft in Berlin bist du wie eine Rose erblüht. Muss ich mir Sorgen machen?«

In seinem scherzhaften Ton schwang auch ein ernsterer Beiklang mit. Selim bedachte sie mit einem forschenden Blick. Ob er etwas ahnte?, fragte sich Leyla. Nein, unmöglich! Er war den ganzen Tag beschäftigt, was ihr wiederum erlaubte, sich nach Gutdünken in der Stadt zu bewegen. Eine Freiheit indes, die zum Übermut verführte. Hatten Hans und sie es an Vorsicht mangeln lassen? Ein Schauder kroch ihr den Rücken hinauf. Mit einem Mal hatte sie das Gefühl, als zöge sich eine Schlinge um ihren Hals zu.

Die Granate explodierte im selben Moment, als sie ins Taxi steigen wollten. Leyla nahm gerade noch ein weißes Licht wahr, dann zerriss ein entsetzlicher Knall ihr fast die Trommelfelle, und die Wucht der Explosion schleuderte sie aufs Trottoir zurück.

Als sie wieder zu sich kam, lag sie noch immer auf dem Boden. Jemand tätschelte ihre Wangen. Benommen bemerkte sie, dass ihr Mantel und ihre Handschuhe blutbespritzt waren. Das Taxi war nur noch ein einziger qualmender Blechhaufen, um den herum sich einige Menschen mit Feuerlöschern zu schaffen machten. Sie wollte nach Selim rufen, aber sie brachte kein Wort heraus. Zwei livrierte Pagen halfen ihr aufzustehen. Die Glassplitter der zerborstenen Scheiben knirschten unter ihren Sohlen, während sie sie in die Hotelhalle führten.

»Wo ist mein Mann?«, brachte sie schließlich mit heiserer Stimme heraus.

Die beiden Hotelangestellten halfen ihr, sich in einen Sessel in der Nähe des Elefantenbrunnens zu setzen. Wandschirme schützten sie vor neugierigen Blicken. Sie blutete aus einer Wunde an der Stirn. Plötzlich begann sie am ganzen Körper zu zittern, als hätte sie Schüttelfrost. Ein Arzt stürzte herbei, um sie zu untersuchen. Zwar hatte sie heftiges Ohrensausen, verstand jedoch, was er sagte.

»Ihre Wunde muss genäht werden, gnädige Frau«, sagte er.

»Und mein Mann? Was ist mit meinem Mann?«

»Er wurde ins Krankenhaus gebracht. Er ist verletzt.«

»Ich muss zu ihm!«

Als sie aufstehen wollte, legte er beide Hände an ihre Schultern und hielt sie zurück. »Man wird Sie zu ihm bringen, keine Sorge. Aber lassen Sie mich zuerst Ihre Wunde versorgen. Ich bitte Sie, haben Sie Vertrauen zu mir.«

Plötzlich sackten ihr die Beine unter dem Körper weg, und sie fiel in den Sessel zurück. Sie ahnte, dass der Anschlag etwas mit dem Mord an Talât Pascha zu tun hatte. Hatten diese Menschen es auf sämtliche Türken abgesehen, die sich in Berlin aufhielten? Die Zeitungen hatten über die Anwesenheit des Diplomaten Selim Bey Efendi und dessen Gemahlin berichtet. Bei verschiedenen offiziellen Anlässen hatte man Fotos von ihnen gemacht. Selim war ein paar Schritte vor ihr zum Taxi gegangen. Ob er noch lebte? Und wenn er dem Anschlag entkommen war, würden die Attentäter vielleicht versuchen, im Krankenhaus zu vollenden, was sie begonnen hatten?

»Bitte benachrichtigen Sie den Archäologen Hans Kästner!«, sagte sie hektisch. »Man muss ihm sagen, was passiert ist!«

Ein Zimmermädchen beeilte sich, die Nachricht an den Concierge weiterzugeben. Ein wenig besänftigt ließ sich Leyla vom Arzt behandeln. Sie stand noch unter Schock und verzog kaum das Gesicht, als er die Platzwunde nähte.

Noch immer in ihrem Abendkleid und mit einem Heftpflaster auf der Stirn saß sie im dunklen Korridor eines großen Krankenhauses. Ohne sie zu beachten, eilten die Krankenschwestern an ihr vorbei. Bei ihrer Ankunft hatte Leyla einen Blick in den Saal für die Bedürftigen geworfen. Dort sah es aus wie in einem Armenhaus. Hin und wieder hastete ein Chirurg in weißem Kittel an ihr vorbei. Sie wagte nicht, einen von ihnen anzusprechen, sondern saß zusammengesunken und von Schüchternheit übermannt wie gelähmt auf ihrem Stuhl. Die Reflexe ihres alten Lebens als junge, weltabgewandt lebende Osmanin waren wieder erwacht. Der Lärm, die stechenden Gerüche und der harte Klang der deutschen Sprache setzten ihrem sensiblen Gemüt zu. Sie fühlte sich verloren.

»Leyla! Was ist passiert?«

Hans eilte mit dem Filzhut in der Hand auf sie zu. Sie atmete erleichtert auf.

»Was ist mit dir?«, fragte er erschrocken, als er ihr blutbeflecktes Kleid sah. »Bist du verletzt?«

»Ein Attentat … auf Selim.«

»Um Himmels willen!«, rief er schockiert aus. »Wie geht es ihm?«

»Ich weiß es nicht, das ist es ja! Man hat mir gesagt, ich soll hier warten. Ich habe keine Ahnung, was mit ihm ist.«

Tränen der Ohnmacht stiegen ihr in die Augen. Hans entfernte sich, um sich nach Selims Zustand zu erkundigen. Während er mit einem der Ärzte sprach, fuchtelte er mit den Händen – offenbar gab man ihm nur widerwillig Auskunft. Leyla ließ ihn nicht aus den Augen. Als sie seinen starren Gesichtsausdruck wahrnahm, bekam sie Herzklopfen.

»Ist er tot?«, fragte sie tonlos, als Hans sich neben sie setzte.

»Nein, er ist nicht in Lebensgefahr.«

Als er noch immer zögerte, ergriff sie seine Hände. »Sag mir die Wahrheit, Hans!«

»Durch die zerborstenen Fensterscheiben wurde er schwer an den Augen verletzt, und die Operation war wohl äußerst heikel, aber dem Chirurgen ist es gelungen, sämtliche Splitter zu entfernen.«

»Und?«

Endlich sah Hans ihr in die Augen. »Die Verletzungen sind sehr tief. Es ist zu befürchten, dass Selim erblindet ist.«

Entsetzt warf sie sich an seine Schulter und begann zu schluchzen.

»Die Operation ist zu Ende. Er ist noch nicht aus der Narkose erwacht, aber du kannst jetzt zu ihm. Es ist jedoch nicht nötig, dass du die ganze Nacht hier verbringst. Ich begleite dich nachher zum Adlon zurück, und morgen früh sehen wir weiter.«

Er hatte in festem, entschiedenem Ton gesprochen, der keinen Widerspruch duldete. Erleichtert darüber, dass er die Dinge in die Hand genommen hatte, folgte Leyla ihm stumm und gehorsam zum Krankenzimmer. Ein leichter Verband verbarg Selims Augen. Sie zuckte zusammen, als sie sah, dass man seinen Schnurrbart abrasiert hatte, um seine Gesichtswunden zu versorgen. Seine Lippen bildeten eine blasse Linie in seinem markanten Gesicht. Er hatte auch Verbrennungen an Oberkörper und Armen erlitten. Noch nie hatte Leyla ihn so verletzlich und hilflos erlebt. Ein einziger schrecklicher Augenblick hatte diesen so selbstsicheren, stattlichen Mann in diesen fragilen Menschen verwandelt. Hin- und hergerissen zwischen Mitleid, Zärtlichkeit und Angst vor dem Morgen streichelte sie seine Hand und versicherte ihm leise, dass alles gut werde und er keine Angst zu haben brauche. Selim blieb reglos. Als eine Krankenschwester in der Tür erschien, beugte sich Leyla zu ihrem Mann hinab und küsste ihn auf die Wange.

Sie trat wieder auf den Korridor und warf Hans einen verzweifelten Blick zu. Er schlüpfte in seinen Mantel, reichte ihr seinen Arm und führte sie in Richtung Ausgang. Auf dem Rückweg im Taxi betrachteten sie stumm den im Regendunst wässrigen Schein der elektrischen Lampen. Sie berührten sich nicht, sondern saßen wie zwei Fremde nebeneinander da und hingen ihren jeweiligen Gedanken nach.

Die Angst, Leyla zu verlieren, brachte Hans fast um den Verstand. Alles hing nunmehr von Selim Beys Gesundheitszustand ab, und ihre Zukunft war ungewisser denn je. Niemals würde sie ihren kranken Mann verlassen, der womöglich sogar erblindet war. Er zündete sich eine Zigarette an, um gegen das Gefühl der Übelkeit anzugehen, und verfluchte insgeheim das Schicksal, das all seine Pläne und Hoffnungen mit einem Schlag durchkreuzt hatte. Leyla wandte sich ihm zu. Hans' dichter Schnurrbart verbarg seine Angst, und bei dem Anblick seines vertrauten Gesichts überkam sie eine überraschende Gelassenheit. Was hatte es für einen Sinn, gegen das Schicksal aufbegehren zu wollen? Um diese erneute Prüfung zu bestehen, musste sie auf die Vorsehung vertrauen. Das war die uralte Lektion, die der Orient einen lehrte. Ihr Volk. Ihr Glauben. Und diese Unterwerfung unter das Schicksal zeugte anders, als man zunächst vermuten mochte, keineswegs von feiger Selbstverleugnung, sondern von uralter Weisheit.

Aus dieser Quelle schöpfte Leyla jetzt neue Willenskraft und neuen Mut. Sie ließ ihre Hand in die von Hans gleiten. Auf paradoxe Weise fühlte sie sich in diesem schmerzlichen Moment ihres Lebens zum ersten Mal im Einklang mit ihrem Gewissen. Was nicht hieß, dass sie für immer verzichten wollte, auch wenn die Zeit für diese freie und von ihr so ersehnte Bindung, die des Herzens, noch nicht gekommen war. Sie musste sich in Geduld üben. Beim Gedanken, an der Seite ihres invaliden Mannes zu bleiben, konnte sie sich eines leisen Schauders nicht erwehren. Aber wie sollte sie glücklich werden, wenn sie ihn jetzt verließ?

Leyla schätzte am Westen das moderne Denken, die Freiheit des Geistes, den Widerspruch, aber den Egoismus lehnte sie ab. Doch die Einfühlsamkeit und Aufrichtigkeit des Orients würde sie für immer in sich bewahren.

»Ich möchte diese Nacht mit dir verbringen«, sagte sie in die Stille hinein.

»Und dein Mann?«, fragte Hans völlig überrascht.

»Ich werde meinen Pflichten gegenüber Selim nachkommen. Ich werde bei ihm bleiben, solange er mich braucht. Ich weiß, dass du mich verstehst. Aber heute Nacht möchte ich bei dir sein. Das sind wir beide unserer Liebe schuldig.« Sie hob seine Hand an ihre Lippen und küsste sie. »Ich liebe dich, Hans, daran darfst du nie zweifeln.«

Die Lichter der Stadt erhellten in unregelmäßigen Abständen Leylas zerschundenes Gesicht. Ihre inbrünstige Miene ließ sie zugleich wunderschön und tragisch erscheinen. Hans spürte, wie sein Herz in der Brust hämmerte. Er wusste, dass er in der Falle saß. Aber sie anzuflehen und ihr weitere Möglichkeiten aufzuzeigen, zum Beispiel Selim in die Obhut seiner Familie zu geben, wäre nicht nur vergeblich, sondern auch unter seiner Würde gewesen. Damit würde er Leylas Aufrichtigkeit beleidigen, und das hieße, dass er die Frau, der er sich mit Leib und Seele verschrieben hatte, nicht verstand. Zärtlich zog er sie an sich und hüllte sie mit seinem Mantel ein. Sie wirkte so zierlich. Er hatte ihr noch so viel zu sagen und zu zeigen. Es gab so viele Wunder, die es gemeinsam zu bestaunen galt. Vor Angst und Begierde bebend küsste er sie auf Mund, Wangen und Hals.

Also würden sie sich ein letztes Mal in seinem spartanischen Zimmer hinter dem Kurfürstendamm lieben, weil sie es so entschieden hatte. Sie würden sich lieben, ohne zu wissen, ob es ein Abschied wäre, zärtlich und verzweifelt zugleich, denn sie verzehrten sich immer noch nacheinander wie am ersten Tag. Und wie jedes Mal würden sie die gleiche glühende Lust empfinden, dieses irrsinnige Glück. Und danach die schmerzliche Trennung.

Stambul, Juni 1921

Selims Stimme dröhnte durchs Haus. In solchen Momenten gingen die Dienerinnen ihrem Herrn aus dem Weg und zogen den Zipfel ihres Schleiers vor den Mund, als wollten sie sich vor seinen Flüchen schützen. Gülbahar Hanım stellte einen würdevollen Gleichmut zur Schau – sie war nicht gewillt, sich den Launen ihres Sohnes zu beugen. Nur Ahmet vermochte seinen Vater zu beschwichtigen, der vor seinem Sohn weder seine Schwäche noch Angst zeigen wollte.

»Es kommt überhaupt nicht in Frage, dass ich mit in den Yalı ziehe, verstehst du?«, sagte Selim aufbrausend.

»Ich habe dich verstanden, ja«, antwortete Leyla besänftigend.

Da ihr Mann keine Mimik und Körperhaltung mehr erkennen konnte, musste man alles ausdrücklich in Worte fassen, damit er sich nicht ausgeschlossen fühlte. Und dieser ständige Redezwang erwies sich bisweilen als ermüdend. Doch das war leider nicht die einzige Belastung, wenn man sein Leben an der Seite eines noch jungen Mannes fristete, der plötzlich erblindet war.

»Aber du, du kannst ruhig dorthin ziehen. Ich komme wunderbar allein zurecht. Hast du verstanden?«

»Ja, ich habe verstanden.«

Leyla sah zu, wie das Sonnenlicht den in voller Blüte stehenden Garten überflutete. Noch nie war ihr die Farbenpracht so lebendig, der Bosporus so tiefblau erschienen. Als wollte die äußere Welt Selim beleidigen, für den sie für immer trüb und formlos bleiben würde. Sein furchtbares Los zerriss ihr fast das

Herz. Sie hatte Mitleid mit ihm, aber auch mit sich selbst, weil sie dazu verdammt war, die Launen eines Invaliden zu erdulden, den die geringste Kleinigkeit in Wut versetzte. Was Nilüfer betraf, so hatte sie eine solche Angst, seinen Ansprüchen nicht zu genügen, dass sie wie ein Gespenst durchs Haus schlich.

»Ich bleibe hier«, sagte er abermals und pochte mit seinem Stock auf den Holzboden des Gartenpavillons, als wollte er seine Worte unterstreichen.

Seit dem Attentat hatte er sichtlich abgenommen. Während die Brandwunden an Oberkörper und Armen allmählich verblassten, würde auf seiner Wange für immer eine Narbe zurückbleiben, dort, wo eine Glasscherbe ihn getroffen hatte. Seit ihrer Rückkehr aus Berlin war es ein täglicher Kampf. Sie hatten noch einen Monat in der deutschen Hauptstadt bleiben müssen, bis seine Wunden verheilt waren. Als der Chirurg ihm die niederschmetternde Nachricht verkündete, verschloss sich Selim in seinem Schweigen. Nur einen Wunsch äußerte er: so rasch wie möglich nach Hause zurückzukehren. Nach ihrer Ankunft in Stambul wollte er seinem Leben ein Ende bereiten. In den folgenden Wochen bewachte Leyla ihn rund um die Uhr. Sie ertrug seine Beleidigungen und selbst seine Schläge, wenn er von einer Panikattacke ergriffen um sich schlug. Nächtelang weinte er vor Wut und Ohnmacht. Da die Tragödie ihres Sohnes ihre Schwiegermutter zu sehr erschütterte, als dass sie ihr eine Stütze hätte sein können, nahm Leyla die nötigen Veränderungen im Haushalt allein vor. So sorgte sie unter anderem für einen reibungslosen Wachwechsel. Man durfte den Hausherrn keine Sekunde aus den Augen lassen. Sie stellte einen breitschultrigen Lasen ein – wobei sie nicht wusste, ob mehr zu Selims Schutz oder dem seiner Mitbewohner vor ihm. Mit seiner schwarzen Tunika und seinen Bergstiefeln, dem in seinem Gürtel steckenden Dolch und dem kriegerischen Schnurrbart bot Birol einen gewöhnungsbedürftigen Anblick, aber mit seiner treu ergebenen Art konnte er Selim schließlich besänftigen. Leyla gab die Hoffnung nicht auf, dass ihr Mann sich eines Tages mit seinem Leibwächter wieder in die Stadt wagen würde. Das wäre dann der erste Schritt zurück zu einem halbwegs normalen Leben.

Wie so oft hatte sich schon aus einer Nichtigkeit heraus ein Wortwechsel zwischen ihnen entzündet! Seit mehr als zwei Monaten musste Leyla eine Litanei von Klagen und Vorwürfen über sich ergehen lassen. Ihr jetziges Dasein war nur noch ein kläglicher Schatten ihres früheren Lebens. Nachdem sie zuerst in Angora und später dann in Berlin ihre Freiheit in vollen Zügen ausgekostet hatte, hatte sie nun das Gefühl zu ersticken. Zum Glück bot ihr das Schreiben eine wohltuende Rückzugsmöglichkeit. Die vielen Leserbriefe, die der Chefredakteur ihr zukommen ließ, zeugten von ihrer zunehmenden Bekanntheit.

Ihre verspannten Schultern schmerzten, und sie stieß einen tiefen Seufzer aus.

»Was hast du denn?«, fragte Selim prompt. Der geringste Laut ließ ihn aufhorchen.

»Nichts. Ich bin einfach nur müde.«

»Was soll ich erst sagen! Ich habe schon genug Sorgen, da musst du mich nicht noch zusätzlich verdrießen.«

»Es war ja nur ein Vorschlag. Ich dachte, dass dir ein Aufenthalt im Yalı guttun würde.«

»Jetzt, wo ich angefangen habe, mich im Haus zurechtzufinden, willst du mich schon wieder an einen anderen Ort zerren! Das ist doch dumm! Du hast ganz offensichtlich nichts verstanden!«

Sie presste verletzt die Lippen zusammen. »Du bist ungerecht, Selim. Ich kümmere mich so gut ich kann um dich. Wie alle im Haus übrigens. Könntest du das nicht wenigstens einmal anerkennen?«

»Und was verlangst du noch von mir? *Ich* bin erblindet, nicht ihr! Aber ich kann deiner Qual ein Ende bereiten, indem ich in die Scheidung einwillige, wenn meine Gegenwart dir so unerträglich geworden ist. Schließlich wolltest du das ursprünglich doch, nicht wahr?«

Er fuhr tastend mit der Stockspitze über den Boden.

»Ich kann mir deinen Gesichtsausdruck genau vorstellen.« Er vollführte eine Handbewegung in ihre Richtung. »Ich spüre es. Ich will dein Mitleid nicht, verstehst du, Leyla? Ich habe mein Augenlicht eingebüßt, aber nicht meinen Stolz. Also geh ruhig weg von hier! Ich schenke dir die Freiheit. Du kannst tun und lassen, was du willst.«

Als er die drei Eingangsstufen erreichte, geriet er ins Stolpern. Leyla streckte instinktiv die Hand aus, um ihn zu stützen, aber Selim schüttelte sie ab und hielt sich stattdessen am Geländer fest. Dabei ließ er den Stock fallen und bückte sich, um ihn wieder aufzuheben. Sie wusste, dass sie ihn allein zurechtkommen lassen musste. Wenn sie jetzt versuchte, ihm zu helfen, würde sie ihn erst recht erzürnen. Sie sah ihm nach, bis er das Ende des Gartenwegs erreicht hatte, und ließ dann ihren Tränen freien Lauf.

Auf den Kissen ausgestreckt weinte sie sich aus. Wie hätte sie ahnen können, dass es so mühselig sein würde? Tag für Tag, Stunde um Stunde ging das so. Unentwegt musste sie auf eine bissige Bemerkung oder eine Boshaftigkeit aus nichtigem Grund gefasst sein. Oder Selims Demütigung miterleben, wenn er wieder einmal mit dem Schienbein gegen den Diwan stieß oder beim Essen etwas verschüttete. Und wenn er nachts nicht schlafen konnte, musste sie ihm aus einem Buch vorlesen. Von Kopf bis Fuß mit blauen Flecken übersät war er vollkommen von ihr abhängig, auch wenn er sich das nicht eingestehen mochte. Gefangen in seiner Opferrolle meinte er sich alles erlauben zu können. Mittlerweile hatte Leyla nicht einmal mehr die Energie zum Schreiben.

Mit einem Mal stieg ihr Tabakgeruch in die Nase, und sie hob den Kopf und blickte zur Tür. Beschämt setzte sie sich auf. Louis Gardelle stand vor den Eingangsstufen des Pavillons, offensichtlich bestürzt darüber, sie so aufgelöst zu sehen. Er zögerte einen Augenblick, dann trat er ein und setzte sich zu ihr. Als Leyla mit dem Handrücken die Tränen von den Wangen wischte, entschuldigte er sich, weil er ihr kein Taschentuch anbieten konnte.

»Aber eine Zigarette können Sie mir geben«, sagte sie.

Louis ließ ihr Zeit, bis sie sich wieder gefangen hatte. Bei ihrer ersten Begegnung war ihm Leyla Hanım hochmütig und unergründlich erschienen. Inzwischen unterhielt sie sich in freundschaftlicher Vertrautheit mit ihm. Im Laufe ihrer Gespräche hatte er sie als natürliche und offene Frau kennengelernt. Seit ihrer Rückkehr aus Berlin verschleierte sie ihr Gesicht nicht mehr, sondern verhüllte nur noch die Haare. Meistens trug sie kurze, taillierte Jäckchen mit Stickereien oder schlichte Seidenblusen, die sie mit einer Perlenkette schmückte, und dazu lange, gerade geschnittene Röcke. Insgeheim bewunderte er ihren treffsicheren modernen Geschmack.

»Er ist immer noch sehr schwierig, nicht wahr?«, fragte er mitfühlend.

»Unausstehlich.«

»Das tut mir leid. Ich habe versucht, mit ihm zu reden, aber er will einfach nicht auf mich hören. Er begehrt noch immer gegen sein Schicksal auf.«

Kurz nach ihrer Rückkehr in den Konak hatte Louis um Erlaubnis gebeten, Selim zu besuchen, aber dieser wollte ihn nicht empfangen. Statt sich entmutigen zu lassen, hatte der Franzose in den folgenden Tagen immer wieder hartnäckig vorgesprochen, bis Selim schließlich nachgegeben hatte. Seitdem besuchte Louis ihn so oft wie möglich. Er erzählte ihm von den neuesten Ereignissen und bemühte sich, sein Interesse an den fortschreitenden Verhandlungen zwischen Frankreich und Mustafa Kemal zu wecken, aber Selim erregte sich sowohl über die einen als auch den anderen und schimpfte sie Dummköpfe. Selbst die Berater und Sekretäre des Sultans fanden keine Gnade mehr bei ihm.

»Wie ertragen Sie das nur?«, murmelte Louis. Zum ersten Mal machte er sich Sorgen um sie. Schon wieder traten ihr Tränen in die Augen. Statt zu antworten, zog sie wütend an ihrer Zigarette.

»Ich bewundere Sie, wissen Sie.«

»Ach was, ich tue einfach nur meine Pflicht, so wie Sie auch, oder nicht?«

Er beobachtete sie aus dem Augenwinkel. Sie wirkte angespannt, und ihr Gesicht war verschlossen. Sie verdiente diese Strafe nicht.

»Vor ihrer Abreise hat sich Rose Ihnen anvertraut. Sie wissen also von meinem Ehebruch. Ich kann Ihnen nicht das Wasser reichen, Leyla Hanım.«

Von weitem hörte man das Tuten von Nebelhörnern. Louis scheute sich nicht, ihr gegenüber seine Mätresse zu erwähnen. Die Osmanen neigten in Fragen der Sexualität nicht zu moralisierender Verurteilung.

»Fühlen Sie sich niemals einsam?«, fragte sie unvermittelt, den Blick auf einen vagen Punkt in der Ferne gerichtet.

»Nein. Ich habe ein Mittel gegen die Einsamkeit, aber ich empfehle es Ihnen nicht.«

»In diesem Punkt beneide ich Sie. Ich habe mich in meiner Ehe mit Selim schon immer einsam gefühlt. Ich hatte sogar vor, mich scheiden zu lassen. Wussten Sie das?«

Seit ihrer Rückkehr aus Berlin hatte Leyla festgestellt, dass ein Mann einer Frau ein guter Freund sein konnte, sofern keine sexuelle Anziehung im Spiel war. Vom Temperament her war sie Louis ähnlich, bei beiden hielten sich Sensibilität und Vernunft die Waage. Und noch nie hatte sie einen Freund so dringend gebraucht wie jetzt.

»Wenn diese Tragödie Sie dazu bewogen hat, Ihre Meinung zu ändern, werden Sie es ihm eines Tages übelnehmen.«

»Ein Egoist war Selim schon immer. Seine Behinderung hat ihn zusätzlich noch verbittert. Hin und wieder ertappe ich mich dabei, dass ich ihn verachte. Das ist abscheulich, nicht wahr?«

»Ich würde eher sagen, es ist menschlich. Und wie geht es Nilüfer Hanım damit?«, wagte er zu fragen, obgleich er fürchtete, Leyla zu verletzen.

Sie behielt den Rauch einen Moment lang in den Lungen, und ein Lächeln huschte über ihr Gesicht.

»Im Grunde ist sie wie ein Kind. Selbst wenn Selim unversehrt geblieben wäre, hätte sie seinen Ansprüchen nicht genügen können. Die Kleine tut mir leid, weil sie sich unentwegt fragt, was sie falsch gemacht hat. Zum Glück steht Selim zu seiner Verantwortung und würde sie nie verstoßen. Aber er ist ihrer bereits überdrüssig. Ähnlich wie in Ihrer Ehe … Übrigens, wie geht es Rose?«

Wortlos zog Louis einen Brief aus der Tasche und reichte ihn ihr. Seine Frau schrieb ihm einmal in der Woche. Zu seinem großen Erstaunen fand sie Gefallen am Leben in Smyrna. Er hatte damit gerechnet, dass sie eine Zeit lang schmollen würde, ehe sie wieder auf ihn zukäme oder aber nach Frankreich zurückkehrte. Ohne ihn zu fragen, hatte sie Marie in der Schule angemeldet. Auch hatte sie ihm noch kein mögliches Rückreisedatum in Aussicht gestellt. Sie schien sich in dieser levantinischen Stadt wohlzufühlen. Sicherlich lag das nicht zuletzt daran, dass ihre ältere Schwester dort lebte.

»Ich glaube, sie ist zufrieden. Sie fühlt sich gebraucht. Ich nehme an, dass es Marie viel Überredungskunst gekostet hat, sie zum Bleiben zu bewegen. Man könnte fast meinen, die Kleine ist auf den Geschmack des Reisens gekommen, genau wie ich. Vielleicht wird sie eines Tages eine Abenteurerin«, fügte er in scherzhaftem Ton hinzu.

»Dann wäre Rose aber enttäuscht. Wenn es nach ihr geht, wohnt ihre Tochter später einmal in einem hübschen kleinen Haus in Frankreich, umringt von einer stattlichen Kinderschar. Ahmet würde sie liebend gern heiraten«, fügte Leyla mit einem versonnenen Lächeln hinzu. »Marie ist seine erste Liebe.«

»Das schmeichelt mir, weil ich Ihren Sohn sehr mag«, erwiderte Louis amüsiert. »Man sollte seine erste Liebe in Ehren halten, meinen Sie nicht auch? Später wird alles furchtbar kompliziert.«

Es berührte Louis, dass Leyla trotz der schwierigen Umstände so offen reden konnte. Selims Pein dauerte ihn sehr, und der Gedanke, dass sie ihn verlassen könnte, machte ihn traurig. Sein Freund wäre ohne sie verloren.

»Irgendwann wird sich Selim mit seiner Situation abfinden«, sagte er betont zuversichtlich. »Er ist ein tapferer Mann. Wenn er einmal diese erste Zeit der Ängste und des Widerstands überstanden hat, wird er zu einer Art Gelassenheit finden, und Ihre Liebe wird eine neue Chance haben. Glauben Sie nicht auch?«

Seine naive Sichtweise berührte sie, und ein trauriges Lächeln umspielte ihre Lippen. Das Attentat hatte eine bereits zerbrochene Beziehung zusätzlich kompliziert und das Element des Mitleids hineingebracht, das alle anderen Gefühle aushöhlte. Selim hatte das sehr wohl begriffen. Was das betraf, war er scharfsinniger als der Franzose.

»Nein, das glaube ich nicht. Mitleid ist der Totengräber der Liebe. Übrigens kann auch eine Frau mehrmals in ihrem Leben lieben«, fügte sie in herausforderndem Ton hinzu.

Gardelle war im ersten Moment sprachlos. Liebte Leyla etwa einen anderen? Aber wo sollte sie ihn kennengelernt haben? Sie lebte doch völlig zurückgezogen. Zu seiner Überraschung spürte Louis einen Anflug von Eifersucht.

»Ich fürchte, ich muss wieder ins Haus«, sagte sie und gab ihm Roses Brief zurück. »Wollen Sie vielleicht gleich mitkommen? Ihre Besuche sind für Selim die einzigen Lichtblicke seiner Tage.«

»Leider nein, ich muss zu meinen Männern. Morgen früh bei Sonnenaufgang laufen wir nach Anatolien aus. Ich bin damit betraut, ein paar französische Diplomaten ein gutes Wegstück zu begleiten. Man hat erste Gespräche mit Mustafa Kemal geführt und will sie fortsetzen.«

Leylas Augen bekamen einen eigentümlichen Glanz. Endlich schien sich auf diplomatischem Parkett der Wind zugunsten der Nationalisten zu drehen. Zu Beginn des Jahres hatte der Sieg der türkischen über die griechischen Truppen in der Schlacht von Inönü die französische Regierung dazu bewogen, ernsthaft eine Annäherung zu Angora in Erwägung zu ziehen. Unruhen in dem französisch besetzten Kilikien, in Mosul und in Mesopotamien sowie die Eilfertigkeit der Sowjetunion, sich mit Mustafa Kemal zu verständigen, hatten die Alliierten dazu veranlasst, die Bedingungen des Vertrags von Sèvres zu überdenken.

»Ach, Sie Glücklicher!«, rief Leyla aus, während sie gemeinsam in Richtung Haus zurückgingen. »Ich beneide Sie darum …«

Sie dachte an Hans, den sie ebenfalls in Anatolien wähnte. Nach ihrer letzten gemeinsamen Nacht hatte er verkündet, er werde dorthin zurückkehren, um erneut an der Seite der Türken zu kämpfen. Sie hatte zwar versucht, ihn umzustimmen, denn sie hätte ihn lieber gesund und sicher in Berlin gewusst, aber er war bei seinem Entschluss geblieben. »Wenigstens werde ich dann im selben Land wie du sein«, sagte er.

»Glauben Sie, wir werden siegen?«, fragte sie unvermittelt und mit kindlicher Ungeduld.

Louis zuckte die Schultern. »Die Lage ist noch immer unsicher. Auch die Griechen glauben noch an einen Sieg, und sie sind den Türken in der Zahl ihrer Soldaten und Waffen überlegen. Allerdings haben sie nach der Abwahl von Ministerpräsident Venizelos die Unterstützung der Alliierten verloren. Jetzt hängt alles davon ab, wer die größere Hartnäckigkeit und die klügere Strategie besitzt.«

Sie waren an der Tür des Haremliks angekommen. Louis küsste ihr die Hand.

»Wie alles liegt auch der Ausgang dieses Kriegs in Gottes Hand«, sagte Leyla mit einem schicksalsergebenen Seufzer. »Und Gott denkt in anderen zeitlichen Maßstäben als wir, stimmt's?«

Hans Kästner lag bäuchlings hinter einem Steinhügel; seine Augen waren blutunterlaufen, und er hatte den Geschmack von Blut auf der Zunge. Der Farbton seiner Uniform verschmolz mit dem des steinigen Geländes; sämtliche Metallteile waren mit Schuhcreme eingeschmiert worden, damit sich das Sonnenlicht nicht auf ihnen spiegelte. Unbeweglich und still beobachtete er seit mehreren Tagen das unerbittliche Vordringen der griechischen Truppen in Richtung Angora. Während er völlig allein auf der Lauer lag, musste er sich mit dem wenigen Proviant begnügen, den er hatte mitnehmen können.

Die griechischen Militärkolonnen hatten Wüsten durchquert und Berge überwunden, um die Türken in die Zange zu nehmen. Aber ihre Lastwagen hielten den Unebenheiten der zerklüfteten Steppe nicht stand. Inzwischen rückten die Soldaten von König Konstantin, eingehüllt in Staubwolken, mit Ochsenkarren und Kamelen vor. Wie die hethitischen Krieger damals, dachte Hans, während er den langsamen Zug der Eindringlinge beobachtete.

Trotz der Gefahr, erschossen oder gefangen genommen zu werden, hatte er sich der Infanterie-Abteilung mehrmals genähert, um sich ein Bild vom Zustand der Männer zu machen, denen die Hitze, Malaria und eine öde Landschaft zusetzten. Ihr Nachschub war dermaßen desolat, dass sie sich mit rationiertem gebratenen Mais zufriedengeben mussten. Und was ihre Kommandanten betraf, so benutzten sie oftmals fehlerhafte Karten. Hans, der das Gebiet wie seine Westentasche kannte, hatte nicht lange gebraucht, um sich von ihrer geografischen Unkenntnis zu überzeugen.

Trotz dieser Widrigkeiten waren sie in großer Zahl ins Herz Anatoliens vorgestoßen, angetrieben von ihrem Oberkommando, das nicht müde wurde, an die Eroberungszüge Alexanders des Großen zu erinnern. Diese furchterregende Bedrohung hatte Mustafa Kemal bewogen, sämtliche Einheiten sich dreihundert Kilometer zurückziehen zu lassen, an den Fluss Sakarya, den er sich als natürliche Barriere zunutze machen wollte. Diese strategische Entscheidung war äußerst gewagt. Im Falle des Scheiterns konnten sich die Folgen als desaströs erweisen. Aber er musste dieses Risiko eingehen: Das Überleben der Türkei stand auf Messers Schneide. In Angora, keine hundert Kilometer entfernt, waren die Abgeordneten der Großen Nationalversammlung in heller Panik, während sich die Bevölkerung zur Flucht nach Kayseri oder Sivas bereitmachte. Sollte die antike Stadt, das Symbol des Widerstands, von den Griechen eingenommen werden, drohte der Traum von einer freien und unabhängigen türkischen Nation, der aus dem Nichts geboren war, für alle Zeiten zu zerplatzen.

Hans leckte sich über die ausgetrockneten Lippen. Er hatte jetzt eine Vorstellung von der Anzahl der Bataillone und der Strategie der Griechen. Es war an der Zeit, zu seinem Stützpunkt zurückzukehren und Bericht zu erstatten. Er legte den Kopf auf die Hände. Sein erschöpfter Körper fühlte sich bleischwer an. Über das Quietschen der Ochsengeschirre und das Klirren der Waffen hinweg drangen ein paar barsche Kommandos an sein Ohr. Das Getrampel unzähliger Stiefel verfolgte ihn seit Tagen. Was für einen Mut, was für ein unerschütterliches Vertrauen in die Vorsehung mussten die Türken haben, um weiterhin an den Sieg zu glauben! Die ihnen von den Sowjets gelieferten Waffen und das Gold trafen nur tröpfchenweise ein. Auf Anordnung Mustafa Kemals musste die ganze Bevölkerung die Soldaten unterstützen. Jeder Haushalt war gesetzlich verpflichtet, den Behörden je ein Marschgepäck bestehend aus Unterwäsche und einem Paar Schuhe zu liefern. Die Requisitionen betrafen auch Pferde oder Ochsen sowie Vorräte an Leder oder Öl. Jeder Handwerker musste seine jeweiligen Fertigkeiten in den Dienst der Armee stellen. Während von den Minaretten aus junge Männer zu den Waffen gerufen wurden, dauerten die Kriegshandlungen an, ein gnadenloser Kampf Mann gegen Mann. Und zogen die Truppen weiter, ließen sie geplünderte und gebrandschatzte Dörfer zurück – eine Schneise der Verwüstung.

Als sich Hans schließlich aufraffte, huschte eine Eidechse davon. Die scharfen Steine hinterließen Schnittwunden an seinen Händen und rissen Löcher in seine Uniform, aber aus Angst, vom Feind entdeckt zu werden, kroch er noch einige Minuten auf dem Boden weiter. Als er sich weit genug entfernt hatte, richtete er sich auf. Mithilfe seines Kompasses bestimmte er seine Position und lief dann weiter.

Nachdem er einige Kilometer im Laufschritt zurückgelegt hatte, fiel er in ein gemächlicheres Tempo. Ihn trieb der gleiche unbeugsame Wille voran wie schon während des Großen Kriegs in der arabischen Wüste. Außer seiner Geduld und seiner Demut hatte er dieser unerbittlichen, von der Sonne verbrannten Erde nichts entgegenzusetzen. Anatolien war nicht sein Feind. Dieses Land hatte ihm die größte Befriedigung als Archäologe geschenkt, ihm seine Geheimnisse offenbart und ihn auf den Geschmack der Freiheit gebracht.

Während er an einem Kieselstein lutschte, um den Speichelfluss in Gang zu halten, richtete er seine Gedanken auf diesen unverrückbaren Fixpunkt, der seine ganze Hoffnung war. Hinter seinen Augenlidern tanzte Leylas Bild auf und ab. Er hatte beschlossen, mitten ins Kampfgebiet zurückzukehren, um sich ihrer würdig zu erweisen. Obwohl er im Grunde seines Herzens den Krieg verabscheute, nahm er dieses Opfer auf sich, um ihr zu huldigen, ebenso wie den Bauern seiner Kindheit und den osmanischen Forschern, die ihn vorbehaltlos in ihre Reihen aufgenommen hatten. Mittlerweile war er nicht mehr der Fremde, der Ungläubige, sondern der Kämpfer, der seine ausgezeichneten Kenntnisse dieses Terrains in den Dienst der kemalistischen Armee stellte.

In einem unachtsamen Moment stolperte Hans und stürzte. Er konnte sich nicht mehr bewegen. Er hatte weiße Punkte vor den Augen. Er rollte auf die Seite, fischte ein paar vertrocknete Datteln aus einer seiner Taschen und genoss ihre köstliche Süße. Seine Uhr war stehen geblieben. Er schätzte, dass er noch ungefähr eine Stunde gehen musste, um den kleinen Weiler zu erreichen, wo sein Pferd auf ihn wartete.

Er kniete sich hin. Ihm war schwindlig. Aber er konnte sich keine Ruhepause erlauben, denn er musste so schnell wie möglich die bei seinem Kundschaftsgang gewonnenen Erkenntnisse weitergeben. Außerdem fürchtete er sich vor der Nacht, denn ohne geeignete Hilfsmittel könnte er sich in der Dunkelheit nicht mehr fortbewegen. Die Halbmondsichel und Sterne würden nicht ausreichen, um ihm in diesem zerklüfteten Gelände den Weg zu erleuchten. Stöhnend richtete er sich wieder auf und schleppte sich mühsam weiter.

Zwei Tage später erreichte Hans endlich den Hügel von Alagöz. Dort hatte Mustafa Kemal in einem Bauernhaus aus getrocknetem Lehm sein Hauptquartier errichtet. Obgleich er zum Oberbefehlshaber ernannt worden und mit einer umfangreichen Machtbefugnis ausgestattet war, trug er die braune Uniform eines einfachen Soldaten ohne Dienstgradabzeichen. Die Türken hatten sich auf den Anhöhen über dem Fluss verschanzt, die ihnen eine vorteilhafte Verteidigungsstellung boten. Außerdem hatten sie Zugang zum Schienennetz und zu Trinkwasser. Die allgemein herrschende Betriebsamkeit erinnerte weniger an ein klassisches Militärlager, sondern machte den Eindruck, ein ganzes Volk rüste sich für den bevorstehenden Kampf. Man konnte beobachten, wie der Dorfschmied, Bauern mit roten Hosen und blauen Jacken und Frauen mit Kleinkindern auf dem Rücken Munitionskästen zur Frontlinie schleppten.

Hans begab sich zu Rahmi Bey Pascha, um Bericht zu erstatten.

»Seine Exzellenz wird zufrieden sein, wenn er von den feindlichen Positionen erfährt«, sagte der junge General erfreut. »Ihn interessiert selbst die Position unserer kleinsten Einheit, um sie schnell verschieben zu können, wenn es darum geht, eine Schwäche des Feindes auszunützen. Wenn wir doch nur über Aufklärungsflugzeuge verfügen würden«, sagte er seufzend und mit besorgter Miene. »Aber du bist ja ganz blass, mein Freund! Komm, ich mache dir etwas zu essen.«

Die beiden Männer hatten sich seit der Zeit, als Hans in der Hauptstadt einer der ersten Widerstandszellen angehörte, nicht mehr gesehen. Während der Offizier über einem Lagerfeuer Fleischbällchen und Tomaten briet, gab er ein paar Anekdoten aus jener Zeit zum Besten. Doch die Erinnerungen, die er damit heraufbeschwor, machten Hans das Herz noch schwerer.

»Hast du etwas von Leyla Hanım gehört?«, fragte er unvermittelt. Sogleich verfluchte er sich dafür, sein Interesse an Leyla verraten zu haben. Offenbar hatte seine Erschöpfung ihn die ihm angeborene Zurückhaltung vergessen lassen.

»Ach, du bist also immer noch so in sie verliebt?«, erwiderte Rahmi Bey scherzhaft. »Nun mach nicht so ein erschrockenes Gesicht. Orhan hat mir erzählt, dass seine Schwester und du mehr als freundschaftliche Gefühle füreinander empfindet. Das ist schließlich kein Verbrechen! Sie hat dir das Leben gerettet, und sie ist wirklich eine außergewöhnliche Frau.«

Rahmi Bey lehnte sich an einen Baum und zündete sich eine Zigarette an.

»Keine Angst, ich schweige wie ein Grab. Orhan meint, es geht ihr so weit gut, aber Selim Bey macht ihr anscheinend das Leben schwer. Er muss wohl jähzornig geworden sein. Der arme

Mann – kann man es ihm verdenken? Ich für meinen Teil würde lieber sterben, als zu erblinden«, setzte er hinzu.

Aus der Ferne waren Artilleriefeuer und Maschinengewehrsalven zu hören. In unregelmäßigen Abständen nahmen die beiden Männer so starke Erschütterungen wahr, als würde die Erde beben. Der Kampflärm der Schlacht, die vor einigen Tagen begonnen hatte, hallte wie ein Echo zwischen den Felsplateaus hin und her.

»Wenn die Griechen uns weiterhin so unter Trommelfeuer nehmen, wird ihnen bald die Munition ausgehen«, sagte Rahmi Bey. »Ihre Nachschublinien sind viel zu weit auseinandergezogen.«

»Leider sind wir auch nicht viel besser dran«, brummte Hans. »Wir sind in der Unterzahl, und unsere Artillerie lässt ebenfalls zu wünschen übrig.«

»Wir werden es trotzdem schaffen«, entgegnete der Türke in einem Ton, der keinen Widerspruch duldete. »Die Einheiten sind angewiesen, bis auf den letzten Mann zu kämpfen. Mustafa Kemal Pascha weigert sich, auch nur einen Fußbreit Boden preiszugeben, ehe er nicht mit unserem Blut getränkt ist.«

Unwillkürlich schweiften ihre Blicke zu dem weiter unten gelegenen Zelt. Davor waren etliche Tragbahren aufgereiht. Ein Chirurg, dessen ehemals weißer Kittel blutbefleckt war, trat heraus, um eine Zigarette zu rauchen.

»Ja, die Verluste sind erheblich«, sagte Rahmi Bey mit gesenkter Stimme. »Vor allem unter den Offizieren. So viele Kameraden sind nicht mehr unter uns, dass ich sie nicht mehr zu zählen wage.«

Er schenkte beiden einen Mokka ein. Seine schwarzen Haare standen ihm struppig vom Kopf ab, sein Gesicht war von tiefen Falten zerfurcht. Er sah aus, als hätte er seit Tagen nicht mehr geschlafen. Während er das schwarze Gebräu trank, verzog er genießerisch das Gesicht.

»Damit kann man Tote aufwecken«, brummte er.

»Du glaubst also immer noch an den Sieg, Rahmi?«, fragte Hans.

»Aber sicher. Die Griechen kämpfen für ihre ›Große Idee‹ und den Ruhm. Wir hingegen für unsere Heimat und unsere Seele. Und genau aus diesem Grund bist du doch wieder in unsere Reihen eingetreten, stimmt's? Es sei denn, du hattest andere Gründe«, fügte er spitzbübisch hinzu. »Aber sag mir, dass es nicht nur wegen der schönen Augen unserer Frauen war!«

Hans lächelte. »In der Beziehung bist du doch genauso empfänglich wie ich, auch wenn du, was deine Abenteuer anlangt, mehr Diskretion walten lässt als ich. Aber sag, bist du eigentlich verheiratet?«

Zwischen den beiden Männern hatte vom ersten Moment ihrer Begegnung an ein stillschweigendes Einvernehmen geherrscht. Bevor Hans im Großen Krieg zu seinen einsamen Einsätzen geschickt wurde, hatten sie Seite an Seite gekämpft. Und doch hatte ihr Taktgefühl es ihnen bislang verboten, über ihr Privatleben zu sprechen.

»Ich war es«, antwortete Rahmi Bey nachdenklich. »Wir waren beide noch sehr jung, als wir heirateten. Sie starb im Wochenbett. Unser Kind hat leider auch nicht überlebt.«

»Das tut mir furchtbar leid«, murmelte Hans.

Rahmi Bey nahm einen langen Zug von seiner Zigarette.

»Da ich nie mehr das Bedürfnis verspürt habe, wieder zu heiraten, bin ich in den Augen meines Vaters ein unwürdiger Sohn. Meine militärischen Auszeichnungen und Offizierstressen sind ihm gleich. Enkelkinder wären ihm zehnmal lieber. Und wenn ich die Toten ringsherum betrachte, ertappe ich mich beim Gedanken, dass er vielleicht recht hat.«

Ein schüchternes Lächeln huschte über sein Gesicht und verlieh ihm etwas Jungenhaftes. Es war, als wäre er selbst überrascht von seinen ungewohnten Geständnissen.

»Es ist noch nicht zu spät.«

Der Türke zuckte die Schultern. »Ich wünsche mir nicht nur eine Frau, sondern auch eine Gefährtin. Aber bei uns ist das nicht so selbstverständlich. Die Wahrung der Tradition … du weißt schon.«

Ein Pascha ging eilig auf das Hauptquartier zu. Er wurde von einer zierlichen Frau begleitet, die Mühe hatte, mit ihm Schritt zu halten. Hans erkannte Halide Edip. Sie trug den einfachen Uniformrock eines Korporals sowie Reitstiefel und hatte ein schwarzes Tuch um den Kopf geschlungen. Obgleich sie der Armee nur als Freiwillige angehörte, sah man sie stets in der Nähe des Oberkommandos. Als sie Rahmi Bey bemerkte, winkte sie ihn herbei.

Der Offizier knöpfte rasch seine Jacke zu. »Entschuldige mich bitte, aber die Pflicht ruft. Fevzi Pascha wirkt alles andere als zufrieden«, fügte er hinzu, als er die finstere Miene des hochgewachsenen Generals sah. »Er sagt in den Schützengräben Koransuren auf und verschwindet in den unpassendsten Momenten, um seinen religiösen Pflichten nachzukommen. Was mich betrifft, so bin ich nicht mehr bereit, mich an Allah zu wenden, seit der Kalif eine Fatwa gegen uns verhängt hat.«

Er schüttete den Mokkasatz aus seiner Tasse ins Feuer. Weitere Offiziere strebten eilig auf das Zelt des Oberkommandeurs zu.

»Du findest Orhan im Dorf«, sagte er und knuffte seinen Freund in die Rippen. »Mein Neffe und er kämpfen wie die Löwen. Man kann wirklich stolz auf die Burschen sein.«

Am späten Nachmittag begab sich Hans ins Dorf. Er mochte Orhan sehr. Und natürlich fühlte er sich durch dessen Bewunderung geschmeichelt. Er hatte ihm versprochen, nach Kriegsende mit ihm die Ruinen von Hattuša zu erkunden. Schließlich war er Leylas Bruder zu großem Dank verpflichtet. Ohne seine und Gürkans Hilfe wäre er jetzt nicht mehr am Leben.

Hans trat einen Schritt zur Seite, um einige mit Munition beladene und von Frauen gezogene Ochsenkarren passieren zu lassen. Auf ihren entschlossenen Mienen zeichnete sich ein Lächeln ab, als Hans ihnen freundlich zunickte. Ihre gebräunten Gesichter erinnerten ihn an die Bäuerinnen seiner Kindheit. Mit dem Unterschied, dass diese hier sich nicht nur um Hof und Kinder kümmerten. Wenn sie mit ihren Karren auf den steilen Wegen nicht mehr weiterkamen, wickelten sie die Granaten in ihre Schals und banden sie sich auf den Rücken, um sie mitten in die Kampfgebiete zu befördern. Einige griffen sogar zu den Waffen. Abends in den Feldlagern erzählte man sich ihre Heldentaten. Da ihre Männer an der Front kämpften, waren die meisten von ihnen bei der Ernte auf sich gestellt und mussten dazu noch die Hälfte der Erträge an die Armee abliefern. So viel weibliche Tatkraft zog auch die Bewunderung Mustafa Kemals auf sich, und Leyla ließ keine Gelegenheit aus, die Frauen in ihrer Kolumne zu würdigen. Ohne diese überaus couragierten Mütter wäre der Befreiungskrieg schon längst verloren.

Hans erkundigte sich bei mehreren Soldaten, ob sich Orhans Einheit in der Nähe befinde, aber niemand war in der Lage, ihm eine präzise Antwort zu geben. Die unerbittlichen Kämpfe hatten die oberen Kommandoebenen stark dezimiert. Mittlerweile wurden die Operationen von einer Handvoll Männer angeführt, die mit der Wut der Verzweiflung gegen den Feind kämpften, oftmals bis in die tiefsten Schluchten hinein. Hinterher sanken sie vor Erschöpfung in ihren zusammengewürfelten Freiwilligen-Uniformen auf die bloße Erde. Die Bäuerinnen verteilten Suppe und frisches Brot unter ihnen und füllten ihre in der Sonne glitzernden Zinnfeldflaschen mit frischem Wasser. Und in den wenigen Ruhepausen, die ihnen vergönnt waren, fielen sie in den beschlagnahmten Holzhäusern auf ihren Strohsäcken in einen bleiernen Schlaf. Die Kämpfe tobten Tag und Nacht.

Widerstrebend näherte sich Hans der Scheune, die in ein Feldlazarett umgewandelt worden war. Ein widerlicher Gestank schlug ihm entgegen und schnürte ihm die Kehle zu. Während er zwischen den Feldbetten hindurchging, versuchte er, ein bekanntes Gesicht unter den Unglücklichen auszumachen, die in ihren zerfetzten Uniformen darauf lagen. Eine völlig überlastete Krankenschwester sprach ihn barsch an. Er erkundigte sich, ob sich unter den Verwundeten ein junger Soldat namens Orhan, Sohn des Rüstem Bey, befinde.

»Meinen Sie, ich habe Zeit, sie nach ihrem Namen zu fragen?«, sagte sie, die Hände in die Hüften gestemmt. »Um den Papierkram kümmert sich jemand anders. Und jetzt raus mit Ihnen, los! Sie haben hier drinnen nichts zu suchen.«

Der Offizier, der an einem wackeligen Tisch im Freien saß und mit der Erfassung der Verwundeten betraut war, war ihm ebenfalls keine Hilfe. Beunruhigt ging Hans in Richtung Hauptquartier zurück. Eine böse Vorahnung beschlich ihn.

Rahmi Bey war gerade dabei, sein Marschgepäck zu überprüfen, ehe er sich aufmachen würde, die Befehle des Generalstabs an die Vorposten zu übermitteln. Er wirkte nervös. Die jüngsten Nachrichten waren besorgniserregend.

»Ich habe ihn nicht gefunden«, sagte Hans.

»Ach wirklich? Ich dachte, es herrscht Gefechtsruhe in seinem Abschnitt. Seltsam. Ich gehe selbst nachsehen, was los ist.«

»Ich begleite dich.«

»Das verstößt gegen die Vorschriften«, sagte Rahmi Bey ungeduldig.

»Das ist mir egal, ich komme trotzdem mit.«

Sie hatten den kargen, steinigen Berg bereits mehrmals erobert und wieder verloren. Er bot den türkischen Verteidigern wenig Schutz. Nur mit Mühe und Not gelangten die beiden Männer zu einem Felsvorsprung, von dem aus sie mit dem Fernglas den langen Grat beobachteten. Ein junger Hauptmann hatte das Kommando über diesen Abschnitt übernommen. Rahmi Bey übermittelte ihm Mustafa Kemals ermunternde Worte und taktischen Anweisungen. Die unentwegten Granateneinschläge ließen Steine und Staub auf sie herabregnen. Hans kauerte sich an den Rand des Grabens, der in den Felsen gesprengt worden war. Er spürte die Erschütterungen bis ins Mark hinein. Kalter Schweiß lief ihm über den Rücken. Trotz der herumliegenden Leichen, die zu begraben man nicht die Zeit hatte, schlugen sich die Infanteristen tapfer. Hier, an ebendiesem Ort, hatte im 13. Jahrhundert Ertuğrul, der mit seinen Kriegerhorden aus Zentralasien gekommen war, sein Fürstentum errichtet. Und jetzt, sieben Jahrhunderte später, kämpfte die junge türkische Nation unter Mustafa Kemal Pascha hier ums Überleben.

Rahmi Bey schrie etwas, aber Hans verstand es in dem ohrenbetäubenden Lärm des Granatfeuers nicht. Sein Kamerad musste sich zu ihm herüberbeugen und ihm ins Ohr schreien.

»Orhans Abteilung hat die ganze Nacht lang an einem Abschnitt etwas weiter oben gekämpft. Nachdem ihr Bataillonskommandant heute Morgen gefallen ist, hat sich eine Handvoll Soldaten diesem Hauptmann angeschlossen. Einer von ihnen war Gürkan – er hat ihn anhand seines Muttermals identifiziert.« Rahmi Bey deutete auf seine Wange. »Wollen wir hoffen, dass die Burschen irgendwo in der Nähe sind …«

Hans lud sein Gewehr. Er hatte dem Hauptmann seine Unterstützung angeboten, der sich daranmachte, seine Männer gemäß Rahmi Beys Anordnungen an einen anderen Abschnitt zu verlegen. Die Angst peinigte ihn, aber er war entschlossen, ihr die Stirn zu bieten. Er holte tief Luft und überprüfte die Granaten an seinem Gürtel. Wortlos drückte ihm Rahmi Bey die Schulter, ehe er sich in Richtung Bergkamm entfernte.

Etwas später beendeten die Türken ihren Rückzug. Die Artillerieschüsse in Richtung der griechischen Einheiten wurden präziser. Hoffentlich haben sie ausreichend Munition, dachte Hans. Mit eingezogenem Kopf folgte er dem Hauptmann und dessen Soldaten, die ungedeckt hangabwärts liefen. Immer wieder geriet er auf dem felsigen Gelände ins Stolpern und verfluchte sein Schicksal, das ihn zur weithin sichtbaren Zielscheibe für den Feind gemacht hatte. Eine nach Schwefel riechende Staubwolke hüllte ihn ein und brannte in seiner Kehle, während die Kugeln ihm um die Ohren pfiffen. Als er in dem diffusen Licht die Umrisse der Griechen ausmachte, stieg Übelkeit in ihm auf. Er fürchtete sich vor dem Kampf Mann gegen Mann im Schützengraben, der gleich wieder entbrennen würde. Ein an der Schulter getroffener Mann brach neben ihm zusammen. Hans packte ihn unter den Achseln und zog ihn in einen Krater. Als er weitergehen wollte, glitt er in den Schützengraben, wo er auf etwas Weichem landete, einem Leichnam, wie sich herausstellte. Als er hochsah, erkannte er einen Kameraden, der sein Gewehr auf ihn richtete. Er öffnete den Mund, um zu protestieren, doch der Soldat, fast noch ein Junge, drückte ab. Im selben Moment stürzte ein gegnerischer Soldat tödlich getroffen mit seinem ganzen Gewicht auf ihn und übergoss ihn mit seinem Blut.

Bei Einbruch der Nacht hatten die Türken den Berg abermals zurückerobert. Ein Stück weit entfernt dauerten die Kämpfe an. Eine freundliche Hand reichte Hans eine Feldflasche. Dankbar trank er. Das Wasser hatte einen eigentümlichen Geschmack. Benommen stellte er fest, dass er unversehrt war. Er kannte keinen dieser Männer, die ihn wie einen Bruder behandelten. Sie erzählten ihm, ihre ursprüngliche Einheit sei stark dezimiert worden. Seine Sorge um Orhan wuchs noch. Er zwang sich dazu, wieder aus dem Schützengraben zu klettern, und bemühte sich, nicht auf die gefallenen Kameraden zu treten.

»Hauptmann Kästner!«, rief eine matte Stimme. »Hier.«

Der junge Mann lag mit verzerrter Miene und einem blutgetränkten Verband ums Knie auf der Erde.

»Gürkan!«, rief Hans aus. »Ist sonst alles in Ordnung mit dir?«

»Sie haben mir das Bein zerschossen«, erwiderte er den Tränen nahe. »Haben Sie vielleicht eine Zigarette?«

Hans wühlte in einer seiner Taschen.

»Weißt du, wo Orhan ist?«, fragte er. »Dein Onkel dachte, ihr würdet euch im Dorf ausruhen, aber von eurem Gefechtsabschnitt ist niemand ins Lager zurückgekommen.«

Gürkan steckte sich mit zitternden Händen die Zigarette an. In seinem staubbedeckten Gesicht war das Muttermal kaum mehr zu erkennen. Als er seine feuchten Augen sah, erblasste Hans.

»Wir sind zum Angriff übergegangen. Direkt in den Maschinengewehrhagel hinein, Sie wissen schon. Er war neben mir, als es passierte. Ich wollte ihn tragen, aber es war unmöglich. Wir waren eingekesselt. Also habe ich ihn dort liegen lassen müssen, zusammen mit den anderen …«

Als er zu schluchzen begann, nahm Hans ihn in die Arme und wiegte ihn wie ein kleines Kind. Er dachte an Orhan, an diesen so vielversprechenden jungen Mann, der ihm in Stambul das Leben gerettet hatte. Und an Leyla, ihren Schmerz. Sie liebte ihren Bruder über alles. Sie hatte dem Himmel gedankt, als er aufgrund seiner schwachen Gesundheit nicht in den Großen Krieg hatte ziehen müssen. Sie würde an seinem Tod zerbrechen. Aber ihr kleiner Bruder hatte dem Sirenengesang des Kampfes nicht widerstehen können. Es hatte ihm nicht genügt, sich an der Stambuler Widerstandszelle zu beteiligen. Nein, er hatte seinen Kameraden an die Front folgen wollen.

Ihn packte die nackte Wut. Hans musste an sich halten, um nicht laut den Wahnsinn der Menschen und das Schweigen der Götter zu verfluchen. Der Einschlag einer Granate überzog den Graben mit einem Splitterhagel. Die erschrockenen Soldaten murmelten Gebete. Ein Offizier brüllte, sie sollten gefälligst in Deckung bleiben.

»Wir werden alle sterben, oder?«, wisperte Gürkan, der vor Angst wie gelähmt war.

Hans zog den Verwundeten in den Schutz eines Felsvorsprungs, setzte ihm einen Stahlhelm auf den Kopf und hielt ihn eng umschlungen.

»Wir werden leben und wir werden siegen!«, schrie er, während die Detonationen näher rückten. »Ich verspreche es dir!«

Einige Wochen später herrschte in der kleinen Stadt Angora Freudentaumel. Die Fahnen flatterten unter dem blauen Himmel im Wind. Porträts von Mustafa Kemal Pascha hingen in den Cafés und Schaufenstern der kleinen Läden. Die Große Nationalversammlung hatte ihn in den Rang des Oberbefehlshabers gehoben und ihm den Ehrentitel *Ghāzī* – »der Siegreiche« — zuerkannt. Denn dieser geniale Militärstratege hatte seine Armee am Sakarya-Fluss zu einem völlig unerwarteten Sieg geführt.

»Dort habe ich mehrere Monate lang gewohnt.« Leyla deutete auf ein kleines Haus inmitten eines verwilderten Gartens.

Louis Gardelle war außer Atem. Er rieb sich mit einem Taschentuch den Nacken trocken. Für September herrschte eine erdrückende Hitze. Sie waren einen steilen Abhang hinaufgeklettert und standen jetzt an der Kante des Felsvorsprungs. Die kahle, ockerfarbene und von der Sonne verbrannte Landschaft, in der es keinen Baum und keine nennenswerte Vegetation gab, dehnte sich, so weit das Auge reichte, bis zu den Bergen aus. Hier hat der Eroberer Tamerlan Sultan Bayezid vernichtend geschlagen, dachte er.

»Ein ödes Land«, murmelte er und kniff die Augen gegen das grelle Licht zusammen.

»Ein Land der Wahrheit und der Sieger«, verkündete Leyla mit einem Anflug von Stolz.

Louis musste lächeln. Aus ihren Worten sprach der stolze Mut der Türken, der nicht ganz frei von Anmaßung war. Sie hatte keinen Moment gezögert, als er sie gefragt hatte, ob sie ihn begleiten wolle. Sie schreckte nicht vor dem Krieg zurück. Aber wovor sollte sie noch Angst haben?

Leyla war so glücklich wie schon lange nicht mehr. Fast wie ein Kind, dachte er. Dass sie nun hier war, verdankte sie ausschließlich Louis Gardelle. Nachdem die Nachricht vom Sieg am Sakarya-Fluss zu ihnen durchgedrungen war, hatte er Selim gegenüber verkündet, er müsse erneut nach Anatolien aufbrechen. Frankreich wollte unverzüglich den Dialog mit Mustafa Kemal wiederaufnehmen. Man wollte unbedingt das erste westliche Land sein, das die junge türkische Nation rechtmäßig anerkannte. Niemand zweifelte mehr daran, dass die Tage des Sultans und seiner Entourage an der Spitze des Landes gezählt waren. Selbst Selim hatte sich den Tatsachen beugen müssen. Der Padischah hatte es weder verstanden, sich den Herausforderungen der modernen Welt zu stellen, noch den Verwerfungen im Gefolge des Großen Kriegs Rechnung zu tragen. Und man war sich einig, dass sich die Zukunft Vorderasiens in Angora abspielen würde.

Die französische Regierung hatte einen Gesandten mit großer diplomatischer Erfahrung für die Mission erkoren, den radikalen Abgeordneten Henry Franklin-Bouillon. Die ersten Unterredungen hatten im Juni stattgefunden und waren herzlich verlaufen, wobei sowohl seine joviale Art als auch eine Kiste Cognac für eine entspannte Atmosphäre sorgten. Und nun war Franklin-Bouillon in diesen herbstlichen Sonnentagen abermals unterwegs nach Anatolien, dieses Mal mit dem festen Vorsatz, einen für beide Nationen vorteilhaften Vertrag zu unterzeichnen.

Louis hatte Leyla Hanım die Reise nach Anatolien schmackhaft gemacht, indem er an ihren journalistischen Ehrgeiz appellierte. Es sei für sie als engagierte Journalistin gewiss ein einmaliges Erlebnis, an vorderster Front der Geschehnisse zu sein. Außerdem habe sie dort Gelegenheit, zahlreiche westliche Journalisten zu treffen, die die lange Anreise nicht gescheut hatten. In Wahrheit konnte er es nicht ertragen, sie so niedergeschlagen zu sehen. Viel zu lange schon war sie im Konak in Stambul eingesperrt. Nicht einmal in ihr Haus am Bosporus konnte sie mehr ausweichen, da sich ihr Mann weigerte, den Sommer dort zu verbringen. Nur ihre Artikel ließen noch ihren leidenschaftlichen Mut erahnen. Wider Erwarten gab Selim seine Einwilligung. Allmählich fand er sich in seiner Umgebung zurecht. In Begleitung seines lasischen Leibwächters begab er sich sogar wieder in den Yıldız-Palast, wo er mit den geschärften Sinnen des Blinden die fieberhafte Anspannung einer zu Ende gehenden Epoche wahrnahm.

Und so kam es, dass Leyla, die überdies mit einer Mission des Istanbuler Roten Halbmonds betraut war, die französische Delegation begleitete. Auch zwei Amerikanerinnen der wohltätigen Organisation *Near East Relief* hatten sich der Delegation angeschlossen; sie wollten sich ein Bild von der Lage in dieser Region machen. Ihre Bestandsaufnahme fiel im Übrigen keineswegs erfreulich aus. Die griechischen Truppen hatten auf ihrem Rückzug eine Schneise der Verwüstung hinterlassen: Sie hatten die Obst- und Gemüsegärten und die Dörfer zerstört, die Bewohner niedergemetzelt. Sämtliche ausländischen Beobachter prangerten dieses »inhumane« Verhalten an, das daraufhin auch in den westlichen Ländern für große Empörung sorgte. Wutenbrannte Bauern verlangten vom *Ghāzī, dem »Vernichter der Christen«*, er möge sie und ihre Kinder rächen.

Louis rechnete nun mit Repressalien der nationalistischen Truppen gegenüber den christlichen Bevölkerungsgruppen. Das Schicksal der griechischen Bewohner an den Küsten des Schwarzen Meers ließ nichts Gutes erahnen. Würde Mustafa Kemal weitere Blutbäder verhindern können? Wollte er das überhaupt? Nach dem Rückzug der französischen Truppen – eine der Bedingungen des von Franklin-Bouillon ausgehandelten Vertrags – musste man für die Christen in Kilikien das Schlimmste befürchten. Da es das erklärte Ziel von Mustafa Kemal war, die Griechen zu vertreiben und Smyrna zurückzuerobern, machte sich Louis erneut Sorgen um Rose und Marie. Die Küstenstadt war bereits jetzt gebeutelt. Vom Hinterland abgeschnitten musste die Bevölkerung alle möglichen Beschränkungen erdulden; die Stadt war zum Symbol der Freiheitskriege geworden. Es wäre ratsam, überlegte Louis weiter, Rose und Marie zur unverzüglichen Rückkehr nach Frankreich zu bewegen. Aber würde seine Frau auf ihn hören? Sie hatte ihm seine Affäre mit Nina immer noch nicht verziehen und bot ihm bei jeder Gelegenheit die Stirn. Das war ihre durchaus wirksame Art, ihn für seine Untreue bezahlen zu lassen.

»Kommen Sie, Louis?«, unterbrach Leyla seine Gedanken.

Er beeilte sich, sie einzuholen. Seine gute Laune war verflogen. Man konnte nur hoffen, dass sich Rose in dieser schwierigen Lage zu helfen wusste, nachdem sie sich weigerte, Vernunft anzunehmen! Wenigstens waren die Schwestern von Notre-Dame-de-Sion erfahrene Frauen. Sie wussten sich in jeder Lebenslage zu helfen und würden kein unnötiges Risiko eingehen.

Gegend Abend bahnte sich Leyla einen Weg durch die Karawane von Kaufleuten, die mit ihren mit Waren beladenen Kamelen in Richtung Schwarzes Meer unterwegs waren. Sie hatte nicht erwartet, dass die Wiederbegegnung mit diesem Landstrich sie so aufwühlen würde. Aber schließlich hatte sie hier die Liebe und Unabhängigkeit entdeckt. In dieser Stadt, die gleich einer Fata Morgana aus dem Nirgendwo der Steppe auftauchte und die, mittlerweile kemalistische Hauptstadt, die Regierung und somit sämtliche Abgeordnete, Beys und Paschas beherbergte. Sie wagte kaum zu glauben, dass sie Hans endlich wiedersehen würde. Diese sechs Monate der Trennung waren ihr unendlich lang erschienen.

Ein Reitertrupp auf halbwilden Pferden raste im gestreckten Galopp an ihr vorbei. Diese vor Kühnheit und Jugend sprühende

Energie ringsherum ließ auch Leylas Lebensgeister wieder erwachen. Fußgänger eilten geschäftig an ihr vorüber. Der Handel war wieder in Gang gekommen. Die Steuern flossen erneut, und die Beamten und Soldaten erhielten wieder ihre Gehälter. Die Abgesandten aus Afghanistan, Persien, Aserbaidschan oder Turkestan sorgten für ein gewisses diplomatisches Kolorit in der kleinen Stadt. Der zweifelhafte Vertrag von Sèvres war ad acta gelegt worden, und das dank der Weitsicht jenes Mannes, der den Mut der Verzweiflung aufgebracht hatte, gemeinsam mit einer Handvoll Rebellen dagegen aufzubegehren, ehe es ihm schließlich gelang, das ganze Volk hinter sich zu vereinen.

Der Überschwang der Hoffnung ließ Leyla schneller gehen. Sie dankte Allah, dem Barmherzigen, denn sie war überzeugt davon, dass ein Glück nie allein kam. Nun, da er eingesehen hatte, dass der Padischah nicht länger über das Osmanische Reich herrschen würde, war Selim nicht mehr so verbittert. Seine Wut und seine Angst waren verebbt, ja er schien sein Schicksal jetzt sogar gottergeben anzunehmen. Vor ihrer Abreise nach Angora hatte er ihr für ihre Aufopferungsbereitschaft gedankt.

Auf dem Çankaya-Hügel, unweit der Residenz von Mustafa Kemal Pascha, begegnete Leyla mehreren Offiziersfrauen, die in hübschen, zwischen den Weinbergen erbauten Häusern untergekommen waren. Einige davon waren ehemalige Sommerresidenzen von armenischen oder griechischen Wollhändlern. Hier oben war die Luft frischer als in der Altstadt, die Atmosphäre angenehmer. Sie fragte ein junges Mädchen nach dem Weg. Diese wies auf ein Haus mit roten Dachziegeln, das ein wenig zurückversetzt lag. Es war das Haus, in das Hans sie bestellt hatte. Sie musste sich zwingen, nicht zu rennen. Es war ein einfaches Steinhaus. In dem kümmerlichen Garten plätscherte ein Brunnen, der ein wenig für Abkühlung sorgte. Sie klopfte an die Tür. Im milden Licht der Abenddämmerung spürte sie eine Freude, in die sich auch ängstliche Unruhe mischte.

Zu ihrer Überraschung öffnete Rahmi Bey die Tür. Er geleitete sie in das Wohnzimmer, wo eine Verandatür in einen Obstgarten führte. Die Decke war bemalt, und es gab mehrere Diwane, über die makellos weiße Laken geworfen waren. Im hinteren Teil des Raums stand ein Billardtisch. Auf einem niedrigen Tisch lag neben mehreren schmutzigen Gläsern ein Revolver in einem Lederholster. Der Offizier bat sie, sich zu setzen. Er trug ein Hemd mit offenem Kragen, eine zerknitterte Uniformhose und abgetretene Stiefel. Obwohl man hätte meinen können, der Militär sei angesichts der jüngsten Erfolge zufrieden, blickte er finster drein. Leyla legte stirnrunzelnd ihren Tschartschaf ab.

»Ich bin froh, Sie wiederzusehen, Rahmi Bey …«

Er unterbrach sie. »Hans wird bestimmt bald hier sein«, sagte er und reichte ihr mit einer brüsken Bewegung ein Glas Zitronenwasser.

Er zündete sich eine Zigarette an und drehte ihr dann den Rücken zu, um aus dem offenen Fenster zu schauen. Fassungslos fragte sich Leyla, ob ihre Anwesenheit der alleinige Grund für dieses merkwürdige Verhalten war. Sie rückte ihren Kopfschal zurecht und zog ihre Jacke straff über den langen Rock. Die Männer und Frauen, die die Revolution mitgetragen hatten, mussten sich erst an die neuen Beziehungen gewöhnen, die die gesellschaftlichen Umwälzungen mit sich gebracht hatten. Beide Geschlechter waren noch ein wenig orientierungslos. Obgleich Bescheidenheit und Takt nach wie vor ihre Gültigkeit hatten, redete man jetzt offen miteinander und sah sich in die Augen, ja man begegnete sich beinahe gleichberechtigt, etwas, was bis vor Kurzem noch undenkbar erschienen war.

»Herzlichen Glückwunsch«, murmelte sie eingeschüchtert. »Sie haben sich alle als Helden erwiesen. Diese Schlacht war ja so lang. Drei Wochen ohne Unterlass. Halide Hanım zufolge war es einer der erbittertsten Kämpfe aller Zeiten. Seither legt sie ihren Revolver nicht mehr ab«, fügte sie scherzhaft hinzu. »Und schläft nur noch mit ihrem Hund zu ihren Füßen.«

»Die Front ist kein Ort für Frauen«, erwiderte er mit einem

Schulterzucken. »Selbst wir Männer überstehen den Krieg nicht unbeschadet. Umso weniger ihr Frauen …«

Leyla zuckte angesichts seines schneidenden Tons zusammen. Im Westen sprach man inzwischen über die psychischen Traumata, die der Krieg den Soldaten zugefügt hatte. Sie musste den absurden Impuls unterdrücken, ihn zu trösten. Wenn nur Hans bald käme!

Das Zwielicht der Abenddämmerung breitete sich im Zimmer aus. Da sie es nicht mehr aushielt, stand sie auf und zündete eine Petroleumlampe an. Als sie aufsah, wurde ihr bewusst, dass Rahmi Bey sie mit erschütterter Miene anstarrte. Erschrocken wich sie einen Schritt zurück. Sie hatte noch nie ein solches Lodern in den Augen eines Mannes erlebt. Mit Ausnahme von Hans natürlich, als er ihr seine Liebe gestand.

Die Haustür wurde aufgerissen, und Hans trat herein. Erleichtert stürzte Leyla auf ihn zu. Er hob sie hoch und bedeckte sie mit Küssen. All ihre Ängste lösten sich in Luft auf. Gottlob war er nicht verwundet! Sie strich ihm mit beiden Händen übers Gesicht und über die Haare, lauschte seinem Atem, konnte sich nicht an seinen Lippen und seinem Lächeln sattsehen und hatte das Gefühl, zu neuem Leben zu erwachen. Einen Augenblick lang waren sie ganz allein auf der Welt. Dann wandte sich Hans, ohne ihre Hand loszulassen, zu seinem Freund um, doch Rahmi Bey war bereits verschwunden.

Unwillkürlich spürte Hans, wie seine Freude verflog. Er zog Leyla auf den Diwan. Sie sah ihn so vertrauensvoll an, so glückselig, dass er sich als Überbringer der schlechten Nachricht verfluchte.

»Was hast du, Hans?« Sie wich ein wenig zurück.

»Es tut mir leid, aber …«

Er wirkte so niedergeschlagen, dass es Leyla das Herz zuschnürte. Woher dieses Gefühl bloß rührte? Er saß doch gesund und unversehrt vor ihr! Etwas Besseres konnte sie doch nicht hoffen.

»Orhan …«, murmelte er.

Schwarze Punkte tanzten ihr vor den Augen. Sie hatte keine Sekunde lang an ihren Bruder gedacht. Natürlich, sie wusste, dass er an der Front war, aber er bekleidete doch einen Posten in der Militärverwaltung. Reine Schreibtischarbeit. Auch die Ärzte, die ihn für die Aufnahme in die nationalistische Armee untersucht hatten, hatten ihn für kampfuntauglich befunden. Das hatte er ihr doch geschrieben, oder nicht? In seinem letzten Brief, der sie am Abend vor ihrer Abreise mit Louis Gardelle nach Angora erreichte, hatte er geschrieben, es gehe ihm bestens. Er hatte ihr witzige Anekdoten erzählt und ihr versichert, er glaube felsenfest an den Sieg.

Während Hans ihr berichtete, was vorgefallen war, gefror Leyla das Blut in den Adern. Seine Stimme drang verzerrt und nur als merkwürdiges Echo an ihr Ohr. Orhan hatte sie also angelogen. Es war ihm gelungen, in Gürkans Trupp aufgenommen zu werden. Seine Vorgesetzten hatten ihn sogar mehrmals für seine Tapferkeit belobigt. Offenbar hütete er sich davor, ihr darüber zu schreiben, der Unglückliche! Dann war er auf dem Feld der Ehre gefallen, niedergemäht von einer Maschinengewehrsalve, als er mit seinen Kameraden einen Vorstoß wagte, um das am Vortag verlorene Terrain zurückzuerobern. An jenem Tag wurde seine Abteilung stark dezimiert. Dutzende von Gefallenen für eine unfruchtbare Hügelflanke, eine Formation aus Felsen, kleinen Schluchten und Staub. Für ein Stück anatolischer Erde, von der er als Kind immer geträumt und für die er nun sein Leben gegeben hatte.

Mit aufgerissenen Augen saß sie da und konnte nicht weinen. Sie war wie versteinert. Während Hans fortfuhr, hörte sie ihm nicht mehr zu. Sie war anderswo, ganz weit fort. Erneut durchlebte sie den Brand ihres Elternhauses, und wie sie mit ihrem Bruder, der noch ein in Windeln gewickeltes Bündel war, in den Armen wegrannte, auf der Suche nach einer Zuflucht fern von dem in Flammen stehenden Viertel. Vor ihrem geistigen Auge sah sie, wie Orhan im Garten des Yalı laufen lernte, dann sein trotziges Gesicht, als Selim ihn wegen eines Dumme-Jungen-Streichs ausschimpfte, und sein Lächeln, als er mit Ali Aga von einem herrlichen Angelausflug zurückkehrte; und schließlich seine angespannte Miene, als er den bewusstlosen Hans ins Haus brachte, dessen Blut auf die Fliesen im Vestibül tropfte.

Leyla legte die rechte Hand aufs Herz. Sie hatte ihre kleine Tochter verloren und jetzt ihren Bruder. Wie sollte man weiterleben, wenn jene, die man mehr liebte als sich selbst, dahinschieden? Jedes Mal wurde einem ein Stück Seele herausgerissen. Eine Strafe, die kein Ende nahm.

Hans fasste sie an den Schultern und schüttelte sie. Er tat ihr weh. Sie spürte, wie ihre Zähne gegeneinanderschlugen.

»Leyla!«, rief er.

»Hör auf«, sagte sie. »Hör auf damit!« Sie schlug um sich, damit er sie losließ.

»Verzeih, Liebste, aber es war, als wärest du woanders. Dein Blick … Du warst nicht mehr du selbst.«

Er wirkte erschrocken, und sie brauchte einen Moment, um wieder zu sich zu kommen. Der Schmerz war so unerträglich gewesen, dass sich ihr Bewusstsein gespalten haben musste. Sie hatte das schon zweimal erlebt, zuerst beim Tod ihrer Eltern und dann bei dem von Perihan. Ihr erloschener Blick glitt über die kahlen Mauern, die schlichten Möbel, die verblichenen Teppiche. Die Petroleumlampe warf einen flackernden Schein an die Wände. Draußen war es Nacht geworden. Sie stand auf, schwankte einen Moment lang und ging zur Verandatür. Sie brauchte jetzt die Dunkelheit, um sich wieder zu fangen. Stille.

Sie entfernte sich in den hinteren Teil des Gartens. Das von der Sommerhitze verdorrte Gras knisterte unter ihren Sohlen. Vögel raschelten im Laub. Die Luft war trocken und merkwürdig frei von jeglichen Düften. Tränen traten ihr in die Augen, und sie legte den Kopf in den Nacken. War Orhan eigentlich schon einmal verliebt gewesen? Sie hatten nie darüber gesprochen. Vielleicht in Berlin, als er dort studierte? Sie wünschte es ihm von ganzem Herzen. Es war zu grausam, sterben zu müssen, ohne geliebt zu haben.

In der Nähe eines Gatters blieb sie stehen. Diesmal wehrte sie sich nicht, als Hans sie von hinten umschlang. Er schwieg, respektierte ihren Schmerz. Sie lehnte sich an ihn und betrachtete diesen Himmel, der ihr immer wesentlich weiter erschienen war als der über dem Bosporus. Der Himmel einer anderen Welt, der von nun an über die Grabstätte ihres kleinen Bruders wachen würde.

Louis Gardelle verließ früh am Morgen seine Unterkunft, um sich zu Mustafa Kemals Residenz zu begeben. Bereits im Morgengrauen hatte ihn ein Telegramm mit Anweisungen aus Paris erreicht. Da es ihm jedoch mit einiger Verspätung zugestellt wurde, war die französische Delegation bereits vor ihm zu der Besprechung aufgebrochen. Und um dem Ganzen die Krone aufzusetzen, brach gleich am Fuß des Berges am Pferdewagen eine Radachse, und er musste in Begleitung des Kutschers, den seine Leibesfülle mächtig ins Schwitzen brachte, zu Fuß weitergehen. In der Hoffnung, dass die Richtung stimmte, folgte Louis einem steilen und von dornigem Gestrüpp gesäumten Pfad.

Da er Mitleid mit seinem Begleiter hatte, hielt er an, damit der andere zu ihm aufschließen konnte. Graue Wolken türmten sich am gewittrigen Himmel, und vom Hochplateau her pfiff ein schneidender Wind. Er fröstelte und sehnte sich nach der Hitze des Vortags.

Plötzlich zog eine Bewegung in einiger Entfernung seine Aufmerksamkeit auf sich. Er erkannte sie auf Anhieb. Seit ihrer ersten Begegnung im großen Salon des Selamlıks war ihm die Gestalt von Leyla Hanım vertraut. Der farbenfrohe Schal war ihr auf die Schultern geglitten. Sie hob das Gesicht zu einem Mann empor, der sie in seinen Armen hielt und eindringlich mit ihr sprach. Das Paar stand inmitten eines Obstgartens, der an den Weg grenzte. Als der Unbekannte ihre Wange streichelte, stieg ein Gefühl der Empörung in Louis auf, und er wich ein paar Meter zurück. Prompt stieß der Kutscher mit ihm zusammen und murmelte eine Entschuldigung. Mit gesenktem Blick ging der Franzose eilig weiter. Das Bild von Leyla Hanım in den Armen eines Fremden hinterließ bei ihm einen bitteren Nachgeschmack. Er vermochte nicht zu sagen, ob er stellvertretend für seinen Freund Selim Bey so empfand oder weil die Szene bei ihm zwiespältige Emotionen weckte, die er lieber unter Verschluss gehalten hätte.

Die Besprechung zog sich den ganzen Tag hin. An Themen mangelte es nicht: Kilikien, die Grenze zu Syrien, die noch unter französischem Mandat stand, der Verkauf von Militärausrüstung, die Konzession für die Eisen-, Chrom- und Silberminen, das zukünftige Schicksal der französischen Klosterschulen und Unternehmen … Am Abend spürte Louis eine beginnende Migräne. Er beschloss, vor dem Abendessen einen Spaziergang in der Altstadt zu machen. Aber bald entmutigte ihn das Gewirr aus gewundenen Gassen und ineinander verschachtelten Häusern aus Strohlehm. Zu allem Überfluss setzte auch noch ein heftiger Regen ein, und die Straßen verwandelten sich alsbald in schlammige Sturzbäche. Einige Asiaten in bunten Seidengewändern eilten auf der Suche nach einem Unterstand an ihm vorbei. Louis flüchtete sich in ein Kaffeehaus, wo der Geruch nach nasser Wolle in der Luft hing. Ein blumengeschmücktes Porträt von Mustafa Kemal thronte zwischen Teegläsern auf einem Wandbord. Jedem seinen Napoleon, dachte er. Die Anwesenden warfen ihm argwöhnische Blicke zu. Mit seiner Uniform war er hier nicht willkommen. Auch wenn zurzeit französische Abgesandte in der Stadt waren, um mit dem Ghāzī zu verhandeln, so hielten die Franzosen immer noch Konstantinopel, die Stadt des Kalifen, und verschiedene andere Gebiete des Landes besetzt. Louis beschloss, sich nicht einschüchtern zu lassen, und setzte sich an einen kleinen Tisch.

Er befürchtete, noch einige Wochen in dieser kleinen Provinzstadt fernab jeder Zivilisation ausharren zu müssen, deren Einwohner als starrköpfig galten und deren Türkisch selbst die Stambuler kaum verstanden. Welche Rolle konnte er dabei spielen? Der Ausgang der Verhandlungen lag nunmehr in den Händen der Politiker. Er war nur ein Beobachter. Man brachte ihm Tee, Oliven und Ziegenkäse. Die Große Nationalversammlung hatte den Ausschank von Alkohol an öffentlichen Orten untersagt. Louis vermisste das Meer. Nina fehlte ihm. Wie immer, wenn er an seine Mätresse dachte, überkam ihn Begierde, in die sich Ungeduld mischte. Nun, da ihr Mann wieder in ihr Leben getreten war, mied sie Louis. Dabei hatte sie es ihm zu verdanken, dass Malinin nicht in ein Lager für russische Offiziere abgeschoben worden war. Er wünschte, er hätte die obersten Knöpfe seines Hemds öffnen können.

Plötzlich wehte ein Schwall feuchter Luft in den Gastraum, und eine Handvoll nationalistischer Militärs kam herein. Auch ein paar in Tuniken gekleidete Bergbewohner waren darunter, die einen Dolch in ihrem Patronengürtel stecken hatten. Die Armee Mustafa Kemals, die sich teils aus Freischärlern und teils aus Freiwilligen jeden Alters zusammensetzte, war ein recht exotischer Haufen, dachte Louis. Doch als er unter ihnen auch den Geliebten Leyla Hanıms erkannte, verschlug es ihm den Atem. Der Mann hatte eine hohe Stirn und ebenmäßige Züge und unterhielt sich mit einem dunkelhaarigen Offizier mit schneidendem Blick.

Sie setzten sich an einen Tisch in seiner Nähe. Man brachte ihnen Tee und Wasserpfeifen. Sie diskutierten lebhaft und heftig gestikulierend. Die anderen Gäste nickten ihnen freundlich zu. Louis versuchte den Wirt mit einem Handzeichen auf sich aufmerksam zu machen, aber dieser beachtete ihn nicht, als wäre er mit einem Mal unsichtbar geworden.

Unwillkürlich musste Louis daran denken, wie sein Freund Selim mit seinem weißen Stock über den Boden tastend durch den Garten in Stambul spazierte. Aufgewühlt von dieser Erinnerung musterte er den Fremden eindringlich. Wie konnte Leyla

Hanım ihn mit diesem merkwürdigen Kerl betrügen? Einem Europäer noch dazu. Bestimmt hatten sie sich während ihres Aufenthalts in Anatolien kennengelernt, nachdem Rose sie bei den Engländern denunziert hatte. Seine eindringliche Musterung war auch einem jungen Unteroffizier mit einem roten Muttermal auf der Wange nicht entgangen.

»Es lebe die freie und unabhängige türkische Nation!«, rief er mit lauter Stimme auf Französisch aus. »Es ist Zeit, dass die Ausländer nicht länger unsere Erde und unser Vaterland mit ihrer Anwesenheit beschmutzen. Ob Griechen, Engländer oder Franzosen – wir werden das elende Gesindel aus dem Land jagen!«

Louis erstarrte. Der junge Mann sah ihn verächtlich von oben bis unten an.

»Ich dulde nicht, dass Sie mein Land auf diese Weise beleidigen«, erwiderte er. »Ich verlange, dass Sie Ihre Äußerungen zurücknehmen.«

Alle Gesichter hatten sich ihnen zugewandt. Der Unteroffizier brummte ein paar unverständliche Worte und wollte aufstehen. Doch Leyla Hanıms Geliebter hielt ihn am Arm zurück.

»Nehmen Sie es ihm bitte nicht übel, Kommandant«, sagte er beschwichtigend an Louis gewandt. »Nach den langen, erbitterten Kämpfen der letzten Wochen erhitzen sich die Gemüter rasch.«

Louis war erstaunt, als er einen deutschen Akzent heraushörte.

»Ich wüsste nicht, was Sie das angeht. Dieser Unteroffizier hat mein Land beleidigt, und ich verlange, dass er sich entschuldigt.«

Diesmal sprang der junge Soldat auf. Louis erhob sich ebenfalls. Sein Herz hämmerte heftig gegen seine Brust.

»Niemand beleidigt ungestraft Frankreich«, sagte er. »Ich verlange Genugtuung.«

Die restlichen türkischen Offiziere versuchten, den starrköpfigen Unteroffizier zur Räson zu bringen. Der Blonde trat an Louis' Tisch.

»Ich biete Ihnen meine Entschuldigung an, Kommandant«, sagte er feierlich. »Und ich hoffe, dass Sie in Anbetracht des jugendlichen Alters dieses Soldaten die Güte haben, sie anzunehmen.«

Louis lächelte spöttisch. »Interessant, das Wort Güte aus dem Mund eines Deutschen zu hören, auch wenn er eine türkische Uniform trägt.«

Hans Kästner erstarrte. Er hatte sich eingeschaltet, um diesen unerfreulichen Wortwechsel zu beenden, der sich an Gürkans Ungestüm entfacht hatte. Doch nun nahm die Auseinandersetzung einen ganz anderen Ton an und wurde persönlich. Er wusste, dass er jetzt auf der Hut sein musste.

»Lassen Sie sie in Ruhe«, fuhr Louis mit gesenkter Stimme und in scharfem Ton fort.

Hans bemühte sich, seine Verblüffung zu verbergen. Der Franzose musterte ihn finster und durchdringlich. Ein bitterer Zug lag um seine schmalen Lippen.

»Leyla Hanım«, setzte er hinzu, indem er jede Silbe betonte. »Sie ist eine verheiratete Frau. Sie bringen Schande über sie. In diesem Land ist das eine Sünde.«

Hans' Miene verdüsterte sich. Er bemerkte, wie Rahmi Bey Gürkan und die anderen zum Ausgang schob. Der Wirt forderte die übrigen Gäste, die sich neugierig um Louis' Tisch geschart hatten, auf, sich wieder an ihre Plätze zu setzen, was diese grummelnd taten. Hans stand dem französischen Marineoffizier jetzt allein gegenüber.

»Ich weiß nicht, wovon Sie reden, Kommandant«, sagte er mit gedämpfter Stimme.

»Ich habe Sie zusammen gesehen. Heute Morgen, im Obstgarten. Ich habe sie eingeladen, mich auf dieser Reise zu begleiten. Aber das war ein Fehler. Ich werde sie unverzüglich auffordern, nach Hause zurückzukehren.«

Hans' Gedanken überschlugen sich. Das war also der Fregattenkapitän, der im Konak in Stambul wohnte. Wie hieß er doch gleich? Gardelle, genau. Aber Leyla hatte ihm doch erzählt, dass er sympathisch sei. Dass er nun diese Drohung aussprach, verblüffte ihn. Hans war es eigentlich gewohnt, einen kühlen Kopf zu bewahren, aber der besitzergreifende Ton, mit dem dieser Mann von der Frau, die er liebte, sprach, war ihm unerträglich.

»Leyla Hanım ist eine freie Frau«, entgegnete er. »Sie ist Ihnen keine Rechenschaft schuldig.«

»Aber ihrem blinden Ehemann und ihrem Sohn. Sie hat sich nicht mit Ihnen im Bett zu vergnügen!«

Hans' Reaktion erfolgte auf den Fuß. Mit einer schroffen Bewegung stieß er den Tisch und die Hocker um, dann packte er den Franzosen und drückte ihn gegen die Wand, indem er ihm den Unterarm gegen die Kehle presste.

»Und jetzt hör mir gut zu, du Moralprediger! Sie hat gerade erst erfahren, dass ihr Bruder gefallen ist. Und sie kann sich so lange im Kreis seiner Kampfgefährten aufhalten, wie es ihr beliebt. Das geht dich überhaupt nichts an. Und solltest du dich unterstehen, auch nur ein Wort zu ihrem Mann zu sagen, dann ziehe ich dir das Fell ab, darauf kannst du dich verlassen!«

Louis war völlig überrumpelt von diesem Gewaltausbruch des Deutschen. Dessen Gesicht war nur wenige Zentimeter von seinem entfernt. Und er erkannte in seinen Augen, dass er kaltblütig genug war, um seine Drohung wahrzumachen.

»Das reicht jetzt!«

Hans bemerkte, wie Rahmi Bey ihn an der Schulter packte und ihn zwang, von dem Franzosen abzulassen. Die Hände zu Fäusten geballt, wich er einen Schritt zurück. Beim Gedanken, dieser Gardelle könnte Leylas Ruf beschmutzen und sie in Gefahr bringen, wusste er, dass er tatsächlich fähig wäre, ihn zu töten.

Rahmi Bey hob Louis' Schirmmütze vom Boden auf und wischte den Staub ab, ehe er sie ihm reichte.

»Ich bedaure diesen unglückseligen kleinen Vorfall, Kommandant«, sagte er mit der ausgesprochenen Liebenswürdigkeit des Orientalen. »Lassen Sie es uns vergessen. Das ist für alle Seiten besser, finden Sie nicht auch?«

Louis fuhr mit dem Finger unter seinen Hemdkragen, der ihn beengte. Er war wie betäubt. Seine Schultern waren nach vorn gesackt. Hatte er sich vielleicht zu sehr von seinen Emotionen leiten lassen? Er wollte doch nur Leyla Hanıms Ehre verteidigen und sich für seinen Freund Selim in die Bresche werfen, aber er war nicht mehr er selbst gewesen. Dieser merkwürdige Deutsche gehörte der kemalistischen Armee an und schien sich in dieser außergewöhnlichen Welt von Angora vollkommen heimisch zu fühlen. Und plötzlich wurde ihm bewusst, dass er ein falsches Bild von der jungen Türkin hatte. Sie war ganz anders als die Frauen, die er kennengelernt hatte.

»Orhan ist tot?«, fragte er betrübt.

Der Deutsche nickte nur. Noch immer wütend, musste er sich beherrschen, um sich nicht erneut auf den anderen zu stürzen.

Rahmi Bey bestand darauf, dass Louis ihm nach draußen folgte. Es hatte zu regnen aufgehört. Jetzt, in der Abenddämmerung, war die Gasse ein unsicheres Pflaster. Die anderen Offiziere hatten sich in alle Winde zerstreut. Als Louis erklärte, er werde zusammen mit der französischen Delegation zum Abendessen beim Ghâzï erwartet, bot sich der Türke an, ihn zu begleiten. Sie ließen den Deutschen vor dem Eingang des Kaffeehauses stehen.

Während sie sich entfernten, konnte Louis nicht anders, als sich nochmals nach ihm umzudrehen. Der Blonde zündete sich eine Zigarette an. Der Schein seines Feuerzeugs beleuchtete seine markanten Züge. Plötzlich traf Louis die Erkenntnis, dass Leyla Hanım diesen Mann liebte. Der Gedanke schmerzte ihn.

Dritter Teil

Smyrna, September 1922

So weit der Blick reichte, konnte Rose die Reihen griechischer Soldaten ausmachen, die sich völlig verstört, manche sogar barfuß, in Richtung Küste schleppten. Massen von Flüchtlingen folgten ihnen. Betäubt von diesem Schreckensszenario schien es Rose, als kämen diese Unglücklichen vom Ende der Welt und als marschierten sie schon seit Tagen, nein Wochen, vielleicht sogar seit Anbeginn der Zeit. Die erloschenen Mienen der Frauen und Kinder ließen das Grauen erahnen, das sie durchlebten. Der Staub und ein widerlicher Gestank verursachten ihr Übelkeit. Sie hielt sich ein Taschentuch vor Mund und Nase.

Sie fühlte sich verraten. Nach der griechischen Niederlage am Sakarya-Fluss hatte monatelang eine beinahe heitere Stimmung geherrscht. Getäuscht von dieser scheinbaren Ruhe hatte sie angenommen, die Lage habe sich in Erwartung einer diplomatischen Lösung entspannt. War es nicht ein ermutigendes Zeichen, dass Frankreich als erstes westliches Land die nationalistische Regierung anerkannt hatte? Konnte man das Kriegsbeil jetzt nicht endgültig begraben, um weitere Massaker zu verhindern? Aber sie hätte diesem trügerischen Frieden nicht trauen dürfen. Das Schicksal der Christen in Kilikien hätte sie stutzig machen müssen. Viele von ihnen sahen sich aus Furcht vor Repressalien gezwungen, nach Zypern, Syrien oder Frankreich zu fliehen.

In Smyrna nahm das Leben indessen seinen gewohnten Lauf.

Ihr schien es, als wäre sie erst gestern mit Marie auf dem Cordon promeniert, dem prachtvollen, von Brasserien, Cafés und teuren Hotels gesäumten Pier. Orchester schmetterten Operettenmelodien, und die Lagerhallen im Hafen quollen vor Waren über. Feigen, Rosinen, Trockenfrüchte, Tabak oder Baumwollballen warteten darauf, in die ganze Welt verschifft zu werden. In den Straßen duftete es nach Pfefferminze und Zitrusfrüchten, gemahlenem Kaffee, Koriander und Zimt. Doch mit einem Mal war diese Welt ins Wanken geraten. Mustafa Kemals Offensive traf die Bevölkerung völlig unvorbereitet. Erst recht dann die Nachricht, dass die griechischen Truppen in die Flucht geschlagen worden waren. Rose war indessen nach wie vor überzeugt, dass sich die hellenischen Kämpfer in ihren Schützengräben verschanzt hatten. Niemand ahnte, dass die Türken diese langen Monate nutzen würden, um ihre Armee zu verstärken und zum finalen Sturmangriff überzugehen.

Louis hatte sie allerdings gewarnt. Frankreich verkaufte mittlerweile ebenso wie das bolschewistische Russland Waffen an die Türkei. Und die Briten wiederum unterstützten die Griechen nur noch widerwillig. Ihr Mann hatte ihr nahegelegt, nach Frankreich zurückzukehren, wenn sie schon nicht nach Konstantinopel zurückkommen wollte. Aber sie hatte sich geweigert. Zum ersten Mal in ihrem Leben fühlte sie sich ausgeglichen und zufrieden. Gewiss war es dem sanften Gemüt Odiles, ihrer älteren Schwester, geschuldet, aber mehr noch Smyrna, das für sie eine Offenbarung war. Von Anfang an erlag sie dem Charme und der toleranten Geisteshaltung dieser Stadt, die vom Christentum durchtränkt war und seit Jahrzehnten von den Griechen geprägt wurde. Durch den Ehebruch ihres Mannes gedemütigt und in ihrem Selbstwertgefühl verletzt war sie auf der Suche nach einem Zufluchtsort, wo sie in Ruhe Weihnachten verbringen konnte, hier angekommen. Und war von den griechischen und levantinischen Familien mit offenen Armen und orientalischer Gastfreundschaft aufgenommen worden. Ihre Kultiviertheit überraschte sie. Smyrna wieder verlassen zu müssen, hätte sie erneut in eine tiefe Krise gestürzt.

Noch am Vortag hätte niemand für möglich gehalten, dass die türkischen Truppen es wagen würden, ihren Fuß in diese Stadt zu setzen. Selbst der Konsul hatte Rose beschwichtigt: Die griechische Armee würde sie gewiss daran hindern, außerdem ankerten Dutzende alliierter Kriegsschiffe in der Bucht, sodass man beruhigt schlafen könne. Noch so eine Illusion, dachte sie, während sie fassungslos das Debakel verfolgte.

Eine ausgemergelte Frau, deren Rocksaum über die staubige Straße schleifte, schob mühsam eine Schubkarre, in der ihre Kinder saßen. Rose wühlte in ihrer Tasche nach Bonbons. Aber sie hatte keine mehr. Sie hatte bereits alle verteilt.

Am Abend begab sie sich in Maries Zimmer, um ihre Tochter zu beruhigen. Mittlerweile ließ sie jedes fremde Geräusch aufhorchen, so auch jetzt, als von den Piers her, wo sich Hunderte von Flüchtlingen gesammelt hatten, ein dumpfes Dröhnen zu hören war. Diese verzweifelten Menschen sah man inzwischen überall, in den Vorhöfen der Kirchen, den öffentlichen Parks, den Krankenhäusern. Die Stadt hatte sich in ein riesiges wildes Zeltlager verwandelt. Und Odile wusste in der Schule nicht mehr, wo ihr der Kopf stand. Einige Orden nahmen vorrangig Orthodoxe und Armenier auf, die das Schlimmste befürchteten.

»Ich habe Angst, Mama«, sagte Marie.

»Es wird bestimmt alles gut, du wirst sehen, Liebling. Es gibt hier viel zu viele Europäer, als dass uns etwas Böses zustoßen könnte.«

»Aber du hast gesagt, die Türken seien Barbaren«, erwiderte das Mädchen, blass im Gesicht. »Ich weiß, dass sie die Christen massakrieren! Das erzählt man sich in der Schule.«

Einige ihrer Freundinnen aus Bornova, einem Vorort ein paar Kilometer entfernt, mussten mit ihren Familien überstürzt ihre Häuser verlassen. Sie waren bei Verwandten oder Freunden in der Stadt untergekommen oder hatten sich in ihre Ferienvillen auf einer der umliegenden Inseln zurückgezogen. Die Familien, die ins Ausland wollten, belegten das amerikanische und britische Konsulat mit Beschlag. Aber sie waren nicht die Einzigen, die der Stadt den Rücken kehrten. Rose traute sich nicht, ihrer Tochter zu erzählen, dass selbst die griechischen Polizisten die Flucht ergriffen hatten und die Türken nicht die Einzigen waren, vor denen man sich fürchten musste. Diebesgesindel jeglicher Art trieb sich in der Stadt herum und plünderte die leerstehenden Gebäude.

»Falls es notwendig sein sollte, nehmen wir ein französisches Schiff und gehen von hier fort«, sagte sie beschwichtigend.

»Glaubst du, dass Papa mit seinem Schiff auch hier ist?«, fragte Marie ängstlich.

Rose spürte stets ein Unbehagen, wenn ihre Tochter von Louis sprach. Zu Beginn hatte Marie nicht lockergelassen mit ihren Fragen. Warum mussten sie Konstantinopel so überstürzt verlassen? Warum weigerte sich ihre Mutter, dorthin zurückzukehren? Gottlob brachte der alsbald einsetzende Reigen aus Tanztees, diversen Festen, Theater- und Opernbesuchen sie auf andere Gedanken.

»Schon möglich, dass er hierherkommt. Aber er wird es uns bestimmt wissen lassen.«

»Aber was, wenn er uns nicht zu Hilfe eilen will?«

»Das ist Unsinn«, erwiderte Rose.

»Was ist eigentlich zwischen euch vorgefallen?«, platzte Marie plötzlich heraus und ergriff ihre Hand. »Warum willst du ihn nicht mehr sehen? Du musst mir die Wahrheit sagen, Mama! Er ist trotz allem mein Vater!«

Marie kniete in ihrem Nachthemd und mit Tränen in den Augen auf ihrem Bett und schien am Rande des Nervenzusammenbruchs. Rose spürte Ärger in sich aufsteigen. Genau der richtige Moment für einen hysterischen Anfall, dachte sie. Von der Straße dröhnten laute Stimmen herauf. Auf dem Trottoir waren eilige Schritte zu hören. Seufzend setzte sich Rose auf die Bettkante.

»Dein Vater …«, begann sie.

Seine Untreue schmerzte sie noch genauso wie am ersten Tag. Wieder sah sie vor ihrem geistigen Auge, wie Louis der Kellnerin in diesem Restaurant in Pera etwas ins Ohr flüsterte, sie sah die gerade Treppe vor sich, die blonden Haare der Russin, wie sie sich die Schürze abnahm, während sie ihm in den ersten Stock hinauffolgte. Aufgewühlt schloss sie die Augen.

»Dein Vater hatte eine Affäre«, sagte sie schließlich widerwillig.

Marie wurde blass. Sofort bereute Rose, ihr die Wahrheit gesagt zu haben. Andererseits war ihre Tochter jetzt alt genug, um dergleichen zu verstehen, schließlich war sie beinahe selbst schon im heiratsfähigen Alter. Vielleicht war es an der Zeit, ihr von der Treulosigkeit der Männer zu erzählen. Man verbarg gewisse Dinge vor seinen Kindern, um sie zu schützen, aber nicht mit ihnen darüber zu reden hieß, sie zu belügen.

»Als ich es erfuhr, war ich sehr verletzt«, fuhr sie fort. »Ich habe es nicht mehr ertragen, ihm ins Gesicht zu sehen. Dann sind wir hierhergekommen, und die Zeit ist nur so verflogen. Du schienst glücklich zu sein hier. Und mir hat es in Smyrna ebenfalls gefallen, wie du weißt.«

Bald nach ihrer Ankunft hatte sie diese bescheidene Wohnung gefunden, deren Vermieterin eine griechische Witwe war. Und als eine Lehrerin von der Schule Notre-Dame-de-Sion nach Frankreich zurückkehren musste, fragte Odile sie, ob sie sie ersetzen wolle. Rose sagte spontan Ja, und die kleinen Mädchen, die sie unterrichtete, schlossen sie von Anfang an ins Herz. Der Gedanke, von hier fortzumüssen, schmerzte sie. Es war ungerecht, nun, da sie endlich glücklich war.

»Wer war es?«, fragte Marie. »Jemand, den ich kenne?«

Sie saß jetzt mit verschränkten Armen und aufsässiger Miene da. Was sie soeben erfahren hatte, ließ sie einen Moment lang sogar den Krieg vergessen.

»Nein!«, rief Rose aus. »Solche Dinge passieren nun einmal. Die Männer sind so. Ihr Betragen ist manchmal nichtswürdig. Aber es liegt in ihrer Natur.«

Sie machte sich geflissentlich daran, eines von Maries Unterhemden zusammenzufalten und glattzustreichen, dann rückte sie einen Stapel Bücher gerade.

»Alle Männer?«

»Vielleicht nicht alle. Ich will lieber glauben, dass es zu einem Gutteil am Krieg liegt. An der Entfremdung, zu der es unter Eheleuten oftmals kommt. An der Grausamkeit der Kämpfe. Dein Vater hat Dinge erlebt, über die er nie mit mir sprach. Er hat sich verändert. Und dann dieses exotische Land … Es wäre nie geschehen, wenn wir in Frankreich geblieben wären.«

Aber was wusste sie in Wahrheit schon?, fragte sich Rose. Was wusste sie schon von körperlicher Leidenschaft? Louis hatte sogar die Stirn gehabt, ihr dies bei einer ihrer Auseinandersetzungen vorzuwerfen. »Die Begierde lässt sich nicht in Worte fassen«, verkündete er. Und sie hatte sich erbärmlich gefühlt, überzeugt, dass sie gewiss niemals bei einem Mann diese Art von Begierde erwecken würde, dieses Feuer der Leidenschaft, dieses Gefühl von Freiheit oder gar Erhabenheit.

»Heißt das, wir drei werden nie wieder zusammenleben?«, fragte Marie.

»Das weiß ich nicht«, erwiderte Rose gereizt. »Du scheinst mir hier nicht unglücklich gewesen zu sein, oder? Außerdem war dein Vater sehr beschäftigt. Wir haben ihn ohnehin nicht oft zu sehen bekommen. Und nun, angesichts dessen, was vorgefallen ist …«

Sie stand auf und trat ans Fenster. Es war einer dieser herrlichen Abende, an denen die Nachbarn bis vor Kurzem ihre Stühle aufs Trottoir hinausgestellt, Tee getrunken und über Gott und die Welt geplaudert hätten. Aber jetzt war es still da draußen. Eine Familie schleppte sich in Richtung Pier. Der Vater trug einen Koffer, die Mutter versuchte ihr weinendes Kind zu beruhigen. Während sich die Soldaten trotz der desolaten Lage mit erstaunlicher Disziplin einschifften, herrschten unter der Zivilbevölkerung Chaos und Leid. Was konnten diese armen Teufel erwarten?, fragte sich Rose traurig. Die Griechen, die schon seit Generationen in Anatolien lebten, mussten Hals über Kopf Haus und Grund und die Gräber ihrer Verstorbenen zurücklassen …

Ein Schauder überlief sie. Sie nahm sich vor, sich am nächsten Tag bei den französischen Behörden zu erkundigen, was am besten zu tun sei. Das würde jedoch auch von Odile und den Ordensschwestern abhängen. Keine von ihnen wäre bereit, ihre Schülerinnen einem ungewissen Schicksal zu überlassen.

Marie trat zu ihr ans Fenster und schlang die Arme um sie. »Ich liebe dich, Mama«, murmelte sie.

Ihr Gefühlsausbruch war so überraschend, dass Rose Tränen in die Augen traten. Seit ihrer überstürzten Abreise aus Konstantinopel hatte sich Marie ihr gegenüber eher reserviert verhalten, was Rose als stillen Vorwurf an sie deutete. Maries Haut duftete nach Rosenessenz. Ihre Haare strichen über ihre Wangen, als wollten sie sie liebkosen. Verblüfft stellte Rose fest, dass ihre Tochter sie, obgleich barfuß, um mehrere Zentimeter überragte.

Einen Moment lang gestattete sich Rose, ihren Kopf an die Schulter ihrer Tochter zu legen.

Am folgenden Tag begab sich Rose abermals zum Cordon. Türkische Kavalleristen, einen mit einer Halbmondsichel und einem roten Stern geschmückten Fes auf dem Kopf, defilierten über den Pier. In glänzende Kittel gekleidet saßen sie auf kleinen, robusten Reittieren, und ihre Krummsäbel glitzerten im Sonnenlicht. Aus den Randgebieten der Steppen kommend hatten diese Männer die fruchtbare Hügellandschaft des Hinterlandes durchquert und nun die Küste des Mittelmeers erreicht. Sie hatten diesen langen Ritt unternommen, um die Griechen aufs Meer zu treiben und Anatolien zurückzuerobern. Wer hätte noch drei Jahre zuvor auf ihren Sieg gewettet?, fragte sich Rose und konnte sich eines Anflugs von Bewunderung nicht erwehren. Die Flüchtlinge schienen indes völlig verängstigt. Doch diese Soldaten gehorchten den Kommandos ihrer Offiziere, die die Bevölkerung mit lauten Stimmen zu beruhigen suchten. Rose schöpfte neue Hoffnung. Wenn sich die Truppen so diszipliniert gebärdeten, konnte man darauf vertrauen, dass Mustafa Kemal Pascha die Stadt doch nicht in Schutt und Asche legen würde. Hatte er Militärs, die sich an der Zivilbevölkerung vergriffen, nicht sogar mit der Todesstrafe gedroht? Überall in den Straßen sah man Aushänge, die diese Botschaft verkündeten. Abordnungen von englischen, französischen und amerikanischen Marinefüsilieren wachten vor ihren jeweiligen Konsulaten über die Sicherheit ihrer Staatsangehörigen. Rose wollte gern an einen friedlichen Übergang glauben und daran, dass das Leben bald wieder seinen gewohnten Lauf nehmen würde.

Ein britischer Marineoffizier rückte hoch zu Ross an der langen Reihe der Kavalleriesoldaten vorbei und verstellte ihnen den Weg. Eine von der See kommende Windböe ließ die Banner flattern. Nur das Klirren des Zaumzeugs und ein gelegentliches nervöses Husten aus der Menge waren zu hören. Der Offizier saß ab. Er sprach mit dem türkischen Offizier auf Französisch. Der Engländer versicherte ihm, die Stadt sei zur friedlichen Kapitulation bereit und die britischen Streitkräfte wollten Neutralität wahren, mahnte die siegreichen Truppen jedoch zu vorbildlichem Verhalten, damit es nicht zu Unruhen kam. Die beiden Offiziere schienen sich in herzlichem Einvernehmen auszutauschen. Doch plötzlich wurde der Türke von einer Handgranate im Gesicht getroffen. Schreie waren zu hören. Proteste. Du lieber Himmel!, dachte Rose zu Tode erschrocken. Aber das Geschoss explodierte zum Glück nicht. Eine Sekunde später schreckte ein Schusswechsel die Menge auf. Doch gottlob hatte der Heckenschütze sein Ziel verfehlt. Die Türken bewahrten Ruhe, und es kam keine Panik auf, offenbar verzichteten sie auf Vergeltungsmaßnahmen. Beeindruckt von ihrer Gelassenheit verfolgte Rose, wie sie in Richtung Gouverneurspalast weiterzogen.

Als Rose eine Stunde später die Wohnungstür öffnete, blieb sie wie versteinert auf der Schwelle stehen. Ungefähr ein Dutzend unbekannte Gesichter sahen sie an.

»Beruhige dich, Mama«, beeilte sich Marie zu erklären und nahm ihr den Einkaufskorb ab. »Das sind Cousinen meiner Freundin Alice mit ihrer Mutter. Ich habe sie getroffen, als sie hilflos durch die Straßen irrten. Und da habe ich ihnen angeboten, mit heraufzukommen, um sich auszuruhen. Das ist doch in Ordnung, nicht wahr?«

Rose nickte verdattert. Da kam eine Frau auf sie zu, um ihr dankbar die Hand zu küssen. Ein junges Mädchen saß zusammengesunken und blass in einem Sessel. Als Rose besorgt fragte, was ihr fehle, zog Marie sie in ihr Zimmer.

»Sie wurde …«, brachte sie schluchzend hervor. »Verstehst du, Mama? Die Soldaten …«

Rose war fassungslos. »Wie ist das möglich? Ich habe die Truppen gerade vorbeireiten sehen. Sie haben sich sehr zivilisiert benommen.«

Die Mutter des Mädchens erschien in der Tür. »Dieser Eindruck täuscht«, sagte sie. »Überall sind Plünderungen im Gang. In Bornova hat es angefangen, und jetzt geht es bei uns, im armenischen Viertel, weiter. Diese Türken verbreiten Angst und Schrecken. Wie immer. Und schon wieder wird die Erde mit unserem Blut getränkt.«

Rose hatte das Gefühl, als würde ihr der Boden unter den Füßen weggezogen, und sie musste sich setzen. Marie huschte unterdessen wieder hinaus, um sich um die Gäste zu kümmern. Nun, da sie unter vier Augen waren, erzählte die Armenierin Rose von den Grausamkeiten der türkischen Soldaten und der Angehörigen der irregulären Truppen: dass sie Passanten überfielen und sie töteten, wenn sie sich wehrten, Häuser und Geschäfte plünderten und den Frauen die Brüste abschnitten, nachdem sie sie vergewaltigt hatten. Mit tonloser Stimme betete sie diese Litanei der Gräuel herunter.

»Und Ihre Tochter?«, fragte Rose.

»Gott hat gewollt, dass sie überlebt«, erwiderte sie würdevoll, doch dann breitete sich wieder Hoffnungslosigkeit auf ihren Zügen aus. »Ich weiß nicht, ob das eine Gnade oder ein Unglück ist.«

Rose holte ihr ein Glas Wasser.

»Wir müssen so schnell wie möglich von hier fort«, murmelte sie an sich selbst gerichtet.

»Sie brauchen sich keine Sorgen zu machen«, entgegnete die andere. »Die französische Armee wird für Ihre Sicherheit sorgen. Den Nonnen und ihren Schützlingen wird nichts geschehen. Aber wir, was soll aus uns werden?«

Darum kann ich mich nicht auch noch kümmern, dachte

Rose in einem Anflug von Egoismus. Jetzt bereute sie bitter, Louis' Warnungen in den Wind geschlagen und Marie dadurch in Gefahr gebracht zu haben. Sie musste ihre Tochter um jeden Preis vor diesen Rohlingen schützen.

»Sie werden mit uns kommen«, verkündete sie entschlossen. »Meine Schwester weiß bestimmt Rat.«

Am frühen Abend bereitete Rose ein karges Mahl zu. Das junge Mädchen, das vergewaltigt worden war, weigerte sich, einen Bissen zu sich zu nehmen. Seit ihrer Ankunft hatte sie kein Wort gesprochen. Als sich Rose aus dem Fenster beugte, um die Läden zu schließen, meinte sie aus der Ferne Schreie zu vernehmen, aber da sie in der näheren Umgebung nichts Auffälliges bemerkte, beruhigte sie sich sogleich wieder. In dieser Nacht teilte sie das Bett mit Marie, die ihr Zimmer dem jungen Mädchen und ihrer Mutter überlassen hatte. Die anderen mussten mit dem Parkettboden im Wohnzimmer vorliebnehmen.

Als Rose drei Tage später in Richtung Schule eilte, um sich nach Neuigkeiten zu erkundigen, bemerkte sie, dass noch einige Geschäfte geöffnet waren. Ihr leerer Vorratsschrank kam ihr in den Sinn. Wegen der zusätzlichen Münder, die sie zu stopfen hatte, waren ihre Vorräte so gut wie aufgebraucht. Sollte sie rasch ein paar Einkäufe erledigen? Unschlüssig blieb sie stehen. Der Flüchtlingsstrom beeinträchtigte das Alltagsleben. Die letzten Nachrichten aus Bornova waren niederschmetternd. Der Großteil der Gebäude war geplündert und in Brand gesteckt und die Gräber auf den Friedhöfen geschändet worden. Der einst so elegante levantinische Vorort lag in Trümmern.

In Notre-Dame-de-Sion drängten sich unzählige Familien auf dem Vorplatz, im Pausenhof und in den Klassenzimmern. Den Menschen stand das Grauen ins Gesicht geschrieben.

»Die Lage verschlimmert sich stündlich«, sagte ihre Schwester Odile mit düsterer Miene, während sie sich mit einem Stapel Papiere zu schaffen machte. »Das armenische Viertel ist geplündert worden. Wir haben einen Großteil der Familien unserer Schülerinnen aufgenommen.«

»Und diese Familie, die bei mir wohnt?«, fragte Rose besorgt. »Kannst du ihnen ebenfalls helfen?«

»Ich werde sehen, was ich tun kann. Ich bereite gerade eine Evakuierung vor, fürchte aber, dass es nicht genügend Platz für alle gibt. Die Amerikaner und Engländer weigern sich einzugreifen. Sie warten auf ihren Schiffen ab und begnügen sich damit, uns mit ihren Ferngläsern zu beobachten. Man erzählt sich, sie würden ihre Grammophone ganz laut stellen, um die Hilfeschreie zu übertönen. Man könnte meinen, wir seien das neueste Theaterstück, das man unbedingt gesehen haben muss.« Die Nonne konnte ihre Verachtung nicht verbergen.

»Aber das ist doch absurd. Warum helfen sie den armen Menschen nicht?«

Odile zuckte die Schultern. »Aus politischen Gründen, wie es scheint. Sie haben sich vorgenommen, absolute Neutralität zu wahren. Nun, da sie Smyrna bereits verloren haben, fürchten sie, dass Mustafa Kemal seinen Truppen befiehlt, in Richtung Konstantinopel zu marschieren.«

»Und die Franzosen?«

»Wir haben ein größeres Herz. Die Christen des Orients stehen unter unserem Schutz. Man wird sie nicht im Stich lassen. Was mich allerdings beunruhigt, ist der neue Militärgouverneur. Es heißt, Nureddin Pascha sei den Ausländern feindlich gesinnt. Das ist kein gutes Zeichen für eine Stadt wie die unsrige.«

»Aber der Schule wird doch nichts geschehen, oder? Sie genießt einen guten Ruf. Und man schätzt auch eure wohltätige Arbeit.«

»Na und?«, entgegnete Odile mit strenger Miene. »Allem Anschein nach ist Mustafa Kemal die Kontrolle über seine Männer entglitten, die sich nun an den Griechen rächen. Ach, wenn ich an all die Unschuldigen denke, die darunter zu leiden haben!«, rief sie kopfschüttelnd aus. »Bring Marie hierher; hier ist sie sicherer. Und häng das hier an deinen Balkon. Man weiß nie.«

Sie drückte ihrer Schwester eine kleine französische Fahne in die Hand. Fast an allen europäischen Häusern flatterten mittlerweile die Standarten der von den Türken respektierten Mächte. Rose wurde das Herz schwer.

»Wir werden nicht ohne dich von hier weggehen, Odile!«

»Geh jetzt deine Tochter holen, tu mir den Gefallen! Du hättest sie nicht allein lassen dürfen.«

»Aber zu Hause ist sie doch sicherer als auf den Straßen!«, wandte Rose ein.

In diesem Moment stürzte eine in Tränen aufgelöste Mutter mit einem Säugling im Arm und zwei kleinen Jungen am Rockzipfel auf die Nonne zu. Ihre zerrissene Bluse war blutüberströmt. Ihr Mann war vor ihren Augen niedergemetzelt worden.

Der Wind hatte sich gedreht und aufgefrischt. Rose hob den Kopf. Ein beißender Geruch stieg ihr in die Nase.

»Die Türken haben die Stadt in Brand gesteckt!«, brüllte ein Fußgänger.

Hunderte Menschen flohen bereits in Richtung Pier. Einige waren halb nackt, die Gesichter schwarz vor Ruß. Von abgrundtiefer Angst ergriffen musste Rose mit aller Kraft gegen die aufgeschreckte Menschenmenge ankämpfen. Türkische Söldner schlugen mit Äxten das Schaufenster eines Juweliergeschäfts ein. An der Straßenecke in der Nähe ihrer Wohnung musste Rose über einen am Boden liegenden Leichnam steigen. Als sie endlich das Haus erreichte, stürzte sie die Treppe hinauf und rief nach Marie. Die Wohnungstür stand einen Spaltbreit offen. Drinnen war niemand. Rose war einer Ohnmacht nahe. Warum hatte sich ihre Tochter ihren Anweisungen widersetzt? Warum hatte sie nicht auf ihre Rückkehr gewartet? Ein aus einem Heft gerissenes Stück Papier lag sichtbar auf dem Küchentisch: *»Bin mit Alice unterwegs zu Tante Odile.«*

Sie trat auf den Balkon. Dichte schwarze Rauchwolken stiegen vom armenischen Viertel auf, aber auch in anderen Stadtteilen waren Brände ausgebrochen. Niemals würde es der Feuerwehr gelingen, sie alle zu löschen! Und wenn es tatsächlich stimmte, dass die Sieger beschlossen hatten, die Stadt niederzubrennen?

Sie öffnete den Wandschrank und holte ihren Reisepass und die Geldsumme hervor, die sie unter einem Stapel Geschirrtücher versteckt hatte. Zum Glück war Marie so geistesgegenwärtig gewesen, ihren Pass einzustecken. Wenigstens konnte sie sich so ausweisen. Inzwischen musste sie in der Schule angekommen sein, beruhigte sich Rose mit klopfendem Herzen. Sie blickte sich ein letztes Mal um. Sie konnte unmöglich etwas mitnehmen. Und von Louis hatte sie immer noch keine Nachricht! Sie wusste nicht, ob er Befehl erhalten hatte, mit seinem Schiff vor Smyrna auf Reede zu gehen. Admiral Dumesnil war jedenfalls vom Gouverneur empfangen worden. Warum war ihr Mann in diesem schrecklichen Moment nicht da? Sie unterdrückte ein Schluchzen.

Auf der Straße begegnete sie ihrer Vermieterin, die am Arm ihres Sohnes die Flucht antrat. Rose winkte ihr zu. Rauchschwaden und ein beißender chemischer Geruch brannten ihr in den Augen. Inzwischen herrschte eine unerträgliche Hitze. Unter Einsatz ihrer Ellbogen gelang es ihr, eine Gruppe älterer Menschen und Kinder zu überholen, die sie am Fortkommen hinderten. Vor ihr ließ eine Mutter ihren Säugling fallen, der sofort totgetrampelt wurde. In ihrer Panik wurde Rose von der Vision heimgesucht, in der sie Marie in diesem Gedränge im Stich ließ. Großer Gott, mach, dass sie in Sicherheit ist!, betete sie inständig.

Sie krümmte sich unter einem Hustenanfall zusammen. Augenblicklich wurde sie von der Menschenmasse an eine Hausmauer gepresst. Sie hörte ein unheilvolles Knacken. Eine Frau schrie ihr zu, sie solle aufpassen. Doch schon stürzten Dachziegel und glühend heiße Balken aufs Trottoir herab, und Funkengarben stiegen auf. Sie riss den Arm hoch, um sich zu schützen.

Im selben Moment krachten Teile des Daches auf sie herab und brachen ihr das Genick.

Louis Gardelle wurde schier verrückt. Die Uferpromenade stand auf einer Länge von drei Kilometern in Flammen. Man konnte nicht einmal mehr die Hügel dahinter erkennen. In gewissen Abständen ertönten Explosionen. Schießpulver- oder Munitionsdepots?, fragte er sich. Verstört betrachtete er mit dem Fernglas die Aberhunderte Flüchtlinge, die sich auf dem berühmten Pier von Smyrna zusammendrängten. Und mitten in dieser Apokalypse waren seine Frau und seine Tochter!

Das Schnellboot kämpfte gegen die Strömung. Louis hielt sich mit einer Hand an der Reling fest und verfluchte die Mission, die ihn länger als vorgesehen im Schwarzen Meer aufgehalten hatte. Aber wer hätte auch eine solche Tragödie vorhersehen können? »Wie im alten Rom: Nero blickt auf sein zerstörerisches Werk«, hatte ein junger Fähnrich vorhin, auf Mustafa Kemal gemünzt, gemeint. Allerlei Gerüchte machten unter den jungen Offizieren die Runde. Manche wollten gesehen haben, wie türkische Soldaten Häuser mit Kerosin übergossen und die Feuerwehrschläuche durchtrennt hatten. Unter den Augen des französischen Militärs hatte man den griechischen Erzbischof Chrysostomos von Smyrna dem Zorn des Volkes überlassen. Der zornentbrannte Mob hatte ihn verprügelt, auf ihn eingestochen und ihm Nase und Ohren abgeschnitten.

Die westlichen Matrosen fuhren unermüdlich mit ihren Booten zwischen dem Hafen und den jeweiligen Kriegsschiffen hin und her, um ihre Landsleute zu evakuieren. Der hohe Seegang erschwerte ihre Aufgabe zusätzlich. Nicht alle Schiffe verfügten über geeignete Beiboote. Als Louis' Boot endlich an einem Landesteg anlegen konnte, schlug ein Leichnam gegen den Rumpf. Die Menschen stürzten sich reihenweise ins Wasser, in der Hoffnung, so der Feuersbrunst zu entkommen. Doch der Großteil dieser Unglücklichen ertrank oder wurde zwischen den Booten zerdrückt.

Louis sprang als Erster an Land. Ein bestialischer Gestank nach verbranntem Fleisch schlug ihm entgegen. Unter den Zivilisten herrschte helle Panik, und er blickte orientierungslos um sich. Die britischen Matrosen stießen mit ihren Rudern rücksichtslos Armenier zurück, um den englischen Krankenschwestern den Vorzug zu geben, die Mütter mit ihren Säuglingen zu den Booten geleiteten. Zweifelsohne haben alle vorschriftsmäßig abgestempelte Ausweispapiere, dachte Louis sarkastisch. Er war noch immer empört über das Verhalten der Offiziere Seiner Majestät, die an Bord ihrer Panzerkreuzer Arien von Caruso spielten. Um dieser Hölle zu entkommen, zählten Tausende Opfer dieser Katastrophe einzig auf die Hilfe der Franzosen, die die Ausweispapiere nicht ganz so penibel kontrollierten. Mit den auf ihre Gewehre aufgepflanzten Bajonetten untermauerten die französischen Matrosen ihre Anweisungen, die darauf abzielten, dass als Erstes Waisenhäuser, Schulen und Altenheime evakuiert wurden.

Auf der Suche nach Rose und Marie schritt Louis die langen Reihen der Wartenden ab. Er rief ihre Namen, aber er kam nicht gegen das Geschrei an. Zu seiner Rechten bemerkte er die weißen Flügelhauben der Nonnen des Ordens der Barmherzigen Schwestern. Während er auf sie zuging, stieg er über Leichen und zurückgelassene Koffer hinweg. Immer wieder musste er fremde Hände, die sich an ihm festklammern wollten, mit Faustschlägen abwehren. Als er endlich eine der Nonnen erreichte, fragte er sie, wo er die Frauen des Ordens von Notre-Dame-de-Sion finden könne. Sie deutete auf die andere Seite des Piers. Louis, der neue Hoffnung schöpfte, machte sich augenblicklich in die ihm gewiesene Richtung auf. Als eine Frau versuchte, ihm ihr Kind in die Arme zu drücken, wandte er sich erschüttert ab. Er sah, wie einige Mütter ihre Kleinkinder über das Spalier aus Bajonetten warfen, in der Hoffnung, dass sie von barmherzigen Händen in den Booten aufgefangen und mitgenommen würden.

Plötzlich erblickte er seine Schwägerin, die etwas erhöht auf einem Haufen Schiffstaue stand und ihre sich an der Hand haltenden kleinen Schutzbefohlenen auf ein Boot dirigierte. Ihre von Asche bedeckte Ordenstracht war an den Schultern angesengt. An ihrem Gürtel hing ein großer Rosenkranz, dessen Glieder aus Olivenkernen bestanden. Er stürzte auf sie zu und fasste sie am Arm.

»Odile, ich bin's, Louis! Sind Rose und Marie in Sicherheit?«

Aus der Fassung gebracht starrte sie ihn an. Ihre Augen tränten von dem beißenden Rauch.

»Marie hat vorhin das Boot bestiegen!«, schrie sie. »Aber Rose habe ich seit heute Morgen nicht mehr gesehen.«

»Weißt du, wo sie hingegangen sein könnte?«

»Du machst wohl Witze, Louis! Schau dich doch um!«, rief sie empört aus und wedelte mit einem Bündel Papiere. »Los, Kinder, beeilt euch!«

Unter der Gefahr, von der Menge ins Wasser abgedrängt zu werden, wagte er sich an den Rand des Landungsstegs vor, um sich zu vergewissern, dass Marie sicher an Bord gegangen war. Aber es war unmöglich, sie unter den zahllosen Passagieren auszumachen, die sich schützend Taschentücher vors Gesicht hielten. Und schon entfernte sich das Schnellboot auf dem kupferfarbenen Meer, das von öligen Schlieren bedeckt war. Ihm blieb keine Wahl. Er musste auf seine Schwägerin vertrauen. Mit zugeschnürter Kehle bemerkte er, dass mehrere Boote gekentert waren, ehe sie die Schiffe erreicht hatten.

Aufgrund der großen Hitze hatten etliche Leinen Feuer gefangen. Die Nonnen schrien den Kindern zu, sie sollten zurückweichen. Louis befahl den Beibooten, sich vom Pier zu entfernen. Da die jungen Lehrerinnen von der Situation völlig überfordert schienen, übernahm er das Kommando. Warum zum Teufel hatte Rose nicht auf ihn gehört, als er ihr die Abreise ans Herz gelegt hatte? Er haderte mit sich, weil er sich nicht hatte durchsetzen können. Aber im Grunde war er schuld daran, dass seine Frau und seine Tochter jetzt diese aberwitzige Tragödie miterleben mussten. Immer wieder hielt er inne, um sich nach Rose umzusehen. Sie würde kommen. Dessen war er sich sicher. Trotz des Chaos und der verzweifelten Menschenmassen. Sie würde die Lippen zusammenpressen, ihn fragen, was ihm einfalle, erst im letzten Moment zu erscheinen, und wie so oft würde er angesichts ihrer Vorwürfe schmunzeln müssen.

Auf einer Anhöhe im Hinterland von Smyrna stand Hans Kästner in einem großen, friedlichen Garten, wo es nach Glyzinien und Rosen duftete, und blickte fassungslos auf das Flammenmeer, in dem die Stadt versank. Einzig das türkische und jüdische Viertel, die etwas erhöht an den Hügelhängen lagen, schienen, für den Moment jedenfalls, von den Flammen verschont worden zu sein. Mit Grauen gedachte er der armen Bewohner, die in dem Feuerkessel eingeschlossen waren und noch dazu von brutalen Söldnerbanden bedroht wurden, die nach Rache gierten. Die armen Teufel konnten nicht auf die Milde des neuen Gouverneurs Nureddin Pascha hoffen, eines gnadenlosen Dickschädels, der den Ghāzī während des Vormarschs auf Smyrna ordentlich aufgehetzt hatte. Dieser Mann hatte noch eine alte Rechnung mit der Stadt zu begleichen, aus der er drei Jahre zuvor während der griechischen Invasion wie ein Bettler vertrieben worden war.

Riesige schwarze Rauchwolken türmten sich über den Dächern, Kirchtürmen und Minaretten. Dies war zweifellos einer der verheerendsten Brände der Geschichte und in einer Reihe zu nennen mit den Bränden, die Troja, Karthago und Rom vernichtet hatten. Eine jener legendären Feuersbrünste, die nicht nur ganze Straßenzüge, sondern die gesamte Stadt und manchmal sogar eine Zivilisation hinwegrafften. Niedergeschlagen setzte sich Hans auf eine Steinbank. Plötzlich hörte er Schritte. Rahmi Bey trat mit entspannter Miene und eine Zigarre paffend zu ihm.

»Was macht es für einen Sinn, die Stadt einzunehmen, um sie dann unter unseren Augen niederbrennen zu lassen, Rahmi?«, fragte Hans seinen Kampfgefährten. »Warum lasst ihr so etwas Ungeheuerliches zu? Wozu?«

Der General zuckte die Schultern. »Wenn manche behaupten, wir hätten den Brand gelegt, so ist das absurd. Wir würden uns doch nicht absichtlich der Schätze dieser Stadt berauben. Das muss das Werk von Plünderern oder armenischen Saboteuren sein. Vielleicht waren es ja sogar die Griechen selbst, wer weiß? Sie haben schon unzählige Dörfer gebrandschatzt und Massaker verübt ... Außerdem hat der Wind im Laufe des Tages gedreht. Was auch nicht gerade hilfreich war.«

Bedrückt betrachtete er das erschütternde Bild, das sich ihm bot.

»Auf ihrem Rückzug haben unsere Gegner schamlos die Taktik der verbrannten Erde verfolgt. Eine Form der Bestrafung, so alt wie die Welt. Ja nichts den siegreichen Truppen überlassen ...«

Die Schmerzen in Hans' verwundetem Bein machten sich erneut bemerkbar. Er streckte es vorsichtig aus. Immer wieder hatte er das Gefühl, als wäre ein Granatsplitter zurückgeblieben, der langsam das Bein hinaufwanderte.

»Aber du weißt, dass die Türken Smyrna als eine Stadt der Ungläubigen schmähen«, erwiderte er hartnäckig. »Viele von euch verabscheuen sie. Ich hingegen habe dort ein paar glückliche Wochen verbracht, als ich an den Ausgrabungen in Ephesos teilnahm.«

»Die Griechen bekommen, was sie verdient haben!«, sagte Rahmi Bey barsch. »Sogar die westlichen Beobachter haben ihr barbarisches Vorgehen angeprangert. Du hast ja mit eigenen Augen die massakrierten Kinder und Frauen gesehen. Die Griechen haben unschuldige Zivilisten in Moscheen eingesperrt und dann Feuer gelegt. Oder hast du das vielleicht schon vergessen?«, rief er mit vor Wut gerötetem Gesicht aus. »Wie könnten wir das je verzeihen?«

Als hätte Hans das vergessen können! Während er mit seinem Regiment in Richtung Mittelmeer zog, hatte er voller Abscheu die Ruinen von Dörfern und die Leichen der niedergemetzelten Bewohner gesehen, die man zurückgelassen hatte, ohne sie zu bestatten.

»Sie würden dir entgegenhalten, dass sie seit Jahrhunderten von den Türken unterdrückt wurden«, fuhr er fort. »Aber diese Ressentiments müssen doch irgendwann aufhören. Selbst der Ghāzī hat gemeint, eines Tages würdet ihr wohl oder übel ein Bündnis mit den Griechen schließen müssen.«

»Die Politiker vielleicht, ja. Aber wir niemals! Du bist ein hoffnungsloser Idealist, Hans. Dabei weißt du selbst am besten, dass jedes Reich eines Tages in Blut und Tränen untergeht. Wir werden Smyrna wiederaufbauen. Dann wird die Stadt türkisch sein und ihre Seele zurückbekommen. Schon möglich, dass es nicht mehr die ist, die du heute Abend beweinst, aber sie wird schön sein, glaub mir!«

Rahmi Bey zog heftig an seiner Zigarre, dann drehte er sich um und ging davon. Hans stieß einen tiefen Seufzer aus. Es gab immer wieder Situationen, in denen solch ein hitziger Wortwechsel zwischen ihnen aufflammte. Doch derlei Misshelligkeiten konnten ihrer Freundschaft nichts anhaben. Die beiden Männer schätzten einander schon seit Langem, und auch wenn Rahmi hin und wieder empfindlich auf Kritik reagierte, so war er überhaupt nicht nachtragend.

Vom Untergang der Reiche hatte der Türke provozierend gesprochen. Vor den Osmanen hatte es hier, in Kleinasien, nur ein weiteres Reich gegeben. Trübsinnig verfolgte Hans, wie die Flammen Smyrna verschlangen, und sein Bauchgefühl sagte ihm, dass das gleiche tragische Schicksal das einst so mächtige Reich der Hethiter zerstört hatte. Der Hunger und das Feuer, dachte er. Die beiden großen Geißeln seit Menschengedenken.

Am Horizont verfärbte sich der Himmel blasslila. Jetzt, im Frühherbst, herrschte eine angenehme Stimmung in diesem Teil der Erde, von dem es hieß, er sei vom Himmel gesegnet. Von der Terrasse her klangen Lachen und das Klirren von Gläsern herüber. Man entzündete die Laternen in den Bäumen. Die Offiziere stießen nicht nur auf den Sieg an, sondern auch auf das private Glück ihres Oberbefehlshabers. Eine junge Frau hatte den Ghāzī im Hauptquartier besucht. Latife Hanım trug keinen Gesichtsschleier, sondern hatte nur ihre Haare bedeckt. Sie war schön, klug und gebildet. Sie hatte ihn eingeladen, sich im Haus ihres Vaters, eines reichen Händlers, zu erholen. Gerüchte sprachen bereits von Heirat.

Sofort musste Hans an Leyla denken, aber diesmal blieben ihre Gesichtszüge merkwürdig verschwommen. Von Angst ergriffen fragte er sich, woher dieses plötzliche Schwindelgefühl rührte. Doch dann überkam ihn die Erinnerung an die Nächte in Angora mit Macht. Das kleine Zimmer, wo die Glut des offenen Feuers allmählich erlosch, die Gerüche des Orients, der rote Diwan, die Lippen und der Körper seiner Geliebten, ihr anmutiger Nacken, ihr dunkler Blick, die immer wieder aufflammende Begierde, ihre tröstenden Brüste, das Vergessen und Wiedergeborenwerden in ihrem Schoß … Er sehnte sich so sehr nach Leyla, nach dem Gefühl der Ewigkeit, das sie ihm mit ihrem Atem und ihrem Leib schenkte. Für längere Zeit auf ihre Liebe verzichten zu müssen war ein Verbrechen gegen das Leben.

Der betörende Duft des Jasmins rief leichte Übelkeit bei ihm hervor. Er beugte sich nach vorn und stützte die Ellbogen auf die Knie, während er um Fassung rang. Der Kriegsalltag vergällte ihm schon allzu lange das Leben. Mitunter gerieten sein Glauben und seine Vernunft ins Wanken. Du brauchst dringend eine Ruhepause, das ist alles, sagte er sich, um sich selbst zu beschwichtigen. Niemand hatte ihn gezwungen, diesen Weg zu gehen. Er hätte auch in Berlin bleiben können, wo ein begeistertes Publikum in die Hörsäle strömte, um seinen Vorlesungen zu lauschen. Er könnte inzwischen zu den Honoratioren der Stadt zählen. Als geschätzte Persönlichkeit gelten. In einer Welt fern von Kampfgetöse und ohne Angst. Aber seine Wahrheit lag anderswo, in diesem Land aus Sonne und Feuer.

Er hatte beschlossen, sich Leyla zu Ehren an diesem Krieg zu beteiligen. Auch im Gedenken an Orhan und all die jungen Männer wie ihn, die mit zwanzig für die Freiheit ihrer Nation ihr Leben gelassen hatten. Doch jetzt hatten die nationalistischen Sieger die Karten der Diplomatie neu gemischt, und dieses politische Spiel war nicht mehr seins. Er hatte seine Pflicht erfüllt.

An diesem Abend wollte es ihm nicht gelingen, weder seine Angst noch seine Sehnsucht nach den glücklichen Tagen in Angora zu bezwingen. Woher rührte nur diese diffuse Furcht? Hatte Leyla ihm nicht versprochen, dass sie auch dieses Mal wieder einen Weg zu ihm finden würde? Sie würde bestimmt Wort halten. Frauen wie sie besaßen eine Willenskraft, die sie alle Widrigkeiten meistern ließen, während Männer wie er oftmals an ihren Zweifeln, ihrer Unruhe und Ungeduld verzagten.

Die Nacht senkte sich auf die anatolische Küste herab. Und Smyrna, das kurz davor stand, vollends von den Flammen verschlungen zu werden, bot ein rotgolden loderndes Schauspiel. Hans blieb allein auf der Steinbank sitzen und mied die ausgelassene Feier, die hinter ihm lautstark ihren Fortgang nahm. In Gedanken ganz bei der Frau, die er liebte, wartete er darauf, dass ein neuer Tag heraufdämmerte, an dem er endgültig seine Waffen niederlegen wollte.

Stambul, November 1922

Gülbahar Hanım fröstelte. Die Feuchtigkeit kroch ihr bis in die Knochen und Gelenke. Sie hatte das Gefühl, zu einem armseligen kleinen Etwas geschrumpft zu sein, das in Samt und Kaschmir gehüllt und von der Welt vergessen in einer griesgrämigen Stadt vor sich hin vegetierte, von der man nichts mehr zu erwarten hatte.

Im Haus war es still. Der französische Kommandant, der noch immer im Selamlık wohnte, trug Schwarz zum Zeichen der Trauer um seine Frau, die unter den verkohlten Trümmern von Izmir begraben war, dieser Stadt, die die Griechen Smyrna genannt hatten. Verzweifelt und von Selbstvorwürfen geplagt irrte er wie eine ruhelose Seele durch die Räumlichkeiten. Wer hätte gedacht, dass diese unscheinbare Frau ein solch dramatisches Ende nehmen würde? Rose Gardelle war in ihrer Achtung gestiegen. Ein schöner Tod für ein im Grunde recht mittelmäßiges Leben.

Gülbahar presste die Lippen zusammen. Der Tod war allgegenwärtig und verströmte sein Gift bis in die Winkel ihrer Albträume und ihrer lichtlosen Tage. Er nagte an den Mauern, den byzantinischen Rundbögen und den Parkettböden der verlassenen Konaks sowie den Hütten der Armen, nistete sich in den Klöstern der Derwische ein, in den im Hafen vertäuten Kaiks und den Gewürzen der Basare und ließ das Kristallglas des Dolmabahçe-Palasts rissig werden. Nachts begleitete er den Nachtwächter auf seinen Runden und stieg in Form übler Gerüche aus der Kanalisation in die Becken der Hamams auf.

Nachdenklich drehte Gülbahar mit dem Daumen den Smaragdring an ihrem Zeigefinger. Sie hatte abgenommen. Ihre Hände waren mit braunen Flecken übersät, ihre Haut war schlaff geworden. Wenn es so weitergeht, sehe ich bald aus wie ein verschrumpeltes altes Weib, dachte sie und verzog das Gesicht. Der Gedanke empörte sie, und sie richtete sich unwillkürlich auf und reckte die Schultern, auch wenn niemand da war, der das zornige Glitzern in ihren Augen hätte bemerken können. O nein, sie war noch nicht alt! Nur ihre überbordende Seele schien nicht mehr in diese fleischliche Hülle zu passen, die sich Tag für Tag ein wenig mehr zersetzte.

Warum also noch kämpfen?, fragte sie sich und strich den langen Rock ihres Samtkleids glatt. Selim hatte ihr soeben eine Nachricht überbracht, die sie erschütterte. Obwohl sie keine Besucher erwartete, hatte sie sich mit besonderer Sorgfalt gekleidet, als wollte sie einen Wall gegen das Unvermeidliche errichten. Sie betastete das mit Silberfäden gestickte Blumenmuster. Eine überaus delikate Arbeit, ein Glanzstück osmanischer Kunstfertigkeit.

Wie konnte man dieser hinterhältigen Melancholie die Stirn bieten, die im Winter Istanbul einlullte, wenn Himmel und Meer zu einem von Perlmuttnuancen durchzogenen Grau verschmolzen? Der Nebel hängte sich an die Dachziegel, der Regen rieselte am bleichen Stein der Moscheen und den bröckelnden Hausmauern herab. Entsetzt darüber, dass sie dabei war, in die gleiche Mutlosigkeit zu verfallen wie nach dem Attentat auf ihren Sohn, klatschte sie in die Hände. Sogleich öffnete sich die Tür. Eine Dienerin huschte lautlos auf den weichen Teppich und verbeugte sich.

»Geh und sag Ali Aga Bescheid, dass ich ausgehen will. Er soll sofort den Wagen vorfahren lassen!«

Das junge Mädchen riss verwirrt die Augen auf. Normalerweise folgte der Tagesablauf ihrer Herrin einem fest umrissenen Plan, und sie duldete nicht die geringste Abweichung von dieser Routine. Jeder Ausflug, gleich ob es sich um einen Besuch bei einer ihrer Freundinnen oder im Hamam handelte oder aber um einen offiziellen Empfang beim Padischah, erforderte eine generalstabsmäßige Planung. Jedes noch so kleine Detail musste beachtet werden, angefangen von der Wahl ihrer Garderobe und der jeweiligen Begleiterinnen bis zur Bestückung des Korbs mit Speisen, die man für einen ganzen Tag im Dampfbad benötigte. Diese plötzliche Laune ihrer Herrin brachte die Dienerin aus dem Konzept.

Als Gülbahar die Verwirrung des Mädchens bemerkte, ereiferte sie sich. »Also was stehst du hier noch herum und starrst mich an, als verlangte ich etwas völlig Unmögliches von dir? Los, beeil dich.«

Sie fühlte sich müde. So viele Menschen hingen von ihr ab. Nicht nur die Bewohner dieses großen Hauses, sondern auch die Handwerker, kleinen Kaufleute und Armen des Viertels … Was sollte aus ihnen werden? Sie kümmerte sich selbst darum, dass ihre mildtätigen Werke in ihrem Sinn ausgeführt wurden. Ohne viel Aufhebens darum zu machen, aber umso wirkungsvoller, trug sie zum Erhalt des gesellschaftlichen Gleichgewichts bei. Jedenfalls dem der osmanischen Gesellschaft, wie man sie bislang kannte, dachte sie bitter. Aber nun war eine Umwälzung im Gang. Sie hörte den lauten Schritt der Revolution, spürte ihren schnellen und unharmonischen Takt. Eine neue türkische Nation war im Entstehen begriffen, in der eine Frau wie sie wohl kaum mehr ihren Platz finden würde. Die Tscherkessin war scharfsinnig genug, um das zu erraten.

In einen engen, langen schwarzen Mantel gehüllt und mit einem Fes auf dem Kopf saß Ali Aga neben Gülbahar in der Kutsche. Er war erkältet. Diese plötzliche Laune seiner Herrin, einen Ausflug in die Stadt zu unternehmen, erschien ihm ebenso überflüssig wie ungesund. Zumal die Hanım Efendi in eines dieser abscheulichen Vergnügungsviertel auf der anderen Seite des Goldenen Horns zu fahren gedachte.

»Schau nicht so missmutig«, sagte Gülbahar in neckendem Ton. »Dein Widerwille steht dir ins Gesicht geschrieben.«

Statt einer Erwiderung schnäuzte er sich nur geräuschvoll in ein rechteckiges Stück Seide, das er zu Hause sofort wegwerfen würde. Ihre Kutsche wurde von ihren letzten Pferden gezogen, zwei Apfelschimmelstuten, die sich außerordentlich hübsch ausnahmen. Im Schritttempo kämpfte sich das Gefährt durch die Straßen, die zusehends von Automobilen mit ihren funkelnden Karossen verstopft wurden. Deren Besitzer waren Kriegsprofiteure, die dank eines blühenden Schwarzmarkts, der Spekulation und der Veruntreuung öffentlicher Mittel reich geworden waren.

Mit einer abrupten Bewegung zog Gülbahar Hanım den Vorhang zurück, der sie vor neugierigen Blicken schützte. Plötzlich strömte kaltes, blendendes Tageslicht ins Innere der Kutsche und erhellte die mit Fransenstickerei verzierten Kissen. Ali Aga schloss für einen Moment die Augen. Er wollte weder diese unheilbringenden Ausländer in den Straßen sehen noch die abstoßenden Unzulänglichkeiten dieser Welt, die der tadellosen Ordnung seines Universums völlig zuwiderliefen.

»Du verstehst das nicht, ich weiß, aber ich muss es einfach mit eigenen Augen gesehen haben«, fügte sie hinzu und rückte ihren *Yaşmak* aus weißer Gaze zurecht, der ihr Gesicht einrahmte und nur die Augen frei ließ.

»Es bereichert den Betrachter nicht, wenn er die Hässlichkeit anschaut, Hanım Efendi«, knurrte der alte Eunuch.

Sie fuhren holpernd über eine schlecht gepflasterte Straße in Galata. Vor den grell beschilderten Amüsierlokalen türmte sich der Abfall. Ali Aga saß gereizt, aber schweigsam da und ließ klickend die Perlen seines Rosenkranzes durch die Finger gleiten. Man hatte ihm erzählt, man könne hier für eine lächerlich kleine Summe zuschauen, wie Paare auf der Bühne kopulierten. Aber natürlich hütete er sich, derlei Abscheulichkeiten einer Dame gegenüber zu erwähnen.

Gülbahar ließ sich unterdessen nicht von der schlechten Laune ihres Begleiters anstecken. Dieser Ausflug bestätigte ihre Erwartungen vollständig. Alles war hässlich und vulgär, und es herrschte ein ohrenbetäubender Lärm, genauso, wie sie es sich vorgestellt hatte. Alliierte Fahnen hingen, von den jüngsten Regengüssen durchnässt, traurig an ihren Masten. Die Frauen hasteten mit fahlen Gesichtern und mit schlammbespritzten Stiefeletten und schwarzen Strümpfen durch die Gassen. Wenn man diese Geschöpfe so sah, die an emsige Ameisen erinnerten, war es unbegreiflich, warum man ihnen die Schuld am Verfall der Sitten gab.

»Seltsam, diese Russinnen sehen überhaupt nicht verrucht aus«, sagte Gülbahar Hanım, während sie einer Frau nachsah, die einen taillierten Mantel mit Pelzkragen und einen Glockenhut trug.

Ali Aga sah stur geradeaus.

»Es sind verdorbene und würdelose Frauen. Sie bringen die frommen Muslime vom rechten Weg ab und zerstören deren Familien. Sie scheuen vor nichts zurück. Weder vor Glücksspielen noch vor allen möglichen Arten von Drogen.«

»Vielleicht sollte man eine Petition verfassen, um sie aus der Stadt zu verbannen, was meinst du?«, sagte Gülbahar amüsiert. »Ach, lass dir doch deswegen keine grauen Haare wachsen! Dieses Viertel war schon immer ein Sündenpfuhl. Die Menschen kommen und gehen, die Laster bleiben.«

»Die Laster greifen um sich!«, entgegnete Ali Aga aufgebracht. »Inzwischen sind die einfachen Frauen zum Arbeiten verdammt, und die wohlhabenden gehen zum Teetrinken in Hotels wie dieses da.« Er deutete auf die imposante Steinfassade des Tokatlıyan.

Gülbahar zog ihre Nerzstola enger um die Schultern. Die Russen hatten immerhin die Pelzmode eingeführt, etwas, wofür man ihnen dankbar sein musste. Obwohl sie nicht im Traum daran dachte, von ihrem traditionellen Kleidungsstil abzurücken, war auch sie dieser neuen Leidenschaft erlegen, der die eleganten Türkinnen frönten.

»Wollen Sie den Vorhang nicht wieder zuziehen, Hanım Efendi?«, fragte Ali Aga flehend.

»Dafür ist es zu spät, mein Freund«, erwiderte sie mit einem tiefen Seufzer. »Du und ich werden bald nur noch Relikte einer untergegangenen Zeit sein. In Wahrheit sind wir es schon, auch wenn wir es uns nicht eingestehen wollen.«

»Aber die westlichen Staaten haben doch verloren! Es wurde ein Waffenstillstand mit den Griechen unterzeichnet. Bald werden in der Schweiz neue Friedensverhandlungen beginnen. Und dieses Mal werden wir uns hocherhobenen Hauptes hinbegeben. Anders als der arme Selim Bey Efendi, als er vor drei Jahren nach Paris reiste. Sollten wir uns nicht freuen, dass jetzt alles wieder in Ordnung kommt?«

Wie gern hätte sie ihm zugestimmt, denn er schien nach ihrer Bestätigung zu lechzen. Ach, woher sollte er es auch wissen? Selim hatte die Neuigkeit nur ihr anvertraut, aber binnen weniger Stunden würde sie sich wie ein Lauffeuer verbreitet haben. Den Großteil der Menschen würde es ohnehin kaum beeindrucken, dachte sie traurig. Die althergebrachten Werte zerbröckelten schon seit Jahrzehnten. Die alten Bindungen an den Padischah hatten sich nahezu aufgelöst und waren allenfalls noch eine halbherzige sentimentale Anhänglichkeit. Nur ihr treuer Diener würde es als Demütigung empfinden.

»Ja, Gott sei Dank haben die Nationalisten unter der Führung von Mustafa Kemal Pascha den Sieg davongetragen«, erwiderte sie. »Ihm verdanken wir die Unabhängigkeit. Aber diese Leute bringen einen neuen Wind in unser Land. Spürst du ihn nicht auch?«

Das Gespann kam jetzt schneller voran. Sie fuhren zum Ufer des Bosporus hinab. Sie hatte den Kutscher angewiesen, der Uferstraße bis zum Dolmabahçe-Palast zu folgen. Noch immer trübten die alliierten Kriegsschiffe das eindrucksvolle Panorama. Im Frühherbst hatten die Alliierten ihre Truppen sogar noch einmal aufgestockt. Offenbar fürchteten sie, die Nationalisten würden den Meeresarm überqueren, um die Hauptstadt mit Waffengewalt einzunehmen. Die Erinnerung daran, wie sie sich alle vor Bombardierungen und Straßenkämpfen gefürchtet hatten, ließ sie noch immer schaudern. Erst die Waffenstillstandsverhandlungen hatten die Gemüter besänftigt. Dennoch hielten die Alliierten die Stadt weiterhin in ihrem Würgegriff, damit sie bei den kommenden Verhandlungen noch einen Trumpf im Ärmel hatten. Gülbahar nahm sich vor, den Tag, da sie Istanbul endlich verließen, gebührend zu feiern.

Sie bedeutete Ali Aga, mit der Spitze seines Stocks ans Dach zu klopfen, um den Kutscher anhalten zu lassen.

»Sie werden doch nicht aussteigen, Hanım Efendi?«, rief er erschrocken aus.

»Doch. Ich möchte ein Stück gehen.«

»Aber es regnet.«

»Widersprich mir nicht und öffne lieber die Tür!«

Ali Aga spannte einen riesigen Regenschirm über ihnen auf. Ein Windstoß fegte Gülbahar die karmesinrote Feradsche um die Beine, und sie raffte mit einer geschickten Bewegung einen Saumzipfel hoch, während sie mit der anderen Hand ihre Stola festhielt. Ihre pittoreske Gestalt stach am von nebligen Dampfschwaden eingehüllten Ufer leuchtend hervor. Ein Schuhputzer blickte ihr mit offenem Mund nach. Einige Fischer verbeugten sich vor dem ungewöhnlichen Paar, das gemessenen Schritts und ohne auf die neugierigen Blicke zu achten vorbeiging, als hätten sie alle Zeit der Welt.

Gülbahar rief sich die gesegneten Sommertage der vergangenen Jahre in Erinnerung, als sie Ausflüge zu den weiter oben am Bosporus gelegenen »Süßen Wassern von Asien« unternahmen. Stets war sie von Sonne und Licht durchtränkt zurückgekehrt. Damals schien die Welt nur zu ihrem Glück geschaffen worden zu sein. Sie fasste Ali Aga unter, aber weniger, weil sie zu stolpern fürchtete, als um ihn zu stützen.

Der imposante Sandsteinbau des Dolmabahçe-Palasts ragte vor ihnen auf. Die weiße Steinfassade aus Sandstein und Muschelkalk und die schillernden, schaumgekrönten Wellen verschwammen zu einem opalisierenden Lichtgebilde. Sie meinte wieder das Lachen, die fröhlichen Stimmen und das Rascheln von Seide zu hören und das betörende Parfüm der Kalfa zu riechen, bei der sie als Kind immer Zuflucht gesucht hatte. Sie rief sich das tröstende Gefühl in Erinnerung, wenn die Sklavin sie an ihren gewaltigen Busen drückte, und meinte wieder den scharfen Geruch ihrer Achselhöhlen wahrzunehmen. Barfuß und mit zerzausten Haaren war Gülbahar als kleine wilde Tochter eines tscherkessischen Stammesführers in den Palast gekommen, und mit einer reichen Mitgift hatte sie ihn wieder verlassen. Ihr Gemahl hatte zwar nie die Glut ihres Herzens oder Geistes zu entfachen vermocht, sie jedoch mit einer besitzergreifenden Liebe angebetet. Und das war auch gut so, dachte Gülbahar. Sie hatte die Klugheit und Gabe besessen, ihn glücklich zu machen, ohne je die bedrohliche Gegenwart einer Rivalin fürchten zu müssen. Als er starb, empfand sie zu ihrem großen Erstaunen eine sehr viel tiefere Trauer, als sie es für möglich gehalten hätte.

»Das Sultanat ist abgeschafft, Ali Aga«, verkündete sie unvermittelt.

Ihr treuer Diener blieb stehen.

»Die Abgeordneten in Angora haben auf Befehl des Ghāzī beschlossen, dass die Monarchie schon vor zwei Jahren zu existieren aufgehört hat, als die Briten unsere Stadt mit Waffengewalt besetzten.«

Ihre Stimme brach. Sie ärgerte sich über diese Zeichen von Schwäche, aber die Besetzung der Stadt durch die Alliierten hatte so viel Unordnung und Leid über ihre Familie gebracht, dass sie sich davon nie mehr erholen würde. Mit dem Einzug dieser Franzosen unter ihr Dach hatte das Unheil seinen Anfang genommen. Von Beginn an hatte Gülbahar eine unheilvolle Vorahnung gespürt und vergeblich versucht, das Unglück abzuwenden. Doch das Schicksal hatte seinen Lauf genommen, angestoßen von der hinterhältigen Hand eines Dschinns. Leylas unselige Beteiligung am Widerstand zog ihren Aufenthalt in Anatolien nach sich, wo sie auf den Geschmack des Abenteuers und der Entdeckung neuer Horizonte kam. Nicht zu vergessen den Reiz der Versuchung. Gülbahar war nicht blauäugig. Die Entfachung der Sinne, die, einmal geweckt, einem keine Ruhe mehr gaben, mündete unweigerlich in der leidenschaftlichen Liebe. Wenn eine Frau durch keine Regeln und Fesseln davon abgehalten wurde, gehorchte sie stets ihren Instinkten. Leyla bildete leider keine Ausnahme. Und dann hatte genau zu dieser Zeit die kleine Perihan ihr Leben in Selims Armen ausgehaucht.

»Die Herrschaft der Söhne Osmans ist zu Ende gegangen, mein Freund«, fuhr sie fort.

Ali Aga presste stumm die Lippen zusammen. Die Hand, mit der er den Regenschirm hielt, zitterte. Als ein blasser Sonnenstrahl die regennassen Mauern der Moschee glitzern ließ, klappte er den Schirm zu. In der Ferne zeichnete sich durch den Dunst das asiatische Ufer ab. Der Orient. Und jenseits davon, sehr viel weiter entfernt, lag das heiße, steinige und staubige, von Karawanen durchzogene Land, in dem er geboren war und an das er tief in seinem Herzen eine brennende Erinnerung bewahrte. Jetzt nahm er den Geruch nach Salz und Wildkräutern wahr, aber auch den nach Sehnsucht und Freiheit. Den Geruch des Bosporus.

»Wahrscheinlich war es der Preis, den unser Land für die Freiheit zahlen musste«, murmelte sie, aber eher, um sich selbst gut zuzureden. »Der Muezzin wird jetzt nicht mehr im Namen des ›großen und siegreichen Padischahs‹ zum Gebet rufen, aber noch immer im Namen des Kalifen, des Oberhaupts der Gläubigen. Wir werden weiterhin gemeinsam beten. Und das ist es doch, was zählt, nicht wahr?«

Ali Aga wirkte wie versteinert.

Sie rüttelte ihn am Arm. »Nun sag doch etwas!«

Er vollführte eine unwirsche Geste. »Lassen Sie mich doch in Ruhe den Untergang unserer Welt beweinen.«

»Sie hatte auch ihre Fehler und Schwächen, das weißt du ebenso gut wie ich«, brummte sie; etwas, was sie keinem anderen gegenüber eingeräumt hätte.

In ihrem Inneren kämpften die widersprüchlichsten Empfindungen. Einerseits war Gülbahar froh, dass ihr Land nun vom Joch fremder Mächte befreit war und bald wieder Grenzen besitzen würde, die es ihm erlaubten, vor der Welt seine Würde zu bewahren. Andererseits quälte sie die Sorge, dass die bevorstehenden Umwälzungen auch ihre kultivierte Lebensart in Mitleidenschaft ziehen könnten.

Ali Aga senkte in einer ungewohnten Anwandlung von Zärtlichkeit den Kopf und legte seine Hand auf die ihre. An seinem kleinen Finger funkelte der Edelsteinring, den sie ihm vor langer Zeit geschenkt hatte. Ein sanftes Lächeln umspielte seine Lippen, und in seinen Augen lag Bewunderung.

»Was mich betrifft, habe ich es immer vorgezogen, nur ihre Pracht und Schönheit zu sehen, Hanım Efendi.«

Einige Tage später durchquerte Selim Bey den Park des Yıldız-Palasts und atmete den Duft der feuchten Erde ein. Der heftige Regen der vergangenen Tage sammelte sich in kleinen Rinnsalen. Birol, sein lasischer Diener, hielt ihn am Ellenbogen gefasst und wies ihn mit leiser Stimme auf Hindernisse hin. Mittlerweile brauchte Selim nur einen leichten Fingerdruck zu spüren, um seine Schritte entsprechend anzupassen.

Man erwartete ihn im Pavillon in der Nähe des Malta-Tors, unweit der britischen Kaserne. Der ehemalige Herrscher hatte ihn am Vorabend in aller Heimlichkeit über diesen Treffpunkt unterrichtet, denn er wollte sich von ihm verabschieden. Selim fühlte sich einerseits geehrt von dieser unerwarteten Geste, andererseits jedoch auch peinlich berührt von diesem überstürzten, ja schmachvollen Abgang jenes Mannes, der einst der Schatten Gottes auf Erden gewesen war.

Aber wie hätte er ihm seine Entscheidung verübeln können? Sollte der Padischah in Istanbul bleiben und sein Leben riskieren? Die nationalistische Polizei verhaftete ohne viel Federlesens ehemalige Gegner und brachte sie nach Anatolien, wo ihnen ein kurzer Prozess gemacht wurde. Die Getreuen des Sultans in der Verwaltung sahen sich ihrer ehemaligen Vorrechte beraubt, und den Großwesir hatte man gezwungen, seine Regierung zurücktreten zu lassen. Es gab jedoch auch einige Minister, die im Lauf der vergangenen Jahre heimlich die Widerstandsbewegung unterstützt und deren umstürzlerische Aktionen gedeckt hatten. Doch Selim machte sich keine Illusionen; er war überzeugt davon, dass man es ihnen nicht danken würde. Wer konnte schon wissen, was der Ghāzī als Nächstes plante? Nie würde er seinen durchdringenden Blick und seine scharfen Züge vergessen. Als er Mustafa Kemal fast auf den Tag genau vier Jahre zuvor in einem prunkvollen Salon des Hotels Pera Palace begegnet war, hatte dieser ihm gegenüber keinen Hehl aus seinen Absichten gemacht, und Selim war klar, dass er seine Ziele unerbittlich verfolgen würde. Hatte er nicht damals schon das bevorstehende Ende des Osmanischen Reichs prophezeit? Und nun gab die Geschichte ihm recht. Wenn es nach den Siegermächten gegangen wäre, wäre den Türken nur ein verstümmeltes Stück Land geblieben, wo sie ihre Herden hätten grasen lassen können, als wären sie noch ein Volk von Nomaden. Man hätte sie gänzlich des Mittelmeers beraubt, das ihnen eine nährende Mutter war. Mustafa Kemal mochte zwar ein hochmütiger Abenteurer sein, zynisch und gottlos, aber er hatte die Ehre seines Vaterlands gerettet. Sein Name würde unauslöschlich ins Gedächtnis der Menschheit eingemeißelt bleiben als einer jener außergewöhnlichen Menschen, die eine Welt umgestürzt hatten, um eine neue zu errichten.

Ein Diener sagte ihm, er solle im Vestibül warten. Mit gesenkter Stimme machte Birol ihn auf die Anwesenheit weiterer Menschen im Raum aufmerksam: mehrere schwarze Eunuchen, der erste Kammerherr, zwei Sekretäre ... Die neue Leibgarde des Sultans, dachte Selim. Die übrigen Bediensteten waren in den vergangenen Tagen desertiert.

Benommen vor Angst angesichts der ungewissen Zukunft irrten die verbliebenen Beamten wie verlorene Seelen durch die düsteren, feuchten Salons des Palasts. Es gab kein Protokoll, das den Abgang einer Dynastie von einem der prunkvollsten und mächtigsten Throne der Welt regelte, nachdem sie sechs Jahrhunderte darauf gesessen hatte.

Birol beschrieb ihm leise die im Vestibül herrschende Geschäftigkeit. Bedienstete seien dabei, die letzten Kunstwerke, darunter ein kleiner runder Beistelltisch aus massivem Gold, in Überseekoffer und Kisten zu verpacken. Auf einem Tisch lagen mehrere Revolver. Diese unentwegte Angst vor einem Attentat. Eine panische Furcht, die manch einen osmanischen Herrscher jedoch nicht vor einem gewaltsamen Tod bewahrt hatte. Die Macht und das Blut. Wohl in kaum einer anderen Dynastie war beides so untrennbar miteinander verbunden. Selim zitterte. Obwohl er inzwischen gelernt hatte, sich auf seine Intuition zu verlassen, machte ihm seine Blindheit in einem solch dramatischen Moment besonders zu schaffen.

Eine Woche zuvor hatte er am traditionellen Freitagsgebet in der Moschee am Ufer des Bosporus teilnehmen wollen. Doch die einst so grandiose Zeremonie mit Garderegimentern, festlich geschmückten Gespannen und Fanfarenklängen unter den Augen der Würdenträger, Diplomaten in ihren Paradeuniformen und ausländischen Gästen gehörte vergangenen Zeiten an. Die kleine schweigsame Gemeinde, die sich versammelt hatte, ehrte den Padischah nicht mehr mit Beifallsbekundungen. Inzwischen wünschte man in Istanbul dem Parlament und der nationalen Souveränität ein langes Leben, eine Vorstellung, die Selim wenig überzeugte. Es gab nach wie vor Menschen, die meinten, Allah der Allmächtige würde ihre Gebete eher erhören, wenn der Sultan anwesend sei. Und tatsächlich hatte Selim, während er am Freitagmorgen die Stimmen und das leise Getrappel der unbeschuhten Füße im Innern des heiligen Gebäudes vernahm, das Gefühl gehabt, als wäre die Andacht der versammelten Gläubigen durch eine merkwürdige Unruhe und Lustlosigkeit getrübt.

Birol drückte kaum merklich seinen Ellbogen, und Selim straffte sich. Man führte ihn zu dem abgesetzten Herrscher. Selim stützte sich fest auf seinen Stock mit dem Silberknauf und wartete darauf, dass Birol ihm die genaue Position von Mehmet VI. wies, damit er sich vor ihm verneigen konnte. Doch dann spürte er zwei Hände an seinen Schultern, die ihn freundschaftlich drückten. Und er erkannte die brüchige Stimme, die ihn willkommen hieß und ihm für sein Kommen so früh an diesem Morgen dankte, zu einer Uhrzeit, da sich gerade die Sonne hinter den Hügeln hatte blicken lassen. Die gewohnten Höflichkeitsfloskeln hatten nunmehr ihren Sinn verloren. Man musste sofort zum Wesentlichen kommen.

»Es war mir wichtig, Sie ein letztes Mal zu sehen«, murmelte der Padischah. »Sie haben mir trotz aller Wechselfälle und Verleumdungen jener, dich mich des Verrats bezichtigten, unverbrüchliche Treue erwiesen.«

Selim verbeugte sich tief. »Mein Vater und ich hatten das unermessliche Privileg, sowohl die guten als auch die schlechten Zeiten mit dem Hause Osman zu teilen«, erwiderte er tief berührt. »Es wäre für mich undenkbar gewesen, Ihrer Majestät in diesem schmerzhaften Moment nicht beizustehen.«

Selim rief das Gesicht dieses Mannes, den er so gut gekannt hatte, vor sein geistiges Auge. Die feine Nase, die gerade Linie seiner Lippen mit dem Schnurrbart darüber, seinen gebeugten Körper mit dem schlichten Gehrock, den kein Orden zierte. Traurigkeit überkam ihn. Der Sultan war den Herausforderungen nicht gewachsen gewesen. Sein Charakter, eine merkwürdige Mischung aus Schüchternheit und Stolz, war zu schwach. Und er stand zu sehr unter dem Einfluss seines anglophilen Schwagers, des Großwesirs Damad Ferid Pascha. Und seiner Neigung, sich von anderen lenken zu lassen, wie manche behaupteten. Leyla zum Beispiel kannte keinerlei Nachsicht gegenüber dem Sultan, sie hielt ihn für eitel und wankelmütig. Sie verzieh ihm weder, dass er sich mit den Briten eingelassen hatte, um seinen Thron zu retten, während die Türkei im Sterben lag, noch dass er eine Fatwa ausgerufen hatte, als sein Volk gegen die Ungerechtigkeit revoltierte. »Es fehlt ihm an Beherztheit, Charaktergröße und Hellsicht«, sagte sie lapidar.

»Nun hat der Rebell also all seine Ziele erreicht«, fuhr der Padischah fort. »Nicht nur meine Abdankung, sondern auch den Sturz der Monarchie. Ich hatte recht, ihm von Anfang an zu misstrauen.«

Mehmet VI. klang bitter, und im Raum herrschte eine drückende Stille. Selim hörte das Ticken einer Pendeluhr. Ein süßlicher Geruch nach Feuchtigkeit hing in der Luft. Und nach Papier und Kartons. Er nahm die Gegenwart eines oder zweier weiterer Menschen wahr. Sowohl die Söhne des Sultans als auch ein Teil seiner Verwandten, seine Frauen und Kinder verließen mit ihm das Land. Die osmanische Tradition des Familienzusammenhalts hatte auch in widrigen Zeiten ihre Gültigkeit.

»An allem sind die Alliierten schuld«, erwiderte Selim. »Es war ein großer Fehler, als sie vorschlugen, Ihre Majestät solle eine Delegation zusammen mit der von Mustafa Kemal Pascha nach Lausanne schicken. Das haben die Nationalisten als Affront betrachtet und sich daher umso unerbittlicher gezeigt.«

»War es tatsächlich ein Fauxpas oder nicht eher ein machiavellistischer Akt, um sich meiner zu entledigen?«, fragte der Padischah ironisch. »Ich hatte Sie als einen meiner Stellvertreter vorgeschlagen, Selim Bey. Ich habe seit jeher Ihrem Urteil vertraut. Aber das gehört jetzt alles der Vergangenheit an, nicht wahr? Wenn ich daran denke, dass die Zeitungen mich als feige und kriminell bezeichnen …«

»Gleich, was sie schreiben, in den Herzen der Menschen wird die Herrscherfamilie immer ihren Platz behalten«, erwiderte Selim leidenschaftlich. »Sobald sich die Nachricht von der Abreise Ihrer Majestät verbreitet, werden sich alle wie Waisen fühlen.«

Mehmet VI. stieß ein abgehacktes Lachen aus. »Die Stambuler bestimmt nicht, die jubeln bereits ihren neuen Helden zu! Aber sie werden sich noch wundern, glauben Sie mir. Die Nationalisten liebäugeln mit der Idee einer neuen Hauptstadt, um noch besser mit der Vergangenheit brechen zu können. Sie mögen Istanbul nicht. Für sie zählt nur Anatolien. Was soll's, das betrifft mich jetzt nicht mehr«, schloss er in bitterem Ton und mit bebender Stimme.

Jemand teilte ihm mit, dass die Wagen abreisebereit seien. Mehmet VI. wandte sich ohne ein weiteres Wort von seinem letzten Besucher ab, als wäre er plötzlich Luft für ihn. Verwirrt ließ sich Selim von Birol in Richtung Tür führen. Im Vestibül herrschte jetzt hektische Aufbruchsstimmung, die Koffer und Schmuckschatullen wurden nochmals durchgezählt. Selim nahm einen säuerlichen Schweißgeruch wahr, den Geruch der Angst.

Während sie zu ihrem Fahrzeug gingen, machte Birol ihn auf zwei britische Krankenwagen aufmerksam, offenbar Fahrzeuge des Roten Halbmonds, deren Embleme man notdürftig verdeckt hatte.

»Er hat wohl die Engländer gebeten, ihm bei der Flucht zu helfen«, murmelte Selim und fröstelte ebenso vor Kälte wie vor Angst.

»Wie erbärmlich, Bey Efendi«, sagte Birol abfällig. »Ich glaube nicht, dass das dem Volk gefallen würde.«

»Das Volk ist mit seinem vernichtenden Urteil genauso schnell bei der Hand wie mit dem Beweihräuchern«, erwiderte Selim barsch. »Durch Urteilsvermögen hat es noch nie geglänzt.«

»Und doch wird dieses Jahrhundert das der Völker sein, Bey Efendi.«

Selim konnte sich eines Lächelns nicht erwehren. Während der letzten Monate hatte er die Schlagfertigkeit des Lasen zu schätzen gelernt, der ihm nicht nur sein Augenlicht ersetzte, sondern zugleich ein ausgezeichneter Sekretär war.

Nicht weit entfernt brüllte eine laute Stimme Befehle. Auf dem Paradeplatz exerzierten Soldaten.

»Diese Engländer sind verrückt.« Birol hielt ihm die Tür auf. »Sie exerzieren bei strömendem Regen, kaum dass die Sonne aufgegangen ist.«

»Meines Erachtens wollen sie die kemalistischen Spione hinters Licht führen. Wobei ich mich allerdings frage, ob die Flucht des Sultans dem Ghâzï nicht sogar gelegen kommt. Dann braucht er ihn nicht mehr in einem Palast am Bosporus einzusperren, nicht wahr?«, sagte Selim sarkastisch.

Während sich ihr Automobil hinter den beiden Ambulanzen in Richtung Arsenal von Tophane herschlängelte, hatte einer der Wagen plötzlich eine Reifenpanne. Während Selim wartete, bis die Fahrer eilig den Reifen gewechselt hatten, fühlte er sich gedemütigt durch diese erbärmliche Flucht. Er hatte sich bemüht, vor seinem Herrscher eine gute Figur zu machen, aber tief in seinem Herzen war etwas zerrissen. Dabei hatte er einst so sehr von einer glänzenden diplomatischen Laufbahn geträumt! Wie auch immer, jetzt bist du blind, rief er sich nüchtern ins Gedächtnis. Erstaunlicherweise war er diesbezüglich nicht mehr verbittert. Nach den ersten Monaten der Verzweiflung hatte er sich für das Leben im Hier und Jetzt entschieden, statt dem Vergangenen nachzutrauern. Das war sein schönster Sieg.

Auf dem Pier warteten der britische Hochkommissar und der Geschäftsträger der Botschaft auf den gestürzten Sultan. Respektvoll geleiteten die beiden Männer ihn zu dem Schnellboot, und Mehmet VI. bestieg es mit seiner Entourage. Weiter draußen ankerte ein englisches Kriegsschiff, das bereit war, in Richtung Malta auszulaufen.

Selim hörte aufmerksam Birol zu, der ihm beschrieb, wie sich das Schnellboot zwischen den Kaiks und Fischerbooten hindurch aufs Meer hinausfädelte. Der ehemalige lasische Krieger, der noch immer seine schwarze Uniform mit Pluderhosen und einem Dolch im Gürtel trug, hatte früher unter der Flagge des osmanischen Herrschers gekämpft. Es gelang ihm nicht, seine Verachtung zu verbergen, als er jetzt verfolgte, wie dieser mithilfe seiner ungläubigen Komplizen in aller Heimlichkeit die Flucht ergriff. Er empfand es als zutiefst demütigend. Als Selim die Wut seines Begleiters spürte, versetzte es ihm einen Stich. Die Tragödie des erlittenen Attentats hatte ihn nachsichtig werden lassen. Wie konnte man den Menschen ihre Schwäche verübeln, wenn sie vom Schicksal gebeutelt wurden? Was erwartete den Mann, dem er trotz seiner Fehler so viele Jahre gedient hatte, denn jetzt noch? Die Höchststrafe: der Tod im Exil.

Im trüben, kalten Morgengrauen dieses Wintertags wurde Selim auf dem verlassenen Pier, wo nur das Tuten der Nebelhörner und das Knattern der Segel an den Masten zu hören war, mit einem Mal klar, dass soeben eine neue Seite seines Lebens aufgeschlagen wurde. Der Regen rann ihm vom Fes über die Wangen und in den Kragen seines eleganten Stambuler Gehrocks. Seine Hände waren eiskalt. Das Gesicht dem Bosporus und Wind zugewandt dachte er, dass es nun an der Zeit sei, in die Scheidung einzuwilligen, die Leyla aus Respekt und Großmut nicht mehr von ihm verlangte. Die Einsamkeit machte ihm keine Angst mehr. Er war es sich schuldig, der Frau, die er bis ans Ende seiner Tage lieben würde, zu gewähren, was sie sich aus eigenen Stücken niemals nehmen würde: ihre Freiheit.

Louis Gardelle rutschte auf dem Gehsteig aus und stürzte. Ein Passant wollte ihm beim Aufstehen helfen, aber er wies die ausgestreckte Hand brüsk zurück. Mühsam richtete er sich auf und klopfte den Schmutz von seinen Handschuhen. An diesem späten Nachmittag herrschte in Galata geschäftiges Treiben. Die mitleidigen Mienen der Ladenbesitzer irritierten ihn, und die spöttischen Blicke der englischen Soldaten taten ein Übriges. Er musste an sich halten, um sie nicht anzuschreien, sie sollten ihn gefälligst in Ruhe lassen.

Die Stadt wimmelte von britischen Soldaten, die untätig herumlungerten. Zusätzliche Truppen waren zur Verstärkung aus Kairo und Palästina gekommen. Die Spannung zwischen der muslimischen Bevölkerung und den Besatzern hatte sich noch verschärft. Als ein betrunkener Offizier Seiner Majestät in einem russischen Restaurant von einem Türken verlangt hatte, er sollte gefälligst seinen Fes abnehmen, hatte Louis einschreiten müssen. Schon der geringste Anlass konnte einen Tumult auslösen. Auch die Friedensgespräche, die in Lausanne auf neutralem Boden begonnen hatten, vermochten die Gemüter nicht zu besänftigen.

Ehe er das alte Gebäude betrat, stellte sich Louis auf den gegenüberliegenden Gehsteig, um zu sehen, ob die Fensterläden offen waren. Im Fenster im ersten Stock brannte Licht. Sie war also da. Ein Schauder durchrieselte ihn. Er ließ einen Eselskarren passieren und überquerte dann die Straße.

Im Eingang schlug ihm ein Geruch nach Feuchtigkeit und gekochtem Kohl entgegen. Das Treppengeländer war staubig. Als er auf dem oberen Treppenabsatz ankam, legte er das Ohr an die Tür. Als sie plötzlich aufging, wich er erschrocken zurück.

»Was suchen Sie denn hier?«, fragte Nina entrüstet.

Sie trug einen abgewetzten schwarzen Mantel und auf dem Kopf ein Barett und sah ihn argwöhnisch an.

Louis warf einen Blick an ihr vorbei ins Zimmer. »Arbeitest du nicht mehr im Restaurant?«

Sie versteifte sich. »Nein. Was geht Sie das an?«

Zwei Tage lang hatte er das Haus beobachtet und gehofft, einen Blick auf sie zu erhaschen. Von ihrem Mann war nichts zu sehen gewesen. War Malinin vielleicht immer noch krank? Ninas ehemaligem Wirt zufolge hatte der zaristische Offizier noch lange mit den Folgen seiner Verwundung zu kämpfen gehabt. Nach seiner Ankunft von der Krim war er mehrere Wochen lang ans Bett gefesselt gewesen und hatte dann übermäßig zu trinken begonnen. Als er das hörte, konnte sich Louis einer gewissen Befriedigung nicht erwehren.

»Und dein Mann – wie geht es ihm?«

Sie rührte sich nicht von der Stelle und sah ihn durchdringend an.

»Ich habe Ihnen nichts zu sagen, Kommandant. Lassen Sie mich in Ruhe.«

»Als du zu mir kamst und mich anflehtest, ihn zu retten, warst du nicht so reserviert«, sagte er aufgebracht. »Soweit ich mich erinnere, habe ich dir, ohne zu zögern, geholfen, oder nicht? Du könntest wenigstens ein bisschen netter zu mir sein.«

»Er wohnt nicht mehr hier.«

Louis' Herz machte einen Satz.

»Wie kommt das?«

»Er ist nach Paris abgereist. In den Automobilfabriken sucht man anscheinend Arbeitskräfte, und er will sein Glück versuchen. Ich werde ihm bald nachreisen müssen.«

An ihrem ausweichenden Blick erkannte er, dass sie log. Sie versuchte, sich an ihm vorbeizuschieben, aber er legte eine Hand an den Türrahmen und versperrte ihr den Weg. Er nahm ein neues Parfüm an ihr wahr. Ein blumiges Eau de Toilette, Rose oder Jasmin oder etwas in der Art.

»Lassen Sie mich gehen.«

»Ich muss mit dir reden.«

»Ein andermal. Ich habe es eilig.«

»Nein. Jetzt.«

Er drängte sie ins Zimmer zurück. Der Raum lag im Halbdunkel. Er war mit einem Schrank, einem Kiefernholztisch, zwei Stühlen und einem Bett mit einer geblümten Steppdecke eingerichtet. Hinter einem Paravent machte Louis ein Waschbecken und einen Handtuchhalter aus, wo ein Paar Seidenstrümpfe zum Trocknen hingen. Abgesehen von einem benutzten Teller und einem Glas war alles ordentlich aufgeräumt. Sie lebte anscheinend allein. So wie er.

Ohne um Erlaubnis zu bitten, legte Louis seine Schirmmütze auf den Tisch und zog den Mantel aus. Er bemerkte, dass seine Hose an den Knien schmutzig war.

»Hast du etwas zu trinken da?«

Sie zögerte, dann ging sie in die Küche und kam mit einem geriffelten Glas und einer Flasche Wodka zurück. Nachdem er es in einem Zug geleert hatte, hielt er es ihr hin, damit sie es abermals füllte.

»Rose ist tot«, sagte er.

Er war froh, dass seine Stimme nicht bebte. Es war das erste Mal, dass er mit jemandem über die Tragödie sprach. Wie absurd! Da ging er seit Langem wieder zu seiner Mätresse, um ihr den Tod seiner Frau zu verkünden. Das ergab überhaupt keinen Sinn. Was konnte sie ihm schon geben? Trost? Die Absolution seiner Sünden? Ihn daran erinnern, dass ihre Affäre Rose dazu gebracht hatte, mit Marie nach Smyrna zu ziehen? Seine Frau hätte Konstantinopel nicht verlassen, hätte es die unglückselige Episode in diesem russischen Restaurant nicht gegeben, wo sie ihn mit Nina gesehen hatte. Wut stieg in ihm auf. Wegen der Russin und seiner verdammten Leidenschaft für sie, deren er nicht Herr wurde, hatte er alles verloren.

»Das tut mir leid«, murmelte sie überrumpelt.

»Sie ist dem Brand von Smyrna zum Opfer gefallen. Ich kam leider zu spät, um sie aus dieser Hölle zu retten. Die Menschen haben sich ins Meer gestürzt, um den Flammen und den Plünderungen zu entkommen … Es gab Hunderte Kinder, die gerettet werden mussten, Familien, die auseinandergerissen und niedergemetzelt wurden … Es war grauenhaft.«

Nina, die nur ihr Barett, nicht aber den Mantel abgenommen hatte, stand noch immer im Zimmer. Er selbst hatte auf einem Stuhl Platz genommen.

»Trink!«, befahl er ihr und schenkte das Glas randvoll, doch seine Hand zitterte, und er verschüttete ein wenig Wodka auf den Tisch.

Sie zögerte, aber Louis kam ihr so seltsam vor, dass sie Angst bekam und seiner Aufforderung folgte. Sie kippte das Glas hinunter. Gardelle lächelte. Von einer Frau wie ihr hatte er nichts anderes erwartet. Rose hätte niemals mit dieser entwaffnenden Selbstverständlichkeit getrunken. Aber Rose hätte auch niemals ihren Körper an fremde Männer verkauft. Seine Frau wäre eher gestorben, als sich zu prostituieren. Manche Frauen waren indes bereit, alles zu tun, um ihre Existenz zu sichern, auch wenn sie dabei das Leben der Männer zerstörten, die sich in sie verliebten. Andere Frauen wiederum blieben bis an ihr Lebensende ehrbar.

Er runzelte die Stirn und rieb sich die Schläfe. Wieder hörte er im Geiste die verzweifelten Schreie auf dem Pier, das Herunterkrachen der brennenden Dächer und Balken, roch den unerträglichen Gestank nach verbranntem Fleisch … Roses griechische Vermieterin hatte seiner Schwägerin später den Hergang erzählt. Dass Rose unter einem herabstürzenden Dach begraben wurde. Sie war sofort tot gewesen. Wenigstens wurde ihr diese Gnade zuteil, dachte Louis, als er das hörte. Vielleicht hatte Rose gar nichts gespürt. Sie hatte es nicht verdient, noch mehr zu leiden, nach dem, was er ihr angetan hatte.

»Und Ihre Tochter?«, fragte Nina.

»Sie ist nach Frankreich zurückgekehrt, zu ihren Großeltern. Sie möchte mich nicht mehr sehen. In ihren Augen bin ich schuld am Tod ihrer Mutter.«

Er lockerte seinen Krawattenknoten, schenkte sich erneut ein Glas ein und bemühte sich, es an die Lippen zu führen, ohne einen Tropfen zu verschütten. Der Alkohol befreite ihn eine Zeit lang von dem Schraubstock, der ihm die Brust zuschnürte. Der Alkohol und das Opium. Entweder das, oder er würde sich eine Kugel in den Kopf schießen.

»Meine Frau hat ihr von unserer Affäre erzählt«, fuhr er mit einem bitteren Zug um den Mund fort. »Marie hält mich nun für einen unwürdigen Ehemann, der nicht nur ihre Mutter, sondern auch sie betrogen hat. Sie wird mir nie verzeihen … Ich habe meine Frau und meine Tochter verloren.«

Erwartete er eine zärtliche Geste oder ein Wort des Trostes? Louis wusste selbst nicht, warum er gekommen war, was er hier zu finden gehofft hatte. Er war hohlwangig, sein Haar ergraut. Seit zwei Monaten irrte er nun schon von Schuldgefühlen zerrissen umher. Im Laufe der Zeit hatte sich ihm der Gedanke aufgedrängt, Nina erneut aufzusuchen. Trotz des fehlenden Verständnisses zwischen ihnen und obwohl es keine Hoffnung für ihre Beziehung gab, war Louis noch immer überzeugt davon, dass er diese Frau liebte, obgleich ihn diese aussichtslose Liebe zerstört hatte.

Als er den Kopf hob, sah Nina ihn mit einem derart kalten Ausdruck an, dass es ihm den Atem verschlug. Einen Moment lang rief er sich ins Gedächtnis, wie leidenschaftlich sie im Bett war.

»Sie suhlen sich noch immer in Selbstmitleid, stimmt's?«, sagte sie verächtlich. »Ihre Frau ist tot, und Ihre Tochter ist jetzt eine Waise, aber Sie sind der Held dieser Geschichte. Warum sind Sie hergekommen? Was erwarten Sie von mir? Dass ich Sie in meinen Armen tröste?«

Sie stieß ein spöttisches kleines Lachen aus, dann beugte sie sich so abrupt zu ihm hinab, dass er zusammenzuckte.

»Nein, Sie sind gekommen, um erneut Ihre niederen, schändlichen Instinkte zu befriedigen, die ich in Ihnen wachrufe. Damit Ihre Tochter auch wirklich allen Grund hat, Sie zu hassen.«

Er spürte ihren Atem auf seiner Wange, ihre Verachtung.

»Sie sind gekommen, um mich zu vögeln, *Commandant,* und sich mit mir im Morast Ihrer Begierden zu suhlen.«

Er zog sie mit einer Hand am Nacken hoch. »Du meinst, du seist mir haushoch überlegen«, murmelte er mit zusammengebissenen Zähnen. »Du hast mir nie einen Platz in deinem Leben eingeräumt. Für dich sollte ich nichts anderes als der zahlende Freier sein, du wolltest mich weder zum Geliebten noch zum Freund haben.«

Er atmete tief ein und aus.

»Was hat dich zu dieser verbitterten Frau werden lassen? Du bist immer noch schön, aber wie lange noch? Frauen wie du altern rasch. Nicht weil ihr euch prostituiert, sondern wegen eurer hässlichen Seele.«

Er wollte sie ebenfalls beleidigen. Er wollte ihr wenigstens einen Teil des Schmerzes heimzahlen, den sie ihm seit ihrer ersten Begegnung zugefügt hatte.

»Warum hast du immer alles, was von mir kam, zurückgewiesen? Meine Liebe, meine Freundschaft? Ein einziges Mal hast du deine Maske fallen lassen, als du mich batest, deinem Mann zu helfen. Warum, Nina?«, fügte er in sanfterem Ton hinzu.

Vor unterdrückter Wut zitternd schloss sie die Augen, um seinem lüsternen Blick auszuweichen. Aber diesmal war Louis fest entschlossen, nicht nachzugeben; er würde so lange warten, bis er eine Antwort auf seine Fragen erhielt. Verzweiflung zeichnete sich auf Ninas Gesicht ab und verzerrte ihre Züge. Als sie sich zu befreien versuchte, umschloss er ihr Handgelenk und zwang sie, vor ihm niederzuknien. Er berührte zärtlich ihre Wange und fuhr mit dem Daumen über ihre Lippen, dann knöpfte er ihren Mantel auf und streichelte ihre Brüste, spürte, wie ihre Brustwarzen unter seinen Fingern steif wurden.

»Was hast du getan, dass du dich so hart bestrafen musst?«, fragte er leise.

Das Blut wich aus Ninas Gesicht, einzig das Rouge auf ihren Wangen zeichnete sich rötlich auf ihrem blassen Teint ab. Wie eine Wachspuppe, dachte er betrübt.

»Meine Tochter … Anjuschka …«, stammelte sie.

Eine große Erleichterung durchströmte Louis. Endlich würde er es erfahren! Während er begierig darauf wartete, dass sie fortfuhr, verschlang er sie mit seinen Blicken.

»Wir waren auf der Flucht aus Sankt Petersburg«, erzählte sie, nachdem sie ihren Widerstand aufgegeben hatte. »Die Kleine hatte Hunger. Ich hatte nichts mehr, was ich ihr geben konnte, und sie hörte nicht auf zu weinen. Es war Nacht. Der Zug hatte mitten auf dem flachen Land angehalten. Rote Garden drängten in den Zug. Sie suchten nach Juwelen und Geld … Sie schauten sich die Hände der Männer und der Frauen an, die als Bauern verkleidet waren, um Adelige unter ihnen auszumachen. Die Hände verraten einen immer, wussten Sie das? Als sie einen wohlhabenden Bürger entlarvten, stießen sie ihn aus dem Zug und erschossen ihn.«

Er lockerte seinen Griff, als fürchtete er, sie könnte in tausend Stücke zerbrechen. Langsam setzte sie sich auf ihre Fersen zurück und starrte auf einen unbestimmten Punkt.

»Die Kleine war noch kein Jahr alt … Sie hatte Hunger, das war alles. Ich versuchte, ihr die Brust zu geben, aber ich hatte schon seit Wochen keine Milch mehr.«

Nina fing an, den Oberkörper vor und zurück zu wiegen, und legte die Hände an die Ohren. Ein Stöhnen entfuhr ihr.

Louis kniete sich neben sie und zwang sie, ihn anzusehen.

»Und dann, Nina?«

»Ich hörte eine Frau schreien. Sie wurde vergewaltigt. Da flüchtete ich in einen anderen Waggon. Den Gepäckwaggon. Es gelang mir, einen Überseekoffer aufzubrechen und mich mit Anjuschka darin zu verstecken. Ich dachte, sie würden in einem alten, schmuddeligen Koffer bestimmt nicht nach Schmuck suchen … Und da habe ich ihr die Hand auf den Mund gelegt, um sie zum Schweigen zu bringen.«

Sie weinte mit offenen Augen, ohne zu schluchzen, auf eine seltsam würdevolle und distanzierte Weise. Louis wischte ihr mit den Fingern die Tränen ab.

»Ich hörte, wie sie vorbeigingen. Sie waren betrunken. Anjuschka musste um jeden Preis still sein. Ich wiegte sie ein wenig, um sie zu besänftigen, durfte mich aber nicht zu stark bewegen. Sie sollte doch nur still sein, bis sie den Zug wieder verließen, verstehen Sie? Nur ein paar Minuten, länger nicht. Es war wirklich nicht lang. Nur ein paar Minuten …«

Louis war völlig erstarrt. Jetzt war ihm alles klar. Diese irrationale Anziehung, die diese gemarterte Frau auf ihn ausübte. Die Bannkraft eines Geheimnisses, das er selbst in seinen schlimmsten Albträumen nicht hätte erahnen können. Diese leidenschaftliche Inbrunst, die sie im Bett zeigte, ihr Schweigen und die Wut, die ihrem Selbsthass entsprang, denn sie war noch am Leben, während ihr Kind, ihre kleine Tochter durch ihre Schuld umgekommen war.

Von der Straße her waren das Quietschen von Reifen und Rufe zu hören, aber in diesem kleinen Zimmer in Galata war die Zeit stehen geblieben. Jeder von ihnen spürte das drückende Gewicht der Hoffnungslosigkeit und der Gewissensbisse. Eine unermessliche Einsamkeit, die in Louis' Fall in die Jugend zurückreichte und bei Nina im Verlust ihres Kindes wurzelte, von dem sie sich nie mehr erholen würde. Er konnte vielleicht noch auf Heilung hoffen. Nina jedoch würde bis zu ihrem Lebensende verdammt sein.

»Und dein Mann?«, sagte er keuchend.

Die Bitterkeit ihres Lächelns ließ ihn zittern.

»Sobald er mich wiedergefunden hatte, fragte er mich, wie es seinem kleinen Liebling gehe. Er dachte in jeder Minute seines Martyriums an sie. Dieser Gedanke hatte ihn am Leben gehalten, während alle seine Kameraden vor Kälte starben. Sein Schatz, sein angebeteter Engel … Ich hätte ihm sagen können, sie sei an irgendeiner Krankheit gestorben, gleich welcher. Sie war ja noch so klein und zart, nicht wahr? Er hätte es mir geglaubt. Natürlich hätte er mir geglaubt. Die Lüge hätte uns gerettet.«

Sie ließ den Kopf sinken, dann breitete sie in einer Geste der Ohnmacht die Hände aus.

»Aber ich habe ihm gesagt, dass ich unser Kind getötet habe.«

Lange verharrten sie reglos im Halbdunkel des Zimmers, wo sie auf dem abgeschabten Teppich knieten. Sie wehrte sich nicht, als er aufstand und sie zu sich hochzog. Als sie sich aufrichtete, schwankte sie. Er hielt sie in seinen Armen, legte die Wange auf ihren Kopf und kostete ihre Ergebung aus, das Vertrauen, das sie in ihn gesetzt hatte. Er empfand einen gewissen Stolz darauf, dass er schließlich doch noch die wahre Nina zum Vorschein gebracht hatte, eine versehrte, zerstörte Frau, die er endlich ohne Schuldgefühle lieben durfte.

Sie begann mit fiebrigen, ungeduldigen Bewegungen seinen Uniformrock aufzuknöpfen. Als sie sein Gesicht zwischen ihre Hände nahm, um ihn zu küssen, umfasste er ihre Handgelenke.

»Warte, Nina«, murmelte er.

»Sag mir nicht, was ich tun und lassen soll! Ich bin frei, verstehst du? Frei!«

Sie hämmerte mit den Fäusten auf ihn ein. Ihre Küsse waren wie Bisse; ihr leidenschaftliches Drängen mitleiderregend. Und doch widerstand Louis ihm nicht. Sie liebten sich ohne jede Zärtlichkeit, auf der Suche nach einer Erlösung, die es nicht geben würde. Ihre Körper glühten. Ihre Bewegungen waren begierig, aber irgendwie unbeholfen. Während Louis in diesen Körper eindrang, der ihn noch immer in seinen Bann zog, ließ er sich abermals von Ninas Geruch, Lippen und Schoß in einen Liebesrausch versetzen. Und er packte sie so hart, dass er ihr blaue Flecken beibrachte. Aber genau das wollte sie. Dieses Chaos. Diesen Schmerz. Nur er wusste, was sie brauchte. Nur er verstand sie. Und dieser Gedanke ließ seine Stöße noch heftiger werden. Während er sie zuerst auf dem Boden nahm, kratzte Nina ihn blutig, dann zog er sie aufs Bett und drehte sie auf den Bauch.

Doch an diesem Abend veränderte sich etwas zwischen ihnen. Louis, ganz in seinem fieberhaften Rausch gefangen, bemerkte es nicht. Es war jetzt kein Machtspiel zwischen zwei verletzten Raubtieren mehr, und auch nicht mehr die Suche nach diesem sorglosen Moment, den die Vereinigung der Körper zwei Liebenden gewährt. Dies war nicht mehr die verschwiegene und verwirrende russische Aristokratin, die zur Hure geworden war und die er sich unterwarf, indem er ihr Lust bereitete. Louis hatte Nina dazu gezwungen, den Schleier ihres Geheimnisses zu lüften, um seine Neugier zu befriedigen, und der Gedanke, ihr damit einen Gefallen getan zu haben, schmeichelte ihm. Doch ohne es zu wissen, hatte er ihr ihren einzigen Schutzschild entrissen. Jetzt war Nina Nikolajewna Malinins Seele entblößt und schutzlos allen Widernissen ausgesetzt. Aber wie hätte sie es ihm verübeln können? Hatte man ihn nicht gelehrt, dass nur die Wahrheit zählte, dass nur sie Leuchtkraft besaß? Louis hatte vergessen, dass der Schatten Schutz gewähren konnte, dass es Arten von Leid gab, die nicht in Worte zu fassen waren, dass man im Schweigen Rettung finden konnte und dass der Respekt gegenüber dem anderen stets ein Feingefühl des Herzens erforderte.

Einige Tage danach trat Nina an die Rezeption des Pera Palace. Sie trug einen grauen Pelzmantel und auf dem Kopf einen mit einer schwarzen Feder geschmückten Glockenhut aus Seide. Der Concierge wirkte keineswegs erstaunt, als er die junge unbegleitete Frau mit einem kleinen Koffer in der Hand erblickte. Er war es gewöhnt, dass zu jeder Tages- und Nachtzeit Russinnen das Hotel betraten, sei es aufgrund der Wechselfälle ihres Exils oder ihres launenhaften Temperaments. Gräfin Malinin wünschte ein Zimmer mit Blick aufs Goldene Horn und bezahlte bar.

Sie bestellte Champagner, Toast mit Kaviar und einen riesigen Strauß weißer Rosen. Ein Zimmermädchen ließ ihr ein Bad mit aromatischen Essenzen ein. Nina sank in das nach Orangenblüten duftende Wasser und spürte, wie das heiße Nass ihre schmerzenden Muskeln entspannte. Nachdem sie das Champagnerglas vorsichtig auf dem Wannenrand abgestellt hatte, zündete sie eine Zigarette an. Sie betrachtete diesen begehrenswerten Körper, die runden, festen Brüste, die schmale Taille, die schlanken Hüften. Ein wankelmütiger Körper, der anonym wurde, sobald sie ihn an einen Mann verkaufte, und dennoch Lust empfinden konnte. Zufrieden genoss sie die Stille und den Frieden.

In einen Bademantel gehüllt legte sie sich anschließend aufs Bett und verschränkte die Arme. Der Kaviar hatte einen Jodgeschmack auf ihrer Zunge hinterlassen. Die Augen auf einen unbestimmten Punkt gerichtet streckte sie sich lächelnd aus. Dann schminkte sie sich sorgfältig, legte ihren Strumpfhaltergürtel an und zog Seidenstrümpfe an. Auf einem Kleiderbügel hing ein Etuikleid aus nachtblauem Crêpe Georgette. Die geraden Träger aus Perlensträngen verliehen dem figurbetonten Kleid das gewisse Etwas. Als sie es überstreifte, hatte sie das Gefühl, als würde die Seide über ihre Haut fließen. Ihr fehlten nur die passenden Juwelen, um die Illusion perfekt zu machen. Noch an diesem Morgen hatte sie ihr letztes Paar Ohrringe verkauft, ein Geschenk ihrer Eltern zu ihrem fünfzehnten Geburtstag. Der Juwelier hatte die Nase gerümpft. Gold, Rubine und Diamantsplitter. »Hübsch, aber nicht besonders wertvoll«, verkündete er, eine Lupe vors Auge geklemmt. Nina versuchte gar nicht erst, mit ihm zu feilschen. Der Betrag, den er ihr bot, reichte, um sich das Abendkleid zu kaufen und sich eine Übernachtung im Pera Palace zu leisten.

Sie legte sich den Mantel um die Schultern und öffnete das Fenster. Ein kalter Wind schlug ihr entgegen. Das Heimweh nach den Wintern in Sankt Petersburg zerriss ihr das Herz. In der Dunkelheit zeichnete sich die zerklüftete Silhouette der Stadt mit ihren Minaretten, Kuppeln und den verschachtelten Dächern des muslimischen Viertels ab, während auf dem Wasser die Laternen der Kaiks schimmerten. In Pera begann jetzt zu den Klängen der Zigeunerorchester das Nachtleben. Erst die Sperrstunde, die vor Sonnenaufgang einsetzte und von den Hochkommissaren verordnet worden war, würde dem Treiben ein Ende bereiten.

Von Stambul schollen die Gebetsrufe herüber. Der melodische und eindringliche Klang hallte von Hügel zu Hügel, bis er die ganze Stadt umhüllte. Dieser vom Hauch Gottes durchdrungene Moment erfüllte Nina mit einem Gefühl der Erhabenheit. Jeden Sonntag begab sie sich in ein Gebäude in Galata, wo sie ganz langsam die Treppe ins oberste Stockwerk hinaufstieg. In der kleinen, nach Weihrauch duftenden russischen Kapelle verbeugte sie sich unter den Augen der von einem goldenen Glorienschein umstrahlten Heiligen, um die Ikone mit der Heiligen Jungfrau und dem Jesuskind zu küssen. Dann entzündete sie feine gelbe Wachskerzen für die Seelen ihrer Liebsten. Der Schmerz überkam sie bisweilen mit einer solchen Macht, dass ihr der Schweiß auf der Stirn perlte. Obgleich Gott ihre Gebete nicht erhörte, begehrte sie nicht gegen ihn auf. Er antwortete ihr schon seit Langem nicht mehr, seit jenem fahlen Morgen, als sie ihre kleine Tochter in ungeweihter Erde begraben hatte, weil kein Friedhof in der Nähe war. Der unwürdigen Mutter blieb nur die einsame Buße.

Sie begab sich nach unten in den Speisesaal. Die Pracht vermochte sie nicht zu beeindrucken. Die venezianischen Kristalllüster, die Damastservietten, das Porzellan mit der Goldbordüre, das Silberbesteck und die Baccarat-Kristallgläser – all das nahm sich verglichen mit dem Luxus der zaristischen Paläste ihrer Kindheit bescheiden aus. Sie orderte die teuersten Gerichte. Und beim Sommelier einen Château Lafite.

Es hätte sie gewundert, wenn keiner der anwesenden Männer einen Annäherungsversuch gewagt hätte. Spione im Dienst ausländischer Mächte, Börsenspekulanten, die auf den Ausgang der Lausanner Konferenz warteten, Schriftsteller, amerikanische Journalisten, Reisende, die auf exotische Abenteuer aus waren, untreue Ehemänner oder potenzielle Liebhaber, alle, ob von Haus aus wohlhabend oder durch Korruption reich geworden, beobachteten sie verstohlen. Sie schenkte ihnen ein geheimnisvolles Lächeln und bedachte sie mit dem ungezwungenen Blick einer Frau, die nichts und niemanden mehr fürchtete.

Gegen Mitternacht, als sie in einem der roten Samtsessel in der Bar saß, kam einer von ihnen auf sie zu. Der Fremde lud sie auf einen Drink ein, und sie nahm, ohne zu zögern, an. Er hatte gebräunte Haut und eine Adlernase. Als er sich zu ihr beugte, um ihr etwas ins Ohr zu flüstern, spürte sie seinen Atem an der Wange und roch den holzigen Duft seines Parfüms. Einen Moment lang überließ sie sich der Vorstellung von einem Leben in Damaskus oder Alexandria. Ein behagliches Haus, ein Innenhof mit Springbrunnen, eine Wiege mit einem Moskitonetz. Sie war noch jung, keine fünfundzwanzig Jahre alt. Illusionen, eine betörender als die andere, zogen vor ihrem geistigen Auge vorbei. Aber Nina wollte keine Tragödien, kein weiteres Abgleiten und keine Verachtung mehr. Der Mann sprach Französisch mit dem melodischen Akzent des Orients. »Es gibt so viele verschiedene Leben in einem Leben«, sagte er, indem er ihre Hand küsste, und nahm ihr das Versprechen eines Rendezvous für den nächsten Tag ab. Der Gedanke, dass es manchmal nur eines Wimpernschlags des Schicksals bedurfte, um dem Leben eine völlig andere Richtung zu geben, amüsierte sie.

Sie verbrachte eine einsame, köstliche Nacht und stand im Morgengrauen auf. Alles lief genauso ab, wie sie es sich gewünscht hatte. Sie hätte ihr Abendkleid gern dem Zimmermädchen geschenkt, aber der Hoteldirektor hätte niemals erlaubt, dass eine einfache Angestellte ein solches Präsent annahm.

Gräfin Malinin steckte dem Pagen, der ihr die Tür aufhielt, ein Trinkgeld zu. Dann verließ sie das Hotel, bog rechts in eine kleine Gasse ein und achtete darauf, auf dem unebenen Kopfsteinpflaster nicht umzuknicken und sich nicht den Knöchel zu verstauchen. Am Fuß der Galata-Brücke schwirrten Möwen um die Fischerboote herum. Kinder schnitten Austern von den Bojen. Weiter weg stieg eine gerade schwarze Rauchsäule von einem Dampfer in den Himmel, an dem die letzten Sterne verblassten. Sie bezahlte die Fußgängergebühr und betrat die Brücke. Die frische Luft roch nach Fisch und Salz. Es versprach ein schöner Tag zu werden.

Niemand war nahe genug, um einzuschreiten, als die junge Frau auf das Geländer kletterte. Sie war fest entschlossen, und ihre Bewegungen waren schnell und zielgerichtet. An diesem Morgen erstrahlte der Bosporus in tiefem, von Meeresströmungen changierendem Blau, auf dem das Sonnenlicht glitzerte.

»Das ist unmöglich, Rahmi Bey. Das könnte ich niemals tun!«

Leyla war aufgewühlt. Der Vorschlag des Generals erschien ihr völlig abwegig.

»Warum nicht?«, beharrte er, die Hände hinter dem Rücken verschränkt, während er den Blick über den vom Regen aufgeweichten Garten des Konaks schweifen ließ. »Halide Edip hat bei den Waffenstillstandsverhandlungen von Mudanya doch auch gedolmetscht! Unsere Delegation in Lausanne besteht aus circa zwanzig Beratern, zwei Presseleuten und mehreren Sekretären. Bislang haben wir nur einen Dolmetscher. Sie sprechen mehrere Sprachen und sind inzwischen eine allseits geachtete Journalistin.«

Er drehte sich um und sah sie mit diesem intensiven Blick an, der sie schon bei ihrer ersten Begegnung in Eyüp verblüfft hatte, als sie ihn aufgesucht hatte, um ihn zu bitten, etwas für Orhan zu unternehmen, der von den Briten inhaftiert worden war.

»Nun hätten Sie erneut die Gelegenheit, Ihrem Land zu dienen. Tun Sie nicht genau das, seit wir uns zum ersten Mal begegnet sind?«

Leyla, die sich zugleich verwirrt und geschmeichelt fühlte, errötete. Noch vor wenigen Jahren wäre es undenkbar gewesen, als Frau allein mit einer offiziellen Delegation ins Ausland zu reisen, und sie fragte sich, ob er sie etwa zum Narren hielt.

Als Rahmi Bey ihr eine Nachricht mit der Bitte um eine Unterredung zukommen ließ, hatte sie weder ihre Schwiegermutter noch ihren Mann um Erlaubnis gefragt. Sie begnügte sich damit, Ali Aga darüber in Kenntnis zu setzen, dass ihr ein Held des Befreiungskriegs am späten Nachmittag seine Aufwartung machen und sie ihn im großen Salon des Selamlıks empfangen werde. Nachdem Marie nach Frankreich zurückgekehrt war, hatte Louis Gardelle darauf bestanden, dass Selim wieder über das ganze Haus verfügte. Er fühle sich nunmehr als Gast in dessen Haus. Seither schien im Konak die frühere Harmonie wiederhergestellt zu sein.

Um ihre Nervosität zu überspielen, übernahm Leyla es selbst, dem General Kaffee einzuschenken; sie gab Ali Aga ein Zeichen, dass er keine Dienerin kommen zu lassen brauche. Dann wanderte sie durch den Raum und schaltete die Tischlampen ein. Das gedämpfte Licht hob das prächtige Dekor des Raums hervor und ließ die Ornamente der orientalischen Teppiche schillern. Selim war froh gewesen, als er wieder in seine Räumlichkeiten einziehen konnte. Das gibt ihm die Gelegenheit, sich noch weiter von mir zu entfernen, dachte Leyla. Doch statt Groll zu empfinden, spürte sie nur Befriedigung darüber, ihre Aufgabe erfüllt zu haben. Solange der treue Birol an seiner Seite war, kam ihr Mann wunderbar ohne sie zurecht.

»Es ist praktisch, aber nicht ganz ungefährlich«, sagte Rahmi Bey unvermittelt.

»Wie bitte?«

»Die Elektrizität. Wie viele Yalıs sind seit Beginn der alliierten Besetzung wohl abgebrannt? Seit die Europäer anfingen, die requirierten Häuser mit Elektrizität auszustatten? Sie hatten keinerlei Respekt vor unserer alten Architektur. In Angora ist das anders. Dort baut man neue Häuser, die von vornherein mit diesen Neuerungen ausgestattet sind.«

»In Angora ist alles anders«, warf sie lächelnd ein. »Die Stadt ist mittlerweile das Herz unserer Nation.«

Sie wagte nicht, ihm zu gestehen, dass dieser Gedanke sie beunruhigte. Mustafa Kemal Pascha liebte die Hauptstadt am Bosporus nicht. In seinen Augen war sie verdorben durch die Korruption der osmanischen Oberschicht, durch Verlogenheit und Doppelzüngigkeit. Welches Schicksal hatte er der Stadt wohl zugedacht? Die politischen Institutionen befanden sich bereits seit einigen Jahren in Anatolien. Der Sultan war wie ein Dieb in der Nacht geflohen; dennoch hatte die Große Nationalversammlung seinen Cousin Abdülmecit erst kürzlich zum Oberhaupt der Gläubigen gewählt. Ein seltsamer Widerspruch zwar, doch garantierte das Kalifat wenigstens in religiöser Hinsicht den historischen Fortbestand. Währenddessen munkelte man bereits, der Ghāzī erwäge seine Absetzung. Im Kreis seiner Vertrauten machte er keinen Hehl aus seiner Abneigung gegenüber der Religion. Mustafa Kemal Pascha zeigte sich unbeeindruckt von der Strahlkraft dieser altehrwürdigen osmanischen Welt, die durchdrungen war von muslimischer Gläubigkeit und sufistischer Spiritualität. Nun, da der Krieg zu Ende war, mischte sich in Leylas Begeisterung für den großen Staatsmann, seine Persönlichkeit, sein Charisma und seine herausragende Intelligenz, eine gewisse Angst. Sie fürchtete sich vor den radikalen und schmerzlichen Veränderungen, die ihnen bevorstanden.

»Sie wirken nachdenklich«, murmelte Rahmi Bey.

Sie hatte sich gesetzt und die Hände gefaltet. Sie trug keinen Gesichtsschleier, nur ihre Haare waren verhüllt. Während er ihr Gesicht betrachtete, kam er wieder einmal nicht umhin, ihre makellose Schönheit zu bewundern.

Sie atmete tief durch. »Ich bin Ihnen sehr dankbar für diese Ehre, Rahmi Bey, muss Ihr Angebot aber dennoch ablehnen.«

»Und warum, wenn ich fragen darf? Sie lassen sich die Gelegenheit, einem historischen Moment beizuwohnen, entgehen! Von allen Friedensverträgen, die seit 1918 mit den westlichen Mächten ausgehandelt wurden, ist dieser der einzige, den wir entscheidend mitbestimmen werden, statt uns die Bedingungen aufoktroyieren zu lassen.«

»Die Türken sind überzeugt davon, als Sieger hervorzugehen, aber ich bin mir nicht sicher, ob Lord Curzon diese Ansicht teilt«, erwiderte sie. »Ismet Pascha wird sehr viel Beharrlichkeit und Verhandlungsgeschick an den Tag legen müssen, um sich durchzusetzen.«

Rahmi Bey lächelte. »Sie sind ja doch interessiert! Ich habe Ihre diesbezüglichen Artikel gelesen. Und bin sicher, Sie brennen vor Ungeduld, an den Ort des Geschehens zu reisen.«

Leyla gefiel die Vorstellung, an den Sitzungen der jeweiligen Beratungsgremien teilzunehmen, in denen es um die Grenzen mit Irak, Syrien und Thrakien ging, um die Kontrolle der Meerengen, die Kapitulation und die osmanischen Schulden. Nicht zu vergessen das schmerzliche Problem der Umsiedlung von griechischen und türkischen Bevölkerungsgruppen. Ihre Augen begannen zu glänzen.

Doch dann besann sie sich wieder und hob abwehrend die Hand.

»Das wäre ein Affront gegenüber meinem Mann, der unserem Vaterland immer nach bestem Wissen und Gewissen gedient hat. Selbst wenn er mir die Erlaubnis erteilte, würde es ihn verletzen, wenn ich eine Rolle bei den Friedensverhandlungen spielte, während er zur Untätigkeit verdammt ist.« Zu ihrer großen Überraschung bemerkte Leyla, dass ihre Stimme bebte. »Ich respektiere ihn einfach zu sehr, um ihm das anzutun.«

Sie konnte den Gedanken, Selim wehzutun, nicht ertragen. Nie hätte sie gedacht, dass er aus eigener Kraft den Mut finden würde, die Angst zu überwinden, die ihn seit dem Attentat in Berlin beherrscht hatte. Die Würde, die er angesichts seiner Tragödie an den Tag legte, forderte ihr nicht nur Respekt ab, sondern erfüllte sie mit einem gewissen Stolz.

Rahmi Bey deutete eine Verneigung an.

»Nun, wenn das Ihr letztes Wort ist, Hanım Efendi … Ich merke zwar, dass Ihnen diese Entscheidung schwerfällt, aber Ihre Rücksichtnahme ehrt Sie. Frauen wie Sie, die mit Charakter und Herz gesegnet sind, wird die neue Türkei in Zukunft brauchen«, fügte er mit Inbrunst hinzu.

Er beugte sich zu seiner Aktentasche hinab und zog einen großen Umschlag hervor. Mit einem Mal war er um Worte verlegen. Trotz seines kampfgestählten Körpers kam er sich unbeholfen vor. Er hasste es, der Überbringer schlechter Nachrichten zu sein. Vor allem dieser Frau hätte er sehr viel lieber Freude bereitet.

»Es lag mir am Herzen, Ihnen das hier persönlich zu überreichen. Nach dem Ende der Kampfhandlungen habe ich dafür gesorgt, dass man Orhans Leichnam fand. Und so konnten wir ihn würdevoll bestatten. In diesem Umschlag sind die wenigen persönlichen Hinterlassenschaften Ihres Bruders – es widerstrebte mir, sie per Post zu schicken, das verstehen Sie bestimmt?«

Mit einem bangen Gefühl nahm Leyla den Umschlag entgegen. Ihr kleiner Bruder, den sie als Kind getröstet, ernährt und beschützt hatte, war im Haus noch allgegenwärtig. Manchmal ging sie in sein Zimmer hinauf, legte sich auf den Diwan und barg das Gesicht in den Kissen, um seinen Geruch auszumachen. Sie hatte es noch nicht über sich gebracht, seine Kleider wegzugeben; sie lagen noch immer in einer Truhe, die mit Perlmuttintarsien geschmückt war. Hin und wieder meinte sie seine Stimme zu hören und ertappte sich dabei, wie sie den Kopf hob.

Rahmi Bey bemühte sich, seine Rührung zu verbergen, während er zusah, wie sie den Umschlag öffnete. Der Anblick von Leyla Hanım, die keinen Hehl aus ihrem Schmerz machte, erinnerte ihn an die tiefen Risse in seiner eigenen Seele. So erging es einem bei Frauen, die man heimlich liebte; gnadenlos enthüllten sie einem Verletzungen, die man verdrängt hatte.

»Dieses Heft hatte er bei sich. Es tut mir sehr leid …«

Zitternd berührte sie mit den Fingerspitzen die Blutflecken auf dem kartonierten Einband. Ob Orhan gelitten hatte? Hatte er Angst gehabt? Oder hatte der Tod ihn völlig überraschend inmitten des Gefechts ereilt? Bei der Vorstellung, dass ihr verwundeter Bruder verzweifelt mit dem Tode rang, wurde ihr schwindelig. Sie nahm den weiteren Inhalt in Augenschein: das Feuerzeug, den Kamm, an dem einige Zacken fehlten – wertlose Dinge des täglichen Bedarfs –, und schloss die Hand um die Armbanduhr, die sie ihm einmal zum Geburtstag geschenkt hatte. Das Zifferblatt war beschädigt.

Als sie das Heft aufschlug, entdeckte sie Gedichtfragmente, Kalligrafien und Bleistiftkarikaturen von seinen Freunden: Gürkan, den man auf Anhieb an dem Muttermal auf der Wange erkannte, Ahmet mit seinen zerzausten Haaren und der spitzbübischen Miene. Auf einer der hinteren Seiten der Plan einer archäologischen Ausgrabungsstätte, die Skizze einer Sphinx aus Hattuša. Sein Kindheitstraum, den er nicht mehr verwirklichen konnte. Und auf der Rückseite ein Porträt von Hans. Keine Karikatur, sondern ein lebensechtes Abbild. Mit offenem Kragen und hochgekrempelten Hemdsärmeln lehnte er an einem Baum. Sein offenes Lächeln berührte sie wie am ersten Tag. Ans untere Seitenende hatte Orhan gekritzelt: *Für Leyla*. Hatte er vorgehabt, ihr die Zeichnung zu schicken? Der Gedanke ließ sie blass werden. Also hatte ihr Bruder es erraten. Und als sie sah, wie genau er mit seinen Bleistiftstrichen Hans' Züge getroffen und wie lebendig er den Blick seines Modells eingefangen hatte, begriff sie, dass er sich für sie gefreut hatte.

Sie brauchte einen Moment, um sich zu fangen.

»Ich danke Ihnen. Ich bin sehr berührt. Ich kann mir vorstellen, welche Mühe es Sie gekostet hat, seinen Leichnam zu finden …« Ihre Stimme verebbte.

»Ich hatte Orhan sehr gern«, sagte Rahmi Bey betrübt. »Er war ein begabter junger Mann. Einen wie ihn hätte ich gern zum Sohn gehabt.«

»Er hat an vorderster Front zusammen mit Ihrem Neffen Gürkan gekämpft, ohne mir etwas davon zu sagen. Ich wähnte ihn in Sicherheit, dachte, er wäre mit Schreibtischarbeit befasst«, sagte Leyla mit einem vor Rührung verzerrten Lächeln. »Wie naiv ich war! Mit zwanzig will man doch kämpfen, nicht wahr? Der Tod kann einen nicht schrecken.«

»Er hat es Ihnen verschwiegen, weil er Sie schützen wollte.«

»Mir wäre lieber gewesen, er hätte auf sich selbst aufgepasst. Orhan war meine Verbindung zur Welt da draußen. Er hatte den Vorteil, als Mann geboren zu sein, und konnte sein Schicksal selbst wählen.«

Leylas Blick verlor sich in der Ferne, ihre Züge verhärteten sich.

»Dann ist es in Ihren Augen also ein Privileg, ein Mann zu sein?«

»Nicht, dass Sie mich falsch verstehen – ich beneide die Männer nicht wirklich um ihr Leben. Die uns auferlegten Beschränkungen zwingen uns Frauen, unser Bestes zu geben. Diese Herausforderung nehme ich gern an.«

In diesem Moment wurde Rahmi Bey klar, dass Leyla Hanım die höchsten Tugenden in sich vereinte, die man bei einer Frau zu finden hoffen konnte: Klugheit und Würde, den Respekt vor den nationalen Werten, einen ausgeprägten Freiheitswillen und den Mut zu lieben.

Als er sich von ihr verabschiedete, prasselte der Regen noch immer gegen die Fenster des Salons. Er verbeugte sich und führte zuerst auf westliche Art ihre Hand an seine Lippen und dann an seine Stirn.

Im Haus herrschte vollkommene Stille. Nur hin und wieder knarrte der Parkettboden. Leyla verharrte, das aufgeschlagene Heft auf den Knien, lange allein im Salon. Es hatte sie große Anstrengung gekostet, ihre Emotionen vor dem Besucher so gut wie möglich zu verbergen. Jetzt trocknete sie ihre Tränen. Man durfte sich nicht gehen lassen! Wenn sie sich jetzt wegen Orhans Tod bemitleidete, würde sie unweigerlich wieder von der Trauer um Perihan überwältigt werden. Doch allein dieser Gedanke ließ den Schmerz wieder aufleben, und sie kauerte sich zusammen und legte das Gesicht in die Hände. Sie spürte den Körper ihrer kleinen Tochter in ihren leeren Armen wie einen Phantomschmerz. Sie bemühte sich verzweifelt, diese ewig währende Strafe anzunehmen, aber noch immer bäumte sich ihr Inneres dagegen auf.

Sie bereute es, Rahmi Bey nicht nach Hans gefragt zu haben, aber sie hatte das Gefühl gehabt, diese Frage sei unangebracht. Vor zwei Monaten hatte Hans ihr einen Brief aus Izmir geschickt, in dem er ihr den verheerenden Brand schilderte. Seither hatte sie kein Lebenszeichen mehr von ihm erhalten. Zum ersten Mal hatte sie einen an Niedergeschlagenheit grenzenden Verdruss aus seinen Zeilen herausgelesen. Auch hatte er ihr keine Adresse genannt, an die sie ihre Antwort hätte schicken können. Sie nahm es ihm nicht übel. Für diesen Mann, der an ein Leben in der Wüste und auf den Hochplateaus gewöhnt war, war ein gewisses Maß an Verschwiegenheit ein ebenso natürliches Bedürfnis wie das Atmen. Der Krieg hatte ihm allzu lange Wunden zugefügt, und er war sowohl an Körper als auch an Seele versehrt. Bestimmt hatte er sich in ein entlegenes Dorf in Anatolien zurückgezogen, das nur er und wenige andere kannten. Sie respektierte sein Bedürfnis nach Einsamkeit, die einer Art spirituellen Suche glich, und spürte keinerlei Groll. Leyla war keine besitzergreifende Frau. Seit sie sich in Hans verliebt hatte, hatte sie erfahren, dass die räumliche Entfernung der Liebe einen besonderen Reiz verlieh. Sie beide nahmen die langen Phasen der Trennung hin, ohne an der Liebe des anderen zu zweifeln. Ihre so aussichtslose, anstößige Liebe triumphierte über das Schweigen. Und doch gab es diese seltenen Momente der Verwirrung, in denen sich Leyla Fragen zu stellen begann. Welche Hoffnung konnte sie ihm geben? War es nicht ungerecht zuzulassen, dass er sich für eine äußerst ungewisse Zukunft in Geduld übte? Sie hatte nicht den Mut, die Beziehung zu ihm zu beenden. Lieber wollte sie sich mit Hans' Schatten in ihrem Leben begnügen, der Gewissheit, dass sie beide das Gleiche füreinander empfanden, als vor dem gähnenden Abgrund einer Trennung zu stehen.

Vom Flur her hörte sie Selims Stimme. Leyla schlug das Heft

zu und steckte rasch Orhans persönliche Hinterlassenschaften in den Umschlag zurück. Sie war nicht in der Stimmung, mit ihrem Mann zu reden. Das Feuerzeug glitt ihr aus der Hand und fiel auf den Teppich.

»Leyla, bist du da drin?«

Die Hand auf der Türklinke und mit klopfendem Herzen stand sie reglos da. Aber sie konnte doch nicht ihren blinden Mann belügen. Das wäre eine bodenlose Feigheit gewesen.

»Ich muss mit dir reden«, sagte er. »Würdest du mir bitte einen Augenblick deiner Zeit widmen?«

Sie zitterte ein wenig, ehe sie sich entschloss, die Tür zu öffnen. Würde er ihr Vorwürfe machen, weil sie Rahmi Bey empfangen hatte? Früher hätte sie seinen Zorn gefürchtet. Niemals hätte sie sich eine solche Ungehörigkeit erlaubt!

Wenn Selim so wie jetzt mit gestrafften Schultern dastand und durchdringend in ihre Richtung sah, als würde er ihr Innerstes schärfer wahrnehmen als früher ihre fleischliche Hülle, hatte dies etwas zutiefst Verstörendes.

»Ich werde nicht länger zaudern, Leyla. Und du wirst dich wundern über das, was ich dir zu sagen habe.« Er atmete hörbar ein, als müsste er sich Mut machen.

»Ich habe beschlossen, dir deine Freiheit zu geben, die du vor mehr als zwei Jahren von mir erbeten hast. Damals war ich nicht bereit, eine solche Entscheidung zu treffen.« Seine stockende Stimme bebte vor Nervosität. »Man muss zum richtigen Zeitpunkt handeln, verstehst du? Das ist eine Frage der Harmonie. Der inneren Stimme. Man vernimmt sie besonders gut, wenn man aufmerksam auf die Melodie der Dinge lauscht, so wie ich. Und dieser Moment ist nun gekommen.«

Verblüfft drückte Leyla Orhans Umschlag an die Brust. Ein anderes Leben. Davon hatte sie so sehr geträumt! Woher kam dann jetzt dieses Gefühl, an einem Abgrund zu stehen? Sie schwieg noch immer, unfähig, ein Wort herauszubringen.

»Warum sagst du nichts? Du müsstest doch überglücklich

sein, oder nicht?«, sagte Selim verwirrt. Wie immer, wenn seine Sinne ihm keinerlei Hinweis auf die Reaktion seines Gegenübers boten, spürte er auch jetzt ein beängstigendes Gefühl der Leere.

Er tastete mit der Stockspitze über den Teppich, stieß damit an den Fuß des Kohlebeckens und ging vorsichtig daran vorbei, um sich zu setzen.

»Du hast allein beschlossen, dass es der richtige Moment ist, Selim«, erwiderte sie schließlich. »Nach meiner Meinung hast du gar nicht gefragt – die Harmonie lässt sich nicht einfach verordnen. Sie entsteht erst, wenn man die gleichen Absichten und Hoffnungen teilt.«

Er zuckte die Schultern. »Aber das wünschst du dir doch schon seit Langem, nicht wahr? Warum solltest du inzwischen deine Meinung geändert haben? Im Übrigen führst du ohnehin schon ein eigenständiges Leben. Du bist berühmt, genießt Ansehen bei unserer neuen Regierung«, fuhr er mit einer herablassenden Handbewegung fort. »Es heißt, du seiest eine Heldin, weil du Widerstandskämpfer versteckt und dich einige Zeit in Anatolien aufgehalten hast … Aber glaube ja nicht, ich würde dir dies verübeln. Du bist eine Pionierin dieser neuen Welt. Was mich betrifft, so fürchte ich, keinen Platz mehr darin zu finden. Aber ich lasse nicht zu, dass meine Frau aus Pflichtgefühl bei mir bleibt.«

Leyla bemerkte, dass er um Beherrschung rang. Sie erkannte es an der hervortretenden Ader auf seiner Stirn. Erinnerungen wirbelten ihr zusammenhanglos durch den Kopf. Mittlerweile fiel ihr Urteil über ihre Ehe nicht mehr so unerbittlich aus wie früher. Sie fühlte sich durch ein besonderes Band an diesen Mann gefesselt, trotz der Tragödien, Meinungsverschiedenheiten und aller Wechselfälle ihres Alltags. Das Leben hatte sie Beharrlichkeit gelehrt. Und auch Milde.

»Du solltest mir nicht böse sein, weil ich diesen Weg eingeschlagen habe«, murmelte sie, indem sie auf ihn zuging. »Er hat sich mir einfach aufgedrängt.«

Selim kniff die Lippen zusammen. »Es ist allein deine Entscheidung«, knurrte er, während er versuchte, seine Verlegenheit zu überspielen. »Wie auch immer sie ausfallen wird, du wirst von nun an auf eigenen Füßen stehen. Morgen werden wir die nötigen Schritte für unsere Scheidung einleiten.«

Leyla gefror das Blut in den Adern. Die Beendigung einer Ehe auf traditionell osmanische Art, im Einklang mit islamischem Recht. Ein mehr als zehn Jahre altes eheliches Band würde auf einen Schlag durchtrennt werden, nachdem Selim die Worte, mit denen er sie verstieß, ausgesprochen hätte. Der Austausch einer symbolischen Handvoll türkischer Pfund in kleinen Münzen, die einen Umtausch erforderlich machte und mit denen man sich einen Aufschub erkaufte. Denn darauf folgten drei Monate der sexuellen Enthaltung, während derer der Ehemann seine Entscheidung rückgängig machen konnte. Ausreichend Zeit zum Nachdenken. Und um sicherzustellen, dass die Frau kein Kind erwartete.

Als Selim weitersprach, drangen seine Worte wie aus weiter Ferne zu ihr.

»Du kannst selbstverständlich hier wohnen bleiben, bis du die entsprechenden Vorkehrungen getroffen hast. Ich nehme an, du wirst vorerst zu deiner Cousine Zeynep ziehen?«

Das wäre tatsächlich die naheliegendste Lösung. Zum einen musste sie den Frühling abwarten, um in den Yalı ziehen zu können. Zum anderen war es, auch wenn sich die gesellschaftlichen Regeln gelockert hatten, noch immer undenkbar, dass eine Frau allein in der Stadt wohnte.

»Und Ahmet?«, fragte sie besorgt.

»Er wird mit Beginn des nächsten Schuljahrs aufs Internat gehen. Natürlich ist sein Platz hier, bei mir, aber ich werde dich niemals daran hindern, deinen Sohn zu sehen. Er braucht seine Mutter.«

Eine Lösung, die sie ihm nicht verübelte. Sie hätte Selim unmöglich daran hindern können, die Erziehung seines Sohnes in die Hand zu nehmen, der bald zum jungen Mann heranreifen würde. Aufgrund von Selims Erblindung war eine enge Beziehung zwischen Vater und Sohn umso wichtiger. Aus Respekt vor den altehrwürdigen Sitten der osmanischen Gesellschaft nahm Leyla seine Entscheidung ohne jeden Groll an. Zumal sie überzeugt war, dass das feste Band, das zwischen ihr und ihrem Sohn gewachsen war, niemals abreißen würde. Und doch tat es ihr im Herzen weh. Ahmets Kindheit gehörte von nun an der Vergangenheit an.

Selim versuchte, eine Zigarette anzuzünden, verbrannte sich dabei die Finger und stieß einen unterdrückten Fluch aus. Seine Erblindung hatte ihn sensibel werden lassen. Sein Gesicht war noch immer von dem Attentat gezeichnet, auf Stirn und Wangen hatten die Glassplitter feine Narben hinterlassen. Und natürlich würde für immer dieser abwesende Ausdruck in seinem Blick bleiben.

Leyla rührte seine Hilflosigkeit, und sie nahm ihm schnell das Feuerzeug aus der Hand, um ihm Feuer zu geben.

»Und wir werden unsere Tochter niemals vergessen«, sagte sie. »Unsere kleine Perihan wird immer ein Lichtpunkt in unserem Leben sein, bis zu dem Tag, an dem wir wieder mit ihr vereint sein werden.«

Selim war blass geworden. Auch er lebte mit dieser offenen Wunde. Auch wenn er sich weigerte, mit anderen Erinnerungen an seine Tochter auszutauschen, widmete er ihr beim Aufwachen stets sein erstes Gebet.

»Wahrscheinlich hat ihr Tod unsere Ehe zerstört«, sagte er mit gebrochener Stimme. »Ich habe es dir schrecklich übel genommen, dass du uns im Stich gelassen hast … Und doch wird ein Teil von mir dich bis ans Ende meiner Tage lieben. Ist das nicht verrückt?«, sagte er und versuchte zu lachen, um seine Ergriffenheit zu überspielen.

Leyla nahm seine Hand zwischen ihre Hände. Sie war länglich und fein, mit ungewöhnlich schmalen Handgelenken für einen Mann von seiner Statur. Seine Haut fühlte sich zart an. Sie rief sich ins Gedächtnis, wie sehr sie in den ersten Jahren ihrer Ehe die körperliche Liebe mit ihm genossen hatte. Dank Selim hatte sie sexuelle Erfüllung erfahren. Er hatte sie das Liebesspiel gelehrt. Doch irgendwann hatten sie sich voneinander entfernt.

»Wir sind zusammen durch die Hölle gegangen«, sagte Leyla. »Niemand wird je ersetzen können, was uns vereint hat. Weder die Tränen noch die Freuden.«

An der verzerrten Miene ihres Mannes konnte sie ablesen, wie sehr ihn sein Entschluss, ihr die Freiheit zu schenken, innerlich zerriss. Mochten seine Worte noch so heiter sein, so sträubte sich sein ganzes Wesen noch immer gegen die Trennung.

»Und was ist mit Nilüfer?«, fragte sie. »Verstehst du dich jetzt besser mit ihr?«

Er ließ ein Seufzen vernehmen. »Ein bisschen vielleicht. Sie ist lieb und zuvorkommend, wie du weißt, andernfalls hättest du ihr niemals angeboten, bei uns zu wohnen. Aber obwohl sie sehr aufmerksam mir gegenüber ist, langweilt sie mich bisweilen. Wie dem auch sei, sie ist Riza eine gute Mutter. Nun, da ich nicht mehr wegen der geringsten Kleinigkeit aus der Haut fahre, hat sie auch keine Angst mehr vor mir. Du warst die Einzige, die nach dem Attentat meine Wutausbrüche ausgehalten hat. Du hattest keine Angst. Der Gedanke, dass ich dich hin und wieder getroffen habe, wenn ich vor Wut um mich schlug, beschämt mich«, fügte er hinzu und streichelte ihre Wange.

»Du hast gegen dich selbst aufbegehrt …«

Während er mit den Fingern ihre Stirn, ihren Nasenrücken, die Lippen und das Kinn nachzeichnete, schloss Leyla die Augen. Er tat es mit solch einer Zärtlichkeit, dass es ihr die Kehle zuschnürte.

»Du hast mich am Sterben gehindert, Leyla. Wie hätte ich dich da nicht verabscheuen können?«

»In den Augen des Allmächtigen ist jedes Leben wertvoll, und deines war es für mich auch.«

»Warum? Wo du mich doch verlassen wolltest?«

»Unser gegenseitiger Groll und unsere niederträchtigen Gefühle hatten angefangen, uns zu vergiften. Wir waren auf dem besten Wege, etwas in uns zu töten. Wir dürfen nicht zulassen, dass Eifersucht und Feindseligkeit die Oberhand über uns gewinnen. Als du Nilüfer zu deiner zweiten Ehefrau machtest, hast du gegen ein Gefühl in dir aufbegehrt, das du gar nicht hättest benennen können. Deine Reaktion hat meine nach sich gezogen. Heute kann ich dem Ganzen aber auch etwas Gutes abgewinnen.«

Draußen fegte ein böiger Wind durch die Baumwipfel und wirbelte das Laub auf. Der Himmel war düster und wolkenverhangen. Ein Ast schlug gegen eine Fensterscheibe und ließ sie erzittern.

Leylas Stimme, ihr Parfüm und ihre körperliche Präsenz, die er mit all seinen Sinnen wahrnahm, berauschten Selim. Nun, da sie einander noch nie so nah gewesen waren, trennten sie sich, dachte er. Einen Moment lang zögerte er. Er wollte sich keine Blöße geben, aber die Frage brannte ihm auf der Zunge.

»Liebst du ihn mehr als mich?«

Er spürte, wie ein Schauder sie durchrieselte, und nahm ihre Verwirrung wahr, in die sich Angst mischte. Er hoffte, dass sie ihn nicht mit einer Lüge in seinem Stolz verletzen würde.

»Woher weißt du es?«

»Wenn man liebt, entgeht einem nichts.«

»Und warum hast du nichts gesagt?«

Er ließ den letzten Rest Stolz fahren und schüttelte den Kopf.

»Erstaunlich, nicht wahr? Denn diese Haltung läuft meiner Erziehung und meiner Lebensauffassung zuwider. Früher hätte ich ganz anders reagiert. Vielleicht habe ich mich ja von der grassierenden Dekadenz anstecken lassen?«, setzte er mit einem spöttischen Lächeln hinzu.

Sie verschränkte ihre Finger mit seinen.

»Sagen wir lieber, du bist barmherzig, Selim. Und weil du diese Herzenstugend besitzt, konnte ich dich unmöglich sterben lassen, verstehst du?«

»Du hast meine Frage noch nicht beantwortet.«

Leyla dachte nach. Sie sah zu, wie die Schatten der Abenddämmerung über den Teppich krochen. Die kleinen Tischlampen erleuchteten die Keramiksammlung, die die Mauernischen schmückte. Das Licht ließ das Azur-, Kobalt- und Türkisblau schimmern, das Smaragdgrün und das flammende Rot der Blumenornamente. Ihr Blick glitt über die kunstvollen Gegenstände, ohne auf ihnen zu verweilen. Sie war ihrem Mann zu sehr verbunden, um die richtigen Worte zu finden, die ihrer Achtung vor ihm gerecht wurden.

Schließlich führte sie Selims Hand an die Lippen und küsste sie.

»Als wir uns zum ersten Mal begegneten, waren unsere Herzen noch jungfräulich, mein Gatte. Du hast den Geist der Frau geformt, die ich heute bin. Niemals hätte ich mich dem Mann zugewandt, in den ich von nun an meine Hoffnung setze, wenn ich dich davor nicht geliebt hätte. Ihr nehmt beide in meinem Leben einen herausragenden Platz ein. Ihr gehört beide zu meinem Schicksal.«

Selim verharrte reglos. Leylas Ehrlichkeit berührte ihn. Als er sie fragte, ob sie sich wieder zu verheiraten gedenke, und sie es bejahte, war er selbst überrascht darüber, dass er keine Eifersucht empfand, sondern sich beruhigt fühlte.

»Ich wünsche dir, dass du glücklich wirst, meine Liebste«, sagte er in heiterem Ton.

Bist du jetzt zufrieden?«, fragte Gülbahar Hanım sie einige Tage später. »Mein Sohn hat deinen Launen nachgegeben. Das erstaunt mich kaum. Er hat dich immer mehr geliebt, als du es verdient hast.«

Wenn Menschen Angst haben, schlagen sie wild um sich, dachte Leyla angesichts des unerbittlichen Blicks ihrer Schwiegermutter.

»Selim ist ein großmütiger Mann, Hanım Efendi.«

»Ein Schwachkopf, meinst du wohl! Ohne dich ist er nur ein halber Mensch.«

So halbherzig zugestanden war das Kompliment nicht besonders viel wert. Leyla lächelte. Sie fühlte sich hin- und hergerissen zwischen Verdruss, Respekt vor Gülbahars Hartnäckigkeit und dem zärtlichen Gefühl, das deren Bedrängnis ihr einflößte.

Gehüllt in ein Gewand aus gelber Seide, auf dem Kopf einen mit Bernsteinperlen bestickten Turban, drehte sich Gülbahar Hanım eine Zigarette. Im Kreis ihrer Freundinnen herrschte sie über die behaglichen samtbezogenen Diwane. Auf einer großen Silberplatte standen ein Teller mit Sesam-Halwa und Teegläser. Die Gitterfenster sperrten den winterlichen Nebel aus. Nur die melancholischen Gesichter zeugten von der winterlichen Benommenheit, die der erst in einigen Monaten zurückkehrende Frühling wieder vertreiben würde. Um ihre Herrin zu zerstreuen, spielte eine Dienerin auf der Laute. Zwei weitere stickten schweigend und tauschten von Zeit zu Zeit halblaut einen kleinen Scherz aus.

»Sie werden mir fehlen«, erklärte Leyla unvermittelt.

»Noch bin ich nicht tot!«, entgegnete Gülbahar Hanım barsch und fuhr dann in freundlicherem Ton fort. »Ich hoffe, du kommst mich oft besuchen, kleine Blume. Deines deutschen Abenteurers wirst du rasch überdrüssig werden. Du wirst sehen, dass die Leidenschaft zwangsläufig in Enttäuschung mündet. Aber wir Frauen wissen, dass die Liebe eine natürliche Regung des Körpers ist. Wer sind wir, dass wir uns dem Ruf der Sinne widersetzen könnten?«

In ihren Worten nahm Leyla die Lebensfreude wahr, die so sehr das Temperament der Frauen von einst widerspiegelte.

»Haben Sie Selim davon erzählt?«

»Natürlich nicht!«, empörte sich Gülbahar. »Nie würde ich eine andere Frau verraten, auch wenn ihr unverfrorenes und egoistisches Verhalten mich betrübt.«

In der osmanischen Gesellschaft hatte es immer wieder flatterhafte Ehefrauen gegeben, auch wenn Ehebruch nicht an der Tagesordnung war. Außereheliche Beziehungen waren kein Privileg westlicher Frauen. Kaum eine der anwesenden Damen hatte wohl noch nie wollüstige Träume gehabt, nachdem sie zum Beispiel beim Spaziergang in Küçüksu aus dem Augenwinkel einen Unbekannten erspäht hatte. Ohne etwas über die tiefen Herzensregungen der Frau zu wissen, die immer noch ihre Schwiegermutter war, ahnte Leyla, dass auch sie der Lust nicht abgeneigt gewesen war.

»Seien Sie nicht zu streng zu mir, Hanım Efendi.«

Ein unausgesprochenes Einverständnis, das aus gemeinsam erlebtem Kummer rührte, bewog Gülbahar, sich vorzubeugen und ihr die Hand zu tätscheln.

»Was soll ich machen? Es gefällt mir nicht, wenn Menschen mich verlassen«, erklärte sie gerührt. »Hast du vor, zu deiner Cousine Zeynep zu ziehen?«

Leyla nickte. Gülbahar sog den Rauch tief in die Lunge ein, blickte zur Decke und kniff dann die Augen zusammen, während sie ihn wieder ausstieß.

»Diese Frau hat keinen guten Einfluss auf dich gehabt. Ich hatte recht, ihr und ihresgleichen zu misstrauen. Diese abseitigen Ideen, die sie dir in den Kopf gesetzt haben … Warst du vorher nicht glücklicher?«

»Ich bin mir nicht sicher … Ich habe mich von den Ereignissen mitreißen lassen, ohne mir zu überlegen, dass ich mein Schicksal auch selbst in die Hand nehmen kann. Die Welt entwickelt sich weiter. Warum sollten die Türkinnen die Einzigen sein, die im Stillstand verharren?«

»Ja, dann nur zu, meine Liebste!«, sagte Gülbahar ironisch. »Es heißt, dass wir bald das Wahlrecht erhalten sollen, als wäre das die Lösung aller Probleme! Was für ein Unsinn! Du und ich, Frauen wie wir meinetwegen … Aber diese Mädchen da?«, setzte sie hinzu und wies auf ihre Dienerinnen. »Ohne jemanden an der Seite, der sie anleitet? Pah, sie werden tun, was ich ihnen sage. Ich für meinen Teil fürchte mich vor den Zerrüttungen, die die Zukunft bringen wird, aber ich werde nicht mehr auf dieser Erde weilen, um sie zu erleben, und das ist auch gut so. Und jetzt geh, Kleine! Vermutlich hast du es eilig. Du bist eben eine Frau deiner Zeit.«

Leyla verneigte sich und zog sich dann zurück. Sie fühlte sich beruhigt. In dieser neuen Gesellschaft, in der es kaum noch Gewissheiten gab, würde Gülbahar Hanım als unermüdliche Hüterin von Traditionen, die dem Untergang geweiht waren, allen Hindernissen zum Trotz das Ruder fest in der Hand halten. Sie würde die letzte Verfechterin des Serails sein und sich, gleichgültig gegenüber den vergänglichen Moden der schnelllebigen Welt, in den goldenen Käfig ihres Stambuler Konaks zurückziehen.

In ihrem Zimmer stand ihr alter, verbeulter Koffer, den sie mit Büchern und Dokumenten vollgepackt hatte. Seit ihrer Hochzeit hatte sie ihn nicht mehr benutzt. Eine Zeit lang überließ sich Leyla ihren Erinnerungen. Dann packte sie weiter. Schließlich nahm sie die Unterlagen in die Hand, die den Schulbesuch ihres Sohnes regelten. Selim war es gelungen, taktvolle Worte zu finden, um die Ängste ihres Sohnes zu zerstreuen, während sie stumm geblieben war. Die Vorstellung, ihm Leid zuzufügen, quälte sie. Doch der zwölfjährige Ahmet hatte die Nachricht philosophisch und sogar mit einer gewissen Distanz aufgenommen.

Sie drückte den Kupferknopf eines Geheimfachs ihres mit Einlegearbeiten geschmückten Sekretärs, öffnete es und zog Hans' Briefe heraus. Seit seiner ersten Nachricht aus Anatolien hatte sie alle aufbewahrt. Als sie überlegt hatte, wie sie ihn erreichen könnte, hatte ihre Cousine die Idee gehabt, sich an die Forschungsabteilung des Osmanischen Museums zu wenden. Dort hatte sie erfahren, dass der deutsche Wissenschaftler seit einigen Wochen in der Stadt war.

Leyla faltete seinen letzten Brief auseinander, den sie am Vortag erhalten hatte, und überflog die Zeilen, die er in seiner energischen Schrift mit der Feder verfasst hatte.

> *… Wenn ich dir bisher keine Mitteilung über meine Ankunft in Istanbul gemacht habe, meine Liebste, dann, weil ich fürchtete, dich zu belästigen. Vor allem aber wollte ich mir erst über meine Zukunft schlüssig werden. Jetzt weiß ich, wo mein Platz in dieser Türkei sein kann, die zusehends Gestalt annimmt. Ich hoffe, dass du mir mein langes Schweigen verzeihst. Deine Nachricht macht mich zum glücklichsten Mann der Welt …*

Sie lächelte. Sie hatten beschlossen, sich später an diesem Tag bei Zeynep zu treffen. Bei dem bloßen Gedanken zog sich ihr Magen vor Ungeduld zusammen. Kein Tag war vergangen, ohne dass sie an ihn dachte. Seit ihrer Scheidung war ihr leicht ums Herz. Ihre Liebe zu Hans erfüllte sie mit einem berauschenden

Glücksgefühl, während zuvor der Schatten des Ehebruchs und der Lüge und Verstellung auf ihrer Seele lastete. Sie haderte mit sich, dass sie Hans diesen Zustand so lange zugemutet hatte, und wusste das Opfer, das er ihr gebracht hatte, und seine Beständigkeit zu schätzen. Jetzt lag die Zukunft verheißungsvoll vor ihnen, und sie dankte dem Allmächtigen für Seine Gnade. Zufrieden mit der Wahl, die sie getroffen hatte, und stolz auf ihre Entscheidung würde Leyla leichten Herzens zu dem Mann gehen, den sie liebte. Als freie Frau, und im hellen Tageslicht.

Im selben Moment saß Hans in einem Salon des Hotels Pera Palace, wo Berndt Eger abgestiegen war, eines der angesehenen Mitglieder der Deutschen Orient-Gesellschaft. Diese in Berlin gegründete Vereinigung hatte den Auftrag, die archäologische Forschung in den Ländern des Orients zu fördern. Vor dem Großen Krieg hatte sie die ersten Grabungen in Hattuša finanziert. Hans hoffte, dass nach dem Ende der Lausanner Verhandlungen die Ausgrabungen wiederaufgenommen werden könnten.

»Sie scheinen sich in dieser kemalistischen Türkei wie ein Fisch im Wasser zu bewegen«, bemerkte sein Gegenüber.

Berndt Eger hatte einen dicken Schnurrbart, der an die Hochzeiten des Kaiserreichs erinnerte, und trug einen eleganten dreiteiligen Anzug. Ebenso beharrlich, wie er an seinem Vatermörder-Kragen festhielt, bekräftigte er die Fortdauer des seit vielen Jahren bestehenden Interesses Deutschlands am Orient.

»Ich bin in diesem Land groß geworden und fühle mich hier zu Hause«, erklärte Hans und setzte seine Kaffeetasse ab. »Ich wusste immer schon, dass mein Platz hier ist.«

»Dazu beglückwünsche ich Sie, lieber Freund. In diesen Zeiten ist es verflucht angenehm, wenn man weiß, wo man steht. Die Zukunft Deutschlands erscheint mir dagegen momentan ziemlich düster. Wenn ich recht verstanden habe, werden wir so bald nicht wieder Gelegenheit haben, Ihren brillanten Vorträgen beizuwohnen?«

»Nicht in näherer Zukunft«, sagte Hans lächelnd. »Aber ich habe vor, für einige Zeit nach Berlin zurückzukehren, sobald die Restaurierung der hethitischen Sphinxe abgeschlossen ist.«

Eger zog an seiner Zigarre. »Nach den neusten Informationen dürfte das nicht allzu bald sein.«

»In unserem Fachgebiet muss man Geduld haben. Aber meine türkischen Kollegen würden gern wissen, wie das Projekt vorankommt. Man hat uns die Statuen unter der Bedingung anvertraut, dass die Arbeit rasch vonstattengeht. Wir dürfen ihnen nicht den Eindruck vermitteln, wir hätten Wichtigeres zu tun. Wenn wir unsere Forschungen an den verschiedenen Ausgrabungsstätten des Landes weiterführen wollen, sind wir auf die Kooperation der hiesigen Kollegen angewiesen.«

»Pah, die warten schon, bis es so weit ist!«, sagte Eger in gleichgültigem, leicht verächtlichem Ton.

Hans schlug einen eindringlichen Ton an. »Sie sind sehr empfindlich, verstehen Sie. Aber wie könnte man ihnen das verübeln? Gott allein weiß, wie sich die Briten an ihren Ausgrabungen in Ägypten bereichert haben! Außerdem gibt es Gerüchte über das Vorgehen der Franzosen bezüglich der Khmer-Tempel in Kambodscha … Ich möchte nicht, dass Deutschlands Ruf auf diese Art beschädigt wird.«

»Wird er doch auch nicht!«, entgegnete Eger empört. »Sie werden mit Ihrer diplomatischen Art bestimmt dafür sorgen können, dass alle sich verstehen.«

Hans misstraute der Neigung der westlichen Staaten, sich antiker Schätze zu bemächtigen, die ihnen nicht gehörten. Er schwor sich, die während des Krieges nach Berlin ausgelagerten Sphinxe im Auge zu behalten. Kommt gar nicht in Frage, dass sie dort bleiben, dachte er entschlossen.

Trotz der leichten Missstimmung, die zwischen ihnen aufgekommen war, hatte das Gespräch mit Eger ihn beruhigt. Dessen Bekanntheit und Verdienste würden ihm weiter die Türen zu den geachteten Kreisen der türkischen und deutschen Forscher öffnen. Der Nimbus, der Hans seit seiner Heldentaten während des Unabhängigkeitskrieges umgab, hatte seinen Stand bei den Behörden noch zusätzlich gestärkt.

In seinem Leben wurde eine neue Seite aufgeschlagen, und Hans genoss jeden Augenblick dieses unerwarteten Glücks. Morgens ließ er seine Uniform auf dem Kleiderbügel hängen und legte stattdessen einen Anzug an. Seine Waffe lag, in ein Tuch geschlagen, im hintersten Winkel der Schublade. Er genoss es, stundenlang durch die Stadt zu flanieren, die ihm während der Zeit, als die Engländer ein Kopfgeld auf ihn ausgesetzt hatten, verboten gewesen war. Müßig saß er in Cafés, um zu schreiben und Zeitungen zu lesen. Die slawische Atmosphäre in den Restaurants von Pera amüsierte ihn, und an den Ufern des Goldenen Horns plauderte er mit den Fischern. Er traf seine Freunde in Eyüp oder Üsküdar wieder und fuhr aus Freude daran, sich den Wind um die Nase wehen zu lassen, den Bosporus hinauf, dessen Ufer von den für den Winter abgeschlossenen Yalıs gesäumt waren. Es war wie eine Wiedergeburt. Die Geräusche, das Licht, die Farben berührten ihn intensiver als früher. Vielen Militärs fiel es nach ihrer Demobilisierung schwer, ihr Gleichgewicht wiederzufinden. Er hingegen jubilierte innerlich, dass er seine Pflicht erfüllt hatte und jetzt endlich wieder ein freier Mensch war.

Er warf einen verstohlenen Blick auf seine Armbanduhr. Bald war es Zeit für das Wiedersehen mit Leyla. Zwar fürchtete er sich davor, ihrer Familie vorgestellt zu werden, doch er wusste, dass die Großzügigkeit der Türken es ihm leichtmachen würde. Die Vorstellung, die Frau, die er liebte, in die Arme zu schließen, erfüllte ihn mit Freude. Berndt Eger sprach weiter, aber er hörte nur noch mit halbem Ohr zu. Vor Vorfreude hielt es ihn kaum mehr auf seinem Platz. Er war erleichtert, als sich der deutsche Mäzen endlich verabschiedete.

Während Hans im Foyer darauf wartete, dass man ihm seinen Mantel brachte, zogen plötzlich laute Stimmen seine Aufmerksamkeit auf sich. Der Concierge, der einen perlgrauen Gehrock trug, sprach unter den misstrauischen Blicken Neugieriger mit einem aufgeregten Gast. Neben ihm stand eine eingeschüchterte Hausdame.

Hans erkannte auf Anhieb Kommandant Gardelle. Er erinnerte sich, wie sie sich in einem Kaffeehaus in Angora in die Haare geraten waren, und an seine helle Wut, als der französische Offizier es gewagt hatte, Leylas Ehre in Frage zu stellen. Andererseits wusste er, dass seine Liebste Gardelle dankbar dafür war, dass er ihr in schwierigen Zeiten zur Seite gestanden hatte. Zwischen den beiden war eine echte Freundschaft gewachsen. Dies mit einem Mann zu erleben, war für Leyla eine noch nie da gewesene Erfahrung, wie sie gern scherzhaft betonte. Sie hatte Hans erzählt, dass der Ärmste vor einigen Monaten unter tragischen Umständen seine Frau verloren hatte. Der verheerende Brand von Smyrna mit seinen Tausenden von Opfern bereitete Hans immer noch Albträume. Er war wie ein flammendes Symbol dieses achtjährigen Kriegs, der auch Narben in seiner Seele zurückgelassen hatte. In einem Anflug argloser, aus seinem Glück entsprungener Großmut trat er zu der kleinen Gruppe, um zu sehen, ob er Gardelle vielleicht helfen konnte.

»Mme. Malinin stand unter dem Schutz des Roten Halbmonds«, sagte Letzterer gerade. »In Abwesenheit ihres Gatten bin ich berechtigt, ihre persönliche Habe an mich zu nehmen. Waren Sie es, der sie an jenem Morgen einfach so hat gehen lassen?«

Der Concierge erinnerte ihn höflich daran, dass sich Gäste nach eigenem Gutdünken bewegen durften.

»Eine Frau übernachtet allein in Ihrem Hotel, und das kommt Ihnen nicht verdächtig vor?«, fragte der Offizier ironisch. »Sie hätten ein Auge auf sie haben müssen. Ich verlange, dass Sie mir ihren Koffer aushändigen!«

Der Concierge schüttelte bedauernd den Kopf und weigerte sich, seinem Befehl nachzukommen.

»Aber sie ist tot!«, rief Gardelle aus und wedelte mit einer Tageszeitung.

»Das ist kein Grund, Kommandant. Ihre Habe wird hierbehalten, bis ihre Familie sie abholt.«

»Sie hat keine Familie mehr, verstehen Sie mich? Ihr Mann hat sie verlassen, und alle anderen sind tot!«

Hans hatte sofort begriffen, worum es ging. Die Meldung hatte Schlagzeilen gemacht. Man hatte die Leiche einer jungen Selbstmörderin aus dem Bosporus gezogen, und es hatte mehrere Tage gedauert, sie zu identifizieren. Das tragische Schicksal dieser Frau, der Tochter eines russischen Fürsten und Ehefrau eines Offiziers der Zarengarde, hatte die Journalisten fasziniert. Irgendwie hatten sie eine Fotografie ausfindig gemacht, auf der Nina Malinin zusammen mit anderen Flüchtlingen vor einem Restaurant in Pera zu sehen war. Hans hatte die ernste Miene der jungen Serviererin beeindruckt, die unter ihren fröhlichen Freundinnen die Einzige war, die nicht lächelte.

Angesichts der Beharrlichkeit des Hotelangestellten gab Gardelle schließlich auf. Er drehte sich auf dem Absatz um und stieß mit einem Hotelpagen zusammen. Als er vor ihm vorbeiging, bemerkte Hans betroffen seine Blässe und seinen verstörten Blick. Aus einer unbestimmten Besorgnis heraus folgte er ihm.

Draußen entfernte Gardelle sich mit großen Schritten. Er überquerte die Große Perastraße, ohne sich umzusehen, und wurde fast von einem Automobil überfahren. Ab und zu verlor Hans ihn aus den Augen – wenn ein hoch mit Brettern beladener Karren vorbeifuhr oder ihn ein *Hammal* passierte, der ein riesiges Gepäckstück auf den Schultern trug. Die Treppen und das unregelmäßige Pflaster der Gehwege ermüdeten Hans' schwaches Bein, das zu schmerzen begann. Diese absurde Verfolgungsjagd ärgerte ihn allmählich. Was ging ihn das Ganze an? Er stieß gegen die Auslage eines Gewürzhändlers, entschuldigte sich und ging weiter. Sollte er Gardelle ansprechen und versuchen, mit ihm zu reden? Leyla hätte nicht gewollt, dass er ihn in diesem aufgelösten Zustand gehen ließ. Ihm fiel wieder ein, dass der Offizier eine Liaison mit einer jungen Frau aus Pera hatte. Wahrscheinlich handelte es sich um das Opfer. Ob sich der Franzose schuldig an ihrem Tod fühlte? Plötzlich verschwand der andere in einem schäbigen Haus. Außer Atem blieb Hans vor der Eingangstür stehen.

Drinnen stürmte Louis die Treppe hinauf. Als er aus der Zeitung von Ninas Tod erfahren hatte, war ihm gewesen, als stieße man ihm ein Schwert ins Herz. Nichts hatte auf dieses dramatische Ende hingewiesen. Sie waren ganz ruhig auseinandergegangen. Er war überzeugt gewesen, dass sie endlich Vertrauen zu ihm gefasst hatte. In seinen verrücktesten Träumen hatte er sich sogar ein gemeinsames Leben ausgemalt. Die Einzelheiten ihrer letzten, einsamen Nacht im Pera Palace, die ein sensationsgieriger Journalist breitgetreten hatte, versetzten ihm einen Stich. Bestürzt suchte er nach einer Erklärung. Hatte sie vielleicht einen Brief hinterlassen? Ein paar Zeilen? Irgendetwas, das ihre unsinnige Tat erklären könnte?

Auf dem Treppenabsatz im ersten Stock trommelte er an die Tür. Bestimmt waren hier schon neue Mieter eingezogen. In Istanbul stand eine Unterkunft nie länger als ein paar Stunden leer, so sehr mangelte es an Wohnraum. Vielleicht hatten sie ja ihre Habe behalten oder konnten ihm sagen, wo er sie finden konnte. Als die Tür aufging, erstarrte Louis. Verdattert sah er Malinin an. Hatte ihm Nina nicht erzählt, ihr Mann sei in Frankreich, um dort Arbeit zu suchen?

»Sieh einer an«, sagte der Russe mit einem verkniffenen Lächeln. »Kommandant Gardelle. Mein Retter. Der Marineoffizier, der mich aufopferungsvoll von einem Seelenverkäufer geholt hat. Was für eine Überraschung!«

»Was machen Sie denn hier?«, fragte Louis verdattert.

»Ich wohne hier.«

»Nina hat mir erzählt, Sie hätten sie verlassen. Ich dachte, Sie wären in Paris.«

»Wirklich?«, sagte Malinin höhnisch. Verbittert verzog er den Mund; sein Gesicht wirkte eingefallen. »Ist es nicht eher so, dass Sie es so verstehen wollten, Kommandant?«

Er wandte sich ab, um nach einem Päckchen Zigaretten zu greifen, das auf dem Tisch lag. Louis nutzte die Gelegenheit, um in das Zimmer zu treten. Das Bett war ungemacht, die Decke zusammengeknüllt, und die Laken waren zerknittert. Vor einigen Tagen hatten Nina und er sich noch in diesem Zimmer geliebt. Bildfetzen schossen ihm durch den Kopf. Ihre perlmuttblasse Haut. Ihre verzweifelte Leidenschaft, ihr ungezügelter Körper. Ihm wurde schwindlig, und er schloss kurz die Augen. Von einem überquellenden Aschenbecher stieg kalter Tabakgeruch auf. Zwischen Flaschen und leeren Gläsern lagen Zeitungen verstreut. Ein Schwarzweißporträt von Nina prangte übergroß auf der Titelseite einer in kyrillischer Schrift gedruckten Tageszeitung. Louis hielt den Atem an und trat näher heran, um es sich genauer anzusehen. Darauf wirkte sie sehr jung und trug ein weißes Abendkleid, eine Perlenkette und Blumen im Haar. Ihre unschuldige Schönheit versetzte ihm einen Stich.

»Kurz darauf haben wir geheiratet«, sagte Malinin, der seinem Blick gefolgt war. »Diese Frau da ist Ihnen fremd, stimmt's?«

Louis nickte matt. Er hatte Ninas Augen nie so fröhlich strahlend erlebt.

»Sie hatte etliche Verehrer, aber sie hat mich gewählt«, fuhr ihr Mann stolz fort, doch dann veränderte sich der Ton seiner Stimme. »Wer hätte gedacht, dass ein so hübsches Mädchen eines Tages zur Hure werden würde?«, stieß er scharf hervor.

Louis zuckte zusammen. Er wollte sich solche verächtlichen Worte nicht anhören. Es war, als spuckte der Mann auf ihr Grab. Er fragte sich, ob Malinin ihren Leichnam abholen und begraben hatte lassen. Ob die orthodoxen Christen bereit waren, Selbstmörder in geweihter Erde zu bestatten? Wenn man sie zusammen mit den Ärmsten der Armen in ein Massengrab geworfen hat, ertrage ich es nicht, dachte er von Panik ergriffen. Andererseits war er sich bewusst, dass dieser Mann ihm keinerlei Rechenschaft schuldig war und er nur ein ohnmächtiger Zaungast war.

»Hat sie eine Nachricht hinterlassen? Ich möchte verstehen …«

»Was denn?«, schnitt ihm Malinin das Wort ab. »Was an meiner Frau wollen Sie verstehen, Kommandant?«

Wütend trat Malinin einen Schritt auf Louis zu. Er hatte sich seit drei Tagen nicht rasiert und stank aus dem Mund.

»Sie haben sie dafür bezahlt, mit Ihnen zu schlafen, das ist alles«, brach es aus ihm hervor, und er versetzte ihm einen Stoß. »Sie brauchen sich zu Ihrer Befriedigung nur eine andere zu suchen. An Huren mangelt es in dieser Gegend nicht.«

»Sagen Sie das nicht«, murmelte Louis und wich zurück.

»Und warum nicht? Es ist doch die Wahrheit, oder? Sie haben mich doch auf ihre Bitte von diesem Schiff geholt, und dafür durften Sie doch bestimmt eine Nummer mit ihr schieben, oder nicht?«

Er packte Louis an den Schultern und stieß ihn mit dem Rücken gegen die Wand. Der Franzose hob abwehrend die Hände. Er fand Malinin abstoßend und hasste es, ihn so von Nina reden zu hören. All das war schmutzig und unwürdig. Dieser Selbstmord, diese furchtbare Armut. Dabei hatte er diese Frau leidenschaftlich geliebt. Wie gern hätte er ihr ein anständiges, glückliches Leben geboten und ihr das Lächeln, das sie auf dieser Fotografie trug, zurückgegeben! Dieses stolze, hoffnungsvolle Lächeln, das jetzt so schien, als hätte sie sich damit gegen die Zukunft versündigt.

»Das reicht jetzt!«, schrie er mit einem Mal und stieß den Russen zurück. »Hören Sie auf, ihr Andenken zu beleidigen!«

»Wer sind Sie, dass Sie mir Befehle erteilen? Sie war *meine* Frau, haben Sie verstanden? Eine dreckige Schlampe, die es liebte, sich mit Dreckskerlen wie Ihnen im Bett zu wälzen!«

Louis versetzte ihm eine rechte Gerade aufs Kinn. Malinin taumelte zurück. Eine Flasche und zwei Gläser zerschellten auf dem Boden. Der Russe richtete sich wieder auf und stürzte sich auf seinen Gegner. Die beiden Männer gingen mit den Fäusten aufeinander los. Louis' Augenbraue platzte auf, und er blickte durch einen Blutschleier. Malinin war mager, aber zäh und hatte kräftige Hände. Jeder seiner Schläge traf. Louis krümmte sich. Der nächste Fauststoß ließ ihn durch die offen gebliebene Tür auf den Treppenabsatz hinaustaumeln. Er klammerte sich an das hölzerne Geländer. Er bekam keine Luft mehr, und als der andere kurz innehielt, um zu verschnaufen, nutzte er die Pause, um die Stufen hinunterzustolpern. Er musste so schnell wie möglich von hier verschwinden. Der Russe würde ihn, ohne zu zögern, totschlagen. Schon hörte er hinter sich seine schweren Schritte. In dem engen Vorraum strauchelte er und stürzte zu Füßen eines Mannes nieder. Aus Furcht, Malinin könnte seine Schwäche ausnutzen, drehte er sich um und sah den Russen breitbeinig auf der Treppe stehen, eine Waffe in der Hand. Wie erstarrt fixierte er den Lauf, der sich auf ihn richtete.

»Nein!«, brüllte Hans Kästner und sprang auf Malinin zu, um seinen Arm zu packen und den Revolver herunterzudrücken.

Der Schuss hallte durch das Treppenhaus. Hans wurde mit voller Wucht getroffen und brach zusammen. Vergeblich rang er nach Atem. Ein rasender Schmerz durchfuhr seine Brust. Feuer breitete sich durch seinen Körper aus. Die Hitze der anatolischen Sonne, der Sommer seiner Kindheit, dieses weißglühende Licht, dem niemand standhalten konnte.

Während herbeigelaufene Nachbarn Malinin festhielten, versuchte sich Louis von dem reglosen Körper freizumachen, der ihn mit seinem ganzen Gewicht niederdrückte. Barmherzige Hände streckten sich nach ihm aus, um ihm zu helfen. In einer Ecke kauernd wischte er sich mit zitternder Hand Schweiß und Blut vom Gesicht. Vage war er sich bewusst, dass sich ein paar Menschen rund um das Opfer zu schaffen machten und sich bemühten, den Mann wiederzubeleben. Verwirrt fragte er sich, ob er schwer verletzt war, aber die Frage war absurd. Tief im Inneren wusste Louis bereits, dass der Mann tot war. Er hatte ihm das Leben gerettet, indem er sich auf den Russen geworfen hatte. Die Kugel, die ihm zugedacht gewesen war, hatte ihn mitten ins Herz getroffen.

Istanbul, Oktober 1923
Zehn Monate später …

Kommen Sie, Hanım Efendi! Treten Sie doch bitte näher! Wir haben nur noch auf Sie gewartet.«

Rahmi Bey schob ein paar lästige Störenfriede wieder in die Menge zurück und ergriff Leylas Arm. Einige klatschten der jungen Frau Beifall. Sie lächelte schüchtern. Diese öffentlichen Auftritte bereiteten ihr immer Unbehagen. Dabei solltest du dich inzwischen daran gewöhnt haben, schalt sie sich und dachte an ihre Reise nach Anatolien, die sie im vergangenen März an der Seite Mustafa Kemals unternommen hatte.

Im Inneren des Amtsgebäudes herrschte eine fröhlich aufgeregte Stimmung. Immer wieder beglückwünschte jemand Rahmi Bey mit einem kräftigen Händedruck oder Schulterklopfen. Die Augen der Menschen leuchteten vor Bewunderung. In der Menge hin und her geschoben versuchte der Pascha höflich zu bleiben und gleichzeitig seinen Schützling im Auge zu behalten. Aber als sie die breite Treppe hinaufstiegen, wurden die beiden getrennt.

Im oberen Stockwerk drängten sich einige Frauen ausgelassen um Leyla, um sie zu umarmen. Ein kleines Mädchen in einem weißen Kleid und mit Bändern im Haar trat errötend auf sie zu, um ihr einen Blumenstrauß zu überreichen. Leyla wurde zum Balkon geschoben, obwohl sie sich sträubte. Sie hätte es vorgezogen, den Vorbeimarsch der Truppen von einem Fenster aus zu beobachten.

»Kommen Sie, Leyla Hanım, seien Sie doch nicht so bescheiden!«, sagte eine der Frauen gereizt. »Wir haben mutig gekämpft. Dieser Platz steht uns rechtmäßig zu. Und Sie müssen uns weiterhin repräsentieren. Kommen Sie! Hinaus mit Ihnen!«

Leyla konnte sich ihnen nicht länger widersetzen und trat ins gleißende Tageslicht. Die Sonne blendete sie, und der Jubel der Menge, die Ballons, Fahnen und riesige Porträts des Ghâzîs schwenkte, machte sie benommen. Unter den Bannern mit dem Halbmond und dem Stern erstreckte sich ein Meer aus roten Fes-Hüten, das hie und da von einem weißen Turban oder dunklen Tschartschaf gesprenkelt war. An diesem schönen Morgen des 6. Oktober waren alle diesem Aufruf gefolgt. Die Stambuler waren auf den Straßen, in den von Weinranken beschatteten Gassen, in den Gärten der Friedhöfe, auf der Galata-Brücke und den Plätzen vor den Moscheen, auf den Terrassen, den steilen Treppen der Kais von Tophane und Dolmabahçe … Sie standen auf den Zehenspitzen und stießen sich mit den Ellbogen an. Aus Eyüp und Üsküdar waren sie gekommen, sie hatten ihre Konaks oder ärmlichen Hütten verlassen, die Karawansereien und die Gänge des Großen Basars; Bürger, die von den Hügeln hinabgestiegen waren, und Flüchtlinge aus allen Ecken des untergegangenen Osmanischen Reichs. Und alle jubelten, während die 1. Infanteriedivision der türkischen Nationalarmee in die Stadt einzog.

Leyla wurde in die erste Reihe geschoben und fand sich umgeben von offiziellen Vertretern wieder, verdienten Nationalisten ebenso wie jungen Widerstandskämpfern. Gürkan saß rittlings auf der Balustrade und winkte ihr begeistert zu. Ein strahlendes Lächeln erhellte sein Gesicht. Zum Beifall der Menge und einem von einer Blaskapelle geschmetterten Triumphmarsch defilierten die Soldaten im Gleichschritt vorbei. Berittene Offiziere eskortierten sie.

Sie beugte sich vor, um Ausschau nach ihrem Sohn zu halten. Ahmet stand auf der Vortreppe an der Hand seines Vaters, dem er stolz die freudigen Szenen beschrieb. Im letzten Frühjahr hatte Selim bei der Konferenz von Lausanne eine unerwartete Rolle gespielt. Die Verhandlungen hatten sich festgefahren, und die Delegationen waren in ihre jeweiligen Länder zurückgekehrt, ohne eine Einigung erzielt zu haben. Die Regierungen fürchteten schon, dass der Frieden einmal mehr unerreichbar wäre. Da Mustafa Kemal versuchte, insgeheim eine Verständigung mit London zu erreichen, hatte man sich Selim Beys erinnert, eines erfahrenen Diplomaten, durch dessen Vermittlung es gelungen war, gewisse Vorbehalte abzubauen. Nachdem die Verhandlungen wiederaufgenommen worden waren, hatte man Ende Juli den Vertrag unterzeichnet; ein Triumph der türkischen Diplomatie.

Das Glück ihres Volkes erfüllte Leyla mit Freude. Tränen traten ihr in die Augen. Im August hatten die alliierten Truppen mit ihrem Rückzug begonnen, und die letzten Briten hatten sich noch an diesem Morgen eingeschifft. Die Franzosen hatten die Koffer bereits gepackt, nachdem sich ihre Generäle ein letztes Mal auf den Friedhöfen verneigt hatten, auf denen ihre Gefallenen von Gallipoli ruhten. Das düstere Spektakel aus Panzerkreuzern und Kriegsschiffen auf dem Bosporus war nur noch eine böse Erinnerung. Man hatte ihnen alles zurückerstattet – die Amtsgebäude, die beschlagnahmten Häuser, ihre Militärausrüstung. Die einzige europäische Hauptstadt, die seit den Napoleonischen Kriegen eine feindliche Besatzung hatte erdulden müssen, war endlich wieder frei. Nach vier Jahren und elf Monaten, dachte Leyla.

»Das war aber auch Zeit, nicht wahr?«

Rahmi Beys Stimme war ihr inzwischen vertraut. Als Kopf einer Widerstandszelle, wagemutiger Rebell und Fluchthelfer war er Zeitzeuge dieser Jahre gewesen. Er hatte Orhan aus dem Gefängnis befreit und in Angora gekämpft und war ihr ein ebenso taktvoller wie loyaler Weggefährte geworden. Gemeinsam hatten sie Erfolge erlebt, aber auch Bewährungsproben und Trauer.

Mit einem Mal überkam sie Panik.

»Sie sind ja ganz blass geworden«, sagte er besorgt. »Wollen Sie sich einen Moment ausruhen?«

Leyla bekam keine Luft mehr. Alles verschwamm ihr vor den Augen. Sie würde doch wohl nicht vor all diesen Menschen ohnmächtig werden! Rahmi Bey fasste sie fest am Ellbogen und bahnte ihnen energisch einen Weg durch die Zuschauer. Sie gingen einen langen Flur entlang. Er stieß eine der gepolsterten Türen nach der anderen auf, bis er ein kleines, ruhiges Büro gefunden hatte.

Er zog Leyla einen Stuhl heran und suchte dann nach einer Flasche Wasser.

»Ich weiß nicht, ob Sie das dürfen …«

»Für Sie nehme ich mir jedes Recht heraus.« Sein Ton duldete keinen Widerspruch. Er brachte ihr ein Glas und eine Flasche Wasser.

Erleichtert trank sie. Ihr Schwächegefühl verflüchtigte sich wieder.

»Verzeihen Sie, ich weiß gar nicht, was mit mir los ist. Es liegt an der Menschenmenge. Und der Aufregung. Aber natürlich bin ich glücklich.«

Verlegen wandte sie das Gesicht ab. Sie bedauerte, nicht sofort nach Hause gehen zu können, um der Siegesfeier zu entrinnen.

»Aber die besten von uns sind nicht mehr da«, murmelte er, denn er hatte ihre Gedanken gelesen.

Leyla seufzte. Zehn lange Monate waren vergangen, aber der Schmerz überfiel sie immer wieder und würde es weiter tun, solange sie lebte. Hans war tot. Die Erinnerung war wie eine brennende Wunde. Und jedes Mal wieder dieses eigenartige Gefühl, dass sich die Welt auf ihrer verrückten Bahn weiterdrehte, während sie an einem gewissen Dezembertag, an dem man ihr das Unbegreifliche mitgeteilt hatte, am Wegesrand zurückgeblieben war.

In der ersten Zeit hatte sie Hans gezürnt und ohnmächtige, wütende Tränen vergossen. Schuldete er ihr nicht sein Leben? Diesen kostbaren Atemhauch, der seit jener Nacht, in der sie die Hände auf seinen verletzten Körper gelegt und gespürt hatte, wie sein Blut zwischen ihren Fingern hervorquoll, ihr gehörte. Ja, ihr allein. Weder Gott noch sonst jemandem. Mit welchem Recht hatte Hans es weggeworfen? Mit welchem Recht hatte er dieses sinnlose Opfer gebracht, indem er einem französischen Offizier, dem gegenüber er zu nichts verpflichtet war, das Leben gerettet hatte?

Einige Stunden nach der Tragödie war Louis Gardelle zu ihr geeilt, um ihr von der tragischen Verkettung der Ereignisse zu berichten. Niedergeschmettert hatte er sie um Vergebung angefleht. Sie war äußerlich gefasst geblieben, wie erstarrt vor Entsetzen. Ihre wunderbare Liebe, der Mann, der ihr den Mut geschenkt hatte, sich Gehör zu verschaffen, der sie bei ihren ersten Schritten auf dem Weg zur unabhängigen Frau geleitet hatte, ihr herrlicher Geliebter und Freund war nicht mehr.

Am nächsten Tag hatte sie an einem dieser bleichen Vormittage, an denen der Steppenwind in Böen heranwehte, Dachziegel abriss und den Bosporus aufpeitschte, einen Dampfer bestiegen, der sie auf das asiatische Ufer brachte. Ihre Hand umklammerte den schweren Schlüssel des Yalıs. Es war Winter, aber die Kälte und die Einsamkeit machten ihr nichts aus. Vor diesem Sturm konnte sie nur in ihrem Haus Zuflucht finden.

Leyla spürte Rahmi Beys aufmerksamen Blick. Auf seine gewohnte Art wahrte er das Schweigen. Aus Zartgefühl. Und auch aus Schüchternheit, und das machte ihn zu einem so angenehmen Begleiter. Sie wusste, dass er verliebt in sie war. Glücklicherweise war er so klug, seine Gefühle nicht in Worte zu fassen. Sie war noch nicht bereit, sie sich anzuhören. Zweifellos war er der Meinung, Liebe könne auch aus einer Freundschaft zwischen einem Mann und einer Frau erwachsen und nicht nur aus sinnlicher Begierde. Und zweifellos hatte er recht.

Erleichtert sah Rahmi Bey, dass Leyla wieder Farbe bekommen hatte. Meist beschränkte er sich auf ein Lächeln oder einen verständnisvollen Blick. Er erhoffte sich nichts oder jedenfalls fürs Erste noch wenig, obwohl es eigentlich sein tiefster Wunsch war: eine Zukunft an ihrer Seite, Ehe, Kinder … Er hatte gelernt, geduldig zu sein und von der Hoffnung zu leben. Hans Kästner war sein Freund gewesen, und er nahm dieses Wort nicht auf die leichte Schulter. Um nichts auf der Welt hätte er sich angemaßt, Leyla in ihrer Trauer zu belästigen. Er hatte sich gelobt, über sie zu wachen, solange es nötig war, komme, was da wolle. Sie vertraute ihm. Das war schon sehr viel.

Vom Gang her waren laute Stimmen zu hören. Die Frauen waren auf der Suche nach ihrer Heldin und sorgten sich wegen ihrer Abwesenheit.

»Wollen Sie wieder zurück?«, fragte er, und seine Augen leuchteten amüsiert auf.

»Nicht wirklich«, sagte sie. »Aber das würden sie mir übelnehmen. Ich darf sie nicht enttäuschen.«

»Man könnte meinen, dass ihre Entschlossenheit Sie ängstigt.«

»Die Frauen von heute sind mit Recht anspruchsvoll. Der Ghāzī ist der Erste, der ihre Rolle anerkennt. Kürzlich hat er in einem Konak den Anatolierinnen mit glühenden Worten gehuldigt.«

»Erhaben, aufopferungsvoll, göttlich …«, zitierte Rahmi Bey. »Er hat recht. Ohne die Tatkraft der Frauen hätten wir den Krieg nicht gewonnen. Jedenfalls nicht auf diese Art. Genau wie er finde ich, dass sie mit ihrer Großmut die Wiege unserer neuen Nation geschaffen haben. Er will sie zu Fackelträgerinnen seiner Reformen machen. Ist das nicht erstrebenswert?«

Leyla stand auf, um das Fenster einen Spaltbreit zu öffnen. Die Beifallsrufe waren wieder deutlicher zu hören.

»Das ist eine große Ehre. Und wir wollen uns unserem Land auch weiterhin nützlich machen. In einigen Tagen wird die Republik ausgerufen. Wir werden eine politische Rolle zu spielen haben, denn der Ghāzī besteht darauf, dass wir den Männern gegenüber gleichberechtigt sind.«

Der Schleier ließ ihre hohe Stirn frei und betonte ihre entschlossenen Züge und ihre vollen Lippen. Niemand, der ihr begegnete, konnte sich ihrem leidenschaftlichen Wesen entziehen.

»Diese Vorstellung scheint Sie zu beunruhigen, Leyla Hanım.«

»Der Ghāzī ist ein Mann von Überzeugungen, was ich respektiere. Wie wir alle werde ich ihm ewig dankbar sein.«

»Aber?«

Sie beobachtete die Stambuler, die ausgelassen die Soldaten feierten. Erstaunt wurde sie sich bewusst, dass sie sich diesen Unbekannten gegenüber verantwortlich fühlte. Denn als sich die Menschen mit ihren Briefen oder durch ihre Teilnahme an öffentlichen Versammlungen an sie gewandt hatten, war eine tiefe Beziehung zwischen ihr und ihnen entstanden. Sie konnte ermessen, wie lang und steinig der Weg noch sein würde. Alle hatten sie noch so viel zu lernen, im wörtlichen wie im übertragenen Sinn. Bewegt betete sie zu Allah, dem überaus Ruhmreichen, Er möge sie beschützen. Sie alle.

Sie drehte sich zu Rahmi Bey um. »Wussten Sie, dass Istanbul in einigen Tagen nicht mehr die Hauptstadt unserer Nation sein wird?«

Er sah sie verblüfft an.

»In der kommenden Woche wird über einen Verfassungszusatz abgestimmt. Angora wird offiziell den Namen Ankara annehmen und wird Regierungssitz. Ich dachte, das würde Sie freuen«, fügte sie neckend hinzu. »Haben Sie mir gegenüber nicht einmal die Vorzüge dieser modernen Stadt gerühmt?«

Rahmi Bey liebte Anatolien. Dort hatte er sein Blut vergossen und zahlreiche Kameraden verloren. Grausame Erinnerungen aus den letzten Jahren stiegen in ihm auf. Verwirrt sah er zu, wie sie wieder ans Fenster trat und den Blick über den überfüllten Platz schweifen ließ, über das verschachtelte Häusermeer dahinter und weiter zu den wogenden Hügeln. Ihm wurde schwer ums Herz. Wie Leyla war er am Ufer des Bosporus geboren und hätte niemals anderswo leben können als in Istanbul, das man auch »die« Stadt nannte, die Stadt der Heiligen, den Zufluchtsort des Universums, Konstantinopel oder manche sogar mit ihrem alten Namen Byzanz. Ihr Reichtum waren ihre Völkermischung und ihre unvergleichliche Geschichte, und sie trug einen Klang zum Orchester der Welt bei, der mit keinem anderen vergleichbar war.

»Diese Reformen, von denen Sie sprechen, werden schmerzhaft sein, mein Freund.« Sie legte ihm eine Hand auf den Arm. »Das ist es, was ich fürchte. Der Ghāzī will, dass unser Land um jeden Preis die Prinzipien der westlichen Kultur übernimmt. Aber als wir ihn auf seiner Rundreise durch die Provinzen begleiteten, haben seine Frau Latife Hanım und ich selbst Hetzparolen von den Wänden abgewaschen. Den alten Leuten hat es nicht gefallen, dass wir unsere Gesichter in der Öffentlichkeit unverschleiert gezeigt haben. Das hat sie schockiert, ja sogar verletzt … Er besteht auch auf der Abschaffung des Kalifats, was, wie Sie ebenso gut wissen wie ich, keine Kleinigkeit ist«, erklärte sie beunruhigt. »Diese Revolution wird an das innerste Wesen unseres Volkes rühren.«

Sie dachte an ihre langen Gespräche mit Hans zurück; an ihren Aufenthalt in Berlin, der sie so viel gelehrt hatte.

»Der Westen besitzt nicht nur Tugenden«, fuhr sie in ernstem Ton fort. »Wir müssen klug auswählen, was uns von Nutzen ist. Meine Seele wird für immer dem Orient angehören, Rahmi Bey, und oft fürchte ich, der Ghāzī könnte seine Wurzeln vergessen … Die Türkei wird ein einzigartiges Gleichgewicht finden müssen. Eine neue Harmonie. Das ist eine enorme Herausforderung.«

Leyla dachte voller Sorge an die Zukunft, die schwierig zu werden versprach. Aber der junge General sah sie so gelassen, so zuversichtlich an, dass sie die düsteren Gedanken beiseiteschob. Mit vereinten Kräften würde es ihnen, wenn sie sich – Männer wie Frauen – mit ihrer Intelligenz und Kraft zusammentaten und ihre Differenzen und das Blutvergießen überwanden, vielleicht gelingen, aus diesem Land etwas Großes, Bewundernswertes zu erschaffen.

Bürotüren wurden geöffnet und geräuschvoll zugeschlagen. Das Gelächter und die fröhlichen Stimmen kamen näher. Die Frauen suchten ungeduldig nach ihr. Leyla nahm sich zusammen. Die Zeit, um sich diese quälenden Fragen zu stellen, war noch nicht gekommen. Die Zukunft konnte warten. Heute wurde gefeiert!

Rahmi Bey, der sich um sie sorgte, weil sie ihm immer noch blass vorkam, schlug vor, sie zu entschuldigen. Wenn sie wünschte, würde er sie sogar nach Hause bringen. Leyla dankte ihm, schüttelte aber den Kopf. Sie würde Wort halten. Hans hatte sie gelehrt, auf sich zu vertrauen und die Flügel auszubreiten, um sich in die Lüfte zu erheben. Die Schicksalsprüfungen der letzten Jahre hatten sie Mut und Hartnäckigkeit gelehrt.

Die Tür flog auf. Auf der Schwelle stand das kleine Mädchen in dem weißen Kleid, sichtlich erleichtert darüber, sie wiedergefunden zu haben. Alle warteten auf sie. Leyla Hanım hatte ihnen eine Rede versprochen. Ob sie jetzt wieder zu ihnen hinauskomme?

»Ich bin schon da«, antwortete Leyla, ohne zu zögern.

Mit einem Lächeln auf den Lippen trat sie auf die Kleine zu und ergriff ihre Hand.

Glossar

Aga: Titel eines zivilen oder militärischen Amtsträgers in der alten Türkei; älteren Männern vorbehalten.

Angora: Stadt in Zentralanatolien, später in Ankara umbenannt und seit dem 29. Oktober 1923 türkische Hauptstadt.

Bayram: Türkische Bezeichnung für – nicht nur – religiöse Feste. Die beiden wichtigsten sind das *Ramazan-* bzw. *Zuckerfest* zum Ende des Fastenmonats sowie das *Opferfest.*

Bey: »Herr« – Anrede.

Börek: Herzhaftes Gebäck, oft mit Weißkäse, Eiern und Petersilie gefüllt.

Efendi: Höfliche Anrede.

Entari: Langes, vorne offenes osmanisches Gewand mit weiten Ärmeln und einem größeren oder kleineren Halsausschnitt, meist mit Gürtel getragen.

Fatwa: Entscheidung oder Erlass eines islamischen Rechtsgelehrten.

Fedai: Nationalistischer Widerstandskämpfer (auch: Leibwächter, je nach Kontext. Wortbedeutung: Mensch, der bereit ist, das eigene Leben für hehre Ziele zu opfern).

Feradsche: Bis zu den Knöcheln reichender Damenmantel mit weiten Ärmeln.

Gâvur: Im Osmanischen Reich Bezeichnung für Nicht-Muslime.

Hammal: Lastenträger.

Hanım oder *Hanım Efendi:* »Frau« – respektbezeugende Anrede.

Haremlik: Der den Frauen vorbehaltene Flügel eines Hauses.

Hodscha: Islamischer Religionsgelehrter.

Kalfa: Sklavin, die mit Verwaltungsaufgaben oder der Ausbildung von Neuzugängen bei Hofe oder in einem Konak (siehe Eintrag dazu) beauftragt war.

Kalpak: Hohe, spitze oder zylindrische Kopfbedeckung für Männer, in der Regel aus Fell oder Filz.

Karagöz: Türkisches Schattentheater.

Konak: Prächtiges, großzügiges Stadthaus.

Lokum: Eine türkische Süßigkeit auf der Basis von Honig oder Sirup.

Mangal: Kohlebecken.

Padischah: Titel des Sultans.

Pascha: Hochrangiger Ehrentitel, der im Osmanischen Reich Generälen und Provinzgouverneuren verliehen wurde.

Rakı: Traditioneller, mit Anis aromatisierter Branntwein, meist auf Traubenbasis.

Ramazan: Türkische und persische Bezeichnung für Ramadan.

Saraylı: Im Serail (Saray) des Sultans erzogene und ausgebildete Frau, häufig ehemalige Sklavin tscherkessischer bzw. georgischer Herkunft, die nach ihrer »Entlassung« vom Hofe auf dem Heiratsmarkt sehr begehrt war.

Selamlık: Den Männern vorbehaltener Flügel eines Hauses.

Tanzimat: Reformära des Osmanischen Reichs zwischen 1839 und 1876.

Temenna: Begrüßungsgeste. Die rechte Hand wird auf die Brust gelegt, um danach an die Lippen und zur Stirn geführt zu werden.

Tschartschaf: Langes, zweiteiliges Gewand aus einem quadratischen Stück Stoff, wurde von Frauen als Mantel getragen.

Ulama oder *Ulema:* Religionsgelehrter des Islams.

Valide Sultan: Titel der Mutter des regierenden Sultans.

Yalı: Von Gärten umgebene, mit einer eigenen Bootsanlegestelle ausgestattete Sommervilla am Ufer des Bosporus, die in Holzbauweise errichtet wurde.

Yaşmak: Zweiteiliges Tuch aus weißer Gaze, das zur Feradsche getragen wird und Kopf und Gesicht verhüllt, aber die Augen frei lässt.

Zarf: Tassenhalter, häufig aus Silber, in den die Tasse hineingesetzt wird.

Dank

Folgenden Menschen aus Istanbul möchte ich unendlich für ihre Großzügigkeit danken:

Geneviève Perrin, die als Erste die Anfänge dieses Romans gelesen und mich ermutigt hat und mit mir durch die Straßen von Istanbul gestreift ist.

Sébastien de Courtois.

Faruk Sarc und seiner Frau, die mich mehrmals überaus freundlich aufgenommen haben.

Schwester Monique Harisboure von der Kongregation Notre-Dame-de-Sion und Herrn Yann de Lansalut, Leiter des französischen Gymnasiums von Notre-Dame-de-Sion.

Pinar Dost-Niyego vom französischen Institut für Anatolienstudien.

Gräfin Hadelin de Liedekerke Beaufort.

John Scott und Michael Hornsby.

Alev Komili.

Mihda Bilgisin für ihren herzlichen Empfang am Bosporus.

Mehmet Iksel und seiner Frau.

Metin Fadillioğlu.

Ahmet Sel.

Ahmet Soysal für seinen wertvollen Rat.

Ferner danke ich von ganzem Herzen jenen, die mir in Paris ihre Zeit geschenkt und bereitwillig ihre Erinnerungen und ihre Begeisterung mit mir geteilt haben:

Emmanuel Szurek, weil er an meinem Tisch in der Nationalbibliothek stehen geblieben ist.

Aude de La Conté und Philippe Godoÿ.

Ghislaine de Coulomme la Barthe und Seiner Exzellenz Gürcan Türkoğlu, türkischer Botschafter bei der UNESCO.

Béatrice Jaulin und Alexandre Jevakhoff.

Sybille d'Halloy für ihre freundschaftliche Begleitung, auch in Istanbul.

Jean-François Coulomb des Arts.

Mme. François Bacot und Gräfin Henri de Montrichard.

Nour Gorani Haggag.

Mme. Alexis Corneille und Mme. Guilhem du Repaire.

Hervé de Rocquigny für seine Erinnerungen an den Yalı seiner Großmutter, Mme. Cosme, geborene Apikian, in Kanliça und seinen Großonkel, Kapitän zur See Robert Cosme.

Paul de Sinéty.

General Bernard Thorette.

Paul Révay, der mich bei jedem meiner literarischen Abenteuer von Neuem unterstützt.

Mein Dank gilt auch Juliette Joste für ihr stets offenes Ohr und Magali Brénon für ihren aufmerksamen Blick, beide bei meinem französischen Verlag Belfond.

Schließlich möchte ich Frédéric Lapeyre meinen Dank aussprechen, Buchhändler in der »Librairie Tome 7« in Paris, und bei dieser Gelegenheit auch allen Buchhändlern, die mich seit nunmehr zehn Jahren unterstützen.

Im Lauf meiner Recherchen waren mir zahlreiche historische Untersuchungen, Autobiografien und literarische Werke eine große Hilfe. Besonders hervorheben möchte ich darunter bezüglich der Darstellung osmanischer und türkischer Frauen die Arbeiten von Ikbal Elif Mahir, Halide Edip, Hester Donaldson Jenkins, Fanny Davis, Véra Dumesnil, Demetra Vaka, Marc Hélys, Leyla Hanım, Grace Ellison, Bernard Caporal, Marcelle Tynaire, Lucy Garnett und Nilüfer Göle.

Bei der Schilderung des historischen Hintergrunds habe ich mich von Philip Mansel, Nur Bilge Criss und Giles Milton inspirieren lassen, ebenso wie von Berthe Georges-Gaulis, Norbert de Bischoff, Jean-Paul Garnier, François Georgeon, Paul Dumont, Claude Farrère, Yakup Karaosmanoğlu, Irfan Orga, Jacques Fontelroye, Jean Deny, Paul Morand, Pierre Benoit, Ahmet Hamdi Tanpïnar, Roland Bareilles, Alan Duben und Cem Behar, Arnould de Liedekerke, Ayşe Kulin, Bernard Lewis, Pierre Nayral de Bourgon, H. G. Dwight, Edgar Pech, Justin McCarthy, Margaret MacMillan, Jean-François Solnon, Alaeddine Haïdar und Stéphane Yerasimos. Anregungen habe ich auch von den Biografen Mustafa Kemal Atatürks bezogen: Patrick Kinross, Andrew Mango, Jacques Benoist-Méchin und Georges Daniel.

Für die Beziehungen zwischen Deutschland und dem Osmanischen Reich habe ich die Arbeiten von Michel Korinman, Ulrich Trumpener, Liman von Sanders, Hans Lührs, Christopher Sykes und Sean McMeekin herangezogen, und bezüglich Hattušas und der Archäologie die Werke von Andreas Schachner, Barry Unsworth und Rainer Vollkommer.

Nicolas Ross, Jak Deleon, Essad Bey und Alexandre Jevakhoff haben das Schicksal der russischen Exilanten in Konstantinopel nachgezeichnet.

Von den beiden während des Ersten Weltkriegs nach Berlin ausgelagerten hethitischen Sphinxen aus Hattuša wurde die erste 1924 an die Türkei zurückgegeben, die zweite 2011.

Ohne die Werke von Historikern, Soziologen und der Verfasser von Autobiografien gäbe es diesen Roman nicht; und auch nicht ohne die Erinnerungen und den fachkundigen Rat von Menschen, denen ich auf meinen Reisen begegnet bin. Die Rahmenhandlung entspricht der historischen Realität, doch vor diesem Hintergrund habe ich meine Figuren frei erfunden. Die Verantwortung für etwaige Fehler oder Ungenauigkeiten liegt allein bei mir.

Theresa Révay

Theresa Révay, 1965 in Paris geboren und aufgewachsen, studierte französische Literatur an der Sorbonne. Sie veröffentlichte ihren ersten Roman mit Anfang zwanzig. Danach arbeitete sie viele Jahre als Übersetzerin und Gutachterin für verschiedene französische Verlage. Mit »Die weißen Lichter von Paris«, dem ersten Roman über die russische Gräfin Xenia Ossolin, landete sie in Frankreich einen großen Bestseller. »An den Ufern des Bosporus« ist ihr vierter Roman bei Goldmann.

Mehr von Theresa Révay im Goldmann Verlag

Die weißen Lichter von Paris. Roman
Der Himmel über den Linden. Roman
Der letzte Sommer in Mayfair. Roman

GOLDMANN
Lesen erleben